# 傲霜花

民国通俗小说典藏文库·张恨水卷

张恨水 ◎ 著

中国文史出版社

# 小说大家张恨水（代序）

张赣生

民国通俗小说家中最享盛名者就是张恨水。在抗日战争前后的二十多年间，他的名字真是家喻户晓、妇孺皆知，即使不识字、没读过他的作品的人，也大都知道有位张恨水，就像从来不看戏的人也知道有位梅兰芳一样。

张恨水（1895—1967），本名心远，安徽潜山人。他的祖、父两辈均为清代武官。其父光绪年间供职江西，张恨水便是诞生于江西广信。他七岁入塾读书，十一岁时随父由南昌赴新城，在船上发现了一本《残唐演义》，感到很有趣，由此开始读小说，同时又对《千家诗》十分喜爱，读得"莫名其妙的有味"。十三岁时在江西新淦，恰逢塾师赴省城考拔贡，临行给学生们出了十个论文题，张氏后来回忆起这件事时说："我用小铜炉焚好一炉香，就做起斗方小名士来。这个毒是《聊斋》和《红楼梦》给我的。《野叟曝言》也给了我一些影响。那时，我桌上就有一本残本《聊斋》，是套色木版精印的，批注很多。我在这批注上懂了许多典故，又懂了许多形容笔法。例如形容一个很健美的女子，我知道'荷粉露垂，杏花烟润'是绝好的笔法。我那书桌上，除了这部残本《聊斋》外，还有《唐诗别裁》《袁王纲鉴》《东莱博议》。上两部是我自选的，下两部是父亲要我看的。这几部书，看起来很简单，现在我仔细一想，简直就代表了我所取的文学路径。"

宣统年间，张恨水转入学堂，接受新式教育，并从上海出版的报纸上获得了一些新知识，开阔了眼界。随后又转入甲种农业学校，除了学习英文、数、理、化之外，他在假期又读了许多林琴南译的小说，懂得了不少描写手法，特别是西方小说的那种心理描写。民国元年，张氏的父亲患急症去世，家庭经济状况随之陷入困境，转年他在亲友资助下考入陈其美主持的蒙藏垦殖学校，到苏州就读。民国二年，讨袁失败，垦殖学校解散，张恨水又返回原籍。当时一般乡间人功利心重，对这样一个无所成就的青年很看不起，甚至当面嘲讽，这对他的自尊心是很大的刺激。因之，张氏在二十岁时又离家外出投奔亲友，先到南昌，不久又到汉口投奔一位搞文明戏的族兄，并开始为一个本家办的小报义务写些小稿，就在此时他取了"恨水"为笔名。过了几个月，经他的族兄介绍加入文明进化团。初始不会演戏，帮着写写说明书之类，后随剧团到各处巡回演出，日久自通，居然也能演小生，还演过《卖油郎独占花魁》的主角。剧团的工作不足以维持生活，脱离剧团后又经几度坎坷，经朋友介绍去芜湖担任《皖江报》总编辑。那年他二十四岁，正是雄心勃勃的年纪，一面自撰长篇《南国相思谱》在《皖江报》连载，一面又为上海的《民国日报》撰中篇章回小说《小说迷魂游地府记》，后为姚民哀收入《小说之霸王》。

　　1919 年，五四运动吸引了张恨水。他按捺不住"野马尘埃的心"，终于辞去《皖江报》的职务，变卖了行李，又借了十元钱，动身赴京。初到北京，帮一位驻京记者处理新闻稿，赚些钱维持生活，后又到《益世报》当助理编辑。待到 1923 年，局面渐渐打开，除担任"世界通讯社"总编辑外，还为上海的《申报》和《新闻报》写北京通讯。1924 年，张氏应成舍我之邀加入《世界晚报》，并撰写长篇连载小说《春明外史》。这部小说博得了读者的欢迎，张氏也由此成名。1926 年，张氏又发表了他的另一部更重要的作品《金粉世家》，从而进一步扩大了他的影响。但真正把张氏声望推至高峰的是《啼笑因缘》。1929 年，上海的新闻记者团到北京访问，经钱芥尘介绍，张恨水得与严独鹤相识，严即约张撰写长篇小说。后来张氏回忆这件事的过程时说："友人钱芥尘先生，介绍我认识《新闻报》的严独鹤先生，他并在独鹤先生面前极力推许我的小说。那时，《上海画报》（三日刊）曾转载了我的《天上人间》，独鹤先生若对我有认识，也就是这篇小说而已。他倒是没有什么考虑，就约我写一篇，而且愿意带一部分稿子走。……在那几年间，上海洋场章回小说走着两条路子，一条是肉感的，一条是武侠而神怪的。《啼笑因缘》完全和这两种不同。又除了新文艺外，那些长篇运用的对话并不是纯粹白话。而《啼笑因缘》是以国语姿态出现的，这也不同。在这小说发表起初的几天，有人看了很觉眼生，也有人觉得描写过于琐碎，但并没有人主张不向下看。载过两回之后，所有读《新闻报》的人都感到了兴趣。独鹤先生特意写信告诉我，请我加油。不过报社方面根据一贯的作风，怕我这里面没有豪侠人物，会对读者减少吸引力，再三请我写两位侠客。我对于技击这类事本来也有祖传的家话（我祖父和父亲，都有极高的技击能力），但我自己不懂，而且也觉得是当时的一种滥调，我只是勉强地将关寿峰、关秀姑两人写了一些近乎传说的武侠行动……对于该书的批评，有的认为还是章回旧套，还是加以否定。有的认为章回小说到这里有些变了，还可以注意。大致地说，主张文艺革新的人，对此还认为不值一笑。温和一点的人，对该书只是就文论文，褒贬都有。至于爱好章回小说的人，自是予以同情的多。但不管怎么样，这书惹起了文坛上很大的注意，那却是事实。并有人说，如果《啼笑因缘》可以存在，那是被扬弃了的章回小说又要返魂。我真没有料到这书会引起这样大的反应……不过这些批评无论好坏，全给该书做了义务广告。《啼笑因缘》的销数，直到现在，还超过我其他作品的销数。除了国内、南洋各处私人盗印翻版的不算，我所能估计的，该书前后已超过二十版。第一版是一万部，第二版是一万五千部。以后各版有四五千部的，也有两三千部的。因为书销得这样多，所以人家说起张恨水，就联想到《啼笑因缘》。"

不论张氏本人怎样看，《啼笑因缘》是他最有影响的作品，这一点毫无疑问，可以随便举出几件事来证明。《啼笑因缘》发表后，被上海明星公司拍成六集影片，由当时最著名的电影明星胡蝶主演，同时还被改编为戏剧和曲艺，在各地广泛流传；再有《啼笑因缘》被许多人续写，迫使张氏不得不改变初衷，于1933年又续写了十回，张氏在《我的写作生涯》中说："在我结束该书的时候，主角虽都没有大团圆，也没有完全告诉戏已终场，但在文字上是看得出来的。我写着每个人都让读者有点儿有余不尽之意，这正是一个处理适当的办法，我绝没有续写下去的意思。可是上海方面，出版商人讲生意经，已经有好几种《啼笑因缘》的尾巴出现，尤其是一种《反啼笑因缘》，自始至终，将我那故事整个地翻案。执笔的又全是南方人，根本没过过黄河。写出的北平社会真是也让人又啼又笑。许多朋友看不下去，而原来出版的书社，见大批后半截买卖被别人抢了去，也分外眼红。无论如何，非让我写一篇续集不可。"这种由别人代庖的续作，出书者至少有四种：惜红馆主《续啼笑因缘》、青萍室主《啼笑因缘三集》、康尊容《新啼笑因缘》和徐哲身《反啼笑因缘》。虽然远不如《红楼梦》续作之多，但在民国通俗小说中已经是首屈一指了。张氏在《我的小说过程》一文中还说："我这次南来，上至党国名流，下至风尘少女，一见着面便问《啼笑因缘》。这不能不使我受宠若惊了。"

《啼笑因缘》使张氏名声大振，约他写稿的报刊和出版家蜂拥而至，有的小报甚至谣传张氏在十几分钟内收到几万元稿费，并用这笔钱在北平买下了一所王府，自备一部汽车。这自然不是事实，但张氏当时收到的稿酬也有六七千元，的确不能算少。这样，他就可以去搜集一些古旧木版小说，想要作一部《中国小说史》。就在此时，日寇侵华的"九一八事变"爆发，张氏的希望随之化为泡影。作为一位爱国的作家，在国难当头的状况下自不会沉默，张恨水在1931至1937的几年间，先后写了《热血之花》《弯弓集》《水浒别传》《东北四连长》《啼笑因缘续集》《风之夜》等涉及抗敌御侮内容的作品。

1934年，张恨水到陕西和甘肃走了一遭，此行使他的思想发生了很大的变化。张氏在《我的写作生涯》中说："陕甘人的苦不是华南人所能想象，也不是华北、东北人所能想象。更切实一点地说，我所经过的那条路，可说大部分的同胞还不够人类起码的生活。……人总是有人性的，这一些事实，引着我的思想起了极大的变迁。文字是生活和思想的反映，所以在西北之行以后，我不讳言我的思想完全变了，文字自然也变了。"此后，他写了《燕归来》，以描写西北人民生活的惨状。

抗日战争全面爆发后，张恨水取道汉口，转赴重庆，于1938年初抵达，即应邀在《新民报》任职。抗战八年间，他除去写了一些战争题材的小说外，还有两种较重要的作品，即《八十一梦》和《魍魉世界》（原名《牛马走》），均先于《新民报》连载，后出单行本。抗战胜利，张氏重返北平，担任《新民报》经理，此后几年他写了《五子登科》等十来部小说，但均未产生重大影响。1948年底，张氏辞去《新民报》职务。1949年夏，他患脑溢血，经过几年调治，病情好转，张氏便又到江南和西北去旅行。1959年，张氏病情转重，至1967年初于北京去世，终年七十三岁。

张恨水一生写了九十多部小说，印成单行本的也在五十种左右。说到张氏作品的总特色，一般常感到不易把握，因为他总在不断地变。其实，这"变"就正是张恨水作品最鲜明的总特色。

张恨水是一个不甘心墨守成规的人，他好动不好静，敢于否定自己，这正是作为开创者必须具备的素质。读一读张氏的《我的写作生涯》，就会发现他总是在讲自己的变，那变的频繁、动因的多样，在民国通俗小说作家中实属仅见。……待到《金粉世家》《啼笑因缘》相继问世，张恨水的名声已如日中天，他在思想上的求新仍未稍解，他说："我又不能光写而不加油，因之，登床以后，我又必拥被看一两点钟书。看的书很拉杂，文艺的、哲学的、社会科学的，我都翻翻。还有几本长期订的杂志，也都看看。我所以不被时代抛得太远，就是这点儿加油的工作不错。"

追求入时，可说是张恨水的一贯作风，不仅小说的内容、思想随时而变，在文字风格上也不断应时变化。仅就内容、思想方面的变化而言，在民国通俗小说作家中也很常见，说不上是张氏独具的特色，但在文字风格上也不断变化，就不同于一般了。张氏在《我的写作生涯》中经常提到这方面的事例，譬如他曾提及回目格式的变化，他说："《春明外史》除了材料为人所注意而外，另有一件事为人所喜于讨论的，就是小说回目的构制。因为我自小就是个弄辞章的人，对中国许多旧小说回目的随便安顿向来就不同意。即到了我自己写小说，我一定要把它写得美善工整些。所以每回的回目都很经一番研究。我自己削足适履地定了好几个原则。一、两个回目，要能包括本回小说的最高潮。二、尽量地求其辞藻华丽。三、取的字句和典故一定要是浑成的，如以'夕阳无限好'，对'高处不胜寒'之类。四、每回的回目，字数一样多，求其一律。五、下联必定以平声落韵。这样，每个回目的写出，倒是能博得读者推敲的。可是我自己就太苦了……这完全是'包三寸金莲求好看'的念头，后来很不愿意向下做。不过创格在前，一时又收不回来。……在我放弃回目制以后，很多朋友反对，我解释我吃力不讨好的缘故，朋友也就笑而释之，谓不讨好云者，这种藻丽的回目，成为礼拜六派的口实。其实礼拜六派多是散体文言小说，堆砌的辞藻见于文内而不在回目内。礼拜六派也有作章回小说的，但他们的回目也很随便。"再譬如他在谈及《金粉世家》时说："以我的生活环境不同和我思想的变迁，加上笔路的修检，以后大概不会再写这样一部书。"诸如此类的变化不胜列举。

张氏的多变还体现在题材的多样化。他说："当年我写小说写得高兴的时候，哪一类的题材我都愿意试试。类似伶人反串的行为，我写过几篇侦探小说，在《世界日报》的旬刊上发表，我是一时兴到之作，现在是连题目都忘记了。其次是我写过两篇武侠小说，最先一篇叫《剑胆琴心》，在北平的《新晨报》上发表的，后来《南京晚报》转载，改名《世外群龙传》。最后上海《金刚钻小报》拿去出版，又叫《剑胆琴心》了。"第二篇叫《中原豪侠传》，是张氏自办《南京人报》时所作。此外，张氏还写过仿古的《水浒别传》和《水浒新传》，他说："《水浒别传》这书是我研究《水浒》后一时高兴之作，写的是打渔杀家那段故事。文字也学《水浒》口气。这原是试试的性质，终于这篇《水浒别传》有点儿成就，引着我在抗战期间写了一篇六七十万字的《水浒新传》。""《水浒新传》当时在上海很叫座。……书里写着水浒人物受了招安，跟随张叔夜和金人打仗。汴梁的陷落，他们一百零八人大多数是战死了。尤其是时迁这路小兄弟，我着力地去写。我的意思，是以愧士大夫阶级。汪精卫和日本人对此书都非常地不满，但说的是宋代故事，他们也无可奈何。这书里的官职地名，我都有相当的考据。文字我也极力模仿老《水浒》，以免看过《水浒》的人说是不像。"再有就是张氏还仿照《斩鬼传》写过一篇讽刺小说《新斩鬼传》。张恨水的一生都在不停地尝试，探寻着各色各样的内容及表达方式，他甚至也写过完全以实事为根据、类似报告文学的《虎贲万岁》，也写过全属虚幻的、抽象的或象征性的小说《秘密谷》，他的作风颇有些像那位既不愿重复前人也不愿重复自己的现代大画家毕加索。

张恨水写过一篇《我的小说过程》，的确，我们也只有称他的小说为"过程"才最名副其实。从一般意义上讲，任何人由始至终做的事都是一个过程，但有些始终一个模子印出来的过程是乏味的过程，而张氏的小说过程却是千变万化、丰富多彩的过程。有的评论者说张氏"鄙视自己的创作"，我认为这是误解了张氏的所为。张恨水对这一问题的态度，又和白羽、郑证因等人有所不同。张氏说："一面工作，一面也就是学习。世间什么事都是这样。"他对自己作品的批评，是为了写得越来越完善，而不是为了表示鄙视自己的创作道路。张氏对自己所从事的通俗小说创作是颇引以自豪的，并不认为自己低人一等。他说："众所周知，我一贯主张，写章回小说，向通俗路上走，绝不写人家看不懂的文字。"又说："中国的小说，还很难脱掉消闲的作用。对于此，作小说的人，如能有所领悟，他就利用这个机会，以尽他应尽的天职。"这段话不仅是对通俗小说而言，实际也是对新文艺作家们说的。读者看小说，本来就有一层消遣的意思，用一个更适当的说法，是或者要寻求审美愉悦，看通俗小说和看新文艺小说都一样。张氏的意思不是很明显吗？这便是他的态度！张氏是很清醒、很明智的，他一方面承认自己的作品有消闲作用，并不因此灰心，另一方面又不满足于仅供人消遣，而力求把消遣和更重大的社会使命统一起来，以尽其应尽的天职。他能以面对现实、实事求是的态度对待自己的工作，在局限中努力求施展，在必然中努力争自由，这正是他见识高人一筹之处，也正是最明智的选择。当然，我不是说除张氏之外别人都没有做到这一步，事实上民国最杰出的几位通俗小说名家大都能收到这样的效果，但他们往往不像张氏这样表现出鲜明的理论上的自觉。

张恨水在民国通俗小说史上是一位名副其实的大作家，他不仅留下了许多优秀的作品，他一生的探索也为后人留下了许多可贵的经验。

# 目　录

# 自　序

常有许多人问我，我生平写许多小说，有没有背景？我对于这种问话，是很难答复的。因为照理论说，小说的取径有三种：一是幻想人生，一是叙述人生，一是两种兼而有之的。我的小说，大概都是叙述人生，换句话说，就是不超现实；但叙述人生，不一定就是把社会上某一件事情整个写出，而且社会上的事情，也不会发生得像小说构造一样，那么有戏剧性。所以我写小说，只有像《虎贲万岁》那种为民族争光明的故事，我才尽量把握事实，当野史一般写。此外，我只是摄取人海里一种现象，构造出几个角色来扮演。你说书中人物指谁吧？也像张三，也像李四，仔细想来，也不像张三，也不像李四；可是若研究小说里的故事，却不少读者曾身历其境。因之我的小说，就很能让人疑问，这是指着谁？而我又绝对答复不出来是指着谁。

这部《傲霜花》，也就是上述的这种技术下产生的。当抗战年间，我住在重庆，我在报上，把教育界的困苦情形看多了；同时，我也和些教育界朋友来往。我自己靠一支笔为生，我已很苦，看看他们，比我更苦。我颇有意为他们的生活写一部小说；但究竟因为我自身不是教育界中人，没有深刻的体念，不能写得像样；而其间有些耳闻目见的事，实在值得描写，又不愿意放弃，于是我就仅以我所知道的，摄取了一部分现象，来构成这部小说。这部小说，原名《第二条路》，在重庆、成都两处《新民报晚刊》同时发表。由民国三十二年（1943）夏季写起，写到民国三十四年胜利之后，我是随写随在报上发表。原意也许有点儿替教育界人士呼吁；但到书成之日，时变事迁，我这覆瓿之物，也就更失它的用意了。

这一年来，工作之余，我不断整理旧作，原因是上海出版家需要我拿稿子出书。这部书原稿，在后方恶劣的印刷报纸上剪集下来，很难再交人排印。因此请人重新抄写一遍，再加标点，改正错字，竟费了半年的工夫，方才完事。我自己检阅一遍，那《第二条路》的命名，不怎样应合时代，就根据了书中主角的姓名，改为《傲霜花》。读完这书的人，也许感到这样取名有点儿幽默性；但我自信，还是不失正义感的。

抗战时代的社会故事，实在太多了，这只是一角落里的一角落。若说现在给人看了，还会发生什么呼吁作用，那也等于大旱以后，再说防旱救灾的废话；不过拿去作为谈话资料，做一点儿抗战的小回忆，也许有千万分之一的存在价值。这就是这部书出版以前的经过。

民国三十五年十二月一日

张恨水序于北平南庐

# 第一章

## 化妆品展览会

时钟敲过了十二点，重庆的电灯，慢慢在商店街市上休息下去，而过着夜生活的人家，电灯却开始在灿烂地亮起来。上半城某街某条巷，抵抗过多年的轰炸，零落着剩有一半人家。在一半的人家左右，至少落过一百枚大小炸弹。在那些秃立的土墙上，在那些台阶宛然的空地上，在那些丈余直径的土坑上，在那些折了腰的老树上，处处都留下了纪念。一堵砖墙，面对了一片瓦砾场，这上面用白粉涂了一块，写着盆大的黑字四行，是个很警惕的标语，它说："世世子孙，勿忘此血海冤仇。"

瓦砾场这边，有一所西式楼房，窗户里放出了雪亮的灯光，映在这墙上，可以将这个标语很清楚地告诉了夜行人。可是这楼房上的主人，却根本未对这标语加以注意，也许是开眼就看见了这遍地的炸弹伤痕，有些被刺激得麻木了。这楼上的主人，是个中年以上的下江妇人，她拥有半个楼面，共是四间房。在重庆找房子，等于买奖券而图得巨奖。在今日一家住有这多房子，那是个上等的享受，而况她家人也不多，共是一男三女；但这位女主人犹是感到房子不足。譬如今夜家中有个小小的聚会，在她女儿卧室前面的屋里招待来宾。那里是餐厅、书房、工作室、客厅，兼四者之用的。假如把这个楼面完全都租了过来，那就够分配了。她在这前面屋子里预备招待客人的时候，她就有这样的感想。她正在整理着一套细瓷的茶杯，将洗脸盆舀着水洗干净了，放进墙角边的玻璃橱子里去。剩下的这盆水放在桌上，高声喊着"杨嫂"。

一个年轻的女用人走来了，她穿着新阴丹布的罩衫，长长的头发，后梢卷了个云钩。她虽不戴孝，在鬓上插个淡蓝绒绳的小蝴蝶，在手上还戴了个金戒指。据许多人说，她很像街口上那个小学里的级任教员，因之她一切都模仿她，而且胜过了她。例如身上这件罩衫，那级任是八成旧的，而她是全新的。那戒指级任是订婚的，不过一钱重，而她这只就粗大得

1

多，有一钱五分重。她随着一般人的喊法，称女主人叫"王老太"。她道："王老太，那碗口蘑烧青菜，要不要放些味精？"王老太道："我们请的这几位客人，天天是大鱼大肉吃惯了，他们要吃一点儿真正的家常口味。若加了味精，又不是家常口味了。把这盆水拿出去倒了。"杨嫂笑道："向来没有看到王老太这样烦神请客，茶杯子都要自己来洗。"王老太笑道："你知道什么？你们吃惯了人家的，用惯了人家的，自己不拿钱买东西，丢了一样，摔了一样，无所谓。这细瓷茶杯，不用说现在值多少钱，跑遍了重庆也买不到，我们还是由汉口带来的呢！所以我平时不拿出来用，为的是打碎了一只就少一只。"杨嫂笑道："那为啥子今天又拿出来用哩？"王老太笑道："你怎么这样聪明！为什么今天我们又办许多菜请客呢？快去把水倒了，将茶泡来，十点钟了，大小姐快回来了。"

杨嫂去倒水，王老太也就开着房门出来，伏在栏杆上向巷子里张望了一下。就在这时，一阵咯咯的皮鞋声，两只手电筒的亮光在巷子里四处照耀着。她听了那群来人中南腔北调，是有了许多不同籍贯的人在走着。她不用得考虑，知道是她的女儿王玉莲回来了，立刻叫着道："杨嫂，去开门，小姐回来了。"

说话的时候，楼下的电灯亮着，一群人上了楼来，第一便是这王玉莲小姐了。她笑着走进房来，两手便去翻着海勃绒大衣的领襟，口里连说道："热死了，热死了。"她长圆的脸儿，一对大眼睛，簇拥了很长的睫毛。据捧她的人说，就她这一点，很有些像美国明星美呢。王老太是非常疼爱这个女儿，也可以说是非常畏敬这个女儿。见小姐脱了大衣向旁边椅子上一丢，便立刻拾起来抱在怀里，笑道："我的小姐，现在这样一件大衣要十万元法币呢，你竟是这样地乱丢！"

随在王小姐后面进来三位西装朋友。一个小胡子首先进了门，他笑道："那要什么紧，王小姐还在乎吗？我想用不了白唱一星期的戏吧？"王老太笑着点头道："请坐，请坐。杨嫂快泡茶来。"她吩咐着杨嫂，却有一个穿黑棉袍的人，头发梳得溜光，手上提了一个大白布包袱进来，笑道："王老太，给您行头，让我来张罗。"他倒说的是一口好流利的北平话。

王老太将大衣和包袱一齐拿到里面屋子里去，回身出来，又向三位西装朋友叫了一声"请坐"。因为他们正脱着大衣，一面还站着看墙上悬的画片脸谱之类呢。那个穿黑布袍子的男人，却在屋子里开始倒茶。王老太向他道："老刘，你怎么不早些回来？你也可以帮着料理料理。"老刘道：

2

"今天戏散得晚了大半个钟点，柴先生到后台来，又叫我一路走。"王老太向那个小胡子而又白胖的人笑道："柴先生，一切多承你帮忙。"他笑道："老太，你不要这样客气，我是个晚辈，你就叫我柴子进吧。玉莲就叫我子进，我也叫她玉莲。这样，我们也免得过于生疏似的。"说着大家围了屋子中间一张方桌子坐了。

杨嫂在那悬下来的雪亮电灯泡下，正向那白桌布上放着淡绿色的玻璃干果碟子。玉莲在碟子里拿了一只纸包糖果起来吃着，将手在桌上挥了挥道："大家都饿了，我们就吃饭吧。老张、老李一定赞成。"穿西装的里面一个黑胖少年笑道："提起吃，我张品三向来不示弱的，何况王小姐家里的食品，又是格外考究的。"另一个瘦子，尖削的脸上有几个微麻点，唯其这样，他像女人一样终年断不了擦雪花膏。他的高鼻梁上架着一副金丝眼镜，却是带着充分的刁滑样子。他笑道："你张品三会吃白食，我李广四也不弱。"柴子进指了他笑道："你不看你吃得这张嘴都瘦起来了？"王老太已是亲自来检开桌上的茶点，笑道："三位何必说这样话？就怕是请不到，若是肯光顾的话，天天来吃一顿便饭都可以。"玉莲接着道："我们家的饭要到晚上十一点钟，为了我们一餐饭，还要把人家的肚子饿干来呢。"她说着话，也来帮同检理桌子。三位嘉宾就一齐站到桌子旁边来。

这位李广四先生闪开得远一点儿，站在通到里屋的房门口来，不免探头向门里张望了一下，笑着哟了一声道："王小姐的梳妆台上要开化妆品展览会了！"柴子进也就过去伸头看了一看，笑道："既然是展览会，可以让我参观一下吗？"王老太笑道："你要提到化妆品，我们这位那是非常之有兴趣的，三位可以到她屋子里去看看。她唱戏拿的几个钱包银，都让收买化妆品花光了。"柴子进巴不得一声，就一脚踏进里面屋子里来。

这屋子被裱糊得雪白，里面一张乳白漆的木架床，白色滚紫红宽边的床单上叠着一床水红的和一床深绿的绣花被，分外地鲜艳夺目。而况一盏垂着琉璃穗子的电灯罩，照得全屋通亮。左边一架穿衣镜的衣橱门关着的。此外便是陈列化妆品的家具了。右边是一架梳妆台，整个的台面上，都是方圆大小的玻璃瓶子与料器瓶子。每一种瓶子都是成双的，镜子照着每一种瓶子，又变成四项。这梳妆台旁边立着个小小的玻璃橱子，隔了玻璃可以看到里面三层格板，放满了花红叶绿的大小纸盒。盒子上构成各种美丽的图案，远看去犹如装了一橱子玩具。这窗户边有一张半副抽屉的小书桌，但上面放的不是文具，也陈列的是化妆品。这桌上的化妆品，与梳妆台上和玻璃橱子里装的有点儿两样，乃是粉盒、雪花膏盒、胭脂膏盒、香水瓶、生发水瓶，甚至小的口红管子之类，都每一个牌子一组，分了若干组放在这桌上。为了这组瓶子盒子有大有小，有多有少，因此有列成梅花形的，有列成四等边形的，有列成三角形的，化妆品本来就是装潢美丽的，桌子上这样摆列着，更是好看。

柴子进笑道："这样摆化妆品，我还是第一次看到，王小姐不愧是艺术家。"玉莲因这三位来宾都走进了她的屋子，她也就笑嘻嘻地跟了进来，问道："三位觉得怎么样？"李广四拍了手道："洋洋大观，洋洋大观！"柴子进向她望着道："王小姐，我要问一句外行话了。这些个化妆品，你足足可用十年以上吧？到十年以后，也许这些东西已不摩登，你买了这样多干什么？"

玉莲笑道："别人问我这话，我可以原谅他不懂，你柴经理不应该说这话吧？我问你一句话，你为什么买许多洋钉子放在乡下公馆里去呢？张品三说，有一次你就在昆明运来了十桶。那些个洋钉子，恐怕你可以用五百年。"柴子进哈哈大笑道："原来玉莲也是打算做生意，开化妆品铺子。"玉莲笑道："开化妆品铺子虽不见得，可是囤积一些也不坏。你看我桌子正中这一套化妆品共是八样，前年买来的时候不过二百多块钱，现在呢？你出一万块钱我也不卖，若把这二百多块钱放在什么银行里，可以得到这么些个利钱？"张品三笑道："一个做小姐的人，也会讲这些生意经？"玉莲道："你以为你们那套生意经，有什么天大的学问哩，只是社会上还有许多人不肯干罢了。若是大家都干的话，全国的人都成了投机商人，那么，你张先生也休想穿这漂亮的西装，更休想……"说到这里微微地一笑。

张品三向柴子进伸了一伸舌头。柴子进笑道："王小姐本来就说得不错，我们有什么了不起的本领？打听行市、跑公路、赶飞机、请客开包袱，如此而已。"玉莲笑道："子进，我常听到你们说开包袱，这是一句什么行话？"柴子进笑道："你在重庆市上住了这样久，难道这句话你还不知道吗？这句话，一切的人都用得着，也并不是什么投机商人的行话呀。简单地说吧，就是送黑礼。"

玉莲还正要问，王老太在隔壁屋子里叫道："来喝酒吧，你又不做买进卖出的生意，一个当小姐的人，打听这些生意行话做什么？"老刘也挤着向前把头伸到屋子里，连点了两下，笑道："请吧，菜都送上桌了。"玉

4

莲听说，于是将三位来宾让到前面桌子上来坐着。柴子进坐下，看看桌上摆的碟子，两手互相搓了几下，笑道："办这样好的菜！"原来这桌子上都是在馆子里极不容易吃着的菜，乃是一碟醉虾、一碟醉蟹、一碟熏鲫鱼、一碟板鸭、一碟宣腿、一碟香芹虾米拌五香豆腐干丝。

李广四拿起筷子来，先夹了一只醉虾在嘴里咀嚼着，笑道："好久没有吃到这样菜了，哪里找的？"王老太坐在旁边椅子上吸纸烟，笑道："这是三位口福好，今天有人由成都带来的，只可惜小一点儿。"张品三又伸了一伸舌头，笑道："天理良心，在重庆吃到新鲜虾子，已是叫人无话可说了，我们还敢嫌小呢。这六个下酒的碟子，就是这么样样精美，这以下的菜，我几乎不好猜了。"柴子进笑道："你看到桌上的，又提到了人家厨房里去了。"玉莲拿了一把瓜式的小锡壶，就向各人面前的高脚玻璃杯子里斟着酒，笑道："喝吧，反正既请了三位来了，家常小菜总要弄两样的。"

柴子进道："这就够谢谢的了。"说着拿了酒杯子向旁坐的王老太举了一举。李广四也回转头来道："你老人家怎么也不来吃一点儿？"王老太笑道："你看我们家，统共只有母女两个人，每日倒要吃五六顿饭。我娘儿两个，很难在一处吃的。玉莲非睡到十一二点不能起床，我一个起早的人能等着她吗？她两三点吃饭，我是不能和她一块儿吃，四五点钟，她就出去了。晚饭，又是我一个人吃。无论她在外面吃不吃晚饭，到了晚上由戏馆里回来，我总是要和她做一点儿吃的。你看，不是五六顿吗？"

李广四道："大小姐那是职业关系，不能不这样。我想她不见得愿意这样子吃吧？"说着他望了下手的王玉莲微微地笑着。她点了点头笑道："李先生，你猜着了，请你介绍我到哪家公司里去当一个女职员吧，我真是不愿吃这项戏饭。"说到这里，老刘捧了一只大瓷盆子到桌上来，里面是火腿海参炖肥鸭。柴子进左手拿汤匙，右手拿筷子夹了一大块海参，放到面前酱油碟子里来，然后笑向她道："我们三个人这点面子都有，准可以介绍王小姐到公司里去当一名职员。只是有一层，那薪水实在是有限的。要想吃喝这一类的好菜，那非得中奖不可。"张品三道："你这还说远了，老实地说，得来一个月的薪水还买不到王小姐桌上的一盒上等香粉呢。"玉莲摇摇头道："我不信，我看那些女职员，也一样地用化妆品，难道那不是拿钱买的吗？"

柴子进将筷子头指了李广四道："这个问题，他能够回答。"玉莲便笑嘻嘻地望了他道:"你说,那是什么缘故?"李广四道:"我既不是女职员,我也没有太太做女职员,我怎么会知道?"张品三在他的对面,笑着做了一个鬼脸,因道:"你焉知你未来的太太,不就出在女职员里面呢?"李广四望了他笑道:"你这叫瞎说。"

这时,柴子进将筷子汤匙放下,两手扶了桌沿,做了一个很郑重的样子,向李广四道:"老李,你说玉莲这个化妆品展览会,值不值得小姐们参观?"李广四道:"当然值得参观一番。"柴子进道:"那么,你可以引了吕小姐来参观一下。"李广四笑道:"这哪里谈得上?王小姐家里也不是随便可以让人参观的。"

玉莲点着头笑道:"我明白了,李先生什么时候请我们吃喜酒呢?我的化妆品展览会,自然是个笑话,可是重庆上买不到的牌子,我这里很有些,参考参考也是有趣的。有的人喜欢收邮票,有的人喜欢收纸烟盒子里的画牌子,他们都喜欢拿给人家看的。我收买化妆品也是这一样的玩意儿,我为什么不愿意人家参观呢?我这样在屋子里摆着,就是为了让人来参观的。今天晚上来参观的这三位来宾,绝对是外行,看不出什么兴趣,有时遇到了知己的小姐们,她们看得很感兴趣。我在一面说明来源,自己也极是高兴。可惜在这重庆市上,还没有遇到同好,要不然,倒可以比赛比赛。"

张品三正要将舌头一伸,他立刻觉得这习惯不好,自己止住了,只是微微地张一下口,因道:"这个嗜好,除了名角儿王小姐,哪个玩得起?"玉莲摇摇头道:"这话不然,要有嗜好,就不问什么玩得起玩不起。人家玩邮票的,花几万元买一张邮票,还平常得不得了呢。"柴子进向张李二人道:"可惜我们今天才知道玉莲有这样一个嗜好,若是早一年已知道,我们正不断地跑仰光,那可以搜罗许多好的化妆品来送她。"玉莲笑道:"你们虽不能跑仰光了,印度飞来的东西你们还可以得着。假如你们愿送我一些东西的话,我断定你们还可以送。"

柴子进点点头道:"要说绝对不能到手,那自然是假话。但是我免不了托人又托人,容易把事忘记了。最好你写张字条给我,要买什么牌子的,我把这张条子交给朋友,让人家照样子在印度去买。"玉莲望了他道:"你这话是真的?"柴子进笑道:"我们什么时候敢拿话骗你?"玉莲笑道:"好的,你明天下午到我这里来,我给你一张单子,你不要吓倒。说是单子,也不过两三样罢了,不会要你带一吨或半吨来。"柴子进道:"我若有那个力量，能在印度飞整吨的货进口来，我不但不吓，还高兴得不得了呢。你既开单子，你就开张单子给我吧。为什么还要等明天?"玉莲道："这有点儿缘故，这些英文牌子的名字我写不来，还要请一位老师。"说到这里，老刘正向桌上大碗地上着菜。王老太坐在一旁，只管张罗了大家吃菜，大家就把这话柄打断。

饭后，王老太熬了很好的一壶普洱茶请客，以助消化。虽然有这样很好的普洱茶以助消化，无奈是他们究竟吃喝得太醉饱了，反是感到有些懒洋洋的，不愿走路。各人斜了身子闷坐在外边屋子里抽烟喝茶，都没有去意。柴子进又不便白赖在这里，以致显出了无聊，因笑道："玉莲，让我们还参观你那化妆品展览会吧。我们多看看样品，或者可以照样子和你去找。"张品三摇摇头笑道："你这话很外行，王小姐要收罗的化妆品，以她不曾收到的为目的物。你去参观她的样品，还不是照样子再买一份? 那就不足为奇了。"玉莲笑道："这话也不尽然，有几种牌子的东西，我只收到一两样，那是很珍贵的。假使再能补充一点儿，那也好，你们来看。"说着她先走到那里边房门口，回转手来招了两招。大家随着她这一招手，二次又来参观这展览会。

玉莲对于这样的来宾，始终是欢迎的，便挑选了几样珍品放在桌子上，有的是香粉，有的是粉膏，有的是唇膏，有的是胭脂，指了笑道："假使这化妆品你们能一样给我配上一份，我也就很满意了。"柴子进听说，轮流拿起几项来看，那上面除了美丽的装潢，只有很少的一两行英文字，有的字母都拼音不上，也许是法文。便放到桌上，摇摇头道："这倒很难去托人买，我说不上是什么牌子，又不能拿一个样品给人家去看，叫人家由哪里着手呢?"玉莲笑道："我说让我明天开张单子，你又不信。"柴子进道："我哪里有这个经验呢? 大概你请教的这位老师，也是一个老内行吧?"玉莲笑道："你正猜在反面，人家是一位胡子半白的老教授。他不但认得英德法三国文字，问起什么事来，他也懂得。我拿着样品去，他自开得出单子来。不过我每次去，我有点儿不好意思。"玉莲笑着，正要把这个原因说出来，但是她眼光向这三位富商身上的西装一扫，她只有摇摇头，把这话忍下去了。

# 第二章

# 此 间 乐

这三个商人所知道的事，王玉莲还知道一点儿；王玉莲所知道的事，他们果然是一毫不了解。柴子进又跟着问她道："我知道必是这些老先生们反对女人用化妆品吧？"玉莲笑道："人家也没有那些工夫反对这不相干的事。这个原因你们就不用问了，我倒要问你们一句，是不是有熟人去加尔各达，若是真有便人，我就去找一趟先生，让他开单子。不然，他住在郊外，我也懒得跑那远去找人。"柴子进笑道："托人到印度去带十磅八磅东西，也许有问题，两三样化妆品，衣服袋里都可以收着的东西，辗转托人总可以办到。碰巧了，两个礼拜以内就可以把东西带到。就算迟一点儿，总也不会出两个月。"玉莲笑道："我托人带东西，还能定下个期限吗？"柴子进笑道："若是这样说，你就把牌子开了来，交给我吧。"玉莲坐在他对面椅子上，又在脸上泛起了一点儿笑意，因道："我虽不能规定一个限期，对于托带的东西，你却是非带到不可。因为我请老师去开一张单子，我下的本钱也很大。"

张品三把他那张醉红的脸，摆着画了两个圈圈，笑道："王小姐待朋友都这样客气，当然老远地到郊外去看一趟老师，少不得重重地要送一些礼物。"玉莲听说，向在座的三位嘉宾脸上看了看，觉得他们虽各穿上一套漂亮的西装，但是那脸色上只是浮滑与伧俗，西装口袋上露出来的金表链与自来水笔，只是增加了他们身上那份不相称。便微笑着摇了两摇头道："我说给你们听，你们不会相信。人家这一类的老师，是不在乎你把礼物去送他的。你无缘无故，把重礼去送他，也许还要招怪呢。"李广四点点头道："我们是隔行如隔山，上海那些洋行里的买办，有懂好几国语的，生活上变成了外国方法，对中国这些旧风俗，都不赞成。我们就吃亏外国话不行，前两年几个懂法国话的朋友，在安南跑来跑去，真占了不少便宜。"玉莲见他又谈到生意经上去了，正要笑出来，她立刻觉得不大合适的时候，便装着打个哈欠，把她要笑的态度遮盖过去了。做小姐的人，在男客面前打哈欠，这是不大妥当的，所以她立刻又抬起一只手来，将手背挡了嘴唇。

柴子进向张李二人各看了一看，因笑道："我们又吃又喝，在这里打搅人家半夜，现在也该让人家休息了。"说着，便自向里面衣架上取大衣，张李二位是陪客，自更不容踌躇，大家忙乱了道谢着就下楼去。玉莲只手扶了门帘子，站在房门口。王老太却送出来，伏在楼栏杆上向下面叫道："柴先生，请慢走，我们也没来得及和三位叫三乘轿子。"那位柴先生忽然记起了一件事，皮鞋踏得楼板噔噔作响，直奔到王老太面前，低声笑道："那金子的事，大致是妥了，只要交过十五万元，他就可让出来了。反正他比卖给银楼强得多。今天我得的消息晚，我没有来得及回去开支票，明天下午我带了支票来。这事情你家大小姐全都知道，我不过再向你老人家声明一句。"

王老太笑得身子抖颤了一下，因道："一切都要柴先生费心。"柴子进说了句明天见，自下楼去。王老太伏在楼栏杆上向下叫道："老刘送着柴先生出巷口吧，看到街上有车子就和柴先生叫一乘车子。"老刘在楼下连连地答应着，她直听到这一群人的皮鞋与说话声，都已由门口走远了，这才回转身到房里来。见玉莲懒懒地靠在椅子上坐着，手挽到肩后，枕住了后脑，醉眼蒙眬地微垂了眼皮，便道："你大概是醉了，去睡觉吧。"玉莲站起身，伸了个懒腰，笑道："今晚上把这三个人都吃喝得很高兴，你累了一天，也去睡吧。"

王老太道："我本想留他们打八圈牌，看到你精神不好，我就没有作声。这样一来，我们家杨嫂，倒是大失所望。"玉莲笑道："你看我把这事忘了，老柴私下塞了五千块钱在我手上，说是赏给杨嫂的。"王老太道："你怎么不早说？也好叫杨嫂谢谢人家。"玉莲笑道："为的就是不要杨嫂谢他，他才私下把钱塞给我的，他那意思，是怕张李二人花钱。其实他这两位老板，也毫不在乎。姓张的罢了，那个姓李的，那一脸的油滑和生意经……"王老太拦着道："不要胡说了，看在老柴的面子上，他又没有少帮我们的忙。"正说着，那杨嫂进屋来收拾东西，沉住了脸子，没有作声。玉莲将五张一千元的钞票，掷在桌子角上，因道："拿去！这是柴先生送

9

你的。"杨嫂笑起来道:"这样多,都是给我的?"王老太道:"你看这三人里面,那个李先生为人好不好?"

杨嫂被主人问着,倒有些莫名其妙,向了主人站着呆笑。王老太道:"你大小姐说,那个姓李的是坏人。"杨嫂道:"啥子坏嘛?见人很客气,我倒碗茶他吃,他都起身道谢喀。人家发财,硬是有道理。"王老太问玉莲道:"你听见没有?"玉莲已走到她自己的卧室里去了,隔了屋子道:"不谈了,我明天还要起早到唐先生那里去呢。发财的人,硬是有道理,我明天见着唐先生,要把这句话告诉他,他一定又要气得胡子直撅呢!"王老太道:"你也是个怪人,每次到唐先生那里去,总是让他教训一顿回来。若是别人这样说你一回,你早就和他翻脸了。可是唐先生越说你,你越佩服他,这事怪不怪?"玉莲已展开了床上的被褥,倒身睡了下去,向里面一个翻身道:"你要懂得这个……"她拖着声音,没有把话说下去。王老太追到屋里来问道:"你以为他更有办法吗?"玉莲道:"那正相反,他不曾替人收买金子的,今天晚上这顿饭你也就不高兴请客了。"说着,她在被窝里伸出一只雪白的手臂,来将电灯机门一扭,屋子里黑了,大家的话也停了。

当她次日早上起来的时候,连杨嫂都还未起床,全家静悄悄的。楼下邻居是个五金行老板的外室,他们家起得早些。玉莲自到他家厨房里去要了热水洗脸,倒着热水瓶里的开水喝,嚼了几块家藏饼干。虽然屋子里开着化妆品展览会,但她只对着梳妆台搽了一点儿雪花膏,脂粉一概未用。找了一件半新的蓝布衫,罩在皮袍上,也没有穿那件价值十万元的海勃绒大衣,只把一件旧青呢大衣罩在身上。叫醒了杨嫂,告诉她看唐先生去,便走出门来。她并没有提携那个摩登手皮包,只在街上买了两瓶酒、几只罐头,用一只线绳络子络住了,搭着公共汽车直奔郊外。

她所到的目的地,是一丛茅草屋中的一所,门前一片稀疏的鹿眼竹篱笆,挂了一些残败的藤蔓。隔了篱笆可以看到里面一个小小的院子,地面上歪倒着一些焦黄了叶子的花草,五六只鸡散在花草中间遍地找食。篱笆左角有一片青草地,青郁郁地倒长得很茂盛。玉莲向那草屋的窗户看看,那白木格子上没有玻璃,是棉料纸糊的,看不到里面。但听到碗筷声,似乎在吃早饭了。自己也就没有多加考量,走进篱笆,站在草屋檐下,叫了一声唐先生。随了这一声喊,那里一扇白木门打开了,也许这一下太重点儿，将这竹片的夹壁都摇撼了一下。来人在外面所以能看到这是夹壁，就因为那夹壁上的石灰片，整大块地落下来，左一个窟窿，右一个窟窿，露出了里面的竹片。

玉莲她就想着："谁会猜想这屋子里住着的，并不是挑柴卖炭的，却是读过几千本书、教过十年学生的老教授！"她这样不曾想完，这老教授在白板门里走出来了。他穿了件灰布棉袍子，大襟上面还有两块正方形的小补丁，半白的头发疏疏地盖在头上。但他的胡子还没有白，只一撮短短的胡楂子，表示着他不服老。尖削的脸上架了一副大框眼镜。玉莲没等他开口，老远地深深鞠了个躬，叫声唐老师。唐老师哦了一声，笑道："是王小姐，早哇！由城里来？"玉莲道："特意来看老师和师母。师母在家吗？"唐先生笑道："在家，我也没有哪里可去，请进来。"

玉莲随着老师进来，这里是一间丈来见方的屋子，中间摆了一张竹子腿的方桌，白木板的桌面上，放了一个大瓦钵子，盛了一大钵子糙米粥，颜色是黄黄的，粥里有红皮子方块的东西，大概是红薯丁子。中间摆着唯一的大菜碗，盛了一碗干萝卜条子。除了一位穿半新旧蓝布罩衫的老师母而外，还有三个男孩子、两个女孩子，由五岁到十三四岁，围了桌子，在方竹凳子上坐着，一个人捧了一只粗碗在吃粥。

玉莲将绳络子放到旁边的唯一的一个竹茶几上，向唐师母鞠了个躬。唐师母早就站起身来，放下了筷子碗，向前握了她的手道："王小姐，又是两三个月不见了。你好？"唐先生道："请到屋子里坐吧，你带来的东西是送给我的吗？于今是一礼万元。"玉莲笑道："我没有敢违背老师的教训故意浪费，除了两瓶酒之外，不过带一点儿糖果给师弟师妹吃。"那五个男女孩子虽是手里捧了粥碗，眼睛早向绳络子上飘来。现在客人说是买给师弟师妹吃的糖果时，大家越是向这里望着，尤其是那个五岁的师妹，听了这话，放下筷子碗，将一个右手食指放到嘴唇里抿着，扭转身来向这绳络子呆望了。玉莲立刻放开了绳络子，先取出两个纸盒子来打开，每人给了一块鸡蛋糕，又是几块糖果。唐师母笑道："谢谢了，请到里面屋子里坐吧。你看我们这小屋子，摆下一张吃饭的桌子，转身的地方都没有了。"

玉莲随了主人推让，进了里面这间屋子。其实这里也不见得怎样宽敞，靠里一张单人白木架子床，白床单上叠了一床八成旧的格子布面棉被，枕头旁边放了两三本西装书，又是一大堆讲义。屋子正中一张竹子腿

11

的长方桌，上面乱堆了书籍文具。文具是在乱书中间放着的，好像这些书籍高高低低堆了，给这文具一块小坦地筑下了四面的防御工事。文具是一块大砚台，一只蓝墨水瓶，一只印泥盒子，毛笔、钢笔、铅笔、墨，一齐平铺了放在桌上。主人翁倒不是没有笔筒，不过口上碰损了一个小缺疤而已，还是画了山水的江西瓷，现在做了花瓶的代用品。这里也插了三四枝红梅和两三朵晚菊。另外还有一把西瓜式的紫泥茶壶，已带了灰黑色，它的年龄是可知的。就凭这茶壶与花瓶，也表现了主人颇也需要一些精神上的调剂。屋子左右壁下，各有一张书架，上下三层都塞了书，最下一层也有一部分是讲义。书架外空出来的墙壁，左面是一张世界地图，右里是名画家的一幅醒狮图。但画虽然名贵，主人并没有裱褙，与那地图给予了同等的待遇，只用四个图画钉子钉在壁上。

主人翁将客让到这屋子里来，好像这屋子足以款待贵客似的，其实这里还只有一张唯一的竹围椅，主人坐着工作的，摆在书桌的里面。唐师母也是料着无招待客人安坐之地，就将外面吃粥用的大竹凳子搬了进来，隔了桌子与主人对面放下。唐老师点了个头道："坐下吧，老远地让你跑了来，我是没有什么东西可以招待的，只有请你空坐坐了。"说着，他先在自己座位上坐下了。玉莲在对面竹凳子上坐下了，唐师母将一只粗瓷杯子斟了一杯白开水，双手递到她面前，笑道："王小姐，喝一杯热水，冲冲寒气吧。简直是没有可以待客的。"玉莲接过那杯开水来，却没有个放下的所在，因为她坐在桌子的这边沿，正堆了几十本书，没有一寸宽的余地，只好将那只杯子端在手上。唐老师看到，便笑道："我是个最爱整洁的人，从小读书就讲个明窗净几，于今不但窗不明，几不净，而且满目乱七八糟，成了个鸡窝了。但这实在是没有法子，这里室如斗大，一切是在竹子桌上办理，我有什么法子叫它不乱呢？"说着，把玉莲面前的那堆书，向里扒了两扒。

玉莲将茶杯子放在桌上，对屋子里周围看了一看，笑道："老师，我是不懂什么，我有一句话要问问你。"唐老师将桌面前的笔砚理了一理，向桌面上吹了两口灰，笑道："我知道，你向这屋子周围看了一看，一定是说我这屋子太矮太狭窄，心地不舒适吧？"玉莲又向屋子周围看了一看，笑道："当然我们是小孩子的见识，我就这样想着，老师懂几国的文字，看的书也就多了，那囤积商人所能看到、所能料到的事，难道老师反而看不到，料不到？"唐老师将手摸了摸他嘴唇上面的短胡楂子，笑道："你觉得我一点儿世事都不懂吗？在某一方面看起来，也许我是太不懂得世事了，但是懂得了，又怎么样？我丢去了书不教，也去摆个纸烟摊子，或者沿门托钵，凑几万块钱囤些日用品在家里。但是那样干，你以为我不必住这夹壁草屋，也就不必吃这红苕（四川谓薯为苕）稀饭了。孩子话！"说着打了一个哈哈。玉莲笑道："我不是那意思，我觉得……"她说到这里，却不能把她觉得说出来。她又由这屋周围看了一看，一直看到老师身上。她想屋子里这些个书，主人是这样大的年纪，知识方面也好，经验方面也好，比那个年轻而又毫无学识的李广四，总要强十倍，何以他会一挣几百万元，而唐老师不能？她没有敢说出来，她低头牵了一下衣襟，笑上了一笑。

在这时，屋子外边一阵纷乱，那些吃饱了红苕稀饭的孩子，各都拿了书包去上学，只剩下一个最小的女孩子，被母亲牵着站在屋子门口，向那群上学的儿童看着。那些学童，也许是为了各人手上拿着两块糖果，都带笑带跳地在路上走着。孩子的母亲为了孩子们笑，她也笑。玉莲感到她话题的窘迫，是故意回过头来看看这些儿童，这就向师母道："这些师弟师妹，都很天真。"唐师母摇了两摇头道："造孽罢了，也不知道他们赶着来出世干什么？过这营养不够的日子。"

玉莲已是站起来，脸向了外。他们家屋子就是这样大，若非那竹片夹壁隔开了，里屋是外屋，外屋也是里屋，她只在沿桌子一转身，仿佛就到了外边屋子，向师母对面谈话了。唐师母对桌子边的竹凳子向外挪了一尺，自己面朝里先坐下，点头道："王小姐，坐下吧，平常你老师上课去了，我是闷得慌，我也欢迎有人来谈谈天。"玉莲在原来凳子上坐下，斜了身子倒是对两个屋子里的主人都很接近地谈着话，便道："还有两个师弟都不大回来吧？"唐先生插了言了，他道："他们都住在学校里，非放寒暑假是不会回来的。他们也很体谅我，平常也不回来。回来了米不够吃，徒然增加我的负担。而且你看这屋子既是室如斗大，他们回来了，也没有地方落脚。"他说着对屋子周围用手指扫了一下。

玉莲连笑道："文人现在真苦，在这种环境里，老师还要研究学问，却也不容易。"唐先生摆了一摆头道："那也无所谓。孩子上学去了，你师母也不打搅我，自带了这个顶小的孩子到一边去。啰！这把椅子。"说着拍了两拍他坐的那把竹椅子，笑道，"那就是我的安乐窝。所要的书，都在手边，随手抽了来看。一看书，就什么大事都丢在九霄云外。家里书不够，要过瘾的话，图书馆里的书还可以替我加油。最近由印度运到一大批新书，我的眼睛大打其牙祭（若干天吃一顿肉，川人谓之打牙祭）。除了上课，我就在家里看书。有时你师母和我打二两白干，买一包花生米，喝得周身发热，鼻子里勃香，其乐陶陶。再不然，邀着附近的穷教授们在路上散散步，上自天文，下至地理，摆摆龙门阵（四川谓谈天为摆龙门阵）也就消磨了两三小时。每天这样过着下去，倒也没有什么难过的。"唐师母笑道："可是有一层，千万不要把物价告诉你老师，一说之后，他把书看不下去，这也就不怎样把竹椅子当安乐窝了。"

唐老师哈哈大笑了一声，昂头念了一句诗道："满城风雨近重阳。"唐师母笑道："你懂不懂你老师念诗的意思?"玉莲抿嘴微笑。她又道："宋朝有个潘大临诗人，在壁上题诗，只写了'满城风雨近重阳'七字。催租税的人来了，打断了诗兴，诗没有作得下去。我一告诉你老师物价，他就念上这句诗，比我作催租吏。"唐先生笑道："你别看你师母是个柴米油盐太太，肚子里很有些典故呢。"唐师母笑道："这个典故，你不只告诉了我一百遍吧?"玉莲笑道："那么，我不要变成催租吏才好。"唐老师将手指了外面屋子道："你送了我两瓶好东西，你还会成为催租吏? 这样的催租吏，我倒希望他天天来。我就不客气了，太太，今天我没有课。"说着手又摸了胡楂子，向来人微笑。唐师母道："送礼的人还没有走呢，你就想开瓶喝酒?"唐老师道："这样说，我非喝不可。要不然，我倒是催王小姐走了，拿来拿来!"

这位唐师母，在说笑声中果然打开一瓶酒，将一只粗瓷茶杯子斟上了半杯，放在桌上，又开了一只王小姐带来的红烧牛肉的罐头，拿了一双筷子，一齐放到唐老师面前。他笑道："最好还是有四两椒盐花生。"唐师母道："有这样好的菜，还不够下酒吗?"他一摆头道："非也，这样好吃的，两顿吃了未免可惜，还是搭着花生米慢慢地吃好。"玉莲起身道："刚才我经过马路口上，那里有一家杂货店，就卖椒盐花生，我同老师买去。"唐师母道："哟! 你一个大小姐又是客……"玉莲也不等她说完，已经走出她家大门了。

不到十几分钟，玉莲提着一纸袋花生，又是三个咸鸭蛋，复又走了来。唐师母做事去了。只见唐老师斜靠了竹椅子背坐着，左手握了杯子，右手卷了一本线装书在看，那双筷子插在罐头里面，学生买了东西来了，他还不知道。左手举了杯子送到口边抿了一口酒，然后把书放下来，扶起筷子来，夹了一块红烧牛肉待要向嘴里送。一抬头，看到玉莲点头笑道："这真对不起，果然让你跑了一趟。我知道你在城里是有好几个人伺候你的，怎好让你替我去买这零碎东西呢?"玉莲把花生和咸鸭蛋都放在桌上书堆缝里，笑道："那要什么紧呢? 我听说老师都自己到附近街镇上去买菜。"唐老师先由纸袋里抓了一把花生放在面前，一面剥着花生，一面点头笑道："事诚有之，我也不过消遣而已。"玉莲手扶了桌子角站着，见这位老师一盏当前，万事都不在心。眼望了摆在桌上的那本书，鼻子耸了两耸，嗅着酒香，手里不住地剥着花生，一粒一粒地向口里扔着，左腿架在右腿上，只管摇撼，身体也随了摇撼着。因道："果然老师对于这个环境是很能坦然处之的，比我们快活多了。"

# 第三章

# 你有法子没有

　　唐老师在这个环境里是不是快乐，这实在不是一个年轻的摩登小姐所能看出来的。唐老师也就为了这个环境最容易叫人家看出个什么结果，现在听到玉莲如此说了，将茶杯子端起喝了一口酒，杯子放在桌上，啪的一声响，因道："我比你快活得多？我之快活不快活，且不去管它，我要问你，比你所多的快活，这一点是什么？又在哪里？你喝不喝酒？吃两个花生吧。"说着在纸袋里抓了一把花生，放在她面前的西装书硬壳面上。玉莲笑道："我觉得老师比我们快活得多的，就是不拘形迹。老师不要看到我还不愁吃，不愁穿，可是什么事都得拘形迹。"唐老师又端起酒杯来喝了一口，笑道："你觉得不能像你老师一样，可以提了篮子上街买菜；也不能像你师母一样，可以挤在食糖公卖处门口排班买半斤白糖回来。但这些都有人代你办了，你又何必这样不辞辛苦？"

　　玉莲在书壳上取了一个花生，用手剥着，笑道："我倒不是那个意思。我以为先生自由自便地不受着环境的拘束，这是值得钦佩的。譬如这一把花生吧，老师就很随便地放在这书面上。"唐先生不等她说完，就打个哈哈道："你以为这是不拘形迹，这是马虎罢了。干脆言之，我是无一事不违反新生活。这样地把花生放在书皮上的行为，你以为得到羡慕？我若是在家里有宽余的地方，书桌是书桌，茶几是茶几，我也会拿出玻璃碟子来将花生装着。于今既是办不到，只好随便。小姐，告诉你，一个人不衫不履，做成名士派那个样子，那不是为了他有做名士的脾气，实在是他腰里的钱包，没有力量装点得他齐齐整整。我比你快活得多？哈哈……"他笑着又点了一点头道，"你这话也是对的，只是你没有看出来。"说着，端起茶杯来大大地喝了一口酒。放下茶杯以后，他身子向后一仰，靠了竹椅子背，昂起头来摇了两摇道："这是不足为外人道的。"她看她老师这一番做作，自己也觉得没有插言的余地，只是坐在椅子角上慢慢地剥着花生。

唐老师再坐起来喝酒的时候，见她默然地坐着，便笑道："看我多大意，你老远地来了，我也不问问你是否有什么事，只是说些闲话。你有什么事要我和你做的吗？"玉莲笑道："我没有什么事，不过在报上常常看到教授们很苦，今天闲着一点儿，特意来看看。"唐老师端起杯子抿了一口酒，将杯子放在桌上，用手掌盖着，像是很着力的样子，又叹了一口气道："看了报，你倒也来看看我。你那灵魂，还没有被城市里那些乌烟瘴气给迷住。"唐师母忽然在外面屋子里插嘴道："你教的那些大学毕业生，有几个人来看过你的？倒是在中学里教的这位王小姐，一年要来看你好几回，你倒说人家没有失掉灵魂。"唐老师笑道："因为王小姐没有进过大学，所以还到这里来看我。假如她也是个大学生，她会怕我沾了他们的贵气。而他们呢，恰又不免沾了我的穷气。"

　　他是昂了头向泥夹壁说着话的，回过头来看到了玉莲嘻嘻地笑着，便道："若说沾我的穷气，其实也不尽然。前些日子有个大学毕业的学生，要写一封法文信，打了个草稿，自己还是相信不了自己，跑来请我看看。老师到底是老师，我就和他改正了三四处错误。结果，他是沾了我的便宜，而不是我沾了他的便宜。"玉莲脸上微微地红着，笑道："老师这样地说了，有话我倒不好说了。"唐老师道："写英文信呢？写法文信呢？只管告诉我，不要紧的，我这里有的是囤积品。"说着就抬起手来，拍了两拍肩。

　　玉莲笑道："我倒不是特意为了这件事来的，我是顺便来请教于老师罢了。"说着俯身在袜子筒里，摸索了一阵，摸出几张印刷的英文字条来，交到唐老师面前。他笑道："这是什么玩意儿？新鲜得很。"说着他拿起一张来看，笑道："这是化妆品瓶子外面贴的仿单，你要知道这上面说的话吗？那无非是些法螺而已。"玉莲道："我想托一个朋友在交通界方面买几项牌子相同的化妆品，可是我说不上这牌子的名堂。受托的人也不懂得英文，所以我就把这纸样拿来，请老师开个单子给我。"

　　唐老师笑道："你这不成了那句俗话，煮了饭炒着吃吗？你托谁，就把这纸单给谁，岂非省事多了。"玉莲笑道："我自然也知道这样办，可是我有点儿嗜好，先生是知道的，我喜欢搜罗化妆品。家里收藏着的，我并不要用，就是这样摆着。既是这样摆着的，若把瓶子上盒子里的这仿单弄丢了，那项陈列品就不完全了。所以我把这东西带来给老师看了之后，回去还要装贴还原的。"唐先生笑道："不错，你上次托我开过这样一张单子的，你有熟人到印度去吗?"玉莲道:"我没有熟人到印度去，不过是间接又间接地托人。"

唐先生端起杯子来喝了一口酒，又剥了两粒花生送到嘴里去咀嚼着。在这情形中，他未免沉吟了一会儿，望了那桌上的字条出神，因点头道:"王小姐，我并不反对你这个举动，只是我有点儿感慨。现在是中国与国际完全隔离着的时代，由印度带一根武器上的螺丝钉回来，都是十分可宝贵的。可是由你托人带化妆品这件事向前推想了去，那比你还有办法的人，必定还可以带来比这体积更大、分量更重的东西了。照表面上说，这样托带的小件东西，绝不会影响到正式运输的东西。可是中国的商人，在当年有两条公路通国外的时候，他们有惊人的表现，影响到……"

唐师母突然在外面屋子里叫道:"喂!子安，你的酒量很好哇，那半杯白干，似乎不能把你醉倒吧?"唐老师偏了头向夹壁听着，手扶了酒杯向玉莲微笑，因答道:"王小姐也不是外人，我说这话，要什么紧?"唐师母笑道:"我倒不是说你批评着什么不对，你们的穷教授朋友来了，哪次不是激昂慷慨，批评得人家一塌糊涂。只是王小姐老远地跑了来，请你给她写一张货单子，你拿起笔来，两分钟就给她写好了，这并没有什么了不起的事，你和人家发这些牢骚干什么?"唐老师笑道:"只是我看到这件事，不免发生点感想。好，我和你写，我和你写。"

说着裁了一条夹江写字纸，将桌上卧倒的钢笔扶起了一支，伸到墨水瓶里蘸了两下墨水之后，就到纸上来写。这钢笔尖早是不怎样听指挥了，它在纸上一划，便是一点儿墨水，跟了一划，将纸戳了一个大窟窿。唐老师笑道:"假如我不是你老师，你一定会疑心我冒充写外国字了。"他按住了笔，脸望了玉莲，这样地说着。纸上又滴了一大块墨水。玉莲看到也就扑哧一声笑了。唐老师将钢笔向桌上放倒，笑道:"我的钢笔和蓝墨水，是聋子的耳朵，只是摆样，不生作用的。自从买不起坚滑的洋纸以后，不得已而写外国字，我向来是仿制中餐西吃，用毛笔写的。我猜着你所要的这张货品的单子，或者要带到外国去的，我若用土纸毛笔写了出去，似是不大高明，见笑异邦。"玉莲笑道:"也许外国人看到，要十分惊奇，以为我们中国人了不得呢。"师徒二人正谈着这个有趣的问题，却听到有人在屋外叫着，问道:"子安先生在家吗?"他答道:"是洪先生吧?请进来坐。"

于是进来一个四五十岁的人，身穿一件旧布罩衫，稀疏的头发，梳了背头，前颅秃了顶，光了半边头皮，头发在头上覆着成了个蝙蝠形。他瘦削的脸上，胡楂爬满了腮。微笑着的时候，口里露出两个小洞，正是掉了两个牙，未曾补上。垂着长的袖子，手里拿了一根很粗的白木手杖。玉莲看那样子，料着又是一位教授，便站起来。唐子安道："这是我的学生，王小姐。我介绍介绍，这是洪安东教授。你上次不是要找人写一副对联吗？这是你一个机会了。洪先生的字，出入颜柳，写对联是再好没有。"

玉莲还不曾说话，唐师母在外面屋子里叫道："王小姐，请到外面来坐吧。"王小姐出去了，洪安东就在她的凳子上坐了下来，对了桌上的酒菜花生微笑。唐子安道："有酒食，与朋友共。来来来！也喝二两。"洪安东把手杖撑立在地，两手抱住了杖头，扶了自己向前半弯的身子摇了两摇头道："我还没有这闲情来喝酒。有件事来请教你，不知你有法子没有？"唐子安笑道："彼此的道行，都差不多，你所谓棘手者，我也未必能措置裕如。然而我不妨先问你一声，你问的是哪一类的事？若说吃喝穿，那我全不能想法。"洪安东笑道："我纵然不识大体，也不至于不识大体到这般地步，这个时候，要向人商量吃喝穿。我所说的……"

说到这里他把话音拖长，将桌子角上王小姐不曾喝的那杯白开水端了起来，在嘴边碰了一碰，复又放下来，他倒不是要喝水，不过借了这个动作遮盖他有话不曾说完的窘态而已。唐子安笑道："老朋友，没有关系，有话只管说。假使你不向我借这只写字的右手，我都可予以考虑。"洪安东本来把杯子放下去了，终于再端起来，再喝一口。唐子安笑道："我说请你喝酒，你又不干，这白开水你倒是对着有味。"

他说着走出屋子去拿了一瓶酒和一双筷子来，将筷子放到洪安东面前，把那半杯开水倒了，斟了酒下去，且不放下，却把杯子送到洪安东鼻子边。让他嗅上一嗅，笑道："很醇的头曲，不可不饮。"这位洪先生被这酒香一袭，引起了他老大的酒兴，于是接过杯子去送到嘴边抿了一口酒，他点点头道："这酒果然不错。"唐子安又坐到原来的位子上去了，举起筷子来夹了一块红烧牛肉送到客人面前，说道："请尝一块，我们是小碗儿喝酒，小块儿吃肉。"他也举起筷子来，在筷子头上接过了那块牛肉去，唐子安又抓了一把花生米送到他面前去。

洪安东吃了那块牛肉下去，吃惯了豆芽萝卜的肠胃，立刻感着很大的兴趣，就拿起杯子来接连地喝了两口酒。于是让手杖倒在怀里，抓了两粒花生，手靠了桌子角来剥着，缓缓地道："在你老哥家里，吃着牛肉花生酒，我想你究竟是比我有法子的。我的话，不妨向你说了。我现在有点儿东西要出卖，不知道你可有法子给我介绍一下？"唐子安正端了杯子要向口里送酒，这就举起杯子来，要喝不喝地望了他道："你有东西出卖，是什么呢？若是细软的话，你可以送到拍卖行里去，这用不着介绍。"

洪安东左手牵了右手的蓝布长衫袖子，抖了两抖，笑道："这就是我的细软了。这个冬天，我就感到了不大容易度过，你以为我还有剩余的衣服卖吗？就是你老哥，也不见得有衣服出让吧？"唐子安道："那么，你是有什么东西出让呢？"洪安东笑了起来，走到他身边，将右手掌掩了半边嘴，弯下腰去，轻轻地对着唐子安的耳朵叽咕了两句，于是都起来大声问了一句道："你有法子没有？"他把头连连摇撼了几下道："这个如何使得？我们虽穷，也不至于讨论得把饭碗和打狗棒丢了。你这个办法，要不得！要不得！"洪安东又坐到对面椅子上去，昂头先吹了一口气道："我未尝不知道这是打碎饭碗的行动，可是眼前就是阳历年关，接着又是阴历年关，我着实要一笔钱用。在今日借贷无门之下，我只有在这上面还可以打点主意。"

说着端起酒杯来大大地喝了一口酒，放下杯子，取了面前的椒盐花生陆续地剥着。他低了头默然不语，剥完了所有的花生，端起酒杯来喝了一口酒。唐子安在纸口袋里再抓一把花生放到他面前，他又继续地剥着。唐子安道："你的这一番动机，我是十分同情的。但真是这样的做法，人家会说我们无用。我们身为人师，时时刻刻教人从书上去学习做人，自己却走上这一步路，学生问起来，我们其何以自解？"洪安东被他这样一说，更是无可答复的，将手拿起了手杖，连连在地面顿了几下，然后昂起头来，大大地叹上了一口气。

唐子安看看自己杯子里酒快干了，拿起瓶子来向里面斟着酒，又捏住了瓶子下半截，将瓶口对了客人，笑道："今天没有课，我们来同干了这一瓶子吧。这里还有咸鸭蛋，不曾开张呢。"说着拿了一个蛋在桌沿上连连敲了几下，把蛋的尖端敲破了，送到洪安东面前来。他笑道："你今天倚仗着家里有酒，只管开心，请问，我明天到你家里来想法子，你可以劝我一醉吗？"唐子安已站起来，隔了桌子向他杯子里斟了酒下去，笑着点头道："可以的，请你明儿还来。"洪安东道："那么，后天呢？"唐子安道："后天吗？"说着他拿回酒瓶子坐了下去，微笑道："后天来也许还有一点儿。"洪安东道："大后天呢？"唐子安笑道："我这酒瓶子也不是什么宝物，岂能够老来喝我还是老有？"洪安东笑道："却又来了，你说你能替我分忧解愁，也不过两三日，过了这两三日，我不依然是要去想法子？"

他说着话，把面前几粒花生都剥完了，就左手拿着咸蛋，右手拿了筷子伸到蛋壳窟窿里去挖蛋黄蛋白吃。笑道："我有一个奇怪的感觉，觉得吃咸鸭蛋，这样地挖着吃，比切成了块子吃要有味得多，这是什么缘故？"唐子安笑道："这一个缘故吗？"说着，他端起酒杯子来抿上了一口酒，接着笑道，"这和我们没有法子而喝酒，其意义正是一样。"洪安东放下咸蛋，端起酒杯子来喝了一口，手掩了酒杯子口，向他笑道："这话我真有点儿不大理解。"唐子安笑道："一言以蔽之，心理作用。你每天随便怎么过着，糊里糊涂地，就会到了阳历年，阳历年能混过去，阴历年也没有什么混不过去的。"洪安东笑道："我请你想法子，这就是给我想的法子吗？"唐子安道："你觉得这个法子如何？"洪安东道："若是这样想法子，我也会想法子的。"

唐师母在外面插言道："洪先生，你一来我就听到你要想法子，谈了半天的话，还是要想法子，到底是想个什么法子呢？"洪安东走了出来，向她点了点头道："唐太太，你是一个当家理事的人，我把我的话向你请教一下看，我是对不对？"于是向屋子前后看了一看，低声道："人无路，挖古墓，我现在是挖古墓了。"因低声把自己的办法告诉了唐太太。她坐在桌子边，桌子上放了一捧豆芽菜，她正在摘豆芽根子，听了这话，哟了一声，两手撑了桌沿，站将起来道："洪先生，你这是什么办法？一个教书为业的人，有走上这一条绝路的吗？"洪安东道："唐太太，我要请教你了。你说我两家的人口，都差不多，你们家里是吃红苕、吃豆芽，我家里也是吃红苕，吃豆芽。"唐太太两个手指头钳了一根豆芽，高高地举着，笑道："这富于滋养料呀！自从知道平价米里面富于维他命之后，我们就知道许多粗糙食物是滋养料了。"洪安东两手同摇着道："非也！非也！我不是说这个，我是说你们家里也过着这个日子，何以你们就不像我家里那样闹穷呢？"唐太太道："我们何尝不闹穷？只是子安没有到你家里请教想法子罢了。"

正说时，王玉莲小姐由外面走了进来，因笑道："这郊外的空气是很好的。"唐子安在里面插言道："城里人羡慕郊外的空气，郊外的人所羡慕城里的那就多了。王小姐你羡慕我们这里的空气吗？很好，我们可以免费出让，只是你们城里的东西，不能免费让给我们一点儿吧？"说着哈哈大笑一阵。洪安东随了他这笑声，走进屋子来，因道："唐先生，你高兴得很，我竟不能像你这样兴致之佳。我也应当学学你。若把我变成你这样，你有什么法子没有？"唐子安将面前的酒杯端起来，高高地一举，因笑着说了一个喝字，在他说过之后，也果然大大喝了一口酒。他喝过之后，把筷子夹了一大块牛肉，送到嘴里去咀嚼，放下筷子来，又两手剥着花生吃。

洪安东在他对面椅子上坐下，笑道："我先前一件事，我没有法子可想，那也就罢了。现在这一件事摆在你眼前，难道你也说不出所以然来吗？"唐子安剥着花生，将嘴对酒杯子一努，笑道："我不是告诉了你，叫你喝酒吗？"洪安东笑道："哦！这是你的答复？你那意思以为有肉就吃，有酒就喝，只管眼前，不顾其他。可是我这就吃就喝的酒与肉，又从哪里来呢？"唐子安笑道："你把你那杯子里的酒先喝干了，我自会告诉你这原因。"

洪安东看他谈笑自若的样子，觉得他必有很充足的理由，便也端起杯子来喝了一口酒，因道："我这里洗耳恭听了。"说着，手扶了酒杯，眼望了主人。主人笑道："洗耳恭听什么？我的理由很简单，有酒喝酒，没酒喝白开水，连白开水也没有了，渴得难受，就到嘉陵江边去喝冷水。嘉陵江里的冷水是喝不完的。"洪安东道："酒没有得喝，可以这样解释，饭没有得吃，衣没有得穿，甚至生病没有医药治疗，那也可以用这种凡事退一步的法子去对付吗？"唐子安道："那又有什么不可以呢？我就是用这种法子来维持我这种苦闷生活。"说到这里，他昂起头来摇撼了两下，颇有昂头天外之势。

就在这时，看见王小姐站在房门口，向里望着，含了微笑，便哦了一声道："我答应着你的事，一摆龙门阵，就忘到一边去了。"说着在书堆里寻出了那几张化妆品的仿单，就用毛笔与土纸开了一张英文字单交给玉莲。她站在房门口拿着看了一看，微微地笑着。唐子安道："我写错了吗？"她笑道："先生写的这草字，我简直认不出来。"唐子安笑道："我写得出，大概外国人也就认得出，不会错误的。不然，我这碗教书的饭，早就吃不成了。"玉莲站着出了一会儿神，脸上红红的，低声笑道："那几张仿单我还要呢！"唐子安又哦了一声，将那几张仿单交给她，回头向洪安东道："什么人都爱惜他日常经用的东西，你之所为，有愧于我这位高足了。"这句话说得洪先生和王小姐都愕然起来。

# 第四章

## 救命要钱

主人翁见两位宾客都有些愕然，便向洪安东道："你不要诧异，我把原因说给你听。她是我的学生，而且也相当地尊敬我，我有话不妨直说。严格地说一点儿，化妆品就是摩登女子的生命线，她不会为了经济恐慌把她的化妆品出卖的。我们这教书匠呢，书就是我们的生命线，你现在突然地要把家里的书出卖，是不是不如她还不肯牺牲生命线呢？"王玉莲在隔壁屋子里听了半天的话，始终不明白唐老师批评这位洪先生的行为不对，是为了哪件事。听那语气之重，好像说是洪先生的人格有碍，这时算是明白了，原来人家不过是想出卖书罢了，便先笑了一笑。她这个笑意，也不过是说看得过于严重而已。

洪安东伸手摸摸两腮的胡楂子，先叹了一口气，接着又笑道："王小姐，你也觉得我穷疯了吗？可是你是饱人不知饿人饥哩。我有我的想法，于今旧书的价格也很高，一部辞典，无论是哪一类的，总可以卖五千元以上的好价，为什么不卖？反正放在书架上，一个月也难得翻上几回。"唐子安点了点头道："你这话诚然，可是你有点儿知二五不知一十。你现在拿五千元到手上，能做多少事情？几天之后，把这五千多元用光了，你的书是没有了，你的生活担子可也未能减轻丝毫。"洪先生道："你这话是对的。可是我要卖书，当然不只卖一部两部，要卖的话，就把所有的书完全卖掉，以便挹注一笔款项，也好拿了这钱去做些生财之道。譬喻说，我把所有的书都卖出去，得着十万元，事实上应该不止，把这钱去摆个纸烟摊子，多少可以生些息金，那不比把将十万元堆在书架上好得多吗？"

唐子安指了洪安东向玉莲道："你别看洪先生是一位穷措大，他还是个拥资十万元的资本家呢。"洪先生笑着点点头道："诚然！我拥有十余万元的资本，可是你这书架上的书呢？"说着，将手周围向他的书架上一指。唐子安笑道："这话不然！我虽还有几百本书，我根本没有打算将它卖了，自然是一文不值；可是虽然一文不值，但在另一方面看来，它对于我又有一种不可估计的价值，那比卖了它高低的悬殊，就不可以道里计了。"洪安东向玉莲笑道："这话让你老师一个人包说了。"她笑道："洪先生，我是不懂什么。若依照了我的看法，书倒是保留着的好。你说卖来了钱摆香烟摊子，那是不可能的事。卖得十几万元，生活上也不过松动三五个月。到那时书去了，出加倍的价钱，书也不会回来的。再说，当教授的人都卖书来吃饭，这现象不大好。在教育界的人应顾虑到这个大体。"洪先生点了两点头道："倒是你最后一句话，搔着了痒处。我们究竟忝为中华民族的知识分子，无论怎么样子的穷法，我们也得顾全大体。好，我不卖书了。"说着，手拿起挂在桌沿上的手杖，重重地在地面上顿了一下，表示了他态度的坚决。

唐子安笑道："那么，还是实行唐先生的人生哲学吧！来，再加上半杯。"说着，把杯子举了起来。洪安东将手掩了酒杯口，笑道："加酒大可不必，我就尽这酒杯里的酒喝吧。"唐子安依然把酒瓶子下半截捏着，举了起来，因道："你的酒量比我大，不应该我能喝，你反是不能喝。"洪安东笑道："这有个缘故，假如我喝得醉醺醺地回去，我的太太她会说我不知死活，家里天天闹穷，我还喝得烂醉如泥。"唐子安哈哈笑道："你不会说在唐子安家里喝着不花钱的酒吗？这年月是谁要不知死活地过着，谁就大有办法。你不见司机先生千元以上一餐便饭吗？"他说着话，只管举了瓶子不肯放下。洪先生在情不可却之下，只得又伸着杯子，把酒接着了。

玉莲看到这两位先生，已在开怀畅饮，自己是无插言的余地了，便向老师告辞。唐子安道："照着你专程来到乡下说，做老师的人是应该留你吃一顿便饭。可是便饭这两个字，在我们家里谈何容易？应当说是不便饭才恰当一些。"洪安东正放下酒杯，两手剥了椒盐花生吃，这就举起一粒花生两个指头钳了，做书空咄咄之态，在空中画着大圈套小圈，点了头道："旨哉言乎！我们家里来了客，关于吃饭是大大地不方便。"唐子安笑道："这'不便饭'三个字，还不是你心里那样解释第一点，自然是腰中不便，无钱办菜；第二点，就纵然七拼八凑，煮块豆腐，炒两个鸡蛋，也不便宜；还有个第三点，就是客人并不吃我们的饭，我们自己吃饭，正碰着客人来了，真有些不便让人看见。例如，今日早餐我们吃的是红苕粥，一碗盐水大头菜，就遇到我们这位高足来了。教了几十年的书，弄得这份寒蠢相，怎好见人？我们家常就是这种吃喝，这样地吃喝不便见人，才可以说是'不便饭'。哈哈哈！"玉莲本来告辞之后，就要走的，当着两位先生很高兴地解释这不便饭这个名称，只好站定了微笑。

洪安东端起茶杯来，喝了一口酒，缓缓地放下去，将手按了一下，笑道："果然地，于今要说请人吃顿便饭，真非我们穷酸所可办到。既要客人到了，很方便地拿出来；拿出来，还要便于见人，我们除了改行去当司机，或者当掮客，是不会有此可能的。"唐子安笑道："你所悬的目标，也太高了，何必要这样好的职业？我们能在街上撑起一间大头屋子，或者卖纸烟糖果，或者卖水果，手上有了活动钱，便饭就不成问题，客来买点儿酱肉，回一回锅，再买三个鸡蛋，炒上一炒，也就可以对付了。"洪安东道："我要以子之矛，攻子之盾了。刚才我说卖了书去摆纸烟摊子，你又为什么反对呢？"玉莲一听，这二位先生开上了话匣子，就没有停止的时候，在这里也绝等不了他们告一段落，只好抢着说了一声再见了，就转身出来，向师母告别。唐子安正也是谈得高兴，只略微起身，向她点了个头。

洪安东和主人翁慢慢地喝着那瓶酒，也是大有兴致。听到玉莲走得远了，便问道："你这位高足，是人家的太太呢，还是小姐呢？看那样子，手头颇为方便吧？"唐子安道："会看不出她是干什么的？她现时在京戏班子里唱戏。"洪安东道："她是一个女戏子？那倒真看不出来。自然，她年轻，又长得漂亮，一定是位红角儿了。"唐子安道："大概每天唱戏得来的钱，等于我们一个月教书得来的钱，同是吃开口饭，其相差有如是之巨。"说着，端起酒杯来喝了一口酒，摇了几摇头。

洪安东道："她应该不是战后改行的吧？唱戏这项职业，并非是周年半载就可以出手的。"唐子安道："她本是优伶世家，在南京的时候，她有志向学，怕学校不收留她，改名换姓地进了中学。那个校长，和我是好友，学校到我家又不远，我就在那里担任着英文课。有时，还教学生几点钟历史。我教历史，是当故事讲的，学生非常之欢迎，所以直到于今，还没有忘了我这个无用的老师。"洪安东道："她还会来探望你这位中学校的老师，那真是古道照人。老实说，她要明白过来，她一天所挣的钱，比你一个月所挣的钱还要多时，她应该想到当年改名换姓到中学里去念书，那是天字第一号的傻瓜。不读书怎么样？读了书，到我们这种程度，还不免挨饿！当年想尽了法子读书，于今看起来，全是多余的事。"唐子安道："话虽如此，这民族文化的大纛，还要我们来撑着，我们宁可暂时穷一点儿，不可……"

一言未了，却听纸窗户外面有人叫道："爸爸，快回去吧，姐姐回来了。"洪安东一听是他第三个孩子的声音，便道："你姐姐回来了就回来了吧，今天又不是什么假期，回来干什么？还要我去接她吗？"外面的人答道："姐姐害病回来的。"洪安东不觉站了起来，拿起挂在桌沿上的手杖，向主人翁点个头，叹了口气道："难题来了，我这个大女孩子，极有忍耐性，不是病得严重，她也不会回来。"说着匆匆地就向外走。他的三公子，红着面孔，气呼呼地站在篱笆门口，他将两只手插在旧童子军的裤子袋里，瞪了眼望着父亲。洪安东道："你姐姐怎么了？"他道："滑竿把她抬回来的，妈妈说请爸爸回去送她上医院。"洪安东只觉心窝里让什么东西撞了一下，也不再问话了，倒拖了手杖，就向家里跑。

他家倒不是泥夹壁的国难房子，乃是一家旧式大瓦房，共有三进院落，那房子是一明两暗式的。洪先生住着这人家后进堂屋边，一间左正房。前面花格的木窗扇，一律将纸糊了，屋子里黑黝黝的。房子虽高，没有楼，也没有天花板，上面空阔得很，抬头看见一行行的屋瓦和椽子，屋子里凉气袭人。洪先生因为屋子大，儿女多，又用了篾席，将屋子一隔二间，屋子里是格外的阴暗。他们为了出入的便利，不走大门，由土围墙的耳门里进去，首先到一所有四具土灶的大厨房里。也是同事而又同院的邻居太太，在她灶门口烧火，看到他回来了，便道："洪先生，你快回去吧，把你太太都急坏了，你的大小姐病势来得很猛呢。"洪安东哦了一声，也来不及说什么话，他回到自己屋里，必须先走到堂屋里来。这堂屋的门槛完全古制，高到两尺上下。洪先生匆匆忙忙地向屋里走，也忘记了有这门槛，只管向里跑，脚被门槛挂住，人摔出去几尺路，直挺挺地伏在地上，手上那手杖掷出去一丈多远。他很快地爬了起来，连罩袍上的灰尘也来不及去弹扑，径直地就向卧室里边走去。

屋子中间放着热天用的竹片小凉板，上面折叠了棉被条子，将病人直放在上面，病人身上盖了一床被，只露了一丛蓬乱的头发，微微地听到一些哼声。洪先生掀开被头来，只见小姐面色如黄蜡一般，半侧了头睡着。被头一掀，她有了知觉，仰过了脸来，睁开眼睛来不曾说话，先有两行眼泪流了出来，顺着瘦脸向两旁流，直流到耳朵边去。她呻吟着道："爸爸，我怎么办呢？医生说我害的是盲肠炎。"洪安东还不曾答话，洪太太由篾席隔的后面屋子里跑了出来。她扬了两只长袍袖子，拍着衣襟道："怎么

26

办呢？瑞兰害的是盲肠炎，非动手术不可。"

洪安东站在女儿面前，呆了一呆，见女儿睁大了眼睛望着自己，这绝不能让病人失望，便毫不考虑地道："不要紧，我立刻送她到医院里去就是。"洪太太道："我也知道是这样办，可是现在医院里的规矩，一进门就要先缴一万多元保证金，你这一下子工夫，哪里去弄这么些个钱呢？孩子一回来，肚子是疼得很。我在张先生家里借了个橡皮热水袋，在她肚子上覆着，这才好一点儿。可是这个病是不能耽误的，最好今天就进医院。"她说着话时，沉住了脸子，深深地锁起了两道眉毛，只管望了洪先生。他道："当然是今天就送她去。"

说着俯下身子来用手抚摸着女儿头上的乱发，低声安慰了她道："孩子，不要紧的，你在家里还忍耐上一两个小时。现在我到学校里去，总可以设法筹划出一点钱来。我拿钱回来了，立刻送你到医院里去。"说着抽身就向外走。他走出了门后，又回身转来，见女儿还是侧过脸来向门外望着，可见她期望之深。他又走到那病床面前来，见她有一只手由被里缓缓地展动着，等她把手由被里伸出来，便握了她的手道："你现在肚子不大疼了吧？你喝点开水吧，我回来就送你到医院里去的。"她没得什么说的，只是点了两点头。洪先生看到病人这种样子，除了立刻去找医药费，也无以慰之，只得右手握住她的手，左手在她手臂上轻轻地抚摸了几下，又和她牵了一牵被头，方才走开。但走到房门口时，听到她还重重地哼了一声，然而他仅仅只回头看了一看，已没有工夫再去安慰她了。

在二十分钟之后，他已到了学校的总务处。这里是和会计处合室办公的，主任先生正和几位办事员，分据了四张写字台，在那里工作。有的在打算盘，有的在用钢笔填写新式簿记，有的在誊写表格。主任先生口里衔了一支烟卷，面对了桌上新泡的一玻璃杯瓜片茶叶出着神。这瓜片茶叶，与其他茶叶不同之处，就是无论用什么样子的开水泡着，并不立刻沉淀；必须将杯盖子闷气了很久，它才一片一片地陆续下沉。总务主任见玻璃里面的水是将绿才黄半匀未匀的颜色，颇是好看，而浮在水面上的一丛茶叶，正开始一片一片缓缓溜下杯子底。有时，这茶叶已沉到杯子底面，它又会自己漂了起来。而且它起来的时候，猛可地向上一钻，恰是有趣。这主任先生他懂得许多经济原则，如把应发的款子压两个星期，他可以在银行里做一批比期存款，而得到一分多的自来利息。十万元的话，他就可以挣一千几百元。但他却没有学过物理学，这茶叶沉下水底，又会自己漂了

27

起来，这是什么道理呢？他看了一会儿，就把两个指头夹着烟卷放到嘴唇里吸了一口。

便在他这悠然自得之际，洪安东先生进来了，他叫了一声石先生。这位总务主任，抬头看到，便站起来了。穷教授来到总务室会计室，这还会另有什么事？他向洪先生点了个头道："请坐请坐！"洪安东道："我是坐的工夫都没有了。今天要请石先生和我帮一个无大不大的忙。"他微笑道："这个月洪先生还没有来预支过薪水吗？"洪安东道："今天并非来借支薪水。"说着摇着头叹了口气。石主任笑道："先请坐下，我们可以慢慢商量。"洪先生依然站着，不过走近了一步，和石主任隔了一张写字台的桌面，因低声道："天有不测风云，人有旦夕祸福，我的大女孩子突然地由学校里病回来了，而且是盲肠炎。这是非送到医院里去开割不可的。这一笔款项，支三个月薪水也不够用，我也不能那样不知进退，向你开口，会计处也不能写上这一笔账。但是这急忙之间，除了向你下个条子到会计处，哪里去弄这些个钱？"

那石主任先听到他说要帮一个无大不大的忙，想着是至多把本月份薪水全借去而已，及至他说小姐生了盲肠炎，就觉得这情形越来越严重，自己也就把带着笑容的脸色，慢慢地沉着了下来。手上夹的那支纸烟已是吸完了，他把烟头扔到桌子角下痰盂里，又取了一支烟擦了火来点着。在他这些动作间，脸子就没有向洪先生脸上看了来。洪先生说是急忙之间，除了到会计处想法，哪里去弄这些个钱？他又笑了一笑，右手拿着那支纸烟，放到嘴里去吸，左手可就在整理着桌中玻璃板上的纸单。

洪先生说到这里，已看到石先生那不大高兴的神气，因之把话锋顿了一顿，将话间断了两分钟，再苦笑着道："阁下虽是号继崇，并不像石崇那样有钱，我要借支大批的款子，你没有得校长的批准条子，怎可付出？要你赔垫，更无此理。我现在临时想得了个法子，把我家里的藏书，拿几十本，押在会计处，暂时押两万块钱用。两三天后，等我把另一批书放到书店里去卖掉了，再来赎这批书，你看如何？我若不来赎书，你可以把书卖了，偿还这笔款。"在一边桌上坐的会计主任陶子丹，整了一整他的西服领子，就插了嘴笑道："这办法不大好吧？若是先生们都用这个法子来移款，会计处又要开一家当铺子。洪先生，你原谅我，这押款生意，这家小银行还没有做过呢。"他这样一说，在室里办事员都随之一笑。

洪安东没有借到钱，又被他们讥笑了一阵，心里十分愤怒。可是为了要向他借钱，就不得不向人家低下头去，因赔了笑道："我自己也明白，这有点儿妙想天开。可是我为了救我孩子那一条命，我就急不暇择了。继崇兄，你看在朋友分儿上，无论如何你得接受我这个请求。反正我拿来做押账的书，绝不下于二万元，只要你肯答应，我马上就回家去把书拿来。"

石继崇看到他不像别的教授来借钱时那副不大看得起人的样子，便也软了，向他深深地点了个头，而且也皱了眉毛，表示着同情。因道："洪先生，你所说的，当然是实话，无如会计处，并没有接受先生押款这个先例。再说，今天出纳手上也没那多现钱。你既是打算拿书出来卖的，你又何必在会计处兜个圈子。你不会直接将书送到售书摊子上去卖了它吗？"洪先生道："这个我何尝不知道。只因这是一注救命钱，拿书到书铺子里去卖，还要进城一趟，时间太长了，来去至少要五六小时，而且过于急求脱手，就卖不起价钱，不如在会计处先通融一下。怎么样？可以想法子吗？"

石继崇将头连连摇摆了几下，淡笑道："这实在没有法子可想，数目大了一点儿。"洪安东指了他身后那个保险箱子，红了脸道："你那箱子里，十倍我希望的这个数目也不止吧？我既不是支薪，也不是借款，不过拿书在这里做抵押，通融二万元，三五天内就还。我的书，都是很值钱的书，绝不会让你们为难的。人生在世，哪里就不可与人一种方便？"石先生把第二支纸烟又抽完了，他使劲把那纸烟头子向痰盂子里一扔，沉着脸道："陶先生刚才说了，我这里又不开当铺。不错，保险箱子里有钱，这钱并不是我的，我有什么法子可以处决它？洪先生有急用，别位先生也会有急用，全校几百位教职员有了急用，都来找我，我还没有许多家产来赔垫呢。我是按照校长命令行事，只要有校长一张纸条子，漫说是两万、廿万、四十万，我不都须照付吗？没有校长的命令，各有各的责任，我不能破这个押款的例子，免得全校援例。洪先生有来和我麻烦的工夫，你直接地去找校长一趟，拿一张条子来，不省事多了吗？"

洪安东见他的话软中带硬，已有了三分气愤，再看他身上穿了一套笔挺的花呢西服，里面是花纹羊毛衫，两只手插在衣袋里，偏了头向窗子外望着，那一副神气直令人不能忍受。便道："我不知道去找校长吗？若是这钱可以等着明天用，我有的是时间去和校长说话，无奈我那孩子害的是盲肠炎，急于要把她送到医院去，我不及去找校长了，所以到总务处会计处来通融一下。在学校里的职员虽多，也不会有家眷都害盲肠炎。你怕什么援例？就是援例，有东西做抵押，也不会让总务处为难。"石继崇且不回答他的话，掉过脸去向同事们淡笑道："我们这当铺是开定了。"

洪先生将手一摔，扭身就走。走到房门口，回身又望了他道："有两句话我还不得不说明，你是校长小同乡，又是校长亲戚。两万元数目虽大，于今在你们总务主任会计先生手上，算得了什么？你不负点责任借两万元给我，校长也绝不能为了这小事免了你的职。我们穿破蓝布大褂，你穿上等西装，我们天天吃红苕粥，你们吃的是肥鱼大肉，我们在课室里喊干了嗓子，可是为你抬轿。你若不信，请问这个大学是没有你这些经济专家办不成呢，还是没有我们这班穷教书的才办不成？人为了救命，出来奔走几个钱，总是可怜的事。你念在我们为你抬轿一点上，帮一点儿小忙有什么要紧？就算这两万元由你赔垫了，也只当你玩了一场小扑克，有什么要紧？你不要看我人老实，我有话还得交代明白。"说着，一扭身子走了。走虽走了，但听到会计室里人声一阵喧哗，似乎对于自己这一番话，有一种强烈的反应。心里这就想着，你尽管不满意，反正你要发别人的薪水，你也不能单独扣下我一个人的，你们是一点儿人类的同情心都没有。他心里如此想着，走出去了很远，还回转头来摇了两下。

他缓缓地向前走着，他的心神也就定了一定，心里也随着生了一个感想，哪里走？回家吗？生病的人静静地躺着，正候了带钱回去送她进医院，空着手是怎样地去交代呢？他越是这样地想着，步子也就越发地缓了下来。在大路上不免抬起头向一棵大树张望着，好像张望着就可以由大树上落下钞票来似的。他手提了手杖，两手挽到背后，将脸看了雾气沉沉的天空。因自言自语地道："孩子等着我救命，救命是要钱的呀！除了找总务主任、找会计，我就没有第二条路可走吗？不管了，把病人抬到医院里去再说。医院是慈善性的机关，它绝不能为了没缴费，让病人死在院外头。好，就是这样办。"他忽然在绝路上生了一个妙招儿，晃动了手杖，拔步就走。

可是只走了七八步，他第二个感想又来了。假使医院像这位会计先生一样，绝不通融，那怎么办？本校的同事还不肯通融，医院是生人，他们反肯通融吗？病家都援了我这例，医院哪有许多钱赔垫？那么，他决计是不许把病人抬进医院的，只有让病人死在医院外面了。他这个转念把他从迷惑中惊醒过来，他又呆呆地站在路中心了。

第五章

# 这书卖定了

就在这个时候，有人在身后叫道："洪先生，你还没有回家去吗？"洪安东回转身来看着，是一位穿青布棉大衣的人，头上戴了一顶八成旧的灰呢鸭舌帽，看去不过三十上下年纪，是一个工人模样的人。虽是自己内心如麻，但经人家善意地打了招呼，自然未便置之不理，因向他点了个头。那人走近了一步，手掀下了头上的帽子，又点着一个头，因道："洪先生不认识我吗？我是总务处里的校工。"洪安东道："石先生叫我回去吗？"校工笑道："他哪有那样多闲工夫！洪先生你刚才到总务处要钱的话，我在一边听到了。你大小姐既然害的是盲肠炎的病，你就赶快把她送到医院里去吧。我害过这种病，我为了差错一小时，几乎送了这一条命。"洪安东苦笑道："你以为我会不知道这事情严重？我若是不知道，我还不会妙想天开拿书到会计处做抵押呢。"说着叹了一口气，举步便要走。

校工道："洪先生，你不要忙走，我有两句话和你说。我知道你这时候也没有工夫和人家闲话，我只问你先生一句，这两万元，还有别的地方可以想法子吗？"洪安东倒没有想到他巴巴地追来问这句话，因道："谈何容易！唉！"说时，不住地摇头。校工道："洪先生若是还没有想到办法的话，我倒有一点儿法子可想，但不知道洪先生可肯接受？"洪安东手握了手杖的弯柄，半侧了身子，本有要走的样子，听到这话，不觉把身子正了过来，向他望着，呆了一呆。校工道："我并没有患神经病，我当然不会随便和洪先生说这话。洪先生不是说过，两三天要卖掉一批书吗？我现在就和洪先生垫两万元，等洪先生把书卖了，再还我这钱就是。"

洪安东向他脸上望着道："你借这些钱给我？以前我们并不认识呀！"校工道："我在学校里当了好几年校工了，认得许多先生。洪先生不认识我，我可认得洪先生。我对洪先生这件事十分地同情，不敢说帮忙，我把钱垫出来，请洪先生用几天，这也无所谓。反正当教授的人，也不会欠我

31

们当校工的钱。两万元，在平常看来是很多，于今算得了什么？随便挑一副小担子做生意，也不会少于这些个钱。"洪安东当他说话的时候，只管对他脸上望着，看他的神气十分自然，绝不能说他是有意开玩笑。再听他说话的措辞，还像是念过几句书的人，并不粗野，因道："难得你这样一番义气，只是……"

他道："洪先生，你若肯暂用我这笔钱，我们马上就去拿来。我有一个兄弟，在这小镇市的街上摆纸烟摊子，我们积下了几个钱，预备明后天进城去买烟，钱放在那里现成。你若是觉得还有什么不便的话，我也不敢勉强。可是我要说明，我完全是一番好意，因为我从前也害过盲肠炎的病，不是开刀开得快，几乎丢了一条命。所以我看到石主任对洪先生借钱那样满不在乎的样子，真是饱人不识饿人饥，我心里一气，就自愿出来打这个抱不平。只是我怕你先生嫌我是个校工，不愿借我的钱，那我就没有法子了。"洪安东走向前一步，抓住他的手握着，连连摇撼了几下道："你有这一番正义感，愧死当今士大夫阶级了。我也是急糊涂了，我还不曾问你贵姓。"他道："我叫蔡子明，人家都叫我老蔡，洪先生就叫我老蔡吧。现在也不是说客气话的时候，我们这就去拿钱吧。"说着，就在前面引路。

洪安东真不会想到走到绝路上，天空上掉下这一道桥梁，把自己渡了过去。于是急急地跟着老蔡到了小街上，在一家茶馆的一角，拦了一方五尺长的小柜台里面，木格子上摆着纸烟火柴及糖果玻璃瓶之类。那柜里站了一个二十来岁的小伙子，也是穿了一件蓝布短袄，正捧着一大碗糙米饭在吃。黄色堆饭的尖上，放了两片红辣椒末腌的榨菜，此外并无下饭之物。老蔡抢向前和他说了几句话，洪安东很不便听人家说什么，只好远远地在茶馆门口站着。见那小伙子听了他的话，并没有一点儿考量，立刻放下饭碗，弯腰下去，将身后一只木制钱柜子打开，取出一个报纸包儿来。将那报纸包儿在柜上摊开，里面是麻绳子捆着的钞票卷儿，大一卷、小一卷，倒有七八上十卷。他一共取了五卷，交到老蔡手上。老蔡回过头来叫道："洪先生，请过来点一点数目。"

洪安东并不晓得他是怎样和这个小伙子说的，心里也就想着，这样一位长衫手杖的先生，跑到人家小纸烟摊子上，在吃糙米饭的老板手上大批的借款，这事也就够斯文扫地。老远地站着，已是感觉局促不安。这时，老蔡要他过去点收钞票，说不出来心里有了一种什么惭愧的意味。先就是脸上一红，同时也不免对这里茶馆的茶座上很快地扫了一眼。其实，这些喝茶的人，各坐在桌边守着他们面前一盏碗茶，并没有人对他加以理会。洪先生勉强在脸上放出了一层不自然的笑容，向老蔡点了一点头，走将过去。老蔡将五叠钞票放在柜台上，向洪先生面前推了一推，因道："洪先生，请你过一过数吧。这三叠，各是五千，这两叠，各是二千五，共是两万。"洪安东道："你相信得我过，我还相信你不过吗？"这话在他是很恕道的。恰是这个时候，后面茶座上有人哈哈大笑一阵。洪先生吃了一惊，心想，这是人家笑着我吗？于是把态度沉着了一下，且不去拿柜上的钱，和缓了声音向老蔡道："你先收着，同到我家里去走一趟好吗？"他说这话时，且回头看看这些茶座上可有人笑着自己。其实这些喝茶的人，还是很自然地喝他的茶，并没有对自己注意。

老蔡道："你的时间是宝贵的，我不打搅你。洪先生带有手巾没有？"他这样说着，却也并没有等待答复，他拿出手巾来将这两万元钞票包了，紧紧地将手巾头拴了个疙瘩，然后交给了洪先生。洪先生手里拿着这个手巾包时，也特别把握得紧，一来他也怕将钱失落了，二来他疑惑是个梦。然而他知觉很锐敏的，脚是每一步着实地踏住了地面，眼睛对面前所有的东西，全看上一眼，都是可以证实的，完全是人世间。他这才放宽了心，带着一副欢喜的样子走回家去了。

盲肠炎这个病，只要及时开割那是没有什么危险的，只要有钱到医院里去开割，更是没有问题的。所以洪先生拿了钞票回去以后，他就很顺利地送着大小姐到医院里去了。他不放心，也未曾离开医院。二十四小时以后，包括病人的开割手术在内，一切是经过良好。他是有工作的人，自回到家里来以便继续上课。医院看护女儿的责任交付给太太了。但回来之后，他又另添了一种心事，老蔡那笔借款，人家是进货的钱，摆纸烟摊子的人，全靠进了新货卖钱，以便取得余利。不还人家的钱，不但人家歇了生意，而且还阻碍着人家的生活呢。一个当校工的和自己毫无关系，很慷慨地借了钱给自己渡过了难关。无论如何，要把这钱赶着交还人家才对。

洪先生有了这个感念时，坐在他屋子窗户边，一手撑了竹制的小书桌，一手夹了一支吸不通而又带三分臭气的纸烟，一面吸着，一面向屋子四周看着。屋子左边墙脚下有两只竹子书架，上面堆了许多西装书和线装书。他望着书架子出了一会儿神，打开抽屉来，将一张纸单子取出，平放在桌面上，一行一行地看着。这是洪先生一个月以前自开的书单子。凡是榜上有名的书，都是预备出卖的。但洪先生对这张单子，却不下于任何建国计划。他闲着无事，而心里又偏偏有事的时候，总要重新审核过一遍。由开单子直到于今，他至少是审查过五十遍了，在每两三次审查以后，总会发现有一部不可卖。发现之后，自己在架上取出那部书来，加以实际地调查。这一调查之后，对于自己表示着相当的敬佩。既可以看出从前看书绝不会把书弄脏一页，而且在当年逃难的时候，丢了许多东西不曾带得，而这几本书居然会带到四川来。若照前说，是自己的爱物；若按后说，是自己的患难之交。现在为了穷，一时把它丢去，再要想它回来，那是不可能的了。这样想了之后，放下书来，就在书单子上用墨笔在书名上画一个小勾。这书取消出卖的资格，因为有了这样，一个月的工夫，这单子上所开的书名，就勾销了十分之二三。

这时，将书单子展开来，见上面画着许多墨勾，不免呆了一呆。心里想着，以前曾把这单子上的书，自行估价了一番，约莫值三万元。但是收旧书的商人，未见得就按照卖书人所定的价目出钱。若再去了三分之一的书，恐怕就难卖到两万元。没有两万元，如何能还债？何况在医院里的病人，总还需要调养费，这钱又从何出呢？既要卖书，反正是破产的行为，何必有什么顾忌？书自然是一去不复返，但抗战结束了，要补齐这些书来，想来也并非十分难事。人家借钱给我，救了我女儿一条命，难道我还舍不得几本书吗？书虽可贵，人的信用也可贵，人的恩义更是可贵。这书卖定了！他心里如此想着，口里不由得随了这个念头喊将出来："这书卖定了！"说着将桌子一拍。

他这样一拍，把走到房门口的一位不速之客，吓得将身子一缩，退了转去。洪先生已是看到了，便叫起来道："这不是唐兄？为什么退了回去？"唐子安迎向前，对他脸上看看，见他并没有什么怒色。这才道："我听到你在屋子里发脾气，不敢来冲撞你。"洪安东向前握了他的手道："我发谁的脾气？我家里只有两个小孩子，他们糊涂虫一对，难道我还和他们过不去？请进请进。"客进来了，他将自己所坐的那竹椅子端着离开书桌二尺，自己在屋角里扯出一只坏腿的方木凳子来坐着。唐子安坐下道："你小姐经过危险期了？"洪安东道："她虽经过危险期了，然而我又踏上了危险期了。"唐子安道："这话怎样地解释？"洪安东将桌上放着那张书单子一指道："你看这是我所要卖的书，老友所劝我的良言，我是无法接受了。"唐子安将书单子拿起来看了一看，因道："这上面差不多都是要用的书，你纵然非卖书不可，你不会挑几本不用的书卖了它吗？"洪安东道：

"这个我何尝不知道。然而我们所不要的书，也就是人家所不要的书，怎样卖得出钱来？你大概听到说了，我是蒙那校工老蔡自动地借了两万元给我的。人家是移挪了他兄弟纸烟摊子上的本钱，老不还人家，岂不耽误了人家的生意？"唐子安将那书单子看了一看，已放了下去，听了他这番话，不免再拿起来，两手拿了纸的两头，只管沉吟地看了下去。

洪安东道："你想，我们忝为知识分子，平常讲个气节二字。便是朋友之间，非万不得已也不做个通财的念头。于今叫我们向下层阶级的校工去摇尾乞怜，自己也有点儿说不过去吧？"唐子安道："我已经听到你太太说了，那是他自动地借款给你，又不是你哀求他借的，谈什么摇尾乞怜呢？"洪安东道："自然不是我哀求的。可是在这两三天之内，不能把钱还人家，那就要去向人家摇尾乞怜了。而且便是摇尾乞怜，也不识相，难道叫人家歇了生意不做吗？"唐子安道："这钱自然要还人家，要不然……"他这个转语还不曾说下去，却听到有人在外面问道："洪先生家是这里吗？"

洪安东站起来脸上先红一阵，表示了吃惊的样子，向客道："这是老蔡的声音。"一面向外迎了出去答道："是的，我就住在这里，请进来吧。"老蔡手里拿了他那顶鸭舌帽子，随在洪安东身后走进来，见着唐子安鞠了一个躬道："唐先生也在这里。"唐子安站起来道："你贵姓是蔡？"他道："唐先生不认得我，我可认得唐先生。"唐子安笑道："唯其是你对我们有相当的认识，所以这回你替洪先生帮了个大忙。"洪安东连说着请坐，自己却无法再找一条凳子或一把椅子出来待客，却退后了几步。老蔡笑道："我先说明，绝不是来和洪先生要钱，我是来问洪小姐的病可脱了危险？还有一件事，就是昨天我遇到了老东家，他认识洪先生，他向我打听，洪先生住在哪里。我说巧了，这几天我正初认识了洪先生，这时洪先生怕不在家，送小姐到医院里去了。他就丢下一张名片请我转交给洪先生，问候问候，说是过几天也许他还要来。"说着在身上取出一张名片交了过来。

洪安东看时是一张裁成名片式的米色厚土纸，用毛笔楷书着裴日新三个字。他啊了一声道："是他，这是我的老同学，现时在干什么呢？"唐子安在一旁插嘴笑道："不用问，只看这张名片，就可以知道这位裴先生的环境和我们差不多。他也是一位吃粉笔饭的吗？"老蔡道："不，他是一个文化人。"唐子安笑道："可想文化人这个名称相当的普遍，社会上都有这个称呼了。可是除了野蛮人，都是文化人，他是哪一类的文化人呢？"老蔡笑道："他是一个作家。"唐子安笑道："这话比较实在一点儿，是一个投稿卖文的人了。"

洪安东见了老蔡，他便有一肚皮的心事，却不能有那闲情去研究名词，因道："老蔡，你请坐吧，我太太不在家，要招待你，开水都没有一杯。"老蔡道："不客气，我就是送这一张名片来，并没有别的事。"他说着并没有坐下。洪安东道："多谢你帮忙，我那女孩子送到医院里去以后，很平安地开过了刀，现在只要好好地调养了。我也是回来不到两小时，你那笔款子，明后天一定可以奉还，你不看我已把要卖的书开出单子了。"说着将桌上放的那书单子，指了一指。老蔡点了个头道："这件事，你不用忙，说句打开窗户的亮话，我还怕教授先生会欠了我们校工的钱吗？洪先生若可以想到法子，这书不卖也罢，要读书的人卖书，这是最惨的事。"唐子安道："你是把做小生意的本钱，拉了来垫给洪先生用，你不拿回去，你的生意不受到影响吗？"老蔡笑道："影响当然是有一点儿的，不过我自己有工作，并不靠卖纸烟吃饭，摆那个摊子，无非是免得我舍弟赋闲。若唐先生想不到法子的话，我就停两天生意也不生关系，而且也不致全停，货架子上，我们还有些货。我不敢说是和洪先生帮忙，既是把这钱垫出来，让洪先生办这件事，就把款子垫到底，终不成大小姐病没好，洪先生刚刚回家来，心还没有安定，我倒又来逼洪先生？你看洪先生满脸都是半白的胡楂子，下巴尖出了许多，这两天实在够累的了。我也不能那样不懂事，还在这个日子向洪先生要这点小款子。"

洪安东听了他这话，不知他是正说呢，也不知他是把话来反说？可是看他那脸色，却还是相当平和的，抬起手来连连搔着两腮的胡楂子道："这……这……不成问题，我一定得想法子。"老蔡笑道："这样说，洪先生还是疑心我讨钱来了，我暂告辞了。下次裘先生来了，我请他直接来拜访洪先生吧。"说着他向二位先生各鞠了一个躬，自走出去了。洪安东说不出心里是一种什么滋味，就随在老蔡后面走了出去。

唐子安坐在屋子里，见那张土纸名片放在书架的一叠书上，就拿了来看看，见正中楷书三个字，左角下端有四个小字，笔名草野，那字写得是卫夫人体，倒确是清秀整洁可爱。正坐着端详了那字迹出神，洪安东走回来了，向他笑道："你已经在这名片上侦探出来他的环境不大好了，你还要在上面研究些什么？"唐子安笑道："作家写着这样好字的，还是真不多见。"洪安东道："他本来也不是作家，偶然作了两回短篇小说和几篇散文在杂志上发表，倒很得着人家的好评。他一时高兴，就也写起文章来，四处投稿，其实一年也不容易看到有几次文章发表出来。这倒不是他的文章落了选，也不是他写得少，无如大后方印刷纸张困难，一月份当出的杂志，到七月还出不了版，有些杂志，索性为了印刷误事，把'胎儿闷死在胎里'，这杂志就不出版了。投稿人的稿子，当然是给办杂志的人擦了菜油灯。便是特约的稿子，不是稿子弄残了，就是写稿人地址有变更，稿子无法退回。便是退回来了，多少失去了一些时间性，那稿子变成了废物。在早两年情形如此，我猜着裘先生就应该改行了，不想他还在当作家。"唐子安笑道："作家这两个字，似乎也该考量。我们教书的人，混一辈子，也不能自称为教育家，为什么写文章的人，在报上或杂志上登过几篇文章，就可以自称为作家呢？"

洪安东将那只空的方凳子移拢了一步，和唐先生共抱了一只桌子角坐下，因皱了眉道："且不要谈这题外的事吧？我要请教你一下，老蔡这次来，他再三声明不是来要债的，你看这是真话，还是勉强说出来的？"唐子安道："他就是勉强说出来，那也很难得，有钱的朋友，我们或者没有，然而比老蔡混得更好一点儿的朋友却不能绝对没有，谁会看到你的小姐生盲肠炎，自动地借两万元给你？人家是做小生意的，本钱怎能不放在心上？只是他走进你这寒家，看到你又憔悴得可怜，也许把他那讨债的念头，为他的同情心所战败，他只好再做进一步的表示，不要你还钱了。要不然，他在没有借钱给你之前，何以不曾到你府上来过呢？"

洪安东低着头想了一想，突然将手一拍桌子道："这书是卖定了！借了做资本的钱给人，而不便向人开口讨还，这也是值得同情的事。我既要救女儿的命，又舍不得把书卖了，所有的便宜都归我占了吗？我决定明天上午进城，亲自带了书去卖。家里留下两个孩子，免不得负累你太太一下，请招待他们一顿中饭。因为我进城之后，不免多跑几家旧书店，说不定什么时候回来。"唐子安道："这个没有问题，碰巧每个孩子还可请吃一个鸡蛋，只是你书单子上这样多的书，不是一幅手巾包可以提着的，总怕有好几十斤重，请问你是怎样地拿了去？他们书商有这样一个办法，凡是有大批的书出卖，可以写封信去叫他来看货议价。你既是开有现成的书单子，就把这个寄了出去，让书商到你家来看货，岂不省事多了？"

洪安东听了这话，对他的书架子以及全屋子都看上了一眼，微微叹了一口气道："这个办法不妥，我们这样一家寒家，无论让书商看到了会替我们教授丢脸，而书商看到这个样子的穷家，他也必定料到我是等了钱买下锅米，会很少地出价钱。"唐子安道："你这话不然，你以为挑了一担子书去，做那端猪头找庙门的生意，书商就不会挟制你吗？"洪安东道："照你这样子说，进退都是吃亏，那么……"说着伸手连连地搔着头发，口里只管吸着气。

唐子安昂头叹了一口气道："现在最痛苦的无过于是我们穷是最穷，而且不许把穷相露了出来。我在欧文的一篇小说里，看到这样一句话，凡人勇于暴露他的穷状的，穷也就苦不了他。这话值得我们学习学习。老兄，我们是连茶房做小本生意的钱都抓来着用了，还顾个什么面子？"洪安东倒没有听到他说的下文，只是研究着凡人勇于暴露他的穷状的，穷也就苦不了他。他忽然站起身来背了两手在身后，在屋子来回地踱着。口里不住地默念这两句话，最后他站住了，将手一拍大腿道："对的！对的！这话很有道理，世上越要维持假面具的人，越是要感到痛苦。对于我的穷状，我是要大量的暴露，这书是卖定了。"

第六章

# 哪件"事大"


洪先生这一份兴奋自是真情的流露，但是在一旁看着的唐子安，他却有些惊异。他觉得洪安东面孔红红的，两只眼珠都要由眶子里突露出来，虽然他穿着长衣服，垂了袖子的，然而他手掌露在袖子口外，紧紧地捏了拳头，便站了起来握住他的手，摇撼了几下，微笑道："安东！你不必把这样一件事横搁在心上。那天你在我家吃花生酒之时，我劝你的话也不见得是定论。书又有什么不能卖呢？我们留在沦陷区里的祖先庐墓比这些破书就珍贵万倍，而我们也只是当年心痛一阵子就算了。对于我们的事业前途，究竟不发生好大关系。"洪先生道："我倒没有什么舍不得，只是对老蔡这番帮助，让我接受着，哭笑不得。我觉得必须赶快还了人家这笔钱才是，而……"唐子安依然握住了他的手，在摇撼着，因道："你不必说了，说来说去，还是这两句话，我看你有点儿神态失常。你好好地安静一下，我先回去了。你如有什么事还需要我帮忙的话，你随时可以来找我。其实你也不会有什么事要我帮忙，除非是刚才你所说的一类，要我招待你两位少君一顿午饭。"他说着话，松了手，人就向外走。

洪安东虽觉得这位老友的同情是十分可感的，可是他的话并没有搔着自己的痒处。不但是他，就是自己，只觉得坐立不安，也不晓得自己心里是哪一份难受。唐子安走了，他情不自禁地跟在唐先生后面走了一截路，一直送到耳门口，背了两只手在身后，就这样呆呆地对了面前一片小平原望着。忽然身边有人叫爸爸，才省悟过去，正是两个上学的小孩子回来了。母亲不在家，做父亲的自须代负这母亲一部分的责任，于是左手牵了那位较小的七岁儿子，右手扶着十岁的儿子的肩膀，就走了回家了。

那个被送的唐子安并没有回去，正和一个同道的朋友站在路边两棵树下谈话。他看到洪安东若有所失地送了出来，正还想走回去再和他谈两句，然而被这位朋友很紧张地跟着讨论一个问题，就把这念头搁下了。待说了几句话，再去看洪安东时，他已不在那里了。和他站在一处谈话的这位朋友，是以前同校的讲师，于今不教书了，寄居在重庆城里的朋友家中。这朋友，是个活动人物，他就借了人家的活动力量，在民众团体里面做些笔墨小事。如做欢迎外宾启事广告，预拟致敬电文，以致发开会通知等等，另外也和两家刊物写写短文。他也是相当地感到生活无聊，今天又跑下乡来访访老友，意思颇想回到教书的路上来。唐子安和他谈了很久的话，听他又露出回到教育界来而且肯到中学去教书的口风，便向他笑道："你苏伴云先生在文坛上，颇也有些声名，向哪里找不到饭吃，又回到教育界来吃这碗寒酸饭？"

这位苏先生在他的半旧西装上，也曾套着一件青呢大衣，虽然这呢子已差不多是没有了毛茸茸的面子了，但他穿西装那个架势还是有的，两手插在大衣袋里，两肩微微扛起。在这几年来，穿西装的人多半是不戴帽子的，这自然是时髦，也可以说是节约，少戴一顶帽子要省掉多少钱呢。他听到唐子安夸说他文坛上有点儿微名，他将两只微扛起来的肩膀，那就越发地向上微抬着，摇了两摇头道："我在文坛上有点儿微名？"说毕，又昂起头来呵呵一笑。唐子安道："你也不必妄自菲薄呀！"苏伴云道："我倒不是说我姓苏的在文坛上并无微名，你这个微字，说起来就大可考量。现在多少大名鼎鼎的文豪，也为着三餐一宿发生大问题。我一个仅有微名的人物，又能怎么样，还不是为了三餐一宿而奔走？"唐子安道："好在你并没有带家眷，纵然穷，穷的不过是自己这条身子，米没有卖到一块钱一粒，总也不致让你挨饿。"苏伴云又是摇了两摇头，微笑道："各人有各人的苦衷。"说此话时，他益发将两只手向大衣袋里抽出来，向着两边一扬。

唐子安向洪安东家的耳门口看看，实在已没有了人，便向他点着头道："既是你谈得很高兴，请到我茅庐里去继续地谈一谈。不知道家里有菜没有，好酒倒有一瓶，我们弄点儿花生米，高兴一两小时，你看如何？"苏伴云笑道："好在睡觉的地方，我已想到办法了。喝两杯，我也不推诿。"唐子安见有人陪他喝酒，这就惹起了自己很大的兴趣，便笑嘻嘻地点着头道："来，来，来！到舍下谈谈去，这两天我也是闷得慌。"说着话他已在前面走着引路，苏伴云原也是有所求于唐先生，自愿和他一路走了去。

宾主到了这草庐里，已是上灯时候。唐太太看到有一位客人来了，便将一盏瓦檠菜油灯在碟子里加满了菜油，共燃了三根灯草，叫最大的一位小姐送到他书房里来。唐子安不觉连搓着两手，表示了踌躇满志的样子，因笑道："这有办法了。你看我平常看夜书，太太都只为我预备两根灯草，现时油灯盏里共有三根灯草，这就表示是特别欢迎嘉宾，大概下酒的东西，一定会相当地预备好的。"说着回头看到自己的小姐站在房门口，便弯了腰向她低声笑道："和你母亲说，我留苏先生在家喝两杯酒，你去买点椒盐花生米。"大小姐微笑着去了。唐子安让客人坐下，笑道："这个样子，也许你会觉得有家眷的人还是很好，走回家来，吩咐一声，就会把你要吃要喝的预备了，比自己想吃什么临时打主意的事，减少很多痛苦。"

正说着，那位十一岁的大小姐，她又来了。走到唐先生面前低声说了一句。唐先生连连地点了头，学着四川话道："要得！要得！"说着回头向苏先生道："请外面屋子里坐。"客人走出来，见正中那竹脚桌上有一盏菜油灯，和一玻璃瓶子酒并排地摆着，极容易让人注意。桌子中间有两只很漂亮的洋瓷碟子，与这不相称的环境对照一下，也就越觉得这碟子漂亮。碟子里一只是盛着红烧牛肉，一只是盛着黄饼子，像是油煎鸡蛋，黄澄澄的一个，另外是两只茶杯、两双筷子。主人让客上座，拔了瓶塞子，在他面前茶杯里注着酒，一阵强烈的酒香袭入客人的鼻子。

客人早翘起嘴角笑了，因道："你家里还有这样好的菜，怪不得你要留我喝酒了。"唐先生笑道："这红烧牛肉是听子装的，人家和酒一路送我的，大概被我这馋人天天弄两块尝尝，已为数无多了。"说着拿起筷子，夹了一个油煎黄饼子举着，笑道："你以为这是油炸鸡蛋？非也，这有个好名词，叫改良闲事。你尝尝，味道也不怎么坏。"苏伴云笑道："改良闲事，这四个字怎么写？"唐子安夹着饼子在嘴里咬了一口，因道："我也不知道是哪两个字；改良二字，是我添的，原来是叫闲事。大概就是悠闲的闲、事情的事吧？原来是山东朋友的家庭食品，乃是将老倭瓜切成丝，拌了盐和香料，用面糊一裹，放到沸油里去炸，吃起来有脆甜咸之味。你看，炸得这样焦黄。"说着，将筷子夹的翻了两面看，又将筷子夹了送到鼻子尖去嗅嗅，笑道："有花椒葱花在内，颇也香。但到了冬天，买不着老倭瓜，我是把番薯切成末子，裹了面浆炸的，所以名为改良闲事。你看如何？"

苏先生被他的话鼓励着，真个夹了一块黄饼子，放到嘴里去咀嚼。为了赏鉴这闲事的滋味，一面还偏了头在沉思着。他也是由城到乡跑了大半天，肚皮里先有三分委屈，这时将这咸甜焦脆的闲事放到嘴里去咀嚼，眼睛又曾去看，吃了一口，再吃一口，不知不觉地把一只闲事都吃完了。直待吃到最后一口的时候，才回过头来看了主人，点着头笑道："色、香、味，都不错。岂但是闲事，简直是正事。"这才端起面前的酒杯子来，着力地抿了一口。放下酒杯子，在桌上还按了一按，表示他言语有决定性的意思。因道："菜是好菜，酒是好酒，由此看来，只要口味对了，并不要什么山珍海馐，就是面粉卷番薯，油炸了也很好吃。"唐子安笑道："这话也不尽然，假使有红烧鱼翅、清炖鸭子，我还是愿意吃那个，而不吃闲事。"

正说着，唐先生的二公子将一个小竹筐子盛着半斤椒盐花生放在桌上，苏伴云道："有这桌上两样菜，已很可以下酒了，为什么还要花钱？"唐子安昂头叹了一口气道："言之惭愧！以往我们虽谈不上好客，朋友来了也绝不会拿椒盐花生请客下酒，也更不会让朋友看到了椒盐花生而惊异着主人花钱。你说这话，我实在应当慷慨地表示一句，吃椒盐花生，算得花什么钱？然而我要以诚意对待我的朋友的话，我就不能这样说。现在我们买半斤椒盐花生，真当考量一下这一份负担。"苏伴云笑道："既然如此，你又何必买花生呢？"唐子安道："自然是为了你是难得来的一位贵客，我们就破费一次，算是请一桌鱼翅海参席吧。"说着抓了一大把花生，送到苏伴云面前，笑道："你吃鱼翅吧。"

苏伴云连剥着两粒花生，又端起茶杯子来喝了一口酒，放下杯子来，将头昂着哈了一口气，笑道："以我们昼夜愁着衣食的情绪而论，得有几十分钟的闲工夫吃喝得香生满颊，这一种享受，也就胜过阔人吃鱼翅海参了。"说着，将右手两个指头钳了一粒长壳花生在灯光下举起来，将头偏着看看，然后又带着身子摇撼了几下头，这才把它剥着吃。唐子安笑道："你觉得在这花生上，能生出什么问题来吗？"苏伴云又端起茶杯来喝了一口酒，笑道："正是如此。人只要肯用心思，就在这花生上也可以解决生活问题。大概是前十年了，上海有个小贩子，他做了一件极轻松的发明，把花生买回来，剥出花生米，分作三份，便是肥胖的作为一份，瘦小的作为一份，腐坏了的也作为一份。腐坏了的当然是不要，瘦小的他也不要。只挑那肥胖的花生米，将它来炒熟，论其佐料，还不过是糖和盐，然而只因他在里面加上了一些香料，这就觉得与别人的咸花生或甜花生不同。他自取了一个夸张的名号，叫花生米大王。"唐子安接了嘴笑道："下文不用说，那便是这个大王发了大财了。可是这一类的生意经，你想我们能够去

42

做吗？"苏伴云陆续地剥了花生米向嘴里送下去。把面前一把花生，都剥吃得完了，然后端起茶杯子来大大地喝了一口酒。又自抓了一把花生到面前放着，陆续地去剥。

唐子安手扶了酒杯，对他沉静地望着，因笑道："在你这吃喝不停，而又不说话的几分钟之内，我想着你一定在考虑答复我这个问题。"苏伴云这才笑答道："果然如此。我想你所说我们并不能干这生意，当然不是说我们的能力办不到，也不是筹不到这类资本，更不能说这是下流事情，干了有失人格。一言以蔽之，不过有失读书人身份而已。可是这比做权门走狗，或市侩为伍，就要好得多。然而那两种人可以冠冕堂皇地戴上干政治或办实业的帽子。像干卖花生米这类小事，有什么法子可以掩饰呢？这就变成斯文扫地，也就是有伤人格了。这样说来，也怪不得你反对这一类举动。"唐子安笑道："你所说的话，你自己一个然而，两个可是，都给你更正过来了，我还说什么？喝酒吧，此夕只可谈风月，难得放下了千斤担子，宽心来喝两杯花生酒，又要讨论什么生活？来一个改良闲事。"说着将筷子夹了一块油煎饼放到他面前来。苏先生便也伸着筷子夹了过来，先送到嘴里咬了一口，然后笑道："你就开一家闲事店，招牌上大书特书，改良闲事出卖。我想一定能号召顾客。"唐子安笑道："你又怎么提到这件事上来？你总忘不了做生意发财。"

苏伴云将夹着半边的黄煎饼放下，两手按了桌沿，向主人望着，突然笑问道："宋儒说的，饿死事小，失节事大，在今日物质文明条件之下，你以为这话说得过去吗？"唐子安手上举茶杯，靠住嘴唇，待喝不喝地抿了一口酒，向他也看了一看，放下杯子来，两手抓了花生缓缓地剥着，笑道："你以为这话说不过去了，你觉得在今日之下，哪件事大呢？"苏伴云端起杯子来喝了一口酒，放下杯子来，按了一按，又将三个指头拍了一下桌沿，表示着他的决心，笑道："那何待问？于今是生存事大。譬如说，我们现在抗战，说是军事第一，胜利第一，那就不是为了四亿五千万人争生存吗？"唐子安笑道："哦！你是这样的说法我倒无以对之。可是争取生存，未尝不是争气节？"苏先生连连地摇着头，摇得将身体都晃起来，笑道："这不能这样混合着说。宋儒说的饿死事小，失节事大，自然可以为争气节而饿死了。请问，饿死既然事小，还谈个什么争取生存？"唐子安道："你一位写作为生的人，不能这一点都不明白呀。为守节而饿死的是我个人，而争取的却是民族的生存呀！"

苏先生已把那杯酒都喝完了，菜油灯光照着他的脸色有点儿红红的。他笑道："但饿死事小，宋儒并没有指定是哪一部分人独有的呀！倘若全民族都说饿死事小，那又争取什么民族生存来呢？"唐子安道："倘若我们四亿五千万人，都晓得饿死事小，失节事大，你想那一种力量，还能估计吗？简直不要飞机大炮，也可以把日本人打跑。越是懂得失节事大，饿死事小的人多，大家就越可以生存。"

苏先生这个客人，喝得兴致起来了，他已不用主人让酒，自己拿过了酒瓶子来，向茶杯子里斟下了大半杯酒。然后冷笑一声，端起杯子来喝了一口酒，叹口气道："叫我为民族争生存吗？可是民族并不要我。你看，我今日坐公共汽车到此地来，候了三小时买不到票。好容易买到了票了，来了两个拿特约证的，把我挤下来，我没法，只好安步当车，一步一步走到这里来。这样远的路，在路上少不得坐两回茶馆。第一次坐茶馆，遇到两个生意经，硬并在我桌子上坐，我一个人不能霸占人家一张桌子，只好由他。可是他们神气十足，桌上放下什锦糖果、小大英的香烟、瓜子、花生，还有报纸、牛肉干，把一张桌面都占了。两个人都说着宁波腔的上海话，这一个说一打黑人牙膏，那个说两磅蜜蜂牌毛线，说得口沫四溅，旁若无人。我只好自认晦气，会着茶账走了。第二次坐茶馆，我有点儿饿了，看到对座一个穿西装的到对门烧饼店里去买烧饼吃，我也就起身去买。茶房一把将我衣服扯住，叫我付茶账。我说我不走，我到对面买烧饼去。他说我们不管，出门你就要会账。我便指了那个穿西装的茶客道：'这一位也出去买烧饼的，似是和我先后落座的，我知道他没有会茶账，你怎么不拦住他呢？'你猜他说什么？那真会气死人。他说：'我知道他不会跳（川音读如条，即逃也）。'我说，这样说你是猜我会跑的了。这一说，附近几张桌子上的茶客都笑了。我本想打那茶房两个耳光，见许多人望着我，觉得不必唱戏给人看，丢了两张法币在地下，茶也不要喝，我就出来了。一出来，街心里一位黑衣先生，一伸手将我拦住，我愣了一愣，一辆流线型的乌亮汽车，卷起一阵黄尘，扑了我一身。这位黑衣先生还回过头来瞪了我一眼，说走马路也不懂得规矩。你看，我这样该死。这时我肚子有些饿，我找个小馆子……"

唐子安笑道："不用说了，又是遇到什么不平的事情。这是任何一角落都有的现象，你岂能为了这种事，把一笔账记到整个民族身上去？"苏先生端起酒来，大大地喝了一口，放下杯子，大大地摇了一下头道："我不但如此，我要把这笔账记到全人类身上去。我们不用唱什么高调，还是发财事大吧。有了钱，穿着漂亮的西服，不会茶账就走，人家也不拦你。有了钱坐上汽车，有人和你开道，滚了人家一身的泥，算是人家不会走路。有了钱而失节，那也一般地得着人类的原谅，或者那是不得已，或者别有苦心，或者简直是对的，全人类都应该跟着他去学。"他越说越兴奋，脸上的红晕直红到颈脖子上去。

唐子安料着他未曾醉，可是他这话实在有点儿不入耳，便笑道："你不能说这话呀！你不也穿了西装吗？"他突然站起来，把大衣的两只袖子向上翻转了过来，露出两片麻布袋一般的衣面；又牵起衣襟来，抖了几抖，虽是在菜油灯下，也可以看到那上面的油腻，像拓了年久的黑膏药。他笑道："里面的西服，假如比这像样的话，我就不罩上这破大衣了。现在社会上的人，别的眼光不行，看人衣冠的眼光却入木三分。你以为他看不出来我是穷酸吗？"他说着，坐下来叹了一口气道："并非我作过激之谈，你光谈气节，不怕穷酸，在这个社会上到处会受着人家的冷眼，到处失面子，一般的是处处透着卑贱无耻。"

正说着，唐太太一手端了一碗面疙瘩放在桌上，碗里大半碗糊汤裹着青菜叶子，不多的指大的疙瘩，在糊汤里浸着。她笑道："苏先生，好久不见，好啊？惭愧得很！没什么款待你，请你吃黑面疙瘩。"苏先生站起来，弯了一弯腰，笑道："彼此一样的境遇，不用客气。子安兄若到我那里去，就是这样的菜饭，我也没有力量请。我现在还是寄住在朋友那里混饭吃呢。"唐子安举了一举茶杯，笑道："坐下来把这杯酒干了吧，这酒倒是上等的。"苏先生坐下来，就端着杯子大大地喝了一口，还啊了一声表示着有味。

唐子安将面疙瘩一碗放到客人面前，笑道："你猜我为什么请你吃面疙瘩，实对你说，我们吃的是平价米，里面稗子极多，吃饭的时候，照例我是要戴上眼镜来找稗子的。你的目力虽会比我好，可是将一碗饭里的稗子找出来，这碗饭就冷了。所以我们不预备饭请你。"苏伴云笑道："这又让你破费一笔买面粉的钱了。"唐子安道："这倒无所谓，吃了面就省下了米。我们最近几天，也是常买面粉吃，原因是看到洪先生的小姐生了盲肠炎，我们有了戒心。万一稗子吃得多了，生起盲肠炎来，我没有洪先生那个造化，可以遇到垫借二万元的校工。好在吃面疙瘩这类食品，既有汤，又有菜，相当地省。面粉并不比吃米贵，因为我们的米卖给乡下小工人吃，可以把面粉钱捞回来。我声明一句，并非违反了'己所不欲，勿施于人'的格言，他们根本吃不来面食。"

唐太太在一边皱了眉道："幸而苏先生是老朋友，把这些穷经都说了出来，也不觉得斯文扫地？"苏伴云笑道："还提这个呢，我和子安兄见面以后，就说的是一本穷经。"唐太太点点头笑道："本来朋友们现在都是一样，见了面，不谈平价米，就谈到合作社里又到了什么便宜东西。国家大事都放在第二步。人人如此，弄得成了习惯，也无所斯文不斯文。当年在北平，你们教书老夫子，自视身份有多高，大概把玉皇大帝请了来，也只好拜个把子。谁要问人算家里柴米油盐账，还不成了士林的大笑话吗？可是现在成了我们日常一件大事了。"苏伴云将桌子一拍，头一昂，大声笑道："子安兄，如何如何？哪件事大，哪件事大？"唐太太看到这个样子，倒是一怔。及至唐先生把话说明，她也跟着笑起来。

就在这时，有人在外面问道："唐先生在家吗？"唐太太道："是梁先生来了，请进请进。"说着开了这扇白板门，让客人进来。他是个五十以外的人，梳着半白的短分发，满脸腮的半白胡楂子，穿一套麻灰布中山服，手里倒拿了乌亮的好手杖。主客都站起来让座时，他一看屋子灯下在吃饭，小屋子中间塞了一桌两凳已不好添座，便将手杖撑着地站在门边，笑道："我不坐，我来告诉你一个好消息，我立刻就要走的。"唐子安站定了，手扶了桌子，问道："什么好消息？美国的飞机炸了东京了？"梁先生微微一笑，摆了他的半白头，似乎这消息好的程度还不止此呢！

# 第七章

## "薪" 与 "水"

在抗战已入第六个年头的时候，谁都盼望着有个好消息到来，尤其是这些含辛茹苦的知识阶级，日夜都盼望着有好消息。现在有了比轰炸东京的消息还要好的新闻，哪有不突然兴奋之理？在这屋子里的主与客，都不约而同地将眼光对这位来报信的梁先生望着。梁先生嘻嘻地笑道："今天下午，我打听得清楚，合作社里来了一批糖。拿着购买证，每人可买得一斤糖。"这位来宾苏伴云先生，没有想到这位梁先生来报告的特别消息，却是这样一件事。心里本是要笑出来的，可是看到主妇唐太太，却真把这事当了一个好消息，便把笑意忘记了。见她立刻迎着向梁先生笑问道："谢谢你，若不告诉我们这消息，我们会错过了这个机会的。但不知晚上买得到买不到？"梁先生道："糖来了不久，明天一早上去买，大概还买得到。"说着他推开了门就要向外走。唐太太道："忙什么的？坐下来喝一杯酒吧。"梁先生笑道："我对于酒倒罢了，这一程子纸烟拼命地涨价，我有两天不吸烟了，真有点儿忍得难受。合作社也卖平价烟才好，然而不能。"

他说着人已到了门外。唐先生起身相送，还不曾离开座位，那梁先生又回转身来，他笑着点了两点头道："我还有个好消息奉告。这个礼拜六，学校里要宰两三口肥猪，大概比黑市要便宜个六七折，预备大家可以打回牙祭。肉呢，吃不吃，没什么关系，可是像我这样的瘦人。"说着伸出他一只枯木枝似的瘦手，反复地看了一下，接着道，"我必须补充一点儿脂肪，买斤肥肉回来，熬油煮豆腐吃也是好的。这件事我可以代办，你们要几斤肉？"唐子安笑道："我也是这样想，除了要补充一点儿脂肪，肉吃不吃没关系。假如买得到的话，你和我也带一斤吧。梁先生道："你家孩子多，既是打牙祭，好让每个人可以多尝两块，应该多买一点儿。"唐太太操了四川话道："要不得，有了肉，娃娃免不得多吃两碗饭，那是双层的损失。"梁先生哈哈笑道："唐太太真会过日子，然而这也是真情，我们家那口子，也是这样子的说法。人是越来越学乖了。"他说着话，一路地哈哈笑着由近而远了。

苏伴云他坐着不曾动，这时他手捧了那只茶杯子慢慢地抿着酒，因向主人笑道："这位梁先生，真够热心，这样一点儿小事，还特意来和你们送上这样一个消息来。"唐子安已坐下来，把那杯中酒喝干，将那碗面疙瘩移到了面前，开始来吃。唐太太却坐在通里外的门边等候，和客人添面疙瘩，这就插嘴笑道："苏先生，你是没有住家过日子，不知道柴米油盐这份困难。假如你自己当三个月家，你也就知道这些困难了。好像糖这样东西，中国人虽是没有把它列在日用必需品里面，有时确乎也少不了。譬如小孩子们有点儿小毛病，买了豆浆他喝，或者哄他吃包药粉，没有糖就不行。"苏伴云道："豆浆店的豆浆，不是有糖在里面吗？"唐太太笑道："这里面又有一点儿新的家政学。豆浆店的淡豆浆，要便宜得多。买了来，自加平价糖，自是合算，而且自己家里的糖也保险一点儿。"苏伴云端着杯子喝了一口酒，摇摇头笑道："不想喝一碗豆浆，都有这些个学问在内，我们这不知稼穑之艰难的人，也真该饿饭。不喝酒了，吃饱了，我还和子安兄谈谈正经问题。"于是很快地将那碗面疙瘩吃完。

当他放下筷子的时候，他觉得还不曾十分饱，可是看到那门里边伸出一颗小脑袋，大概是主人的小儿子，约莫四五岁，靠了门框站着，眼珠滴溜圆地向这桌上望着，将右手一个食指伸到嘴边含着。又一个大一些的小姑娘，拉着他的手臂向里拖，口里只管道："小弟，进来吃！"苏先生猛然想着，糟糕，只管喝酒，把小孩子饿坏了。小孩子等了客人吃完再吃，想必是这面疙瘩为数无多。于是叫一句饱了，放下了筷子碗。唐太太笑道："苏先生只吃那么一点儿，这面疙瘩我们请得起呀，还盛一点儿吧。"苏伴云笑道："我吃得太饱了。"说着站起身来向主人点点头道："子安兄，我们到里面来谈吧，该让小孩子们吃饭了。"说毕他首先走到里面书房里去。

唐子安随后端一盆脸水进来，盆里放着两只桶式的长杯子，正是泡了两杯沱茶。他将盆放在方凳子上，取出两只杯子放到桌上，笑道："国难期间，一切从简，就是这样地待客，请洗脸。"苏伴云洗着脸笑道："虽然到斯文朋友家里来一切都免不了要主人主妇自己动手，做客的透着有些不安，然而也可以看到朋友之间，并不拘什么形迹。若是到那些暴发户的新朋友家里去，吃喝招待，都很适意，可是那一份不相投的气氛，却叫人受不了。"唐子安笑道："你还有暴发户的新朋友，那算不错呀。我们这些人，和现在的暴发户根本就是个南北极，想认识也无从认识。"苏伴云笑道："这话又说回来了，人一有了钱，就想个名，也想抬高自己的身份。许多发国难财的人，就很想结交几个公教人员。有时和他们周旋起来，也觉得他们十分殷勤。只是他们一开口，谈起关于知识范围以内的事，就叫人家忍不住笑。有时，他们把报上登的专门材料，也拿来做话题，真叫你无法和他们把话说下去。我除了点头唯唯说是而外，没有其他的办法。"唐子安笑道："你说他们没有知识，这是你的错误。现在这年头，能不为穿吃而发愁的，只有他们。世界上的人，至少有穿得暖、吃得饱的技能。而我们在这一点上，敢和人家比吗？怎能说他没有知识？"

苏伴云洗完了脸，坐在桌子边，端起茶来喝，笑道："我本来正在动摇，想牺牲这一点儿文士身份，总不免考量着值不值得呢？所以特地跑到这文士集团的范围里来，想借着你们这苦干硬干的精神，把我颓唐的精神振奋一下。可是到了这里来之后，接连会了三个朋友，都是后悔不该教书，更悔不该读书的。我真个要去找第二条路了。"唐子安向他脸上望着，沉吟了一会儿，问道："第二条路？你有吗？而我们就是这样死路一条。"苏伴云喝了一口茶，点了个头，笑道："这第二条路，谁都有的，不但是我有，只是怎么一个第二条路而已。譬如说，我现在活不下去，跳到嘉陵江学屈原，这不是极容易找得的第二条路吗？"唐太太带了小孩子们在外面屋子里吃晚饭，这就隔了壁子插嘴道："这正是子安说的死路一条呀！我们老早知道了，就是为了不肯走这条路，才这样苦呢。"

苏伴云省悟过来了，哈哈大笑，因向主人道："我请教了你一番，只是做些无谓的辩论，到了这里来，我不能一无所获。明日再耽误一天，我还要请教一位老前辈。"唐子安笑道："我倒是要问你，所谓老前辈是什么人了？假使你所指的老前辈，还是我们多年教书的，其没有办法，应在我们后辈之上。"苏伴云笑道："这个我也知道。我所要请教的，就是那最无办法的、最穷的，因为可以在他们那里学一点儿怎样过穷困生活的精神。"唐子安手扶着那杯沱茶，偏着头想了一想，笑道："假若你是这样一个想法，我倒有两个人可以介绍你去和他谈一谈。第一是那位文学院的曹晦庵先生。他教甲骨文学，是冷门里的冷门，他虽也在别个学校里兼几点钟中国文学史的课，可是依然是个冷门。为了如此，而人是格外地不走运，晦庵真有个晦庵。第二个是工学院的谈伯平先生。照说，教工业部门的课，应该是红人。然而他教的是最专门的数学。这功课，虽是工业之祖，可是拿了数学不能去造机器，也不能去造任何工业品，因之他不能在哪个工厂兼工程师，而教的钟点太多，也没有工夫到别个学校去兼课，竟是成了热门中的冷门。"

苏伴云道："既然如此，我就去拜访这两位老先生。谈先生我不大认识，你写张字条介绍一下吧。至于曹晦老，我们在北平的时候就常常见面，在南京一年也可见到几次，只是到四川来以后，却把这情感疏淡了。"唐子安道："你认得曹先生，那就很好，用不着我介绍。谈先生喜欢下围棋，每天都短不了和曹先生见面的。你到曹先生那里去，也许谈先生正在那里，两尊菩萨，可以做一次拜访。就是谈先生不在那里，也没有什么难见，他们两家都是住在一座小山头上，只隔了一丛小竹林子。你见着了一位，就可以请他引你去见另一位了。我索性告诉你，他们住家的地点在文化路的尽头，向左倒拐，那里有一条清水沟，向前顺着路就到了。那竹林子下，那里有几棵大的落叶树，这日子正在落着叶子，顺了那黄叶满径的小路走去，颇也有味。苏伴云笑道："那是自然。虽然曹晦庵穷了，他的风格，他必定保持着的。他所住的地方，自然会有些诗情画意的。"唐子安对这个观察的话似乎不怎么同意，微笑着将头点了一点。

苏伴云虽也看出了这层意思，却没有作声，喝完了那杯沱茶，便向唐子安夫妇告辞，回他的下榻之所。他这个下榻之所，不是旅馆，也不是朋友家里，乃是学校里的教职员宿舍。是他的朋友自行到宿舍的同事床上去睡，而把床让给了他。这宿舍在学校校址深处，面临着空场盖着一带夹壁草顶小屋子。对于外来的人，并没有什么拦阻。苏伴云打了一只灯笼，黑暗里摸索到那里，朋友正点了菜油灯看着书等他。他没有多事周旋，悄悄地睡了。

次晨起来，由朋友招待过了茶水，自去办公。他在这一切的凑付生活之下，越是觉得立刻请教曹晦庵先生之必要，便依了唐子安的指示，向文化路走去。到了这路的尽头，切记着唐先生的话，向左转弯。这里果然在一带小冈下，有一道小清水沟，绕了小冈子流着。在小水沟上，有四块长条石板，搭了一道桥，就在水里头建了一方石墩，做了四块石板的桥梁。这本无什么特别之处，可是却有个可注意的，却是这桥梁所在，竖起了一块木牌，下面用棍子撑着，木牌上写了两行碗口大字："此系全村饮水，行人注意卫生。"

苏伴云站在桥头上凝了一凝神，对桥下的水考察了一番。觉得这条沟里的水并非出自高山上的清泉。水在泥床的浅沟里流着，颇有三两分浑黄之色，像川东其他乡间的水源一样，是经过稻田里流出来的。这泥沟两岸也长了些短草。但近水的岸壁，却在浅草里面露出了黑泥。在泥上印下了不少的兽蹄鸟迹。他看到之后，心中就连带地想着这水根本就不卫生，怎么竖起广告牌子叫行人注意卫生呢？他心里想着，人就站在桥头上只管出神。

就在这时，看到两个小孩子，用竹子扁担抬了一只水桶走到桥上来。前面一个孩子，约莫有六七岁，后面一个孩子，约莫有十岁上下。将木桶放下，那大孩子抽出扁担，在桶里取出一只木瓢，便俯伏在桥上，将大半截身子伸到桥下去，拿着木瓢在沟里舀水。反转手来却把水倾泼在桶里。那个小点的孩子，却蹲在桥上，按住大孩子伸直了的两条腿。苏伴云觉得这个小一点儿的孩子颇有些心思，他晓得这样做，平均大孩子周身的重点，免得栽下水去。暂且不说话，站在桥头上等候了。直等那大孩子将那一只木桶的水倾灌得满了，才走近了一步。那大孩子把木瓢放在水桶里，也站起来了。这两个孩子都穿了旧灰布的学生服，大孩子穿了蓝粗布工人裤，赤脚穿草鞋。小孩子穿黑布短裤，赤脚穿布鞋子，露着半截光腿。看那样子似乎是两个小学生。便向小孩子笑道："小兄弟，你在小学里念书吗？"他点头答道："念书的。"苏伴云笑道："你很聪明，你哥舀水的时候，你知道在后面压住他的脚。"他笑道："这是我父亲教给我的。"苏伴云道："为什么要让你这样两个小孩子出来抬水？"那个大孩子已把竹子扁担插进拴水桶梁的绳索里了，握了扁担笑答道："还不是没有法子，于今挑水工人要钱太多，又常常怠工，我们就自己来抬水吃了。"苏伴云听到他说怠工两个字，越发是新奇。便笑问道："你也不过十来岁，叫你来抬水，你家没有大人吗？"大孩子笑道："我父亲是一位教授，不便来挑水，我母亲挑不动。我二哥下学回来了，就是他和我抬水，他不回来，就是我和我弟弟抬水。我爸爸说，人生能够自食其力，这是很光荣的事，叫我们不要怕人家笑话。"苏伴云笑道："当然不能笑话你。你贵姓是？"小孩子即答应了一声姓曹。却听到那小山上有个苍老的声音，在那里叫道："平儿、宁儿，还不回来吗？"苏伴云听了这发声的所在，看去却是一个老太太手扶了拐杖慢慢地向下坡的路上走了来。这两个孩子笑着答应道："奶奶，我们回来了。"说着大的在桶后，小的在桶前，抬着水桶走了。

苏伴云听他们说话，是一小半带着南京口音的国语，那可以想到他们口里叫的奶奶，乃是祖母。这就推想着这位教授先生虽是为穷所迫，不得不叫两个爱儿抬水吃；而他自身上面还有一位老母需要供养，他这个担子未免太重了。孩子说是姓曹，莫非就是曹晦老的两个小少爷？他心里如此想了，就不知不觉地跟着小孩子后面走过了那道桥，一步步地向着山坡子走。那两个小孩，虽是抬着一小提桶水，究竟年纪小，大概平常又没有出过力，所以到他们走上坡子的时候，一步一顿，却相当地延缓。

苏伴云紧跟了几步，就靠近了大孩子的后面，仰头看那个老太太，已迎到下坡的路口上来。这时看清了，她穿一件旧青布棉袍子，蓬着半头白发，西北风吹了她的衣襟，散发飘动着，对她那清瘦的脸、矮小的身子，令人顿起一种伤感的情绪。那老太太看到孙子来了，抢上前一步，左手挽了拐杖，右手托了那七八岁小孩子的肩头上的扁担，摇了头道："作孽作孽！你哪里抬得动？到了这平地上，歇了一口气，再向家里抬吧。"大孩子道："他肩膀上不重的，你看，我把水桶扯得多向后，就抬回去吧。过久了时候，妈妈要发脾气的。"他一面说着，一面只管向前走。老太太拦不住他，只得闪开，让他们过去。她颤巍巍地拄了拐杖在后面跟着，口里只管念念有词。苏先生猜想着，这必是曹晦老的老太太。先起了三分敬意，自不敢抢向前，只在她后面缓缓地跟着。这老太太知道自己拦阻了一个人呢，便扶了拐杖闪到路旁边，连连地点着头道："我走得慢，你先生请过去吧。"苏伴云便取下头上的帽子，向她深深地点了一个头道："老太太，曹晦庵先生家是由这里走去吗？"老太太道："是的是的！我们是本家，都姓曹哇。"苏先生听说她不是曹晦庵一家，倒替曹先生舒了一口气。心想，也罢也罢，曹先生虽穷，还不至于让小孩子出来抬水呢。于是又向老太太说了声对不起，戴起帽子自向前走。

这是仲冬，四川倒还是初秋的景象。迎面一丛竹林，闪在几棵大树后面。这大树的叶子，凋落了一半，露出丫杈的树枝。在树上的叶子，有一部分是焦黄或苍绿而变赭色的。大路的两边就夹峙了这样一二十棵树。树叶子落在地上，落在乱草上，落在小的灌木枝上挂着，虽然意境不错，他也并没有理会。穿过这树下的人行路，那丛竹子在风里瑟瑟地摇撼着枝叶，竹下的黄色草皮，连着两片高粱地。高粱秸子兀立着光秆儿，还不曾割去。心想，到了这个时候，这高粱秸子还留在田里，这主人做庄稼好懒。然而这倒添了这里萧疏的自然情绪不少。

正这样打量着，却听到那高粱地里有一阵笑声。看时，隔着高粱秆儿，见到那边有两个人。一个是四十上下年纪的妇人，身上穿了一件半旧的蓝布罩袍，手上拿了一把菜刀，弯了腰只管砍那高粱秆儿。一个是十三四岁的男孩子，将砍下的高粱秆儿，两手横扳了，将腿抬起来顶着，把它一扳两三截，放在地面上一只背笼里（川人用的盛物大竹篮，其形如腰桶，竹编如篱眼）。看那背笼里时，也不光是高粱秆，还有枯树枝和干竹梢之类，乱蓬蓬地都拥出了篮子口外。这分明是母子二人在这里捡柴烧的。看那个小孩子时，还穿了青布棉大衣，头上梳着短的分发，当然不会是个乡下人了。

那妇人向小孩子道："你先把这一背笼子柴送回去了再说。太多了你会背不动的。"孩子道："妈，你先回去兴火，爸爸吃了饭还要去上课呢。"苏伴云心想，怎么着？这又是教授家里的新闻。心里想着，他就站在路上，对这高粱地里望着。那个妇人看到有人望了她，她觉得有点儿尴尬，便回转身去，手扶了高粱秆，呆看了孩子向背笼里装着柴叶。苏伴云想着这位太太，少不得又是一群青年的师母，只管看了人家，叫人家难为情做什么？于是掉转身，悄悄地走开去。

这条路，正在两丛竹子中间，由竹林深处穿出去，见下面小山谷里三幢一堆、五幢一群的草顶房子，拖长着在这山谷里安排了。这房子虽然都是草顶的，然而它们的样式，都是中西合参的。每幢房子面前，总有一块小平地。那里栽两三丛花，或者栽两三棵树，总有一些风景的点缀。这是守旧的农家所不肯干的，所以远远地看了去，就知道这里是一所假村子了。

苏先生顺了一条到谷里去的路，缓缓地走着，老远看到一位穿灰布袍子的人，一手提了一把瓦壶，一手拄了白木手杖，迎面走上来，看那人清瘦的面孔，嘴唇上一道小小的黑胡楂子，这让他惊讶着呵笑了一声。那来人迎面向他看着，走近前来，越是对他注意，站定了脚，立在一边。苏伴云脱下帽子，向他深深一点头道："曹晦老，好久不见，一向都健康吗？"曹晦庵抬起一只袖子，揉擦了一阵眼睛，又走近了两步。然后放下瓦壶，两手捧了手杖，向他奉了一个揖，笑道："啊！原来是苏先生，怎会有工夫到这个穷地方来？"苏伴云笑道："说着晦老还未必相信，我是特意来拜访晦老的。"

他听说是特意来拜访他的，这倒没有了主意，立刻弯下腰去，提起那把大瓦壶，然而他刚刚提起，却又把瓦壶放了下去。笑着再拱手道："实不相瞒，我的穷家，连茶水都不方便。朋友远来，真不能表示我一点儿敬意。我们到山下小茶馆子里去谈谈吧。"苏伴云道："晦老，来看您的人岂为着招待而来吗？"曹晦庵站着昂头想了一想，点了下巴道："对的！对的！这是我的不脱俗处。我因家中茶水不便，就不好意思引你去。你知道我是小心，不知道呢，岂不以为我是失态吗？"

说着笑了一笑，低声道，"苏先生，你来到这里，正赶上了一件新闻。这几天挑水夫涨价罢工，全村子闹着水荒，弄得人人自食其力。便是小可也只好自己动手。"说着再由地下把那柄瓦壶提了起来，因举了一举道："这就是我预备提了水回来烧茶喝的。"苏伴云笑道："真要去舀水的话，我陪了晦老一路去，这事也很有趣的。"曹晦庵手提着瓦壶颠了两颠，笑道："不必了，家里虽没有水，大概喝茶的水到邻居家里去借上一壶，还不会有问题啰！"说着将手杖提了起来，对山前的来路指了两指，却见一个小孩子背了一背篓柴走了过来，那正是刚才所看到在高粱地拾高粱秆儿的人。曹晦庵笑道："我的孩子来了，这薪水之劳，可交付给他了。"苏伴云听着这话，未免心里一动，静静地站了。

一会儿，那个扛背篓的孩子走过来了。曹晦庵将手斜斜地拦住了，笑道："这是苏先生，甲胄在身，免行全礼吧。"果然那孩子站住了，笑着叫了一声苏先生。又道："对不起，不能给苏先生鞠躬。"苏伴云道："不想令郎居然懂晦老这个典则的指示。"曹晦庵笑道："老子学到甲骨文，不免提水。那么，儿子懂一句文言的典故，叫他负薪，你想这是委屈吗？薪水阶级固不易求也。"说着，大声打了一个哈哈。

# 第八章

# 两位老教授

　　苏伴云先生实在是增加了一份知识，原来薪水阶级这个名词，是这样子解释的。便叹了一口气道："这可真难为晦老了。"曹晦庵笑道："我乡下人要倒过来说一句了，你是少见多怪。我们这里像这一类的事太多了，谁也不觉得有什么为难。"苏伴云道："既是这样，我益发地要到贵村子里去参观参观。假使我……"说着他笑了一笑。曹晦庵向他望了笑道："我兄为何只说半句话？"他笑道："我说出来也不妨，实不相瞒，我现在是穷得有些不能忍受。假如我在这里能得着一些教训的话，我可以重新忍耐起来。"曹晦庵点点头道："若果我兄是为了这个目的来的，那或者可以不虚此行。但是你为什么感到有些不可忍耐呢？"他说着这话时，对他周身上下很快地打量了一番，似乎对于他这身半旧的西服，颇有点儿计算。苏伴云笑道："晦老，你觉得我在城市里鬼混，是比较有办法的文人吗？其实我在城里，不过有办法的朋友那里，当一名极无聊的食客。你觉得我的生活会比你们好些吗？"曹晦庵笑道："老朋友多久不见面，见了面就在大路上哭穷，这似乎不大妥当，有话到我家里去说吧。"说着，身子向旁一闪，又点了个头。苏伴云觉得这位先生的态度，总还表示出是个蔼然仁者。虽然在自己用瓦壶提饮水的情形中，他感到很平常，并不以这种生活在脸上挂下了什么忧虑之色，这就让自己增加了一层兴奋，随着他后面走到他家来。

　　他这个住宅，也是和唐子安的住宅一样，泥糊竹片夹壁，茅草盖顶。但门前却少了一围稀疏的篱笆，这里将就着自然风景，门口辟了一片斜坡式的菜地，青菜萝卜都长了绿油油的叶子。在菜地角上，有几十棵番茄，冬季来了，这植物的茎长得弯曲且长，七颠八倒，由许多粗细的长棍子撑了起来，上面很零落地挂着红色而憔悴的小灯笼，和那茎梢上的大锯齿的疏叶，简直是老态龙钟。他有了这种印象，自不免站着看上了一看。曹晦庵笑道："你觉得这番茄是该拔除了的吗？我爱它这龙钟潦倒的样子，象征了我这衰暮的景况。再说些穷话，在今年夏秋之交，它很给了我一些滋养料。现在它虽供给我无多，我不能忘了它过去的恩惠，非等它自然地归诸造化，我也不忍拔除了它。"说着话，他引了客走进他的茅居。

他这书斋的布置，又异于唐公馆了。这是一间较大的房子，东西两面竹子书架和竹子条桌都堆满了线装书籍。南向靠窗户一张四方桌子，布置了书本和文具。有一块扁圆的青石，上面放了一只陶器瓶子，插了一束野花。另一只弯曲的小木架子上面放了一只小彩瓷盆子，栽了一束青青的蒲草。正面一只小白木床，不见被褥，却把一床旧的狼皮毯子铺了。但这华贵的陈设，并无和这屋子不调和之处，因为三分之一的面积，上已脱落了狼毛，都成了光板子了。三方墙壁上也粘贴了几张不曾裱糊的字画，其间夹杂了几张甲骨文的拓片。

苏伴云四周望了一望，带一点儿微笑。曹晦庵笑道："你莫非觉得我这里还有三分雅意？"说着端了其色转黄的竹制围椅，让客坐下。椅子上还铺了一方旧布的棉垫儿。坐下去是比较舒适，大概这就是这位老文人的安乐椅子了。他自搬了一只大竹凳子坐在桌边。苏伴云笑道："但有些地方是可以暗示晦老的生活的。"主人指了桌上的陈设，笑道："这个陶器花瓶，你会不相信是一只榨菜罐子。底下垫的青石是一块破砚台。这盆蒲草呢，草是真的，而且是很好的，是我在山坡下人行路上找来的。盆子是只博古碗，因为它漏了，我改来做陈设品。至于下面这个木架子，说出来你也许会感到相当有趣，是一截小的枯树笱子。"苏伴云道："在晦老看来，这自然嫌着有点儿穷凑付，可是兴趣这样东西，是各人主观的。我觉得榨菜罐子是有趣味的陈设，我就把它当有趣的。"

曹晦庵笑道："这话老兄说着一半，我之有这些玩意儿，就因为生活太枯燥，要添些生趣。这一程子，我因身体不好，疏懒得多了，在早几个月里，你若来到这里，你会看到我许多新奇的玩意儿。例如这一类的东西，我就制造了很多。"说时，他手向窗户洞里一指，苏伴云看时，那里用三根麻线吊着一个半截萝卜，它的短小的叶子，还有两三片，却向下长着。上半截像个杯子形，里面长出了七八片剑叶。苏伴云笑道："这很妙，晦老将什么栽在萝卜里面，让它寄生着。"晦庵笑道："这有个名堂，叫作一头萝卜一头蒜。我将几粒大蒜瓣，塞在萝卜瓢子里，常常浇一点儿水，就长成这个样子。其实这在园艺学家看来，乃是不值一笑的事。但我们家里人以至邻居们，看到这大蒜叶子伸出来的时候，就感到了很大的趣味。我在大家有趣味之时，也就随着高兴一阵，这就是我们的生趣了。"

正说着，却有一阵柴烟，由后面门户里冲出来。晦庵笑道："你看正说得有趣，煞风景的事随着就来了。"便昂了头向后面叫道："强儿，你找点柴炭烧水吧。客在前面，你烧了这满天满地的烟，要下逐客令吗？"说着，回头向苏伴云笑道："这里面有点儿国难经济学，非交代清楚，你也许不明白。因为现在住的是草房子，土灶不能安烟囱，不然的话，火星子落在草上就有燎原之患。而我们薪水之劳，是自操的，收来的柴草不能十分枯燥，所以有这些烟，而烟不能由屋顶上出去，就满屋子乱钻了。"苏伴云道："过着这种新经济的生活，晦老还是这样有趣，实在难得。"

晦庵道："人得退一步想，当于今需要飞机大炮棉花奎宁等等的时候，我们这甲骨文有什么用呢？承平之时，为了发掘不知道的一段历史，或者还不免要我们聊助一臂，然而发掘不知道的那一段历史，根本也不是什么有关国计民生的事。我自始就是个帮闲的文人，在那时候不给我一碗饭吃，我就该无话可说。现在既绝对是忙时，是苦时，不容国家养活闲人。我既有房子可住，有饭可吃，小孩子们还有书可读，我是该十分满足的了。所以，我这样想着，我很自得，我更不希望再有什么。太太出去砍柴，儿子出去挑水，就也不足为奇了。难道世界上这砍柴挑水的事，是固定着另一班人担任的吗？"

苏伴云连连地点着头道："晦老是今之陶渊明，难得难得！其实晦老这话，是自谦罢了，甲骨文字一层且放到一边，你对于中国文学史的研究是首屈一指的。无论是否在大炮飞机时代，一个民族对于他自己的文化，那总是要的，既要自己的文化，就得要养活你这种人。倒是像我这种人，大可考量。既是学着帮闲的，而帮闲的程度，又不够，我有点儿企图——想改行。晦老，你看怎么样？"曹晦庵笑道："莫非你被这暴发的商人所引诱，也要做生意了？"苏伴云笑道："固所愿也，但是没有本钱，我想到任何一个与抗战有关的团体或机关里去做一种文字上的工作。"曹晦庵笑道："那很好哇！但是这与你所说要改行这句话不符。"苏伴云道："我是说不教书了，不卖文了，并非不拿笔了。另一说呢，这也许是做个公务员，有一部分同人，是反对我们丢了粉笔去当公务员的，所以我愿多方的请教。"曹晦庵笑道："除了说公务员一般清苦，改行并不见稍好的话，此外也没有什么可反对的理由。往日也有人这样想，教书是清高的，做官就不然。

在现在这年头，做官与当公务员看去是一件事，其实是两件事。那些穿旧灰布中山服、踏着破皮鞋的机关职员，你若把前清时代的老爷去看他，岂不冤枉？"

正说到这里，窗子外有一阵断续的咳嗽，接着有一个苍老的笑声道："妙论！妙论！公务员与官是两种人。"苏伴云向窗子外看时，一个很清瘦的人，嘴上养有一撮小胡子，手握着一只烟斗放在嘴角上。身穿旧灰布半黄的羊皮袍子，慢慢地走了来。晦庵站起来笑道："请进请进，城里来了一位朋友，我们来摆摆龙门阵。小孩正烧着开水，预备泡茶，而且是泡好茶。"那人咳嗽了两三声走进来了，主人介绍着这就是数学专家谈伯平先生。苏伴云立刻起身让座，因道："我正是要向谈先生请教呢。果如唐子安先生所说，找着了曹先生，就可以找到谈先生。"谈伯平坐在那狼皮毯子的床上，笑道："这是陈蕃之榻，我是每日要来坐上两回的。"

苏伴云对他脸上看看，见他苍白得很少血色，问道："谈先生喜欢下围棋？"他点点头道："有这点儿嗜好。"苏伴云道："谈先生教的数学，根本就是绞脑汁的东西，课外娱乐，你又找着绞脑汁的娱乐，这未免欠于调整。"谈伯平笑道："这在你们学文学的人看来，大概有这个感想。一提到数目字，就觉得枯燥无味，而且大伤脑筋。但是弄了一辈子数学的人，并不是像你们想象的那么伤脑筋。拿了讲义，可以在教室里随便的讲，这门功课非常的机械。二加一等于三，只要你记得这个定则，一辈子还是等于三，并不绞什么脑汁。至于下围棋，"他说着微笑了一笑，因道："那也许是费点脑子的。但是我可以自负说一句，这个村子里的棋手，技术都差不多，用不着费多大思想来对付。"

曹晦庵笑道："你虽说不是自负，那也究竟是自负。有时候你接连下三盘棋，身体就吃不消，回家去睡倒了。"他点点头道："的确有这事，我也觉得下棋这个娱乐，并不是什么上等玩意儿。可是我们这穷措大，除了玩这不花钱的娱乐，还有什么可玩的？"苏伴云道："打网球，那不很适于少运动多用脑筋的先生们吗？"曹晦庵笑道："你这话也等于说何不食肉糜了。且不谈网球这套家具，于今要耗费我们多少钟点费？单单是在这山麓上开一片打网球的平坦地，要花多少人工费？就是这副围棋子，我们也是原来的资产，若是现在，叫我们买一副围棋子来玩，谁也不肯浪费这笔钱的。所以我们最好的娱乐还是散步、种菜、打柴、提水，或者摆龙门阵。"

正说着，曹先生的大少爷，将一只已经有两处露出黑铁的搪瓷盆子，托了三碗茶来。这三碗茶，不是一个模型的茶具。一只是盖碗，一只是玻璃杯，一只是桶形瓷杯。因为苏伴云是生客，那只玻璃杯就奉送到他面前来。谈伯平得了那只盖碗，他两手捧了碗喝着一口，连连地点着头道："好茶，好茶。照着《笑林广记》上说法，泡我的好茶，那是款待上客的。其对苏先生之尊敬是可想而知了。"曹晦庵笑道："我又安得而不尊敬呢？你要知道，苏先生是特意来到我们这里，向我们这两位老朽请教谋生之道的。"谈先生将茶碗放在桌子角上，两手按了膝盖，身子向上起了一起，望着他笑问道："是来向我们请教的？"说时把握在手心里的冷烟斗送到嘴里去衔了一下，接着又把烟斗抽了出来，摇摇头道："我们都不是穷而无告吗？怎么可以向我们请教呢？最好是请苏先生把在城市里得来的斗争消息告诉我们一点儿，我们也好学学样。"苏伴云笑道："假使我也知道在城市里斗争的话，我也就不下乡来请教了。"于是又把自己来到这里的用意，从头说了一遍。

谈先生将烟斗嘴子塞在嘴角里吸了一下，又拿了出来手握住了烟斗，将那弯头烟嘴子倒指了来宾，笑道："若果像苏先生这种计划，倒不必请教任何一个人，你只要自己来住家，自办两天伙食，那些米店油盐店的老板，以及你的房东，他就把这问题替你解答了。"苏伴云道："那么，谈老是赞成我改行的了。"他答道："于今固不必谈什么固守岗位或者改行，就是老早以前，谁又肯守株待兔过一辈子？只要是有办法，学法律的人可以管农林，而学化学的人也不妨管财政。你不看我们敌国的内阁，无论什么阁员，军人都可以去干。敌国的百姓，谁敢说他外行？而他们自己也没有谁觉得是离开了岗位。所以改行的话，根本不成为什么问题。只是问我们自己有没有路径可以改行？实不相瞒，我就打算到外省去做一个秘书。你必然说，你一个弄 x 加 y 的，这支笔突然变着去等因奉此，总有些格格不入，这倒不是我所介意的。好在这位长官是我的同乡，我尽可找比我低一层的职员替我去弄，我可以去贪天之功。我现在已写了信去了，静等候那位长官的回信，他来信叫我去我决计去。"

苏伴云笑道："当秘书也不见得好似教书吧？"谈伯平就道："这里面自另有办法，我只知道在这位长官手下做事的人，都可以暗下兼营商业，而且也不必怎样去坐柜台、打算盘，不见得我去了就会例外。我现在老了，还能活几年？这个时候不去弄钱，将来会棺材本都没有。我和当司机的坐在一家饭馆里应酬人家的喜事，人家知道我是老教授，也知道他是司机，然而为了他穿一身漂亮西装，为我穿一件蓝布大褂，又为他送了万元法币的礼，而我呢，只送了一副喜联，因之由主人翁以至招待员，对他的礼貌比对我要胜过十倍。偏是吃饭的时候，我们又同桌，那个首席就让了这位司机。这个世界，人不当以发财为第一吗？"曹晦庵皱了眉笑道："这个故事，你至少告诉我十回了。这一点儿事，你总是耿耿在心，小气小气！"苏伴云笑道："我以为谈老真要改行，原来是愤语。"谈伯平道："你看我们这情形，焉得而不愤？"说着他又把口里的烟斗拿了出来，将嘴子向窗子外指着。

苏伴云伸头向外看了去时，正是刚才在高粱地里的那位太太，她手上牵了一根绳子，拖着一项东西过来——不是一只顽犬，也不是一只驯羊，乃是一大捆红苕藤。她用绳子在红苕藤中一束，用绳子拖着，在地面上卷了灰尘滚着。那藤叶子滚了灰尘，唆唆作响。只看她那面色红红的，额角上冒着汗珠子，就知道她如何吃力。曹晦庵也站了起来，招手笑道："见笑大方之至，家里有生客呢。这是我的内人。"说着他回过头来向苏伴云点了一点，做个介绍的样子。他只好深深地点了个头，叫声曹太太。曹晦庵笑道："这是苏先生，特意来看我们的，你既拖了这多红苕藤来，必可以找出一点儿红苕来，蒸一碗红心苕来待客吧。"

曹太太先是有点儿难为情，后来看到苏伴云穿的也是一件破旧大衣，而先生又请他吃红苕，料着必是同道朋友，便向他回礼道："不免苏先生笑话，我们讲求自谋生产。自己喂了一只小猪，原先看了人家乡下人养着大肥猪，以为很好学样。其实这事并不简单，第一件事，我们这里没有杂粮的人家，就没有东西给猪吃，只好自己动手找这些野菜野藤来喂它。"曹晦庵笑说："太太不用解释了。我们家中的家境，人家完全知道，我们是天天骑牛，也就无所谓骑牛撞见亲家公了。"曹太太已是把那捆红苕藤扯到屋角边放下了，牵牵自己的衣襟，走进来向苏伴云道："究竟是给苏先生笑话啊！"

苏伴云是极力地想象告诉她，这绝不寒碜。可是这问题要说得透彻一点儿，是可以做一篇论文的，而这篇论文，却一时交不出卷来，只得连连地说不敢不敢。曹太太笑道："其初，我们做这些粗事，见了熟人好像有一点儿难为情，于今也就习惯成自然了。苏先生老远地来，我们没有什么招待的，我去泡一碗茶来请客吧。"曹先生道："茶已经由强儿泡了，还是做你一碗拿手好戏的点心，烤几只红心苕来吃吧。"曹太太笑道："苏先生若不见笑的话……"苏伴云道："我们在南京的时候，每日早上不都买烤山薯吃吗？"曹太太微笑着去了。

谈伯平在衣服里面摸出了一只小青布袋，他先在里面摸出一块黑石块，又摸出一块小铁片，和一个烧焦了头的短纸卷儿。他将纸卷和乌石叠起了，在左手上拿着，口里咬了烟斗嘴子，右手三个指头，握了铁片的一端，在乌石棱角上摩擦地敲打着。吱咯吱咯，敲得小火星乱溅，那小火星子落在纸卷焦头上，便燃着了。苏先生只三十来岁，他没有赶上用打火石这个年代，看到这玩意儿，很觉得有趣，笑眯眯地望着，因道："谈伯老这个发明，颇可登报。"谈先生把这套火器都放在桌沿上，然后取下烟斗，又将两个指头在青布袋子里抠了一撮烟叶子，在烟斗上按着。于是取了纸煤吹着了火，口衔了烟斗，将烟燃着吸了。

苏先生笑道："这虽省了火柴，可是太麻烦了。"谈先生将纸煤放在桌沿上，呼了一口烟，笑道："你以为这是我的发明？在千年以前，我们的祖先就发明了，没有火柴的日子，我们是普遍的使用着。"说着吸了两下烟斗，接着道："麻烦？我为的就是喜欢这点麻烦呢。吸烟斗省钱，而火柴的消耗却很大。无意中在矿石标本室里得了这一块火石，于是弄一块铁片，恢复四十年前的取火法。在这些取火的手续里，可以消磨一部分时间，也是消遣之一法。吸烟不也是消遣吗？消遣里再添一点儿消遣，又待何妨？你说登报，以今日物质文明，而有人用打火石，也许是'人咬狗'之类。但说是我发明的，那可使不得。"说着哈哈一阵大笑。曹晦庵笑道："但也可以说是穷出来的经验。虽然我们是感到有趣的，我们这些有趣里，过着这一头萝卜一头蒜的愉快生活，而司机坐首席，教授屈下方，也就吾无间然矣。"说着他也哈哈一笑。

## 第九章

# 菊残犹有傲霜枝

这三位宾主谈笑着穷经的时候，主妇将一只大瓷盘子端着一盘烤红苕送到桌上来，却笑了向主人道："要不要筷子？"曹晦庵笑道："吃什么东西用什么工具，吃烤红苕用不上筷子。若以为请客人吃点心，不便请人家用手抓，那我们为什么不请人家吃包子吃饺子，而请人家吃红苕呢？"曹太太笑道："苏先生，你可别笑话，到我们这里来，就只有听着一片穷经。"苏伴云用手指了自己的鼻子尖道："难道我不穷吗？穷人到一处谈着，一发几千万国难财的事，或者讨论些红烧鱼翅、清炖火腿鸭子，又或者谈些穿了灰鼠皮袍，坐在天鹅绒毯子上打梭哈的故事，好听虽是好听了，可是自己想想，我们不是在发痴吗？"说着，大家都哈哈地笑了。

曹晦庵在瓷器盘子里挑了一只长圆形的红苕，用手提了顶端，送到苏伴云面前，笑道："苏兄说的话，大有道理，来一只好的红心苕。"苏伴云欠身接着坐下来，撕着那烤苕的焦皮。当他掀开外皮时，露出里面的橙色的熟瓤，随了人的手指冒出一层腾腾的热气。他举了红苕，笑道："你看这东西，色、香、味都够人欣赏的。"于是像剥香蕉皮一样，把红苕皮四面翻剥转来，手捏了未曾剥皮的下端，将上端送到嘴里慢慢地咀嚼着。

谈伯平放下了他的烟斗在桌沿上，也拿了一个小些的红苕在手上吃着。笑道："苏先生吃这东西，也很在行。"苏伴云道："这也并不是今日的特殊食品呀。我在北平、在南京，都喜欢吃它。若以滋味论，是南京的烤山芋好。它是红心，吃到口里有栗子味。若以情调论，是北平烤白薯好。当那满胡同里飞着雪花的时候，一辆烤白薯的平头车子，推了一只罐子似的烤炉，歇在人家大门口雪地里，卖薯的人大声吆喝着——烤白薯——真热和！你若在这时候，买两只烤白薯坐在煤炉边下来吃，当然会在严寒的空气里，感到一种温暖的意味。"曹晦庵笑道："吃红苕，还有这些个讲法，究竟书生与平常人有些不同。"

正说着，屋子外面有了女人的声音，问道："吃红苕有什么高论呢？我倒要听听。"随了这话，进来一位三十以上的女人，穿了一件黑绸旧旗袍，上罩紫红毛绳短大衣，长头发，在后脑上挽了个横的小小如意髻。脸上抹了很浓的雪花膏，而没有抹胭脂，越显着有些秋霜不可犯的样了。她是个长长的脸，在年轻的时候，也许很美，现在美人迟暮，却把下颏尖了起来，两个颧骨影子透出了腮上。她长眉毛下有一双眼球不息转动的眼睛，分明是她藐视一切的姿态，都在这里现出。她踏着一双橘色皮鞋走进来。曹谈两位老先生都站了起来，曹晦庵笑道："华先生怎么有工夫到这里来？"

苏伴云见这两位文丈以先生相称，想到此位妇人不同等闲，也就站起来，笑着半下鞠躬。她只点了一下下巴，微笑了一笑，然后才向曹晦庵道："无事不登三宝殿，当然有事相求。"主人笑道："请坐，请坐，只要能够为力的，无不照办。"说着把自己坐的凳子端过来，让她坐下，自己赶快去内室搬出个旧竹凳子来相陪。主妇本来是到内室里去了的，这又含笑迎了出来，点头道："华小姐，今天有工夫到我们舍下来坐坐？"她所说的虽是和主人翁一样的惊异口吻，但这称呼变了，说她是小姐。

苏伴云坐在一边，却觉得这事有点儿奇怪，不免偷偷地看了她一眼。可是她扬着个脸子向曹晦庵夫妇说话，旁若无人，她不觉得有什么引人注意的地方。她道："我也没有什么为难着曹先生的事，只是我们几位女朋友办了一个乡村妇女补习学校，请曹先生当个董事。"曹晦庵笑道："照说，这是毫无问题的事。"说时，拿了一只烤红苕在手上，慢慢地掀着焦皮，笑道："学校里请董事，有两个原则：其一，是有钱的人，其二，是政治上有地位的人。我住在茅草屋里吃这玩意儿的人，有什么资格当董事呢？"说着把手上这只烤红苕，举了一举。华小姐笑道："不要你在政治上想什么办法，更不要你出什么钱，我只是借重你德高望重，做我们先生里面的一个榜样。"曹晦庵笑道："若果然如此，那还有什么问题吗？你把我的名字填进贵校的人员表册上去就是了。"曹太太在一边听到，摇摇头笑道："你这话也不大妥当，好像你对于德高望重这句话，有些居之不疑。"曹晦庵笑道："这诚然是我说话大意，不过我说的随便写上一个名字，这是需要解释的，可以说是为她补习学校里添一名校工，也可以就添个发起人。"曹太太笑道："你当校工，人家嫌你的精力衰朽，也许不要呢。"

华小姐且不理会他夫妇打趣，却扭转头来向谈伯平笑道："这个补习

**63**

学校的董事，原免不了请你一个，可是我另有一件事要谈先生援助，这事且不麻烦你。"谈伯平已拿了烟斗在手，两手抱了烟斗，拱了两拱，笑道："最好另一件事华先生也将我免了。因为我这个病夫，实在不能再有所作为。"她笑道："自然所要求援助的事情，总不会是十分繁剧的。"说着，她站起身来，伸手向曹晦庵握着，笑道："好了，就是这样一言为定。我还有点儿事，明天再来把办补习学校的详细情形告诉曹先生，我不干扰你们的清谈。"说完，她向曹谈二人点了个头，却只向苏伴云看了一眼，径自去了。曹先生送到门口，谈先生却只起身一下，依然坐下去。

曹先生回来了。苏伴云笑道："这位华先生是谁，晦老也不和我介绍一下。"谈伯平正打着铁片火石在那里取火燃纸煤，右手拿了铁片，不住在左手捏的石块上敲擦着，擦得火星四溅，那纸煤用指头夹住，压在火石上，焦头子当了铁石摩擦之冲，早已燃着了。可是他还在继续着这个动作，吱咯一声，火花随了铁石的摩擦，飞溅一下，他却在熟视无睹的情形之下，插言道："不介绍也罢，我们见了她都头疼的。"曹晦庵笑道："其实也无所谓，这个人不过性情孤僻而已。我今天所以没有介绍的缘故，是因为得不着机会。她见了面就先开口，要求我当校董，说完了就走。"谈伯平燃好纸煤，将火吹得大大的，在烟斗上烧着，把那烟斗深深地吸了一口，呼出一口烟来。左手捏了纸煤，只管在桌子腿上按住，将它按熄。他道："有机会也不介绍。"说着又把这纸煤在桌腿上触了两触，似乎要借这点劲，表示他的决心。

曹晦庵又坐下去剥红苕皮。曹太太坐在华小姐那个位子，向苏伴云笑道："一个老处女，又在这生活不如意环境里，性情有点儿特别，也许是不免的。我倒原谅她。"苏伴云道："果然是一位小姐，不到四十岁吗?"曹太太道："她自己说是三十四岁。"说着微笑了一笑。苏伴云道："她在吃粉笔饭吗?"曹晦庵道："论她的资格，也可以当教授，可是她只当名讲师。"苏伴云道："教什么呢?"曹晦庵道："教英文，也教心理学，可是……"他坐在那皮榻上没有把话说完，却起来到桌边拿茶喝。苏伴云笑道："不大高明吗?"曹太太笑道："苏先生只管打听，你注意着她吗?"曹晦庵站着拍了一拍手，笑道："我知道苏先生也是个老处男，两好就一好，我们来做个现成的介绍人吧。"苏伴云笑道："我怎么那样不识高低，敢高攀华小姐这种人?"

大家正说着，却听到屋子外面有人叫了一声曹先生，正是这位华小姐的声音。曹晦庵张开了口，先做个失惊的样子，然后立刻答应着迎了出去。过了一会子，他走进来，笑道："我们说的话，大概都让她听到了，大概她在门外站了很久呢。不过她的态度，倒并不十分坏。"曹太太道："她特地叫你出去有什么事？"曹晦庵道："她约了明天下午三点钟来，叫我等着，并没有什么要紧的话。"苏伴云道："果然地，她办妇女补习学校，这是小规模的组织，由她一个人经营也未尝不可，要什么董事会？"

谈伯平斜靠了桌子，手握了烟斗，将烟嘴子由嘴角里抽出来一点儿，笑道："这叫戏法人人会变，各有巧妙不同。你以为她真有那样热心，要替妇女界扫除文盲？米太贵了，都得在职业外另想个第二条路。"曹太太笑道："谈先生对于她，总有点儿不以为然。"谈伯平道："可是你想到她那高傲的态度，就觉得高傲得无理由。无论对什么人，她总抱了不合作的态度。"曹晦庵笑道："你这话也欠思量。一个小姐，能抱个逢人合作的态度吗？她要是肯和人合作也不至于年将不惑还待字闺中了。"曹太太笑着插了一句话："岂有此理？"谈伯平吸了一口烟，又抽出了烟斗嘴子，笑道："我倒不是说她这一点，你看她的名字，就表示了她的落落不合。"说着望了苏伴云道："她单名一个泰字，取字傲霜。"苏伴云笑道："这名字都很好，泰字本很俗，和华字联合起来，是东西两岳，这就了不得了。华者，花也，华而傲霜，是菊花，大有自比陶渊明之处呢。"曹晦庵点头笑道："你这话是对的，她正取意于菊残犹有傲霜枝这句诗，透着有几分孤芳自赏。"谈伯平道："什么孤芳自赏呢？就算她名实相符，也是丛残菊！"

曹太太笑道："说来说去，谈先生总是不以她为然的。"谈伯平笑道："我以她为然，或不以她为然，这没关系，或者我们是下了市的男子，可是正在市上的男子，也不以她为然，这却是她的损失。"曹太太掉转脸来，向苏伴云道："苏先生是正在市上的新鲜菜了，你以为如何呢？"他笑道："虽然在两位老先生面前我不敢卖弄年纪，可也就是七月里的王瓜，二月里的白菜，去下市不远了。"曹晦庵笑道："不知你这个月令，是指国历，还是指农历？若是指国历，二月里的白菜，经过霜雪，在火锅子里煮豆腐吃，其味正佳呢。"说着大家都哈哈大笑起来。

大家一面说笑着，曹太太提了开水壶来冲上一道茶。那一大盘烤红薯，也就不知不觉地吃光。客人是吃饱了，喝足了，然而却没有把前来的目的达到，依然还不能指出第二条路要怎么样去走。估量着时候，人家已到了吃午饭的时候，若在这里再谈下去，势必要主人留着吃午饭。这里主人的薪水之劳都是自操的，绝不会像唐先生家里有人家送的白酒和牛肉留着。在这里拖累人家一下，人家会穷于应付的。因之自己知趣一点儿，还是告辞吧。这样地想定了，他就立刻站起说走。

曹晦庵站在门口，两手横了一伸将去路挡住。因道："老远地到了我这里来，岂有空了肚子走去的道理？"苏伴云笑道："虽然是老远地走了来，我是来找一个混饭的法子，却不是行到这里来混饭。"曹晦庵笑道："这个我明白。我就留你在我家吃一个月的肥鱼大肉饭，你也不愿意，你自须要解决你永久的饭碗。但是今天我们谈得很高兴，比我们下围棋的趣味好得多，你何不在这里多谈一会子？到了吃午饭的时候，我们有什么，请你吃什么，一餐饭也不至于吃得更穷些。"曹太太也站起来道："苏先生，你就再谈一会子吧。反正我们家里破费不起来，无非是煎红苕、炒红苕、生拌红苕、清炖红苕汤。"曹晦庵笑道："不，也许有一两样别的什么吃的，别信主妇太谦的话。那样多的红苕，尽管它富于维他命 B，那会把客人吃伤食的。"谈伯平笑道："别的罢了，曹太太说的生拌红苕、清炖红苕汤，我一定要领教。"说着大家又笑起来。

苏伴云点着头道："好，我就叨扰一顿。尽管生活是十分清苦的，可是两位老先生都是乐天派，遇事都觉得快活。这屋子里满屋是春风，很给予我一种温暖。我想谈太太一定也是和曹太太一样，很高兴地过着这一份清苦的日子的。"谈伯平道："我的太太在这里就好了，再苦些，我也不会有什么感觉。我们那所草屋里，就是几个孤独者组合。"曹太太道："三位还是笑笑吧，不要想到生活，清寒孤独的事情更不要去提到。你们高兴说下去，我立刻到厨房里去做饭。谈先生，你也就在我们家吃午饭。"谈伯平道："那自然，我是要尝尝你清炖红苕和生拌红苕的。"曹太太笑道："好的，回头你尝吧。"于是主妇做午饭去了。

宾主们继续着快谈了两小时，到了午饭端上桌来时，主妇所说的红苕倒只有一样，是炒红苕丝，里面放着胡椒和葱屑子，在热气腾腾中，倒也有一股香味送进了鼻孔。其余是一碗炒榨菜丝，一碗白菜煮豆腐，另一只五寸盘子盛了一盘炒鸡蛋。主妇站在桌子边笑道："苏先生，我们这实在是笑话，这样的菜留客吃饭。"苏伴云笑道："实不相瞒，有这样的菜，已非我始料所及了。"谈伯平道："果然地，怎么会有了豆腐？我知道这几天豆腐的行市，也极是紧俏。早晨到街市去晚了一点儿，就买不到豆腐了。"主妇笑道："这个时候，当然买不到豆腐，这是在本文化村的村邻那里商让来的。"

主人翁没有工夫说话，同着他的令郎，把窗户前桌子上那些东西移展开来，就把那张桌子腾出抬到屋子中间当了餐桌。于是主妇搬凳子，谈先生帮着盛饭。饭由一只大瓦钵子装了，放在旁边一张破椅子上，虽然黄黄的颜色，煮的技术不差，却是不烂不硬。主妇笑道："苏先生，饭是文化米，这是我们本行，你也不会嫌的。却有一件事，我可保险，谷子和稗子，我都挑掉了的。两年以来，在家政上我是对这点特别的努力。这倒不是我们特别地不能吃平价米，因为晦老牙齿不大好，已经叫他的胃多担任了一些工作，若再把连壳的东西都吃了下去，仔细会生病，所以我得着空，在家里就是挑稗子。"说笑着，宾主就坐下来，曹太太却带了少爷退回厨房里，说因为两个小一点儿的孩子也回来了，她要去管理孩子。其实却是这桌上一盘炒鸡蛋，只有三个做资料，孩子在一桌吃，恐怕客人享受不到。但客人对这餐饭，却和昨晚在唐公馆吃面疙瘩一样地吃得高兴，因为宾主语言相投，吃得是很痛快的。

饭是刚吃了半顿，屋子外面有人叫道："晦老，我又来了。"在这声音里，大家都知道是华小姐。苏伴云立刻就想到，不必和她打招呼了，她既是目高于顶的老处女，一个不曾成名的文人，她如何会看在眼里，犯不上去遭她的白眼，因之在她走进来的时候，只有曹晦庵放下碗筷站起来招待，苏伴云却和谈伯平继续地吃饭。华小姐进来，先向桌子上扫了一眼，笑着点头道："曹先生尽管吃饭，我已吃过饭了，坐在一边说话就是。"曹晦庵道："果然吃饭了？菜不好，饭却有，我只是添双筷子而已。"华小姐微昂了头，眼睛又对桌上瞟了一眼，笑道："我自负也不减于二位老先生的洒脱，假如我是空着肚子来的话，我会自己抓起筷子碗加入战团的。"说着她自走向铺了破皮褥子的木榻上坐下。

曹晦庵见她如此，只得坐到饭桌上来，两手举了筷子碗道："我在这里奉陪了。"华小姐道："曹先生，我先和你提的话，我想你今天既是在家的，我就今天来报告给你听吧。又何必等着明日呢？"曹晦庵笑道："我说了，你把我名字填上就是了，一切没有问题。"华小姐两只腿架起来，一只皮鞋尖在地面上点动着。笑道："虽然如此说，一个当校董的人，对于本校的大概情形也不能不知道一二吧？谈先生你以为如何？"她说时对这边桌上望着。谈伯平连连点头说是。

华小姐道："谈先生，今天没有下棋？"他道："今天谈了半天的闲话，痛快而不费脑力，比下棋有趣得多了。"华小姐道："我以为你们这里有贵客商量要事，所以我没打搅。若知道是开座谈会，那我也就加入了。"她说时对苏先生看了一眼，虽然她脸上并没有带着什么笑容，可是人家说了一声贵客二字，苏先生想着无论人家多大年纪，总是一位小姐，在人家眼光扫射之下，不能再木然无动于衷，因之笑着起了一起身子。曹晦庵笑道："啊！这是我大意了，我早应该介绍一下。这是苏伴云先生，是位文学巨子，也许你在几种名杂志上，已经看到了他的作品了。"苏伴云听到人家介绍，便站起来连连点点头，华小姐却只欠了两欠身子。曹先生继续着道："这是我们这里名教授，妇女界运动巨子，华小姐傲霜。"谈伯平插嘴道："就是菊残犹有傲霜枝那句诗里的傲霜两个字，只在这一点上，你可以知道华小姐的才华与品格。"苏伴云笑道："是是，久仰久仰！"

华小姐笑道："其实无所谓，于今我们都是吃平价米，还大闹饥荒的朋友，有什么可傲的呢？苏先生府上是华北哪一省？"苏伴云笑道："敝处是江苏。"华小姐淡淡地笑道："听口音，倒好像是黄河以北的人，大概在北方多年吧？"苏伴云道："念书的时候在北平住了五六年，别的什么没学到，学会了几句国语，冒充北方人，如是而已。"华小姐道："苏先生写作很勤吗？"苏伴云道："也不过偶然替朋友办的杂志凑凑篇幅。"华小姐回转脸来，向主人道："曹先生不大买杂志看？"曹晦庵道："要看，就跑图书馆，省下这笔钱了。"华小姐道："我从前也是喜欢买杂志看的，后来到了抗战两三年，这些抗战八股，翻不了新花样，就懒得看了。这两年是印刷纸张大伤目力，那还罢了，杂志上的文章都是谈过期的故事，真不值一看。"说到这里，又回过脸来向苏伴云道："苏先生可别多心，我不是说苏先生的文章不值一看。"苏伴云笑道："我觉得这样说，倒是忠实的批评，我每次和杂志写文章，都是主办的人逼着写的，自己根本不承认那是可读的文章。"

谈伯平笑道："那我要驳你一句了，你既是为敷衍朋友而写文章，你何必填上自己的真名字？"苏伴云笑道："谁不是这样呢？无奈我在文坛上，有这么一个当跑龙套的名儿，不论你本领如何，反正是内行。因此要你写文章的人，一定还得要你写上真名字。"华小姐当他说话的时候，也曾向他望着，这就带了一点儿淡笑，因道："有些杂志也找我写文章，我之所以不写，也就为了这一点。老实说，办杂志的人，他的手笔也比我们高不了多少，我们也犯不上和他去捧场。"苏伴云道："在什么杂志上仿佛也看到华先生的大作。不用看文章，只看这笔名，就有个陶渊明呼之欲出。"谈伯平又插了一句道："菊残犹有傲霜枝。"他说时，声音拖长了，头有些颤动，像个吟诗的样子。苏伴云先忍不住笑，而华小姐也不免透出百分之几的闺阁态，看了她的衣襟底，微微一笑。

# 第十章

# 我四十不动心

　　这位华小姐向来是人如其名，很少有喜人的笑容，总是凛凛不可犯的。现在她带了十分高兴的样子，坐在人家聚餐桌外谈话，而且虽有个相当穷酸的生客，她也并不冷落，这在两位老先生都觉得是奇迹了。

　　饭后，曹太太带着孩子来收碗，笑道："华先生来了，我一点儿也不知道，虽然没有什么好菜，也应该对华先生虚谦一下才对。"曹晦庵笑道："不但是虚谦，我也曾实心实意请她吃饭，无如华先生是不肯吃我这豆腐饭。"华傲霜听了这话，嘻嘻地对曹太太一笑。曹太太笑道："晦老，你这句话是可考量的，我不是说我们这豆腐是在邻居那里让来的吗？邻居并非别人，就是华先生。你谦逊一下不要紧，好像我们把人家让豆腐的盛情都抹杀了。"

　　谈伯平衔着烟斗微微地笑着。华傲霜笑道："伯老这一笑，又有文章。"谈伯平手握了烟斗，将烟斗嘴子指了鼻子尖，笑道："请华小姐先恕我唐突，我才能把心里的话说出来。"华傲霜道："没有关系，什么话都可说。"谈伯平道："不知何年何月，上海流氓市场发生了一种俗话，就是男子对女子存了欠缺忠厚或不礼貌的心事，而表面确又很正大的，叫着吃豆腐。后来这种俗话借了报纸的力量很普遍地流行起来。你看，我们今日应该是吃曹晦老的豆腐，谁知暗中转了一个弯，而华小姐又是黄花幼女。"

　　苏伴云在一边听到，只管将眼光向谈伯平脸上看着，心里是连连地喊着糟糕。但华小姐始终是含了笑，凝住眼珠向下听，等谈伯平说完了，她点点头道："伯老把这话说得是非常的婉转。可是率直地说出来，也就不见得有什么唐突。恰好我做的这事，合上了这个典故。其实女子被人吃了豆腐去，倒反映出了她的忠厚之处，应该是无愧于心的。"曹晦庵鼓了掌笑道："华小姐这话，大方之至。这不是一朵菊花的姿态，应该是兰花，是莲花，是白牡丹，是……慢来慢来！我还得想，找一朵更适当的花来比上一比……"谈伯平笑道："你刚才所说的三种花，那就够了，若再向下说，就等于蛇足。"

苏伴云见两位老先生说得这样有趣，而华小姐含着微笑，似乎也加以接受，这就从旁凑着趣道："但不知晦老说的这莲花，是白色的呢，还是红色的呢？"曹晦庵笑道："莲花这种花，已经很素净的了，我想就让它是红色的吧。"华傲霜笑道："三位实在是将我高比了，我是早该加以拦阻的，但是我想到三位谈了半天的话，也许话题穷了，我就不必扫兴吧。老实说，我倒并不是有什么孤芳自赏的情怀，我总看到现在这个社会太重切利了，我们这忝为人师的，虽不能加以纠正，可多少要表示我们一点儿不赞同的态度。"

苏伴云叹道："可是这个时代，已逼得我们无法谈什么抱道在躬了。像洪安东先生，为了救大小姐的盲肠炎，卖书也救不到急的时候，他不能不接受一个校工的暂时借款。在我们现在看来，依然并不算小的一笔现款，法币两万元。"华小姐道："向校工借钱，这是新闻。"曹晦庵道："难道华先生还不知道这件事？这件事已经轰动得遐迩皆知了。"华小姐笑道："这也是我的缺点，我除上课，很少出门，消息非常隔绝。"曹晦庵就把洪安东的小姐害盲肠炎，以及在会计处用书押借不到钱，激动了一位校工的义愤，将小本营生的资本两万元借给了洪安东的话告诉一遍。消息经过多方面的传说，在形容词上少不得又有一部分加强起来。

华小姐道："真有这样的事！这位洪小姐，倒是跟我补习过功课的，我应当去看看她。"曹晦庵道："她在医院里，还没有回来呢。这两天安东在家里代替太太管家，别的罢了，不知道这两顿饭是怎么样地对付出来？说到作业呢，我们先生们也许还可以做两样，这煮饭的事，那就相当棘手，不是煮烂了，就是煮生了，至于面饭，那更不行，馒头、烙饼、饺子，我一切都不成。"华小姐笑道："这样说，晦老必定是都尝试过的。"曹太太将碗筷都收拾好了，正提了开水壶出来，再来泡茶。因笑道："他在家里什么都干，他自号大脚老妈。"华小姐笑道："虽然这样说，也许还比我要好得多呢。我是一点儿也不懂，尤其面食。"苏伴云道："昨晚在唐子安先生家吃疙瘩汤，味儿很好，这项面食，难不难？"华小姐听到这里，突然将话锋一转，问道："苏先生也认识唐先生的？"苏伴云道："我们很熟，交情是在半师半友之间。"华小姐便点着头，哦了一个字，却也未说其他。

苏伴云喝了一碗茶，又说了一些其他的闲话，他忽然想到华小姐连来了两次，也许是看到自己在这里有话不便说，那还是自己识相一点儿吧，于是站起身来，向主人告辞。谈伯平笑道："苏先生若是并没有十分重要事情的话，我很愿苏先生再谈两小时，这样可免掉我下午再下两盘棋。"苏伴云道："伯老既知道下棋未免是耗心血的，不会不下吗？"谈伯平道："记得项莲生在他的《忆云词》里，曾作了这样的序言：'不做无益之事，曷遣有生之涯？'于今不然，乃是'不做忘年之事，曷抑命挣之哀？'我也不是和我这条老命有什么过不去，你让我安静安静地躺在茅草屋里过穷日子，不找一点儿刺激，那也不近人情吧？"

苏伴云看他那清瘦的面庞，微扛了肩膀，手上倒捏了一只烟斗，向嘴角要放不放的，已觉得他相当无聊。再听了他这话，更觉对这老教授同情。因道："谈伯老若下午无事的话，再过两小时，我们在山下小街上坐坐小茶馆，如何？"谈伯平想了一想，因笑道："今天下午不必了。明日早上，我们同吃油条豆浆，如何？"苏伴云也不知他有何意思，想着明早上未必便走，就答应了。他左手上拿了帽子，和两位老先生握手，他自按着西洋规矩，不能伸手和妇女握手，先走向曹太太面前一鞠躬，再走向华小姐面前，还不曾鞠躬呢，华小姐却自动地伸出手来和他握了一握，笑道："再会再会！"他告辞出门。

主人翁送着回来，笑道："苏伴云今天此行，也许大为失望。"华傲霜道："他有所求于曹老先生吗？"曹晦庵笑道："他会有什么求于我呢？他新近有个计划：打算去做官。我们在表面上是赞成他这个主张的。可是我们的行为，除给了他一个暗示，就是我们这副穷酸骨头，穷死了也不改行。他问道于盲，碰了这样一个钉子，他不会感到扫兴吗？"曹太太道："他一个无室家之累的人，怎么也好办，他其实也不必忙着改行。"华小姐笑道："我觉得来到大后方的男子，因为家在沦陷区，接济不上，就以为没有室家之虑，这是不怎么恕道的事。那在沦陷区里家室，他们望大后方的接济，恐怕比在后方的家室还要急迫万分。"

谈伯平慢慢地吸着他那烟斗，微微地笑道："这位苏先生，他为人有些特别，他三十多岁的人，竟是没有结过婚，他有什么家室之虑？"华小姐看他时，见他身子靠了桌子，右手拐撑了桌沿，手握了烟斗，放在嘴角，要抽不抽的样子，而头却是微微地偏着，望了屋顶。看那样子，完全是随便说话的。便道："伯老和这位苏先生也是老朋友？"谈伯平道："以先不熟识，但是他也和我们在一处教过几个月的书，我知道他的。一个中年而没有结婚的男子，那是容易让人注意的，而况他又是一个作家。所以我们无论识与不识，都知道这个老处男了。"

曹晦庵听到他说出了老处男三字，倒吓了一跳，这岂不是有意给华小姐写个对照？可别怒恼了她才好。心里如此想着，不免立刻对华傲霜脸上注意着，然而她只轻轻地在脸上泛出了一层笑容，并没有见怪之意。曹晦庵想着谈伯老对于这位老处女，正如川人打话，有些不了然，何必说闲话惹是非？因之立刻把话题扯到妇女补习学校上面去，和华小姐正襟危坐地说了一阵。约莫有半小时，她也就走了。

曹晦庵道："伯老今天下午有课吗？"他笑道："我并没有课，苏伴云要我去坐小茶馆，我所以不去，我是要看这位小姐留在这里，会说些什么。我看她那样子，对于苏兄倒大有一见钟情之意。"曹晦庵昂了头笑道："那是一桩笑话，华傲霜为人，昂头天外，什么男人也不看在眼里，哪有一见钟情之理？而况她原来也不知道苏兄是个处男。"曹太太原在里面屋子里，听了这话，奔出来点点头道："这话也许有点儿意思，我到她家去借豆腐的时候，我说苏伴云是个作家。她嘴一撇，说如今什么人都是作家，她若写几行新诗到报上去登登，她也可以自说是作家的。我偶然地说，听到晦老谈过，这也是个守独身主义的，到现在没有结婚。她偏着头想了一想，笑说也听到说有这样一个教书匠，原来就是他。不想我回家做出饭来，她又来了。她第二次来，分明是为了要和苏先生来谈谈。"

曹晦庵手摸着尖削的下巴，做个抚须沉吟的样子，偏了头笑道："有是哉？我四十，不动心。"谈伯平笑道："孟子说四十不动心，并非男女问题，大概我四十以后，也不动心的。这不动心，正如孟子一样，是一股至大至刚之气的修养，并不专指男女。你我虽穷愁到了今日，尽管老嫂子在当面，我说句放肆的话，我们还做不到柳下惠那个地步。华傲霜她的修养够吗？有道是三十如狼，四十如虎，正当狼虎之年，似乎也难禁外物的引诱吧？"曹晦庵笑着连连地拱手道："言重言重！"谈伯平笑道："又不是说你，你嫌什么言重？"曹太太也嘻嘻地笑着，未置可否。谈伯平转想到狼虎之喻，似也太苛刻了一点儿，打个哈哈告辞而去。

在次日的早上，谈伯平也是有两堂八至十的课。七点钟就离家下山，顺便赴苏伴云这个吃油条喝豆浆的约会。到了小街上的豆腐浆店门口，已见苏伴云背了两手在身后，来回地在街上散步。他一回头看到了谈伯平，笑着点头道："伯老信人，果然来了。是我大意，昨天约会却没约定钟点。"谈伯平笑道："喝豆浆无非总是这个时候，虽不约钟点，也相差不会远。"两人笑谈中，走进了豆浆店。因为店堂里全坐满了人，便直走到最里面一副座头上坐下。苏伴云打横，谈伯平上坐着面朝了外面。

店伙送了豆浆油条来。谈伯平将碗里的勺子搅和着豆浆，笑道："我喝着豆浆，就不免承认商人的伟大。在我们买半斤白糖，必须想尽了方法的今日，而豆浆店的甜豆浆，却始终是照常供应。"苏伴云道："正是这糖困难的一件事，引起我很复杂的感想。前晚在唐子安先生家吃晚饭，有一位先生特意来报告他一条好消息，我以为是轰炸东京，结果却是合作社到了糖，每人可以买得一斤。"谈伯平笑嘻嘻地只管向外点着头。苏伴云以为他对这话在凝神，想什么答复，却听到身后有人道："轰炸东京，总会有那样一天的。"

苏伴云看时，正是那位华小姐来了。她在身后一张桌上向那个坐有两位女客的座头并坐下去。苏伴云对于谈伯平之未曾起身让座，颇感到很大的惊异，便站起身点着头道："华先生早，一个人吗？"她坐下去了，也复起身道："一个人，我是每天必来的。"苏伴云笑道："说不上请，到这边来坐着谈谈，好吗？"华傲霜笑道："那除非让我请客。"谈伯平点了两点头笑道："不管哪位请客，我都是欢迎的。昨天和曹晦老讨论孟子哲学，说到我四十不动心这句话，我说那我们是难能的。譬如吃这件事，我们就是'秀才们闻道请，似得了将军令，先是五脏神愿随鞭镫'。"苏伴云笑道："伯老好熟的西厢。"华傲霜已是走过来，在下方坐了，因道："苏先生的西厢也不生疏吧？我听了谈先生这些说法，还以为他是随口编的两句顺嘴歌，原来是念西厢。"谈伯平向苏伴云笑道："你去四十岁，还有几年吧？"说着偏了脸向他看着。苏伴云笑道："快了，只有四年了，何以特地问到这件事？"谈伯平笑道："我是说你还没有到不动心的年月呢。而你的西厢，正也不生疏。"

这时，恰好店伙端了一碗豆浆，送到华傲霜面前，她也是把碗移向怀前，低头将勺子去搅动豆浆里的糖。上面这句话，她却未曾听到似的，她抬起头来忽然问道："谈先生，和洪安东先生很熟吗？"他筷子夹了一根热油条送到嘴里去咀嚼，来不及答复，点了两点头。华小姐道："他最近遭了这件扫兴的事，我们应当去看看他。"谈伯平道："我是八至十的课，没有工夫去，何不和苏先生一路去呢？他正也要去看安东呢。"华小姐的脸上似乎带了一点儿红晕，但她除此外，也没有其他的感觉，向苏伴云笑道："苏先生还没有去看过他吗？"他自觉与洪安东不怎么熟，根本不曾做这交浅言深的思想。可是谈先生这样地说了，若加以否认，可又怕扫了人家的面子，因道："我觉得该给予人家一份同情。只是洪先生今天上午有没有课呢？"谈伯平笑道："有课也没有关系，你既要给予人家一份同情，上午去了不在家，不妨下午再去。我们这两条腿，反正是不花钱的。"苏伴云道："我想，今天下午，该回城里去了。"

谈伯平笑道："我想，你不必打算走第二条路的主意，还是回来教教书吧。在这里，君子有三乐，得天下英才而教育之，一乐也。这一条原封不动，还是孟子的话。坐小茶馆，看看野景，在田野间散步，吸吸新鲜空气，二乐也。有朋友，可以在一处摆龙门阵，内自儿女之私，外至世界之战，爱谈什么，就谈什么，不受干涉，三乐也。"华小姐笑道："怪不得谈伯老研究孟子有得，一肚子都是孟子的文章。"谈先生手扶了豆浆碗里的勺子，要搅和不搅和地，向她笑道："华小姐，对于我所说的四十不动心，还未能忘怀吧？"华小姐见他特地把这句话提了出来，似乎这里面带有一点儿刺激，可是在表面上看来，这话又不能说他有什么刺激，便垂了眼皮，在尖尖的瓜子脸上微泛出了两块红晕，笑道："这样一句话，也不至于老记挂在心上呀。"

说过这句话，三位先生很是默然地坐了一会儿，只管喝着豆浆。还是苏伴云先开口，因道："伯老还来一碗吧？"说时，望着他的空碗。谈伯平笑道："我虽然没有戴表，我的行动就是时间，我要去上课了。"说着在袖笼子里掏出了手巾，擦了两擦嘴，站起来笑道："我要先走一步。"苏伴云道："伯老要上课，那就请便，这点小点心账，大概我们不必客气了。"谈伯平点点头笑道："好，我也不虚谦。"他径自起身走了。这里丢下了一对老处男处女。

# 第十一章

# 青眼与白眼

三个人聚餐，一个人先走，这本来是不足为奇的事。但谈老先生去后，苏伴云立刻觉得这事有点儿尴尬，留下来的这位华小姐，既然是个老处女，而且是个新交的朋友，真叫自己想不出什么辞令来敷衍。这一受窘之下，苏先生的难为情，未免反应到脸上来，面孔竟是有些红红的了。华小姐虽坐在他侧面，相距得这样近，自然是知道了。但她却是淡然对之，笑问道："苏先生和谈伯老是老朋友吧?"苏先生答道："和曹晦老是多年的朋友，伯老也是昨日才熟识的。"华小姐笑道："这位先生，个性很强。"苏伴云道："现在教书的先生，都可以说是个性很强吧? 若不是个性强，谁还能苦干着，把书教下去呢?"华小姐笑道："那么，据苏先生看来，我也是个个性很强的人了?"

苏伴云已把点心吃完了，在衣袋里抽出一条手帕子来，擦抹了两下嘴唇，微笑了一笑。华傲霜笑道："只管批评，我对于朋友的劝告，是十分地诚意地接受的。"苏伴云笑道："那恕我做一个冒昧的武断论断了。在这两日来，和华先生接谈之下，我觉得华先生虽有孤芳自赏的姿态，其实那是表面的，究竟是姿态而已，而内心却是很和蔼的。女性永远是女性，她无论怎样地刚烈，究竟是含有柔性的。也许我这看法不怎么隔膜，是吗?"他一面说时，一面看了华小姐的脸，他见她眉尖微微地扬着，嘴角微微地翘着，似乎已由内心发出一份高兴，因之他也就把话说完之后，索性反问一句。

她忍不住笑了，露出了她满口的白牙齿，因点点头道："这话是极为中肯。我自己有时也这样想，我的表面再和软一点儿就好了。可是有一点儿害怕那样，因为在中国这个过渡的社会里，女子要独立生活，那是不易的，你若是太和软了，处处都会受到人的欺侮。不过苏先生说，女性永远是女性这句话，有点儿含混，莫非承受曹雪芹那个看法，以为女子是水做的？"

苏伴云听到有点儿反抗的议论了，以为她必有一番硬性言辞发表，不想她所说的却是《红楼梦》上的名言。便笑道："这却不敢，时代不同了，于今将曹雪芹的眼光来看现代女性，那是一种侮辱。"华小姐道："那么，据苏先生看法，女性永远是女性，自不同于男性，而又不承认曹雪芹用水来象征女性以别于男性，你能另提出一种事物来象征男女之不同吗？"苏伴云想了一想，笑道："应该是有的，可是我也提不出新的证据来。"说着搔搔头发，华傲霜笑道："我想倒不必去推翻曹雪芹的论调，只要把女人是水做的，改为水可以象征女性。"苏伴云正笑嘻嘻地点着头，待要下一句赞语，华傲霜笑道："慢来，我还得加以解释。中国人侮辱女性，向来说是什么水性杨花。杨花说它飘荡罢了，这水性有什么不好？天下的物质，只有水是最有弹性的，它看去可以被任何固体克服，可是把时间放长些，它可以克服任何固体。"

苏伴云笑着，只管微微地点头。她也很高兴地缓缓地说下去。还是这豆浆店里的幺师走来，打断了她的话头，他站在桌子边问道："先生还要豆浆不要？"苏伴云一看面前碟子碗全是空空的，心里立刻省悟，人家卖豆浆，可不卖茶，为什么老在这里坐着，占据了人家的桌子？便向她笑道："还喝一碗豆浆吗？"她笑道："我相信早上要供给我的营养料已经够了。"苏伴云见她如此说了，便要在身上掏钱会东。可是她的动作更快，已把放在桌角的皮包打开，取了一张钞票交给那幺师。苏伴云站起来要让时，她笑道："这一点儿小事，不必客气。若一定要争着会钞，那就嫌着太俗了。"他笑着说了一句恭敬不如从命，只得算了。那幺师找回来零钱递给了华小姐，因道："华小姐，请数一数，那是十八元，对头不对头？"她并没有加以理会，把那几张零钞票塞进大皮包去，自向店外走着。那个幺师，他还不肯将他的话终止，继续解释，他道："上次为了一张十元的钞票小一点儿，当了五元的钞票数，说好大半天，才把事情弄清楚。"华小姐虽是听到了，她也没有看他一眼。

苏伴云随着她身后走了出来，他本是取了帽子在手，预备向她点个头就告别的。可是她站在街头，笑嘻嘻的还有一个静等的样子。她抢先道："苏先生，这就到洪先生那里去吗？上午我并没有什么事，我可以陪你去一趟。"苏伴云绝对说不出不去看洪安东来，只得笑道："陪我就不敢当。"华小姐笑道："其实不必这样客气，你看和曹晦老他们说话是多么随便。到洪先生那里去，有小路可走，可是路不好，反正时候还早，顺了大路兜一个圈子过去吧。"苏伴云笑道："我随华先生的便。"于是她就走着上前两步，在前面引着路。苏伴云心想，看起这位老处女的行为来，也是很有风趣的，为什么曹谈两先生都说她性情孤僻呢？

一路的随便谈着话，就到了洪安东住的老庄屋面前。她也知道这里的路，引着向后面走去，首先穿过一道倒塌的矮院墙，这里栽有六七棵柑橘树，也就笼罩了全院绿荫荫的。在树林子角上有一棵蜡梅，有三五枝已开了花，格外地照映眼睛。但是其他的景致，却不能和这树这花相配合，满地都撒有干草屑子不算，七八只鸡，两只鸭子，正在树下游荡，鸡粪鸭粪遍地皆是。天色虽是这样早，已有两个小男孩子、一个小女孩子，在院子空地上打木陀螺。各人手上拿了一根带小麻索的棍子，在地面甩陀螺，唰唰那声音，非常刺耳。从由院子进耳门的所在，有一个中年妇人在洗衣服，将一盆水倒入浅的污泥阴沟里，冲起沟里一股霉烂气味。沟上面是一丛月季花，那枝叶却颓丧着倒在沟上。妇人的水盆边放了一把竹制小车椅，一个小婴孩眼泪鼻涕流着，正在哇哇地啼哭。人还没有到面前，早是一阵臭气，原来那小婴孩屙下屎尿了。屃屃屙在椅子垫上，他正两脚践踏在上面，弄得套脚裤管上全是屃屃。

华小姐对这满院的不整洁，已经是有了一阵厌恶，现在于这必经之路上，遇到小孩子闹着玩意儿，她更是讨厌，啊哟了一声向后赶快地退着。那个小孩子的母亲，并没有介意到小孩子所做的这件事是讨厌的，两只手先把孩子抱起，然后把垫着车座上的布片将一只手提着掷在地上，那布片上沾染了许多屃屃，这块屎片不歪不斜，正好扔在所走的路当中。华小姐立刻在衣袋里取出了手绢，将鼻子掩住了嘴，在手绢里道："喂！这脏东西，怎样可摔在路上？"那太太看她时，她正瞪了眼看人。那太太也不服气，沉着脸道："小孩子的屃屃，要什么紧？谁不生儿养女呀！"这句话，对一个老处女说着，透着是有些不入耳。她便回过头来道："苏先生，我们绕道由大门进去吧。"她说着，首先走开了。

苏伴云并不认识这里的道路，只好跟了她。她走远了，还回过头来对那带孩子的太太，恶恶地瞪了一眼，她骂道："中国人真是不爱干净。"苏伴云笑道："国难期间，一切从简，现在管家妇，都是不得已。我看那位太太说着下江口音，也不免是寄居在这里教职员的眷属。"华小姐道："我看她就是无知识的东西，哪个有知识的人，把自己住家的地方弄得这样脏？"苏伴云虽没有结过婚，他是一个大家庭的子弟出身，他很知道处女与生产过儿女的妇人，对于小孩子，绝对的是有一种不同观感的。她虽有三四十岁了，她离开了家庭，又没有结过婚，她的说法是很可原谅的。便笑道："是的，那位太太说话也透着无礼貌一点儿。我们对于这种人，以不和他辩论为是。我在城市里鬼混，就常常遇到这种事。"

华傲霜道："苏先生不是住在一家公馆里吗？"苏伴云笑道："却不是我们刚才所遇到的事。譬如和几个国难商人在一处坐着，他们谈些生意经，已觉不大入耳，偏是他们强不知以为知，也要谈些学问，牛头不对马嘴，十分可笑。对于这种人，我就什么也不说，只是微笑着点点头。"华小姐听到，不由得也深深地点了几下头，笑道："对极了！我向来就是这样主张。可是很少人谅解，以为我们是高傲、是狂妄，其实我们对于这一类不可理喻的人，你就是卑躬屈节，一团和气，也是枉然。因为这种人，他根本不懂得礼貌，不懂得人情。"她说话时把刚才对于那孩子母亲一脸的秋霜都没有了，扬着两道眉毛，旋出左脸腮上的那个浅浅酒窝儿。苏伴云见她这样的高兴，倒不理解从何来？然而人家说是陪着自己来的，自然不可扫了人家的兴致。因向她笑道："我总觉得我自己过于疏懒了，华先生倒以为我这个办法不错。"

华傲霜满脸是笑，正待答复他这几句话时，已走到了这幢庄屋的大门口。她便收住了笑容，把态度严肃起来，上前一步引着苏伴云走。他们接连穿过两进房子的堂屋，都也空荡荡的，只是堆了些破烂家具而已。到了第三进，已是洪安东先生所住的所在了。那天井里被水泼得湿黏黏的，偏偏不知是谁家新换铺床的谷草，撒面条子似的，掀了满地。这天井里恰是有三四丛草花，冬日半萎谢了，枝叶也半倒在湿地里。右面是洪安东先生所住，窗外屋檐下，并无所有。这左面是学校中一个职员家里，人口不少，屋檐下，竹竿和绳子，一叠一叠地晾了几层衣服，大而被单，小而小孩子尿片，全有，加之那下面又堆些柴棍木炭之类，乱七八糟，颇不雅观。华小姐站在天井外边，就先皱了两皱眉头。恰好有两个五六岁的孩子在堂屋外面踢毽子，一脚毽子踢野了，不偏不斜，正好落在华小姐头上。

她瞪起两只眼睛，正想喝骂这孩子两声，一来想到这是洪先生的邻居，二来想到还有苏先生同路，不可有失仪表，因之把说到嘴边上一句话都忍回去了，只轻轻地说了一声："岂有此理！"

这时，洪安东在屋子纸窗缝里张望了一下，先看到了华小姐，在她后面跟着这位穿半旧西服的，也相当面熟。华小姐是自己孩子的老师，这不会是到别家的，立刻迎了出来，站在屋檐下先就深深地点一个头，因道："华先生是稀客。"苏伴云挤上前一步，因笑道："洪先生，你还认识我吗？苏伴云。"他说时手取下了头上的帽子，深深一点头。洪安东笑道："哦！久违久违！请到屋里坐。"

两位客人走进来，先一个印象，就可以预测到洪府之秩序未曾恢复。屋子里放了一只小泥炉子，上面放一只旧得发黄的白铁耳子锅，锅里半锅水，里面浸着碗筷。书桌上还有一碗煮白菜，一碗煮红苔，又是一小瓦盂子饭。三只书架子，都空了一半，书是成叠地放在桌子角上、方凳子上、里面床铺上。还有两叠书，就将纸垫着，放在书架前面地上。屋子里只有洪先生坐着看书的竹围椅子是空着的，绝对没有让客人坐下的地方。两个客人只好站着一边。洪先生忙着把两张方凳上的书，不断地向靠里的床铺上堆了，将两张方凳子放到屋子中间来，笑道："真是对不起！不用说茶烟招待，连坐的凳子都没有。二位早。"苏先生与华小姐在两张凳子上坐了。

苏先生料着主人必有疑问，便笑道："早上与谈伯平先生一处喝豆浆，与华先生不期而遇。谈到洪先生最近所遭遇的事，我们十分同情，谈先生是上课去了，我特意随着华先生来问候问候。"洪安东把那张竹椅子掉转个回儿，对客人坐着，这就对二人抱了一抱拳道："多谢多谢！这几日，承蒙友好挂念，我十分感谢。"华小姐道："你大小姐痊愈了吗？"洪安东道："昨日下午，内人抢着由医院里回来一次，孩子开刀以后，总算脱险了。出院还要些时候，就是回家来，也须长期调养。头一块石头算是落下地来，第二块石头可又放在心上。"苏伴云道："是的，这笔费用，颇非我们教匠所能担任。"洪安东皱了眉道："还谈不到那样远呢。所借的人家两万元，今明天非还人家不可了。我约好了一家旧书店的老板，今天上午来看书议价，把书卖掉了，或者可以得一笔钱还清这笔账。"苏伴云道："旧书现在虽然相当值钱，可是到了我们将书卖给书贩子的时候，那就要打个

80

很大的折头了。"洪安东苦笑着道："那有什么法子呢？好在我所约的这个书店老板，倒不是出名的米亭子（米亭子为重庆旧书摊所在）街上人物。他原也是个中学教员，他因为教书实在混不下去，邀合了几个朋友，凑合着一家书店。这种人，知道我们出卖旧书的先生包有一腔子苦水，也许可以把利润看轻些，可以多出几个钱。"

他说着站起来向屋子周围看看，不觉又搓了两搓手。苦笑着道："开水都没有了，小孩子上学，把开水喝个精光。"华傲霜道："洪先生，你坐下和我们谈谈吧。我们也绝不是为了打搅你而来的。我们想和你谈谈，你有工夫吗？"说时，她笑嘻嘻地望了主人，表示着她从来未曾给予他人的温暖。

洪先生知道华小姐的个性的，她向来不爱到朋友家里去，理由是朋友们住着国难房子，总不合卫生条件。其二，所有的太太们，谈着柴米油盐那些琐碎事情，她不爱听，她也谈不上。其三，是这些人家，总有小孩子的。小孩子吵闹，她怕，小孩子脏，她更怕，就是自己的女孩跟她补习功课，也是到她寓所里去。在此两年，她仅来过一回，站在大门外说了五分钟的话就走了。没有想到今日她格外垂青，会到这乱七八糟的屋子里来坐下，而且愿谈谈，这实在是意想不到的。因之她让座，自己便坐下来，但一切招待客人的东西都没有，实在是感到窘，于是两手搓着又表示了一番踌躇。华小姐笑道："虽然我们的力量也是很微薄的，可是洪先生若需要我们帮忙的话，我们愿尽力以赴。"洪安东道："现在我静等买书的人。卖了书，先还那个校工的钱。我还没有打算第二步办法，假如我有请朋友帮忙的地方，我自然要找朋友的。像二位这样热心的朋友，我当然是要借助的。"

华小姐坐在桌子角边，随手把叠在桌子角上的书捞起一本看着，却是连史纸印的《资治通鉴》，不但字大，印刷精美，而且书页还相当的新。便捧了回转身来给苏先生看，笑道："版子很好。"洪安东昂头叹气道："什么法子呢！战后有钱，再另外买一部吧。"华小姐将书在手上翻弄着，因道："洪先生打算把这部书也卖了？"洪安东点点头，自己起身自取了一本在手上翻弄着。苏伴云道："洪先生何必卖这样大部头的书？"他道："你想，一次要收入二万元，那些断简残篇，零碎小本，怎样换得出来？我曾看到一家旧书店，陈列了一部袁王合批的《纲鉴》，就标价三千元。

81

那么我这部书，就应值五千元以上了，我再凑个两部三部头的书，也许可以达到二万几千元。于是我还了债，手边还剩余一点儿。好在这一类的书图书馆里总有，将来我要参考就跑图书馆吧。"说着，他又翻了两下书页，慢慢地还到书堆上去。华小姐的书也放回了，他便将两本书归顺了秩序，将它与原来那堆书，比得整整齐齐的。

华小姐向苏先生微笑着，又叹了一口气道："看洪先生这样子，颇有些恋恋，真是所谓割爱了。我们忝为读书朋友，一点儿帮忙的法子都没有，那怎么办？"苏伴云连点了两下头道："惭愧惭愧！"洪安东道："二位给予我这一份同情，我就很感激了。你要知道，这种同情都是不容易得着的，这社会……"

正想还向下谈呢，窗子外有人道："那边屋子就是洪先生家。"洪先生立刻由窗户眼里向外张望了一下，因淡笑道："书店里老板来了。"随着这话走来一个人，他穿着西装大衣，胁下夹着皮包，没有戴帽子，露了梳得乌光的分发。鼻子上架了一副克罗咪边的眼镜，眼珠在里面转。他黄色的尖脸上，放出一份不自然的微笑，站在房门口道："哪位是洪先生？"华小姐看着这人，立刻满身不愿意，就站起来要走了。

第十二章

# 读书人卖书

洪安东是晓得华小姐这份个性的。许多斯文朋友她都爱睬不睬,这样的做书生意的人,自不必向她介绍。因向前迎着道:"我是洪安东,阁下是七星八卦堂来的吗?"他道:"我叫易笃儒,曾写过一封信给洪先生的。"他说着这话可就走了进来。华小姐可就向苏先生笑道:"我们走吧。"苏伴云本想看他们这笔生意是怎样地成交的,现在华小姐特地点明了要一路同走,若是不走的话,恐怕扫了她的面子,若说了要在这里看这笔生意做成,瞧瞧她这种满脸不高兴的样子,谅着她也不会同意,便只好站起来笑道:"我们暂且告辞。洪先生若有工夫,下午我们不妨坐坐小茶馆再谈谈,我料着洪先生这几日也是相当苦闷的。"

洪安东要和书商谈价钱,自不便将客人留着,带了苦笑将二位送到天井里,只有一迭连声地说着简慢。客人去了,他快步走回房来,向书商连连点着头道:"易先生来到舍下,我们是欢迎的,因为易先生也是我们教育界同志。"易笃儒笑道:"说起来这话,那我们是惭愧之至。若稍微混得下去,谁也不愿去走上这第二条路。"洪安东道:"请坐请坐。"易笃儒道:"兄弟是抽空来的,还要赶回城里去呢。"洪安东一想,这位老板大概是不受招待,话又说回来了,自己实在也没什么可招待的,干脆就谈生意吧。因先把桌上的《资治通鉴》递一本过去,他拿了书在手上翻弄了一会儿,点头道:"这版子还不错,以先我有一套,比这版子还要好些,现在店里也有一部。"洪安东一听这话,这在头上浇了一瓢冷水,分明这一部书已是他不稀罕之物了。便道:"我已把所要卖的书都提了出来,放在书架子外面了。假如易先生觉得我书架子上的书有容易脱手的,就请看着谈价。实不相瞒,我是卖书还债的,势在必卖,只要大体上说得过去,我没有不放手的。"

易笃儒将手上的书放桌上,然后对洪先生堆在各处的书,随便拿起来翻翻，然后又放了下去。洪先生跟了他走着看。他在屋子里转了个圈子，问道："洪先生一共是多少书可以出让？"洪安东便在书桌的抽屉里，拿出一张纸条交给他道："要卖的书，和我所想得的价钱，都开在上面了，你请看。"易笃儒接过单子来一看，上面开的是《资治通鉴》共六十四册约价六千四百元；《五代诗别裁》八册，约价一千元；《辞源》上下续三册，约价三千元；《人名大词典》一册，约价一千元；《十八家诗钞》十册，约价一千元；《昭明文选》十六册，约价一千元。

他一面看着，一面摇头，看到这后面还有几项书目，他不要看了，笑了一笑道："这样的价钱，我们都卖不出去，而且像《五代诗别裁》这一类的书，根本就没人要。"洪安东道："果然吗？我自问着这些书，都是可以供人参考的，价钱上我也考虑了多日，在于今民国三十二年物价情形之下，似乎没有多开。譬如《辞源》这部书，这是人人都知道的行市，无论哪一种本子也要卖四五千元。"易笃儒道："那自然。开书店的人，他总要得一些利润，否则这店里的开支从何处取？若是洪先生的书都像《辞源》这样容易脱手的，那么这些书的价钱就太可商量。于今的生意，也不好做，在市面上撑起一个门面，这样的捐，那样的税，不知道有多少？房租伙食，都是比以前高出上百倍。"

洪安东听了这些话，对这人的脸上，不免注视了一番，觉得说他是当过中学教员的，有点儿不相像。他这满口的生意经，分明是个老商人了。他见洪先生对他脸上身上注视着，他似乎也感到这里面有点儿意味，便又把放在方凳子上的那一大厚册《人名大词典》捧了起来翻着看了几页。因道："这本书还新，那套《辞源》可就旧得多了。"洪安东道："易先生请坐，你想我并不是想靠卖书发财的人，实在是不得已而出此。你斟酌还我一个价钱吧。"

那易老板坐下来，不慌不忙地在身上取出一只白铁扁烟盒子，先取出了一支烟卷敬奉主人，然后自取了一支在口里衔着。他揣起了烟盒，又在身上取了绿皮的小小火柴盒，在里面取出一根火柴，先擦着代主人点了烟，然后自点了，喷了一口烟，架起腿坐着，向洪安东笑道："我想，洪先生总可以相信我们不是那种收荒货的商人，一味地要占人家便宜，我们多少有些为社会服务的意味。所以我们卖出去的书，酌乎其中，不能把价钱定得太贵。"洪安东道："所以如此我才找着贵书店，而我开的书价也不敢太多。"易笃儒笑道："可是也就很不低了。"洪安东看他那要买不买的样子，很是失望，可是立刻也就想到，这书若是卖不妥的话，这两万元债款，拿什么去还人家？便道："我所开的书价，自然也并非还价不卖，照着我书单子价钱，你随便打折扣吧。"他又喷了一口烟，笑道："还不是光谈打折扣的事。"于是他嘴角上衔着烟，微昂了头站起来，又把桌上堆叠的那套《资治通鉴》随手掏起一本，翻了几页。因把烟卷吐了，将皮鞋尖慢慢踏着那烟卷头，沉吟着道："这样吧，那部《辞源》算一千元，《人名大词典》算五百元，这《资治通鉴》……"

洪安东不等他说完，只觉得一腔怒火要由嗓子眼里直喷出来，然而自己是个大学教授，在商人面前总要顾虑到自己这一点身份，于极不可忍耐的怒火下，把这种勃发的情感，由另一种姿态发泄出来，仰起头来哈哈大笑了一阵。于是拿了一册厚厚的《辞源》高高举起笑道："这样一本书，只换老斗米五升，也就太惨了。记得当年买《辞源》的时候，这一部书，大概是去了我两担米钱，那虽不是四川老斗，却也不是现在国家定的新斗，于今文章不值钱，读书人也不值钱，但书的身价还不至于惨跌到这种样子吧？"

易笃儒看他这样子，自知道是满肚子不高兴，然而他脸上并没有带一点儿怒气，又觉得这事还不一定会决裂，便道："洪先生，你总知道就是印的新书，批发也可以打个六折或七折。"洪安东自也不愿把这事弄决裂了，见他还是生意人的面孔，回想到刚才那一番愤怒的狂笑，是相当予他以难堪，照说，他必定有点儿反应，现在见他还是很道地地讲着生意经，觉着他还是有意把这生意做成。便道："易老板，我实在地告诉你，我急于需要两万元还人家的债，又要一万元零用，你就老老实实地把我书单子上的书确实估计一下，究竟差多少钱？这三万元，我势在必得。书单子上的书，凑不上那个数目，书架子上的书，随便你找那容易脱售的挑，以便凑足那个数目。你我都是读书人，你知道读书人卖书，是一种怎样伤心惨目的事？希望你不让我太惨了，你少挣两文吧。"

易笃儒道："洪先生，我不是说了吗？我们开一座旧书店，也是为文化界服务，若说想发国难财，我们应当囤布匹百货五金材料，何必贩卖旧书？这样好了，我们一项一项的来谈，这一部《辞源》和《人名大词典》，是容易脱手的，两部书出你两千五百元，不能再多了。"洪安东皱了眉头子道："那实在太便宜，这部《通鉴》要不要呢？"易笃儒道："这种书，除非卖给人家学校图书馆，等私人的主顾，不知道要等到哪一天。我们出了大价钱买去，垫不起。你若是寄卖，就依你的价钱标价，我们随便取点手续费就是了。可是你等着钱用，是要我们收买的，我为了和洪先生服务一下，也出三千元吧。"洪安东笑道："易先生你要知道，这是连史纸的，六十四本书，卖残本子当烂纸卖，也可以卖百十元一本，这整部头的书，倒只卖四十元一本，于今四十元可买不到一盒二十支的香烟。"易笃儒道："那也不能那样说，货卖识主。纵然是连史纸整部头的书，请问，现在有多少人买整套的《资治通鉴》看？三千元，我们是出得最多的了。洪先生若卖给米亭子，我敢说他们出的价钱，不能超过一千元。"洪安东道："这样说这一部《五代诗别裁》和《十八家诗钞》，更不值钱了。"他笑道："那是不能值多少钱。两部书只值七八百元罢了。"他闲闲地说着，表示不大介意的样子，掏出纸烟与火柴来，又慢慢地动作，吸了一支烟。洪安东道："你究竟出七百元，还是八百元呢？"他笑道："当然向多处出，就是八百元吧。"洪安东道："那么，《十八家诗钞》是值五百元，《五代诗别裁》是值三百元了？"于是将那八本书清理出来，两手托着笑道："这是上等白报纸印的，四十元一本，买纸也买不到。"易笃儒道："白报纸的书，诚然是值钱，但是要看是哪种书，若是翻印的小说，或者会计学等等，这样八本厚书，怕不卖千把元。这是旧诗，就不行了。"

洪安东本是站着和他讲价的，听到他讲的数目，全是比对半还价还要低，不由得自己心里凉了半截。心里凉了，人也就坐下去了。且不说话，连连摇了两下头，叹了一口气。易笃儒道："洪先生，你相信不相信？我真不打算在你这书上挣多少钱。我知道你是个有修养的学者，不会谈生意经，我说的价钱，都是实实在在的。"洪安东默然了有两三分钟，心想也犯不着在这种人面前失身份，三十五十的和他讨价，也没有多大意思，因道："好了！那书单子上的书，就做一个解决的初步吧。文艺书不值钱，我也就不强迫你接受。这里还有一部《地名大词典》、一册《世界地图》、二十套《中国分省地图》、两厚册《第一次世界大战史》这都是我舍不得卖的。因为看看报，或者可以做两篇论文的参考材料。说不得了，都卖掉吧。这是应时材料，也许放到书店架子上就有人买了去。"他口里说着，两只手就陆续地在书架子上搬了出来，都放到桌上和椅子上。

易笃儒的眼光，随着他搬出来的书籍移动，直至他一口气搬完了，便笑道："这确是容易脱手的，洪先生要卖多少钱呢？"洪安东道："我现在也不必胡说价钱，由易老板斟酌了情形出价。譬如说这份省地图，我是到重庆来以后才买的，那还是民国二十七年呢，每一张才花了一元二角钱，怎么着算，在今日出卖也会比那个日子多。"易笃儒听说，便先把这二十张地图由纸套子里抽出来，一张一张地检验过，因点头道："洪先生看书，很细心，这地图还干净得很。就照着洪先生原来的价格五十倍致酬，以为如何？"他觉得这个价格不错，抖了一句文，笑嘻嘻地望着书主人。

洪先生道："那是六十元一张了。我也不能说你出得少。但是二十七年度的，和三十二年度的物价比一比，似乎不只相差五十倍。自然，图书不能和柴米油盐比。但这种加厚道林纸印的图书，也有超出一百倍的。"他笑道："自然这是洪先生割让给我们的价钱，我们卖出去，多少要挣几文。这样好了，这二十张地图我出一千四百元。"洪安东笑道："我就知道，有个朋友前个月找一张湖北地图，还不十分新，花了二百多元，照他的价格，这些个地图就要值六千元了。何况我这二十张地图，并不是一省，几乎全国省区都包括在内，要检查地图的人，得了这二十张地图大有用处。易老板刚才出六十元一张，原已有一千二百元，你现在出了个整数也并不增了多少，每张加了我十元法币。虽然我这又可以多买几块豆腐吃了，但我究不是这样锱铢计较的人。"说着他苦笑了一下，又摇了两摇头。

易笃儒且不把这个问题讨论下去，把那两册《第一次世界大战史》，拿起来看一看，笑道："这部书洪先生大概要……"说着向他脸上望着，人站在当面，将脚在地面上颠动着。洪安东见他不肯把话说完，自己也不说什么，只是微笑着。他道："这部书，有人向敝店征求过，用不着搁本钱，我痛痛快快地出一千元，好不好？两本白报纸的书，卖一千元不算便宜吧？"洪安东笑道："也许这个征求的人，是我一个间接的朋友，他曾出两千元请我让给他，这是前一个月的事。那个时候，我家里没有病人，我怎肯卖了这时髦书？现在若由你们手上送到他家里去，你说是两千元，在人家手上挖来的，要他二千四百元，他都肯出。这位先生，是个军事政治家，出这几个钱他也不在乎。"易笃儒笑道："两本书哪能卖这多钱？而且也不是洪先生说的这种人要书。"

洪安东向他一抱拳，笑道："我很抱歉，这样远的路，约了你来，这买卖竟是做不成。"易笃儒怔了一怔，望着他道："我说的这价钱，洪先生不肯割让吗？"洪安东道："一千四百元买二十张地图，这实在是太惨了，我们图书馆里新买一本世界地图，只有一尺多见方，约莫四五十页，就是三四千元。我这每张地图都有三尺见方，共二十张，卖不了那一半我不卖了。"他说着这话，把新检出来的图书，一一地向书架原地方送了去。

易笃儒见他真个不卖了，就放下了满脸的客气，说了些好话，最后是加上那册世界小地图，一册《地名大词典》，还加上那部《文选》，又指了他书架下面一堆残书，包括了英文的，线装的，平装的，共是三十多本，要主人作为赠品，连以前说定的三册《辞源》、一册《人名大词典》、六十四册《资治通鉴》、两部诗集在内，共出了二万五千元。洪安东本待不允，可是想到答应今天晚上或明天上午还人家校工两万元，明天下午还要带一笔款子到医院里去看女儿的病。若不接受这二万五千元，明日非自杀不能过去，只得叹了一口气道："你随便添我一点儿，你就拿去吧。"

那易老板听说，便打开皮包来，取出五叠关金票子放到桌上，又在西服口袋里掏出一张五十元钞票，放在那五叠钞票上面，笑道："既是洪先生说了，小意思，添五十元吧。"洪安东笑道："请我吃一包双喜牌香烟。"他笑道："我们实在没有占洪先生的便宜，实在是服务而已。"他一面说着，一面偷看洪先生的颜色，见他两手环抱在怀里，斜靠了那张竹椅子背坐着，便又在袋里将那卷零碎钞票掏出，五元的，十元的，共数了五十元，再放在那张五十元钞票面上，笑道："零数，不敬一点儿，凑成一百元吧。"洪安东笑笑道："这样说，真做成了生意经。你拿去吧，我再要和你争价钱，我自己也难为情。"说着，将手向外连挥了两挥。

易笃儒跨出门去，向外招了一招手，于是就有一个粗工挑了一挑箩担进来。洪安东这才知道他是决意来买书的，连挑书的人都早已埋伏在天井里了。他把所买的书陆续地向箩筐里放着，两只箩筐都塞得满满的。洪安东一言不发，只管呆坐在椅子上对他们望着。易笃儒将书装完了，望了桌上那些钞票道："请洪先生点点数目吧。"洪安东这才起身把钞票先数了一数，将头点了两点，依然不说话。

易笃儒这就指了床头边一只旧网篮子道："那里面是些什么书?"洪安东道："是多年前的杂志，因为是白报纸的，没有烧掉，留着包包东西。"易笃儒说了一句让我看看，便俯下去将篮子里的旧书，一本本地拿起来看看，将破的脏的放到一边，整洁的又放到一边，清理出来一二十书本，其中有科学杂志、文学杂志、世界知识等等。于是把破坏的依然放进篮子里，站起来笑向主人道："洪先生，你既是拿这个包东西的，送给我去包书吧。"洪安东笑道："你不见得拿去包书吧? 可是我也犯不上在这上面打你的主意，你拿去吧。"易笃儒连说谢谢，把那些书又搬进了篮箩里，说声挑走，那粗工就提走了。他向主人连点着头，说声打搅，就向外走。洪安东送到天井屋檐下笑道："易先生，我问你一句生意外的话。你当年在哪个中学教书？"他道："教了好几个中学了，公立私立的都干过。"洪安东道："教的是什么呢？"他道："国文史地都教过。"洪安东道："以前我们念书的时候，有修身一门功课，多是国文教员兼课，于今是没有这一课了。再会，再会。"也不等客再回话，一扭身自进屋子去了。

## 第十三章

# 意外之遇

　　洪先生回到自己屋子里，向那张破旧的竹椅子上坐下，两手环抱在胸前，呆呆地望了那座书架子。这样总有三十分钟之久，既不找一件什么事来做，也不移动一下，后来听到唐子安在外面叫道："洪兄在家吗？"这才起身相迎道："请进来坐，我正无聊得很呢！"唐子安走进门来，首先看到屋子里到处摆的都是书，因道："你还在惦记着卖书吗？"洪安东两手一拍，又叹了一口气道："惨！惨透了！惨透了！"说着连连地摇了两下头。

　　唐子安是熟透了的朋友，自不和他拘着什么客套，自把方凳子上的书搬到一边坐了下去。因向屋子周围看了两遍，问道："你的书卖成功了吗？"洪安东开始把四处乱摆的书，向书架子上陈设着，一面答道："刚刚挑走，好大一担子书，而且还是最好的。"唐子安道："都是些什么书呢？卖得了你所要的价钱吗？"洪安东道："忍痛牺牲，自然把所要得的钱卖得了。可是我手边要用的书，都卖掉了，我这不仅是挖肉补疮，我简直是竭泽而渔。"唐子安和他说话，看他的脸色几乎红得发青，两个眉头子要在鼻梁上皱着，连到一处，那也就知道他心里难过极了。这卖书的话，自可以不必再去问他，便笑道："抗战结束了，要买这些书，有什么问题？我们照样地买它一份就是了。我们到街上去坐坐小茶馆，你看如何？"洪安东道："我也是闷得难过，应当到外面去消遣一下。可是两个小孩子散学回来了，我要预备午饭给他们吃。吃过午饭，我还要到医院里去一趟。我家里没有钟表，这样不是奢侈品的奢侈品，也不知道现在几点钟了？和那个买书的蠹鱼鬼混了这一上午。"

　　唐子安对地面上放的炉子锅看了一看，笑着叹了一口气道："你也是真苦，还要做饭孩子吃，你既是下午要赶到医院里去，就不必做饭了，连你和孩子都到我家里去吃午饭吧。中午是饭不是粥，不过没有什么菜而已。"洪安东被他这句话提醒，站起来一拍手道："你看，我这人够糊涂的了。我身上有钱，为什么还想不出一点儿办法来。子安兄，我请你吃午饭。"唐子安摇摇头道："你那点书卖来的钱，我也不忍吃你的。"洪安东道："卖书的钱，也不是卖儿卖女的钱，有什么不忍？我吃了饭，就要到医院去，自然是一件急事。还有一件比较更急的事，就是我所借老蔡那笔款子，要去还人家。利息，他当然是不要的，我打算到街上买点东西送他。"唐子安笑道："若是那样，太显着妈妈经了。中午你既不举火，就在街上请他吃顿小馆子，不省事多了吗？"洪安东道："我既约了你，又怎么约他呢？"唐子安唉了一声道："你以为我不屑和一个校工在一桌吃饭吗？老实说，他的人格比士大夫阶级高明得多。当今之世，谁能看到我们家有病人，一把借二万元给我们？而况他还是自动地见义勇为。你若是请他，我就扰你一餐，顺便和他谈谈。"洪安东道："好，就是这么着，我去找他，你在府上等我吧。"唐子安道："我心里也是烦闷得很，我和你一路走走吧。"洪先生听说，颇是高兴，立刻取锁锁了门，和唐先生一路出来，和邻居留下了话，两个孩子回来，到街上四海春茶馆去找。

交代已毕，和唐先生走向学校总务处。唐先生老远地看到总务处那块牌子，便止住了脚，笑着摇摇头道："我若是不支薪水，我就不愿进去，白惹起人家的误会，以为又是来借钱，那又何必去找白眼？我在这里等着，你进去找他吧。"洪安东皱了眉笑道："我的情形，还不是和你一样？一进这门，人家就会说是借钱的来了。"两个人正在犹豫着，正好蔡子明由里面开门出来，看到了洪安东，便笑道："洪先生来了，大小姐的病好了吗？"洪安东道："多谢你挂念，蒙你借的款子，我现在已筹得一笔钱，特意来奉还。"说着在身上掏出一包钞票来数了二万元，递给老蔡，笑道："我本来要奉送一点儿利钱，一来呢，你未必肯受，二来呢，那倒埋没你一番好意。"老蔡接了钞票，鞠着躬道："洪先生说这话，我心里就不安。我实在本钱太小，要不，就让洪先生慢慢地付还我。你这样很快地就筹得了一笔款子，必是把你心爱的书卖了吧？"洪安东笑道："这无所谓，根本我就是要卖的。中午十二点钟，你没有什么事吧？我请你在街上四海春小馆子里喝四两酒。"老蔡连连地弯腰道："那不敢当，那不敢当。"洪安东指了唐子道："不但是我要请你，就是这位唐先生，也愿意和你谈谈。"

他们说话的所在，正是屋子外面的走廊，乃是人行孔道，正有一批学生由这里经过。看到老蔡和洪先生谈话，大家就联想到日前传说的那件新闻，以为这里有什么新事件发生，大家遥遥地就站住了，看他们说些什

91

么。老蔡听了唐先生也有话说，便上前一步，迎着点了头道："唐先生，我不敢当，我不敢当！"唐子安笑道："有什么不敢当？洪先生请你吃饭，我做陪客，又不花我一个钱，我很愿和你谈谈。"老蔡向周围看看，见有许多学生，便掉转身来，连连地鞠了几个躬，笑道："那不敢！那不敢！"唐子安道："为什么不敢？你不要存个什么阶级观念在心里。你应当知道，我们教书的人，也不会有什么阶级观念的。"老蔡道："我们在文化机关做事，总也知道尊师重道一句话。我就是个学生，我也不敢叫一位先生请我，一位先生陪我，何况我还是一位校工？"说着，他又回头看了一看旁边站着的学生。

唐子安皱着眉毛，唉了一声道："现在是什么年头？我们穷教授还端这一副不值一文的架子，去吧去吧，我们在四海春小茶馆里等着你。"洪先生接了嘴道："我们要端那一文不值的架子，也就不向你借钱了。我们真愿和你谈谈。"老蔡又向那些学生看看，见他们脸上带了三分微笑，像很注意地看了自己，便弯着腰垂了手，连连地鞠了躬道："这越发地不敢当。两位先生看得起我，我还有个不识抬举的吗？可是坐在街上小馆子里，让别人看到，就要说了，两位教授，怎么和一个校工坐在一桌吃饭呢？那是玷辱了二位先生的身份，我不能尊师重道，我也不能污辱师道尊严。"他一面说着，一面鞠躬，就匆匆地走开了。这两位先生还不曾说话，那站在旁边看热闹的大学生却引起了共鸣，早是噼噼啪啪大家鼓了一阵掌。

洪安东望了唐子安笑道："我兄作何感想？"他笑着点了两点头道："礼失而求诸野，现在可以证明了。既是他不肯扰你，你就不必请客了，还是到我家里去吃便饭吧，这个便饭就是我们上次所谈的便饭。"洪安东笑道："你还是存着那个感念，我是卖书的钱，你不愿扰我。上次你仿佛曾解释着，招待朋友一顿便饭，像我们穷措大，正有不便之处，还是吃我一顿吧。我心里烦闷得很，我很愿意和你喝两盅，以解除胸内烦闷。"唐子安道："既是这么着，我也无须客气，我们两人分工合作吧。好酒我还有，你请我吃菜，我就回家去拿酒来请你。"洪安东笑道："这个我也不反对，我在路上散步，等着你吧。"于是唐子安先走了。

洪安东却顺了路慢慢地走着。那些站在一边看热闹的大学生，听了洪安东的话，又看到他强为欢笑的态度，都想问他两句话，而且也受了蔡子明的感动，想安慰这老师两句。因之大家缓缓地跟着，将他包围了。洪安东笑道："各位跟了我干什么？有什么话要问我吗？"他这一问，引起了这些学生的兴趣，便你一句，我一句，追着问。他随便答着，不知不觉走了大半里路，便踏上大路了。因站住了脚向大家笑道："你们可以不必再向下问了，有道是，家丑不可外传。你们若同情于我，各人把各人的功课弄好，就对得住老师了。我这话还得加以解释，并非指我而言。各位没几个是上过我的课的，我是指普通老师而言。教书虽也是一种职业，可是他唯一的安慰，还是他教的学生能够继承他的学问，更好是能在社会上有所成就。虽然于今师生之间的现象，是小学生见老师一鞠躬，中学生见老师一点头，大学生见老师不睬，但果真老师的学问为学生所了解，你就是见面不睬他，他还是高兴的。你想，我们教书的人，到了现在，这还不是唯一的安慰吗？各位请回吧，这是我最后一句话，结束你们今天这一场'教授卖书记'的访问。"一群学生笑着走了。

洪安东静悄悄地站在路口，静等唐子安过来。约莫十来分钟，却见华傲霜匆匆地由路那头走了来，正待和她打个招呼，却听到身后远远地有人喊着爸爸，正是自己两个男孩子由小路上跑了来。便回转身来问道："大宁儿，你怎么下学这样快？"他的大男孩子道："老师晓得我妈妈到医院里去了，家里没有人做饭，让我早一点儿回来帮着爸爸做事。"洪安东笑道："你嘴快，把你爸爸做饭的话，都告诉老师了？"第二个男孩子小宁儿道："我们没有告诉老师，老师问我们姐姐怎样害了盲肠炎，我们才说的。我说爸爸还做了一碗熟鸡蛋给我们吃呢。"洪安东哈哈大笑道："那么，你告诉的会更多了，献丑献丑。"他这样说着，已不见华傲霜，不知道她如何这样快就这样跑过去了。

站了一会儿，唐子安提了一瓶酒，笑着来了。洪安东笑道："提了这样一满瓶酒来，把我喝醉了，怎么到医院去？就是到了医院里去，我太太看到，也要说我丧心病狂。"唐子安道："若以我太太对我喝酒的态度而论，我想你太太是不会反对你喝酒的，因为我们除了这三杯两盏淡酒，也没有其他什么可以自慰的了。"洪安东点着头道："果然地，有些人自抗战后，夫妻的感情不免为了柴米油盐发生着裂痕。至于夫妻双双相隔开异地的，那是更不须说了。可是也有些人，为了抗战，夫妻经过一场不可言喻的患难，彼此益发是相亲相爱而互相了解，互相怜惜了。"两人一面说着话一面走，唐子安继续了他的话，道："这是就夫妻之间而言，就男女之间而言，也是个两极端，有些人怕增加生活的负担，把已成定议的婚约，

93

都无限地展长，有些却因了生活的枯燥，为求着安慰，反是抢忙着结婚。"说着话，已走到了四海春小馆子门口。唐子安向里面看去，不由得突然地把口里说出来的这段话，赶快地止住。

洪东安带了大宁小宁向里面走，他拦住了两个小孩子不让他们跑，就没有像唐子安先生一般注意到菜馆里面。及至走到店堂里客座上，忽然有人叫了一声洪先生，他才站定了脚，向前看去，原来是苏伴云先生和华傲霜小姐占据了角落上一个座位，桌上摆下了两盘菜、两副杯筷。苏伴云已是站起来请洪唐两位先生同座。洪安东虽觉得他两人在一处喝酒这是一件新闻，然而他们同到自己家里去过一次，却还不见奇异。唐子安是没有看到他二位在一处过的，这位冰霜不可犯的华小姐，忽然会和一个男子在一处上小馆子，这是意外之遇，凭他对于世故的认识，他已了解了十之八九，他绝不能加入他们这个座位。便笑着点头道："不客气，不客气，我们还要等人。"于是向洪安东指了靠外一些的一张桌子道："我们在那里坐吧。"洪先生自明白他的用意，就向那张桌子上走拢来。华小姐也笑嘻嘻地站着道："为什么不坐到一处来呢？唐先生手上拿着一瓶酒呢，不能分润我们一点儿吗？"唐子安将酒瓶举了一举，笑道："那不成问题，反正我们这边也喝不了。"洪安东已看到华小姐脸上发生了两块红晕，他实在不忍增加人家那份难为情，便背对了他们坐下。唐子安也就高据了上席，面朝着店外，两个孩子也各占了一方。这样他们自要着菜喝酒不曾理会到隔座上去。

可是不到几分钟，苏伴云拿了空茶杯走将过来，笑道："我在那面就闻到你们这边的酒香了。"说着把杯子放在桌上。唐子安拿起酒杯子，就向里面斟酒，只斟了小半杯，苏伴云就拦住了，笑道："华小姐高兴愿意喝一点儿，我下午要回城了，不敢多喝，否则在公共汽车上一颠，在上面露丑相，呕吐起来，那可是个笑话。"唐子安道："你进城，我有一件事，请你当一趟邮差，你干不干？"苏伴云道："有什么要紧的信件，尽管交给我，我决计送到。"唐子安道："不是信，有一个小小包裹，送给我的学生。就是这位送酒给我的学生，她家住在通远门内，你在七星岗下车，几步路就到了。"苏伴云道："那定可以办到，回头我到府上去拿。"唐子安道："你坐几点钟的车走？我送到车站上来，不好吗？"苏伴云没有加以考虑，就约了坐三点钟的车子走。于是端了那杯酒走了。

这两位先生，以忠厚之心待人，始终也没有回过脸来向他们看上一

94

眼。那两位是先到的，自然是先吃完，那小馆子里的伙计却悄悄地走到桌子边，低声道："这里的账，那边华小姐已会过了。"唐子安听了这话，几乎像买储蓄奖券，得了一个头奖，哎呀一声，站了起来，向着那边桌上的华小姐，连连拱着手道："不敢当，不敢当。"洪安东也站起来乱摇着手道："绝无此理！我们平白地要华先生会东。"华傲霜笑道："我是诚意请客，若是两位不领受就是瞧不起我姓华的，以为在这个世界上，只有先生们请小姐，绝没有小姐请先生之理。钱，我已经付过了，零头也找回来了。洪先生、唐先生，怎么办？把钱交给我吗？你真把钱交给我，我也只好收下了。"

洪安东听了她这话，真觉没有什么话好说，向唐子安笑道："本来是我要请你，结果是我都被人请了。"唐子安笑道："我反正是白吃，来句风凉话，下次你回请吧，我还可以落一顿白吃。"华傲霜笑道："这话很中听，下次洪先生回请吧。"说话时他们已离开了座位，向外走着。苏伴云笑道："以后这里我不断地要常来，下次我回请华小姐，请二公作陪。"华傲霜听了这话眉毛一扬，很有得色，笑嘻嘻点着头走出去了。苏伴云也是说再会再会，笑了向外走，随在她的后面。

这里两位老先生望了一双去影，彼此对望了一番。唐先生笑着摇了两摇头道："意外意外！"洪安东道："这真是怪事，一个人变起质来，一切都会变。华小姐是个一介不以与人、一介不以取于人的老处女，而且也不欢迎人家叫小姐，今天与苏兄一同吃小馆，一怪也。竟十分诚恳地给我们会钞，二怪也。自称小姐，三怪也。她竟会变得比平常的妇女还要进步，大概这两位的爱情已到白热化了。那也好呀，华小姐实在也该出阁了。你不听到伴云说，以后还要常来吗？他又不在此地教书，常来干什么？还不是来看华小姐？"唐子安道："大概如此。然而在华小姐竟于今日公开地有了情侣，实在意外，这是我们学校一九四三年的最大新闻呀。"洪先生想了一想，也是连称意外不置。

## 第十四章

# 拉散车的

这一件新闻虽是令人感到兴趣的，然而洪先生心里受着卖书的创伤，笑也笑不了好久，所以这一双新情侣走后，他也就匆匆地吃饱了肚子，带着两个孩子走了。唐子安是比较地宽心，在街上小茶馆里喝了一碗沱茶，抽了两支所谓狗屁牌的香烟，闲望着街上走路的人消遣。不想这两位新情侣还不曾分散，又双双地走了过去。他一个人微笑了一阵，还觉得在心里闷不住，忙着走了回去，把这事情告诉了唐太太。唐太太笑道："苏先生罢了，他是个浪漫式的文人，有女人和他交朋友，他犯不上拒绝。这华小姐是个抱独身主义的人，想不到她会看上了苏先生。"唐子安道："你说伴云是个浪漫式的文人，以为他没有家室，不求一个正当职业，就近乎浪漫吗？其实他这个人，性情也相当古怪，要不然，为什么中年还没有结婚？"唐太太道："那就更奇了。一个是中年还没有结婚的男子，一个是守独身主义的女子，何以一见面就成了情人？"唐子安哈哈笑道："这无怪其然。"唐太太道："怎么会无怪其然？"唐先生道："你没有看过《今古奇观》乔太守乱点鸳鸯谱那段故事吗？他的判词里这样说了——'以干柴就烈火，无怪其然'。"唐太太笑道："你喝了两杯白酒，吃了一顿白食，就高兴得这份样子。"唐先生也是哈哈大笑。

他夫妻二人是在那间不能转身的小书房里说趣话，这就听到有人在窗子外面问道："唐先生回来了吗？"唐子安听那声音，正是苏伴云。便向唐太太丢了一个眼色，微笑着点了个头，又向窗子外努了一努嘴，接着便道："我在家呢，是伴云兄吗？"他推门走了进来，笑道："我这个邮差是要做得十分彻底的，唐先生不是有东西让我带进城去吗？"子安道："请坐一会儿，我立刻拿出来。你看我在街上喝了几杯酒，颇有三分醉意，在小茶馆里喝了一碗沱茶，闹得刚才回来。"苏伴云笑道："果然有点儿醉意，我老远就听到唐先生的笑声呢。"他这样地说话，可没有坐下，就站在他通内外屋的那座小门边。

唐子安笑道："我安排一个小包裹，总也要十来分钟，你为什么坐也不坐下，难道还有什么人等着你吗？"苏伴云笑道："我怕赶不上三点钟的班车。"唐子安道："那要什么紧？四点钟还有一趟车，最后五点半，还有一趟车。请坐请坐。"唐太太已是在里面屋子里拿出尺来见方的一个白布包来，向苏伴云笑道："苏先生，有事我们也不强留了，强留下来，也是请你喝一杯白开水，那是太无意思了。包裹已经包好，拜托拜托，就请苏先生带去。"说着将包裹两手捧着交给了他。他接住了，见上面写了有地名人名，便不多说话，向唐先生点了个头笑道："再会再会！东西交到了，我会请王小姐写一封回信的。"说着，人已走出门来。男女主人送出门外，他已走远了，两位送客的也是相对微笑一笑。

他们所猜想的，倒是对的，那位华小姐果然在到车站的路上静静地等着他。见了苏伴云笑道："阁下对于朋友的事，真够热心。"他笑道："反正我是顺路的，受唐先生之托，带一点儿东西，并不费力。而且他这位高足，送他的酒我也喝过的。"华小姐道："我今天下午无事，送你到车站吧。"说着就顺了路走。苏伴云笑道："那可不敢当！"华傲霜道："这也无所谓，我们教书的人，除了和朋友谈天，真也没有什么可以消遣的。苏先生和我谈了两天的文艺，见解有许多相同之处，倒是谈得来。"苏伴云道："承蒙不弃，有工夫进城，请先写一封信通知我，我可以做个小东。重庆城里，别的罢了，不足以谈消遣。倒是话剧人才都汇集在这里，有时候角色配得齐，全都值得一看。华小姐如入城的话，我可以先买好两张票。"华傲霜道："我对于什么娱乐，都冷淡。"

苏伴云碰了一个橡皮钉子，只好不作声了。寂然地走了五七步路，华小姐立刻感觉到自己有点儿失态，便回转头来向他嘻嘻地笑道："重庆的话剧，果然还值得一看，什么时候进城，我请你看一回话剧吧。"苏伴云道："怎么在城里的人还要乡下人请看戏呢？"华傲霜道："一张戏票钱，究竟还是我们教书匠所能担任的，谁请谁都不要紧，而且我说过明天我让苏先生请我看话剧，透着是太不客气了。"苏伴云道："这却是我的缺点，我在朋友之间是缺少着客气的态度的。"华小姐笑道："用天真的态度，处于朋友之间，那正是最难得的。你确乎很天真。"她说着微笑了一笑。苏伴云颇觉她的话前后有点儿矛盾，心里正想着，不知用什么话来接了向下说。

不知不觉已到了车站，售票处还没有开门，站外有一二十人围了一辆客车站着。华小姐道："不忙，人很少呢。"苏先生还没有答言呢，却有人走过来，轻轻地问道："苏先生进城去？"看时，是那天向唐子安家报告好消息的梁先生。那消息是合作社有一斤白糖可买，这印象给予苏伴云很深。他依然穿了那套麻布口袋似的旧青呢中山服，苍白的分发，苍白的胡楂子，手上拿了那根乌木手杖，夹着转了黄色的旧皮包。再向下面一看，穿的还是两只旧皮鞋，鞋子尖上破了两个大小窟窿，用新皮子打着补丁，新旧的界限显然，活画出一份知识分子的穷相。便点了头道："进城去了。梁先生也进城？"他将手上的手杖在地面顿了两下，叹口气道："没法子，拉散车。每个礼拜，南岸有三点钟课，钟点费是二百元，实在不值得跑一趟。但有八百元的交通费，合起来有一千元一个月，可以多闹万儿八千的，只好跑了。"苏伴云笑道："还是不合算啊，车费这样贵，八百元也许不够。"

　　梁先生走近，将头偏着，就了他的肩膀，低声道："拉散车的，有拉散车的计划，每到上课的时候，早一日吃过午饭就动身，慢慢地步行到重庆，花十元钱买一张轮渡后舱票，就到了南岸。到了南岸，小茶馆里一坐，五元一碗沱茶，等候学校里接教书先生的滑竿。晚上住在学校里，这一顿晚饭，就叨光学校里的了。明日的一上午，把三点钟书教光，吃了午饭，坐滑竿到江边，再花十元轮渡票，又到了重庆。不过像今天这一趟车子，拉得要蚀本，去是坐公共汽车，回来说不定还要坐公共汽车，这就像做生意买卖的人一样，有时候挣钱，有时候也许蚀本，可是哪里能够算得那样准确？苏先生现在是拉包月，是拉散车？"苏伴云笑道："原来是拉包月，自从东翁解雇了，放下了车把，现在我又想拉散车了。"他答这话时，回头一看华小姐，她似乎对于苏先生这个将来的预约，颇感到兴趣，也嘻嘻地笑了。

　　那梁先生自认得这人人所注意的华傲霜，便点了头道："华先生也进城吗？"她走近了一步，笑道："我又没有散车可拉，进城去干什么？梁先生有拉不完的生意，给我找两点钟吗？"他把胁下夹的那个破皮包夹紧了一下，手撑住了手杖，身子向前偏着，低声向她笑道："华先生是真话，是假话？"她笑道："这个年月，吃粉笔饭的人，谁也不富足，不应该反对多收入几个钱。"梁先生道："高中的功课，你担任不担任呢？虽说是高中，钟点费也马马虎虎，每星期五点钟，连交通费在内，大概一个月一万元上下。"华小姐道："那一定是梁先生教书的那个学校了？"他道："不，我是专科学校，这是中学，不过地点都在南岸。我原来是想兼下来的，一来是与这边的钟点冲突，二来让我专教英文，我没有那个把握。"华小姐笑道："可是我又怎敢说教英文有把握呢？"梁先生笑道："华先生是教会学校出身的，关于英文这一点，倒无须乎客气。你愿干不愿干呢？如愿意担任的话，我相信学校方面一定十分欢迎。"华小姐笑道："我就怕我不会像你这个拉散车的内行，'拉得会蚀了本'。"梁先生道："若是华先生真肯去教书的话，关于这一层，当然要替你详细地计划着。"华小姐正还想跟了向下说一个段落，那车站上已在摇铃售票，大家就把话打断了。

苏伴云与梁先生都抢着到人丛里去买票，得了票之后，第二步又是要抢着上车，找座位，所以没有空闲再和华小姐打招呼。苏伴云上了车之后，总算找着了一个座位，夹着两只膀子，把身子挤了下去，回过头来由窗户里向外看着，却见华小姐还是正端端地站在车子外面。苏伴云对于人家这份殷勤，自是感动，可是急忙之中，也想不出一种什么话来安慰人家，只有点了头笑道："请回请回，城里见吧。"可是华小姐还是静静地站着，直等车子开了。梁先生和苏先生是紧邻地坐着的，笑问道："苏先生和华先生很熟吗？"他笑道："也是平凡之交而已。"梁先生笑道："她到车站上来送人，我还是头一次看到。"苏伴云道："其实她也并非像大家所想象那样不通世故的人，大家对于她先存个敬鬼神而远之的姿态，她也就和蔼不起来了，大概她的生活是很单调而枯燥，梁先生若和她找一处课兼，我想她就是不为增加收入，她也会慨然允诺的。"梁先生也就笑着说是。两人在车上所谈的，也无非就是教书人的事，这让苏伴云明白了，他是教书匠中一位经济学家，倒也长了不少见识。一直到了七星岗最终的一站，方才停止了谈锋。

那梁先生谈得高兴，忘了他的经济学，还要约着苏先生到三六九去吃碗汤团。而苏先生却因要为唐先生当一回邮差，只好约了下次再叙。下了车他照包裹上所写的住址，访到了王玉莲小姐家。在楼下先问了一声："哪是王先生家？"却是没有人答应。这是他慎重之处，觉得昏暮叩人之门户，大声问着"哪是小姐之家"这是不礼貌的。料着王小姐必有父兄，所以改叫了王先生。一声不应，再问两三声，在还没有人答应之下，只好找着楼梯慢慢地登楼。在这时候，看到一位二十上下的女子，头发梳得溜光，尾端挽了云钩搭在肩上，身上穿了一件小袖紫条布棉袍子，皮鞋走着楼板噔噔有声。便点个头道："请问，这楼上是王府上吗？"她道："我们家就是。"苏伴云以为这就是王小姐了，因道："王小姐，我是唐先生那里来的，托带一包东西来了。"她笑道："请你先生等一等吧。"说着她接了包裹进门去了。

立刻走廊下一盏电灯亮着，却见门里走出一个摩登女郎，卷头发长长地披到肩上，穿了一件咖啡色的哔叽薄棉袍。这首先是让人吃惊的一件事，于今在大后方穿着真正的洋货衣料，那价是论万计的，大概这位才是真正的王小姐了。自己还没有开口，她笑了说请进来坐吧。苏伴云是要和她说几句话，请她向唐先生回信，便也依了她的请，走进屋子去。他一看到屋子里收拾很是华丽，竟不知这主人是干什么的，没有敢坐下。那女郎操了略带江苏音的国语，笑道："我就是王玉莲，您贵姓？请坐请坐。"

屋子里电灯通明。苏伴云看清楚了，王玉莲淡抹胭脂粉的鹅蛋脸儿，一笑脸上两个小酒窝儿，使他回忆起数年前在无锡的故事：有一位同旅馆住的老太，带了一位小姐，长得十分漂亮，有一次游鼋头渚，彼此认识了。那老太太说是姓孙，到无锡来探亲的。孙小姐却是在南京中学里读书。当时觉得孙小姐太可爱了，而年龄地位都有相当遥远的距离，绝无其他非分的想念，只是可爱而已。后来在南京，又在街道上遇到两次，孙小姐竟是很熟似的笑嘻嘻地打着招呼。这个印象在心坎里是印刻着很深的。不料在重庆会遇到了她，而且看那样子，她已是走入了社会交际之林了。

如此想着，不免呆了一呆。而恰好就在这个时候，王老太由外面走了进来。中年以上的人，形态还没有什么变化，正是在无锡遇到的孙太太。彼此一见，都认识了，各啊了一声，他便笑道："孙太太久违呀！我姓苏，还认得我吗？"王老太点头道："认得认得！请坐请坐，没想到唐先生带东西是托苏先生带来的。"苏伴云这才知道，今日的王小姐，就是前日的孙小姐，至于何以孙小姐会变成王小姐，这里面当然有一个重大的原因，自不能随便地去问人家，也就含糊着坐下。王老太道："苏先生也在唐先生一处教书吧？"苏伴云随便答应一声是，而眼光却不免对王小姐看了两回。玉莲坐在他斜对面，虽见他打量着自己，却不解他是何意，笑道："自吃了这碗戏饭，就不大接近各位老师了。去看过唐老师两回，总是匆匆地去，匆匆地又回来了，所以没有知道苏先生和唐老师一处。"

苏伴云这才明白，人家是个戏子，怪不得家庭和身上的装束是这个样子了。同时也就联想到报上常登有王玉莲一个女伶的名字，谁知道是她呢？若知道是她，那就老早地去看她的戏了。便笑道："我不教书了，也是偶然去看唐先生的，我是常在城里。"王老太便插一句话道："现在教育界的人，实在也是清苦，有些人是不得不另外走第二条路。"苏伴云不料她也有这番感想。

就在这时，先被错认为王小姐的那个女人端着茶来了。王小姐又说了一声杨嫂，你去拿纸烟来。这又明白了一件事，人家是一女仆。这样一个女仆，比文化区哪一位的教授太太还要穿得漂亮。而且就在她送茶碗的手指上，戴了一枚金戒指，便是这么一点儿东西，也觉得她风光多了。这样看起来，自己久坐在这里，也觉得寒蠢，便起身告辞。王老太倒想起大家在无锡还有些萍水相逢的交情来了，请人家喝杯淡茶就走，倒怪不好意思，便站起来道："苏先生，我们往日还算很熟的人，于今重逢，我们正当畅叙一番，怎么烟也不抽一支就走？"苏伴云道："既然知道了府上住在这里，以后常来领教。"玉莲也站起来相送，笑道："向我们领教什么呢？除非苏先生肯指教指教我。"王老太道："是的，苏先生若得闲，可以请去听玉莲的戏。"玉莲笑道："明日有空吗？我给苏先生留一张前排的票，明天我唱一出有抗战意义的戏《黄天荡》。"苏伴云道："这是刀马戏呀。"王老太笑道："你看苏先生不是很在行吗？明天一定请到。"苏伴云想着她一个小姐做了女戏子，应该是秦淮歌女一般，顶个唱戏的名而已。她居然能唱刀马旦这样重头戏？那倒要看看，便切实地答应了去。王家母女又很客气地送下了楼，连连喊着再会。

苏伴云虽是也答应了再会，可是他走出门之后，又想到于今自己一番寒酸之相，比在无锡初见面的时候，差之远了。而且女伶都是奢华的，也无资格和人家做朋友，因之把打算去看戏的意思冷淡下来。他是住在一位同学又同乡的松先生家里，松先生有时要他作些应酬文字，就分出了一间屋子他住，三餐饭也是留在公馆里吃。好在他公馆里还有一位赋闲的亲戚——一位家庭教师——是须另开伙食的，倒也不为苏先生多有耗费。不过苏伴云这样住着，未免无聊而已，这次也为的是过于无聊才下乡跑了一趟。正想回到松公馆来和主人开始商量走第二条路的办法，不料这主人翁有公干，到成都去了。连平常每日敷衍一次的周旋也没有了。到了第二日，益发是无聊，便想到看一晚戏，混两点钟也好。于是晚饭也不曾吃就上戏馆子里了。到前台一问，果然是王老板留了前三排一个座位。

这晚王玉莲的《黄天荡》是改良的京戏，加上了许多场子，又加上了许多唱词。王玉莲在戏里扮演梁红玉，不但唱作得可以，而且那扮相比平常要漂亮好几倍。苏伴云没想到，这位小姐竟是舞台上一位人才，实在该当回去赞许几句。尤其是她在台上的时候，两次向自己坐的位子递过眼风来，那意思就是告诉着知道你来了。因之散戏之后，特地到后台去表示谢意。玉莲倒不见外，约他在特别的化妆室里坐着，一面卸装，一面谈话，笑道："苏先生，你如果没有地方消遣，尽管来听戏。我会告诉前台，每日留一个座位。"苏伴云笑道："那太好了，我一定来。"他这样说了，倒没有考虑她是敷衍的话，还是想什么交换条件。自这一个第二日起，就每日去看王玉莲的戏。但他按了玉莲出台的时候去看戏，看完了就走，有一个星期之久。也只到后台去了一次，无非道谢而已。

这日是个星期五，正待吃了晚饭就去看戏，松公馆的听差却送了一封信到他屋里来，说是送信人在传达室等着。看那信封上写："专送松公馆，苏伴云先生亲启，候复，内详。"左角"候复"两个字，旁边还打了两个双圈。拆开信来看，一张信纸，是秃笔写了几行字，却也看不出笔迹是谁，上写："弟已来城，请至青青咖啡厅一叙，弟准五时半至六时在彼处恭候，拉散车的。"他这才明白了，原来是那位梁先生。他是个寒士，怎么会在咖啡厅请客呢？也许有事相商，倒不能不去，便用自来水笔在原信封后面注了一行字："遵命，按时准到。"便交给站着等回执的听差带出去了。

## 第十五章

# 山城之一夜

　　苏伴云是在城市里住的人，虽不能常上咖啡馆，而咖啡馆的所在地他自然是很熟识的。他照着那张字条按时到了咖啡馆。在广大的咖啡厅里，华灯初亮，正照着一丛丛的男女影子拥坐在各个座位上。他一进门就站定了脚，四下里张望，探看那位穿破中山服的梁先生坐在哪个座位上？这时，在屋角落上有一个人站了起来，笑嘻嘻地和他招着手，可是并非穿破中山服的梁先生，而是穿一件绿绸袍子的华傲霜小姐。他倒不免怔了一怔，她怎么会也在这里的呢？华小姐还怕他没有看见，越发地把一只手高抬着举过了额顶，苏伴云料着她是和梁先生一路来的，到咖啡馆里来的约会，应该是她主动的了。于是取下了帽子，也就老远地点着头，迎向前去。

　　到了面前，她远远地伸着手和他握了一握笑道："你想不到约会的是我吧？"苏伴云看时，桌上只有一只装柠檬茶的玻璃杯子，显然又只有她一个人在这里，原料着是她和梁先生同来，那又是错了的。便在那杯子对面椅子上坐了下来，向她笑道："什么时候进城来的呢？"华傲霜道："今日下午才到城里来的，住在一位亲戚家里，我向来是不愿意打搅亲戚的，现在没有法子了，只好在那里落下脚。啊！我还没有告诉你，我接受了梁先生的邀请，答应到南岸中学去教书，也是照梁先生的办法，极力节省交通费，以便在这上面赚下几个钱。"苏先生笑道："这怕办不到吧，你能够步行到重庆来吗？"华小姐笑道："今天我就是走到重庆来的，还好，居然不大吃力，可是今天是试办，这不能算，要不然，省了坐公共汽车的钱来坐咖啡馆，那是什么算法？就是在亲戚家里住上一晚，这也不能长久如此。明天到学校里去了，我要和学校当局商量一个妥善办法，办到我当天过江，就住在学校里。万一步行来不及的话，坐汽车到重庆来，还是合算。不然在重庆勾留一晚，总要浪费一些法币。"

说话时茶房过来，伴云要一杯牛乳。华小姐道："你喝柠檬茶也可以，要冰激凌也可以，喝牛乳，回头吃不下饭了。坐谈一会儿，我打算请你吃一顿小馆子。"说着向茶房一招手道："也改为柠檬茶吧。"于是向苏伴云笑道："这里的冰激凌，虽然可以保险，可是据医生说，太冷的东西吃了下去，胃受到刺激是要猛烈地收缩一下的，那未免与身体有碍。"苏先生虽觉得她这份殷勤有点儿过分，可是究竟是好意，自然是笑嘻嘻地接受了。柠檬茶来了，苏先生默然地将小匙子舀着茶喝。他还没有想起用什么话来敷衍这位异性的新友，华小姐在低头喝茶之间，连连地射了他两眼，已经知道苏先生在受窘，便笑道："你看到我那张纸条，写着拉散车的，你怎么会知道是我呢？"苏伴云笑道："我看到你的笔迹，我自然就晓得了。"华傲霜道："当我在信上写了一个拉散车的，原是一时高兴，后来信发出去了，大为后悔。你并不知道我在外面兼课，你会知道是谁呢？可是信派专人送出去了，也追不回来，于是我有两个想法——或者你会想到是那个梁先生——因为他曾以拉散车自命——或者你会认出我的笔迹来。若二者你都想不到，你就会把原信退回。这样我就很焦急地等送信的人回来，后来在原信封上看到你的回信，你按时准到，我心里一块石头才落下……"

她把这句话已说到了十分之八九了，立刻想到，这句话过于严重，便低了头将嘴唇挨着玻璃杯子沿吸了一口茶，其实这高深的玻璃杯子，茶已落下去很深，这样挨着杯沿吸了一口，并吸不起来。苏伴云偷眼看她脸上，被电灯映着浅浅的有两块红晕，不知是她擦着胭脂的呢，还是喜上眉梢呢？同时也就觉得，虽然说她已经有三十多岁了，可是现在看起来，也很有几分风韵。也就笑道："你就是不写那个诨号，我也知道是你。因为你说了，过两天来看话剧的。"华小姐听了这话，她绝没考虑到这是一种敷衍话，心里头十分高兴，因笑道："你倒还记得这个约会。只是今天已经来不及了，等我回来，从从容容地去看吧。"苏伴云道："这一点，我没有成见，不过，我想华小姐真切实地到南岸去教这几点钟散课，恐怕有点儿不合算。"她左手拿起杯子让它倾侧了，右手将小茶匙伸到杯口里去舀那剩余的甜茶，微笑道："我的目的，不在拿这几个钟点费。"苏伴云道："那为什么呢？你对那学校有着特别的情感吗？"

她将那茶匙里的一点点儿甜茶，直着柄子送进新涂口红的两片嘴唇里，她不是喝茶，而是抿了嘴，将那一点点茶汁慢慢地浸润下去，同时她

104

脸上泛出一阵抑压不住的微笑。把那一小茶匙甜茶都抿完了，她才笑道："在那个文化村里，我也相当地枯寂，借着过江教书的缘故，常常出来走动走动，也是好的。这正如你们终年住在城市里的人，也偶然想到乡村里去溜上一趟一样。"苏先生便凑趣一句道："实在的，一个人生活太单调，或枯燥了，是应该变换一下。"她摇摇头道："我倒不怕生活单调与枯燥。"她这样地说了一句，立刻觉到自己的言语有些前后矛盾，便抬起手臂来看了一看手表，笑道："该是吃晚饭的时候了，你愿意吃哪一种馆子呢？"苏先生笑道："这应该问你，我是常年在城市里的人，任何馆子都可说尝过了。你难得进城的人，应听你的便。"华小姐笑道："这样子说，你倒打算做主人，我希望苏兄洒脱一点儿，不要成个男女的界限，而以为男女同行，会东总是属于男子方面的。"她说时，便拿起手边的皮包取出法币付了茶账。这样，叫苏先生心中歉然，是更不能不奉陪的了。

于是在附近找了一家洁净些的小西菜馆，一同进去，他的意思，这里日日卖经济西餐的，万一她坚执了会账，也可以少花她几个钱。这是一个很大的长方饭厅，通亮的电灯光下，正照见着满堂的座位上都是男女顾客，拥挤地坐着。两个人转了两个圈子，才在墙角落客人刚离位的一张小桌上坐下。华傲霜道："这里的生意，怎么这样好？"苏伴云笑道："于今什么人不打算盘呢？这里的西餐是一菜一汤，每客五百元。"华小姐于是向他点了个头道："我很感激你，听说我一定要做东，特意挑一个最便宜的地方吃饭，是也不是？"

她一面说着，一面站起来脱下她那件青呢大衣。苏伴云便两手接过来，替她挂在座旁的墙钩上。她当时未曾加以考虑，顺手就递了过去。及至人家将衣服挂过之后，她忽然有个感觉，仿佛在十年来很少有这种机遇。女子有个男子在身边是怎样地舒服，不必吩咐，他就会来伺候。她随了这个感想，举目向餐厅四处一看，见有过半数的座位上都是带着摩登妇女的。而男女一双，不带第三者的也有七八对。往常对于这成对男女在公共地方出入，自己总有一种感想，觉得那是故意卖弄，男子固然是讨厌，女子也透着无聊。可是这时看看别人，又看看自己座上之后，觉得这绝对是人情中事。

苏先生见她四周打量着，脸上又不住地泛出微笑来，心里也就想着，虽然她是个中年的老处女，然而她特意为了交朋友出来吃饭，恐怕还是少有的事。女人终究是女人，在此情形中，大概就有点儿不免"那个"，于是搭讪着在衣袋里摸出一盒纸烟来。华小姐坐定，颇感觉词穷，不知要说一句什么话。所幸茶房递着小菜牌子来了，说了两句话，打了一个岔。她看了菜牌子，笑道："也可以点菜的，我们点两个吃吧。"她是无心说出我们两个字的，苏先生也觉这个代名词下的当然，并无什么异样的感觉。然而她说过之后，她自己会感觉到有些个不妥当，脸上又微微地泛出一层红晕。于是两手捧了菜牌子做个注意的样子，没向下说。苏伴云道："不必考虑，到这里来，是以吃例菜为宜。万一吃得不够，再添菜吧。"她无端心里有些难为情起来，便也觉得说话不能十分如意，放下菜牌子向苏伴云看了一眼，笑道："那我很觉得不恭，你知道我向来又是不会客气的。"

苏先生对于她这话，是在可以了解又不十分了解之间，也只好报之一笑，就吩咐了茶房来两份例菜。菜送来了，是一大盘杂菜汤，里面有红白萝卜、白菜、番茄，大概也许有点儿牛肉丁和极少数的蒜叶。汤的颜色，红红的，似乎也有点儿香气。苏伴云笑道："虽然是经济菜，看这样子，倒还不算坏。"华傲霜拿起桌上的胡椒瓶子，正歪过来把瓶子眼朝下，待要向汤里撒上一些胡椒粉，但她忽然又顺过瓶子来向苏先生笑道："来一点儿胡椒？"他点着头，她就拿起了胡椒瓶子向他汤碗面上撒着胡椒。苏先生笑着连连道："谢谢。"华小姐红了脸，自向汤里撒了胡椒，望了碗里道："为什么这样客气？"她说话时，脸子似乎有点儿摇摆，在这摇摆上，猜想着她极力地矜持，还不能抑遏住她胸中奔放着的情感。苏伴云偷看她几回，觉得她今天进城来，是特意来寻访自己的了。不然，也不至于始终在一个羞与喜的姿态中。她是个老处女，又是个老教书匠，何以今天晚上是这样地把握不住自己？那么，她是真的要我走上恋爱之路。自己原以为她是个落落寡欢的人，既然她善意来结交，就多多地予以善意的答复，现在她真个迷惑起来，倒叫人有点儿骑虎难下。如此想着，原定着今晚去看王玉莲的《凤还巢》这一出大戏的计划，只好取消了。

吃过了这一道汤，便取怀袋里的挂表看了一看。华傲霜问道："苏先生还有事吗？"苏伴云笑道："山城之夜，九点钟以后就没有夜市了。我还有什么事……我想着……华小姐也没有什么事吧？如是不会耽误明日早上教课的话……"她笑道："我没事，吃过饭，我们再找个地方坐坐。"苏伴云道："我来请看电影吧。"她笑道："那恐怕买不到票？"苏伴云道："今天并非礼拜六与礼拜日，也许可以买得到票。现在只有七点一刻，看八点钟一场电影，可以很从容地去。"华小姐笑道："我有三年没看过电影了。"

她这句话说得声音非常之低，低得这声音只有她自己可以听到。但苏先生也了解她这声音的意思，便笑道："为什么这样久没有看电影？"她道："不但是电影，对于一切娱乐，我都是如此。第一个原因，就是我少进城。第二呢？一个人向娱乐场里跑，也没有多大的意思，一样地寂寞。"

她一连串地说出两个原因，原是不曾加以思索就说出来的。及说完了第二个原因，回想到今日之可以看电影，为了是有了伴侣，似乎未当。心想怎么回事？今天晚上说话，越是加以慎重，越是会出乱子。这样想时，见苏先生将大勺子只管舀了新送来的一盘什锦饭吃，脸上不住带笑。这又一转念，难道他在暗笑我，我还是我行我素，一切不在乎，于是将胸脯微挺了一挺。苏伴云吃完了那道菜，又掏出表看了一看，其实表上的长针只走了五分钟，这短短的时间，他可以揣度得出，无须再去看表的。华小姐似乎也得了这传染病，同时看了两次手表。苏先生起身笑道："没有疑问，来得及，我挤着去买票。"华小姐不再说什么，抢着会了东，和苏先生一路走出饭馆来。

在不远的地方，就是电影院。这里去看电影的男女，正是一群一对地沿了马路两旁的人行道上流水般地向影院门口走去。苏华两人也就随了这多人，走向了电影院。华小姐到了这里，是用不着客气的，她没有法子挤了去买票，便站在过堂中间，看着四围墙上的电影广告画，且让苏先生挤到卖票窗口外人群里去。忽然听到身边有人叫了一声：Darling（亲爱的），不由得心里跳上了一下。回头看时，一个二十多岁的烫发女郎，穿了一身红衣服，一个穿西装的中年人，手里举了两张电影票，笑嘻嘻走过来。这女人就挽了他一只手臂，头靠在那人的怀里，眉飞色舞地走进影院去了。

华小姐对于这种作风，不能不有点儿感想，也就不能向这二人后影望着。苏伴云却在身后叫道："我在这里，我在这里。"她回转身来，见他捏手绢擦帽子下面的汗，一手举了电影票。华小姐笑道："难为你了。"苏先生站在她身后的，就推了一推她的大衣道："进去坐着吧，快开映了。"华小姐虽然就照着他这一推走进了影场，可是她心里觉得，他这一推比刚才那一对挽手进场的男女滋味实在是一样的，颇感到一种愉快。而且入座之后，两人是并排地坐在一处的。除了在公共汽车上，和一个男子这样地坐着，还是少有的事。自然，坐在银幕底下，和坐在公共汽车上，那意境又是绝对不同的。她一坐下，心里就已经自己在映电影，脑子里一幕一幕地闪动。好在重庆电影院向来是不在开映前明亮着电灯的，脸上的红晕倒也不会被人发觉。

她正襟危坐着，觉得那有失娱乐的本意，可是又不能太随便了，有失于往日那一贯保持的处女尊严。所以仅仅是将两只手放在怀里，微微地靠了椅子背坐着。现在的电影院是不能吸烟吃糖果的，等电影看是相当地无聊，她有时莫名其妙地咳嗽了一两声。好在不多大一会儿，电影就开映了。她和他都在看电影，精神另有寄托，也就不觉得窘，只是在二三十分钟之后，华小姐感到同座看电影，谁也不理谁，究竟不大好，颇想借电影为题，说两句话。偏偏这张影片又是富于浪漫色彩的爱情片，要想说什么，又不是做小姐的人可以和男子畅言无隐的。因之坐看两小时的电影，她先后只说了三句话。一句是美国人的思想总是这样的，一句是这个女演员演得不错，最后一句却是电影演完，看了手表，说是十点钟了。

在大家浪涌着出门的时候，苏先生又牵了一牵她大衣袖，笑道："不用忙，反正回家无事，何必急呢？"华小姐站起来，本想笑问他可否到广东馆子里去消夜，但在这一牵之后，她觉得该矜持一点儿，便把笑容收下了，因道："苏先生该回寓了，路远不远呢？"苏伴云道："假如赶得上公共汽车的话，十来分钟就到家了。"说着话，缓缓地随了观众走出了影院。他本想着送华小姐走一截路，现在听到人家说句该回家了，在山城里十点钟，算是夜深了，却不便在这时候还要跟一个处女走路。于是站在影院的门口，向街两头望着，因道："我给华先生雇一辆车子吧？"华小姐向街两头看去，零落的几盏路灯不怎么大的光亮，只照见成群乌黑人影向前散乱着走，哪有人力车？便道："不必，我的路很近，后天我会回到重庆来，再谈吧。"他连连地点了头，说再见再见，也就走了。

华小姐未加考虑，随着行人向苏伴云相反的一条路上走去。及至走到一个缺口上，看到对面一点点的灯光，由下向上散铺着，夜雾中，像是半天星斗。向下看，路是深深地向下凹去，原来这是嘉陵江。灯光所在，是江北，只好又回转来。心里也就想着，刚才为什么要和他走一条相反的路呢？抬头看时，是精神堡垒附近。小广场四角，有几盏路灯，淡淡地照着零落的行人，只有拐角上卖纸烟的木屋，悬了灿亮的灯。三四个橘子花生小贩，摊着箩担，用棍子挑起一盏瓦壶油灯，摇着淡黄的火焰。在这一点上，意识到没有了夜市。她两手插在大衣袋里，悄然地走入了旧都邮街。两旁立体式的夹壁市楼，各都关上了门户。老远的一盏路灯照着，觉得这里成了黑巷。汽车站上还有一群人排立在灯影子下，和马路阶沿成了平行线。心里想，苏先生也许还在这里等车，便缓缓地在人面前擦过去。然而没有人理会她，让她自行过去。

她缓缓地走着，踏过两条幽暗的小街，她脚步缓慢，面前有一群穿大衣的男子，谈着打梭哈的故事，抢了过去。也有一群男女谈着戏，在自己面前。她在街心上走一阵，让她更有感触的，便是一对青年男女，搂抱着，挨了墙在没有灯光的地方走。他们笑嘻嘻地低了声音说话，总在自己面前走。她见小巷子口上又是三四盏瓦壶灯，照着几个小贩，就地坐在橘子篮后面。她借故买了两个橘子，让那对男女过去，手里拿了橘子揣在大衣袋里，并不吃，更向前走。在一截无人的街上，一所一字门楼前，歇了一副担担面。东头担子柜上的瓦壶灯，照见西头的小吊罐腾腾地冒着热气。一个抽纸签的算命瞎先生，在一件油腻了的蓝布长衫上，用带子背着一只斗大的方钱柜。他隔了吊罐里的热气，和瓦壶灯长可五寸的油焰光，和扶着担上扁杖的卖面人说话。他是算完了今日的命，也回家了。斜对过的路灯，这时电力开始加足，淡白的光，照见这一字门楼上，有一块横匾——大书："青云旅舍"。这是华小姐所谓的亲戚之家。

第十六章

# 先 生 馔

二十分钟之后，华小姐已在这家旅馆的房间里安眠了。以时间论，这是十点三刻，经年住在乡下的人是应该入睡的。然而她今天相当地兴奋，又喝了很多的茶，她实在睡不着。无奈这晚上电灯在停电的例行公事之外，又在扯拐（川语捣乱之谓。电灯时明时灭，也谓之扯拐）。茶房引客进房，给她预备下一盏陶器壶式菜油灯。这壶嘴子极小，最适合旅馆老板的要求，只能插下一根灯草心。在乡下尽管用的是菜油灯，一到这繁华的都市里来，这菜油灯光，就让人看着闷得受不了。而况这又是一根灯草！因之这间小屋子里，只觉昏黑得仅看到人的轮廓。她若是不睡，闷坐，既无事可做，这昏暗的屋子也坐不住。所以只有展开被子睡了。睡的这张木床，只在木板上铺了一层薄棉絮，用一方名叫床单的灰布罩了。上面盖的一床被，连里面棉絮，共总称起来也不过二斤，睡下也无温暖可以享受。因之和衣睡下了，把自己带着的旅行袋做了枕头，高高地枕着，睁开双眼望了屋顶。

这正是一间小楼房，是用竹片夹壁割来的大房间一隅，好像一截甬道。屋子里除设下的这张小木床，就是一张两屉桌。人坐在床上，可以伏在桌上写字，所以也就不必更有什么椅凳。四壁连上面的望板，都是白粉糊裱的，然而这白粉的颜色变成灰色了。桌子横头有一扇窗户：不知原是用什么纸代了玻璃，那玻璃的代用品，于今已不存在，却是用旧报纸作为它的代用品。那种黄黝的纸，印上模糊的字，阴暗的气氛，增加了这屋子一种穷荒的现象。桌上除了那盏酒杯大油壶灯，顶在指粗的七寸陶器灯柱上，此外有一把灰瓷壶，大可盛水一加仑。虽有两只小杯子，颜色一样，容量却是一加仑的百分之一。在这个甬道式的房间里，除了壁上突出来的几颗钉子，此外是别无所有了。

华小姐在咖啡座、饭馆、电影院回来，对于这个房子实在感到乏味。

回想着刚才过去的一番旖旎风光，越觉令人留恋。假如女人有个家，何必这样留恋那片刻的旖旎风光？更又何必住这样的荒寒旅馆？她正如此想时，却听到叮当一阵响，看时有两个小猫似的耗子，爬上了桌子。后面一个，接连着前面一个的尾巴，从容不迫地经过，将那只仰着的茶杯子给打翻过去了。她嘴里唆了一声，那两个耗子才哧溜地顺了桌子腿下去。她看到耗子如此胆大，真怕耗子会跑到床上来，越是不敢睡稳，睁着眼，糊里糊涂地想心事。直等那油灯的油点干，灯头缩得成了红豆，屋子完全黑了，这才模糊地睡去。

仿佛中自己坐着凯旋的江轮，东回南京，和苏伴云挽着手膀子，在甲板上散步，看三峡的风景；那江风阵阵地吹来，吹得衣服飘飘然，身上凉飕飕的，自己想着凉得不可忍受，提防感冒，便要下舱去穿衣服。猛可地醒来，却是一梦，薄被盖了身上半截，周身寒冷。睁眼看时，床头的纸窗户闪进了一片灯光，电灯已不扯拐，正是街头的路灯，正对了这窗户送一些恩惠来。但屋子里依然是什么也看不见。她手上虽戴了一只表，但为了没有光线，也不知道到了什么时候。静静地躺着，渐渐地听到许多人说话，又听到有人叫口令，接着一阵整齐的脚步声跑了过来，这是市区各街上壮丁在山城的街上下早操。那么，天快亮了。想着出了一会儿神，再也不能睡了，只好坐起来等着天亮。

慢慢地屋子里有些昏白色，打开窗户来，伸头向外看着，却见楼下满街被雾气所弥漫，那路灯有三两点金黄色的光，在白雾里亮着。叫了两声茶房，依然不见有人答应。她没得法子，将被子盖了两条腿，又坐在床上。直静坐到七点多钟，等着茶房起来了，胡乱要了些水漱洗过了，再也不管是否到了过江钟点，提着旅行袋就走出那旅馆来。回头看了一看这旅馆大门，心里想着，这种旅馆生活，领略过了一回，实在用不着再领略第二回了。

自己这样想着，提着旅行袋低了头走。忽然有个人叫道："华先生，早！"看时，是自己的一个女学生，身上穿着青呢大衣，颈脖子上围了花绸手巾，胁下夹着一个很大的扁平手皮包。在这装束上证明了她不是一个普通穷学生。华小姐站住了脚，对她周身上下打量着，她笑道："华先生你不认得我，我是经济系二年级生章瑞兰。"华傲霜道："我认得的，你怎么进城来？"她道："我家就住在城里，有两个女同学约了我，请她们早上吃广东馆子里的早点。华先生也这样早！"她笑道："我要到南岸去教书，昨日就住在城里。"章小姐道:"先生一定没有吃早点,一路去好吗?"华小姐道:"你们同学在一处,有了我就不自由了。"章瑞兰笑道:"这两个女同学,对华老师都是很推崇的,并没有外人。"华小姐最爱听人家说崇拜她,因问道:"是你同班的学生吗?"章瑞兰便横身拦了她的去路,笑道:"一路去吧。华先生见了她们,你就知道了。"她在这荒寒的旅馆住了一宿,早上起来热茶也没有喝到一口,嘴里颇是乏味。既然学生这样坚持地要请,也就不必固拒。笑道:"若果是没有什么外人的话。"章小姐笑道:"就是两个女同学,绝没有外人。"华先生看到学生的态度是相当地亲切,于是就随着她一路走向广东馆子里来。

不要看时间早,那寻觅享受的人居然不少。广大的一个茶厅里,二三十个座头,差不多都坐满了。在人丛中,两位青年姑娘站起来,向这里招着手。章小姐约的两位同学已经先到了。这两位女生果然是华先生的学生,一个穿紫呢大衣,一个灰背大衣,在一见面之后,就让华傲霜记起了她们的姓名。穿呢大衣的是刘玛丽,另一个是米露丝。前者是某公司总经理的小姐,后者和章女士同是银行家的小姐。她们家学源渊,都学的是经济,在学校里是有名的八大千金中的三位。她们三人不知是哪一位发起过,要向自己补习英文。自己怕人家讪笑接近有钱小姐,当时以没有工夫婉谢了。这类小姐,念书根本是一时高兴,婉拒之后也没有再来谈过。这时见面,倒让华小姐想起了前事,有点儿难为情。

那两位小姐见老师来了,都笑嘻嘻地让座。坐下来,章小姐先代说了:"华先生要到南岸去教书,在半路上遇到,我把她硬拉了来。"米小姐提着茶壶,就向华先生面前杯子里倒茶。因笑道:"我们屡次想到华先生家里去请教,可是商量之下,又怕太冒昧了,我们总没有去得成。"华先生笑道:"那必然是你们疑心我的脾气不好,没有敢去。"米小姐斟完了茶,从容地坐下,先望了两位同学,然后笑道:"那倒不是。"章小姐立刻接了嘴问道:"华先生要吃点什么?还是面,还是粥?"华先生将筷子夹了碟子里一只小包子,举了一举,笑道:"我已在吃了。"章小姐道:"这是干点心,吃一点儿带汁水的不好吗?"华先生笑道:"我不像你们年轻姑娘,可以狼吞虎咽,早上我根本不大吃东西。"

刘玛丽小姐个子小小的,个性也像她这个人,还带了几分孩子气,便望了她身子颠了两颠,笑道:"华先生,说我们是年轻姑娘,你不也是的吗?"华傲霜道:"我也年轻吗?你看我多大年纪?"她说着话,手里举了一杯茶送到口边，慢慢地呷着，望了她们。刘小姐两只手扶了桌子沿，身体向前俯着，继续地颠了两颠，笑道："我看华先生，至多二十八岁。"华傲霜听了这话，真是吃了一剂提神散，只觉透心凉，笑道："我还没有三十岁？你们的眼力太差了。"章瑞兰笑道："我也是这样看法。"华先生笑道："你们和我想想，我大学毕业之后，又教了这样多年的书，我怎能够没有三十岁呢？"米小姐笑道："华先生是战前一两年毕业的吧？于今抗战七个年头了，你教了七年书，派你二十岁大学毕业，不是没有过三十岁吗？"华傲霜笑道："我是小姐，我知道小姐的脾气，对于年龄，不大肯说实话。我却无须如此，我是二十二岁大学毕业，不整整三十了吗？"刘小姐道："华先生是外国算法，还是照下江算法，大概虚岁吧？"章小姐道："华先生属什么的？"华小姐倒没有考量，因道："我属大耳朵的。"刘小姐道："不能够，我也属猪，华先生不会大我一轮。"华小姐凝神想了一想，笑道："不，我属长耳朵的。"刘小姐道："属兔的，那就对了，我大姐也属兔的，今年二十九岁。华先生终于是没有超过三十岁啊。"

华傲霜笑道："实不相瞒，我太不出老，到学校里去教书，先生的年纪和学生相差不多，怪不方便的，因之我一向是多说六七岁年纪。可是人家也像你们一样，终究是不相信。"章小姐道："下江规矩，生日是做九不做十。华先生是哪一天的生日？我们女同学来和你做三十岁吧。"华傲霜笑道："早着哩，是阴历的十二月。"刘小姐道："这样说，华先生现在是过着二十八岁的日子呢。"她笑道："照阳历十足的年月算，可不就是那样。然而年轻有什么用呢？我既没有什么成就，快三十了，又不能求取上进。"说着微微叹了一口气。

这刘章米三位小姐，虽然是真的年纪轻，然而一个做了大学生的女孩子，什么不知道。华傲霜既是喜欢人家说她年轻，大家就跟着说她年轻。华小姐落在这青年群里，又给她们喜洋洋地说笑了半小时，把昨晚下半夜那些苦闷都洗刷干净了。抬起手表来，看到已是过南岸的钟点，便站起来告辞，笑道："今天叨扰你们，我不虚谦了。"章瑞兰笑道："我们虽然读书不多，还解得孔子说，有酒食，先生馔。"华傲霜笑道："好的，我明天上午回来，你们若是没有回学校的话，就再请先生馔一顿。"她这句话，说得声音高一点儿，未免惊动了隔座的人，看她一眼，但她并不曾介意自向外面走去了。

刚出这馆子的大门，恰好苏伴云匆匆地向里面走，而且走的时候，还拿了一只挂表在手上看了一看，好像是按定了时间赴约而来，却怕误了时间。她情不自禁地咦了一声。苏伴云一抬头看到了她，便站住了脚，笑道："巧遇巧遇！怎么向外走，已经吃过点心了吗?"她道："遇到三个女学生，一定把我拉了来吃点心，我要赶向南岸去，不能耽误了。"苏伴云道："我也是应一个朋友之约，谈一件类乎生意经的事情，我真很少起这样的早。过南岸去，今天可以回来吗?"她道："明天下午见吧。"他点着头道："很好很好，我一定恭候。"但是他并没有说是候人，或者是候信，也没说定是几点钟。华小姐又不便自己代为解答出来，也只好点头一笑而别。

她步行到轮渡码头，又过了半小时的渡，达到南岸目的地，时已是九点半钟。所幸照这中学事先的通知，在码头边一爿小茶馆前，找到了学校接人的滑竿。当那三个滑竿夫坐在石坡子上面，被她问明了的时候，其中一个先过来，带了笑道："硬是女先生，这乘滑竿好抬。"她了解他们的意思，欣慰着女先生的身体轻，可以少出许多汗。因之坐上滑竿，三个夫子轮流地抬着，很快地就到了学校门口。

这学校在一个山谷里，是一所庙宇改建的。庙基比庙外平地高得多，滑竿抬着女先生来了，在庙里办事的人，老远地就看到了。教务主任吴先生，颇以学校能请到一位大学教授来教书为荣，立刻和两位职员迎到校门口来。华傲霜下了滑竿，就引她到办公室里稍微座谈了几句，敬了一玻璃杯温热的开水，问起来，上午是一点钟高二的课，并把读本送给她看了一看。华小姐翻了一翻英文书，随便说了四个字："这没什么。"言外之意，就是说这很容易教，值不得介意。十点半钟，教务主任引着华先生上课，介绍了几句。学生听说这女先生是大学教授，先已起了一番敬意。及至她教起书来，把在教会学校教学的口音说了出来，又是逐字地讲解着，学生是相当满意。

吴先生在介绍过之后，虽已走出课室去，然而却悄悄地溜到窗户外面，偷看了两回，觉得她随便地讲着，果然毫不吃力，心里也表示十分满意。下课以后，他就在课室门口迎接着，笑道："华先生，教得真好。"她又笑着说了四个字："这没什么。"说毕轻松地笑了一笑。吴先生陪着她向教员休息室走来，因道："这里有几位先生，我和华先生介绍一下。"她走进去看时，有两位穿旧西服的，三位穿蓝长衫的都是中年男子，另外却有一个灰布棉袍罩着蓝毛绳短衣的女先生，长头发在脑后挽了一个横髻，鼻子上架着银丝眼镜。看去，也在三四十岁，倒是老气横秋的一副先生样子。教务主任首先就是将她和这位女先生介绍着，她姓李，是教美术的。华先生很高兴地和她握着手，表示了一番亲热。其余几位男先生，大概都是学校里的专任教员，大家随便谈了几句话，就听得休息室外摇铃。李先生向华先生道："我引你去吃饭吧，华先生初来，会找不着地方的。"那几位男先生倒不怎么客气，鱼贯地先行走出门去了。

华傲霜随在引导的人后面，走进了餐堂。这餐堂是属于教职员私有的，约莫二三十人，分据了三张圆桌面。李先生将她引到靠里一张桌子边坐下。看这桌上的菜时，大圆桌子中心，摆七星图似的七只粗瓷敞口碗，盛了七碗菜。乃是两碗红烧白萝卜片，两碗青蒜叶炒红萝卜丝，两碗煮白菜，中间一只碗，却是煮豆腐。这显然地是说，这碗菜，价钱贵重一点儿，却不能配成双碗。她这样打量着，就随随便便地坐下。那教务主任双手各端一碗饭，便递了一碗放到她面前，笑道："恕我不恭敬，只是一只手。"她这才明白了，这也是自动餐。笑着点头道："我是初次加入饭团，恕我疏忽。"她这样一谦逊，全桌上十个人，早已全数入座，扶起筷子来吃饭。她看这趋势，也不用得再客气了，立刻扶着碗筷追随各位先生之后。

自己是吃惯了平价米的，当捧起饭碗来，看到那黄黄的饭粒之时，并没有什么感觉，及至动起筷子来吃，才嗅到有一阵霉气味。随了这霉味，向着碗里注意，却又看到饭粒中夹杂了许多谷子。依着自己往日的习惯，必定缓缓地把碗里的谷子、稗子都一一地挑了出来，现在一筷子头挑起一个饭粑来，里面就有两粒谷子。把这谷子挑了出来时，全桌的人饭都吃了半碗。再看桌子中间那碗豆腐，至少吃去了三分之一。她这才明白，秀才们听着一声请，似得了将军令，这完全是写实的说法，于是也就不再挑谷子了，跟着大家一路吃饭。她早晨在广东馆子里吃了那样一顿好点心，肚子是相当地受用，这顿午饭，吃与不吃，已不会感到饥饿。于今在这种吃喝情形之下，便是不吃，也无甚关系，索性就缓缓地吃着，不预备再添饭了。但虽是如此，看看全桌的人，并没有谁挑选饭里的谷子与稗子，自己也未便再挑。这桌面既大，菜碗放在中心，那碗豆腐又在中心的中心，凡是要吃那碗豆腐的人，都必须将身子微微起上一起，把手伸得长长地送出筷子去。但也唯其是豆腐不容易吃得，而全桌的人对于豆腐感到兴趣，都很爱吃，因之在大家吃完第一碗饭的时候，这碗豆腐已首先吃光。

华先生是初到这学校里，自不便太自由，她不肯站起来去夹桌子中心的菜，所以只在靠近自己的红白萝卜碗里随意夹些萝卜吃吃。吃过了这碗饭，便是这红白萝卜也所剩无几。她自不再添饭了。当她放下筷子的时候，教务主任很惊奇地望了她道："怎么着？华先生只吃一碗饭吗？我们的伙食，这个月相当地'普罗'。"说到"普罗"这句话，他望着全座微笑了一笑。华傲霜摇摇头，笑道："不是为此，今日早上吃得晚一点儿，又吃得多一点儿，所以中饭是吃不下去了。"那李女士比较地有训练，已在吃第二碗饭，碗里约莫还有小半碗饭，她将面前的粗瓷勺子舀了红烧萝卜碗底一些残汁浸到碗里，把筷子将饭搅和着，也不再夹菜了，端起碗一阵扒着饭粒，立刻把饭吃完了。放下碗筷，向她笑道："我们兼课的先生，随时在学校里吃客饭，未免增加同桌先生一层负担。"教务主任笑着点头道："我明白，李先生的意思，以为有了临时加入饭团的人，就把我们名下的饭菜分润去了。其实不然，这张桌子，照例是预定有两位兼课先生的伙食。所以别张桌上的人，并不少于我们这一桌的人，倒是兼课先生不来，我们固定的人是沾了光了。吃饭打算到此，当先生者，也可以说穷相毕露了。"于是同桌的人都随声笑起来。

## 第十七章

# 新闻圈外的新闻

这顿午饭，虽不足道，但是大家在欢笑声里结束着，这依然是有味的一件事。饭后李先生邀着华先生到她屋子里洗脸，才知道这学校里为了女教员的缘故，另设有一间女教员卧室。这屋子就是女生宿舍的第一间，有女校工伺候着，比较地方便。里面有两张竹子床、一张白木书桌、一张竹子方桌，还有两把藤椅。虽是除了有一张竹子床上展开了白布褥子蓝布被子而外，此外，全屋是空洞洞的，但为了床是双份，究竟现出这里是预备两个人住的。一只黄铜面盆，放在方桌上，搭了两条半新旧的手巾。李先生因华先生是初来，就让她先洗脸。洗过之后，而且李先生在她的旅行袋里，取出一面小镜子和一盒雪花膏放到桌上，笑道："华先生，没有带一些应用的东西来吗？"华傲霜道："带来一只旅行袋，还放在办公室里呢。我们还是这样的大小姐脾气，依然不能随便用人家的东西。"

说到这里，她将眉毛皱了一皱，望着那张空竹子床道："学校里当然可以分用我一副被褥，但不知道这被褥是什么人用的东西？"李先生笑道："这个你倒可以放心。女教员的脾气，当然与男教员有些不同，谁也不愿随便睡人家的床铺。学校里的女教员，早已和我们争得了胜利的基础。这里两张床，有两副一样的被盖，有女先生来，这里的女校工就自然会把被盖来铺上。去了，她就会收卷起来。"华傲霜已洗完了脸，支着镜子对了人，就取了一点儿雪花膏在手心里，两只巴掌搓挪得匀了，弯腰对了镜子将雪花膏向脸上扑着。一面笑道："这倒差强人意。"李先生道："现在略微有点儿办法，谁又愿意教书呢？在人事上，学校当局若不再给先生们一点儿便利，更难求得好教员了。"说着，她把声音低了一低道："就是次一等的教员，也很不容易留住人家，常是会被人家挖了去。"

说着话，她见华傲霜已扑完了雪花膏，将右手一个食指卷了洗脸手巾的一角，擦抹着她的眉毛。这就笑道："我就是这一瓶雪花膏，连扑粉都没有的。"华傲霜看着镜子，叹了一口气道："谁不是这样呀？我以前是连雪花膏都不用。"李先生对于她这一叹气，颇有点莫名其妙，看她的表情，似乎擦雪花膏有点儿出于不得已。这化妆不化妆，是妇女们的自由，而况她是一位有地位的小姐，并无什么人可以指导或管束她，她又为什么会被迫呢？李女士和她是初交，自不便问。

洗过了脸，陪着她到校外一截小山冈子上缓缓地散步，等着上课的时间。这里满山都是松树，在绿荫下一条平整石板路，走着颇也有趣。华小姐抬头四面看看，点了头道："这地方环境还算不错。"李先生道："隔了一道江，只是交通不便。"华傲霜道："在别的学校，还担任有功课吗？"李先生道："靠这里的一点儿钟点费，那怎样能维持生活呢？我在江北一个学校里还有六七点钟课，家也就住在江北。到这里要过两条江，大水天，在嘉陵江上坐木船过河，真是捏着一把汗。可是为了全家生活，有什么法子呢？"华傲霜道："李先生家里还有不少人吗？"她道："外子是个穷新闻记者，外面朋友多，应酬也多，他挣的钱只好拿一半回家来。家里有他一个老母，又有我一个老母，下面是四个孩子。都在家里吃饭的话，整整是八口之家，我们被迫着都只好出来卖苦力，小孩子交给了两位老太太。"华傲霜道："顶大的小朋友几岁呢？"李女士道："就是这一点糟糕，顶大的才九岁，全要人照料。我们是抗战前一年结的婚，早知道一年后就是个大战的局面，我们就不结婚了。越是怕孩子多，生产量还是越高，隔不到一年，又来一个。"

华傲霜走着站住了脚，向她望了笑道："你和你先生感情很好吧？"李女士摇摇头道："无所谓。华小姐，你是外行，这生育多，不一定夫妻感情好。"她说着，也是惨然地一笑。华傲霜谈到这个问题，她自不便说什么，也只有报之一笑。李女士觉得自己有点儿失言，便将话扯开来，因道："还好，所幸我们都没有什么嗜好，减轻不少负担。原来他是吸纸烟的，烟价一天比一天贵，他把纸烟也戒了。"华傲霜笑道："这可是大无畏的精神，我曾看到许多人要戒纸烟，总是戒不掉。"李女士道："他又何尝戒得了呢？为了没有钱买烟，也只好硬抗着。他现在找了一个新寄托，在朋友那里找到了一把旧胡琴，除了工作，现在是整天的练胡琴。"华小姐道："学胡琴可不是一件容易事呀！"李女士道："他原来是个戏迷，这个他倒没有十分困难。"正说到这里，遥遥地听到山下已在吹预备号，便终止了谈话。

这日下午，华傲霜上了三堂课，晚餐还是中午那一样的饭菜，不过晚上安眠相当舒适，就是和李女士床上一样的被褥，展开在对面那张空床上。二人对榻而眠，又谈了许多家常，倒觉得李女士这个人世情通达，深可借助。次日下午，李女士的课也完了，二人便相伴着一路过江。回到重庆，在轮渡跳船下来，老远就看到一穿半旧西装的人，将一只右手高举过了顶，连连地向里招着。李女士向华小姐笑道："你看我们那口子，今天高兴接到江边上来了。"说着，引了她向前和那人相见。那人自我介绍地掏出一张名片给她。看时，上写着某某报记者丁了一。这个笔画极简单的姓名，平常在报上看到就有很深的印象，所以一见面，便点头道："久仰久仰。"

　　李女士见人对她丈夫一阵恭维，心中甚是高兴，便向丈夫道："华小姐到中学去教书真是屈就，人家是现任大学教授。"丁先生笑道："那是供给我一条新闻了。我原来是每两天有一次学人的特写，颇苦于找新鲜的材料。我要访问访问华先生，来写一篇特写了。"华傲霜笑道："我哪里配算学人呢？"丁了一道："这倒不必客气。华先生在城里，住在什么地方呢？我可以去拜访吗？"她道："我在城里是路过，简直没有一定的寓所。"丁先生将手表抬起来看了一看，笑问道："现在有工夫吗？找个地方请华先生吃顿便饭。"她笑道："我们都是穷书生，丁先生也无须客气。明天也许我不回学校去，我打电话来约丁先生会谈吧。"丁先生还想约一个固定的时间，但是他的夫人，只管向他丢着眼色，他想到其中或另有原因，只好不向下说了。大家上了码头，点头分手。

　　华傲霜站在马路边，看到丁先生替李女士提着旅行袋，并肩走去。她心里有一个感想，觉得一部分人在抗战期间结婚，那是增加了累赘，可是也有一部分人为了结婚，得着很大的帮助，像这位李女士和丁先生不就是吗？两个人都能够挣钱，都还吃的是一碗干净饭。看她先生直迎接到江边上，绝不只偶然这一回，感情应当是很好，这也可见得只要彼此投机，这中年的夫妻，也可以像青年夫妻一般的甜蜜。她站在路上，对了这一对走去的中年夫妻，很是出了一会儿神。然而这出神的态度，很是容易给予过路人一番注意，因为她所站的地方正是一个十字路口转角所在。一个女人只管向了马路尽头望着，谁都也要看她一眼。她发觉了有人盯住了自己的脸看，立刻掉转身，照着面前的马路走去。

　　她这样走去是毫无意识的。走了一截路，自己才问着自己，要向哪里去？但城里除了旅馆，并没有可以落脚的地方。前天在旅馆所受的那一夜凄凉，实也不愿再受。论时间，这时天还不过四点钟，大可以坐晚班长途汽车回大学去。只是前日随口向苏伴云订了一个约会，若不和他打一个照面，他恐怕会老在家里等着的，未免有意和人开玩笑。再说，那丁了一先生约着自己谈话，那分明是要在报上为自己登上一段访问记。虽然这一日的记载，未必就增加了自己若干身份，可是在这个日子，登上这么一段，却也不坏。若要回去，就把丁先生这个约会也耽误了。这样一考虑之后，就决定了在重庆住下。不但是住下，而且还是去投那家感到环境甚为凄凉的老旅馆。

在旅馆里放下了旅行袋，约莫坐了五分钟，自己沉思了一下，向茶房要了一盆洗脸水，洗了一把脸，重新抹了一次雪花膏，低头看看自己的衣服，将皱纹牵扯得平了，便走出旅馆来，直向苏伴云寄寓的那家公馆走去。她觉得苏先生有了前日那个面订的约会，他总会在家里等着的，不想到了那里，门户里一打听，那听差说："苏先生是吃过午饭就出去了。这一程子，他喜欢看京剧，总要到晚上十点钟以后才回来。"她一看这地方是个中西合参的大房屋，隔了院落向里面看去，有几层屋脊，料着这里面是很深的。听差说是不在家，也没有其他的办法再可以向下打听，只得在门户里利用那小桌上写挂号簿的劣等笔墨，写了一张字条。告诉苏伴云，自己特来奉访不遇。明早八时至九时，请到某某酒家饮早茶。她留下了这个纸条，料着他不会不去。

次日早上七点半钟，就在旅馆起来，忙着梳洗了一阵，一过八点就上馆子里等着。谁知这一次却没有猜准，直到九点半钟也不见苏伴云来赴约。心想除了他昨晚不曾回到他的寓所，没有看到那张条子，不然，没有他不来之理。自己虽不难再到那里去访问一下，然而自己是个在大学校的教书先生，不问是教授或是讲师，总是相当有地位的人。再说到自己又是一位大小姐，世上绝没有任何大小姐，去追着男子来履约的。最好的办法是在城里再住一天，让他回家看到了那张字条，他自动地来找我。可是恰又不曾告诉他是住在旅馆里的，他又何从来找呢？

自己在这馆子里座位上也不能久坐，付了茶账，正待起身走去，却听到身后有人道："巧极了！巧极了！"回头看时，正是昨日约了通电话的丁了一先生。他走向前笑道："今天早上，有这里一个约会，我不能不来，我又愁着华先生打电话到报馆去了，我接不着，在这里遇着了，那就很好。华先生要走吗？可否再坐二十分钟。"华傲霜虽然并没有急于要走的理由，可是她站着，将脚颠了几颠，表示踌躇的样子，微笑道："恐怕没有什么可以奉告的，上午我恰又有一点儿事。"丁了一就将她原来坐的那把椅子拖了一拖，笑着点头道："就只谈二十分钟，免得我专程下乡去请教。"华傲霜回头看旁边一副座位上，还有几个青年人向这边望着，料着是丁先生的同伙。人家还在等着呢，似乎也不容拖延丁先生的时间。就只好依了他的话，坐下来和他谈了二十分钟。说话时，看丁了一那一份静心，料着他有一篇精彩的文字写出，自己也相当高兴。虽然要会的苏先生不曾会到，有了这件事，也就自己增加不少兴趣了。谈后，把会晤苏先生的意思，自行取消，在旅馆取了旅行袋，就搭长途汽车回家了。

过了二十小时，报上果然有一篇特写，题目是《小姐教授华傲霜》。这一个"小姐教授"的名词，猛然看来似乎有点儿俏皮，但这样称呼，毋宁说是她最愿意听的话。至于这新闻的内容，是根据华小姐的谈话，当然不会有什么不对之处。因之她看过这张报之后，就把这段新闻剪了下来寄给苏伴云，寄报的函内附了一张信笺，略说新闻记者这样捧上一段，颇觉受之有愧，但社会上对于教书匠，依然十分重视，这也觉得教书事业不可为而可为了。此外她并没有在信上说什么话。这封信到了苏伴云手上，他却有一点儿不解，说到这段新闻，在重庆城区的人看重庆的报，自早早地知道了，何况彼此是个初交，并无痛痒相关的关系，又何劳将报上这段新闻特地报告了来？那天她留了一个纸条子来约会，只因看戏回来过晚，第二日早上起得迟，没有去赴这个约会。而她在信上倒没有提起。他揣度了一会儿，却因时已在晚饭以后，要去看王玉莲的《凤还巢》，且放下一边，立刻就到戏馆子里去。

事情恰是巧：玉莲送他的座位，常有一个老看客坐在左右，久而久之也就相识了，这人便是丁了一。这晚他又来了，两人恰好相联结地坐着。因戏台上垫了一出乏味的滑稽戏，苏伴云便找了他谈话道："丁先生，贵报昨天登了一篇特写，写的是我的朋友，是你写的吗？"丁了一点头笑道："是我写的，这位老小姐是内人的同事。"苏伴云笑道："那么，这篇文章有点儿秀才人情在内了。"他道："那倒不，我因为她是一个老处女，颇有可取之处，所以特地为她写上一篇。"苏伴云笑道："有可取之处？你觉得她是哪一点可取呢？"丁了一笑道："似乎苏先生对她很熟，知道得很多吗？"苏伴云点点头道："这位老密斯，有些地方是值得人同情的，可是也有些地方过于矫情，我就觉得……"说着他笑了一笑。丁了一道："苏先生觉得她怎么样？"苏伴云笑道："觉得她还是可以予以同情。"说着他就昂了头去看台上的戏。

丁了一看到他这副情形，仿佛这里面有些新闻，便道："这位老密斯，有没有一点儿罗曼史呢？"苏伴云道："照说，任何一个人，都有点儿罗曼史。可是这位老处女，性情孤僻得很，我和她还认识不久，不知道她过去的事。你们新闻记者正好向她打听，为什么你不向她访问一下呢？"丁了一道："中国人的习惯，那究竟与欧美不同。在外国当新闻记者，遇到这样一位小姐，你就径直地问她，有没有爱人？那也不要紧。若是在中国，你要对一位小姐问她有没有罗曼史，那不是找耳光挨吗？"苏伴云道："据我猜想，她还没有爱人。她究竟是中年人了，不能不为有个归宿，也就因了这个缘故，她心情颇为苦闷。由苦闷而变到性情孤僻，那或者也是理所必然。"丁了一笑道："这样说来，苏先生究竟予她以同情的成分居多。"苏伴云点点头道："也不妨这样地说吧。"

说到这里，台上的王玉莲已经出场，这是两人来看戏的主要目的，自是把话停止了。两人把戏快看完了，丁了一道："苏先生和王小姐认识，可不可以介绍我到后台去和她谈谈？"苏伴云道："这当然可以，你也替她写上一篇吗？她可是社会上极熟的面孔。"丁了一道："那倒不是。刚才我和苏先生的谈话，这都是新闻圈外的新闻，我们现在搜罗起来将来有必要的时候，可以用上一用。"苏伴云道："你这话，我有点儿不懂。"他笑道："譬如说吧，华小姐有一天和人结婚，老处女出嫁，不能算新闻了。那时候有用得着的参考资料，我就可以加进去。"苏伴云摇着手道："那可使不得。你将来新闻上这样加上一笔，她的朋友苏某人，就向她表示过同情，那岂不是大大的笑话？"丁了一笑道："当新闻记者的，当然也不会那样笨。可是话又说回来了，若是华小姐有一天和苏先生结婚呢？那么，这样的伏笔今日就不可少，甚至我还可以详细一点儿写出，就说这话是和苏先生在戏馆子里看戏时候说的。"这时戏已完了，戏馆子里人纷纷地向外走。苏先生不由得哈哈大笑道："哪里有这样一回事情？"丁先生道："也正为不会有这样一件事，所以我说这是新闻圈外的新闻，然而圈子外的新闻，有时也可以窜到圈子里来的。你相信不相信？"苏伴云点点头道："相信相信。我们赶快上后台，去晚了，王小姐就走了。我知道的，她每晚唱完了戏，要赶回去吃一顿丰盛的消夜的。"丁了一道："这样说，苏先生也就和王小姐很熟了。"苏伴云笑道："那么，你以为这又是圈外新闻？"这样说着，两人已是向后台走去。

丁先生随在苏先生身后，自是怕他有所顾虑，因道："请苏先生放心，我绝不会把圈外的新闻随便拉入圈内。"苏伴云对这话也只有报之以微笑。他们走进后台，伶人都已卸下了戏装，纷纷在洗脸穿衣服。在角落里有一块旧布景拦了一个小屋，里面一盏电灯，光亮充足，兀自隔着这布景的白布透出一团光圈来。苏伴云对于后台情形也不十分熟悉，见布景隔间的口上，有一个男子伏在小桌上正在捆束一个大白布包袱，他也没有感到有不可向前之处，口里说着王小姐，有一位新闻记者来访你了，人就径直地走向了前。待他看到王玉莲时，倒不由得猛可地向后一退。这里有张三屉桌子，上面放了搪瓷面盆和大镜子，她上身穿一件粉红色紧身卫生衣，下身穿短衩儿，正弯了腰在洗脸。苏伴云心里不觉地喊着，这才是圈外新闻呢！

## 第十八章

# 醉　　了

　　那位丁了一记者知道苏伴云先生是这戏园子里的老顾客，他到后台来，那是极熟的一条路，自无须加以考虑。现在看到他走向前，又猛可地退缩了回来，好像是很吃惊的样子，倒也站着呆了一呆。可是那王玉莲小姐，却知道了来宾惊讶的缘故。她已穿了一件毛巾式的睡衣，两手抄着系了扣胸的带子，迎将出来，点着头笑道："苏先生，对不起，不恭得很，请过来坐。"主人这样大方，那就无须避嫌了。苏伴云引着丁了一走进那布景隔的小屋子里来，恰好这里有两个小方凳子，她立刻移着在入口处，连说请坐，她自己却是站在化妆的那张小桌子边。苏先生看这样子，是不必多在此让主人受窘了，因介绍着笑道："这位丁先生，是一位新闻界特写圣手，他想访问你一番，找点新闻材料。"说是说了，二客都未曾坐下。玉莲笑着点点头道："久仰的，我在报上常看到丁先生的大作，只是我这卖艺的女孩子，有什么值得登报的呢？"丁了一笑着点头道："王小姐太客气。"苏伴云也插嘴道："当然是有，要不然，丁先生何必特地来奉访呢？"王小姐抿嘴微笑了一笑，在她这微笑中，桃色的脸腮上，略略有两个小酒窝儿的印子闪动着，那乌溜溜的眼珠，在长睫毛里一转，她两只雪白的嫩手，在胸面前互相盘弄着，自己低头看着身子，似乎还闪了一闪。苏伴云看她戏装初卸，蓬乱的黑头发，披在雪白的毛巾睡衣上，美极了，又媚极了！便笑着向丁了一道："你看王小姐这一笑，不必出台，这也就很够戏味。"她又向二人望了一笑。

　　丁先生道："王小姐是自幼学的呢，还是因玩票下海的呢？"她笑道："两样都是吧。实不相瞒，我母亲原是唱戏的，然而嫁了我父亲以后，就不唱戏了。自幼母亲教我许多戏，我也喜欢这玩意儿。抗战前，父亲就不在了，我在南京很玩过几回票。抗战后，我母女到了大后方，无以为生，我就下了海。唉！这实在不是始料所及。"丁了一道："原来如此，王小姐从前在南京哪个大学读书的?"她笑道:"大学?我要是在大学读过书的,我就不干这行了。"丁了一抢着问了一句道:"王小姐是拿包银呢,是拆账?"她道:"我是拿包银。"丁了一道:"一个月有五六万元吗?"她道:"那倒不止,大概唱一天,总可拿三四千块钱法币。"丁了一笑道:"这样说,你每个月包银十万以上了!我倒是忝为大学毕业生,每年的包银只值你一月。这年头似乎不论大学毕业不毕业。"王小姐点头笑道:"以暂时而论呢,先生们是吃亏了,漫说大学生、大学教授,还不是不如我们唱戏的女孩子。关于这一些,我倒知道一点儿。我一个受知的老师,就是大学教授,说起来丁先生也许知道,他就是唐子安先生。"丁了一道:"那我怎么不知道,那是名教授。怪不得王小姐艺术高超,本来是强将手下无弱兵。"玉莲笑道:"那可不然,唐先生并不教我的戏。"

丁了一也就笑了,因问道:"唐先生不但国学很好,还懂得好几种外国文,王小姐一定文学很好。"玉莲笑道:"丁先生,你那样说,乃是骂我了。你真找什么梨园材料的话,还是让我说一点儿女伶的痛苦,还适得其分。若只管谈谈文学读书,那我就不敢谈了。哟!两位先生还站着,请坐请坐。"丁了一道:"这倒不必客气,这是后台,我们还接着向下谈吧。像王小姐这样一月拿十万元的薪水,还有什么痛苦吗?"玉莲道:"局外人那是不了解的。在物质方面,我自不能不说有了相当地享受;可是精神方面,我倒羡慕在工厂里做女工的人自由。"

丁了一听到她说了自由,很敏感地就想到了她的婚姻问题上去,便向苏先生笑了一笑。然后向她道:"关于这一点,王小姐可以和我们详细谈一谈吗?"玉莲微笑了一笑,搭讪着看看手表,向外看了看后台,因见后台的人都走了,便道:"这话说起来是很长的,我欢迎丁先生到我家里去谈谈,那样也可以让我烧一杯清茶,款待款待。在这后台,连一个比较舒适一点儿的座位都没有。"丁了一道:"那好极了,请王小姐定一个时间。"玉莲道:"我整日都在家里,随便什么时候都可以,最好是下午三四点钟。那时,我总在家里吊嗓子的。"丁了一道:"那就是明天吧,我和苏先生一路来奉访。"苏伴云道:"你已经和王小姐熟了……"他正想说不必要人陪着的这句话,可是他还不曾说出来,立刻接着道:"好的,好的,我明天下午两点钟到贵报馆来奉约。现在夜深了,我们告辞,好让王小姐回府去休息。"于是王小姐伸出手来分别和两人送别。苏伴云走出后台来,笑嘻嘻地告诉丁先生道:"她家里的下江菜很好,说不定她会留我们吃顿晚中饭。"丁了一道："这样说，你是必来的了，可不能让我久等。"于是二人也含笑告别。

苏伴云回到寄住的松公馆，也就感到相当地疲倦，走回那安歇的卧室就要睡觉。可是随着他身后，就有一个在上房服务的听差走了进来，向他笑道："松先生老早就等着你了，现在还在书房里坐着呢。"苏伴云话也来不及再说，随了听差就向内室走了去。这位主人松子丰先生，是苏伴云的同学，也是同乡。在青年的时候，是一双好朋友，但是在这十年内，松先生扶摇直上，而苏先生却潦倒万分。依着松先生的意思，就请苏伴云当一名秘书算了。苏伴云的初意，也未始不可屈就。可是看到松先生对于属下有一个时髦作风——喜欢骂人。曾亲眼看到一位秘书办了稿子送到他手上，他竟当面扔到地面上，骂是狗屁不通。心里想着，我们同学的时候，功课都考在他前面，于今伺候他不要紧，那是命该如此，若是让他当面说上狗屁不通，那未免不值，因此对于主人这个意思就婉转地谢绝了。主人见他寄食在自己家里，有工作给他，又不肯接受，当然是不满意。可是念到多年的私交，也不便强迫他做下属。而且他在这里住着，除了食宿而外，并没有别的开支，没借过一分钱，负担很轻，以自己的身份言之，这也简直谈不上负担。加之他也多少替自己作点应酬文字，饭总算没有白吃，因之也就忍耐下来了。这时，因得着一个机会，可以和苏伴云找一个工作，所以特地等着他来商量。

苏先生走进他的小书房时，见他斜坐在沙发上，捧了一本书就着灯光看。他是个忙人，很少看到他这样耐心地看书，只看这样，分明是在等人的样子了。便点着点头笑道："对不住！对不住！假如我晓得有事找我，我今晚上就不出去了。"主人放下书本，笑道："怎么样？你现时在捧角儿吗？"伴云在他对面椅子上坐了笑道："听戏是事实，我们拿什么去捧人家呢？便是这每天一张戏票，也是人家送的。请你原谅，我实在是闲得无聊。我想了，还是回到原来岗位上去教书吧，我闲散了半年，实在也找不出第二条路来。"松子丰笑道："你不用发牢骚，我已经和你找到第二条路了。昆明你去不去呢？"苏伴云道："那地方比重庆的生活程度要高得多啊！"松先生道："这一点你不必顾虑，既是在那里有工作，你所得的薪水必定可以维持生活。"

苏伴云想了一想，问道："但不知是什么职务，到那里去做官，不会比重庆容易吧？"松子丰笑道："当然不会介绍你去做官。若是介绍你去做官，在重庆早和你想法子了。这是一家大公司，他们的总经理和我是极熟的朋友。是他和我要人才，要一位中英文都很可去得的文人，到他那里去当文书主任。我就说有一位教授先生可以充任。他也很慷慨地答应了，约了明日正午会谈。你若愿就的话，明日上午不要出去。"伴云道："有相当的工作，我为什么不愿就呢？"

主人微笑了一笑，毫无所谓地把放在茶几上的书拿起来看了一看，又放下笑道："我们是老同学，你的为人，我是知道的。这位经理，原来是上海一位 Compradore（买办），你的文章，常骂着买办阶级，于今叫你去和这种人办文书，恐怕非你所愿。不过我可以担保一点，我所介绍的这位何经理，和一般的买办不同，他是有书卷气的。"苏伴云笑道："买办总是买办，那书卷气恐怕也是英文商业尺牍之类吧？"松先生笑道："那倒不可一概而论，明日你一见面就知道了。我已经和他略提了一提待遇问题，他说除了食住一切由公司供给而外，另外给你的零花钱必定超过当教授的薪水双倍。果然如此，我想你应该可以将就的了。"苏伴云对于主人这介绍，虽不乐于接受，但是想到永久寄食在人家家里，究竟不是办法，卖文既没有固定的收入，教书这棵回头草，真要吃之无味，暂时就了这个职务到昆明去游历一番，却也可以换换环境。这样想着，就答应了接受主人的介绍。主人伸着两手，张口打了一个大哈欠，因道："昨天我就熬到了一点钟才睡觉，若不是为了等大学长，我早就去睡觉了。"苏伴云抱着拳头，连连拱了两下手，说是感激感激。

这样一来，次日上午，苏伴云只好在家里等着，并未出去。可是约的这位买办经理，竟未曾来到。松先生对于这事，自也格外留心的。中午有两个约会都不曾去，特地回来吃午饭。吃过午饭之后，还在家里候了一小时，但那位约的贵客始终不曾来，便约着苏先生到书房里去，告诉他："那位经理是不能不来的，也许临时有了什么事，把他耽误了。在我们的交情上说，他是不能失约的，就是果然不来，他也应当给我一个电话，好在你听戏是晚上的事，你在家里再等他一下午吧。"苏伴云道："三点钟，我还有个约会。"松先生道："无论什么约会，总不能比你找工作的事还要紧。"主人翁说着这话时，虽然是带了一点儿笑意，可是脸皮上沉着的气色居多。

苏伴云虽不便说什么，已透着有几分不高兴，但是为了主人的盛意未可抹杀，也并不曾说一个不字。自己忍耐着，直等到两点四十五分。在等候着的时间，每到十分钟，免不了就把身上一只铁壳挂表掏出来看看。自己是拿了一本杂志躺在床上看，最后一次看表的时候，不看书了，仰面躺在床上闭着眼凝神想了一想。王玉莲和丁了一约着是三点钟到她家去会面的，未到她家去之先，还要到报社里去约会丁了一。就算自己走得很快，这个圈子兜着要需半小时以上，自己若不愿对王小姐失约的话……

他想到这里，手一拍床，自言自语地说了个走字，就跳将起来。起来之后，首先在桌子抽屉里找出了一把硬毛刷子，把大衣和帽子都刷得干净了，就走出大门来。自己脚上踏的一双八成旧皮鞋，向来是不擦油，每经过街边擦皮鞋摊子，那些擦鞋的脏孩子包围着，就瞪上他们一眼，意思是说我这鞋子也值得一擦吗？今天经过擦皮鞋摊子，并不用得这些小孩子来包围，挑了靠墙一把干净的藤椅子就坐了下去。在矮木盒子上坐着等生意的小孩子，自是喜从天降。苏先生对于坐在街头擦皮鞋的行为，向来是不大赞成。总觉得在万目睽睽之下，挺坐在人行路边，伸着脚让人擦鞋子，那是怪难为情的。现在虽不必介意，可是当伸了脚放在小矮凳上让小孩子去擦的时候，自己颇也感到无聊。不看路上行人，也不愿路上行人看自己，便回转头来向两边望着。

左边是家小百货店，这日正在大甩卖袜子，摊上围满了人。再回转头来向右看，是一爿冷酒店，拦门一张桌子上，有一个人单单地坐着喝酒，而且还是穿西服的。这可引起人的注意。伴云便只管看了去，见他并未穿大衣，光穿一套紫呢西服，但那紫色的成分很少，而黑色的成分居多。头上虽也蓄了一头分发，可是抖乱得像一团茅草似的。他瘦长的面孔，不知是焦灼的反应，或是酒色上脸，黑里带黄。他面前放了一只敞口的小酒碗，另外摆了一碟子豆腐干、一碟子花生。他伸着右手三个指头端起酒碗来喝了一口，头微偏着，倒在肩膀上。于是两个指头在碟子里钳起一粒花生，举着看了一看，然后缓缓地剥着，张开口来，将一粒花生米向里面一扬，看他那番动作，正在消磨时间。在写作群里，有一位余独醒先生，是一位酒豪，以前也会过两面，虽然他不像这样憔悴，可是在动作与脸的轮廓上还像他。正待向前打一个招呼呢，那人已经站了起来，老远地伸着手在空中招了两招，连连叫着苏先生，这是余独醒先生无疑了。赶快付了擦皮鞋钱，就向那冷酒店走去。

这酒店虽是面临大街，这时却主顾寥落，一连四张桌子，大半是空着的。只有邻近余先生这副座位，坐了三个打赤脚穿短衣的粗汉。余先生桌子是白木桌面，还有三条缝，酒碗边有半块酱豆腐干、一堆花生皮，这和他身上那一套西服却也相称。他老远地伸出鸡爪似的手来，和苏先生握了一握。笑着连连地点着头道："吃酒吃酒！好久不见，您好？"余先生用上海音说着不怎顺适的国语。苏伴云道："我还是这样，北平土话，打油飞。足下呢？"余先生叹了口气道："一言难尽。今天拿到一万字的稿费两千元，买了十小包香烟、两瓶酒、半斤茶叶，光了，就剩这顿喝冷酒的钱。我现在写东西不成，晚上在菜油灯下，又不看见拿笔，这一万字，费了我一个多星期的工夫。坐着坐着，喝四两。"苏伴云笑道："对不住，三点钟我还有个约会，改日再会吧。"

余独醒坐下去，又把酒碗端起来举了一举，笑道："我……我虽然见人哭穷，可是请朋友喝酒的钱那还有，你瞧……瞧……瞧不起我。"他说着身子晃了两晃，端起酒碗喝了一口，又坐下去。苏伴云看他那样子，分明是醉了，却不敢说，只是望了他的脸。余独醒微瞪了一双充血的眼，因道："你望着我干什么？你以为我喝醉了？我没有醉，李白斗酒诗百篇，长安市上酒家眠。天子呼来不上船，自称臣是酒中仙。"说着说着，他就吟起诗来。同时，把手抓住苏伴云的衣袖。苏先生觉得如果和这位独醒先生纠缠起来，恐怕真非闹个同醉不可，自己和丁了一的约会，那怎样能去？

正踌躇着，就有这样巧的事，丁了一在身后叫道："苏先生，你还在这里喝四两啦，我正要去找你呢。"回头看时，他夹了一只小皮包，站在人行路上。苏伴云趁此机会，两方一介绍，等他们寒暄两句，自己向后一缩，然后手扶了帽子向独醒先生点了两点头道："明天我一定请你喝热酒，真有点儿事，再会再会。"余先生两手扶了桌子，叹口气道："酒逢知己少，话觉怨天多。"他摇摇头自坐下，又端起酒杯来，把那最后几滴余液仰着脖子一口气喝个干净。苏伴云老远地站着看了他这样，心想总算不错，他还没有说"话不投机半句多"呢。丁了一也知道他怕为醉人所缠，走向前扶了他的肩膀，笑道："走吧走吧。"

两人走到了王玉莲门口，苏先生站定了脚，先牵了一牵衣襟，又扶了一扶帽子，然后引着丁先生入门上楼。王小姐早已在楼栏杆上看到了，迎着上前，口里说着欢迎，和来宾先后握手。苏先生不待握手，看到王小姐一身穿着，就先吃了一惊。她穿了一件月白缎子衬绒袍，周围滚着桃红边。她蓬松的头发，束着一圈细桃红丝辫，而脸上的胭脂，今天似乎擦得特别的浓鲜，红的脸，配上这洁白的衣服，真是光彩夺人。苏先生呆了一呆，再向下看，她也正穿的是一双雪白的丝袜子，外套着桃花缎子平底鞋。这样的红鞋子在平常的女子穿来，就透着俗不可耐，可是穿在王小姐脚上就格外地好看。王小姐笑道："苏先生还客气什么，请进请进。"苏伴云抬头看去，才知道主人站在房门边让客，而且丁先生已经进去了，这就不觉脸上一阵发热。

两位客人坐下，女主人十分殷勤，亲自斟茶送到茶几上。她近前看到苏伴云的面色，笑道："苏先生走热了，宽宽大衣吧。"丁了一笑道："你看到他红脸了吗？他醉了。"苏伴云笑道："刚才虽在酒店里，我并没有喝酒。"丁了一道："不但你醉了，我也醉了。"苏伴云笑道："这是什么意思？"这时女主人斜坐在对面一把椅子上。他就站起来向王小姐微鞠了一个躬，笑道："王小姐，恕我冒昧！你这一身素雅而又鲜艳的装束，比在台上更要美丽，我一看到先就醉了。苏先生是个文艺家，他更有美术的锐敏感，我醉了，难道他能够不醉？"一说着哈哈笑道："我醉了！恕我说醉话。"玉莲也不觉露齿一笑。苏伴云见她坦然受之，便索性向她身上看了一遍，点头道："的确，王小姐生长得美，而又会化妆，这种装束，真是让人看到会陶醉的。"女主人不知怎样答复是好，又跟上笑了一笑。

## 第十九章

# 一 乐 也

　　王玉莲小姐虽是唱老戏的人，她是受过新式教育的，在女伶必须有些交际的条件下，她自然也懂得一些怎样处理男子称赞她美。丁了一也是这样地想着，径直地就把被陶醉的话说出了。可是苏伴云心里总把她当一个名门闺秀看待，对她说话总要有些含蓄。而且丁君是个初交，怎好到人家来就有这样开玩笑的辞令，因之坐在那里望着主客，脸是越发地红了，笑嘻嘻地也不说话。丁了一倒不以主人的态度为异，而是以苏先生的态度为异，便望了他道："你能否认我这话吗？"苏伴云只得笑道："我觉得王小姐的性格和态度，更是让我们钦佩。她这个环境是不容易处理的。"玉莲这才微微地叹了一口气道："我实在是不愿下海的。可是为了生活，我们一个知识有限的青年女子，能有什么本领来维持这家庭呢？"丁了一道："王小姐府上的人，都在重庆吗？"她道："人口倒是不多，还有一双兄嫂在桂林。但他们可以自己负担小家庭的责任，用不着我们管。我就是养活家母一个人罢了。"

　　丁了一听了这话，心里也就估计着，仅仅养活一位老太太并不是什么重大的责任吧？同时，也就对着屋子四周看看，墙壁糊得雪亮，陈设着的是深紫漆的摩登家具，仅以客人坐着的沙发而论，蒙着的是阴丹士林布。在大后方已成为奢侈品的了。中间圆桌上，蒙着白绸露花的桌布。上面屋梁悬下一架水红纱描花的灯罩。四川的雾季终日昏昏，这时便把电灯亮了。红色灯光，照着桌子上高可二尺的大细瓷花瓶，瓶里插着一大丛鲜花。他连续地想着，这不是战时的青年女子，可以随便维持住的家庭。

　　就在这时，鼻子里嗅到一阵脂粉香，抬眼看时，是一位年轻的女子，穿着浅灰呢布袍子，伸出戴了金戒指的手，送一盖碗茶，放在茶几上。幸是她先送那碗茶放到苏先生面前，苏先生坐在隔了茶几的沙发上，坦然受之。其次送一碗给自己，这才晓得她是老妈子，不然，要当是王小姐家中人起身相迎了。他喝了一口茶，定了一定神，笑问道："王小姐今天吊过嗓子没有？"她坐在对面高椅子上，一手微弯着斜靠了身旁的小桌，正透着无聊，立刻笑答道："今天琴师病了，没有来，我正没有事，欢迎两位来谈谈。"丁了一道："琴师病了！晚上唱戏怎么办呢？"玉莲道："那不要紧，一个戏班子里，也不止一个琴师，让别人代一天就是了。"

丁了一笑道："我常是这样想，卖艺的人，和我们当记者的一样，一年三百六十日，天天都得干，没有星期例假可以休息。"玉莲道："那怎么能比？记者先生没有星期没有例假，至多是没有而已。可是卖艺的人，逢到这种日子，就要特别的忙。"丁了一道："但是这指一班不成名的角色而言。像王小姐这种名角儿，大可以和前后台规定，每星期只唱两三天，顶多三四天，北平那些名角，不都是这样办吗？"玉莲笑道："我怎敢比名角呢？再说，我们这个班子人很少，若有一两个人不唱，这天的戏码就排不出去。我未尝不想那样办，可是办不到。"苏伴云笑道："事实还不是这样，因为贵戏班就靠你一个人做台柱，你一天不出场一天不卖钱，他们怎样肯放松呢？自然，一天几个钟头舞台工作，像王小姐这样年轻，也没有什么对付不了。不过我在一旁看来，你是个想力争上流的女子，似乎还想求学。你这样每晚十一点钟上下回家，再吃顿消夜，大概非到一两点钟不能睡觉。第二天的上午，就怕要牺牲在床上。下午又要吊嗓子，未免阻障你求学向上的心了。"

王小姐听了这话，脸腮上笑着注下去两个深窝，眉毛微微扬起。丁了一在旁看到，知道高兴极了，她果然点着头道："苏先生这话，这真是说到我心里去了。我倒不是想那样力争上流，想成为一个什么博士，只是我想到现代社会上，一个中学毕业生，实在是不能应付他的环境的。我总还要再想习一点儿东西，增长我的能力。我就想找一位先生补习国文和英文，最好还能告诉我一些科学常识。可是有这样学问的人，谁来教家庭课？"丁了一拍着手道："有哇！远在天边，近在眼前，你没有计划到吗？"王小姐笑道："我根本不敢存这种心事呀。苏先生哪有工夫和我补习功课？"说时，她望了苏先生微笑。苏先生笑道："我也不是王小姐需要的那种师资呀。中英文俱好都罢了，还要科学常识丰富。"丁了一笑道："主人与来宾所说的，都不是真话。"玉莲为了强烈的反对这个说法，手扶着小桌沿，站了起来道："要说苏先生是客气，那或者有之，我怎会是说谎呢？"

丁了一并不忙，他取着放在茶几上的烟盒火柴盒，抽出一支烟，擦着火柴吸了。便笑道："我并非说王小姐别的，也是说你客气。假如你肯请苏先生补习功课的话，他绝对不好意思推诿。你这样的聪明人，无论跟着谁念书，也是得意门生。孟子说：得天下英才而教育之，一乐也。苏先生凭什么不愿意收一个得意门生呢？"王小姐没有想到他是这样地解释了，于是又坐下来，笑道："丁先生那是太夸奖我了。我除了会唱两句戏，什么也不懂，而且我是南方人，就以唱戏来说，尖团字也咬得不准。"丁先生且不去讨论她的学问，因笑道："据你这样说，若是苏先生肯和你补习功课，那是求之不得的了？"玉莲道："自然啦，就怕是报酬说不出口。"丁先生突然掉转脸来，向苏先生笑道："我来督促你收这一个得意门生，你看如何？你一个当教授的人，教书是本业，你可别说材轻任重那一套虚言。"苏伴云明知道丁了一是从中打趣，可是这打趣，也正是自己所愿意的，便笑道："若是王小姐真有意补习功课的话，君子成人之美，我就愿聊贡一得。时间自然是下午了，这不妨碍王小姐吊嗓子吗？"

说到这里，王老太突然由隔壁屋里走了出来，两手托了两只高脚玻璃碟子，一碟子是糖果，一碟子是花生米，同放在茶几上，说声两位先生请用一点儿。两位客人都站起来了。苏先生自是从中介绍一番。王老太也在对面坐了，笑道："苏先生若肯为我们玉莲补习功课，那太好了。她常是发牢骚，唱戏给人看，太没有意思，她要停了戏不唱，去读书。丁先生，你想，这是怎样办得到的事情呢？"苏伴云笑道："王小姐有这样一个计划，但我却没有听她说过。"玉莲道："苏先生虽然常看到我，可是在台下看到我，我要告诉苏先生这话，也没有机会。"丁了一很从容地架了腿吃花生米，笑道："好了好了！这事连王老太都十分欢迎，就这样定规了。"苏伴云向了她笑道："今天本是我引丁兄来访新闻，这样一来，倒是丁兄来介绍我就馆席。"

王老太年岁大些，懂得旧社会上用的这就馆一个名词，便笑道："那不敢当，我们还敢说什么宾东呀？无非请苏先生公余的时候，到舍下来吃一顿江苏小菜的饭，顺便就请苏先生教玉莲多认识几个字。"丁了一望着苏伴云笑道："你一猜就中，说是……"他就只管笑了。玉莲点点头笑道："若是两位先生有工夫的话，就请吃了晚饭走。今天买到了猪肉，也买到了牛肉。"丁了一笑道："我并没有预定今天这顿晚饭，游击到府上来。"苏伴云道："既是王小姐这样说了，那就恭敬不如从命。好在和尚吃十方，你们新闻记者也不免受他的招待，老早是吃十一方的了。"丁了一笑道：
"记者吃十一方，我承认你这话，但那是战前的事了。于今人家很少招待
新闻记者。纵然有，也是茶会。茶会上的饼干鸡蛋糕，究竟不能当饭吃。
所以不说别的，单说受招待这一点，我也回想战前生活不止。你别说我
馋，这年头的所谓文化人，没有不馋的。"这样一说，连王氏母女都笑了。
在这样的宾主和谐情形之下，大家自是畅谈下去。

到了六点钟，王老太就搬出菜碗来。先是四个碟子，有雪笋、素火腿
拌花生米、咸鸭、酱脚爪，都是好下酒的，所以桌上摆了一瓶白酒，在灯
光下早引起苏先生三分酒兴。两客两主，吃喝和谈话，不觉半瓶交代完
毕，饭菜是白菜红烧狮子头、红烧鸡翅膀、清炖牛肉、咸鱼烧肉，两位客
人也吃了个挺饱。饭后，王小姐又熬了一壶云南下关沱茶，为两位客人助
消化。就在喝沱茶的时候，王老太燃了一支香烟，坐在旁边椅子上陪客，
微笑道："苏先生，我们要把饭前说的那话，切实地再谈一谈了。您可以
不可以赏这个面子，来和我们玉莲补一点儿功课呢?"苏伴云架了腿在
沙发上坐着，两手捧了一杯浓浓的沱茶，慢慢地喝着，嘴里却不住地
微笑。

他这份微笑，不是高兴，也不是推诿，然而仔细地推算起来，这两项
也有。因为他回想起了一件事，松先生正介绍自己到昆明去，虽然这位买
办经理大半天都不曾来，但是这个问题，并没有告一段落。现在当人家这
样很高兴地提着这个要求，请为王小姐补习功课，若是拒绝了，自己又有
些不好意思。所以在无法应付之下，只有对之微笑。王老太点着头道：
"苏先生不说玩话，是真的。"玉莲坐在一边，这时站了起来，手提着一把
雪白的锑制瓜式茶壶，向各人茶杯子里加上沱茶，斟到苏先生面前茶杯
里，这就笑道："苏先生，这究竟是一句笑话，你可别为难。"苏伴云只是
嘻嘻笑着。丁了一插嘴道："王小姐，我已经告诉了你，这是苏先生最愿
意的事，还用得着问吗? 得天下英才而教育之，一乐也。这句话在旁人说
了听了或者无所谓，可是一个教书的先生，他要收得了好学生，那一份快
活，实在是旁人体味不到的。你不看苏先生脸上的笑容，始终不曾收起
来。"玉莲站着看了看苏先生，又转身过来向丁先生茶杯子里加下茶去，
笑道："我也不必故意说虚套，说我是个笨人，可是我就请苏先生补习功
课，也不至于让苏先生高兴到这种程度吧?"说着她把那锑壶提着走了。

王老太低声向苏伴云笑道："你看怎么样? 可以收这样一个门生吗?"

苏伴云觉得不能不说话了，便笑道："我们用不着谈老师门生这一套旧话，随便约哪一天，我来开始上课就是。"王老太向丁先生笑道："当然不能那样简单，我得好好地办几样菜，再请几个人作陪，请苏先生……"苏伴云不等她说完，抢着笑道："老太，我可不是教她唱戏，您打算用梨园行习惯请我吃拜师酒吗？那可使不得。"丁了一笑道："我不反对，陪客里面反正短不了我一个，我又可以落一顿酒醉饭饱。"苏伴云笑道："你还开玩笑呢，引得王小姐得这样一个穷老师，少不得是将来一份累赘。"丁了一道："这样说，苏老师大有先支三个月学费，然后再来上课之意。"苏伴云道："现在公教人员虽穷，倒还不至于见面就借钱，我先声明。"说到这里，王小姐正好又由屋子里走出来，他便带了笑容向她望着。因道："千万不要提到学费两个字，我愿和王小姐彼此交换知识，每天来和王小姐补习点把钟国文，王小姐就教给我一些戏剧知识。"玉莲笑道："苏先生要知道老戏这些玩意儿，有什么用？"丁了一笑道："说不定苏先生也预备下海，将来可以和你配戏，你看他这长圆的脸，最好挂胡须，不生就是个老生面孔吗？"玉莲一反问，伴云本感觉到没有法子可以答复丁了一这样开玩笑，就把这个难题牵扯过去了。

王老太和她小姐都嘻嘻地笑着。玉莲随身坐在苏伴云下手一张椅子上，似乎就在这口头定约之中，彼此有点儿师生关系，更觉亲热些了。便问道："苏先生，你看我应当买些什么书念呢？现在报上又登着广告，有《古文观止》发行，若是念这种书的话，不觉得有点开倒车吗？"苏伴云正想插嘴说话，王老太却插言道："要叫老师，叫先生那太普通了。"玉莲觉得突然改口，倒有点变转不过来，便笑道："还没有拜老师呢。"苏伴云两手同摇着道："千万不要来那些俗套。王小姐愿意《古文观止》，也无不可，我们看这些古董书，欣赏它的技巧，并不承袭它的意识，这倒无所谓。明天或者太急促一点儿，就是后天吧，下午四点半钟，我就开始来和你补习功课。四川人的话，别别脱脱，就是这样办，好不好？"玉莲笑着点点头道："好的，我明天就去买书，我还想念点英文。苏先生看念哪种书好？"

王老太头一摆道："唉！叫老师，怎么又叫先生呢？"玉莲红了脸，笑着将牙齿微微咬了下嘴唇。苏伴云笑道："我们不要拘形迹，叫老师可，叫先生也可，先生不就是老师吗？"丁了一架了脚坐着的，突然地把两脚放齐了，身子微微向上起着，笑了摇头道："不！老师与先生大有分别。

先生这个名称，代表不了老师。譬如王小姐就叫我丁先生，那绝不能说我也是她的老师。王小姐，你看我这话对不对？"玉莲只是微笑，望了人说不出什么来。苏伴云道："关于英文的话，中学的英文，我还可以凑付教教，再高升一点儿，我就怕办不了。"玉莲笑道："苏老师，何必客气，对学生似乎也无须客气，我就念念《天方夜谭》这类故事而已。"她这样几句话，本是很平常的，可是在旁边的丁了一，却是嘻嘻地笑着，笑得要将嘴角撕破。苏伴云望望他，他还是笑。心想既是做了人家的老师了，就不能再出之以玩笑的态度，便向玉莲点点头道："好的，我就找本故事书来教你吧。"说到这里，墙上挂的时钟猛可地响了七下，因起身道："王小姐该预备上戏馆子了，丁兄我们走吧。"丁了一站起来拍拍身上的纸烟灰，笑道："该走了，我们真也打搅得可以。"于是客人告辞。

两位女主人一直送下楼，送到大门口。玉莲道："老师，就是后天下午四点钟开始了。"苏伴云道："好的，请回，我不会失信。"丁了一也再三说着打搅。二人走出这条巷口，他先打了一个哈哈。苏伴云道："丁兄，你有点儿恶作剧，你只管在一旁怂恿，弄得我骑虎难下，非答应来和她补习功课不可。"丁了一道："我看你高兴得不得了了，怎么说是骑虎难下呢？"苏伴云道："我也不至于教得一处家庭课，高兴得不得了吧？"丁了一道："我一点儿不委屈你，你真是乐得不得了。当然，你不是为了那区区一点儿钟点费，而是为了得天下英才而教育之。"苏伴云道："难道你以为她是天下英才？"他道："至少你是这样想的。我刚才嘻嘻地笑着，不是有一句话没有说出来，你又只管看着我吗？我笑的不是别的，我笑着她第一次叫你一声老师的处女作，我不知道你当时有何感想？但是我就非常之愉快。"苏伴云道："教了这多年的书，被人叫一声老师，有什么稀奇！"丁了一道："但是由一个唱戏的女伶叫出来，而且是你心里所陶醉的女伶，这一声叫着，究竟有点儿不同。"

苏伴云默然地走了一截路，笑道："原来是引你去找新闻，结果弄成我得一个兼差。"丁了一道："我的新闻有了呀，在腹稿中我新闻标题都拟好了。横题三个字，一乐也。直题双行，是章回小说体：'王玉莲好学投名师，苏伴云称心得高足'怎么样？这是编排社会新闻的新手法呀！"苏伴云抱着拳头连拱两下，笑道："千万不可开这个玩笑！"丁了一道："怎么是玩笑？这虽是黄色新闻，还不失为社会的光明面。你觉得宣布出来，对你是致干未便吗？"苏伴云笑道："你是新闻记者，你对这一类事件，自

**136**

然有你的判断力。"丁了一道："那样说就好。新闻记者得到一条新闻，只要大之不违背国策，小之不揭发个人阴私，都有发表的可能。你难道能认为得天下英才而教育之，一乐也，这是阴私？"苏伴云见他始终不失一份幽默感，便站住了脚，向他望着，很久很久，笑问道："你真要发表？"丁了一道："假使你认为这是揭发个人阴私的话，我就绝不发表。"苏伴云摇摇头笑道："你真让我啼笑皆非。不过在双方的友谊上说，我想你是不会在报上和我开玩笑的。"说着手提了头上的呢帽子，点点头道："再会再会。"丁了一笑道："你也是给我一个啼笑皆非呀。"

苏伴云也不理他，径自走向松公馆去了。当他一人走的时候，脸上也是不住地发着笑容。他心里想着，没想到开开玩笑，竟会弄得和王玉莲补习功课，做了名女伶的老师。虽然不如丁了一所说得天下英才而教育之，可是在这半年潦倒不堪的年月里，说起来总是一件令人愉快的事，那也就是一乐也了。想着想着，脸上又发生笑容了。忽然身边有一个人叫道："苏先生好几天不见。"站住脚看时，乃是自称拉散车的那位梁教授。他左手握住他那顶九成旧一成新的灰呢帽，右手提了一只白布口袋。口袋的上层，一把扭着，成了布卷。口袋下半截，包鼓鼓的，像是里面装了东西，放在人行路地上。便和他点了个头，笑道："进城拉散车来了？"梁先生在衣袋里抽出一块手绢，擦着额头上的汗，面孔红红的，口里只是喘气。他摇摇头，操着不怎么纯粹的北平话道："这是个乐子。"苏伴云道："哦！这是得来的平价米？"梁先生道："我所得的平价米，若只有这一点儿，那就糟了。拉散车，也有散车的好处，今天居然在南岸学校里分得半口袋面粉。这是北方人的至宝，我不能不背了回去。"说着惨笑了一笑，连连地摇着头。苏伴云不觉插了一句话："此亦一乐也。"

# 第二十章

# 有所不为

　　苏先生所谓的一乐也，依然是根据丁了一在王寓那番笑话来的。而梁先生却有点儿喜出望外，笑道："什么？这个教授有三乐而发国难财不与焉的新发明，你怎么也知道了？"说着，他又将手帕子擦了额头上两下汗。苏伴云笑道："典出孟子，这并非什么新发明呀。"梁先生笑道："非也，这是我们几个北方朋友在小茶馆里摆龙门阵想出来的。自然还是根据那个君子有三乐而王天下不与焉。它的定义是：父母早归西天，并无家眷，一乐也。坐小茶馆而谈天，做文章而骂人（古人）二乐也。得平价面数斤，包白菜牛肉饺子而食之，三乐也。"苏伴云笑道："原来如此，但这第二乐，我有点不大理解。"梁先生道："这是套'仰不愧于天，俯不怍于人'而来的，但确有至乐。因为在小茶馆里一坐，三朋四友，无所不谈，把大半天混过去，什么都不发愁。而做文章骂古人，可以畅所欲言，把一肚子牢骚，全抖个干净，都没有关系。你想这还够不上一乐吗？"

　　苏伴云道："这样说来，这第一第二两乐，我们南方人也未尝不有这个感想。只是吃牛肉包饺子，我们不觉得是哪样可乐。"梁先生笑道："你不是北方人，又不是很久没有吃到想吃的东西，大概你是不明白的。可是我老远看到苏先生笑容满面，似乎比我得着这半口袋面粉还有可乐之处，可以见告吗？"苏伴云没有加以思索，笑道："倒不是可乐，我是觉得可笑。和朋友开玩笑，弄假成真，闹得我和一个女伶教家庭课。这位朋友打趣我，还说是得天下英才而教育之，一乐也。"梁先生笑道："一个唱戏的女孩子，还请先生补习功课，这很有上进的心事呀。她叫什么名字？"苏伴云道："叫王玉莲，三个字相当的俗。"梁先生道："哦！是她，我看过她的戏，扮相很好，恭喜恭喜！你教得了这样一个英俊人物。"他说笑着，已歇过了那口气，打个哈哈，说声再会，提起面粉口袋，他就走了。

　　苏先生和他是几句信口打趣的话，自也不放在心上，还是脸上带了笑容，高高兴兴地走向松公馆来。他回到了自己那间借寓的小卧室里，便横卧在床铺上，将两只脚悬在床下来回晃荡。心里也是在想着，明日就开始和王小姐上课了，以后会更熟。回想当年在无锡初遇到她的时候，以至在南京常遇到她的时候，那总觉得她是飘扬在半空里的一只"天鹅"，现在却变成屋里的"梁上燕"了。虽然还是可望而不可接的仙山，可是见面的机会那就太多了。想到这里，加倍地有兴致，两只脚也不住摇撼。

就在这时有人打断兴致，房门啪啪地被人敲打了几下。苏先生说了一声请进，立刻站起来，事有出于意料，来的却是主人松子丰。自从寄居在这里以后，松先生没有到这里来过一次，而且这里是正屋旁边的侧院，主人平常出入也不由这里经过。这次突然下顾，实在是处女作，倒叫他不知如何应付，便把这屋子里唯一的一张旧藤椅搬着，离开了屋里唯一的一张三屉小桌，笑道："请坐请坐！这里是简慢得很。"在这句话说出之后，他立刻感觉到有很大的语病。在这间房里自己是主人，在这一家公馆里，来者是主人，这简慢两个字，根本是应当松先生负责。这岂不是绕了弯子？说松先生待寄住的老同学太简慢了。他想了之后，感到无语可以为继，便将小桌上一把小茶壶斟了一杯冷开水，放在桌沿上，倒是很恭敬地弯了一弯腰，算是向松先生敬茶。松先生坐在藤椅子上，他便在单人的小木架床上陪着相对。

松先生将嘴衔的半根雪茄取出来，在椅靠上敲了一敲灰，笑问道："你今天下午到哪里去了？"苏伴云道："我直等着那位何经理到三点钟，还不见来，我早有个约会，和一位新闻记者去拜访一个朋友，只得走了。"松先生夹着雪茄吸了一口，皱了眉道："其实你今天不该出去，事情是那样巧，你走了不到五分钟，那位何先生就来了。他没会着我，也没会着你，留下一个字条走了。刚才他和我通了一个电话，他说他很仰慕你的文名，你若肯到昆明去，他十分欢迎。至于报酬方面，除了供给食宿而外，每月送夫马费三万元。你老哥若是可以答应的话，他后日飞昆明，可以设法和你找一张飞机票子。"苏伴云道："后天就走，那太急促了。"

松先生手上夹了雪茄，很注意地望着他的脸，因道："难道你还有什么事被牵扯着，有点儿走不开吗？"苏伴云道："有点不大不小的事。"松先生笑道："我看并非什么不大不小的事，还是你那书生积习未能铲除，不愿跟了买办经理去做事。可是我们老朋友无话不谈，你若失去了这个机会，以后再要找这样合适的职务，恐怕就没有了。"苏伴云笑道："这个我十分明白，我也绝不是闹什么积习，不过这两天我确是有点事情。果然这位何经理愿意要我去帮忙的话，我可以随后去。若是买不到飞机票子，就坐汽车也无所谓。"松先生道："坐飞机与坐汽车，时间那相差得太远了。人家公司里是否可以静等你去呢？"苏伴云笑着一摆头道："根本我也不敢作此想。他们若觉得不能等候的话，我就不必去了。"

松先生听了这话，脸上罩了一层不高兴的颜色，将身子扭了一下，就在他这一扭之间，身下坐的这张旧藤椅子，跟着吱咯两三声，歪倒一边去。松先生怕是随着倒下去，立刻站了起来。苏伴云笑道："不要紧的，下面将绳子捆绑了椅子脚，倒不下去。我坐三四个月了，并没有出过毛病。"由这句话上，主人翁想到待老同学之简慢，再看看这屋子里一桌一床一椅之外，就是一只没有凳面的方凳子，架了一口洗面盆，屋梁上悬下来一盏电灯，没有灯罩子也就罢了，恰是罩子破了个三分之一的缺口，上面用张白纸粘贴着补了。

由这盏灯上，联想到当年同学的时候，每到考试以前开夜车的时候，自己没有钱买洋蜡烛，电灯熄了，总是苏兄送烛自己看书。由这一点，更想到他许多帮忙之处，尤其是冬天里自己棉袍子太薄了，苏兄自己穿上旧皮袍子，将一件新做好的丝绵袍子借给自己穿。现在自己阔了，做一百件丝绵袍子还人家，力所能为，而现在待他却是这样简慢，也觉得自己有些不对。把心里对苏伴云的那番不满，先减去了百分之五十，脸上的那份不快，也就随着减轻了百分之五十，便笑道："一个人自有一个人的事，大小轻重，别人是知道不到的。不过我总劝你到昆明去，你有什么要办的事，我替你代办就是了，你总可以相信得过我。"

苏伴云心里想着，我明天要开始到王玉莲家里去教书，我自然相信得你过，你怎么可以和我去代办呢？他如此想着，脸上涌出了一阵欣然的微笑。松子丰望了他，很吃惊的样子，因道："你以为我这是骗你的话吗？"苏伴云道："你不要误会，我发笑是因为这件事，不能托朋友去代办。"松先生道："事情涉及个人的秘密吗？"说到这里，他偏着头想了一想。苏伴云笑道："你也会相信得我过，不会有什么秘密。我说不能让你代办的原因，你久后自知。"松先生衔着雪茄吸了一口烟，笑道："我想既一非秘密，二又不可请人代办，三更是事后自知，像这一类的事，那也只有结婚和生孩子了。但我想，你现在环境中，不会有这类的事情发生吧？"苏伴云笑道："我很想有这样的事情发生，老友，不幸得很，没有发生这件事情的可能。"松先生淡笑道："这样说起来，九九归一，你还是不肯和买办经理合作。士各有志，我自不能相强。不过人家也是人情账，若是我们不愿干，我们也当回复人家一个信儿，免得人家为了人情倒反而等着我们。"他的话，虽还不失为委婉，可是他的脸色，并不和缓，嘴里衔了那半截雪茄，只管吸着。

苏伴云本想接受着他要求，可是看了他那种不以为然的样子，先有三分不愉快，再想到王玉莲母女请去教书，是那样诚恳，而王小姐也把老师这个名词，叫得十分清脆。一天书没有教人家，自己若是当面去说，固然不好意思说去昆明，说是不告而别，良心上也说不过去。由这一转念，更回忆到王小姐所穿那一身素雅的装束，就觉得这回味也够陶醉，何况去当面教书呢？立刻之间，他转了几个念头，也就越感到万万不能在最近期间离开重庆。于是就向主人笑道："假如要我立刻就到昆明去，那我只好牺牲这个机会。老兄的盛意，我实在心领感谢。"说着站起来捧出西装拳头，作了两个揖。松先生也站起来拱揖回礼，笑道："何必客气，这倒是我强人所难了。"于是坐下来又长长地叹了一口气道："夫人有所不为也，然后可以有为。你这个坚决的主张是对的。"苏伴云笑道："一个穷文人，似乎谈不到此。"主人翁默然地坐着吸了一会儿烟，然后起身道："好，再谈吧。"说着他径自走了。

苏伴云明知道主人十分不高兴，以朋友而论，介绍一个职业不去，实在也无所谓。可是寄居在松先生家里，伙食零用，都是他的，自己不找工作，还打算继续地将人家吃下去吗？好吧，立刻搬出这松公馆去。松先生遭了这一回拒绝，凭什么也不会挽留自己的，赶快设法子去。对的，尽管松先生说的是气话，可是念书的人，必定有所不为而后可以有为。他这样地一想，自己鼓舞了自己不少。当时掩上了房门，也就安然入睡。

到了次日早上，漱洗之后，就首先走了几家书店，搜寻王玉莲小姐可以接受的书本。为了新旧都顾全到，就买了一部《古文观止》，一部《虞初新志》，一部《呐喊》和几本新兴文艺家的散文专集。其中一册《呐喊》是旧摊子上收的，颇近乎海内孤本。虽书页后面很破坏了几页，可也费了八百元。其余的新新旧旧都有，共费三千二百多元。前几天将一套不大穿的中山装送到拍卖行里，现卖了八千余元。连日花费用去了大半。这时陆续地买书，陆续地身上掏钱，将一大叠钞票逐次地消耗，就只剩几张百元票在手上了。原来的意思，是想买一种关于文艺的戏剧书，这倒值得考量，是属于理论的呢，是属于剧本方面的呢？是新的呢，是老的呢？他为了这问题不能解决，就留得最后再买。可是到了最后，却只剩几百元了。今天是决定不在松公馆吃午饭的，这几百元应当留着去吃饭，这书只好是不买了。他如此想着，深觉得身上还差七八百元为可憾。若再有这七八百元，那就什么问题都解决了。心里想着，还是在书市上兜了两个圈子，才慢慢地回到松公馆去休息一下。

到了十二点半钟，是松公馆开午饭的时候了，他觉得避开为妙，避开了也就不必回来了，径直地到王小姐那里去教书吧。于是将买的书，用一方干净的白布包了，倒是像一个学生上学，悄悄溜出大门。反正是到三点钟才有事，特意走到很远的一条街上，在面馆里吃了两碗汤面。看看表，还不到两点钟，又到公园的茶社里去泡一碗茶来消磨时间。带得有书，喝着茶，展开书来看看，不知不觉也就混了一小时余。原是自知心理作用，必定嫌着这三点半钟的教书时间不易到来，索性连表也不看，尽管把书向下看去。及至实在耐不下去了，将表由怀里掏出来看时，不料竟到了四点钟。这一惊非同小可，包起书来，赶快跑到了王公馆。

正好遥远地听到胡琴声，是王小姐在吊嗓子了，又可饱上一顿耳福。这是来熟了的地方，无须加以考虑，径自上楼，推门而入。王小姐架了腿坐着，手上端了一杯茶，等着胡琴拉过门呢。她看到苏先生夹着一个大白布包袱进来，放下茶杯，立刻含笑迎着向前，点头道："苏老师来了。"苏老师看她时，今天穿了一件半新旧的黑丝绒袍子，脸上并没有搽胭脂，薄薄的抹了一层粉，头上用浅蓝色的丝辫束着头发，在左鬓上挽了个小小蝴蝶结儿，下面踏着一双水红缎子绣花拖鞋。便是这样，也觉得另外有一番妖媚。因向了她笑道："我是遵守时间而来的，不妨碍你吊嗓子吗？"那个琴师坐在一边，看到人来，他早是将琴弓向弦子中间一插，将搭在腿上的琴袋子拿起来，把胡琴装入袋内，就站起身来。玉莲笑道："没关系，你坐一会儿。周四爷，这是我老师，我给你介绍介绍。"琴师便凑上前点一个头道："苏老师，久仰了，我叫周子成，外号周天光。"苏伴云笑着，见他穿一件青布棉袍子，三角脸，满腮都长了毛茸茸的胡楂子，一笑起来，露出了满口的焦黄牙齿，对于这种人，实在至少也让人感不到兴趣。可是苏先生为了王小姐的缘故，爱屋及乌，也不能不给予他一些礼貌，因之含笑让座。

王小姐笑道："苏老师在街上买东西来着，我给您先收起来。"伴云把这个白布包袱双手捧着交给了她，笑道："这是我给你买的书。你先看看，对于哪几本感到兴趣，我们就先研究哪个。我还想给你买几本关于戏剧文学研究的书，在书店里一转，觉得这一类书很多，我不知道买哪样是好，只得不买了。"说着话，王小姐已把那包袱放在桌上打开，她看到这样多书，而且多半是崭新的，就不由得哟了一声，向苏伴云笑道："买了这多书，现在的书价很高，苏老师花了……"苏伴云很慷慨地摇着手道："这值不得一提。文人虽穷，买书的钱，也总是有的。"他很自得地把这话说了，虽是手触着口袋，可以感觉到口袋已为买书而掏摸了一个空；可是在他面色上，依然是很快慰的。王小姐看了很高兴，就自己跑下楼去泡了一盖碗茶，用一个瓷茶盘托着送到茶几上，笑道："苏老师，喝茶。"

那位琴师周子成，坐在门角边一张方凳子上，手里拿了胡琴袋做个要走不走的架势，看到王小姐亲自泡一碗茶送给老师喝，他立刻发生了一点儿感想，还是念书的朋友吃香。自己虽是和王玉莲拉胡琴的，但给她说了不少的戏，事实上也是一个老师。她对这个老师，不但是没有加以优礼，而且有点儿呼之便来，挥之便去。两相比较起来，透着有点让人难受。心里这样想着，两只眼睛就不住地对那碗茶望着。苏伴云看他所靠近的一张茶几，并没有茶壶茶碗之类，便两手捧了茶碗道："周四爷喝茶。"周子成欠身笑道："不客气，我这里是天天来，和自己家里一样。"苏先生笑道："以后我也是这样，免不了天天来。"王小姐笑道："虽然说以后会天天来，可是今天总是初次来。周天光先生，他是在我这里太熟了，遇茶喝茶，遇饭吃饭。"她说完了，坐在另一张沙发上，并没有向周子成再虚谦一下。周子成搭讪着放下胡琴袋，将手摸了两摸头发，摸过之后，复又把胡琴袋拿了起来。

王小姐还没有理会他，随手把桌上摆着的一本书拿起来翻了看，两只腿互相交叉了，连连地抖颤着，把身子斜靠了椅子背，眼望了书上。笑道："《冯小青传》，这是小说呀？苏老师。"苏伴云道："这本书叫《虞初新志》，搜罗了许多明末清初的传纪文字，编辑成书的。你当它小说看，也未尝不可。但是我最大的用意，还是引导你了解文言文的能力。"玉莲笑道："我看你遇事都很细心，不但是当教授，你就是去做官经商，都会一定处理得很好。你现在这样清寒，我真和你抱委屈。"苏伴云笑道："夫人有所不为也，然后可以有为。"玉莲没有懂得他这意思，捧了书放在怀里，对了他望着，只是微笑。

苏伴云笑道："我是搬书箱了，这是孔夫子说的话。他的意思是说，人生在世，必定有些事不屑于去做，而后才有可做的事。也唯其如此，才可以表现他的人格。"玉莲两手捧了书，将书沿在嘴唇上抿着，凝神想了一想，因笑道："我听了老师上半段的话，以为是说有些事不做，才可以专心专意去做一件事。若苏老师这样解释，是有伤人格的事不去做，才可做一番大事。"苏伴云拍了两手道："对极了！对极了！我没有说出来的话，你都替我说出来了。这样子念书，没有什么书念不成功的。"

他们师徒之间，说得这样有趣，那周子成坐在一边，丝毫不懂，只有睁了眼向他两人望着。王小姐对此不加理会，苏先生对此也不加理会。两人继续地谈话，周子成在旁约莫枯坐了十分钟，既不能插嘴谈上一句，主人翁又根本不向这里望着，尽管听下去，也是透着无聊。便站起身来道："王小姐，今天不吊嗓子了吗？我走了。"玉莲点点头。周子成拿了胡琴，向苏伴云拱拱手，说声再会，自走了。苏伴云倒起身送了一送，而他并没有回头。玉莲笑道："若根据有所不为的话，苏老师大可以不必和他客气。"苏伴云也没有计较去的人是否听到，只是微笑了一笑。

144

## 第二十一章

# 饥来驱我学陶潜

自这日起，苏先生得天下英才而教育之了。有四五日之久，他都没有到松公馆去吃饭。晚上看玉莲的戏，更觉得有趣。回松公馆去安歇，也是非常的晚。他没有知道主人对他是什么态度，更也忘了到昆明去那一件事。大概早上这顿点心，是免除了，上午看看几位朋友，十一点钟就在三六九或好吃来这类下江粥面店里，胡乱填饱了肚子就了事。下午到玉莲那里去教书，师徒二人和王老太一桌吃晚饭。王家的伙食本来就很好，王小姐又特别和老师添上一两样可口的菜，并预备一玻璃杯曲酒。苏先生吃得非常满意。每天的上半日，虽相当地窘，而到了下半日三点钟，就有苦尽甘来之势，也就不必以苦为苦了。但是他身上卖衣服的那注钱，已为玉莲买书用去十分之九。这几天中午，那顿小吃就靠那十分之一的钱来维持。

等到用得只剩最后二百元的时候，他走在大街上，不免在袋里掏出所有大小法币数了一数。连十元一张和一元一张的都数过了，统共是二百二十四元。记得以往有这样的情形，每每在裤子袋里遗留下若干钞票，偶然发现之后，取出来，倒是做了一笔用途，也许现在裤子袋里就有。如此想着，立刻伸手去摸，而往往有的是，这次偏没有。连那个平常装钥匙的小口袋，都伸进两个指头去掏摸了一次，竟是没有。除了这个来源，暂时实无法再找出一笔钱来。自己站着出了一会儿神，今天这顿午饭，打什么主意？

恰好所站的人行路边，这是一个"好吃来"粥面店门口。在柜台旁一架玻璃橱，正大盘子堆着新出锅的卤菜，隔了玻璃，还可以看到里面热气腾腾的。早上未曾吃什么东西，本来就有点儿饿，看到了玻璃橱里那黄油淋淋的熏肉、卤鸡，馋涎更是要流了出来。但这二百余元已不足付两碗汤面的钱，自不敢走进这店里去，于是赶快地就抢步走了过去。每日吃过午饭以后，喜欢到公园的茶馆里泡上一碗沱茶，消磨一两小时，今天就两件事并为一件事办吧。主意想定了，就在烧饼店里买了一百元的烧饼，用一张旧报纸包了带到茶馆里去。也没有理会到今日是否星期日，茶馆里的座客却是特别的多，每一张桌子都被客人占满了。转了两个圈子，才于茶亭角落上找到茶客遗留下来的半个桌面。

那里有两位茶客，都是乌光的头发，穿着西装的。他们一脸的生意经，料着是两位商人，虽然不大愿意和这类人同坐一桌，可是肚子里很饿，急于要喝碗热茶，把这几个冷烧饼送下去，也就不管许多了。于是将桌空方的方凳移开，先坐下去。恰是茶客太多，幺师有些忙不过来，坐了五分钟之久，喊叫了两三遍，依然不曾将茶送来。手里这包烧饼，放在桌子面前，已透了开来。情不自禁地钳了一个烧饼，送到嘴里去咀嚼着。在并没有感觉到这烧饼是什么滋味的时候，已完全吞下肚去。不知不觉地，又来取第二个烧饼，一连吃下了三个烧饼，幺师还没有把茶碗送来。然而幺师不留意，同桌的茶客可就注意了。他们彼此衔着纸烟，手臂弯了，压在桌沿上，斜了眼睛向人看着，做出那种不屑的样子。

苏先生随了那人眼光所射，看看自己的身上，显然他们所注意的，乃是自己身上这件不成样子的大衣。随着将眼光向那两人回射过去，但见他们穿的西服干净笔挺，没有一点儿痕迹，小口袋里露出的花绸手绢，张着两个小蝴蝶翅儿。心里自也跟着这事起了个念头，这身衣服穿在他们身上，简直有些不称。你看我吃冷烧饼吗？我的人格比你们高出万倍。如此想着，就把脸色沉着，放出泰然自得的样子，从从容容地吃着烧饼。直把烧饼吃到第六个，又叫了两遍幺师，他才把茶碗送了来。肚子虽吃得半饱了，而吃的冷烧饼，把嘴里的津液也沾染得干干净净。茶到了手，他竟顾不得烫嘴，捧着接连地喝下去。

就在这时，听到隔座有一阵哈哈大笑声。心里这倒不免一怔，难道这无端的大笑，是为我而发。这只好把茶碗放下，自己先沉静了两分钟，然后再回转头去看看是什么人在笑着自己。可是四周探看之后，并没有什么人向这里注意，似乎是自己多余地多心。便再喝了一口茶，继续地吃着烧饼。幺师向茶碗里冲过两回开水之后，所有的烧饼，也都吃下去了。在这个时候，同桌坐的那两位西装朋友，又向自己这里看过两次。心里自想着，对这等人，绝不可以表示什么惭愧的样子，大可以把王猛扪虱而谈的那种态度拿出来；也就是暗下告诉他，你们是这世界上的两条蛆虫，你在暗下鄙笑我，那还值得介意吗？于是脸上放着泰然自得的样子，只管喝茶。心想，至少在我个人看来，我是精神胜利了。

不过胜利是胜利了，这两个家伙并没有感到什么失败，操着一口上海话，大谈其生意经。哪里一票生意，可以赚三百万，哪里一票生意，只能挣到一二十万，懒于去做。更又谈到为了生意应酬两三位有面子的人，耗费了两三万元。由应酬谈到赌钱，一个说输了七八万，一个说输了三四万，又倒赢转来十几万。说话的时候，拿出赛银的纸烟盒子、精巧的打火机，似乎他们每一个动作上，都带着骄傲与得意之色。苏先生是一支"孤军"，除了脸上可以泰然自若，既不能说话，又不能有什么动作，坐久了也徒然把这两个西装朋友的得色承受下去。只得站起来，大声叫了一声拿茶钱去。丢了五元钞票在桌上，走出了茶亭。若不是身上也穿的是西式大衣，真可以来个拂袖而去。

心里一阵不痛快。在公园的山坡路上走着，两手插在旧大衣的袋里，抬起头来仰望着天上的云雾，长长地嘘了一口气。自己自言自语地道："没想到在血肉抗战的七年之下，造成了这样一个市侩与铜臭的世界！天！"喊过了这个天字，将头垂下来连摇了几下，走到一棵大树下。见有一条石凳，便随身坐了下来。先由方才的刺激，想到这年来的刺激，更想到了将来，这不由得自己不悲观起来。今天这一顿中饭——十个冷烧饼，一碗热沱茶——算是对付过去。晚饭可以在王玉莲家吃一顿很好的江苏菜，也不用得发愁。可是明日的午饭，那就大有问题，将身上的钱全拿出来，也买不到十个烧饼。明日这一顿饭，难道直到明日要吃饭的时候，再谋解决吗？就算明日这顿饭可以有着落，后日的饭，后日以后的饭，又当如何？往常当钱用空了的时候，可以写一张字条给松先生，大概债个千百绝不会驳回，随时可以拿到。于今既是连他公馆里的饭都不屑于去吃，又怎好去向他借钱？越想越觉得去路窄狭，坐在这矮石凳上竟是忘了一切。

直到这种行为有点儿引起路人的注意，卖香烟和擦皮鞋的小孩子，站有四五个人各带了自己的家具，歪了颈脖子环绕了石凳子向自己望着。苏伴云不由得哈哈地大笑，两手扑了大衣上的灰尘，向他们回望着道："什么事，对我注意？我身上有什么稀奇古怪吗？小朋友，我和你一样，都是穷人。穷人到了没有法子想的时候，不都是坐着发呆的吗？看什么？"他说着的时候，那些小孩子望了他微微地笑着。但苏伴云虽得不着反响，也觉不能在这里一直坐下去。在街上兜了两个圈子，便向王公馆来。

平常王老太总是在家旁听苏先生教书的，今天却是被同乡约去打牌去了。那位吊嗓子的琴师，深感到苏先生来了，自己便会被冷落，因之也把钟点提早改为一至三，当苏先生来的时候，他是早已走开了。所以今天苏先生来教书的时候，除了女仆上楼来送两回开水之外，这间精致的会客室里再无第三人。王小姐坐在方桌子侧面，将头俯伏在桌面上看书，那烫发上的香气，直送到先生鼻子里面来。苏先生自是坐桌子正面教书，但他很体贴这位得意弟子，书是直向着学生，自己只好横看。学生可又体贴着老师，觉得老师横了看书，究竟不受用，她又把书斜了搁着。苏先生笑道："玉莲，你只管把书摆正来吧。老实说，我所教你的书，只要提到上句，我就可以背出下句，甚至说个题目，我就可以把全篇诗文念了出来。我还用不着看了讲呢。"

玉莲抬起头向他看了一眼，笑道："苏先生这一肚子学问，又是这样一身清寒，我都有些和老师打抱不平。"苏伴云叹了口气道："你只看到我在物质受窘而已。其实这是很小的事，我认为难堪的，还是精神上受着人家的侮辱。"玉莲望着他笑道："苏老师还有什么受逼的地方吗？我虽不懂政治，我都相信……"苏伴云打了一个哈哈，笑道："谈不到这上面去，我说的乃是社会上人士给予的一种刺激。譬如说，我今天在茶馆里喝茶，同桌的有两个西装商人，他看到我这穷酸的样子，只管用那鄙视的眼光看着我，又故意说些夸大的话，哪里几百万，哪里几十万，表示他阔绰。我气不过，离开他们单独地在公园树下呆坐了两小时。"玉莲笑道："这种人，你睬他呢！"苏伴云道："唉！也应有泪流知己，只觉无颜对俗人。"玉莲对他脸上注意看了一下，因道："老师你有什么事要我和你解决的吗？"苏伴云笑道："我不过发牢骚而已，没有什么困难。我们还是讲书吧。"说着他果然立刻把话归到书本上，就不再向下谈什么了。

王小姐倒是对老师更为同情，讲完了书，将朋友送的新疆葡萄干、北平松子仁儿，盛了两玻璃碟子请老师下茶，陪着老师闲话。这时苏先生是更为安适，架了腿坐在沙发上望了隔座的高足弟子道："以后我到这里来，你可以随便招待我，也不必客气。遇茶喝茶，遇饭吃饭。你要知道，我到你这里来，精神有了寄托。比吃什么好的，喝什么好的，都受用十倍。"王小姐对老师有所寄托这句话，感到了一种沉重性，微微地一笑，不觉把头低了。

苏先生也就因为这个动作，心里有所跳动，便笑道："我说的这话，似乎要加以解释。我在重庆市内，有一种极大的苦闷，举目无可谈之人。

并不是说我是个超人，人家不配和我谈，是人家谈的，我不大爱听，我要谈的呢，人家也不爱听。唯有到你这里来，和你老太太谈也好，和你谈也好，我觉得都可以谈得拢。就是那个周天光，和他谈谈梨园行的掌故，也是怪有趣的。"玉莲插嘴笑道："他知道什么！再熟一点儿，他就要向你借钱。我不是为了在重庆找不到相当的人，早就把他辞退了。"苏伴云笑道："看他为人，似乎也很通人情世故，他也不致向我这穷措大开口借钱吧？"玉莲笑道："那也没有准吧？现在十块钱的数目，总不值得一谈了，可是他就肯向你伸手借十元钱。"苏伴云道："借十元钱有什么用呢？买一包花生米吃？"玉莲笑道："怎么没有用？向三四个人借十元钱，他就可以买一盒整脚纸烟吸。他到我这里来，我还是照例供给他一盒纸烟。然而他吸不了，还要带着走，其无品行如此。他不是外号叫周天光吗？他还喜欢赌钱，大小不论，总要由深夜赌到天亮，天亮了，他的钱也就输光了。他倒也是个世家子弟出身，万贯家财都被玩票玩光，结果就下海和人家拉胡琴。人穷志短，拉胡琴之外，什么事都干。老师，这种人他也晓得你是正人君子，索性把吊嗓子的时间提早，等到你来教书，他就走了。"

苏伴云见她突然把话提到周子成身上，只管责备他，却不知她用意安在，随了敷衍几句。玉莲似乎觉得他有些无聊，抬起手表来看了看，笑道："现在是五点钟，我今天闲着，请老师去看场电影吧？"苏伴云道："不必了，看完了电影你就该上戏馆子，时间太匆促了。"玉莲道："我今天唱《骂殿》，不需要多少时间，九点半钟去戏馆子都不迟。"苏伴云笑了一笑，摇着头道："提起这话，我应当惭愧。我今天出门，来得匆忙……"玉莲抢着笑道："老师，你说这话，那也太见外了。看回电影，谁买票都还值不得谦让吧？看完了电影，我索性请老师吃顿小馆。老师等等，我去换件衣服就走。"说着她进内室化妆去了。

苏先生虽然一肚子心事，可是对于这位女弟子，绝不有所违拂，便等着她化了妆，一路去看电影。看完了电影，和她一路走上大街，找小饭馆。出了影院门，又遇到那位拉散车的梁先生。他先握着手道："苏先生好？"他那眼光，已射在身后相随的那位摩登小姐身上去。苏伴云也就想到，才没有相见几天的朋友，见面问什么好不好？显然这个好字里有点儿文章在内。便把他想说的下文，给他拉扯开来，因笑道："这回算没有提着口袋。"梁先生笑道："虽然没有提着米口袋，可是这次进城，不为其他，就为了提用四斗平价米来，有什么办法！饥来驱我学陶潜，要折腰，五斗米都谈不上。"苏伴云知道这一位先生健谈，王小姐的时间是扣算准了的，怎好多谈，便笑着点头道："明日中午，我们坐个小茶馆儿谈谈吧。"梁先生道："我明天一早，就要扛米下乡。唉！"苏伴云也不等他再向下说，点着头说再会，自和王小姐走了。梁先生站在路头，回望了他们的后影，心里想着，他还有这个兴致，带着年轻小姐看电影。大概他是不教书了，教书的人不能担此重任。

苏伴云陪着王小姐坦然地走去，他没有介意到梁先生会有所感触。吃过饭后，由小馆子里出来，却又碰到了梁先生。这回他走得匆忙，只点了个头，他前面有个穿破衣服的半大孩子，将竹竿挑了两小口袋米，引着他走去了。王小姐低声问道："这位先生是公务员吗？"苏伴云道："是一位教授，大概是家里人口多，终日为着粮食打算。上次我遇到他，亲自提了半口袋面在街上走。今天可又遇到他，背着两小口袋米走。"玉莲道："这两小口袋米，就说的是四市斗，这四市斗米，挑下乡去，要多少运费？"伴云道："你不见他身体魁梧吗？现时在街上，他总要顾全一点儿斯文体统。到了郊外，搭不上舟车的话，他就会自己挑了回去。"玉莲笑道："那也怪可怜的。老师，你改了行吧。"苏伴云道："改行，改做哪一行呢？我到你们戏班子里去当名龙套。"玉莲笑道："当然还是苏先生所能干的。"苏伴云道："这不结了，就是让我去当名龙套，我也干不了。请问，叫我怎样地去改行？"玉莲听说，微笑了一笑，昂起头来将嘴向前一努。苏伴云看时，是一幢新起的砖墙四层楼房，正还不曾了解她叫自己看些什么。她又接着笑道："这是一家新建筑的银行大厦，假使让苏老师在这里坐一把交椅，你没有什么办不了的。"苏伴云笑道："你把这里当了忠义堂、分金亭了。我又没有学过银行学，也没有学过会计，怎有资格在这里坐把交椅？"玉莲道："干银行的，都学过这个吗？只要有钱就成啦。"苏伴云道："不要痴人说梦，还是梁先生的话，饥来驱我学陶潜，我去找一个有五斗米的地方折一下腰吧。"

二人说笑着，一直到了戏馆子门口，伴云说是有点儿事，没有送她上后台，自回松公馆了。其实他并没有事，和王小姐谈到改行，兜起一肚子心事，想到明天的中饭还没有着落，得赶快回去想想法子。

到家刚坐下，居停松先生身穿西服，口衔雪茄，含着笑容慢慢地走了进来，伴云刚起身相迎，他取出口里的雪茄，凭空弹了两下烟灰，笑道："饥来驱我学陶潜？"伴云笑道："兄台怎么知道这句诗？我也是今天晚上才由朋友口里学来的。"松先生道："彼此一样，我也是一小时以前，在朋友口里听来的。我明白了，你为什么不愿去昆明了。"说着他在藤椅子上要坐下去，他猛可地记起前事，又看了看，方才缓缓坐下，那椅子终于是摇撼了三五下。伴云笑道："此话我不解。"便在床沿上坐了。

松先生扭过身来，对他脸上注视了一下，手指夹着雪茄吸了两下烟，然后笑道："我只知道你常听戏，我还没想到和王玉莲有这样熟。实不相瞒，我有个约会，回来没有坐车，在街上散步。看见你和她一路走，我随在你后面，走过两条街，你都没有发觉。"苏伴云道："这并无什么罗曼史，她是我的学生，她今天请了我吃晚饭，我送她上戏馆子。"松先生道："这个我也不管你，你现在不计较五斗米折腰了？"伴云道："我的话你全听见了，我也不必否认。我既不能老在你府上做食客，你介绍了我的职业，我又不能去就，我自不能不有个打算。"松先生道："你只要肯和我帮忙，又何致在舍下做食客？你这位大学长，总觉在我的机关里工作有些委屈身份，宁可到别处去为五斗米而折腰，也不肯在我这里为一担米而点头。你有了这样一个主张，我的确是啼笑皆非。"苏伴云道："哪有这话？有道是打虎还要亲兄弟，同学共事一堂，那不正是宾东两方面所乐观其成的吗？"松先生笑道："你以前不曾有这种见解吧？若有这种见解，我何必介绍你到昆明去？"苏伴云对于这一反问，倒是无可反驳的，只是微笑了一笑。

松先生将雪茄放在嘴里抿着，坐着沉默了约有三分钟，便拿了雪茄再连弹两下灰。他是有这样一个习惯，每当拿雪茄弹灰之后，就有什么意见要发表。伴云便沉静地等着，看他要说些什么。他果然笑道："现在有个秘书位子空出来，你愿不愿屈就呢？"苏伴云听到，心里就想着，说来说去还是要我当秘书。我要在你手下当一名秘书，早就当了，何待今日？可是他并没有这个勇气，能在嘴里吐出一个不字，只是向居停微笑了一笑。松先生笑道："你念的那句诗，是有语病的。陶潜不为五斗米折腰，学了他，还有什么饥驱人？分明是人驱饥呀。我们老同学，根本用不着你折腰，你也无须去学陶潜。"苏先生道："这好像是一句成语，不是我那朋友的大作，错是不会错。要知道陶潜虽不为五斗米去束带见督邮，可是他为了五斗米做彭泽令。"松先生把他的雪茄头丢在痰盂里，拍了两手笑道："好了好了！就是这样说，学学陶潜吧。到了必须你折腰的时候，不打破你这个原则，还是由你解印而去。你还有什么话说吗？"苏先生站起来，也只好对主人再微微一笑。

第二十二章

# 冷眼所见

苏先生对于主人这个说法，虽未能完全赞同，可是他这晚上犯了失眠病，想了一个通夜，觉得明日这两顿饭的问题最为现实。曾仔细地把箱子里东西调查了一番，可以拿去拍卖行换钱的，也只有一两件。把这一两件拿去卖了，那是竭泽而渔，以后有了急事，用什么法子筹款呢？他想到松先生的话，究竟还不失老同学的身份，言明了，到必须折腰的时候，尽可以不干，还是屈就一下吧。好在上司是自己老同学，料着他不便在老同学面前端起官牌子。想来想去，就想到了屈就是最后的一张王牌。在枕头上叹口气，方始睡觉了。

次日起来，已是九点钟，正好松公馆里开稀饭，听差来请过两趟，便也不能不去。他在小餐厅里和几位食客同桌吃饭的时候，虽然自己觉得有些尴尬，可是别人的态度很自然。回想到这几天一早就向外跑，故意躲开松公馆的伙食，那是多余的。早饭既然吃了，午饭就不必再闪开了，想到昨日在茶馆里吃冷烧饼当午饭的情形，也让自己畏怯着不敢冒险。拿了两份报回到自己屋子里去消磨这半个上午。

松公馆照例是一点多钟吃午饭，到了这时候，听差又前来相请，苏伴云未曾加以考虑，又走上饭厅了。松子丰中午的应酬不怎样多，偶然也离开家人，和食客们同坐一桌。今天松先生似乎很高兴，已老早在主席上坐着等候了。看到伴云，便笑着点个头道："我特意来候你，怕你又忙着出去了。"他笑着坐下来道："我现在并没有固定的职业，谈得上什么忙，忙就有办法了。"他这虽是一句平淡无奇的话，可是同桌坐的几位食客，对此很有感触似的，大家彼此望了一眼，又随着笑了一笑。松先生对于同桌的五位食客，除了苏伴云之外，觉得全是赘疣，眼见他们相视而笑，且扶起筷子来吃饭。约莫隔了两三分钟，方笑着点头道："社会上果然是如此，有些人太忙了，想得一些闲的时候；也有些人太闲了，又想忙一下子。"苏伴云笑道："人情好逸而恶劳，你说有人闲久了想忙，那倒不尽然。不过闲有两种看法，有钱的人，无须做事而闲，无钱的人，是做不到事而闲。关于后者，自然是想忙一下子。例如在桌上的几位朋友，连我在内，都是悠闲的。然而我们就都负累着你，要你担任着我们的住食零用。且不说于今的生活程度这样高，负累朋友，不是办法。男子汉昂藏五尺之躯，无论环境怎样困难，不应当三餐一宿都要依靠人。所以我们这种人需要忙一下，比什么都要紧。"

　　主人对于这话还没有加以答复的时候，在桌上的其余四位食客都望了主人，想要说什么，而似乎又没有那勇气说出来。只有一个年纪大些的，用了极低的声音说出八个字，乃是"的确大家需要工作"。他说这话时，还不免将眼光射入自己的饭碗内，而把头低了。松先生对于这一点，却故意王顾左右而言他。向苏伴云笑道："你那位高足的戏，我也看过两次，扮相很好。"苏先生道："那就是说她的戏，唱的并不怎样好？"松先生道："当然也好，坤角第一个要素是扮相。这唯一的问题解决了，其余就迎刃而解。哪天，你可以请我听一回戏了？"伴云道："这不成问题，在座诸公可以普请。"大家随了这话也就附和一阵。而在座人需要工作一件事，就为了在座人都有戏听的约会遮盖过去了。

　　主人也是五丈原的诸葛亮，食少事烦，他只吃了一碗饭，不曾再盛饭，也没有下席，比齐了筷子，放在饭碗的旁边，偶然举起瓷勺子舀着汤喝。直等苏伴云把饭吃完了，向他道："请到我里面书房里来坐坐，我有一点儿应酬文字请你帮个忙。"苏先生看他等了自己，料着他有要紧的应酬文字，便随着他到书房里来。主人先将写字台上雪茄烟盒里的雪茄递一支给苏先生，然后自己取一支衔在口里，燃着之后，架着腿坐在小沙发上，先喷出了一口烟。然后笑道："昨晚和老学长说的话，不会有什么变化了？"他又是一声学长。苏伴云先就为了他这谦虚的态度所感动，坐在主人对面椅子上，不免欠了一欠身子，笑道："还有什么变化呢？刚才在饭桌上我们不就说了，闲着的人都是想要忙着的吗？"松子丰道："既然如此，那你没有什么考虑的了。明天你和我一路上办公室，好不好？"苏伴云笑道："那了不起，我一个小职员和总头儿同车到任，有点儿过分吧？"松先生又喷了一口烟，笑道："怎么是小职员？我要请你做主任秘书。主

153

任秘书是可以代拆代行的，那地位还小吗？"苏伴云也就笑了一笑。主人对他这一笑似乎也感到很慰快，立刻起身和他握了一握手，笑道："好了好了！一言为定，有老学长和我掌舵，以后我就放心得多了。"苏伴云这样看来，觉得松先生期待甚殷，而又恭维备至，自己也实在不便说什么考虑的话了。

到了下午三点钟，到王玉莲家教书，把这话告诉她了。玉莲也十分和他高兴。她的意思是做公务员，虽然是清苦点，但是做到主任秘书，这样的位置地位是很高了。纵然有什么困难，自有主管长官设法调剂。并为了不耽误老师的办公时间，把授课的钟点改到五至七，这顿晚饭更是要请先生馔了。苏伴云在这晚上，更是适意地看了一晚戏。

次日早晨吃过稀饭，在九点钟和松先生同坐一辆车子去办公。他们这个机关，在半城半乡的所在，而且建立于半山腰上，俯瞰着城乡的风景，倒是很明快的。松先生的办公室在二层楼上。办公案的写字台，横临在阔大的玻璃窗下，人坐在圈椅上，抽烟也好，写字也好，偶然抬起头来，就可以看到远远的深深一片江水。苏伴云到了这里，先有三分愿意，觉得这还不是理想中那个衙门景象。自然这里只有为松先生个人预备下的一张办公桌，两旁白粉墙下，斜相对着三张大小沙发。松先生坐下自己的位子，叫伴云也在沙发上坐了。立刻一位穿着青呢制服的听差，将小托盆托了一玻璃杯茶放到办公桌上。松先生道："把田秘书请来。"听差听着话去了，就把田秘书请来了。

那田先生穿了一身挺括的细呢西装，乌头发梳刷得溜光，若在马路上看到，便是穷朋友退避三舍的人物。然而他到这里，似乎自视得很渺小，进门之后，对了松先生就是一鞠躬。照说，这日常见面的上司与下属，无须这样客气，这行为就有点儿出格子。但松先生倒没有什么客气，只微微看了他一眼，因道："这位苏伴云先生，是我的老同学，现在被我请来帮忙，担任主任秘书。以后望多多合作。"伴云听他这样介绍，刚刚站起身，田秘书便迎上前来握着手，带了满面的笑容道："以后请多多指教。"松先生道："那么，你引苏先生到秘书室里和各位同人相见。"田秘书于是引着路，将他引到隔壁一间屋子来。

这里是一间较大的屋子，里面横七竖八，除陈设了几副小三屉桌的座位外，另有一张写字台，各座位上都坐了有人。这写字台后有一扇门是开的，门框上有一块白木牌写着"主任秘书室"。苏先生这才明白，这主任秘书确非等闲，在这里还有一间专门自用的办公室。再进入这个门里面，是个角楼，三方向屋外，有两面开着玻璃窗。屋子小小的，一张写字台，一把围式藤椅，在写字台对过有两把木椅夹着茶几。茶几上还有烧料瓶子，插了一束鲜花。这虽没有松先生办公室那样堂皇，但显然地是一个特别房间。田秘书指了那藤椅道："这是苏先生的办公桌子，自从前任主任秘书走了，兄弟暂代了两个星期，实在忙不过。"他一面说着，一面由那抽屉里清出一叠文稿，两手捧着送到苏伴云面前，笑道："这都是待发出去的，请苏先生看看。"苏伴云道："田先生，我们不必客气。我初来，一切摸不着头绪，暂时几天，还请你主持，我在一旁学习。"田秘书笑道："苏先生太客气。好！兄弟还可以暂时帮忙。我去引着外面房间里几位同事来和苏先生见见。"他说毕，就把外面房间里那几位同事引进来。

这些人虽然一律都穿了制服，却是年龄不一，其中有二十多岁的小伙子挺直了腰杆。也有头发都变成了苍白的，就不免微弯了腰，嘴唇上下虽不曾留着胡子，但两腮尖削了，画上了很多的荷叶皱纹。苏先生没有做过官，还不知道接见下属是要用什么仪节，便起身向前迎着，打算一一去握着手。可是这些人还站在这小门的外面，已是不约而同地向这里一鞠躬。苏先生不想这个主任秘书是这样高贵的，那位田秘书已抢先闪到门里，他介绍着哪位是科员，哪位是录事，介绍到那个年纪最老的职员时，他说这是办事员柳正春。这个名字，给予常有诗意的苏先生有些感动，觉得他并不消极，他正自表现了他朝气蓬勃呢，便含笑向他点点头。田秘书又重新地介绍着道："苏先生是我们长官的老同学，以后可以给各位许多明确指示的。"大家对于这个说明似乎是已经知道的，脸上并未表示惊异之处。然而却对这个身份，更表示了敬意，又相率地向着苏先生一鞠躬。苏伴云对于这些人的恭敬，尤其是那位柳正春老办事员的敬礼，感到不知所措。自己也不知道凭自己的身份，应和谒见的下属说些什么话，只是连连地点着头，轻轻说了几个好字。直等田秘书闪着身子出门去了，他才想起了一句话，各位照常办公吧。于是那些人才带着笑容退走了。

这样一来，同事都有一个感觉，便是这位主任秘书，不同等闲，是长官请来做副手的。大家都起着一番戒心。在松先生屋里工作的那位勤务，照样地给苏伴云送了一玻璃杯茶来。松先生并料着他带的粮草不足，把他自己屋里待客的纸烟送了一盒来。幸是有了这盒纸烟给他消遣，不然让他一人坐在这屋子里，人面不熟的，不便胡乱出去，倒怪闷的。那位田秘书虽也拿了几件公事来向他商量，其实那完全是拟好了的，并不用得再加修改。苏先生一切摸不着头脑，便是未曾拟好，也不便更易一字，因之第一日到职，除了喝茶抽烟而外，却无事可做。

一直来过三日，稍微知道一些情形，他感觉到只有那位柳正春老办事员是个最忙的人。所有平常的文稿都是他起草，然后送给一个科员看。那科员慢吞吞地看着，略略修改几字，再送给田秘书看。最后才送到自己这里。小一点儿的事情，自己看过了就算完毕，并不等候松先生就交给两位录事誊写，代松先生盖了章发出去。而真正大事又很少，几乎十有八九是可以由自己代盖章的。其初也不敢决断，那位田秘书倒是老公事，他就代为说明，可以盖章送出去，这才知道松先生所以要老同学来的原因，无非是担点责任，代为盖章而已。像自己这样工作悠闲的，虽找不着第二个，可是在隔壁屋子办事的几个人，有的是管理档案，有的是剪贴报章杂志，有的是审阅稿件，也没什么了不得的事。总看到那几个人，轮流地拿了报纸在看。只有那两个年纪轻些的录事，却是终日伏案在誊写着。心里便想着：若不是松先生要人负责盖章的话，这主任秘书一个职务，似乎也可由田秘书代办。至于其他职员，至少也可以免了两个。他便感到在这里办公并不是理想那样繁剧。

可是到了四五天头上，他的思想又有一点儿变更，渐次发现了若干重要事情，是需要松先生一个亲信人物来主持这事的。例如松先生有一种计划，是在公馆里或办公室里零零碎碎所说的，须代他拟一个计划书。某处请松先生去演说，要拟个演讲稿子，某种纪念日，又要代松先生做一篇纪念文章。还有哪里有八行书来，根据松先生十几个字，甚至两个字的批语，要写一篇很得体的回信。那田秘书捉摸不到长官的意思，拟出来的总太宽泛而不着边际，必得亲自动手。这样，已经觉得这主任秘书不是理想中那个悠闲职分。恰是越经久了日子越发生了事情。有许多琐碎的事，松先生不曾到机关里来时，苏先生就随时予以解决，不必等他。如职员请假及借支薪水等小问题，苏先生都一一代办了。自己这算是忙而不闲了。而老同学松先生这就轻松得多，他为了得着轻松，对于苏伴云的生活也并非以前那样漠不关心。这一个星期就在公馆里私下送了苏伴云一万五千元法币作为零用。于是苏先生除了觉得位置清高而外，并不感到公务员有什么清苦之处。他想着早知如此，早该开辟第二条路，何必苦这些日子。他没有想到这是初来一星期的看法，过了这一星期却让苏先生观感有点儿变更。

这日下午，正坐在松子丰办公室里谈话，不知是哪一科的职员，被松先生叫来训话。那职员还穿了一套相当干净的西服，走进门来深深一鞠躬，笔挺地站了。松先生口里还是衔了大半截雪茄，先瞪了眼睛望着他。约莫有两三分钟之久，他不作声，那位职员也就静默地站着，不敢作声。松子丰然后把雪茄放在烟灰碟子里，将手一拍桌沿道："国家养活你们这般寄生虫，简直浪费！公事越办越回去，希望倒越来越大，你简直没有廉耻！"苏先生觉得这言语实在太重，一个穿着西服的摩登人物，总应该是读过书的，这种毒骂是读书种子所能堪的吗？然而看那位先生面孔通红，眼皮也睁不起来，垂直了两手站着，并没有回话。松先生继续地骂道："你们不知道自私自利的心事，早应该铲除吗？你不知道做公务员，应当奉公守法吗？你以为你们私下做的事我全不晓得。你下去，我和陈科长再商量处分你。"这位职员半个字不曾回答，鞠了个躬走了。

苏伴云想，这位先生真有唾面自干的精神。但松先生含糊着骂了他一顿，罪名是寄生虫，没有廉耻，公事越办越回去，以及不知道奉公守法，究竟犯了什么罪？他并没有说出来。本想问问原因，可是看到松先生偏了头衔着雪茄，好像是很生气的样子，便不敢把话向下问。坐了一会儿，自回自己的办公室去了。这事却也不用自己打听，立刻同事们传说着，间接地听到传言，乃是这位职员托人写八行，想到别一个征收机关去服务。在当中免不了有些请客和送礼的手续，严格地说，这是见异思迁而已，也不见得简直没有廉耻。这一回事，已是在苏先生心里投下一个暗影了。

又过了两天，也是坐在松先生办公室里，那位田秘书代他拟了一封八行送给他看，大概他自以为可以用，就叫录事誊在雪白的红丝格公用笺上，呈上到办公桌上，请松先生签字。他将信看了一遍，先冷笑一声，然后问田秘书道："你以为这封信写得很得体吗？你们把那尺牍大全上的滥调抄上这么一段，在我这里搪塞过去了，交出去叫别人看，岂不笑掉人家的牙？以后公余之暇，还是看看书，自修一点儿功夫，不要徒然在西装皮鞋上去用功。这个简直不能要，拿去再写过。"说着用手把那张漂亮的八行，向前推着，那纸哧溜地落在楼板上。田秘书什么也不敢回复，弯腰把信笺捡起，拿着走了。

　　苏伴云觉得田秘书的地位已不算低，松先生斥责他起来，竟是也不给一点儿面子，倒替他难堪。坐了一会子，回到那边小屋子里去，经过外面这间大屋子时，见田秘书红着面孔，手扶了桌沿在那里默然地吸烟。苏伴云本想安慰他两句，看了这情形也就不愿说什么。可是刚在屋子里坐下，就听到田秘书发出很沉浊的声音说话，虽然那声音并不高，可是那语调中含有骂人的意味却是听得出来的。于是便沉静地听下去，他道："你们拿公事敷衍我，我敷衍谁？这简直不行，重行去拟过。你们若是这样傲，这碗饭大概是不想吃了，岂有此理！"苏伴云伸头看去，被骂的人，正是老办事员柳正春。他和田秘书站在松先生面前的姿势一样垂了手，微低了头直挺挺地站着而一言不发。

# 第二十三章

## 不速之客

这个现实的现象让苏先生看到，他实在感到一种不快。然而自己的生活是比较地解决了，这与自己无干的事，纵然有点儿不顺眼，也仅仅是不顺眼而已，并没有什么人把这不快的现象来加到自己身上，这也无从发表自己的什么意思，只有放在心里。在第二个星期日，他既不上办公室，听说王小姐今天嗓子失润，不唱日戏，这就到王玉莲那里教书的时间就特别提早两点多钟，就到了王公馆来了。她们家还是用过午饭不久，王老太母女正泡了一壶好茶在那当客室而又当书房的楼上坐着闲话。王老太一看到他，便迎着笑道："今天是星期，苏老师也不休息休息。"苏老师笑道："要说休息，必须那个人出过一番力，或者用过一番脑筋，才有休息的必要。我既不曾出到半斤或四两力，又没用什么脑子，终日也就等于休息，大可不必再过什么星期。"玉莲已起身让座，这就笑道："苏老师对我的书十分热心，我十分惭愧，我的功课简直没有什么进步。"说着她向窗子外叫着杨嫂。王老太道："她出去了，你就把那小壶里的茶卤，先兑一杯开水给老师喝就是了。"王小姐因她母亲这样说了，便将旁边小桌子上的小朱红瓷壶，向玻璃杯子里斟上了卤子，又拿了热水瓶来兑开水。

苏老师在旁边坐着，望了他高足这番动作，他心里颇有点儿微醉的快慰。原来旧戏子中的名角，向来是自备小茶壶饮场。当在台上唱渴了口要喝茶，管饮场的人，两手捧了这小茶壶送将过去，喝茶的人嘴对了茶壶嘴就吸上这么一口。因为是这样的喝法，照例这是名角独享的，旁人不能分享。尤其是女角的茶壶，更非男子所能分享。这时，她竟把那小茶壶里的茶卤子，兑了享客，显见得她并不以外人相待。正是这样地想着，她已端了那只玻璃杯子送到了面前，笑道："老师，这是新泡的茶，我并没有喝残。"苏伴云笑道："王小姐为什么这样客气？"他说着把那只玻璃杯子端着到鼻子尖下先嗅了一嗅。王老太坐在对面看了，不觉哦上一声，因道：

"苏老师不喝香片的吧？我们玉莲自从吃了这碗戏饭，一切都跟着北方人来学，喝这口茶，喝的也是香片。我不行，我怕那茉莉花的浓香冲人，我还是喝龙井或者红茶。"苏伴云已把那茶喝了一口，因笑道："不，我也喜欢喝香片，尤其是北方人所谓大方。"玉莲便在新制的书架子上清理着书，手里已取出了一本，笑道："那我真是糊涂，每次在苏先生来了，我都特意泡一杯龙井给老师喝。"苏伴云道："可是你的龙井茶叶，是真正的杭州茶叶，并不坏呀。"

王小姐手捧了一本书，已走到苏先生身旁来坐下。王老太道："你还真打算要苏老师给你上课吗？趁着苏老师今天大半天闲着，你陪了他去看电影吧。"玉莲将书放在腿上用手按住，笑道："老师，去不去？"她说着话时，转了眼珠向他望着。苏伴云点点头道："我无所谓，你若真是看电影的瘾大发了，我也可以陪你去。"玉莲笑道："这样说，老师是说我逃学。管他呢，反正是和老师一路去看电影，纵然逃学还不是私下行动？"王老太道："既然决定了去，就赶快地去，你要化妆换衣服呢。"玉莲道："同老师出门去，朴素一点儿的好。老师你说是不是？你是个大学教授，我也要装出大学生的样子才对，你说是不是？"王老太笑道："你才跟苏老师念几天书，就要充大学生了。"苏伴云笑道："这是无凭准的，大学生不一样，有的也还将就罢了，有的简直远不如玉莲。我希望战事结束以后，玉莲可以休息两年不唱戏，真到大学里念两年书。"玉莲笑道："当抗战完毕了再去念两年书吗？那成老太婆了。"王老太笑道："老太婆要什么紧？至多是做个老处女。不嫁人，有了本领，自己养活自己，那比嫁了丈夫生男养女照管家庭要好得多呢。"玉莲瞅了王老太笑道："这话可越说越远了。"说着便走到后面屋子里去了。

苏伴云坐在椅子上，本来有两句话想说，可是看到了王老太正了脸色望着自己，他忽然想到，无论彼此混得怎样地熟，究竟有师生之分，把那句说到口边的话又忍了回去了。王老太笑道："老师要说什么？"苏伴云端着茶杯慢慢地呷着，借故想了一想，笑道："我所想的，也就是老太所说她的婚姻问题了，我想您心里的姑爷，不一定是我们念书人所揣想的那路人物。要不然，我倒可以做个介绍人。"王老太也正想说什么，可是玉莲出来了，她也就不说了。

玉莲正是像她所说的，和老师一路出门，不必化妆，只是在棉袍子上罩住一件蓝布大褂，手里拿着青毛绳的短大衣。苏伴云心里正想了一句话

"乱头粗服亦风流"，然而他没有敢说出来，只笑着站起来问道："我们这就走吗？"玉莲道："先去买了电影票，然后陪老师去咖啡馆里喝一点儿代用品，等着开电影的时候。"苏伴云对于弟子这种安排，自没有什么可说的。

就是王老太，她也处之泰然，并不觉得有点儿出乎勉强。他们师徒出门了，杨嫂还没有回家；那个跟包带打杂的老刘，因为玉莲今天星期不唱日戏，也是难得的机会，告了半天假，她只好在楼上看家。一个人取出一副小牙牌，摸了几回牌数，却听到楼下有个女人声音问着："这是王公馆吗？"王老太以为是玉莲的女友，便迎了出门，扶着栏杆向楼下望了，问道："是哪一位？"看时是个中年女人，头发没有烫，后脑勺挽了个云钩子，脸上也没有化妆，身上穿一件半旧的青呢大衣。因道："我们姓王，请楼上坐吧。"这个女人倒不谦逊，就随着话上楼了。她向王老太点了个头道："王玉莲小姐在家吗？"王老太道："她是我女孩子，刚才出去了，请到屋里坐。"这女人进得屋来，给了王老太一张名片，她又怕老太不认识字，重复地说了一句道："我叫华傲霜，和苏伴云先生同事。"王老太这就明白了，曾听到苏先生说过，有一位华教授，是一位老小姐，大概就是她了。便笑道："稀客稀客！请坐请坐。"

华小姐一面和王老太周旋着，一面打量这屋子，觉得比之战前虽也平平，可是在今日的重庆，非上等的收入，不能布置到这个样子。若以自己这个区域里而论，就是校长家里也比这差得太远，更不用说其他的人了。王老太见她坐在旁边小沙发上，张望着屋子，带了微笑，不知道她是什么意思。便道："对不起，今天星期，全家人都出去了，招待简慢得很，请喝杯清茶吧。"她这样地说着，也是照玉莲敬苏老师的茶那种办法，在红色的小茶壶里斟上半玻璃杯茶卤，兑满了开水，送到华小姐面前。分明是一样的茶，而华小姐对于这一点却没有丝毫的感觉。她喝着茶，静默了一下，笑道："我来得是鲁莽一点了，好在是小姐拜访小姐，也许是可以原谅的。"王老太笑道："您太客气，像华先生这样地好客，我们请都请不到。"

华先生又端着杯子喝了两口茶，然后将杯子放在茶几上，手扶了杯子做个沉吟的样子，因笑道："我也有点儿小事奉托。我知道苏先生每日下午都在府上教书的。我一下了汽车，是到府上相当的近，我特意来和苏先生说两句话。王小姐也是我久仰的，我很愿意和她谈谈，不巧，是两位都没有遇着。"王老太道："华先生早来半点钟就都遇到了。我小姐今天逢星期不唱日戏，是个难得的机会，她请苏老师看电影去了。"华小姐听了这话，脸色先是动了一动，接着哦了一声。王老太笑道："现在当先生的人，是不像以前的先生那样严厉的了。"

华傲霜端起茶几上的茶杯，送到嘴唇边抿了一口，然后缓缓地放下来，笑问道："苏先生就是和王小姐补习国文吗？"王老太笑道："苏先生真是热心，什么功课都和她补习。我们要是特意地请，哪里请得到这样好的老师。"华傲霜听了这话，微微地一笑，沉默了约三四分钟，才道："据我们同事的梁先生说，苏先生教得了这样一个学生，他是高兴得不得了，是他抗战以来第一件高兴的事。我想你们小姐这样忙，哪有工夫读书，还不是他极力地鼓吹，叫王小姐不能不发愤一下。"王老太倒不否认她这个说法，因点着头笑道："现在这年头，大家都看了钱说话，哪有人劝人读书，还亲自尽义务来教的？就是不来教，劝人读书也总是好事。"

华小姐心里想着，看这位老太太，倒是饱经世故的人，可是听她这个说法，那简直是个糊涂虫。人家青年男子，哪里去找这天天接近小姐的机会？何况你那小姐又是个有名的女伶。苏伴云有那样热心和你女儿教义务课，学校里请他正式教书，少给一块法币他也不肯吧？她这样想着，自己微微地一笑。可是她自己也就警戒着，不要老提着苏伴云，不然的话，那是一个大破绽。于是就说了些不相干的话，便起身告辞道："我打搅了，王小姐回来了，替我致意。"

王老太不明白她为何而来，自也不明白她可有什么话不曾说出来。她既要走，只好说声不敢当，把她相送了出去。她在家中无事，继续摸着牙牌数。约莫有一小时，杨嫂回来了，打杂的老刘也回来了。王老太就埋怨他们，说是跑了个精光，客来了，还要自己倒茶递烟。这二位佣工自不知道是什么客人来了，然而根据平常的经验，王老太所欢迎款待的来宾，无非是经理与大老板，唯一的例外，是那位苏伴云先生。然而他已和小姐出去看电影了。有了这点原因，他们都加了一份小心，预备客来了好好地迎接。

约莫有二十分钟的时候，果然有客来了，这客是比较地郑重，在大门外徘徊了两三次，抬头看了看门牌，就缓步踱了进来。这时，老刘正由楼上下来要出去买点东西，他看到进来的这位客人，穿了一件崭新的细呢大衣，右手拿着紫漆藤杖，左手夹了皮包，露出无名指上戴着一只亮晶晶的钻石戒指。看这情形绝不是一个等闲的人，单是那手指上的资产，就可值若干万。且不问他是来拜访哪一位的，走向前就深深地点了一个头道："你先生是找哪一位的？"那人对他看了一看，知道他是佣工之流，并不怎样回礼。向他翻了眼问道："王家在楼上，还在楼下？"老刘点着头道："在楼上，我来引你先生去，我来引你先生去。"他仿佛怕失掉了这头肥羊，立刻对那人引上楼。走到楼廊里，他就连连地喊着道："老太，客来了。"王老太听到他所喊的声音，是那样的干脆而响亮，料着必是可欢迎的客人，就答应了一声是哪一位？老刘没有任何考量，那位客人更是没有什么考量，就径直地走到屋子里去。

王老太见客进了门，推开面前起数的牙牌，起身相迎，却是怔住了，望了他并不认识。这位先生自也觉察出来了，掀起头上的盆式呢帽，向主人连连点了两下头，笑道："我叫秦道吉，仰慕王玉莲小姐而来。"说着，他将胁下夹的扁皮包放下，在身上掏出一张名片，一弯腰递给王老太。王老太虽也接过了名片，但是听到他自我介绍，乃是仰慕王玉莲而来，似乎并不认识，而且也没有朋友从中介绍过。可是吃了这碗老戏饭相沿来的习惯，也绝没有拒绝人来拜访之理，只得哦了一声道："是秦先生，请坐请坐。玉莲她出去了，那是失迎得很。"秦道吉好像很内行的样子，将头一偏，翻眼看了屋子四周，微笑着道："今天她没有唱星期日戏呀，不在家里休息休息吗？"他说着，也无须主人谦让，就在沙发椅子上坐下。两腿伸得很长，背向后仰着，靠了沙发笑着摇摇头道："这可说是不巧之至了。我料定今日星期，可以看王小姐一出好戏，现在不但戏看不到，连人也见不着。"

王老太心里就想着，哪里来的这样一个冒失鬼？可是这女用人杨嫂，却因为王老太有话在先，说是来了客不曾好好儿的招待，因之这次见了老刘引客人进门，像是王小姐一位极熟的朋友，立刻也就送茶奉烟，十分欢迎。秦道吉当杨嫂送着茶杯到面前茶几上的时候，他起身点了点头，向王老太笑道："这位大嫂，也是你们由下江带来的？"王老太道："不，是我们在重庆雇的。"秦道吉笑道："哦！是在重庆雇的，这简直和下江人一样，可见王小姐训练有素，真是强将手下无弱兵。"王老太对于这话，倒没有什么可说的，又只微笑了一笑。

秦道吉站起来，对屋子里墙上的字画全都看了看，两手背在身后绕行屋子一周，笑道："我虽没有看王小姐的本装，然而在这屋子里参观一下，已很可以看出她平常是怎样一个人了。仰慕之至！仰慕之至！"王老太见他站起来，以为他是要走，自也站起来相送。点了点头道："简慢简慢！府上住在哪里？改日让玉莲过去奉看。"秦道吉笑道："我可说是不速之客，但是我自信，我在人事方面是可以与王小姐帮忙的，认识我这样一个朋友，和她是有好处的。再见再见！"说着戴了帽子，夹着皮包就走了。他去的也是极其匆促，竟不曾转身向主人点个头。

王老太站在门口呆望了很久，等他在楼下出了大门了，这才叹了一口气，笑骂道："哪里来这么一块料，跑来搅乱一气！"杨嫂正也在屋子里，听了这话，才晓得这阵欢迎贵宾却是错误，自默然地不敢说什么。天气是慢慢地黑了，而两位看电影的男女并不见回来。王老太遇到那位秦先生，觉得他随便地走进人家，过分地看贱了唱老戏的女孩子，心里头很有点儿不痛快，牢骚得很，也无聊得很，便回到卧室里去睡觉。

不到半小时之久，华傲霜小姐又来了，她觉得这是来过的地方，而且和王老太一度谈话，也觉她这人不错，因之走入了大门之后，径直地上楼。然而走进原来到过的那间客室时，比上次还要清寂，一个人影没有。凭着自己的个性，就觉得这行动无礼，于是又退到门外去，将手连连地敲了几下门，还问道："王老太在家吗？"杨嫂应声出来，对她身上打量了一番，觉得她并不是主人所欢迎的有钱男子，而又不是小姐同伴那样漂亮年轻的女子，料着是主人所不愿意的。在碰了主人一个钉子之后，再不敢做错了去碰第二个钉子，便沉住了脸色问道："找哪一家的？"华傲霜道："会你们王老太太的，刚才我已经来过一次了。你们小姐回来了吗？"杨嫂左手扶了门框挡住客人的前进之路，右手连摆了两摆。因道："老太太睡觉了，小姐没有回来。"这把客人所要说的话，拦头一棍，都挡了回去了。若是就这样退走，不但扫兴，而且未能达到自己的目的，若是不回去，人家说了老太太睡觉了，小姐没有回来，还有第三个人可会吗？

呆了一呆，因道："那不要紧，我也并不要会哪一个。我留下一张字条，等你小姐回来，你交给她就是了。"杨嫂扶着门框的那只手慢慢地放了下来，依然正了颜色道："有啥子事？告诉我，不写条子也要得。"华小姐见她有拒绝之意，就红了脸道："不要紧，我只要五分钟就把字条写好了，打搅不到你的。"于是也不再取得杨嫂的同意，就在身边挤了进去，右边临窗户正是王小姐为补课而设的小写字台，上面文具现成。华小姐就匆匆地取了一张纸条，写道：

玉莲小姐，两次拜访不遇，失望之至。请转告苏伴云先生，有要事相商，请其抽闲于明早七时，至香港酒家一叙，拜托拜托。

不速之客华傲霜留上

桌上有信封，字条写好之后用信封套上，写着留交王玉莲小姐芳展。她将信交给杨嫂道："你小姐不是有一位唐老师吗？我和她唐老师是同事，这样一说，你就完全明白了吧？"杨嫂淡笑了一笑，默然地接了那封信。华傲霜看了她这份情形，便有一腔怒火直射出来，而射到她脸上去。可是立刻又想到，这封信必须由她手上交出去，若是将她得罪了，她将这封信扣留不交，依然是自己吃亏，只得也报她一个淡笑，悄悄地出门而去。刚走上到大街，就遇到了那位摩登高足女弟子刘玛丽，她和一位上穿鹿皮夹克，下蹬灯草呢长马裤的黑头发高个青年并排走着。他们手上各拿了一只网球拍。华先生是有自知之明的，这群人里面，没有她的份，也就不必多事，徒惹人家的讨厌，便故意闪到一边要让开他们，只是挨了马路边人家屋檐下走路。这种举动，以她的个性而论，那已是十分恕道的了。而事实不然，偏偏那位刘小姐却不了解她的恕道，而予以攻击。

165

# 第二十四章

## 先生将何之

那位刘小姐是思想前进而健全的人，她自然不感到和一个男子同行会对华先生有什么不便，所以对华傲霜之避开，她以为是华先生没有看见，老远地跑了过去，连连地叫着华老师。还怕她没有听到，将手上的网球板举起了多高，高过了头顶一尺多。华傲霜看到，只好站住了脚，向她点着头道："今天也是星期，进城来休息一天了。"刘玛丽笑道："我本来这个星期不愿回来的，他们一天打两三遍电话催我，我不能不回来。"她所说的他们，自是嫌着空洞，但华先生心里不言而喻的，知道这他们指着是谁。正待说句俏皮话，却见那个拿网球板的少年，很快地跑了过来，垂下了那只手，深深地一鞠躬。

华先生究竟还是一位小姐，绝没有年高德劭的自负之意，一个成人的男子向她行此重礼，她不便坦然受之，就也向那人回了半个鞠躬。刘小姐笑道："是我敝亲王君，他也很久仰华先生的大名。"华傲霜道："是一位飞将军吗？"刘小姐代答道："他考过两次空军，都因体格不及格，没有获取，朋友都和他抱屈。我听到章瑞兰说，华先生住在她公馆里。"她笑道："你的消息很灵通呀。"刘玛丽道："她是在电话里告诉我的。"华傲霜道："你看，我这样一身寒素，我怎么会到她公馆里去呢？这次进城，我们是同坐着长途汽车来的。她听说我在城里还没有托足地方，也不问我同意不同意，提了我的旅行袋一直就到她家里去。我在章公馆，只坐了半小时就出来了。她约着我晚上到她公馆里去吃晚饭，我想着，究竟是怪不方便的，最好还是不打搅她。"刘玛丽笑道："她们全家都到成都去了，这里就剩下几个远房亲属，又都是年老的，和她说不来。她回了家，倒反是怪寂寞的，所以她欢迎华先生到她那里去，那倒是真情。再次华先生进城，可不可以到我家里去住两天呢？"

华傲霜对她看看，又对她同行的那位青年看看，先抿嘴笑了一笑，又

166

点点头道："我相信你约我去也是诚意的，可是你出去打网球看电影去了，我在你那里不更寂寞吗？"刘玛丽道："我也不能成天打球看电影呀。华先生若在我家，我多少要跟着华先生补习一点儿功课。"她听了这句话，却引动了一腔心事，因笑道："你果然愿意补习功课，我倒愿意成人之美，反正现在我是在做拉散车的生活，我多拉一趟车子，这也不怎么费力。"刘玛丽笑道："华先生若是能够和我们补习功课，我们绝不要华先生卖苦力。还有那位梁先生，不是也常常进城兼钟点吗？我们也想请他和我们补习数学，我们几个人，这门功课最是不行。在中学的时候，根基就建筑得不稳固，于今虽是用不到，代数、几何这门功课太坏，心里终有些不自然似的。"

华傲霜笑道："梁先生吗？改行了，第一步是不兼钟点，第二步，就怕连教授本位都要牺牲了。"刘小姐道："梁先生是个苦干的人呀，改行了，改了哪一行呢？"华傲霜道："大概是做小生意吧？我这次进城，还没有会到他。"话说到这里，看刘小姐那位朋友站在那里透着很踌躇的样子，心里想着，这孩子还想学空军呢，见着规规矩矩的妇女，就是这样手足不知所措，一点儿丈夫气没有。便点了个头道："再会吧。章小姐还等着我吃晚饭呢。"她这样说着，并没有理会那个少年，只是和刘小姐点个头就走了。

她一路走着，一路就心里暗想，当自己在她们这样年纪的时候，一切的男子都不放在眼里。父母曾几次提议婚事，都干脆地被自己拒绝了。甚至人家将相片子寄来，还把它丢在地下，像刘小姐这样的男朋友，那真是不值一顾。可是现在老了，自己照着镜子，不承认老也不行，不值一顾这四个字，仿佛已被人家拿来应付自己。世界上的男子全是糊涂虫，他们选择女子的标准只知道要漂亮。不，只知道要搽脂抹粉会化妆的，至于道德学问能力，一切不管。在这种情形下，男子对于女子根本存了一份侮辱的观念。她越想越生气，心里生气，便只管走着，忘了路之远近。猛然抬头，却把到章小姐公馆的那条路走过了两三条街。再看看电线杆上的街灯，正放着灿烂的光。这就想着，并不知章公馆是几点钟吃晚饭，这个时候跑去，也许人家的晚饭已经吃过了。到那时还是让人家另开一客晚饭来吃呢，还是另行出来找饭吃？但无论如何，这都是很尴尬的，倒不如吃了晚饭再到她家去。她这样地想着，就在街的附近找了一家小小的广东馆子去吃晚饭。

走进门来，是敞厅，这也正是大家来吃晚饭的时候，各个座头上正纷纷地上着座客。华小姐在门边站定了，正打量着要在哪里找个独座儿去。这时，却有个奇迹，便是那位极会打算盘的梁先生，却也单独的高踞了一副座头，桌前面摆了一菜一汤，还有好几盅白饭。还不曾向他打招呼呢，他已站了起来，高举了手上的筷子，向她连招了几招，笑着叫道："华先生，华先生，请到这里来坐。"她笑着走过来问道："梁先生一个人吗？"他很欢迎的样子，立刻移开了对面座位上一把椅子，让她坐下，忙着叫伙计添碗筷。华傲霜一坐下来，他就立刻问她要什么菜。她看这桌上有一盘番茄炒牛肉，一碗冬菇鸡爪汤，这不用说，以拉散车号召的梁先生，平常没有这种享用，就是一般吃粉笔的同行，谁能够不请客，不赴宴会，无端吃这样好的菜？便微笑点头道："这已经可以了。"梁先生笑道："难得遇到的。我请一回客，我们照规定吃两菜一汤，应该还添上一个菜。"他一面说着，一面就对经过面前的伙计招了两招手，把他叫近前来，问道："什么菜快？"伙计说是香肠炒蛋，他一秒钟的考虑也没有，就说了快拿来。华傲霜向他笑道："我听说梁先生已经改行了，老早地就想着，这可以让梁先生请一次客了，不想误打误撞今日就遇到了梁先生。我还不曾有点儿表示，而梁先生就先请了我。"

梁教授见她面前已放好碗筷，立刻就将一盅白饭拿起，向她空碗拨下去，笑道："这哪里算是请客？等到这个比期过了，我或者能够赚得小小一笔款子，那就可以大大地请你一下子了。"华小姐已扶起筷子来吃饭，便笑道："能赚多少钱呢？总有好几万元吧？"梁先生笑道："在我们教书匠圈子里谈钱，是不敢论万的，可是一到了做生意买卖，几万两个字都不大适用。我现时还不算商人，自然还不够那资格。但是人家挣大元宝，我啃一点儿元宝的边，究竟也不只是我们一个月的钟点费。"她笑道："这样说，一定也是几十万了？梁先生改行才多少天，就有这种办法，这样看来，我也大可以改行。只是重庆这社会，还没有女子经营的商业，要不然的话，我也改行来经商。"梁先生笑道："怎么没有，且不要说平常在大街上，可以看到老板娘坐柜台和妇女摆摊子的。大公司里，妇女投资的有的是，就是做游击战的商人，也少不了娘子军。因为你平常不大留意这事，所以你看不到。"华傲霜笑道："我根本没有把街上摆摊子的妇女列为商人，她们不过是帮助家里人做个别动队，算不得正式经商。我的意思是说或跑码头，或坐在家里做投机生意，简直算一个商人单位的女子，不曾看

168

到。"梁先生两手扶了筷子碗，且不用饭，头向后一仰，笑着高声道："有有有！而且是大得其法。你若愿意知道这类事，我可以举几个实例出来。"

梁先生这一番高声大笑，引得前后左右几个座头的食客都向他望着。华小姐还没有忘了自己是个大学教授，又是个老处女，凭了自己这点身份，还不能在饭馆子大谈其生意经。便低声笑道："改日回到文化村里去，我们泡上一壶茶，详细地谈谈吧。这资料一定是足够我和特约的杂志社写两篇文章的了。"梁先生看了她的颜色，就知道她不愿把这话向下提，也只好一笑了之。

吃完了饭，梁先生更不用华小姐再费一点儿谦逊的话，他就在衣袋里掏出一大把关金票子来，看去怕不止一两万元，立刻掀起两张交给伙计会账。她心里也就随之想起来，在学校里拿薪金的时候，经过了几度借支，每次拿到手的总数，还不及这一半的又一半。而拿回家去之后，和太太还得开一个临时经济会议，商量将这份薪金如何支配全月的用度。梁先生现在是换了一个人，口袋里几乎藏有三个月的教授薪金在街上零花。人生在世为什么？为了绅士架子呢？为了丰衣足食呢？她一刻之间，生着变化不断的幻想，未免凝视了梁先生的姿态。

梁先生脸上始终含了微笑，他没有介意到人家对他的注意，或者就是注意到了，他也以人家向他注意为荣。于是含着笑向她点头道："不恭不恭！我在城里还要住几天，华先生在南岸教书回来，可以打个电话给我，我们还可以继续谈谈。"华小姐道："我到哪里去找你的电话号码呢？"梁先生自笑着说了一声大意，就在衣袋里掏出一张名片交给了她。她接过来看时，上款印着协进百货公司协理。梁先生原叫又栋，现在名字也改了，是发昌，纯粹的一个招牌字样，下款是地址与电话，而且电话号码是两个。她笑道："这是梁先生的名片吗？"这时二人已走出了饭馆子了，站在街头人行路上。他低声笑道："你以为发昌这两个字过于庸俗吗？既然做生意，就讲个怎样能挣钱怎样好，我之所以改名字，表示我改行求其彻底。"华小姐本来想把女学生想请他补习数学的事奉告，现在看他全副精神都贯注在生意上，这种卖苦力的事，无论是挣钱或者谈交情，都没有和他交代之必要。于是含笑和他告别，直向章小姐公馆里来。

偏是章小姐看电影去了，留下了个字条，上说："华先生需要什么，尽管告诉用人，不必客气。"她这样说，倒是真的做到了，有个专门伺候章小姐的女佣，就引她到小姐卧室里去。这章小姐是特别的敬爱先生，把自己的卧室腾出来招待，而自行到别间屋子里去住。华先生走进这间屋子来，先须经过一间小小的书房。在学校里，章瑞兰不是个高才生，平常也不见她谈什么学问，可是这小书房里，就设下了四张紫檀玻璃书架，里面全塞满了中西书籍，而且陈列得像刀削的一样。玻璃窗户垂着绿呢的窗帷，下面横列着写字台，桌角上放着彩图绿纱底的桌灯罩。一只黄釉青花的瓷花盆，栽了一盆粉红的小茶花。那灯光射在上面，透着特别鲜艳。桌上一只福建彩红雕漆的文具盒子，放了文具。紫檀的桌面，放着玻璃板，下面并没有信件文稿，压住几张外国明星照片。桌外是弹簧的写字转椅，紫绒的椅垫。屋顶上更垂下宫灯式彩纱罩大电灯，照着屋里通明。

她走进屋来，只在眼光一瞥间，她已觉得这里的布置不凡，极够人生的享受。脚下踏着寸来厚的地毯。走进了书房后的卧室，这里不是前面书房里带有几分古色古香的意味，这屋子里却是一色立体式的摩登家具。除了一张铜床之外，其余都是乳白色的油漆。大概章小姐是喜欢素雅的，小沙发上的软靠，是白缎子绣花的，床上的被褥也都是白缎子或白布的。但它又不全白，床单角上绣着几只紫蝴蝶，缎子被面上绣了几片淡绿竹叶。这正合了华先生爱好，在清淡之中仅是略略有点儿艳丽。她坐在小沙发上，刚一休息，立刻有另一个年轻女仆，打了一把软绵绵香扑扑雪白的手巾把，送到她手上。随着是玻璃碟子，送着干果子来了，江西御瓷盖碗，送着茶来了。那个迎接的女仆笑盈盈一鞠躬道："华先生要什么，只管打桌上的铃，外面书架子没有锁，华先生可以随便看书。"说着又一鞠躬，然后退去。

华傲霜支脚坐着，向屋子四周打量了一番。心想：好一种战时享受的生活呀！这样人家出来的小姐，她怎么肯到大学里去读书呢？章瑞兰的父亲，无疑地是个大资本家，可不晓得她的祖父是不是个商人，但也不必远溯上去，只凭他父亲半辈子经营，大概就够他一家享受几代了。不见眼前的商人，一挣就是好几百万吗？梁又栋的算盘是对的，教书落个清高的身份，那是自己骗自己的话。坐在家里，终日愁着柴米油盐，家里人不抬举你，走外面一身寒酸，谁也瞧不起。你甚至拿了钱到店铺里去买东西，店老板都疑心你买不起。再看那个王玉莲的家庭吧，一个唱老戏的女孩子，在中国旧社会里，真是人类中一个起码角色。现在不然，她有了钱，一切享受都比普通人高一筹。那个苏伴云先生，至少也是个读书种子，既当过教授，又做了机关上宾，他就甘愿在她们家做食客。假如我有王玉莲那么一个家庭，老早就可以天天请他到我家里来喝茶嗑瓜子而谈天了。

她一个人沉沉地想着，竟忘了身子在哪里。端着茶碗喝了两口茶，情不自禁地将干果碟子里的花生米，抓了一把在手心里，一粒粒地送到嘴里去咀嚼。而她的心里还是在想着，自己孤芳自赏了这多年，那有什么用？就不如一个唱老戏的女孩子。自己在大学教书，人家是中学还未曾毕业，看她那样子，不但是生活问题容易解决，就是婚姻问题也极容易解决。这样看起来，读书真不见得与人有什么好处，甚至知识高一点儿，也不见得与人生有什么好处。她一面想心事，一面抓着花生米吃，不知不觉地却把那一碟花生米吃光。

恰好那个女仆又提着赛银的锑铁壶进来，看那上面却没有丝毫的脏迹。她提起壶来向盖碗里冲着水，笑道："华先生你一个人闷得很吧？那就请安歇吧，我来和你铺床。"华傲霜道："我还想等你小姐回来谈谈呢，我到外面书房来看书吧。"说着，起身向外屋子里走来。原是口里这样说着，并没有决定坐下来看书，可是那位女仆过于伺候周到，随着在她身后，就把那盖碗茶捧着送到外面书桌上来，接着又把干果碟子也移过来了。她看见人家那样殷勤，倒不可过于违拂了人家的意思，只好坐下来，将桌灯开着。见手边书架上，有一册红壳金字精装的书，觉到这当然是可看的，便抽了出来。可是一到手，就看清了，金字的书名《银行会计学》。生平就没有和这一类书结缘，当然也就不愿向下看。把那书送进书架，再不抽下书来了，伸着头对站立的西装书背缝，一册册地看去。这就发现所有这书架上装订得漂亮的书全是商业用书。她不觉得坐下来，凝神想一想。章瑞兰小姐那么一位摩登闺秀，也会爱上了生意经，代替绣房的书房，也塞满了银行学。这个世界是变了。

她沉沉地想着，随便端起盖碗来喝茶。她两只眼睛不免向各书架上去搜查。见那对面的一座书架，叠叠齐齐地摆了许多线装书。这就让她想着，线装书里应该不会有什么银行学、会计学原理。便起身将那里正中的一叠书抽出来一看，原来是《四部丛刊》里的经部。手上所托的就是《礼记》。只看那书页中间夹了一个透明琉璃片的书夹，似乎是看过的书了。难道章小姐还会看这样大开其倒车的中国书？于是将这本书抽了出来单独地翻着。就在这书夹子的所在，翻出了一张字条，写了一句《孟子》上的成语："先生将何之？"这倒不觉吃了一惊，是章小姐留给我的字条？这是什么意思？手捧了书，站着凝神想了一想，觉得不会。章瑞兰她怎么知道我会在这里看书，而且就看的是这本《礼记》？想必原来看书的人写着夹在书里的。看这字条的口吻，应该不是章小姐说自己，她不会自称为先生吧？既是与自己无关，这也不必去研究了。依然把书叠好，成套将书送到书架子上去。

可是当自己弯腰把书送到书架子上去，就在这个时候，看到外层堆叠的是《四部丛刊》，里层却又另行散放着五六寸长的小本子书。随手掏起一本来看，书签上石印楷书写得明白绣像《杏花天》。她心想，好一个艳丽的名字，大概是章回小说吧？揭开书来，在书本中间翻了两页看看。立刻脸腮上一阵红热，不敢再看，依然放到原处。再看时，那里除了线装的小本子书而外，也有西式软面的单本书，情不自禁地挑了一本白皮无字的书，拿起来看看。书封面里面，另有一种夹页，清清楚楚地在中间印着两个字《性史》。这书在中学念书的时候，已经看过的，于今年纪大了，又为人师，觉得在科学的观点上有些说不过去。既不合乎科学，若就文艺方面说，意识是谈不到；技巧也难说得通，章小姐却会看这种书，大概外层是四部丛刊，里层就是这类色情文字书籍。幸是老妈子没有在这时候来冲开水，不然的话，倒说是我有意揭破人家的秘密。于是不再犹豫了，立刻将架上书摆列成了原样。

自己回坐到写字椅上，撑着头靠住桌子，想了一想。一架书架上，里外陈列着两样的书，这未见得是家长所能同意的吧？《礼记》里面，夹着的那张字条，大概就是指这些书而言。先生将何之？看《四部丛刊》呢？看《杏花天》呢？看《经济学大纲》呢？一个人，生在这宇宙里，先要解决衣食住行。衣食住行略微有点儿办法了，就一定会走上男女性欲的一条路。朋友们常说要找第二条路，其实这是错误，应该是找第三条路。第二条路有许多人是应该走过了，而不必再走的。至于自己呢，却是第二条路第三条路同时都要去走着。这个社会还不许一个孤单的女子打出一片天下来。尤其是这战时，一个老处女走到哪里去，也嫌着孤独。不但是孤独，而且还得遭受人家的压迫。将手托了头，沉沉地想着。眼看到了桌上现成的笔墨，又是情不自禁地就提起笔来，将文具盒旁边一盒精制的彩印宣纸信笺，就在上面写着："先生将何之？"写了一行，又写一行，接连地写了十几行。把一张纸都写满了，才放下了笔，将纸放在玻璃板上。

那个伺候茶水的女佣，又提着茶水进来了。华小姐笑道："你们这样地客气，叫我第二次不敢再来打搅了。"女仆道："我们小姐说，请都请不到华先生。华先生来了，那真是给面子。"华傲霜笑道："你们小姐说我脾气很古怪的吧？"女仆笑道："没有没有，我们小姐说，现在女人也和男人一样，男人能做什么，女人也能做什么。她就说华先生的学问好得很。"华傲霜笑道："你们也知道学问两个字，学问现在是不卖钱的。你小姐也和你谈过生意经没有？"

那女佣还没有答复这个问题，主人章瑞兰小姐就在外面答应着，连说："对不起！对不起！失陪失陪。"她身上穿了大衣，手上拿着皮包，似乎她由外面回来，径直地就到这里来的。华小姐站起来点头道："你太客气了，把你自己的卧室让给我住。"章瑞兰脱了大衣，将皮包一齐交给女仆，走近桌子横头的小椅上要坐下，看到桌上一张信笺写满了先生将何之一句话，不由得怔了一怔。华傲霜很警觉，便笑道："我坐在这里无聊得很，心里正盘算着，梁又栋向我提出的一个问题，还是改行做生意呢，还是继续将粉笔饭吃下去呢？你是个会计世家，我正要等你回来，向你商量呢？"章小姐笑道："我被几个人拉去做东，躲不了，把华先生一个人丢在这里闷坐，真对不住。华先生也许是闷得慌，有这个感想。我们都羡慕华先生呢，华先生何必改行？"华傲霜听她说到羡慕两个字，却不由得触动了一腔心事，昂起头来长长地叹了一口气。

## 第二十五章

# 老处女的转变

　　章瑞兰虽然比华傲霜年纪小得多，但对于男女之间的问题，却比老师知道得更多。一个受过高等教育的女子，到了三四十岁还没有结婚，这绝非出于自愿，必含有一个不简单的原因。论到教书先生的生活，诚然是清苦万状，然而像华先生这样一个人，既无家室之累，也没有一切应酬，还不至于有对油盐柴米发生恐慌的情形。她在谈话当中，每每叹上一口长气，好像有隐衷说不出来，这必是生活枯燥。在另一角度看吧，纵然缺少柴米油盐，也不致有话说不出来。她心里在忖度着，眼光可就射在华先生的脸上，笑道："华先生家庭不在这里，还有其他的负担吗？"华小姐摇摇头道："小姐，你们年纪轻，没有深入社会的里层，不知道做人难。那拿破仑说打仗第一是钱，第二是钱，第三还是钱，这话于今不大适用，应当移到做人方面。小姐，这社会没有钱不行，有钱就任何事情都办得通。我现在就是需要钱。有了钱，我就吐一口气了。有什么法子可以得着钱呢？那就只有做商人了。"她一口气说了这套话，脸上红红的，似乎是很兴奋。章小姐上过华先生的课，也在会议场上听过华先生演讲，向来她说话都是从从容容的。不像今天这样激昂，无疑地她是受了一点儿刺激了，便笑道："华先生要经商，在现时的潮流上也是当然。如果需要我效劳的话，我愿出一点儿力，但不知华先生要经营哪路商业？"

　　说话时女仆又送了茶碗来。章小姐说："我们坐到里面屋子里去谈吧。"华傲霜变着很亲热的样子，携了章小姐的手，一路走到里面屋子里去。同在一张沙发上坐下，拍着她的腿道："你能帮我的忙那就好了，我猜你是懂得商业的。你问我经营哪路商业吗？那是个笑话，我一来不懂什么叫商业，二来也没有本钱，我是一部廿四史，不知从何处说起。那么，我是百分之百的外行了，为什么有这个念头呢？可是我就看到百分之百的外行兼商，而且是发了财，所以我就有这个意思了。你能告诉我一个办法吗？"

　　章小姐心里想着，这可是北方人说的瞎子摸海了。没有资本，没有经验，而且也没有目的，她一个老处女，突然要做生意，我就是个最有办法的老商人，我也没有法子和你出什么主意。便含笑道："华先生以我是个商人的女孩子，就有什么商业经验吗？"华傲霜道："刚才你还说和我帮忙呢！怎么不到五分钟，你又变卦了。"章瑞兰点了头道："我是说了这话的，可是老师并没有告诉我，应当走哪一条路。我站在广场上，抬头一看，四面八方全是街道，你叫我向哪里走？"华傲霜点点头，抿了嘴笑着，想了一想，又点点头道："你这话是对的。可是你替我想想，我能想出什么路数来呢？我有法子，我也不会请教你这位大小姐。慢着，我还得加以说明。今天下午，我受了一点儿刺激，我立刻想到，我应该改行经商。我是为情感所冲动了，心里一迭连声地喊着经商经商。其实我自己想起来，这也是胡闹，我不过受了梁又栋的劝导，有点儿神经紧张。"章小姐笑道："梁又栋先生既告诉了先生应当改行，他一定说了要怎样改行。不然，华先生也不会立刻积极起来。"

　　华傲霜道："我还另外受有一点儿刺激。"她说这话，脸上泛起了一层红晕，似乎有一点儿愤慨。但这红晕立刻变成了喜意，她有了笑容，回头向房门外看看，回过脸来，低声道："我有点儿小心眼儿。我今天到一家唱戏的女伶家里去，我觉得她家那份排场，比你们公馆里大得多。女佣工，男佣工，都把两只眼睛放在头顶上看人，凭我多念几年书的资格来说，也不至于不如她一个唱戏的。然她就一切都比我好，有什么话说呢？"章瑞兰道："是哪个唱戏的？华先生怎么认得她呢？"华小姐顿了一顿，笑道："为了一件不相干的事，我要到她那里去托她转一个口信。我根本不认得她，不过说起来，你也会知道，报上广告栏里就常常登着她的名字，她叫王玉莲。"章瑞兰道："哦！是她，我看过她的戏的，长得很漂亮。"这句话似乎是华小姐所不愿听的。她摇了两摇头，鼻子又耸着哼了一声，冷笑道："戏台上的漂亮算什么，那完全是靠化妆。唱老戏的人，穿着红红绿绿的戏服，更烘托得好看。而且唱老戏的人，多半是欠缺教育的，这种女孩子，应该是一无可取。"

　　章小姐听到这里，简直类于攻击，这就不好把这话谈下去了。笑道："是的，越是这些人有办法，越是让知识分子发生愤慨。华先生明天可以不必早起吗？我们不妨作长夜之谈，替华先生想点办法。"她笑道："好哇，我苦闷得很，就是想不出办法，作个长夜之谈，也是我所情愿的。"
章瑞兰笑道："好！我奉陪老师。最近有人由印度回来，带了一点儿咖啡，我叫女用人熬一点儿咖啡来喝。"说着她走出去吩咐去了。

在章小姐这种精致温暖的屋子里，又有提神的咖啡喝，谈了两三小时，章小姐终于和这位女老师想出了一个办法，而这个办法，名义是为大众服务，相当合于华先生的脾胃。原来章小姐设计一下，请华先生在所住的文化村口，创办一个合作社。合作社的资本，暂定五十万元。这不用老师烦心，她可以用二百个同学的名字来摊认。这二百个同学，有十个同学代为出钱就行了。其余的人，只是出一个名，凑足合作社股权的单位。至于几个合作社的经营，章小姐有个远房的姑母陆太太可以来主持。她年纪在四十岁上下，她的丈夫就是手创四个合作社的人。陆太太跟了她丈夫出入各合作社，得了不少的经验，不幸这位陆先生挣到百万元家财，人称陆百万的盛况之下，财多身弱，竟害了一场大病去世了。人死了就死了吧，无论物价如何高涨，在半年以前，这一百万的巨额，在陆太太懂得合作事业的人总有办法运用。而不幸在陆先生大病中，发现了他另娶了一位年轻的外室。当时不容她来过问这问题，怕是增加病人的烦恼。而这位外室却先下手为强，低首下心，天天来伺候陆太太兼伺候病人。尽可能地把陆先生银行里的存款，或开支票，或凭存折，提去了八十多万。陆太太办完了丧事，却落个两手空空。她带了两个孩子，就寄食章公馆里。正是一肚皮经济哲学无用武之地。由章小姐的父亲章三爷，以至章小姐本人都在和她计划，要寻一条什么出路。而陆太太自己，却对于办合作社最感到兴趣，愿远房哥哥帮助她，再去创办合作社。可是创办合作社，并非开一所店面子，没有合作的单位，根本就不能存在。章公馆里尽管拿出百十万股本儿来不费吹灰之力，可是她绝不能在公馆里开办一个合作社。就是可以开办一个合作社，章公馆里的男女把厨子听差一齐算上，也不过二十多个人，不够做一个合作社员的基本数。因之陆太太尽管有这番雄心，可是也像华小姐一样，盲人瞎马，不知道向哪里去着手。

次日上午，章小姐起床，就把这远房姑母陆太太约着，和华先生到书房里来谈话。华傲霜昨晚听到章小姐介绍陆太太和她合作，她就甚为高兴。因为陆太太虽是个妇人，然而她是没有丈夫的。她对于没有丈夫的人，总是认为同志的。其次，是陆太太有四十多岁，比自己年纪大些，对于年纪小的妇女，心里向来有一种说不出的妒意。自然，由反面看来，对于比自己年纪大的，那就使自己得着一种安慰了。所以一见着了陆太太，立刻跑上前去，和她握着手。她看陆太太穿了一件灰布的棉袍子，左臂袖上圈了一圈黑纱，头发在脑后挽个横髻，却是在鬓角上扎了一小圈白线绒结子，脸上黄黄的，没有一点儿脂粉。加之她尖长面的轮廓，带了一份冷淡的神气，活现着是一副寡妇丰韵。这在别人看来，或者是不大适意，而华先生看到，就是一个极好的印象。何以有这个极好的印象，她自己也说不出来。

她摇撼了陆太太的手，笑道："昨晚上章小姐和我谈起陆太太来，我十分高兴，我们一见如故，希望陆太太将来和我们合作，多多指教。"陆太太和她在并排的小沙发上坐下，嘴角上带百分之一二的笑意，因道："指教这两个字，那太承受不起了。华小姐是个学者，这话应当倒转来说。"章小姐坐旁边小圈椅上架起腿来，像是个很自得的样子，笑道："大家都不必客气了。我们还是谈整个的计划吧。华先生，我刚才和我姑妈谈了半小时，她十二分地赞成。据她说，只要第一个合作社办得有基础，以后陆续地扩充起来，可以办许多分社。办合作社，虽不能像做投机生意那样挣钱，可是这是稳扎稳打的战法，绝不会失败。"华傲霜笑道："失败自不会失败，无论如何，合作社贩来的货物，要比普通商人贩来的货物便宜得多。可是怎么样能得着胜利，我可是不大明白。"

陆太太将身子向前移了一移，寡妇脸上落下了三分笑意，低声道："这是错不了的。"说着，她伸出手来抓住了华小姐的衣袖，接着道："那法子就太多了。比方说，我们若有三百个社员，不难一次领到一百五十斤白糖，半斤白糖一个人，还算多吗？"华傲霜道："我们哪里有许多社员呢？"陆太太道："那有什么难处，只要合作社能够有法子立案，三百个社员的姓名，还没法子填写起来吗？反正社员入社，要缴的股本，我们都替他们代办了。"华傲霜笑道："我明白了，我们既是替人家缴了股款，这利益就当我们享受，我们把这白糖用黑市卖出去，就可以得到很大的利益。"陆太太坐直了两手一拍，笑道："对极了！就是这样办。只要举这个例子，其余的，你就自然明白了。"于是她根据了这一点例子，发挥了许多议论，华小姐觉得比看什么妇女运动的论文，都亲切有味，只管含着笑听了下去。最后，陆太太笑道："这个社会是个势利社会，既无钱又无势，就别想活下去。我们妇女界，向来就难于自己造成一种势和利的地位，不免倚靠男子，那怎样能把女权提高？华先生，不怕你说句见笑的话，我觉得光靠女子本身学问好、道德高，绝不能提高女权，必须女界里面也出几个大资本家，然后才有办法。"

这一类的话，在两个月前，让华小姐听了，华小姐是感到不入耳的。她现在听到就觉得很有道理，立刻更感到与陆太太气味相投。一番话直谈到十二点钟，同在章公馆进午餐。这个问题虽然解决，可又惹起了华小姐新的烦恼。原来她到章公馆来以后，径直地就向章小姐书房里走来，还不曾看到章公馆的内层。这时，由章小姐将她引进内客室里来，她除了看到许多精致的陈设而外，她又看到这内客室的墙上有三张结婚照片。第一第二两张都是少年夫妇，围着一群参加结婚典礼的人。第三张却是一对中年人，而且仅仅两个人的全身相片。男的穿了长袍马褂，女的穿了旗袍，披着喜纱，脸上都是在庄严之中带了三分笑意。便站住了脚，仔细地端详一番，一面望了相片问道："这一对新人……"她沉吟着还没有说下去，章小姐站在旁边，就插嘴道："不要看他们年纪不小，可是一对初婚，说起来是很有小说趣味的。"华傲霜道："是你什么人呢？"她回转头来看着章小姐，望了她的脸上，觉得那个新郎与她的面孔很相像。

章小姐见她注视着，便笑道："华先生看出来了，那新郎正是我的大哥。自小的时候，原来是家里和他订过婚的，他跑到日本去读书，坚决不肯结婚，家庭强他不过，只得把婚事退了。他受了这样一个波折，经过了很多年不曾提到婚事。后来他认识了我这个嫂嫂，两人年岁相同，这位嫂嫂也是青年时候眼光很高，错过了婚期，成了一位老……"她想到老小姐与老处女，这话都说不得，便又把话音拖长了，不曾下个结语。华小姐立刻插嘴道："她过了三十岁吗？大概没有吧？"章瑞兰道："那会儿说给你听不相信。嫂嫂和我哥哥结婚之日都是三十二岁。"说着话，大家向旁边小餐厅里走去。

华小姐对于这件事，似乎很感到兴趣，吃饭的时候还继续向章小姐问着他两人的感情很好吧？章瑞兰微笑着吃饭。陆太太就代答道："她是一个小姐，不好意思答复你这个问题，我来代说了吧。我们这位侄少爷的观念，以为青年人结婚，不懂得真正的恋爱，完全是……"她说到这里，想起了华傲霜也是一位老小姐，如何可以和她说妇人能说的话，便改了口道："完全是小孩子胡闹的玩意儿。到了中年呢，人在社会上多了若干经验，对于人生也有了许多观察与体会，那时结起婚来，男女之间彼此有许多谅解之处，那比青年夫妇要好得多。据我个人的经验，不敢说他完全正确，但我们这位侄少爷就根据了这个观念，夫妇相处得很好。他们也结婚三四年了，一直没有红过脸。倒可以说是一对标准夫妻。"华傲霜自也觉得陆太太说话是有含蓄的，事实上这个中年夫妇的丽影，一见之下就让人感到一种欣慰，也不能说陆太太的话有什么夸张。当时不便有什么话说，只是微微笑着，可是她心里却有了很大的冲动。

饭后又把办合作社的事磋商了两小时，结果相当圆满。最后，陆太太和她商量定了，筹款的事由章瑞兰负责，一切法律手续由陆太太负责，有办不通之处，请章瑞兰的老太爷帮忙。至于在郊外找房屋，拉拢不出钱的社员，由华傲霜负责。华先生明天上午就有一堂课，最好是今天下午就赶了回去。可是她想到在王玉莲家留下的一封信，请他们转致苏伴云先生，不知道他们转交去了没有？假如他们真肯交出去的话，苏伴云总会有个答复。想到了答复这个问题，却让自己大吃一惊，不是约了他今早七时在香港酒家会面的吗？竟会把这事忘了。若是再到王家去问上一遍消息，一来是太露痕迹，二来王家那些用人的姿态，实在也让人看不入眼。可是不去找苏伴云一趟，心里又像有个什么像放不下来似的。可能苏伴云看了自己那张字条，今日按时到了香港酒家。自己约了人，自己就没有去，他岂不会疑心我开玩笑？她把办合作社的问题解决了，却把另一个更要紧的问题耽误了。她想起来是越发地烦躁，在章公馆也就不能再坐下去。和章小姐说了，去看两个朋友，立刻走上大街来。

出来是出来了，看到马路上来往如梭的人，却让自己心里感到一种惶惑。人家在街上走来走去，都有一个目的地。自己的目的地却在哪里？王公馆去吧？不妥。松公馆去吧？也不妥。不知苏伴云办公的地点在哪里，最好是能向他打一个电话。这并非难事，可以打听得出来的，只是向来自负不凡，对一个男子这样地去找他，透着身份降低多了。因之在一鼓作气的情形下，走上了大街。可是到了大街之后，反是失去了那股勇气，不知道要到哪里去好。一时没有了主张，且向着到去松公馆的路。虽然并没有决定非见苏伴云不可，可是这两条腿依然向松公馆走去。不知不觉地走到了松公馆门口，这倒让自己有点儿考虑了。这个时候苏先生一定还没有下办公室，这时去找他，无非是丢下一张卡片，或写一个字条交下，依然还是不得要领。自己明日一早必须回校去，便是约了他也无用。这样想着，踌躇了又向来路上走回去。心里一个转念，算了，那苏伴云整日地盘桓在年轻的女戏子家里，中年未婚的男子，有什么不会迷惑的？这种男子品格不高，他不会在道德学问上去寻觅对象。那是……

　　正想到这里，忽听到有人叫了一声华先生。抬头看时，正是苏伴云先生。他今天不但是头发梳得乌亮，面孔修刮得精光，而且身上穿了一件新的青呢大衣。华小姐看到，不由得一怔，但尽管脸上冷淡，心里可就有一种遏止不住的笑意涌上了嘴角。这就点着头笑道："苏先生是个忙人了。我在王小姐家里留下一封信，苏先生接到了吗？"苏伴云迎近一步，微弯了腰道："真是对不住。这一封信今天到我门上已是八点钟，对华先生的约会过了期了。我又急于要上办公室，竟是没有去。华先生又不在信上留下一个住址，我要找个道歉的所在都不可能。抱歉抱歉！什么时候让我做个东来表示谢意呢？"

　　华小姐原是一肚子委屈，觉得苏伴云这个人可以不必再交朋友了。现在经他当面的一道歉，便觉得那一份儿委屈，一齐化为乌有。而且他走近了来，只带一点儿笑意，便觉他的年岁又小了七八岁。就在这一看之下，说不出来心里头有一种什么愉快，因笑道："那太客气了。其实我那约会，也并非十分重要，就是南岸有家中学要请苏先生去教几点钟书。我本来知道你是没有工夫去教书，但是人家这样重重地委托了我，我又不能不把这话转告诉你，怎么样？可以抽得出工夫来吗？"苏伴云笑道："我现在做了这芝麻大的一个小官，倒是整日地将自己这个身捆缚住了。"

　　说着话两人向行人路的里面移动，靠近了一堵墙站定。华小姐抬起手来，将墙上贴的壁报撕下了一小角，笑道："我听说你收了一个得意女弟子，你的学问将来有人传授了。"她一面说着，一面望了手，将那一小角报慢慢折叠搓揉着。苏伴云笑道："不就是华先生会到的那个王玉莲小姐吗？她是个卖艺糊口的人，有空的时候，无非跟我补习点国文，想多识两个字。学问根本谈不上。明天下午，我做个小东，约华先生和她一处叙叙，好吗？你见了她，你也会认为是可造之才的。"华傲霜本就愿意耽误明日一两点钟课，在城内耽搁些时，以便和苏先生做一次长时间的谈话。现在他说是要约王玉莲在一处叙叙，这大大地违背了本意，加之他还夸奖了王玉莲一句，把自己绝不会有的意思也代为说了，尤其是令人不快。便道："改日我再来奉约吧，我现在反正不断的进城，我们可以在一个空闲的时候长谈一次，我有几件事要请教。"苏伴云笑道："说得这样客气，那我不敢当了。若是华小姐有什么事需要商榷，可以写信给我，我是欢迎的。"

华小姐正有写长信给他的意思，而且也这样实行过。但在预备笔墨纸张之后，她就立刻转了个念头，以前二十几岁的时候，男人写信给我，照例是不答复，甚至把来的信一条条的撕了。十年来，除了谈些生活上不得已的事，向不写信给男人。今日之下，苏伴云并未写信给我，我就首先给他吗？不能服这口气。在这个想念下，于是把写信的举动搁住了。又一想于今他提议写信讨论，总算不是自己在男子面前屈服，应当可以实行。便点了头道："好的，只是在大文豪面前，不能卖弄笔墨。"苏先生道："我已经说了，这样熟的朋友不应当客气，怎样你又客气起来了呢？"华傲霜笑道："苏先生的观点，真也和一般人不同。我总是听到人家说我高傲，却没有听到人家说我客气。你相当自私。"说着，她看了看苏先生，嫣然一笑。

# 第二十六章

# 打牙祭

苏伴云先生和华傲霜小姐虽相识未久，但对于她为人，早已有相当的了解。她笑着说，自己有点儿自私，匆促之间倒还不明了她是什么意思。因之望了她笑道："我自私？但我不会为了自私损害任何一位朋友。"华小姐笑道："苏先生，你才误会了我这话呢。我说你太顾全友谊，替我说好话了。在许多朋友中，你是最知己的一个。"说时，又微微一笑。苏伴云听了这话，不由得不心里一动，也只有报之一笑。但是笑虽笑了，却感到继续着无话可说，不免怔怔地相对立着。就在这时，两个挑担子的顺了人行道走过去，不免将两人的衣服都挂上了一下。苏伴云这才省悟过来，怎么和一位老小姐老在大街上站着？便点着头道："好吧，下次华先生进城来，请给我一个信儿，我好候东。"这两句话是告别的意思了。

华小姐自不便还站在街边上说话，也点了个头告别而去。这时，她不是先前来的时候那样精神，仿佛她有时在脸上带一点儿笑容，有时在脸上呈现了紧张的样子，有时又好像若有所悟，她自己点了两点头，她不想再到哪里去了。回到章公馆，又和陆太太商量了一阵办合作社的事情。因为心是比较地安定了，她就受了章小姐的请，去看了一场电影。到了次日早上，便搭了直达车回校。照她的预计，车子可在上课时间前两时到达，到了宿舍之后，休息休息，还可先翻书预备一下。不想这车子在半路上抛了锚，等了后面车子来，陆续地将搭客带了走。直到第四部车子才得挤上去，共总耗费了四小时的时间。到得车站，已是下午三点钟，今天这堂课根本不用上了。

下了车，虽然把在路上这口闷气舒展过来，可是心里大为懊悔。早知道现在的交通是不由得人算的，为什么不在城里多住一天？只要多住一天，就可以得个机会和苏伴云谈上一谈了。论起苏先生的态度，却也是难于捉摸。你说他并没有什么好感，可是见面之后，他总是十分地客气。虽然男子见女子总是客气的，可是苏先生的客气，往往是过分的，在这一点上看起来，也许他实在是有好意。不过把他对付王玉莲的行为看起来，他那份客气似乎更要过分。他不是每天都亲到王家去和她补习功课吗？这不仅是客气简直是效劳，对这样一个男子似乎不能给予任何一种希望。独自地这样走着，低了头只管沉思，除了脚前的几尺地面，她没有看到什么。

忽然有人叫道："华先生由城里来吗？"看时，是那位洪安东教授，迎面走来，手里约莫提着一斤多牛肉。只看是几根细草拴着牛肉块尖顶的一端，那牛肉块在他身边悠悠荡荡，摇摆中，可以知道这分量不会过重。便笑道："洪先生，多天不见你，怎么知道我由城里来？"洪安东道："你手里不是提着旅行袋吗？据梁又栋先生说，你现时在南岸兼课了，太辛苦了。"华傲霜道："没法子呀，钱太不够花了。洪先生今天舒服，打牙祭。"他把手上牛肉提着举了一举，摇着头叹一口气道："哪有思心去打牙祭？我家瑞兰出院回家以后，让她好好地休养，弄点软和的东西给她吃。跑了五里路，头得一斤四两官价牛肉，再买几个西红柿，煨点汤给她喝。跑五里路，贪这点官价，少出点儿钱好像是不合算，可是坐在家里也是白闲着，借了这点机会，运动运动，也是好的。"华傲霜道："你家小姐也叫瑞兰吗？"洪先生道："你还认得一个瑞兰？"她笑道："可不是？我刚才就由一位瑞兰小姐公馆里来。"洪安东道："那必是一位有钱的小姐了。"

华小姐想着，这话怎好直说，便笑道："小姐们根本就不如男生读书那样上劲，若是家里再有几个钱，那就把她害了。洪先生，我正有一件事要请教你，我先声明，并没有什么负担，要你签上一个名。"洪安东点着头笑道："我知道，必然是你办的那个妇女补习学校，要我凑一个角色。"华小姐笑着摇手道："不是，不是，现在我想在这文化村口上办一个合作社，希望洪先生能加入，当一个会员。"洪先生又把手上提的牛肉举了一举，笑道："你看，为了一斤四两牛肉的官价，我可以来回跑十里路，岂是有便宜不要之人？当合作社员可以买便宜东西，我自然是愿意加入。可是加入的时候，总要缴几个股本吧？然而我是无股本可缴的。"华小姐笑道："我们都是教书的，这一点还有什么不明白吗？只要你签个名，这股本自然有人会替你出。"洪安东道："那么，将来合作社开幕了，我们这不出股本的社员也可以享受权利吗？"华小姐道："那当然可以，若不然，那还成其为合作社吗？"洪安东点了头笑道："那好极了，你就替我代签了吧。假使能认双股的话，我还乐意来双股。"华傲霜站着凝神想了一想，因点着头道："过一天，我到府上去求教。"洪安东笑道："谈天，我是极欢迎的。可是说到求教，那就有点儿惶然。关于创办合作社的事，无论在计划方面，或在资本方面，我们全没有办法。"华傲霜道："我全不请教这些，另外有件事……"她说到这里，把声音拖长着，不曾说下去，接着却微笑了一笑。这里一些先生们，都知道这位老处女是有她那一份神秘性的，她不向下说，自也不便去问。她点了个头，自行告别。

华小姐回头看去，见他提了那一小块牛肉走得很快，似乎带着愉快精神。心里这就想着，他这一串牛肉，虽是给他小姐吃的，可是再加上西红柿煨起汤来，一斤四两牛肉总也有一大碗，拿回家去，大家多少总可以吃一点儿。知道他有多少天没有吃过肉呢？这一份愉快的精神，绝不是偶然的，若干成分是与这一斤四两牛肉有关。她微笑之后，又自行叹了一口气，低着头向自己寄宿舍走。

就在这时，看到两个青布短衣、赤足草鞋的人，迎面走来。前面一个人，黄黄的脸上兀自流着汗，肩上扛着一个背篼，手里提了一只瓶式瓦壶。在面前经过的时候，有一阵很浓的酒香。后面一个小伙子不到二十岁，肩上扛了一根木扁担，那头上除了拴着几圈绳索而外，另外挂了一刀八成肥两成瘦的猪肉，约莫有四五斤重。他那脸上固然很平常，倒是那刀猪肉在扁担头上晃荡着，却显着有精神。为了与洪教授的行为有点儿对照，不免向那背篼里多看了一眼。这又发现了里面装了一口袋好白米，那口袋外面兀自撒了好些个散米。华小姐情不自禁地笑了一声道："打一个好丰富的牙祭！"

那位扛着背篼的人，看了她一眼，笑道："太太，我们这也是难得的事。"她以前对于人家称呼她太太，那是极不高兴，可是若干年以来，人家始终是这样地误会着，正要对这人生气，那就每天可以生气好几回。习惯成自然，她索性就不把这事放在心上了。于是淡笑了一笑道："你以为打牙祭，我们是一件容易事吗？你是干什么职业的？"他道："我们是庄稼人啊。庄稼闲一点儿，抬抬滑竿，接连抬了三天滑竿，今天同我这娃儿又挑了几斗胡豆去赶场，硬是累，割一刀肉回来吃。"华小姐道："庄稼人还买米吃？"他答道："我们住在山坎坎里，没得水田种谷子呀。我们要是收到谷子，穿起阴丹长衫子，赶场坐茶馆，天天吃肉还出力做啥子哟？"他一面说，一面走，老远地打了个哈哈；便是那个将扁担扛着肉的小伙子，也嘻嘻地笑了一声。她这就想着，古来的文人言不由衷，说是农家乐。前一二十年，我们把这话否定了，现在的农家虽不见得就是乐，可是将我们教书人一比，那就苦乐相悬得太厉害了。她一面走着一面想，心里自不免有一番叹息的意味。

将走到家门口，却看到数学专家谈伯平教授，右手拖了一根旧藤手杖，左手握了嘴角上的烟斗，慢慢地向高坡的小路上走去。不知道他是否看到了华小姐，然而在他这样坦然走去的情形，看来是不曾看到华小姐。便招招手叫道："伯老，下棋去吗？"他这就不能不站住脚来，回头看上一下。于是向她点头道："不要谈下棋，叫人懊丧得很。今日下棋，坐在一把破木椅子上，把我一件旧毛蓝布长衫挂破了。于今哪里有钱做新的，我特意到曹先生家里去，要请他太太给我组上一个大补丁。"说着，弯下腰去，将后身的衣服牵了一片起来，抖了两抖。远远是看去，不就划开了一条很大的口子吗？华小姐笑道："老先生，你说这话是看不起我啊。难道一般妇女能够做的事，我就不会做吗？你这件衣服交给我好了。我不敢说整旧如新，但我可以把补丁的针线痕迹，减到最小的限度。"

说着话，两人可就走近道。谈伯平道："华先生，现在常常进城。怎么样，有找第二条路的意思吗？"她笑道："不但是第二条路，连第三条路我都得找。"谈伯平道："第三条路？什么是第三条路？"华小姐是不曾加以考量，就把这话说了出来的。人家一问，她倒是不知道怎样答复才对，先笑了一笑。但她第二个感想立刻就发生了，而把这个问题解决。因道："无非是多兼几个职业。刚才我看到洪安东先生过去，提了一小串牛肉，似乎是很愉快，不到一会子，有一个赶场的小贩过来，扁担上足挑了四五斤肉，而且还提了一瓶酒，可是他就毫无得意的样子，觉得这很平常。这个对比，真觉得这二三十年书是白念了。"谈伯平笑道："你看了这个牙祭，就不能比吗？今天你若得闲的话，不妨到黄卷青先生家里去看看，他们那份牙祭，那才是牙祭呢。"说着打了一个哈哈。华傲霜望了他道："黄卷青先生，不是家境困难得很吗？"谈伯平道："困难尽管困难，牙祭也不能不打。比如我这件大褂，补丁尽管加上，却不能不穿。前者是为了营养，后者是为了身份。"华小姐道："虽然如此，伯老这件长衫，就脱下来交给我吧。我今晚上在菜油灯下打个夜工，明天一早准亲自送到。"

谈伯平听了这话，真有点儿受宠若惊。华小姐肯和人补衣服，还亲自送到，便拿着手杖抱了拳头，连拱上两拱，笑道："那怎好相烦？谢谢！"华小姐透着有点儿难为情，脸上微微红了一阵，强笑道："谈先生以为我

185

沿上，七歪八倒，也没有人睬它，上面还零碎挂着半黄半绿的叶子。她想着：四川这个地方可说是没有冬天，好好地经营一座花园，家里会终年有花，也就为了这样一想，不免回头看看自己寄居的这幢草屋。盖了稻草已经变成灰黑色了，有几处向外长着绿色的寄生草，长有四五寸，可想这屋顶已相当腐烂。薄薄的单竹片夹壁，石灰落去不少，好几大块都是黄泥巴糊的，相当地难看。想到章公馆那种排场，真是厕所也比这屋子要好得多，不是左右有学校教职员宿舍紧邻着，这简直是孤山上的茅庵了，这个世界，真是人和人比不得。她有了这个念头，心里也格外地感到烦躁。就离开了这片广场，绕了邻居外面小山坡上一道石板路走，可以说是散步，也可以说是寻找解除烦恼之门的钥匙。

就在这时，只见一个上十岁的男孩子，站在山坡上向下面招着手道："快来快来！家里打牙祭了。"华傲霜原来以为是叫唤自己，抬头看了，正待问话，后面却有小孩子声音答道："你们打牙祭，也不等着我们吗？"随了这话，却是一阵脚步响。回头看时，一个八九岁的女孩子，上穿一件灰布小袄子，下套工人裙，虽是十分旧的衣服，倒还相当干净。其后跟个六七岁的男孩子，一身粗灰布衣裤，全是黑点脏迹，这脏直染上了他的面孔。下面赤着双脚，穿了草鞋，随在姐姐后面，不分高低乱跑。他究竟是年龄太小了，追不上那个女孩子，哇的一声哭了，扑着横倒在路上，口里狂叫着姐姐。他姐姐也是要急于回去打牙祭，站在前面十几步的高地上，顿了脚道："起来起来！"却不回身来牵这小弟弟。

华小姐原是怕脏孩子的，可是到了这时，见这孩子摔在身边，却不能不引起一点儿同情心，便走向前，弯腰下去将右手两个指头，钳住小孩子一角衣襟，把他扯起来。这小孩子也是要赶回去打牙祭，不敢耽误，就了这个势子爬将起来。他把一只漆黑的手揉着垂泪的两眼，把那个小脸蛋子越擦越黑，斑斑驳驳，像个大麻老虎子。华小姐实在也忍不住笑了，便离着他二三尺路，弯了腰道："小弟弟，你家在哪里？我送你回去吧。"那孩子将手向前一指道："我家在坡坡上。"华小姐道："你姓什么？"他道："我姓黄，我家在打牙祭。"他口里说着，两只脚依然飞快地走。华傲霜这就联想起来了，必然是黄卷青先生家里。黄先生家里在打一个丰富的牙祭吗？你看小孩子们这样地高兴。这回牙祭，必有十斤八斤肉，我应当去看看，到底是怎么回事，谈伯平不是说了可以去看看的吗？反正也是闲着。于是就随了这孩子后面，当着一个护送的样子。那两个大孩子见有人带他小弟弟，更是不管了，径直地走回家去。华傲霜在小孩子后面，不住叮嘱了慢慢走，很快地送他到了家里。

他家的屋子也是一般教授所住相同，单竹片夹壁，茅草盖顶。不过他仅分得一幢屋的两间，在人口拥挤之下，进门第一间屋子，就是两张竹板床相对地摆在屋两边。中间夹了一张长竹桌子，还断了一只脚，是将一根活树棍子接住，用绳子缚着的。这长桌上有一只大瓦盘子，盛了一盘黄澄澄的老倭瓜块子，另一个竹簸箕里面，盛着灰黄色的糙米饭，不但没有肉，而且也没有第二项菜。可是他们一家人，连大带小，还有一位白发老太太，约莫七八个人，站着或坐着，就围着这长竹桌子吃饭。其间一个穿旧老布长衫的中年人，正是黄卷青教授，他看到华小姐，立刻放下筷子碗迎了出来，抱拳头道："劳驾劳驾！要您劳步把小孩子送回来！"华小姐也是没有考虑，笑道："小弟弟急于回来打牙祭，摔了。"黄卷青皱了眉向屋里看看，又回过脸来低声笑道："不怕你见笑，我们是平常吃稀饭。逢礼拜一吃回干饭，说打牙祭，那是聊以解嘲的。你看小孩子馋得这个样子！"他说到最后一句，嗓子有点儿哽了。

# 第二十七章

# 物伤其类

华傲霜虽然是向来骄傲的，但对于黄卷青教授这类人物，她没有可以骄傲的理由，也不忍心去骄傲。她真没有想到吃煮老南瓜和糙米饭，这就是打牙祭。在这种情形之下，特意来参观人家打牙祭，那不是有意予以奚落吗？黄先生说着惨然，她也觉得惨然，看了他那斑白的须发，和那件也洗得有些惨白色的蓝长衫，觉得人家这种境遇比自己还要相差几十度。便忍住了那两行要落的眼泪，向他点着头道："黄先生，你真是清苦，好在胜利不久就要来到。再受年把的苦，这难关就可以打破了。"黄先生正要答复这句话时，却听到屋子里两个孩子喊起来，原来一个大些的孩子，端起大盘子来，向饭碗里倾倒南瓜汤。一个小些的孩子，他也要喝汤，在他连喊着几声，他哥哥依然不肯放下南瓜盘子的时候，他拿了筷子向着哥哥头上乱砍。打人的孩子叫，被打的孩子哭，母亲是怕这盘子会砸了，立刻把盘子夺下来，在两个孩子头上一人给了一巴掌，于是两个孩子都哭了。

华小姐也不愿意再在这里站着，和黄先生点了个头，很快地回家了。到了家里还是那样冷静无声，靠着桌子坐在她唯一的长年伴侣竹圈椅上，沉沉地想了一番心事。天色黑了，也忘了点灯，继续沉沉地想。还是那位更无出路的刘嫂，端了一盏灯到屋子里来，笑道："华先生，怎么灯也不亮？悄悄地坐在屋子里。"华傲霜笑道："不看书也不写字，点灯干什么，省一点儿油钱不好吗？我看到黄先生家里人吃饭，真是作孽。七八天打回牙祭，也不过是糙米饭煮南瓜，平常听说是全家喝稀饭。人家那样的日子也熬过了，我想我们过这日子，大可满意。这话又说回来了，假如黄先生就是他这么一个人，并没有老的小的，也不会过得这样惨。"

这位刘嫂也是感到无聊，她一面向外走，一面听着，最后她就靠了房门斜站着，她立刻想到这单夹壁屋子是依靠不得的，却又站直了。也是心里烦闷，愿意找着话谈，她摇着头道："华先生，我不这样想。我不认识字，我不能像你们想得那样开。一个女人家，孤孤单单过日子，有啥子意思？人要有家的话，无论有啥子事，家里人总有个商量。就是生灾害病，也有个照顾。你看黄小姐，若不是我在这里，她病倒在床上，要口水喝都没有。"华傲霜道："既然你这样重视家庭，你又为什么出来佣工？"她叹了口气道："还不是没得法子，老板养不活我。"华小姐笑道："这话还不是说归了根？有钱，家庭就好；没钱，家庭是个累赘。"刘嫂恰是不知言语轻重，笑着问道："华先生，你若是有了钱，你愿不愿意有家庭？"华傲霜昂着头想了一想，笑道："现在日日闹穷，月月闹穷，钱的问题还解决不了呢。好在我的父母在老家，还有点儿田地，可以养他们的老，用不着我，我也不想他们了。"

刘嫂明知道她所答非所问，可是立刻也就省悟到华小姐的脾气很是古怪，不能把这话跟着向下说了，却站在房门口凝神了一会儿。华小姐道："你站着这里，还想说什么？"刘嫂道："华先生还没有消夜，弄点啥子饮食吃？"华傲霜道："你不提起，我都忘记吃晚饭了，有现成的什么吃的没有？"刘嫂道："我因黄小姐病了，三位先生都不在家，只煮了几盒糙米饭，没有人拿钱买菜，也没得菜，我自家买了几块辣榨菜吃。冷饭还有一碗，你吃不吃？"

华傲霜被她提醒，肚子就觉得有点儿饿了。点了头道："好吧，就是辣榨菜下饭吧。烧点开水，把冷饭泡一泡。"刘嫂道："榨菜也没得好多了，只有小拇指大那样一点点。"说着她真的伸出一个小指头来。华傲霜叹了口气道："那怎么办？天又黑了，还能叫你去跑一趟街不成？"刘嫂道："我有个办法，家里还有点灯的菜油，放些盐巴，炒油盐饭吃。上午我在山上找了一把野葱，炒得吃也可以，煮点汤也可以。煮汤吧，要不要得？"华小姐笑道："有什么要得要不得？反正就是这个。"刘嫂想着也笑了。

她静坐了一会儿，肚子越是饿了。刘嫂做饭，却又是从在小炉子里生火做起，她很费了一些时间。华小姐忍不住了，亲自到小厨房里去看了两次。约莫有一小时之久，刘嫂左手端着一碗菜油炒糙米饭，右手端了一碗盐水野葱汤全放到小桌上。华小姐首先就嗅着那饭碗上一股触人的菜油气。虽然往日嗅到这股气味，就不愿吃那碗菜，但是这时太饿了，已顾不得那种气味，扶起筷子碗来就吃了个不停，把一碗饭吃了过半，才有工夫去赏鉴那碗汤。这算有个汤的名字而已，其实是一碗白水上面漂荡着几根

191

绿丝，没有汤匙，端起碗来喝了一口，算是里面有些咸味。喝过了两口汤，再一口气将半碗饭吃下去了。

她回头看到刘嫂站在一旁等收碗，便笑问道："还有饭吗？"刘嫂道："都炒来了。往常华先生饭量不大，吃这些就够了。"她道："饥者易为食罢了。你懂这话吗？饿了，什么都是好吃的。"说着端起那碗白水野葱汤，咕嘟着一口气喝干。于是放下碗来唉了一声，笑道："好美的汤，怪不得黄先生家里的孩子，抢夺煮南瓜吃了。若让我喝上一个月的稀饭，大概白饭我就能吃三大碗。"刘嫂收着两只空碗向外走，笑道："还有那块榨菜，我想切碎了拿来吃，倒不想到还没拿来，饭就吃光了。"她说到这句话尾的时候，已走出了房门。

华先生不能对她这话有什么申诉。可是她将冷水擦了一把脸，又喝了一杯冷开水之后，她对了桌上一盏菜油灯坐着，却是发生了一种不能形容的情绪。手撑了头，靠着椅子坐坐，又仰了靠着椅子背坐坐，这却想起谈伯平先生那件衣服，就赶快拿来取出小箱子里自用的针线，坐在灯下打补丁。这当然用不着多久的时候补丁组好，把衣服折叠着放到一边。于是两手相抱在怀里，对灯呆望着。那菜油灯浸的一根灯草，漂浮在灯油碟里，真觉细小得可怜。所以灯草头上吐出来的半寸火焰，实在没有多大的光亮。她心里就想到，就是在章瑞兰家里当一名老妈子，那物质上的享受也比这好得多。若说图名，靠教书出名，那真不是一个平凡学问的人所能做到的，而且这个功利主义的社会，可能给予我们任何一种荣誉的行为呢？至于利——喝白水煮野葱——这就是利。她想到了这里，把她已经收藏了很多日子的脾气又发出来了。好在这地方并没有第二个人，发一点儿脾气也不要紧，伸出手来啪的一声在桌面上打了一掌。这个仅漂荡了一根灯草的菜油灯碟儿，究竟是胆小之流，就在这一拍之间，灯草挫了下去，立刻屋子里漆黑。

华先生恰不曾预备下火柴，捣乱了十几分钟，把刘嫂叫了来，才把灯点着。这也就惊动了隔壁那个病人，只听到黄小姐接连地哼了几声。她望着壁子问道："黄小姐，怎么样，好些了吗？"这就听到隔壁人哼了道："不知道什么病，烧的人都糊涂了。"华小姐向来不大愿意进人家的病房，除了怕传染，还总觉得病人房里的情形，总是给人没有好印象的。不过既和人家谈话，就不能不去看看。

转过一扇门，便是黄小姐屋里。她睡在竹板床上，棉被将整个身子盖了，但那乱干草一样的头发，却是撒了满枕头。那张黄面孔却又添了一些火红色，两只眼睛凹下去两个大框框，可也是红的，那正是体温增高所烧的。床面前那张小竹子条桌上，放了一只药罐一只药碗，一盏像自己所用的菜油灯。那灯尽管漂有两根灯草，灯草头结了花，没人去剪，火焰短短的几分，不大的黄光，更增添了这屋子里很浓重的凄凉景象。

黄小姐一件旧呢子大衣，由床脚边坠了大半边到地上，便上前将衣服拾起来，给她送到床里边。因道："刘嫂做事，也是大意，看到衣服落在地上也不捡起来。"黄小姐望了她，在枕上摇摇头道："我叫死了，她也听不到，大半天也不进来一次。我死了也不会有人晓得。"她说着，两眼角同时挤出了泪珠。华先生走近床一步，看着去床约莫有两尺路，她不敢把这距离更接近了，就手扶了小桌沿道："我回来了就好了，你有什么事你说一声，我会替你叫她。你吃的中药是请中医给你看的吗？"她道："昨天我就病了。葛太太说我的病恐怕不轻，给我介绍了一个中医来看看。早上说着，上午就来了。那医生是葛太太的亲戚，看到我孤苦伶仃，一个钱也没有要。华先生，你想，我们年轻人，好意思受人家的怜悯吗？"说着，又流下泪来。

华傲霜站在这里，嗅到药味，又嗅到病人的汗气味，安慰了两句，也就回房去了。坐下来，她沉沉地想着，只看了这桌上油灯的光焰，慢慢向下挫着。她将灯盏里的一根竹片把灯草剔了起来，还是继续地向灯呆望着。这里并没有什么声音可以点破沉寂，只有那隔壁屋子里病人的呻吟声，时断时续地传达过来。华小姐对于黄小姐的境况，虽是表示同情的，但是她爱清洁怕传染的老脾气，却不为之少减。在这点同情的情态中，也只是想到一个青年女子，没有家庭，没有保护人，那实在是很凄惨的。她并不曾想到在行动上对黄小姐能够有所帮助。那黄小姐也正为很少人帮助，那呻吟声，恰也是草间秋虫，自鸣自止，过了一会儿，她也就沉寂了。华小姐闷坐了一会儿，最后也就只有展开被褥去安寝。

就在这个时候，却听到窗外有个男子的声音，问道："请问，这是五号吗？"她不觉心里一动，谁在这个时候寻访到这五号宿舍来？这里是个有名的"冷宫"，这个男子的声音，对于五号的妇女，有同一样的刺激力量。把那个力求不管闲事的刘嫂也惊动了，她猛然地在屋子里问道："哪个？啥子事？这里是五号，不错。"那外面的男子道："请问，有一位黄叶小姐是住在这里的吗？"刘嫂还不曾答言，那位在床上睡着静悄悄的黄小姐，哼了一声，叫了一声刘嫂。她答道："是毕先生吗？我们的信交到了，我来开门。"

华傲霜想不到这位黄小姐，还有人冒夜来看她，这就轻轻地打开了木板窗户向外张望。隔壁邻居家有光射出来，看到门外敞地上，有个穿青大衣的男子，手上提了一盏白纸灯笼。在不清楚的光线中，看见这人另提了一串东西，不言而喻的，那是病人的慰劳品了。刘嫂开了门，那人就先问着黄小姐怎样了？随后脚步及别的动作声，知道这位毕先生已走进了黄小姐的房。他第一句就问道："叶，你怎么得了病呢？我来了。"那位黄小姐并没有答复。这让华傲霜很觉得奇怪，她刚才还在说话，难道又睡着了。约莫沉寂了两三分钟，隐约又听到窸窸窣窣的声音，接着，那个毕先生，用了很柔软的声音安慰着道："不要伤心，我很后悔了，你第一还是保养身体要紧。"他不安慰则已，这样安慰了，却听到呜呜一声，黄小姐哭了。

自是以后，那男子百般的安慰，黄小姐在呻吟不断的中间也还断断续续的答复几句。听着那说话的接近，又听到竹架吱咯作响，可知道这男子必然坐在床沿上和病人说话。这样一种与华小姐丝毫无干的事，竟是把她听得呆了。还是吹来了一阵寒风，吹得那盏油灯的火焰闪动，这才让她想起，还不曾关着窗户，且悄悄地关了窗户，依然轻轻地在竹椅子上坐下了。为什么要悄悄地？为什么又要轻轻地？自己都不解，难道还怕惊动了隔着泥壁说话的人吗？也是这位毕先生特地殷勤，说了那三个钟点的话，还不曾走去。

华小姐坐着，很听了些时候，感着有点儿倦意，便去睡觉。然而人躺在床上，兀自睁了两只眼睛，却是睡不着。揣测着时刻，约莫是夜半十一二点钟，那人方才走了。自这时起，黄小姐不发呻吟声。华小姐在床上翻来覆去，反不如黄小姐睡得安稳。到了次晨早上，又听到隔壁屋子里在那里软语缠绵的，不曾停止，大概是那位毕先生又来了。华傲霜以为时间很晚，就赶快起了床，其实摸出枕头下的手表来看，还只有七点多钟。心里也就好笑。人家屋子里来了人，与自己有什么关系？却是闹得这样起早歇晚。心想，避开这里吧，昨晚根本就没有吃饱，早上应当到小镇上豆浆店里去吃些点心。可是这个哑谜，开门就被刘嫂猜破了。她一手端了一碟子白米发糕，一手端了一碗豆浆进来，笑道："那毕先生说，请华先生吃早点，都还热着呢。"她道："那我谢谢毕先生了，我还没有洗脸漱口呢。"刘嫂道："我水都烧得现成，那毕先生已经走了，和黄小姐请医生去了。"

说着，她把声音低了许多，微笑着向了华傲霜道："不用请医生，黄小姐的病这就好了。她今天早晨，人就好多了，还喝了小半碗豆浆呢！"华傲霜也只是微笑。

这日天气很好，这样早雾就消散了。鸡子黄的太阳在东方黄土荒山上拥了出来，照着窗户外面敞地上一片橘红色。华小姐心里似乎感到空虚，想起谈先生那件衣服，便亲自送了去。到他宿舍时，他已上课去了，便将衣服托了同居的先生转交，还是散着步走回来。这时雾已散开，邻居们三三两两，坐在草地上晒太阳。她感到非常无聊，取了一团旧毛线和竹针，端了一张木凳靠门坐在阳光里，闲闲地结毛绳。

回头看到刘嫂在屋子里，点着头把她叫到身边，因问道："从前没有听到说过这个姓毕的，怎么突然地钻了出来的？"刘嫂道："浪个没有？这位毕先生，以前就常来，不过不到这宿舍里来就是了。黄小姐每月都把一半的薪水寄给毕先生，最近有两个月黄小姐没有寄钱给毕先生，他也就没有来过。黄小姐病了之后，叫我打了个长途电话给毕先生，黄小姐怕毕先生不来，叫我瞒着不要说。"华傲霜道："他们是朋友呢，还是未婚夫妇呢？"刘嫂道："那说不上，看那样子不是朋友。哪个女人辛辛苦苦赚来的钱，肯经常白寄给人家去用呢？"华傲霜听了这话，心里未免拴着一个老大的疙瘩，黄小姐年纪很轻；论学问，也还是高中毕业，就只长相差一点儿，就是这样难找对象？女人长得不美，实在是要将就一点儿男人。这年头，女人实在是需要男人，看黄小姐病得那样重，有了这个姓毕的几句安慰的话，她的病就好多了。她得了刘嫂的报告，手里结着毛绳，就沉沉地想。刘嫂见她没有话说，自也走开了。

华傲霜继续地坐着结毛绳，忘了一切。忽然有人叫道："华先生，这大早就在这里打衣服，加工赶造啊！"看时是同居的另一位杨小姐。她手里提了一只花布旅行袋，踏着脚下半高跟的皮鞋走着，有点儿不正常，歪歪倒倒的。她身上穿的一件枣红呢子大衣，都斜披着一边来了。因道："杨小姐，这样一早就回来了，是坐头班车子吗？"她走到了面前站住，摇了两摇头道："我根本没有进城。"华傲霜道："你常说有个亲戚住在这附近乡下，你就常去，你又到亲戚家去了？"杨小姐道："可不是！滑竿坐不起，走去又走来，手上还提着这些东西，真是累死人。"华小姐道："你到令亲那里，有什么要紧的事吗？这样不辞劳苦。"说着向她微微地一笑。

杨小姐很知道这一笑里面大有文章，但她认为华先生是个处女的老前辈，自己的事大概同居的人十知七八，也用不着多事隐瞒。因叹了口气道："我还不是看我那死鬼姐姐分儿上。她临终的时候拉了我的手，流着泪说让我抱点委屈多多照顾她的孩子。这个印象给我太深刻了，我不能不常去看看孩子。"华先生结着毛绳，眼睛望了竹针的尖端，一下一下地穿过线孔，口里随便地问道："孩子都多大了？"杨小姐道："顶大的十二岁，小的才三岁，共是四个，楼梯磴子似的，一个挨着一个。"华小姐道："谁看守着这些孩子呢？"杨小姐道："我姐夫自己照管两个大的男孩，两个小的女孩交给一个年老的用人。虽然如此，他还是烦死了，动不动就发脾气。他本来是个穷公务员，哪里会看孩子？这也难怪他。他弄得把事辞了，把衣物卖掉，充出一些资本在乡镇上开了一爿纸烟杂货店。原来的意思就是留在家里看孩子，这倒好了，利上滚利，手上竟有了几十万。不过钱有了，小孩子可遭了殃。两个小的，拖一片，挂一片，不成个人样。两个男孩子在中心小学念书，都留了级，在学校里功课坏到了极点。回家来整天在外面和野孩子们打架闹事，脸上浮泥一层，下面是终年打着赤脚。姐夫看到实在难受了，就写信叫我去和孩子们收拾收拾。那个老用人是下江带来的，还直不愿意，说忙不过来，托我求主人给她川资，她要回家去。唉！这个家真是一团糟。我去了一趟，想起姐姐在日，家里井井有条，我心里难过好几天。"

华小姐眼里望了活计，继续地问道："令亲为什么不续弦？"杨小姐顿了一顿，然后噘了嘴道："以前他说，又有那样多孩子，哪个嫁他？而况他也四十来岁了。于今有了钱，架子大起来，他反要拣精挑肥，我看他一辈子不成。"华小姐道："于今几十万资本，算得了什么，搭什么架子？"杨小姐道："他那爿店，倒是开得很得法，在那小乡镇上，几乎是所小百货公司，也许有上百万了。虽然这里面多少含有一点儿命运的关系，可是也总算我这个亲戚他肯苦干。"华傲霜道："虽然赚得几个钱，可是家里的孩子，弄得这样一团糟，大概他自己也不会吃得好。这样看起来，不过是天天看账簿上的数目字过瘾，这样苦干下去，有什么意思呢？"杨小姐点点头道："可不就是这样！"她把话说到这里，似乎很感到兴趣，索性把旅行袋放在地上，手里闲着，抽出大衣袋里的手绢，扑着身上肩上的灰尘。华小姐笑道："你这样不辞劳苦地和他去照应孩子，他一定很感谢你的了。于今这年头，就是胞妹于胞兄，也未必肯去替他照顾孩子。"

这句话打动了杨小姐的心，她一觉眼圈儿一红，立刻掉转身去，将背对了华先生，用手绢去揉擦着眼睛。很有一会儿，她才回过脸来，答道："我只是看我死去姐姐的情分上，对生也好，对死也好，没有什么说不过去的。世界上就有那些脑筋简单的人，专门在表面上去研究问题。"她说到表面那个名词的时候，略微顿了一顿。但她转变得很快，立刻接下说了去"研究问题"四个字。华傲霜可是有心逗引她的话的，她口里说着什么，心里蕴藏着什么，那全是明了的，便情不自禁地答了她，说道："那不要紧，我们凭自己的本领去奋斗吧。"她说完了却是一怔，原来这句答复，虽已直中了杨小姐的心坎，可是在言语上这两方面可脱了节，而且我们这个名词，是把华先生也带进问题里面去了。杨小姐呢，自然觉得是华小姐说得很对，不然她也不成为老处女了。不过自己脸上有麻子，华小姐脸上没有麻子，何以她找不着对象呢？两位小姐都在想着，把话也就没有说下去。杨小姐也怔怔站了一会儿，就提着旅行袋回屋子里去了。

这时，太阳越发升高了，橘红色的阳光已发白了，晒着身上有些暖烘烘的。她觉得黄小姐可怜，杨小姐更可怜，那葛太太未尝不可怜。女人究竟不能缺少男人，而男人就是这样对女人。她想着心事，结毛绳那竹针尖倒在手指上扎了好几下呢。

第二十八章


# 鸽 子 笼


人生在世，很不容易做个孤独者。做了孤独者，就会养成各种孤僻的性情，又不容易重新走入人群。华傲霜小姐自中学而大学，眼光随了教育的程度向上增高，把男子都看成百无一可的人。及至教书以后年轻的看成了后生小子，还有许多是不屑教诲的。年纪大一点儿的，也无非是教书先生才能成为朋友。而这类朋友你看不起他，他也更看不起你，彼此之间根本就画上了一条鸿沟。自己既然自抬高了身价，也不愿去将就哪一个人，于是就越来越成了个僵局。这时，她由黄杨两位小姐身上发现了女子年纪大些，或者长得不漂亮，那总是受男子的压迫的。她想着：一个女子失去了把握男子的机会，那就只有守独身主义到老，才可以扬眉吐气。

可是这话又说回来了，在中国的社会里做一个独身主义的老处女，那又几乎是不可能的。无论是男子是女子，绝不能像孤岛上的鲁滨孙，一切由自己来解决。你说交女朋友，请女朋友来帮忙吗？现在社会上的女子，虽有一点儿渺小的职业地位，还少不了随时随地跟在男子后面。就以自己而论，就很少一个患难与共的女朋友。假如自己生了病，那还不是像黄小姐一样，就躺在草屋子里发哼。哪个女朋友会送我到医院里去，或者来看一趟？你说靠父母吗？没有哪个父母养闺女到老的。你说靠兄弟吗？于今又不是封建思想时代，手足之情淡薄得很。男兄弟往往在银钱上分明得如陌路人似的，对姊妹又承袭了重男轻女的恶根性，谁会原谅你一个不出嫁的老姊妹？你说靠女姊妹吗？个个出嫁，个个有家室，父母也生疏了，何况手足？你说靠社会吗？靠服务的机关吗？那是笑话。你说靠男朋友吗？想到这里倒是不能继续下一个否定的句子。虽然朋友和情人不会是一事，可是在中国现代的社会上，异性的朋友几乎就是情人。若不是情人，女子根本和男子交不成朋友。女子如有了男朋友，那倒是比较可靠的。男子除非不把女子当情人，若是他肯把女子当情人的话，那就死心塌地，你要他干什么他就干什么。而且也只有这样，当女子的人才可以得到合作与安慰。试看黄小姐，只要那个男朋友来看了她，病就好了，乃是一个绝大的明证——女人实在还是需要男人。

华先生这一串的思念，越来越多，始而还一方面结毛绳，一方面想着，因为竹针扎了两下手，她不再想了。手里抱着这半件未完成的杰作，靠了那根木柱子，只管呆呆地想。这日的太阳，打破了雾季的强烈纪录，她背上晒得热烘烘的不可忍受，这才拿了东西走进屋子去。她坐下了，手里依然拿了活计将竹针子挑上两针，又停下来，对窗子外看上一会儿。她心里在想着，黄教授家里，吃煮老南瓜打牙祭，在想着梁教授不拉散车而做捐客了，立刻可以请人吃小馆，她想到章瑞兰长得也并非漂亮，但是年轻有钱又能化妆，书架子上札记后面藏着性史。她最后想着初次见面的苏伴云，还不失一个志同道合的人，现在改行做了官，又在捧戏子了。文人去做官绝非一条好路线，但最捷径的最可能的，还是这一条路。尽管公务员苦得不得了，但不像教授先生绝无例外一律是穷，而公务员却也不是全体没有办法的。假如苏伴云没有办法，他哪里会有那兴致去和一个唱老戏的女孩子厮混？

这就想到这个女戏子了。据说这位名角原也是唐子安先生的学生，一个有中学以上知识的女孩子唱老戏，这是凤毛麟角，当然容易受到人家的重视了。标新立异，那总是容易受到人家注意的。假使现在有个高中以上程度的女孩子去唱大鼓书，那不是一样地可以哄动人吗？这倒不妨去向唐子安那里去打听打听，到底这个王玉莲是不是他的高足？想到这里，立刻就兴奋起来。放下了活计，换上一件干净的衣服，又照照镜子，梳理梳理头发。在放镜子的桌子上看到旁边放了一盒雪花膏。本就想掏一些雪花膏搽到脸上来，可是她立刻又想到，向来对于这老教授们是表示着老气横秋的，于今涂着一个雪白的脸子去见他们老先生，或者会引起人家疑心，以为华傲霜也变得肯化妆了，那未免要失去一点儿尊重，于是把这事忍下了。

她还是吩咐了铁将军把门，然后从从容容地走向唐子安家来。她还老远地就看到唐先生穿了一件露着窟窿的棕色毛绳短衣，蹲在他屋外地上和泥巴。两个十岁上下的孩子，将竹扫箕在老远的斜坡上用手扒着黄土，盛好了之后，用根短竹棍子，向他们的院子里送了去。她心里就想着，唐先生有这样好的兴致，亲自和泥巴包咸蛋。她正想老远就开一句玩笑，可是越走近，这情形越不对，那地面并没有一枚蛋，而且还放着一些木板菜刀之类。料着有别的作用就没有说什么。

唐子安蹲在地上分开了两腿，把一条变成了羊毛毡的青西服裤子溅满了泥点，伸开十指，抓了脚旁切碎的稻草屑正向泥巴里乱和着。猛然一抬头看到了华小姐，就站将起来，两手在抹着手指上的泥巴，向泥堆里掷去。笑着点头道："不巧，骑牛撞见亲家公，我正在做泥水匠呢！"华傲霜笑道："唐先生，这好的兴致，是什么工作？"他摇了两摇头道："谈什么兴致！"说着，把手向身后的夹壁一指，皱了眉笑道："你看，大一个窟窿，小一个窟窿，这还像个样子吗？虽然梁上君子也不会那样不开眼，会光顾到我们家来，可是书还有几本，万一有个雅一点儿的君子，知道这东西可以送到旧书店去换花纸，高兴带几本书去看看，那我就吃不消。我除靠了书吃饭，洪安东还给过我一个教训，书有一样新的价值，它能摇身一变，会做医生，给人割盲肠。在这年头，谷子稗子和肚子结下了不解之缘，我说不定哪一天会生盲肠炎。"说着伸了两只泥巴手，哈哈大笑。

华傲霜站在泥巴旁边笑道："这年头儿，真是没有干过的事，逼着都要干起来，文学大家自己和泥巴补壁子。唐先生，你也太讲经济，黄泥巴你也省俭着，怕是糊上壁去会落了下来。"唐子安听说，又蹲下去抓了一把草屑放到泥巴里和乱着，笑道："这也是经验得来的，还不光为了怕泥巴落下来，放些草屑在里面，可以减少壁子发裂。"华傲霜点着点头道："人是越过越穷了，可是也越过越聪明了。"

她说了这样一句扯淡的话，却在唐先生旁边站着，未曾走开。唐先生看她这样子，好像是特意来拜访的，便叫孩子们打了一小木盆水来洗手，一面昂了头和她谈话道："华先生，今天没有课吗？"她答道："我一个礼拜才三四点钟功课，没什么事。昨日有一堂课，我因为坐车赶回来中途抛了锚，耽误了两三个钟点，白赶一趟，到家天都黑了。"唐子安道："听说华先生也在两个中学教课，时常地跑南岸。请屋里坐，有朋友由成都来，送了我一些青城茶，既是没事，可以坐着摆摆龙门阵，泡壶好茶你喝。"这个请求，正是中了华傲霜的心怀，笑道："若是不耽误你泥水匠工作的话，我就到府上去谈谈。"说着跟了他一路进去。

唐先生也是为了要大兴土木，先把他那个当卧室又当书房的斗室，清理了出来，空着那间屋子。书籍和零碎物件，把外面这间屋子塞满了，那张小竹子方桌挤到屋子里一个角上，也是堆满了书籍。唐先生站在屋子中间，四周看了看，觉得实在再容不下两个人去，忙乱着把东西向里面一间屋子送去，桌子旁边塞下两个小方凳子，把桌子也空出了小半边来。华傲霜笑道："这可打搅了，闹得唐先生忙上加忙。"唐子安笑着说："这也是我为着自己，那青城茶大概有半斤，真有点儿杭州龙井的滋味。我太太和我有约，一天只许泡一盖碗，留着我慢慢享受，可是有个例外，若是客来了，不受限制。我想借着华先生来的这个机会，今天多喝一回好茶，借以慰劳自己。"

唐太太在里面屋子里答道："幸而华先生不是外人，说这话你也不嫌着寒酸。"说着话，她走了出来，同时拍着身上旧蓝布褂子上的灰尘，笑着点头道："华先生，好久不见，好吗？"她笑道："从前我不解穷忙两个字怎样解释，于今我真是穷忙。为了在南岸中学兼几点钟课，每个星期都要穿重庆城走上一趟。我还到过你们得意的女学生家里去了一次，她的小家庭很好。"唐太太道："哪个女学生？"她道："王玉莲小姐。"唐太太道："啊！她人倒是满好的，可惜在唱老戏，虽然说不上什么得意门生，子安倒是很喜欢她的。"唐先生笑道："你这话在前进的女子面前说着，真该打个折扣。唱老戏为什么可惜？唱老戏就不是职业吗？"唐太太笑道："华先生你听听，他不是很偏护这个学生吗？我也不和你抬杠，我去把水烧开来。华小姐请坐。"她说着走了。华傲霜才是由杂乱的家具中间挤到桌子角上坐下。那唐先生提到了王玉莲，似乎也感到兴趣，便将她的身世和性格说了个不断。唐太太送着一壶茶和两个茶杯子来，二人喝了茶闲谈，竟忘着坐在书籍家具堆里了。

足谈了一小时，而华傲霜也就略略猜到苏伴云之认识王玉莲，就是由唐家这条路进行的。唐太太提着开水壶来已是在茶壶里兑了两回开水，茶都冲兑淡了。华傲霜忽然发生了个感想，无缘无故地跑来谈天，就是为了谈王玉莲，那不会让人家疑心吗？便把话扯开来道："我有点儿事来请教，望唐先生在可能的范围内，帮我一点儿忙。"唐子安听了，却是愕然，谈了一小时的王玉莲，忽然引出华先生的请教来，这话好像不能连在一处。便手靠了桌子沿，向她望着，另一手摸了嘴上的短胡子，向她发着微笑。

华傲霜笑道:"这也是合了那句俗话——人无路,挖古墓。我现在得着两位女同志的帮助,想在学校附近开一家合作社。"

这话说出来了,唐先生听到又是一奇,心想这合作社事业,虽然说是以服务为目的,就以眼前所知道的几个合作社而论,都被人家攻击着,认为完全是几个办事人从中取利,甚至于大有囤积居奇的嫌疑。华老密斯是个孤芳自赏的人,怎么会干这唯利是图的事?他心里这样想着,手上就陆续地摸了短胡楂子,望了她出神。

华傲霜又笑道:"唐先生听了,必认为奇怪,大家买米的钱都没有,谁筹得出合作社的股本来?其实钱不必出,只要签个名当一个基本社员而已。唐先生是我们所钦佩的一个人,我的计划不妨对您实说。"于是把原定的计划细细地告诉了唐子安。不过关于怎样从中取利一层却没有提一个字。唐子安笑道:"你还总是这样好强,肯为大家谋福利,这事倒也值得提倡,我准算社员之一。"华小姐笑道:"这就要埋怨我自己,过去交游太少了,所认识的人实在有限。于今要整百名的拉人来做社员,就感到很吃力,于今总不能遇到陌生的人,随便……"唐先生抢着道:"这事我也不行,我去替你找李子豪吧。他广结广交,认的人很多,而且他又很喜欢办公益的事情。"华小姐道:"我也认识他的,只是不十分熟,哪天请唐先生引我去和他谈谈,好吗?"他道:"要去就是现在,何必改日?现在你也有闲,我也有闲。"华傲霜连说很好。唐先生穿起蓝布袍子,拿了一根竹制司帝克,就引她去找李子豪。

这位李先生也只是个单身客,住在共同的寄宿舍里。因为这是个共同生活的所在,整与洁全谈不到,而且还是非常之吵闹。华小姐的个性和这环境根本不合,自从到这文化村来过一次,就不敢再问津了。现在要为生活而奋斗,那就顾不得许多了。这里背了小山麓,在一片平地上,盖了一连串的二三十间屋子。虽然屋门一字儿排开,门外也有那二尺多阔的屋檐,可是谈不上整齐,屋子有的是稻草盖的,有的是山草盖的(山草,川语,即山上乱草也)。还有一部分是薄瓦盖的,照例是一扇小门,夹了一个长方的窗户。窗户当然没有玻璃,有的糊上纸,有的糊上旧布,有的索性什么也不糊,洞穿的空着窗户格子。

照说,这二尺多宽的屋檐可以当了主人们的散步走廊,然而"国难期间,一切从简",走廊下有人当了厨房,摆着水缸、炉子与柴炭。也有人当了阅报室，横列了一把交椅，坐在那里捧着书看。也有人当了小孩子们的游嬉室，他们都坐在地面上弹琉璃球儿。这些墙壁，有的上面还涂了些石灰，有的却露出大片的黄土。所幸这里是黄土墙，不是竹子夹壁，否则比唐先生家的夹壁还要惨，不知会露出多少窟窿来。所有这些门窗面对着的全是水田，偶然有一两棵小树，实在也谈不上什么风景。走在远远的地方，就听到那一带屋子里有毛孩子哇哇地哭。及至走近了，恰好就在这哇哇的哭声隔壁站住。

介绍人还不曾向前引见呢，那位要见的李子豪先生就哈哈一阵笑声迎了出来。别看他是住在这种草屋里，他还穿了一套青呢西服，不过下面却踏的是双青布鞋。他站在屋檐下，深深地点了头笑道："唐先生、华先生，怎么着到我们鸽子笼来，参观参观吗？"唐子安道："华先生特别约我前来拜访。"李子豪笑道："那就不敢当，请到屋子里坐吧。"说着他闪到门的一边，让客人进去。

华傲霜随了唐先生进去，首先就觉得眼睛受到不愉快的印象。这屋子本来就矮，加之在里面添上了一层天花板，叫人高举起手来就可以摸着。重庆的天花板，叫望板，那是名副其实的，只能望。望板原是用竹片编着的，下面糊上一层石灰，根本无一寸之板。这个屋子里的天花板，就代为揭穿了这个哑谜，那些石灰零零落落掉下来了，断断续续地露出许多竹片。而在这下面倒是不简单，在那天花板的木架子上垂下来四五个绳索，有的是缚着没有蚊帐的帐顶竹圈儿，有的缚着一串红苕，有的缚着个竹篮子，里面放了杂乱的东西。屋子里面相对地搭了两个竹架床，中间靠壁的一端摆下了小小的方桌，这桌上自是文房用具，以及厨房用具都包括着陈设了的。这样屋子里空余的地方也就有限。在床头的空余地方，那尺多宽两尺多长的所在也不让荒废了，将竹茶几支着箱子与网篮。

第二件事，是华小姐感到嗅觉不愉快，也不知道这屋子里有一种什么不良好的气味，只管向鼻子里钻了来。但不管怎样地不愉快，既来之，则安之，只是继续地走进去了。李先生也似乎以华小姐之光降为荣宠，带了笑哈着腰跟了进来，立刻在桌子底下掏出个白木方凳子来请华小姐坐下。唐先生呢，只好请他坐在床上了。屋子里原来还有一位先生，他看到进来两位客，且有女宾，为着减少屋子里空气阻塞起见，搭讪着站在屋子门口看看天色，就这样子走开了。

华傲霜这时有了个新感想，这个屋子里怎么可以安身住下去？心里这样想着，又不免举目四观。这两边墙倒是土筑的，但那表面上糊的一层石灰，像煮饭锅里的锅巴一般，整大片地掀了起来，和那土墙宣告脱离同居关系。有些地方石灰锅巴简直没有了，黄土墙露出当年一条条版筑的痕迹。正中这桌子靠着的墙，也许是墙靠了桌子，原来是单竹片夹的，挺了个肚子向外，糊的石灰发生了许多裂痕。因为上面的天花板已经是漏水的了，隔壁人家的声浪由那里穿透过来，尤其是那个哇哇的毛孩子哭声，简直就在耳朵边。这且不说，这中间的单夹壁，并非最后一层，那是将一间屋子隔开了的。在那方桌子旁还是一扇小门，通到后面一间屋子，那里也有人在讲话。

华小姐就想着，自己总算不错，到这文化区早来了一两年，有那风雨飘摇的屋子，究不是鸽子笼。而且一人一间屋，同居的全是孤单的妇女，终日都没有声浪。若是在这种地方住下去，只有一个星期，就会把人烦躁死了。她这样想着，那主人翁倒毫没有感觉，拿起桌上一把陶器壶，向两个粗瓷杯子里斟着白开水，但只斟了一杯就没有了。唐先生善解人意，他就摇了手道："不用张罗了，我们说几句话就走。"李子豪搓了两搓手，表示了踌躇，笑道："华先生是不容易来的，茶也没有一杯敬客，真是简慢得很。"说着，也就在床上坐下，他看那倒出来的白开水，不但没有一点儿热气，而且还是"开水脚子"，沉淀了不少的泥土，颜色黄黄的，实在也不可敬客了。

华先生也就笑道："不用客气，彼此的生活全是一样，我是有一件小事来请教的。"李先生打算用他的热忱来代替物质敬客，就把脸色振作了一下，笑道："何必说请教二字，只要我知道的，无不奉告。"唐子安就把华小姐要办合作社征求基本社员并不要人出钱的话说了一遍。李子豪立刻鼓了掌道："好事好事！这样的事，我一定要尽力，不知道华先生带了册子来没有？"华傲霜笑道："关于这一切，我还没有准备呢！我不过是先来探探路线，看这事情能办不能办？假如有路子可通的话，我就开始进行，假如不可能，我就算了。"李子豪道："为什么不可能？那太可能了！这一带鸽子笼……"说着他把头向前一伸，手向各处一指，他这一句话还不曾说完，喀喀喀他乱咳嗽了一阵，正是隔壁人家的露天灶房飞来了一阵油烟，顺着风直扑进这屋子来。唐先生正迎着风，也咳嗽了。华先生掏出手绢来握住了鼻子，算是躲过了这阵毒气。李子豪扶了门一下，又把手缩转来了，大概觉得有来宾在座，那是不便关门的。华小姐又发了小姐脾气了，不愿再坐，说声："改日再来请教吧。"起身便走。李先生也很见谅，约了稍过一两天到贵寓去奉访。说话时，那油烟味一阵比一阵强烈，唐子安也就随着走出来。

李子豪为了简慢的招待，心里透着难为情，随在身后相送，笑道："我引着参观参观这鸽子笼吧。"华傲霜走过了两三家门户，离着那油烟还远了，随了他这一声参观，回头看去，见当面的屋子里有一个中年妇人在正中桌子上切菜，里面一张大床，去了半间屋子。有个老年人坐在床上戴了眼镜，伏在一个小竹几上抄写文件。挨门堆了一堆木炭，一口水缸，床对面也有个小白木书架。门外地上一个小凳子，坐了一个老妇人在那里补袜子，两三个小孩儿在她面前玩。这屋里还有一间屋子，虽看不到内容，可是也有一张竹架床直展到门口来。大概这人家是卧室、厨房、餐厅、书房一切都在这里了。她不觉皱了一皱眉。李子豪恰是看到了，送走了几步，低声笑道："华先生，你觉得这很拥挤吗？这还是受着优待的呢！"这句话不能不由得她再问一声，妙事就在下面。

## 第二十九章

# 也是最后一课

　　一家人住在这么一间屋子里，生活的排场一切在内。李子豪先生还要说这是受着优待，这叫华傲霜不能不发问了。因道："那要怎样地过活，才不受着优待呢？"他道："华先生，你不见到那屋子里面还有一间屋子吗？那间屋子我知道，里面铺了两张床铺，还有一张竹子条桌，当了主人翁的书桌。自然，还有一把竹椅子，这样，你就可安心工作了。而且他那条桌边有一扇窗户正对了风景区。"华傲霜道："那外面是风景区吗，这一带似乎没有什么风景可言吧？"李子豪笑道："这里所说的风景，倒并不是我们想象的山明水秀，这是窗子外小土坡上有丛竹子，还有两棵柏树。"华傲霜道："原来如此，可是这还不能算是优待，而且也比不出一个不优待来。"李子豪点着头笑道："这是我'野马'跑得太远了。那不受优待的，那简直不能说，就是前后两间屋子住着两家人。"华傲霜道："那太别扭了，住在后面的一家人，要走人家卧室里钻进钻出，有许多事要受到干涉。前面一家人家更不用提，卧室挡了人家的大路。这日子怎样过得下去？"唐子安便在一旁插言道："那有什么法子呢？人还不是走到哪里说到哪里吗？非走入这个环境不可的时候，那也只有安之若素了。"

　　华傲霜道："我这人真是不了汉，我还只听到说，是一部分职员是这样住鸽子笼的，始终没有亲自来看看。于今看起来，比我所想象的是要艰苦得多。我想真是办成了什么合作社，这些同人，也不会有什么消费的。"她说了这话，脸上表示了一种失望，不免把头微微地垂了下来。李子豪道："那倒也不尽然。一个合作社，无非是采办日用必需品。人虽然穷了，日子是要过的，花钱可以少，但绝不能不花，而且越是穷，也就越要合作社里这种平价货来供应。华先生，你有这个以服务为目的的计划，你就贯彻着进行吧。我敢说，所有鸽子笼里的'鸽子'，连我在内，一定是十分欢迎的。"华傲霜心里这时发生了一个新的感想，对于李子豪的话，暂时不愿做较详细的答复，便道："好的，我这事敬托付了李先生。若是各位同人对这办合作社的事感到兴趣，望回我一个信。"说着向他告别。

唐子安看她那情形，颇表示了若干分的失望，便悄悄地跟在她后面。走了一截路，但他终于忍不住了，问道："华小姐，你觉得怎么样？这个区域里的同人，你很同情他们吗？"她倒不急于答复他的问话，反是先问起来，笑道："唐先生，怎么又称呼我小姐？"说着回转身来望了他。他表示了一点儿踌躇，抬起手来搔了两搔头发，笑道："这称呼不大妥吗？"华傲霜笑道："一个女子，被人称为小姐，那终是高兴的，还有什么不妥？许多朋友有时称我小姐，有时称我先生，向来是不统一的。我也就随着人家的高兴吧。"唐子安笑道："那么，又为什么问起这句话呢？"华傲霜笑道："我疑心唐先生在参观鸽子笼以后，发现了我有些不能忍受，觉得我还有小姐脾气，所以叫我一声小姐，是不是这个意思呢？"唐子安哈哈笑道："那我是把话俏皮华小姐了，岂不是大大的失敬？我们这样称呼，正是华小姐所说，我们的措辞未能一元化，而且……"

华傲霜笑着，连连地摇了手道："唐先生，不用解释下去了，我十分明白，刚才那算是我多疑了。不过我对于鸽子笼生活不能忍受，那倒是实话。一个人短期受点磨难，十天半月自然是毫不在乎。就是周年半载也没有关系。可是要把鸽子笼生活长久的住下去，那实在难于接受。人终是人，应当过着人的生活，不能把水准放得太下，过那牛马生活。像他们这一批人，终也不失为知识分子，让他们过着这样长久的生活，真叫人不忍在他们身上打主意。所以我对于办合作社的事，有些心灰意冷了。"唐子安摇着头笑道："你这是把一个大前提弄错了。办合作社是为大众服务的事，并不是做生意，在他们头上挣钱。他们为了省钱起见，正希望有合作社供给他们平价日用品，怎么说是在他们头上打主意？"

华傲霜觉得自己所说的不忍，乃是心里头一句实在的话，唐先生是只在表面上说理，那自然是差之太远！但他表面这个合理的说法，又是不能否认的。否认起来，那是拆穿西洋镜了。于是默然地走了几步路才点着头道："唐先生说得是。"唐子安觉得她所说的空泛不着边际，同时也就感到她今日有点儿神志不定，便想起她今天来谈了一阵王玉莲，好像不是偶然的。是了，王小姐曾写信来告诉过，苏伴云现时正和她补功课。前些日子，苏伴云到这里来，华小姐和他过从很密，有人竟疑心这老处女有点儿转变。于今她注意着王玉莲，还到她家里去过，那必是为着苏先生了。这么一想通，一连串地推测起来，那竟是极合理的，倒不由得暗中好笑，也就忘了和华傲霜说话。

大家默然地走了一阵，还是她感到不大妥，找了一句话问道："洪安东先生的大小姐，现在快复原了，唐先生知道吗？"唐子安道："知道的，不过他受了这样一个卖书的大刺激，他决计改行了。"华傲霜不想又听到改行的一个消息了，这倒引起了趣味，因道："是吗？昨天遇到他，并不曾听到他表示这个意思呀。"唐子安道："他虽然有这个决心，也不能见了人就说。"说着话时，又慢慢走近了唐先生家门口，远远见他两个大点的孩子正蹲在地上和泥巴，继续了他们父亲的工作。华傲霜就不愿再向他家走了，在小路分岔处站住了脚，问道："洪先生改行，改成哪一行呢？我们这种人改来改去，反正离不开一支笔，于今靠一支笔吃饭，任何职业也都是一样地穷呀！"唐子安笑着叹了口气道："有道是饥不择食，也顾不了许多。"

华傲霜听他这话，好像是说洪安东已不打算靠笔吃饭，而且所改的职业也不怎样高明。正想再问一句，可是那边两个和泥巴的孩子，有一个哇哇地哭了起来，正是有个孩子两手插入泥浆里拔不出来，另一个孩子在拉着。唐先生回头看到了这情形，也来不及和华傲霜打招呼，拔步就向他家里跑了去。她呆着望了一会儿，却也只好抽身走去。但她对于鸽子笼的那番思虑却丝毫不曾减少。她想着洪安东也要改行了，虽不知道他改的是什么行，总不会还是靠拿笔杆吃饭吧？这件事倒也值得向他去探听探听，多少还可以做自己一个参考，反正今天心里有点儿心绪不宁，回家枯坐更显得不安，就找着洪先生去谈谈也好。

她这样地想着，掉转身来就顺了到洪家的那条路上走。还不曾走到一半的路呢，却看到洪安东手上拿了一本书从从容容地走来。他手上还拿了根棍子呢，却是一下一下地在地上撑着，和他的步子相配合。她就迎着先叫了一声洪先生。洪安东站在她面前几步，望了她道："在原野上散步散步吗？"她摇着头笑道："没有那种闲情逸致。"洪安东笑道："这是自然。在这个年头，谁又有什么闲情逸致？但是在我的话，越是心里焦急，我就越喜欢散步。没有事吗？等我上完了这点钟课，我们找个小茶馆摆摆龙门阵。"华傲霜笑道："看洪先生这样子，好像今天是很悠闲吧？"

洪先生把扶手棍插在地上，左手举起了那本带的书，将右手拍了一下道："这是最后一课了。不过我得声明一句，这是就我个人而言。"华傲霜道："就洪先生而言，怎会是最后一课呢？"洪安东笑道："你不知道我的消息吗？我要改行了。就是今天这一堂课，以后我就离开这里了。"华傲霜站着凝神了一会儿，笑道："我可以问你，是改成哪一行吗？"洪安东笑道："那何用问？当然是做商家。"华傲霜道："商家多得很，是哪一个行当呢？"，洪安东笑道："谈不上行当，就是经商，我们还依然是靠人吃饭。自然我也无须守秘密，等我把这一课书教完了，下午摆龙门阵，我们痛痛快快地谈上一谈。我要告别这个圈子里的朋友了，大家痛痛快快地谈上一阵，也可以增进彼此间别后的去思。"华傲霜听他的话，说得那样决绝，那简直是走定了，也只好苦笑中向他点了两点头。因为自己心里本来就是一肚子牢骚，听了人家为牢骚而改行，衷心感动着，也就无话可说了。

洪先生因她没说什么，也就点个头道："回头再谈吧。"于是拔起地下的手杖，一路摇撼着向学校走了去。这次是提前了时间来的，且先到休息室里坐坐。这里已有一位老先生架腿坐在破藤椅上，两手捧了一只粗瓷茶杯，在喝白开水，这是教史学的黄汉图，是个老教授了。他在旧的灰呢夹袍子上，更罩了一件毛蓝长衫，长长短短地露出几层底襟。且不论他尖削的脸上已画了多少条皱纹，只看他两只鬓角各各的蓬起两丛苍白的短发，这就知道他衰老得可以。他看到洪安东进来，就放下了架的那只脚，也许是他起身表示客气，也许他感觉得脚上那双青布鞋未免太破旧了，因此放下而收藏起来。

洪先生是个要去的人，对于这种紧守岗位的劳苦老同志，倒格外表示了敬意。这就向他点着头道："好几天没有看到黄汉老了。"他喝了一口开水，笑道："我是个懒人了，只要不上课，我就闭门在家里坐着。原来是为了少出来少花钱，久而久之，也就成为习惯了。很热的开水，喝一杯吧。家里已买不起热水瓶，喝开水，每日也不免有个固定的时候。"洪安东叹口气道："真没想到这样不成问题的事情，也成了生活上相当的烦恼问题了。真叫我不能不走。"他是随口的一句话，把心事却说出来了。黄先生这就望了他道："你老哥早就说着要走了，走到现在，还是常在这休息室里会面，那也是实在的话，又让我们走到哪里去呢？"洪安东道："这回我倒是真要走了。"说着把手上的书本举了一举道："我今天是教最后一课。"黄先生放下茶杯，站了起来，望着他道："你真是改行了？说改行，也将近一年，你是应该兑现了。改的哪一行，可得闻乎？"

洪安东看到老先生脸上有一番惊奇与兴慨的样子，倒也不好详细地说什么，捧了一句文道："老大嫁作商人妇。"黄汉图很无精打采地又坐了下去，将头微微地摇摆了几下。洪安东笑道："汉老，你不必为我叹惜。我自己觉得很渺小，改行是无所谓。第一，我们干的是应该丢下茅厕去的文学。虽是不教书了，这与当前的文化并无影响。至于这一门功课，在本校里也是无足轻重。因为这些缘故，所以我之离开岗位，自问对人对己都无妨碍。我已向学校辞职了，大概有人代我的课。"黄汉图道："这话不是那样说，我们虽不妨承认现在暂时可以不需要文学，但我们却不能承认永远不需要文学。假使……"正说到这里，空气里已传着上堂号的声浪。洪安东便站起来，笑道："汉老，我们过天再谈吧，我要去上这最后一课。"黄先生也站起来道："我也是要去上课，我倒愿意和你谈谈。"说着话，两人出了休息室。

洪先生这班学生，约莫有二十七八个人，这一堂到了二十四五位，总算是洪先生的课是叫座的。他站在讲台上对着全堂学生看了一看，笑着点头道："很好很好！"这很好！学生们虽不明白他为什么连叫了几声很好，但是料着必有所谓，都坐在位上昂起头来望着他。洪先生笑道："我和各位同学，也相处两三年了。虽然谈不上什么好感，我想也不会有什么恶感。于今要告别了，我总有点儿黯然。"学生们听了这话，微微地哄然一声。洪安东也不理会，继续地道："很好，这一堂课缺课的人少，可以和多数人会面。我今天教的是最后一课，我想多讲也不能在这一课书上教出什么花样来，不如检讨已往，多少还有点儿益处。哈哈！益处？那是我自己向脸上贴金。你们就把文学学得登峰造极也不能损伤日本人一根毫毛。时迫事急，我们一切要把握现实。文学有什么用？不过话又说回来，我既教这路功课，有益无益，现在不能详细去问，我总得把我所知道的都教给同学，方才对我良心无愧。今天我不教书了，让各位问我一点钟。"

学生里就有人问道："洪先生要离开重庆吗？"他点点头道："将来也许离开，不过暂时我还不走。"又一个学生问道："那么，洪先生为什么说要告别了？"他微笑道："因为我要和学校告别了。不！我要和书本子告别了，也许我这一辈子，今天这一堂课，是我最后一次的教书生活了。我很对不住各位同学，请各位同学原谅。若是我一个人的话，我并不会把收入看得那样重的，无如我后面跟着一大群人，他们有点儿活不下去，我不能不另想谋生之道。自然，所谓读圣贤书，所学何事？我也不会忘记了这半辈子的教书事业。也许我会回来的。对不住，我心绪很乱，说话有些颠三倒四。"说着他勾了勾头，而说话的声音随着也哽了起来。学生们都也看到老师的脸色有点儿黯然，大家都也感到不知说什么是好。

前排有两位女生坐在一处，彼此望着，低声咕哝了两句。其中一个就问道："洪先生既不离开重庆，何妨把这书教下去呢？反正一个星期，也不过五六点钟课。洪先生就是有别的工作，很可以把这功课兼教下去。"洪安东点着头道："假使可能的话，我很愿意这样办，而无如其不能。"女生再问道："我想洪先生是不忍抛开我们的，必定所有新的工作是分不开身来的。"洪安东道："不用说这些闲话了，我只有这几十分钟贡献了，别浪费了时间，有什么话请你们问我吧？"学生们个个回头或掉转脸互相看了一下，仍旧是呆望了讲台。

讲台上站着一个瘦削面孔的旧蓝袍先生，后面是两方乌光的黑板，上面没有一个粉笔字。全堂寂然，大概除了大考遇着难题的时候，很难有这种现象发生。洪安东将两只手背在身后，走向讲台口上半步，望了全堂四周点点头道："一部念四史，不知从何说起，你们也是不知问什么是好了。那么，我把这半年来所教的做一个简单的要目，重新叙述一下吧。文学史正也和其他的史学一样，给我们一个治学更进步的参考……"又有一个学生站起来问道："洪先生，这一小时虽是可宝贵的，但是我们有忍不住的话要问，不知道洪先生的家是不是也要离开这学校附近？"他答道："坐下，随便谈吧。为了工作和食宿的便利，当然这个破落户的家，应当跟了我走。不过在最近两三个月，我想还搬不开。我和我这个家，好像是九死一生的病人，虽说是找到了挽救的医生，可是第一步只能让病人不死，第二步才谈到休养，恢复健康，成这么一个平常活着的人。所以要在另一个地方去安置着吃饭穿衣服的家庭，那还早呢。"

女生又插言了，笑问道："这样说，洪先生现在的家庭，还不够吃饭穿衣服的资格？"他将身上蓝布袍子牵了一下，笑道："衣服我是每天都穿着的，每天我也没有挨过饿，不过像我们花了那一注学费，读了那多年书不算，这功夫也费得不少。像这么一件袍子，抗战前的话，早两三年就给孩子们做尿片了。于今我穿的是'逾龄的军舰'，或者是'退伍的军人'，干脆一点儿说，我穿的是'尿片'。自然你们以为我穿的实在是蓝布棉袍子，那也并没有错误。"全堂的人，都随了这话哄堂大笑。他又道："士志于道，恶衣恶食者，未足与义也。我是个未足与义之徒。不过说这话的孔夫子，他也说了不患寡而患不均。对于'均'字这方面，我有点儿那个。

211

所以我就借了这点儿缘故离开岗位。各位虽然是学文学的，我相信这是沙漠上的岗位，守与不守那没关系。我走了，我也不反对各位去报考银行讲习班，以便到银行里去当一名练习生。"他说完，大家又笑了。

洪安东等大家笑声住了，拿起带来的书本看了看，又想讲书，可是别个学生又问话了。问的依然是洪先生的私人行动，而不是文学。说来说去，一点钟竟是很快地过去。洪先生听了下堂号，便静静地站在讲堂上，等大家注意了，叹口气道："对不起各位，这一点钟终于牺牲了，再见吧。"说着点了个头就要出课室。学生却是哄然拥了向前将他围住。他还站在讲台上，怔怔地望了大家，又叹一口气道："我何尝又舍得离开各位呢?"

第三十章

# 苦恼的追逐

洪安东先生这一堂课，虽是不曾在课本上向学生讲一个字，可是他所得的反应之佳，却是近三年来所未有。他走下讲台，学生围了他说话，走出课室，学生还围了他讲话。他看了这些恋恋不舍的高足，也说不出什么话来，只有向了大家笑着道："我今天又不走，大家有什么话下了课到我家里去谈吧。"他说时，趁了学生偶然地疏忽，闪开了个空当，就走那里冲出重围落荒而走。洪先生虽是去了，学生们还是站在空地里纷纷地议论着。这个消息也就很快地传遍了全校。

在全校最注意这事的只有两个人，一个是洪安东的好友唐子安，一个就是华傲霜小姐。她觉得像洪先生这种人，除了学问不谈，就是他教书的经验，也有十年以上的历史。他毅然决然把这个职位都牺牲了，那绝非偶然。自然，他女儿病了，他卖书给女儿治病，那是一个最大的刺激。不过这件事，已过去很久了，他不在那个日子辞职，却到现时来改行，显着他也有了极大的忍耐。忍耐了一个时期，到了现时实在忍不住了，所以终于改行了。这个忍不住，一定有点儿缘故，值得研究研究。她这样想着，在得着消息的次日，就托便人和洪安东带了个口信，去约他当日下午三点钟，在街上小茶馆里会谈。

这个小茶馆原是他们师生唯一的消遣之所。到这里来，虽是泡上一碗沱茶，枯坐一两小时的硬木板凳，但这并没有关系。在这里除忘记了柴米油盐账目之外，还可以把讲义上的一切字句也都丢在九霄云外，总算心灵上得着充分的轻松。遇到了相识的朋友，可以像演说一样地痛痛快快谈上一阵，或骂上一阵。这年月最难得就是发泄苦闷，小茶馆里既可以发泄苦闷，那一份娱乐是不下于吃酒或看电影的。有这些缘故，先生们倒不因为穷而牺牲这点乐趣。华傲霜因为嫌小茶馆里人杂，茶碗又是大家轮流地喝来喝去，就少于上茶馆。最近为了生活的奋斗，自己改掉了许多旧习惯，对于坐小茶馆也就感到兴趣了。所以带了个口信给洪先生，倒不问他是否履约，到了时候自己就先到茶馆子来了。

这里自不免有熟人在座，她分别各处点了个头，独在屋子角上找一副座头坐了。幺师泡了茶来，扶着碗盖子，对门外来往行人闲望着，感到有点儿无聊。卖椒盐花生的小贩经过，就要了二两花生慢慢地剥着。那门口有副座头，也坐了一位单独的茶客，乃是柳北江教授。他是个典型的中国旧文人，穿了件毛蓝布大袖长袍，养了一把半白的长发，一把披在脑后。瘦削的脸子，嘴上略微有一撮小胡须。他正斜靠了壁子上的一根柱头，架脚坐在长凳上，口里衔了一根竹子旱烟袋，烟斗里插了半截土雪茄，要吸不吸的，不见冒烟。他偶然回头看到了华傲霜，还是一个人剥花生，笑着点点头道："华先生，今天怎么有闲来坐茶馆？"她手捏了颗花生，又将手对一堆花生点着，笑道："柳先生，来剥几个花生，坐到一处谈谈。"

柳先生不怎么谦逊，一手端了那杯茶，一手捏了旱烟袋走将过来，在对面椅子上坐下来。笑道："我很少见华先生坐茶馆。"她笑道："一个女先生来坐茶馆，那是引人注意的事，而且坐茶馆唯一的消遣还是聊天，可是我就不长于此道。"柳先生放下了旱烟袋，也取了两颗花生剥着，笑道："那么，你今天到这里来还不是偶然？"她道："我听说洪安东先生要离开学校了，我想和他谈谈，到底为什么这样急于求去呢？"柳北江将一粒花生米向嘴里一抛，连连摇了两摇头道："还不能算是急吧？我知道，他做最大的忍耐，也就有两个月了。"华傲霜笑道："说到忍耐，谁不在忍耐着？就是昨天上午，我见到他时说是教的最后一课，以前没有听到他有什么表示。这好像是突然发出的最大决心。这一个转变，我疑心着或有什么新的刺激。"柳北江连剥着两粒花生吃了，脸上带了微笑。她问道："有什么新的刺激吗？"他道："这就由于华先生少来坐茶馆的关系，假使你常到这里来，你在闲谈中也可以得到一些原因了。"华傲霜道："是些什么原因呢？"柳北江道："那自然不是三言两语可以说完的。原因也很多，一时也说不清。"华傲霜道："当然，不止一个原因，柳先生可以告诉我一两个最大的原因吗？"

他不剥花生了，在身上摸出一盒上等火柴，把它擦燃了，他将火柴插在土雪茄头上，然后把烟杆嘴子送到嘴里去吸，这样他就把那半支雪茄吸着了。她笑道："原来吸长旱烟袋，还有这样一点儿技巧。"柳北江喷出一口烟来，笑道："一切是穷出来的办法。你不见洪先生卖掉他所有的书，替他小姐割盲肠，若是在战前，谁也不会想象到这件事的。"华傲霜笑道："请谈入本题吧。他为什么不能再忍耐一下呢？"柳先生又喷了一口烟，然后叹口气道："其实，这些原因都是一样的，不过洪先生家累太重，他熬不过我们。我们都是靠借支薪水过日子的，本月份的钱照例是十号以前支去一大半，二十号前后，再支那一小半，二十号以后那是干耗着过日子。到了下个月一二号，无论如何，要动支本月份薪水了。偏是这两个月情形有点儿特别，在四五号以前，会计处出纳股很少有钱。其初大家以为是总务处推诿之辞，后来是学校当局表示，决计退避贤路，免得大家挨饿，大家才相信实在是学校里没有钱。可是寅支卯粮已成了习惯，如今弄得寅不能支寅粮，这情形就严重了。而且又想到若是为了人的关系，寅支不到寅粮，那就大可愤慨。这样自然就有人想着不干这劳什子，真就会饿死不成？大概洪先生就是其中的一个。"

华傲霜道："我的薪水总是到十五号以后才动支，所以我不知道这情形。尤其是这个月，我兼了几点钟中学课，先支了一个月薪，我没有上会计处去打听消息，越发隔膜。我也不是手头宽余，我想着能够少去找一趟总务主任和出纳，精神上也少受一次打击。"柳北江笑道："那我就羡慕你了。我几乎每星期一次要去拜访会计处，或者径直找总务主任。倒不是人家硬不通融，总务主任交下了条子，碰巧会计主任在那里，出纳股长不在那里，只空拿了会计处一张传票。有时出纳股的人在那里，会计主任公忙未到，望了人家的保险柜子，可拿不到钱。因之只有再去拜访一次。你看这样的跑法，平均每周一次，不是大有可能吗？这又要说是洪先生了，他在会计处押书的那一回事，在有钱的人看来是一幕喜剧；在我们看来又是一幕悲剧。无论他和总务主任或会计主任是不是为了这事，划上一道感情上的裂痕，可是我想他怎么样子想得开，也不愿多上那演过悲剧的地方去。可是在这里教一天书，就一天有拜访会计处之可能。"华傲霜点头道："对的对的！怪不得先生们喜欢坐小茶馆，谈来谈去，就把洪先生之要走谈出一个道理来了。"

柳北江对她这话，还没有加以答复呢，就听到洪先生的声音在外面搭言道："所说的洪先生，是我吗？"看时，他脸上带了笑容走进茶馆。便是身上穿的那件蓝布大衫，今天也换了一件洗晒干净的。原来脸腮上那些毛刺刺的短胡楂子，也都修刮得干净。这和前天所见提一小串牛肉的情形完全两样了。华傲霜首先站起来，笑道："洪先生来了，欢迎欢迎！我带的那个口信，总算带到了吧？"洪安东走过来在下方坐着，笑道："特为此事而来，这两天我倒成了个红人，到处的朋友都惦记着我，讨论着我。其实这不是我个人的幸事，无论什么人，他被迫着改了行，那都不是他的好事。"

说时幺师送上一碗茶过来，向他笑道："洪先生要出门发财去了，以后少来了。"洪安东笑道："我要去发财了，奇怪！你怎么都会知道？"幺师笑道："那还不是到这里来吃茶的先生们说的。"洪安东向华柳二人望了笑道："这可是了不得！连茶馆里茶房都知道了我的消息。"华傲霜道："洪先生要改行，我是早有所闻的，可是突然地来个决定，我们朋友们都觉得这事有点儿出乎意外。"洪安东摇了两摇头，指着柳先生道："北江大概明白我的苦哀。"柳先生道："我不正替你解释吗？"于是把刚才说的话重复叙述一遍，他连连点头道："对的对的！朋友们都挂心改行后所走的哪一条路，我当然有个小小计划。不过我暂时不愿发表，也许我这样翻过身把生活问题解决了，也许我这次栽一个大筋斗。好在不久的时间，总会有事实表现。"

华小姐原是在改变路线之时，要听他一点儿意见作为自己的参考，现在他既不肯说，这又是茶馆里，只好罢休。心里既感到无聊，对于面前这小堆花生，自是不停地去剥着，剥到后来只剩很有限的空壳了，还是低头在里面寻找。洪安东也就发现了她的无聊，又在小贩子手上买了四两花生在桌上堆着，指了笑道："来来来！我们不管那些过去光荣、前路漆黑的事，眼前且来个痛快。"柳北江笑着剥了个花生，将两粒花生米托在手心里摇了两下，因道："这就算是我们的快乐。"华傲霜笑道："那果然不能不算是痛快。这个时候，至少是一切痛苦烦恼都可忘记它一二十分钟了。"洪安东笑道："华小姐何必牢骚，你也是有办法的人啦，你不是要办合作社了吗？"柳北江插言道："办合作社吗？这要分两层看法，那是以服务为目的，真要任劳任怨，对于自己的生活也不见得有极大的帮助。若是以营利为目的，那就是假公济私损人利己的勾当。你想，我们这种人肯做这样的事吗？老实说，现在的合作社，挂羊头卖狗肉的百分比的数目却是很大。因之纵有真正热心的人为社会服务，也很难叫人不疑心你是挂羊头卖狗肉。华先生，倒不是我扫你的兴致，你若真要着手去办合作社，那是苦恼的追逐。"

华傲霜觉得他的话，正是对准了自己的病根，倒不由得脸上起了红晕，觉得无话可以答复。洪安东便插嘴笑道："说起为苦恼的追逐，这倒是华先生的本意。她奔走妇女运动，办妇女补习学校，哪一项事又不是苦恼的追逐？我们只要求其心之所安，闲是闲非，却不必去管它。我未尝不想由这条路上走，无奈是有了室家之累，不容许我这样干。华先生这一个行为，我实在是赞成的。"华傲霜听了这番解释，心里倒算安慰了一下，笑道："洪先生这话，我是承认的。其实我也并没有什么崇高的理想，只是从小在学校里念书，就养成了这么一个习惯，不甘寂寞，不肯承认男子对外、女子对内这个原则。不过我的交际手腕和我的理想，不能融合，往往在这点上失败。"柳北江笑着点了两点头，笑道："我倒是承认华先生这几句话自我检讨得非常确当。"华傲霜笑道："我也并不是那样的糊涂虫，一点儿没有自知之明。可是有自知之明，又有什么办法呢？还不是路子越走越窄。"说着摇了两摇头，继续剥着花生吃。大家默然了一会儿，继续地剥着花生吃，大家把这一堆花生吃完了，拍拍手上的灰，互相地看了一眼，似乎各有两句话说，可是又说不出来。

华傲霜拿出钱来会了茶账，起身就要走。柳江北道："华先生不再谈一会子？"她摇摇头道："我今天下午还想进城去一趟呢。"洪安东道："我也要进城，我们一路吧。你看，我衣服换了，脸也刮了，以后开始走我的第二条路，我要把我这一身晦气先给它洗掉一点儿，免得见了人就给人家不良好的印象。我记得在唐先生家里遇到一位苏先生，原也是一身的晦气，人家换了一身新西服，做事先有了精神，见人也神气多了。他就是改行的一个。"华小姐本已是走开了座位，听着这话，却又回转身来，站着向了他问道："洪先生最近见到苏伴云？"洪安东道："见到的，我这次进城就有一点儿小事情要向他接洽。"她笑着点头道："那好极了，我正也有一件事和他接洽，我们一路去找他吧。"

洪安东对于她这个约会，虽然不愿接受，可是自己失言，已把行踪告诉她了，若拒绝了和她同去，倒显着自己有什么秘密行为，便点头道："好的，不过今日到得城里，已过了他办公的时间，必须要到明日早上才可以见着，我们在什么地方聚会去见他呢？"华傲霜道："我在章公馆住，洪先生可以到那里去找我。"她说着就在身上摸出了卡片和自来水笔，伏在桌上把详细地址写着给他。洪安东笑道："我知道，这章公馆是巨富之家。华先生有这样好的地方落脚，那总不是苦恼的追逐了。"她想道："那也不见得。"可是她也不能说出这五个字，接着是无话可说，向洪先生看着。他道:"我一定来约你,不过时间没有规定,八点钟以后,十二点钟以前,请你等着我。"

华傲霜见他说得很妥当,很高兴地回家去收拾着那只来去相随的旅行袋。虽然同寓的两位女友,都在隔壁病人屋里说话,而这一颗心已经飞进了城,也就顾不得许多了。但遥遥听到有一个人道:"恋爱有什么意思?那不过是痛苦一个代名词罢了。"她站着怔了一怔,心想她们是在议论着我吗?可是转念一想,华傲霜和恋爱这两个字向来不连接的,不会有人想到我。至于今日的行动根本不会有人知道,那也不见得是说着我,如此想了,也就一掉头奔上汽车站。

这是入城最后的一班车,搭车的并不十分拥挤,很容易地就上了车。到了城里,已经是万家灯火了。在车上也曾顾虑到,刚是由章公馆出去两天,现在又到人家那里去打搅,透着有点儿不大合适。好在是自己有个办合作社的题目,就说为此事而来,倒也可现着办事积极。这样想了,便径直地来到章公馆。刚进大门,那个门房里的听差却迎出来阻止着道:"华先生刚来,我们小姐到学校里去了。"她想道:对了,人家是个学生,岂能常在家里,这倒是自己少考虑的一点。不过既来了,也不便立刻去找旅馆,而且时间不早,也找不到旅馆。便道:"我知道,她到学校里去了,我是来和你们姑太太有话说。"听差道:"是陆太太吗?那倒真对不起,她也出去了。"华傲霜听到,心想,真巧,这怎么办?不但难找旅馆,就是找到了旅馆,自己也没有带得那些旅费,只有硬赖在这里住下的了,她便一面向里走,一面笑道:"那不要紧,反正我在这里已经很熟了,我在这里等着她吧。"听差也不能将她拖住,只好由她走着。

还好,上房几个女仆都和她熟,招待在客室里坐着。她问过:"陆太太什么时候回来?"女仆所答是说不定。她想着还没有吃晚饭呢,若是出去吃了点心再来,进进出出惹人家讨厌,不出去吃点东西,肚子可又饿了,且等几分钟,候陆太太回来吧,她总会回来吃饭的,于是和女仆要了几份报来看着。女仆自没有奉陪客人的资格,由她静悄悄地将几份报看完。可是这个静悄悄,对于她并没有什么好处,她呆呆地坐在这里,遥遥听到外面院子里碗碟的撞击声,似乎是他们公馆里已经开饭了,也就为了有点儿感触,立刻就嗅过一阵浓烈的饭香。嗅到了饭香,同时也就发觉肚子里饥饿。可是自己是个很生的客人,怎好叫人家开饭来吃?只有把看完的报纸,在电灯下重新再看上一遍。可是要会谈的这位姑太太,越等越不来，看看手表时，却又只有七点多钟，事实又并未多等。女仆们泡的一盖碗茶，自己呷一口又呷一口，便是这偶然的举动，也把这盖碗茶呷得只剩了一撮茶叶粘贴在碗底上。她虽坐在一张沙发椅上，而这沙发也变成冷板凳，坐着让人感到周身酸疼。好在这里是电灯通明的，这就站起来看看客厅里四壁挂的字画，把字画都赏鉴完了，那位姑太太还不曾回来。连老妈子都觉得让她等久了，心里不过意，倒是到客厅里来敷衍了两次。

华小姐实在饿了，便将旅行袋交给女仆，说是会朋友，因为有要紧的事和陆太太商量，回头还要来。女仆自没有什么话可说。但她走到院子里的时候，却听到旁边屋子里有人嘻嘻地笑着，这就不免心里一动。难道他们是在笑我吗？于是故作镇定，缓缓地走出章公馆。但也没有走远，就在附近小面馆里吃了两碗面，唯恐回去章公馆太晚了，叫不开大门来。本来自己在章公馆里等久了的时候，有点儿气愤，下了决心出去找旅馆了。可是和洪安东约定了，明早一路去见苏伴云，若住在旅馆里，一早到章公馆，他们家是起得晚的，那更不方便了。在忍耐之下，吃完了面，再到章公馆去，那已经是将近十点了。而那位陆太太还没有回来，找着了一个认识的老妈子，向她笑道："你们小姐说过，我有事可以随便来到你们公馆来的，我真没有想到你们姑太太，今晚偏不在家。天已晚了，我又不能到亲戚家里去，没有法子，我还只有麻烦你了，你找个地方让我睡觉吧，什么地方都可以，不必太费事。"她虽是这样谦逊着，料着女仆不再引到小姐房屋里去睡，也会是上房一间很好的屋子。可是老妈子听了这话，脸上已有了犹豫之色，却强笑着道："主人不在家里，我们是招待不周的。"华小姐又补了句谦逊的话道："我常来麻烦你们，随便找个地方就可以的。"老妈子只好又让她在客厅里等着，和她出去安顿床铺。这次是茶也没有倒，足空等了半小时，她才引到后进一间屋子来。

这里是一间小小的后厢房。屋子里有一张条桌、两把椅子，还有个像很久未用的梳妆台，床是有黑木架床。床上有一条薄褥子，一条棉被，连床单都没有，好像是临时铺着的。只看桌上悬下来的那盏电灯罩子，上面还有很多的灰尘，这虽是间上房，却没有地板，仿佛有一种发霉的气味。那么，这里好久没住过人的了。自然，这比小旅馆好得多，可是在章公馆恐怕老妈子住的下房也比这好些。心里尽管有一百个不愿意，也不好说什么，还不住地点着头笑说麻烦。女仆道："华先生，你就睡吧，恐怕姑太太不会回来了。"华傲霜笑道："索性麻烦你一下，请你倒杯开水来，这屋子里没有痰盂，顺便给我带一只来，对不起，对不起！"这位女仆因她不住地客气，也都只好照办了。也许是她加倍的小心，走的时候替客人带上了房门。而在华小姐看来，简直是她怕麻烦，表示不再来了。和用人说了许多好话，还是受人家的冷眼，真是有苦说不出。这次做客比上次来时差多了。主人不在家，也不能见怪。

　　正懊丧着，偏是天又下起雨了，屋子里冷冰冰的。料着等的人今晚也不会回来，只好展开被子来睡。垫的褥子很薄，下面藤绷子只管向上透冷气。而且没有枕头，将长衣卷了当着枕头，大衣盖在被上，上半截算还可以，伸了两脚又怪凉的。这和那次住小旅馆的滋味，虽也好一点儿，但想到做这不速之客，处处受着拘束，还不如住旅馆自由。人家说我办合作社是苦恼的追逐，这第一步就实现了。越想越别扭，远远地听到章公馆上房的钟敲过了一点，方才叹口气不想了。次日天亮，就冷醒了。这才明白了，原来屋角里有半边窗子落了两块玻璃。心想真是岂有此理！这用人把我引在冰窖里睡了一宿，赶快起来把衣服穿着，把大衣加上。可是章公馆里还静悄悄的，又不便出去。不漱口，不洗脸，就这样坐在冷屋子里看窗外的檐溜。这一份苦恼也真够追逐的了。

# 第三十一章

## 碰　　壁

在这个沉闷枯寂的环境下，华傲霜忍受了半小时。她想着，人家说恋爱是苦恼的追逐，这样看起来完全不假。可是要说这是真正苦恼的话，为什么青年男子没有不把恋爱当为第一件事的？自己做处女三十多岁了，过去七八年，并未感到有结合男子的必要。可是生活困难之后，才发现独身女子实不容易活下去，不容易活下的关键不是物质方面，而是精神方面。女子结合女子，一样地可以奋斗，那是废话，你只看章家这些老妈子，对于我这样地冷淡，她们哪有一点儿女子联合阵线的意思。她想是这样地想了，依然还是没有人来理她。觉得这样阴凉的天气，早上起来应该喝杯热茶，而旅行袋昨晚和自己分离了，现在想用冷手巾擦把脸，或者用杯冷开水漱漱口，这都不可能。

为了这口闷气，大可立刻离开这章公馆，可是果真走了的话，对于洪安东先生的约会，又要失约。对他失约，那无所谓，既是下了很大的决心，要来和苏伴云谈谈，也总要达到这个目的。他很可能地已爱上了那个唱老戏的王玉莲，但是王玉莲那样年轻，又是一个风月场中的人，她未必就看上了这个中年小官僚。无疑地，苏伴云纵然追求她，那也是片面的追求，只要是王玉莲不睬他，迟早他有个极大的失望，等他失望了，乘时给他一点儿温暖，那就极容易有收获的。问题在这里，就是千万不要和他将友谊脱了节。那么，今天候着洪安东去和他会面，那是很有意义的事了。这样想着，把这个透凉气的屋子又坐了十来分钟。听到外面院子里有说话声，立刻走了出来。

还算巧，碰着的就是那个很熟的女仆。她正端了一个瓷铁茶盘子，里面端了洗刷了的碗碟。她笑道："哟！华先生怎么起来得这样早？"华傲霜道："我们在学校里起惯了早，已经起来一点多钟了。倘有热水的话，劳你们驾，给我弄一盆洗脸水来，还有我那个旅行袋，也请你给我带来。"

**221**

那女仆端着茶盘子向上房走，口里不停地说"好，好"。华傲霜以为她不久就来，且到屋子里等着，不想这个节目又耽误了十来分钟之久。来的时候，她倒邀集了一个女伴，一个捧着漱洗用具，一个提着旅行袋。华傲霜本来是一肚子苦闷，但是抬起手表来看看，已是七点三刻了。无论如何，再忍受一小时，洪先生就来了。等他来了的时候，不要让他看到在这里受到冷淡，还是坦然吧。自己洗脸漱口，那个熟识的女仆却在房门等候。她认为女仆是候着倒洗脸水的，也没有理会。把旅行袋里带的女子进攻男子的武装配备，雪花膏、牙刷粉、胭脂膏、小镜子，一样样地取出。唯有口红这样东西，二十四岁以后就没有用过，怕是涂在嘴唇上以后太让人注意，只好放弃了。其余的武装，都一齐用上。对那小镜子将自己"检阅"一下，虽不是"精锐的现代化军队"，却也不算落伍。自己还有一点儿可以自信，周身不会有俗气，这是比王玉莲要好得多的。心里这样想，也就不住地端详那镜子。

倒是老妈子在一边等着，有些不耐烦，笑道："华先生，陆太太说请你一路喝热茶，吃早点。"她道："陆太太回来了吗？"女仆道："昨晚上十二点钟才回来，没有敢惊动华先生。"她笑着向那没有玻璃的窗户一努嘴道："这屋子里空气太好了，我一点多钟才睡着的。"女仆哟了一声，笑道："那真对不起，我原说请华先生到小姐房里去睡的，是老姨太，叫我把华先生请到这里来。"华傲霜道："这里是你们老姨太当家啊。"女仆道："主人回来了，她就不当家。"华小姐听了，知道了当家人是对客人什么态度，也就不把话再向下问。把"武器"全收进了旅行袋里，然后随着女仆到陆太太屋子里来。

不想到了那里时房门紧闭，却还没有起来。因问女仆道："陆太太不是招呼你的吗？"女仆道："是她昨天晚上说的。"华傲霜想想，人家昨晚也睡得不早，就不必去叫醒她了。因道："好吧，我到客厅里去等着，请你到门房里去通知一声，若有个洪先生来找我，请他进来。那洪先生是你们小姐的老师，你小姐有话叫他告诉我，很要紧。"老妈子答应着去了。华小姐又单独地在客厅里坐着，心想借了他们小姐的名义，料是门房是不能不引着进来的，这也就安心在客厅里坐下。今天早上总算老妈子给予了客人一种温暖，给她送了一杯热茶，又把早到的日报拿了几份，送到茶几上来。但是她今天并没有昨日那份消磨时间的勇气，看看报，又抬起手表来看看，总怕到了时间，洪先生来了会被门房挡住。

将报纸匆匆看了一遍，已是八点半钟，终于是放心不下，还是起身到大门口问听差道："有位洪先生来过没有？他是你们小姐叫来的。"听差点头道："晓得晓得！可是他没有来。"华小姐听他的语气，显然是有点儿不高兴。在这大公馆里当上宾，自不能和门房去办交涉，只好又到客厅里去坐着看报喝茶。看看将近九点钟，心想不管洪先生来不来，再等十分钟就直接去找苏伴云。按着时间去，也许就在那里可以遇到洪安东，那依然像约会了去的。

正这样想着要起身了，老远地就听到陆太太笑道："真是对不起，他们也不叫我一声，让我只管老睡着，让华先生老等。其实我只睡七八小时也就够了。时间还不算晚，我请你出去吃顿早点，还是广东馆子呢，还是扬州馆子呢？"她笑道："改天再来叨扰吧。"陆太太道："为什么？早上有事吗？"她说着坐了下来，看到客人面前茶杯子空了，便叫着老妈子泡茶。华傲霜笑道："还不就是为了办合作社的事？我的性子就是这样急的，要办就赶快地办起来。"陆太太道："那没关系，我们慢慢地谈着好了。"华傲霜道："自然，我们可以慢慢地谈。不过为了这事，我要去看一个朋友，而且为了办事顺利起见，我还约了一位洪先生到这里来会同我一路去，可是他竟没有按着约定的时间来。"说着抬起手表来看看。陆太太道："既然如此，就叫厨房里做一点儿东西来吃。天阴路湿，何必饿了肚子出去？"华傲霜道："常来章公馆打搅，那倒无须客气，一切随便就好了。"

她说到随便两个字，眉毛不免皱了皱，正是记起昨晚和今晨这番冷淡，让人犹有余憾。陆太太道："昨晚上睡得怎么样？"不想她偏有这样一问。华傲霜苦笑了一笑，没说什么。陆太太道："大概睡得不舒服。"正说到这里，便是昨天做引导的那个老妈子来了。陆太太道："你昨天安顿华先生在哪里安歇？"她道："我原说引华先生到二小姐屋子里去睡的。可是老姨太知道了，就说引着到后厢房里去睡。"陆太太听到老姨太这一名称，脸上就现出了一种不愉快的样子，只是低声说道："这是二小姐的老师，应该要恭敬的，你又何必去问她？叫厨房里做两份早点来，有客。"老妈子没作声，自去了。陆太太向她赔着笑道："这是我的大意之处。昨晚上回来，没有问她们。"她笑道："那没关系，自抗战入川以来，一切生活从简，倒不可在这儿太舒服了。不然，回到我们那穷宿舍去，那一份对照，叫人受不了。"陆太太心里有点儿歉然，自也不把这话跟着向下说。

谈了一阵合作社的计划，已是九点半钟了，而洪先生还没有来。华小姐想立刻走去会苏伴云，又因早点没有送来，只好耐心坐着。及至早点送来了，是一碗清汤鸡丝面，一碟一品包和玫瑰鸡蛋糕，相当精致。在文化村过久了清寒日子的人，对于这种享受，又不愿白白牺牲，终于是从容地吃完了。而吃过之后，不便立刻就走，再坐了十分钟。看看玻璃窗外，半空里正飘荡了一阵阵的细雨烟子。那院子里的两丛芭蕉和几棵小树，正滴笃滴笃向地面滴着水点。因道："托人帮忙的事，总很难得着人家的热心帮助的。那位洪先生现在还没有来。"陆太太道："这样坏的天气，就在我这里谈谈吧。要去找什么人？迟一天也没有什么关系。"她道："我明天上午南岸有课，今天就得过江去。"陆太太对窗子外面看看，见那漆黑一团的云脚，几乎要压到屋顶上来。因叹了口气道："华先生，这样为生活奋斗，那实在也是清苦。幸是昨天就进了城，若不然，今天冒着雨还要赶一大截路的长途汽车。我想，一个人若不是为了生活，大风大雨的，谁都愿意在家里睡觉。"华傲霜脸上泛出一种淡淡的微笑，而她的身子同时似乎也有点儿颤动，好像她对这话并不以为然。

陆太太在阅人很深的眼光下，便猜中了她几分意思，笑着点点头道："我的话也不全对。像我们瑞兰，根本就没有什么生活上的奔走。可是大风大雨也免不了向外跑。你问她为什么，就为的是听戏和看电影，或者无聊到万分去坐咖啡馆。现在咖啡馆里都是些代用品，我们家里倒是有点儿真的，为什么不喝家里真的，要去喝假的呢？若说是座位舒服，天理良心，她的卧室和书房，重庆能找到多少？"华傲霜实在不要听她许多解释，可是她一说之后没结没完，又不能拦阻她，只得含笑坐在一旁等她把话说完。她说完了，又怕她再说，接连地把手臂抬起来看了两次手表，后来还是陆太太问了一声："华先生有雨伞吗？"华傲霜巴不得一声，就站起身来笑道："最好请陆太太借一把给我。"陆太太也不知道她有什么十分要紧的事，自不便再问她，就叫女仆和她去找伞。

大概有十分钟，伞才找了来，而华小姐兀自在客厅里站着。女仆这次特别客气，笑着问华小姐要不要胶鞋，她是再也不肯耽误时间了，口里说着不必，于是拿了伞就向外走。陆太太随在后面走了几步，竟是追不上她。她走出章公馆大门来，才感觉得昨晚一宿的雨却是不小，那马路上的石块，被雨水冲刷着，像是江滩一般全离开了泥土，拥挤在路面上。路边人行道的黑泥浆，反是厚厚的一层。她也顾不得许多，斜撑着那把雨伞，毫无考虑，径直地向苏伴云的那个机关前来拜访。这地址方向和名称早已存记在胸，可是向来没有到过。这突然来访，倒有点儿撞木钟。原是想着和洪安东同来，可以径自到达，这只好自己来访问了。

到了目的地，是靠近嘉陵江的一段街道。两旁那木板竹片夹壁的重庆式楼房，多半是小商店，哪有什么机关？把这截街道走完了，怕是自己大意了，却又由街那边人行路走回来。这次更是用心，挨着铺子一家家地看着，依然是全街门牌走完，并没有任何一所机关。她站在街边凝神了一会儿，觉得并没有把地址记错。正好有一个邮差由面前经过，便含了笑向他请问。他说很好找，把这条街走完，向江边小巷子里一倒拐就是。她这虽后悔自己曾走了回来，究竟是有了着落。第二次再向街的前面走，到了那里时，果然是有一条小巷子。顺了地势筑着坡子向下去。人家的房子也是一层矮一层，只能看到面前几户人家的屋檐，那里是不是有机关存在不得而知，只好顺了坡子缓缓寻找了去。恰是走到这个地方，空间广阔起来，斜风细雨，那势子来得更凶猛，两三次把撑的伞吹转过去。勉强紧握了伞柄，低低地撑着，顺了脚，只管看着坡子下行。忽然眼界空阔，把房子全走完了。把伞抬高起来看看，眼前是风浪滔滔，一条雨江。江上云雾弥漫不见对岸。自己叫声糟了，又复行走回。

原来经过一座小花圃，为伞所遮不曾看到，现在看清楚了，面里有一座洋式门面控制着花圃。那里一条环形的水泥路面，正放着两辆新式小座车。那门框边悬了一直匾，不就是苏先生任职的那个机关吗？这就走到门楼下把雨伞收了，直到自己停住脚，低头看着，倒又暗暗地叫了一声糟糕。原来是自己这长衣服的下半截被雨水打湿了一大半。同时脸上痒丝丝的，两边的鬓发也觉得有两支乱发纷披到腮上。心里这就想着：这个样子去见情人，显着有点儿煞风景。若是不进去，千辛万苦的，好容易找到这里，应无过门不入之理。自己不曾带得粉镜，只好抬手将两边乱发顺理了一阵，接着又牵了两牵自己的衣襟，立刻下了个决心，反正是熟人，自己这样冒风雨而来，衣履尽湿，只凭这点热忱也可以打动对方。

于是走向门里的传达处，掏出身上预备下的那张名片交给了传达，说是要拜会苏秘书长。那传达因为她是个女子，总算没有给予白眼，接过名片去看了看。看那名片衔有副教授的字样，就点了个头道："请等一等。"他并没有说在哪里等一等。华小姐究不便跟了他在人家机关里乱窜，只好手提了雨伞在门洞里站着。那传达拿了名片进去好一会儿，才远在一个楼廊下站着向她点了两点头。华小姐走了过去，他笑道："苏先生说，对不住，他正在开会。若有什么事，请在接待室里等一等。若是华先生没工夫等的话，请你留下个地点，苏先生下了办公室一定前来拜访。"华傲霜毫不考量，因道："我既老远地来了，等一等不妨事。"传达听她如此说，便引她到接待室去。

因为今天下雨的缘故，接待室里竟没有第二位客人。空荡荡的一间屋子，放了几张白木桌椅。屋角里一只茶几，放着一把粗瓷茶壶，壶口下堆了一大堆粗瓷茶杯，中间白木长桌子上，一只花瓶子倒插了些草本花，点缀着这空屋子里多少有点儿生气。传达把她引到这里并没有交代什么话，径自走了。她先坐了个十分钟，还没有什么感觉。十分钟以后，便有些不耐烦了。在屋子里散步一番，又站着靠了窗户看看窗外的雨景。昨晚是觉得章公馆的房子寒冷，这时可就感到这房子比那里还要寒冷十分。低头看看自己身上那衣服的下半截，被雨打湿得垂了摆角，竟是向长袜子上紧贴着展动不得。只管低头看着，也就发现了大衣的衣摆也湿了一片。为着感到大衣打湿，身上也就感到冷飕飕的了。没有法子找一个人谈话，也没有法子找一件事消遣。在这凄凉的接待室里，坐坐又走走，走走又坐坐，始终没有人来理会。

约莫一小时之久，有个听差在门口经过，发现里面有位女宾，觉得是意外。便走进来问道："会哪一位的？"华傲霜道："我会你们苏秘书长的，你们的传达约了我在这里坐着，也不知道他去对苏秘书长说了没有？请你再去和我问问看。假如苏秘书长开会没有开完，我就不等了。"说着又在身上掏出一张名片给那听差，并用自来水笔写下了几句话，言明："今日在章公馆，明日上午还在那里，有事奉商。"听差拿着名片去了。这回倒快，五分钟就来了；他交了张字条给华小姐，上面草草写着："会依然未开完，抱歉万分，容图良晤，伴云谨上。"华傲霜看了，这就不用再等了，一句话没说，拿了雨伞，红着面孔走出接待室。心里想着：若是不肯会我，第一次干脆就拒绝了多好，偏是叫传达说着那种活动的话。早知如此，不如坐在章公馆和陆太太谈谈天。她一肚子委屈，恨不得要哭出来。但是走到大门口，看到大门口停了两部汽车，另外还有两部人力包车，又转了一个念头，在大雨里，有这些坐车子的阔人来了，想必这机关办事很积极。那么，开一两小时的会议，不能散会，那也是势所必至的事。人家既在会议席上，怎好叫人家出来会谈呢？她这样自己解释着，也就缓缓地走向章公馆。

可是在半路上顶头遇到了洪安东，见他面有喜色的样子，撑着雨伞挺了胸脯子，非复以前在学校门外垂了头夹着课本子上课的样子了。还不曾向他打招呼呢，他倒是首先深深地点了头道："真是对不起，我失了约了。昨日分手之后，我没有赶上昨晚最后那班车，今天早上才进城的。我到了城里已是九点钟，我万万来不及准时到达章公馆，所以没有来奉邀，径直就去找伴云了。我以为你可以在伴云那里见面。华小姐没有去吗?"华傲霜顿了一顿道："九点钟我没有去。"洪安东笑道："苏先生的生活方面，也许解决了，可是在精神方面，好像不怎样安慰。他倒是劝我能够不改行最好就不改行。"华傲霜听到了他这话音，分明是和苏伴云快谈了一阵。因道："人都是这样，照例不能满足于他的环境。其实他干的事，也不过等因奉此和抄写开会记录。"洪安东道："这两点，大概他都可以避免。第一，他不管官样文章，只是对主官负计划责任。而且他也说了，他和主官有约，开会不到。"华傲霜听了这话，不知什么缘故，立刻脸上一红。洪安东自也猜不到她有什么心事，见她站在路边有些犹豫的样子，以为又是她的老处女脾气发了。便笑着点头道："在城里还要耽搁两天吧? 再会了。"说着就离开了。

华小姐心想，苏伴云和安东可以在机关里畅谈，大概是没有什么要会的人。我去等了他一个多钟头，那是不能不认为出于故意。若以交情而论，不见得不如洪安东，显然是他趋避我了。平常的朋友，既不借钱，又不托找事，绝无趋避的必要。那又显然是不愿接近这个异性了。低头向回路走着，越想越对。到了章公馆，陆太太见她衣服被雨水打得透湿，下半截鞋袜又全是泥点，便迎向前接过她手中雨伞，连说："辛苦辛苦!"华小姐觉得这新女友倒能给予同情，心里感动着，脸色一变，几乎要哭出来。

# 第三十二章

# 忍俊不禁

　　陆太太虽然是个孀妇，情感跳动于中，那与人并无两样。她看到华小姐那样冒雨出去，料着她有重要的事情，须她亲自去解决。而这样狼狈回来，一定又是没有得着结果，便引她到自己屋子里去，把衣服鞋袜全数借给她换了，再泡了一壶好茶，两人就坐在屋子里谈天。章公馆的中饭是迟的，陆太太又陪着她吃饭。饭后，那天气更是恶劣，细雨变成了大雨，一阵阵地落着。依了华小姐就要到南岸去。陆太太道："你是明天上午的课，明天早晨过江去也不迟呀。无论如何，我们这里招待不周，也比学校里好些。"华小姐叹了口气道："陆太太，你还说招待不周呢，你还没有看到社会上对于女子那一副白眼。"陆太太听了她这话，便想到她今天出去必是遭受了人家一副白眼。但不知人家是怎样地给予她一种白眼，于是拉了她的手，一路到屋子里来坐着。

　　屋子里不但泡好了两玻璃杯茶，还放下了一碟五香瓜子。两人对面坐着，华小姐捧着杯子喝了一口茶，又叹着气道："我真没有过分的奢望，若是有这么一个地方，长期让我喝茶嗑瓜子，在家里过雨天，那我就什么也不想了。"陆太太笑道："这话要分开来说。假如你自己也要有这样一座公馆……"她立刻笑着摇了两摇头道："若果如此，我还能说不是奢望吗？我说有这么一间可避风雨的屋子，不敢想在大公馆里面有这么一间屋子。"陆太太道："那应该没有什么困难呀。"华傲霜抓了几粒瓜子，慢慢地嗑着，眼光望了面前那杯香茶，沉吟了一会子，因道："在表面上看来，这好像很简单。可是真要一个人坐在屋子里喝茶嗑瓜子儿，那也并不是一个人所能办到的事。比如我们现在喝茶嗑瓜子，并不是我们两人烧开水装碟子亲自办的。"

　　陆太太听到这里，算是捉住了她一点儿话音，她最大的苦恼，似乎是感到一个老处女的孤独。于是喝了两口茶，微笑道："在中国，妇女从事职业，还是刚开始，实在不容易得到社会上什么协助。而女人要做的家庭小事，职业妇女还是丢不开，不像男子可以专心去从事职业，不必过问家庭。我现在也奔上职业妇女一条路了。两个孩子交给了他们外祖母。寄居在这公馆里，当然我这位堂兄不在乎我这一个人的吃住。可是永久寄住在人家家里，究竟不是办法。而这样老干下去，我会没了一个家。总听到男子们说，有了家就有了累赘。可是没有家呢？又觉得像孤魂野鬼一样，这条身子无所寄托。这话说到妇女不也一样吗？而且做妇女的，和家庭的关系几乎是溶化为一的，她绝不会感到家是个累赘。"

华小姐正端了那杯子要喝茶，立刻将杯子在桌上按着，表示了决心，点着头道："对的！我现在就觉得和父母兄弟住在一处，什么事都有个商量。尤其是生病的时候，住在我们那冰窖似的寄宿舍里，睡在床上，想口开水喝都不可能，那份凄惨，非经过的人那是说不出来的。"说毕，她又微微地叹了口气。陆太太先看了看她的颜色，觉得她还是很自然，便笑道："华小姐，我要问一句很冒昧的话，你觉得守独身主义，是女子最崇高的理想吗？"说着望了她的脸色，见她的面孔略略紧张了一下，然后她微微地笑道："在往日，有人问我这句话，那我会很感到惊讶的。可是到了现在，我觉得人家应该有此一问。若是在三十年前，的确能守独身主义，那是最崇高的行为。因为三十年前，中国社会里，女子一点儿地位没有，只是男子的奴隶，能守独身，可以减少许多压迫。可是任何家庭又不容许一个女子独身下去。虽然旧社会，对于居孀的人可以另眼相看，其实那是封建思想下，把女人当了殉葬的东西，那一份另眼相看更是残酷。到了现在，女子总算有点儿办法，同时有了些享受，也就应当负些人类应尽的责任。严格地说，女子守独身主义，那是违背了应尽的责任的。"

陆太太听她这话，倒有些出乎意料，又微微地笑道："这样说，华小姐是不一定坚持守独身主义的了？"她的脸腮上微微地泛出一层红晕，撩着眼皮看人一下，笑道："许多人说我矫情，也有许多人说我唱高调，其实我是把事业看成了第一，婚姻看成了第二，不想我本事不济，始终不能做出一点儿什么事业来。加上又遇着了长期抗战，就弄得一事无成。"陆太太看到玻璃杯子里的茶浅了，就拿着热水瓶向两个玻璃杯子里掺着水。她在这些动作中，看到了华小姐的态度，甚为平常。便又坐下来笑道："华小姐，你既是不见外，我索性问你一句了。你也曾提到过婚姻这件事没有呢？"

华小姐虽然是个老处女，不过在大庭广众之中，避免谈到男女问题。两三个人在幽静的所在，抵掌谈心，对于男女问题依然感到兴趣，尤其是最近几个月，喜欢听也喜欢说。同居的那几位小姐，就每每在晚上菜油灯下聚谈着恋爱故事，消磨那枯燥的长夜。这时正赶上了一肚子牢骚，陆太太已把话说到这里，自己那腔苦水亟待排泄，无论如何也压制不住。因叹了口气道："这是没有人可以谅解我的事。自然，往日我也像别个少女，不断地有人和我谈到恋爱和婚姻问题上来。年纪太轻的时候，不论男女都是心高气傲的。我和对方短短的过往时间，我就把那人许多短处看了出来，什么话都谈不下去，甚至做一个普通的朋友我都不愿意。于今想起来，有些地方是我过分一点儿。"陆太太道："华小姐有这个说法，我才敢说。本来吗，若大家都守独身主义，这世界上的人不要灭种吗？华小姐所说的，都是过去的事，那不必去介意了。在最近期间，有没有同样的事情发生呢？"

她被这样一问，那个老处女的面孔，终于是透出了充量的羞意，垂着眼皮，红着面孔，抿了嘴微微地一笑。陆太太端起了杯子来喝了一口茶，望着她微笑道："站在朋友的立场，我倒是很愿意喝你一杯喜酒的。"华傲霜笑道："现在老了，说不上了。"陆太太笑道："你都说老，那我们只好入土了。旧时代女子三十岁出嫁的，那也是常事。华小姐现在二十七呢，二十八呢？"华傲霜最愿听的话就是人家把她的年岁猜错。这时，她在含羞的面孔上，立现出一种不可遏阻的高兴，便笑着摇摇头道："哪里是二十七岁？"陆太太早就听到章瑞兰说过，华老师最不愿意让人家看出她的年纪，最愿意人家说她是青年，便笑道："那么是二十五岁了。"华小姐笑道："越发不对，实对你说，转眼就到三十岁了。"陆太太故意向她脸上注视了一下，笑道："说你有二十九岁，那真看不出。"华傲霜道："我属龙，照外国算法，二十八，照中国算法，二十九。"陆太太道："不！四川人算岁数，也是扣足了年月算，你实在是二十八。哪月出生的呢？"华小姐道："阴历十二月。"陆太太道："好小的月份，你还是过二十七岁的日子，没有踏进二十八岁的门呢。那比我瑞兰只大六岁。她虽大学毕业还早着呢，你就教书多年了，真是少年立志。"

华傲霜抿了嘴微笑，然后又摇摇头道："这还算少年立志啦？假如我立志的话，像今天去碰人家钉子的话，那我就恼恨在心，一辈子也不理他。可是我现在很难下这个决心，因为什么呢？我们入社会找生活，是要多方面的朋友来帮助的呀。"她自己欠着考虑,把今天碰钉子的事说出来了。这叫陆太太心里暗喜,果然不出所料。虽然猜中朋友一件心事并非什么奇迹,可是阴雨天闷坐无聊,猜对了像华傲霜这样老处女的心事,那究竟是有趣味的。既然有趣,就索性逗趣儿吧。便故意装成不解的样子,笑道:"关于办合作社的事,我们当然要积极进行,但是也不忙在两三天。今天这大雨,你何必忙着去?"华傲霜道:"我倒不是为了办合作社的事。这位朋友在学问和品格上说,本来都还相投。"

她说了这句话,觉得太直率了一点儿,于是把话顿了一顿,像唱戏一般,借着微微地一笑,算是拉了一段胡琴过门,于是又解释着道:"我们这些教书匠,都是书呆子脾气,也容易说得拢。近来他改了行了,做了官了,我错把他当往日的教书匠看待,有事还去和他相商。不料他竟对我搭起官架子来。我真不相信做了官,人就变了气质。"陆太太笑道:"那么,是一位异性的朋友了?"她点着头又微微地笑了。但她虽然是笑了,却没有说话。陆太太也是向她笑着,默然了一会儿。华小姐端起杯子来喝了口茶,又望着陆太太笑笑。她见人家一笑之后,并未说话,自己正在兴趣头上,很愿意把这话谈了下去,现在人家并不说话,也许是人家摸不着老密斯的心事,不敢向下说,这还得自己给人家一点儿机会才好。于是低声向她笑道:"异性朋友这个名词,乍听之下,好像带点软性。其实像我们这样做了长久时间职业妇女的人,异性朋友是太平常而太多了。对于这类异性朋友,简直像同性一般看待,丝毫没有副作用。"

陆太太听她的话音,虽然是很淡漠,可是看她的面孔,却是眉飞色舞,料着她是有几分愿意的。便笑道:"异性朋友这个名词,当然不能老老实实地看。若是这样老老实实看,像我这女媌妇,何尝没有几个异性朋友呢?不过普通人所说的异性朋友,都是指着有特别感情的。就是我刚才问华先生的异性朋友,也指这类的朋友而言。我想凭华小姐的这份人才,加上你的道德学问,这类的异性朋友,应该是有的。你纵然不需要异性朋友,你可拦不住人家的崇拜。"华傲霜在人家这样夸赞之下,心里又高兴了一层,因笑道:"二十岁以前,任何一个女孩子都有她的黄金时代。在这个时候,受人家的崇拜和追求都是毫不稀奇的,这不但是姓华的为然。至于二十岁以后,任何人没有例外,这黄金时代的黄金,就缓缓地会减色。所以你问我的话,我倒是坦然可以承认的。"陆太太点着头道:"果然地,华先生这话非常地坦白。不过在二十岁以后,也不能就绝对没有异性

**231**

朋友呀。而况二十岁以后，学问更有进步，那真正崇拜你的人，应该在这时候才开始，不知道这样诚心崇拜你的人，在你看来是有没有？"

陆太太问到这里，算是达到问题的核心了。华傲霜想避免这个答复，而谈话挑引起自己的感情，却有箭在弦上之势，于是抓了几粒瓜子起来，放在茶几沿上，将两个指头挑选着，把那瓜子大的小的分成两部分，然后望了茶几上笑道："我现在哪有这样的崇拜者？"陆太太道："那也不见得没有呀，社会上是个人海，平凡的自然占多数，可是和你志同道合，旨趣相投的，也不见得一个就没有。"华傲霜点点头，抓了一粒瓜子放到嘴里去嗑着。陆太太两道眉毛一扬，两手轻轻地拍着笑道："这我就明白了！今天华小姐冒雨去拜访的这位先生，大概就是这一类的人物了。"华小姐也是忍不住笑，却又摇着头道："哪里能到这个程度，也无非是在极普通的朋友里面，比较说得来而已。不幸的是，这位先生已经做了官，也就志不同道不合了。算了，不再提了。"说着摇了两摇头。

陆太太和她谈到这里，觉得她并不是理想中冷若冰霜、严不可犯的人，便笑道："我是个女人，对于男子的认识，也许会在小姐们以上。华先生若是愿意告诉我这位先生原来怎样志同道合，现在怎样志不同道不合，我倒可以分析分析，给你做个参谋。"华小姐更忍不住笑，由微笑发出嘻嘻的声音来，因道："你可别误会，我们还谈不到这一层。平常一个朋友，会熟识变得生疏了，那也是人情之常。不是天天见面的人，又没有什么生活上必须的往还，那总是会生疏的。不过我总觉得这位苏先生，生疏得太快而已。"陆太太笑道："哦！这位先生姓苏，也是教授先生了。"

华小姐没理会把对方的姓氏也透露出来了。话已说到这里，就索性告诉人家吧，反正她是个孀妇，与自己一班熟人又相隔着很远的距离，告诉她也没有多大关系。点头道："自然，也是个教书的。不然，怎样可以发生友谊？他也不光教书，还算是个作家。我自己不大写文章，我倒是愿意做一个作家。"陆太太望了她插嘴道："这就很合华小姐的条件，"接着又补上了一句道："交朋友的条件。"华傲霜笑着点点头道："我也不必讳言，这样的朋友我是愿意订交的。同时，别位教授先生，都以为我落落寡合，似乎不以我为然。而这位先生却同情于我处世的态度。认为一般朋友所不能了解的，正是我的长处。这样，我自然认他是同调的了。可是他做了芝麻大的小官，竟变了一个人，很难见到他。见着了，也不像从前热诚地谈谈学问和生活问题。"

陆太太微昂着头想了一想，因笑道："做官是一件事，知己相处，又是一件事，你说他做官就变了对朋友的态度，恐怕那不尽然。他住在什么地方？是一个人吗？"陆太太竟然问出了这句话，而且脸上还带了一些笑容。华小姐虽明知这问题里面更含着深意的，但是她装着不大知道，很坦然地道："他是一个人，住在他主官的公馆里。"陆太太道："那倒是一个认真做事的公务员了。"华傲霜脸上表示了一点儿不屑的样子，淡笑道："认真？他除非尽义务和一个女戏子教书认真。风雨无阻，每日五六点钟准到。"说到这里，陆太太就恍然大悟了。究竟和华小姐的交情浅，不敢径直地把话问了下去，端着茶杯起来喝了两口茶。

华小姐的话滔滔不绝地说下来，到了这里，也感到说得有些露马脚，却站起身来向窗子外看了看天色。因道："糟糕！这雨越发下得连绵了，怎样过江呢？"陆太太笑道："我们摆龙门吧，摆得很有味，继续往下谈吧。明天早上过江就是了。"华小姐依然对窗子外望着，做个沉吟的样子，因道："明天若是再下雨呢？"陆太太道："那有什么关系呢，就请假吧。教书的事未免太苦，这样跑着兼课，更苦。我们赶快把合作社办起来吧，若是在这上面找到发展，那比你兼课的事好得多。"

华小姐望了雨，也不知道在想着什么事。陆太太说的话她好像没有听到，只是望了窗子外的成烟细雨出神。这雨烟里面又是三点五点的夹杂着大雨点，窗子稍远，正好有两棵常绿树，树叶子上的积水太多了，叶子纷披下垂，水点子滴滴笃笃下落，像是人的眼泪。她便想到了李易安的词：梧桐更兼细雨，守着窗儿独自怎生得黑？女子有点儿才情，大概总是遭遇不好的。

陆太太自不知道她兜了这么大一个圈子出神，也就站起身来，向窗子外看看。因拍了她的肩膀道："不用发愁了，今天决计留在我们这里吧。"华傲霜才回转头来，向她笑道："我倒不是注重那几个钟点费。我总觉得，在社会上做事，无论大小都要负责任。我耽误掉两点钟不要紧，那二三十个青年，白白的又要牺牲几点钟功课。"陆太太点头道："你是个好先生，当先生的人都有你这个想头，那真叫人家家长满意。明早上走，我绝不留你，雨天无聊，我们继续地快谈下去吧。"华傲霜也是谈出了滋味，又坐下来和陆太太谈话了。但是她想到了苏伴云，便连续地想到那位情敌王玉莲。自己今天碰了苏先生一个钉子，也可以这样解释，他实在是公忙。若是这个解释不错，那么，今天就不会来看我，也不会到王玉莲家去教书。

反过来说，他到王玉莲那里去教书，却不到章公馆来拜访我，这就百分之百是有意绝交了。绝交两个字也许严重些，但至少也是不爱理我了。华小姐想到这一层上，神志就不能安定，和陆太太谈话时，也就不如以先那样兴奋。

到了下午五点钟，雨天已是暗如昏夜，陆太太提议找两个人来打小牌。华小姐却说，六点钟要出去看一个朋友。陆太太又料她还是继续早上那番工作，却也不来勉强。华小姐的原意，觉得留了地址在苏伴云那里，他说下了办公室前来访问的，那句话若不是敷衍，他就会来的。直到这样天色昏黑，门牌已不好找，百分之九十几他是不会来的了。这里，他虽不来，却难保他不向王玉莲家去。无论如何，应该做一回最后的试验。这试验也就以今天为最宜。她这样想着，耐心在章公馆等到六点钟，完全已是昏夜。料着苏先生绝不会来，就和陆太太告别要向王玉莲家去。陆太太说是等着她回来吃晚饭，她说不必。因为她又在乐观方面着想，假使遇到了苏先生，苏先生在人情上是会邀请着吃一顿晚饭的。她有这种乐观，她就没有了什么更大的考虑，撑了把雨伞就向王玉莲家来。这里是来过两次的，而且是和王老太太见过面的，觉得也没有什么可顾虑的了。

# 第三十三章

## 两个约会

　　王公馆所在地离去交通便利大街不远，华傲霜一直地走来，并没有什么耽误，由大街转入了小巷，就要上前去推他们的大门。然而在楼下先抬头看着楼上，只见玻璃楼窗掩上了蓝绸窗帘。通亮的灯光在上面映出蓝色的柔和光线，常有更浓重的人影在蓝绸上面移动。华小姐忽然心里一动，慢着，假使王老太也在楼上的话，反正是熟人，见面之后自有话说。倘若王老太不在那里，仅仅是玉莲和苏伴云两人对坐谈心，那自己冲了进去，先有三分尴尬。又假如苏伴云也不在内，王小姐客气招待，那还罢了，若不客气，她问起干什么来的，说是找苏先生来的，那就是笑话了。站着定了定神，走到大门口，却又退了回去。手里撑着雨伞，站在巷口上出了一会儿神。心想，还是上楼去呢，还是回章公馆呢？上楼去却觉得非是，王氏母女和苏伴云都在那里，不好措辞。若是走回去呢？自己岂不是白跑来一趟？但久站在这里也不是办法。将雨伞歪着一边，摇了几下雨点，看看大街上人来人往，能说谁在雨地里奔走是没有目的？自己单独地站在这巷口子雨林里，未免惹着人家注意，那还是慢慢走开吧。

　　她如此想着，回头对王家的楼面看看，蓝色的玻璃窗帘里依然灯光通亮。由这灯光上想着，可知那楼上绝不是一个人。既不是一个人，是三个人，心里就比较安帖。若是两个人，那就是最让人烦恼的了。想到了烦恼，人也就立刻感着烦恼。原来打算向前走，这就不再走了，回转身来缓缓地又向了王家的大门迎上去。心里揣念着，最好是这个时候，苏伴云由那里走出来，顶头相逢，做个不期而遇。或者他由街上正想到王家去，半路上邀击着他也好。这既可避免了和王小姐当面，而且也没有特意来寻觅苏先生的痕迹。那时，他若邀请我同到王玉莲家里去，那是更好，我们是同来的，让王小姐去猜吧。若是苏伴云不引我到王家去也好，少不得找个地方去吃晚饭或者吃点心，总可以把自己今天两度在雨里找他的消息，对他说，看他是否有动于衷？

　　这样想着，这个情形就太美了。她又增加了满腔的兴奋向王家走去。她把这个美满的意境想完了，也就到了王家门口。她第一次不曾走来就敲门，当然第二次不会有这股勇气，正好那门里有人出来，自己反怕人家识破了踌躇的样子，直把这巷子走了一大截过去。离王家大门很远很远，方才站住了脚。回转头来看王家门角口那盏路灯，反射到那片炸弹废墟的墙角边，还是很强烈。灯光里有千百条雨丝斜斜地在空中牵到地面，地面上是无数的脚印，夹杂着大小不断的水坑铺在烂泥路面上。有两个穿草鞋的人踏着烂泥，啧啧有声。这就想到今日早上的经验，恐怕衣服的下半截又印上了千百点的泥花了。自己这是为什么？若还有几分顾忌，不敢向王玉莲家去，大可以回到章公馆和陆太太谈天去了。自己向来高自期许，不肯做看人颜色的事，于今对于一个唱老戏的女孩子，倒未见先有三分怯场，这又为着什么？算了算了！不去找姓苏的了，他难道是世界上第一个美男子，值得这样地追求？十年来没有理会男子，我也活到现在。转念把这条毫无主张的身子，立刻带上了坦途，头昂起来，胸脯也挺起来，而手里撑着的雨伞也高举了两三寸，口里还情不自禁地低低说一句什么了不起的人物。于是她转过身来，向来的路上走回去。便是再度经过王公馆，也不抬头向楼上看看。

　　出了巷子，走上大街，料着时候向章公馆去赶晚饭还来得及，站在人家商店的屋檐下，连向街头叫了几声车子。街头就有人答应了，但答应的不是人力车夫，却是极熟的男子声音。他道："华小姐，大雨天还在街上？"看时，正是自己要拜访的苏伴云。人家是格外地漂亮了，穿了件草绿色的雨衣，腰带是紧紧地束着，头上戴了鸭舌雨帽，显得身段紧俏而年轻。便笑答道："上街买点东西。苏先生才下办公室，公忙啊？"他揭下帽子，深深点着头道："真是对不起。上午光临，赶上我们开重要会议，你写的字条留下的那个地点，你看，我下班慌张，锁在公事桌子抽屉里，没有带得出来，我忘了地址，没有去奉访，真是对不起。我想着，华小姐要说做了几天的小官，搭起官牌子来了？"她笑道："没有的话，我虽没有在机关里工作过，大概工作时间在什么时候，我也晓得。"苏伴云还是半欠了身子，笑问道："有什么事见教的吗？"华傲霜笑道："说话这样客气，我现在和几位太太小姐们想筹办一所合作社，到处请教朋友。"苏伴云抬起一只手搔了两搔头发，笑道："这件事我倒相当外行呢。"她笑着立刻更正道："不，我不过是报告你这个消息，我没有打算请你做这件事的参谋。你有工夫的话，也许我有点儿问题从详地请教。"说着就微微地向他笑着。

苏伴云道："好的，找个机会，我们长谈一番。不过请教这两个字，我得璧返。"华小姐笑道："说客气一点儿的好，这样，苏先生就不好意思不来。"苏伴云两手抱了拳头拱了两拱，笑道："不敢当！这样一来，华小姐还是觉得我有点儿搭架子呀。我真也没有什么话可以来辩护。今天是星期四，星期日还有三天，华小姐还在城里吗？若在城里，我准于星期日早上请华小姐吃早点。那么，总可以腾出两个钟点的时间，大家畅谈一下。"她沉吟着想了一想，还没有把话答复出来。苏伴云又道："改日也可以。"华傲霜道："当然不必，就是星期日早上，几点钟呢？"苏伴云笑道："那一天我整天地都有工夫，随便什么时候都可以。"华傲霜笑道："那一天吃早点的人当然是多的，去晚了恐怕没有座位可是……"说着向苏伴云又是笑，因道："就是八点钟吧。呀！苏先牛站上檐下来吧，我伞上滴下来的雨点滴到你身上了。"他并没有站过来一步，笑道："不要紧，这雨衣还有八成新，不会浸水进去。"华傲霜笑着肩膀闪动了一阵，雨伞歪到一边，倒是自己身上滴了几点雨。因道："我是穷得成了乡下人了，自己多年没穿过雨衣，就是人家穿了雨衣是个什么景象也都不知道。"最后，她学了四川话，说了句："真是笑人。"不但这四个字的语调学得极像，就是说出来的话音也是极纯粹的川音。

苏先生倒猜不出什么事，令她这样高兴，在人家高兴头上，尤其是小姐们，自不便扫了她的兴致。便也凑趣着道："华小姐是个江苏人，国语说得那样流利，现在听你说起川语，也是十分逼真，真是能者无所不能。"华小姐笑道："在四川这样久，能说两句川话，也算不得什么能者。"苏伴云道："怎么不算能者，四川话我就说不好。"华小姐道："你的能处多了。"正说到这里，一阵风来刮了苏伴云一脸的雨点。这就暗暗想道：平白无事的，就陪着华小姐在雨林子里聊天吗？王玉莲曾打着电话通知，晚饭给我预备了云腿炖肥鸭，大概已等候很久了。人家吃了晚饭，还要上戏馆子去呢，便笑道："华小姐，住章公馆，大概伙食也是那里招待了？"她对这一问，倒没加以考虑，答道："那是我学生家里，总算尊师重道，款待优厚。"苏伴云道："那么，我改一天请华小姐吃顿江苏菜吧。星期早上见面再约定时间。"说着，他身子扭动着有个要走的样子。华傲霜小姐有点儿后悔，既说是有人优厚款待，显着不愿吃小馆子，要不然他也许今晚上就可以邀请的，便笑道："我是不会失信的，一个固执的人，也有她的长处，就是约着八点钟到，不会七点半到，也不会九点半到。"苏伴云深深地点了个头，笑道："一定准时到。"

说毕，他扭身走了十几步，他连连叫着华小姐，却又跑转来。她也是出了一会儿神，正待移脚呢，便又站住了。苏伴云笑道："我实在是大意，约好了时间，我可忘了约下地点。"她嘻嘻地笑道："可不是？我也忘了这件大事啊。不用选择了，就是我们上次约会的所在吧。"他笑道："那我万分地要到。"华傲霜笑道："那为什么呢？你对于这家菜馆子，特别感到兴趣吗？"苏伴云笑道："我不能那样健忘啊，上次约会而失信的地点，我若再不去，那就信用丧失干净了！"华小姐听了这话真觉一阵狂喜，由心窝里直透顶门心，立刻伸出手来和他握了一握，笑道："那我准时恭候了，再会再会！"于是两人很高兴地分手而去。

苏伴云心里也就想着，这位老密斯总算十分垂青，无论给予她什么打击，她总是忍受着。而且她还一次比一次亲热，人心都是肉做的，怎能再给予她一种冷淡？无论如何，星期早上这一场约会，绝对要去。他这样地想明白了，带了几分笑容走向王玉莲家里来。他一进屋子门来脱雨衣，玉莲立刻迎上前，将雨衣接着，笑道："这样阴雨连绵，我以为苏先生不会来呢。"苏伴云笑道："你不知道我饿得很吗？你在电话里约好了，天上下刀，我也要来。"玉莲给他把雨衣挂住了，亲手斟了一杯热茶，捧着交给伴云笑道："天怪凉的，老师喝杯热茶冲冲寒吧。"苏伴云见她穿了件深绿色呢袍子，窄窄的袖口，露出两只雪白的手，指甲上涂着红红的，便笑道："天气凉，你穿这点点衣服，那就不凉吗？"玉莲倒丝毫不避嫌疑，伸出手来让苏伴云握着，笑："你摸摸看，我的手一点儿不凉。"苏先生看了那红是红白是白的嫩笋尖，当然遵命握着，笑道："果然，这样说来，男子汉头上有三把火这句话，要倒过来，应该是女子们头上有三把火了。"玉莲向他望着，眯了眼笑道："苏先生听戏大有进步，顺便就来了一句戏词，你能够记出这是什么戏里的戏词吗？"苏伴云笑道："你考我，我背得出来呀。这是《南天门》，是老生唱的一句摇板呀。唱过之后，在头上拍了三下，来一个掉毛。"

玉莲还没答话呢，王老太太在里面屋子里插言道："苏先生，你这不争气的徒弟，没有学会老师一点儿本领，徒弟的本领，老师倒捞去不少了。"苏伴云笑道："老太，这是我捞了便宜了。其实我和玉莲就是交换知

238

识，不敢说是老师。玉莲一定要叫我老师，那有什么法子呢？应该我叫玉莲作老师。"说时向玉莲微笑着，做了个鬼脸，玉莲也就向他点头笑笑，在这种莫逆于心的时候，两人就没有什么话可说。

王老太又在里面屋子里笑道："快拿书出来念吧，这么烂糟的雨天，老师走来上课，你还不该用功吗？"苏伴云心虚，怕老太有什么不高兴，便不能再说笑话。玉莲自是拿出书本子来伏在桌上开始习读。苏老师也不知道今天怎么特别兴奋，捧了一杯热茶坐在写字台横头尽管教下去，一口气教了半小时。王老太特别拿了一盒纸烟出来，交到苏先生手上，笑道："休息休息，苏老师。玉莲今晚不必多念，快上戏园子了。"王玉莲坐着，掩了书页，微抬着手伸了半个懒腰，然后微笑了向苏伴云道："说到休息，我就想起一件事来了。在重庆这样久，南泉北碚，全没有去过。这个星期日，我想到南温泉去玩一趟，苏老师有工夫吗？"

苏伴云看看王老太坐在旁边沙发上，态度坦然，便笑道："我们那天当然是休息，不过你是正相反，遇到星期六、星期日，正要忙着唱戏呀。"玉莲道："我已经和母亲商量好了，这个星期日我绝不唱日戏。天阴呢，在家里睡一天觉。天晴呢，我就和母亲一路到郊外去换换空气。"苏伴云坐在桌子横头边，吸着烟，微昂了头想着。玉莲笑道："白天的戏，可以不唱，晚上的戏不能不唱，我一定赶回来的，只要我们天亮就走，自然可以从从容容回来。苏老师，我还告诉你一个好消息。"苏伴云听说，心房倒是怦怦然跳了两下。她继续地笑道："我还和人家借到一个照相匣子，他并送了我一卷胶片，我们可以在郊外照几张风景片作为纪念。你信不信？我的照片拍得很好。"她说时眉飞色舞，透着十分高兴。

苏先生想不到她所说的一个好消息，就是这样一个好消息，然而也就可以想到她对于下乡是一种什么兴趣。同时，就想到华傲霜小姐，对于星期日早上共同吃早点的一件事，也是很感到兴趣的。若是和王小姐同到南温泉，一早就走，绝不能去赴这个约会。同人家说得那样肯定，似乎不好废约。可是不废约的话，当面王小姐这个约会就不能答应。休说王小姐正在十分高兴，万万不可扫了她的兴致，就算王小姐是平淡的一个提议，她有这兴致，还应当从旁凑趣呢。他这样心里踌躇着，对于王小姐的提议就只有默然微笑，话也交代不出来。

王玉莲向他笑道："苏老师，真的，我要到郊外去轻松半天，绝不骗你。"王老太道："苏老师就是一个喜欢游山玩水的人，你就是骗他，他也会答应下这个约会的。"玉莲依然望了老师问道："老师，一定去过南温泉的。当天回城，没有问题吗？"苏伴云道："只要去得早，当天回来，那是没有问题的。"玉莲道："我当然可以早，六点钟起来，我都办得到。唯一的希望，就是快快天晴了才好。"苏伴云越听她这样说着，越不敢说下去，但是也不忍一口答应去。心里总觉得对华傲霜有了一次失信，一次拒绝会见，而她还亲切地保持友谊，若再失信必定引起她的愤恨。虽是失掉这么一个女友并没关系，又何必太让她难堪呢？

心里这样想，口里也就把自己的愿望说出来，因笑道："就怕天晴不了，重庆的雾季照例是阴雨连绵的。"玉莲道："若是星期日那天下雨的话，我也不唱戏，早上我请苏老师吃点心，有家新开的扬州馆子，有肴肉干丝，还有扬州包饺、虾仁煨面。这个提议老师是一定百分之百赞成的。"他打了个哈哈，笑道："那你就是说我馋了。"王老太坐在一边也笑了。这时，杨嫂收拾桌面已开来晚饭，真的，有火腿炖肥鸭，其余还有香肠炒菜心、冬菇烧面筋，几样很可口的菜。苏伴云受了女弟子的盛情招待，一切扫兴的话都忍了，直陪着她出门去上戏馆子，方才分手。

次日呢，半上午就雾云散了，下午竟是出了太阳，乃雾季最难得的良好天气。晚上到王家去教书时，她索性把照相机都借来了。这样，苏先生更不能说不去南温泉的话。星期六还是好天，他料着只有废了华小姐那个吃早点约会，陪王小姐去南温泉。但为不使华小姐完全失望起见，最好事先通知她一声，请她星期日早上不必上馆子里去等候了。可是自己对于华小姐的言语一向是大意的，她虽留下过在城里的住址，恰是没有记清。仿佛记得所住是章公馆，在哪一条街就不曾记住，更不用说是那一号门牌了。唯一的希望就是有一个奇迹出现，还可以在大街上遇到华小姐。那么，就做个小东，把这个约会提前，这愿心也就完了。但是自己也不能整天在街上跑去寻觅，这机会依然还是空想。

这日下午到王家去补课时，还故意在街上慢慢地走着绕了一大截路，以便遇到华小姐。直走到王公馆门口，才把这个幻想抛弃了。及至见到玉莲，她满脸堆下了笑，穿着平底鞋子三步两步跳着到苏伴云面前，笑道："老师，明天到南温泉去成了。中华公司的职员，他们明天有一辆货车到南温泉去，可以让三个座位给我们。他们一早八点钟在公司门口上车，坐着车子上轮渡，下午两点钟，他们车子要回来的。他们的经理为了满足我们的游兴，可以把车子迟开一点钟，让我们坐原车子回来，你看多么方便。苏老师，明天一早来，我们坐了人力车到中华公司去。"苏伴云一句话不曾说，她就说了这么一大串，这劲头自是十足，怎能拦住她话头？只是向了她微笑着。她等老师坐下了，将预备好了的那杯热茶，双手捧着送到他面前，望了他笑道："老师对于去南温泉这个提议，怎么老是微笑着不说话？"苏伴云喝着茶，沉默了两分钟，笑道："我看你对于这个短程旅行十分感到兴趣，犹如小孩子穿新衣过新年一般，你还童心未除，所以我好笑。"

王老太由后面屋子里走出来，笑道："苏先生不也是很高兴吗？出口成章的，又来了句戏词。"玉莲笑道："老师快要迷上了。"说着向他点了个头。他不由得心里一动，想着：她竟会说我迷上了。所幸王老太从旁插上一句话道："真的，苏老师要成戏迷了。"不过这句话虽把他过分的敏感给解释了，但他却另感觉到王氏母女和自己相处太熟，也太好，几乎变成一家人了。把这份友谊和华小姐那种极不自然的友谊比起来，那真有天渊之隔。既是如此，对华小姐再失信一次，也不过失掉这个朋友而已，那实在也不足惜了。

## 第三十四章

# 生活与臭味

到了星期日，苏伴云一点儿没有考虑，七点钟不到就到王公馆来候教了。这位王小姐却是相当起劲，不但梳妆打扮得整齐了，而且早点都已预备好了。还有一件凑趣的事，就是王老太忽然身体不舒服起来，未曾起床。隔了屋子，只管在枕上向苏先生再三道歉，说是不能去南温泉了，请苏先生不要让玉莲玩得忘了正事，今日下午务必坐着人家公司里的原车回来。苏先生笑着慨然答应了，愿负全责。

他们匆匆地吃过了早点，就坐着人力车子到中华公司来。玉莲的车子在前，苏先生的车子在后，在大街上直跑。而华小姐所约吃早点的那家馆子，正也就在这条街上。当人力车经过这馆子门口时，事情是非常凑巧，华傲霜小姐正自路边开付人力车钱。苏先生心房吓得乱跳，赶快就把头低着，偏到一边去。然而华小姐之留心在他以上，她也正这样想着，不要是苏先生也在这个时候来了，因之不住地向四周打量着。在他们两部车子拉过去的时候，她看个正着。她正这样想着，车上这个女人相当地漂亮，而立刻看到后面跟随的这辆车上的西装少年，也有相当的艳福。可是仔细一看，就看清楚了，那不就是苏伴云先生吗？看是看清楚了，车子也越走越远了。她想，他在星期四那样坚决约定了今天早上共同吃早点，怎么会另送这个女人走呢？他没有什么女人可追求的，要么，就是王玉莲了。这么一大早上，他送玉莲到哪里去？不会那么巧，也是去请这丫头吃早点。大概他是把这丫头送走，再来赴我的约会。刚才是急中无智，不然的话，叫他一句，看他是怎样答复。这个机会既失掉了，后悔也是无益，且到馆子里去等着他，若是来了，那就装着麻糊，不必管了。若是他不来呢，这也可以做一个最后的试验，这个朋友可以放弃了。他苏伴云是个什么了不得的伟大人物？值得迁就再三，又不是天上有地下无的美男子，值得十几年不动心的老处女去追求他？

她这样地想着，带了三分怒色，走进馆子食堂。果然地静坐在这里九十分钟之久，苏伴云也并不曾来。她心里再三地下着命令，叫自己不必再以姓苏的为念了，这一颗不易找着寄托所在的心，还是放在事业上吧。虽然再老几岁，只要事业有了成就，不怕找不着男子，也许年岁大些，根本不要男子。她今天所受的这个刺激，比若干年以来任何失败还要难堪。她心里懊悔，觉得脚上开起步子来都比平常沉重得多，毫无考虑地就回了章公馆。

这几天以来，和陆太太谈得十分投机。尤其是陆太太告诉她对付男子的一般经验，让她听着十分高兴，而也就觉得和这种人同办一桩事业，可以得到许多人生经验，这是比和别人合作较有意义的。因之她一到了章公馆，径直到陆太太屋子里来相见。在她半吞半吐的言语之间，陆太太知道今天早上这一行是会苏伴云去了，便迎着笑道："我知道你有约，就没有等着你吃早点。"她微微地叹了口气，在旁边椅子上坐下来，摇着头道："这年头信用是不值一个大钱了！"陆太太挨了她坐着，因道："你约的那个朋友没有来吗？"华小姐道："若是我约的朋友他不来，我也没有话说，我约人家，人家没工夫，那还能勉强吗？无如是人家约我，而且是肯定的约着我，我倒是不能太高自期许了。按时而去，结果是白白等了两小时。老姐姐，我不把你当外人，什么话都可以对你说，我这实在是受人欺侮太甚！"她说时，顺便伸过一只手来抓着陆太太的衣袖，望了她，脸色惨然，大有要哭的样子。两只眼睛里正是汪汪的包着两包眼泪水，同时，也看到她的身子有点儿抖颤。

陆太太便握住她的手道："华小姐，你听我说，这很不足介意。因为男子们都有这么一点儿贱性，你或者对他表示一点儿信任的意思，他立刻得步进步地就表示着一种非分之想，或者他认为你信任他，就是不如他，马上搭起架子来。遇到这种人，真是啼笑皆非，最好的办法就根本不要放在心上。"陆太太说是这样说了，但心里实在知道这话劝得不着边际。可是除了这样地劝说，都不大好开口。而且华小姐自己也就没有把话说得明白，只有把手反握着华小姐的手，紧紧地摇撼了几下，还是在这上面安慰她一点儿。华小姐被她拉着手，也似乎感到一点儿温暖，默然着有三四分钟什么话也不说，倒是眼睛里那两汪眼泪，再也不能静止，齐齐地滚了出来。陆太太道："这世界上，对于我们这种心地纯洁、行为正直的女子，有多少人能同情？只有虚伪和……"陆太太说到这里，颇难于在正直的对

243

方找一个名词来对比，因为华傲霜是个老处女，有些名词还不便直率地说出来，就把话音来拖长，指望在犹豫的时间，想出一句继续的言语来说。然而华小姐的眼泪更是不能等待，一行接着一行在脸腮上狂流。陆太太便转了话锋，向她道："何必伤心？我们也有我们的世界，我们不要向男子示弱，当奋斗出一片前途给他们看看。"

为了不示弱这句，算是激起华小姐的不安，她终于在身上掏出了一方手绢止住眼泪不流，然后在泪痕未干的脸上放出勉强的笑容来。因道："女人的心房总是脆弱的，随便一点点刺激就免不了出眼泪。我倒不是示弱，我是说我们对人太忠厚了，倒反是受着欺侮。"她说时脸上又不免惨然一阵。陆太太依然握着她的手，和缓着声音道："华先生，既然蒙你不见外，我倒愿意多事，你有什么事要我效劳的吗？"华傲霜摇摇头道："那算了，不必再去提他了，我稍微休息一下就下乡去。趁着章瑞兰在学校里，我约她谈谈合作社的事，把款子先筹到手，名册一项我已开了一张草稿，等把人补充齐了，我就完全交给你。"陆太太道："我也必得到乡下去看看形势，才好进行一切。再挽留你一天，我们明天同去，好不好？"

华小姐到了这时，自己的神经仿佛失去了指挥自己的能力，觉得在城里耽误下去是无聊，就是匆匆地赶着回学校去也是觉着无聊。当时没有答复陆太太的挽留，却也没有说要走，继续地和陆太太谈着话，陆太太本来就觉得华小姐对劲，现在又加上了几分同情心，就再三地表示着只要是可以效力的地方，无论什么时候都愿和她出力。华小姐这就忍不住心里头那个闷葫芦，因就把自己和苏伴云的交往经过都对陆太太说了。最后，她解释着道："我实在自己都不能明白，我是十几年来不谈男女爱情问题的人了，怎么会见了这个苏伴云，我这颗已死的心，又复活起来？陆太太，你能给我一个指示吗？我愿意设法把他忘记了。"陆太太看了看她的脸色，微笑道："华先生，就在你这几句话上，我看苏先生也不是一个平常的男子。他若果然是个平常的男子，不会把你这十年来安定了的心又重新摇动起来了。不过你让我出点儿主意，这倒不是坐在家里可以想出来的，最好能去让我见见他，能和他有两次见面，谈出一点儿情形来，那就更好对付了。"华傲霜立刻连摇了几个头道："和他见面，那我千万也不再存这个想法。"陆太太笑道："自然，不必让你去引我见他。这事我在心里，反正我得想法子和你解决这个问题。我们还得打起精神来做事，要打起精神，提高兴趣是要紧的。吃过午饭我们同出去看场电影，高高兴兴，我们明日下乡去。"

华傲霜听了这个建议，依然未置可否，她心里实在是痛恨苏伴云这样地不顾信义。可是就把他这样抛弃了，也不是自己所愿意的，心里带着五分勉强，又带着五分愿意。在章公馆吃了那餐午饭，然后一路上街去。计划虽是去看电影，却还没有决定到哪个影院去。两个人正在大街上走着谈话，商量这个去向。忽然身后有人追着连叫了几声华先生，回头看时，就是那位拉散车专家梁教授。他这时穿了一套半新旧的茶青西服，胸襟敞着，露出里面翠蓝色细毛绳背心，领口上更露出一条柳条纹领带，脸刮得干净，越显出嘴上那一撮小胡子黑而又密，透着年轻得多了。她站住了脚道："梁先生，换了一身装束，我几乎不认得了。"梁先生笑道："不要见笑，我这也是到一方，学一帮。请到我们号上坐坐，好吗？"

华小姐本不必和梁先生周旋，但是看到追来喊叫着，恐怕他有什么话说，而且想到办合作社，也少不了求教于这种人，便介绍着陆太太和他认识，随了他后面走。他由一个店面里引了进去，先就让人感到一点儿不平凡。这店面分作两座，柜台左边卖纸烟，右边卖手巾袜子化妆品这类的百货，相当地拥挤。穿入这店面，有个蟹眼天井，是所旧式的住宅。堂屋里摆了四张桌子，上面淋漓着残汤和饭粒，像是刚才聚餐过去的。屋角上有点儿空地，堆了十几只篾篓子，不知道里面是些什么货物。由这屋角进去，是堂屋后面一条暗夹弄，有板梯上楼。沿着楼栏杆向里，又是个蟹眼天井。围了这天井四周的楼房，全有人声，说了各种不同的方言。在这点上，可以想到这楼上住的人口之杂。

梁先生将她们由一条堆着篾篓的楼廊上绕过几处房门口，引进楼厢右边一间屋子里来。这屋子很大，中间四张小写字台，连成一气。桌上除了文具之外，还有算盘、账簿、信纸、信封、茶杯、烟碟、一大匣子木戳、麻线团、牛皮纸卷，这已经使桌子堆得毫无隙地了，却在这中间还放了大小纸盒子，印刷好的五彩仿单，大大小小的化妆品，料器瓶子和罐子。这桌子四周的地方，就只有个茶几，其余全是成捆的纸张和几百个大小罐头。所幸这屋子里还没有人，似乎还腾出了屋顶以下、桌子以上的一片空间，让人透气。

主人横着身子走入桌椅缝里，请两位女宾在写字台前两张小藤椅子上一顺坐了。他将茶几上的热水瓶取过斟了两玻璃杯开水，送到客人面前，也坐在桌子对面相陪，笑道："对不起，我这里可没有待客的客室。"华傲霜已把这屋子打量够了。便笑道："这是梁先生办公的地方了？"梁先生摇摇头笑道："我们现在做了商家，不谈办公这个名词了。这里是我几个同事商量生意经，盘算账目的所在，顺便也堆点小量的货。说漂亮一点儿，叫写字间，其实是一间不成体统的账房。"陆太太笑道："在重庆市上，能在堆栈店面以外再找这样一间写字间，这已经是有规模的商业了。有些游击商人连住家经商全在一间屋子里，他们一般的一做几百万买卖，真正会挣钱的商人，于今是不挂招牌，不要铺面，甚至是不要堆栈的能手。"

梁先生将桌沿轻轻地拍了两下，笑着连说对对对！因道："陆太太经营过商业吗？"她道："从前我们先生在世，是办合作事业的。老实说，于今办合作事业的有几个是为社会服务，还不是做生意！所以我们从前也在商场上走走，和商人来往。"梁先生皱了眉，又点点头道："我不也是吃粉笔的人吗？一家学校不能养活着我，就在外面四处兼课。到了后来兼两点钟的钟点费，不够在小饭馆子里吃个八成饱。兼课，人家叫拉散车，于今看起来简直名实不副。哪个街上拉人力车的，混不饱他的肚子？因此，我不敢唱那高调，说什么紧守岗位，干脆，我改行做生意。自然，这是于良心有亏的。可是我要生活与生存呀！"华傲霜道："规规矩矩做商人，这也不见得于良心有愧。"

梁先生将头向后一仰，笑道："做商人要凭良心，谁有许多田地房产卖了来赔本？现在无论做什么生意，都是抢了或等了机会进货，同时也是抢了或等了机会抛货，终日无事，就是打听哪一项货要涨，哪一项要跌，货买到了手，放在家里囤着，只要是天天看涨，人家等着救命也不卖出去。譬如西药就是个例子。货要跌，谁先得着消息，谁就捡了个大便宜。只要有人买，图个脱手，至亲好友也不告诉他一句实话。于今做生意，要像抗战以前似的顺序进着货，顺序卖出去，那是没有的事。那么，你哪儿凭良心去？"说着将手向身后一堆罐头一指道："据同事的说，原来这些东西是一家糖果店倒给我们的，实在是讲了三分面子帮友朋一点儿忙。谁知这东西买进之后，两个月没有涨价。没有涨价，我们就吃了赔垫资金的亏了。于今的资金照例大一分算账，七个月的利上滚利，是一万变二万。你若是借钱买货，把货卖了还人家的钱，除了赔个干净，还要加一倍资本才脱得了手。因此，这些罐头，原是大赔而特赔的。前两个星期居然有熟朋友愿加二成，收买我们的。大家一想，蚀本就蚀到底，不卖。谁知这几天，天天涨，涨上百分之一百五十了。我们除了捞回本钱之外，还可以赚一点儿钱。你看，就凭这点东西，我们第一次为了讲交情而吃亏，第二次为了不讲交情，才免得上熟人的当。做生意真是硬碰硬，非六亲不认不能挣钱。你再看这样一个环境，若是不挣几个钱，自己太对不住自己了。"说着向这屋子四周看看。

华傲霜叹了口气道："前两天，遇到下雨，在雨里奔走，真是烦躁得人够受的。我们在乡下教书，自然是清苦，但苦字上这个清字，在重庆城里找不到。城里所看到的，满眼都是浑浊！"陆太太笑道："城里尽管浑浊，可是大家都向这里挤，挤进来了，就不想再出去。你不看市府当局年年叫疏散，疏散的结果，城里人一年比一年多。"梁先生摇着头道："这个挤字，还不能形容出在重庆住家的滋味，应该说是塞，哪里屋子有空当，就塞进两个人去。你看，我们这所屋子，前面是两家店面，那不用说了。这后一幢楼，共是三家堆栈，外带五家住的，一间大些的房子中间，还夹了一层夹壁，前后住两家，生活上一切都成了问题。"华傲霜道："果然地，刚才我们进来，走过下面的堂屋见桌子上汤汤水水洒了满桌，那大概是那家堆栈开伙食吧？"梁先生笑道："华小姐，你不是谈合作吗？我们这里的吃饭问题，那才是真正的合作。这是一家堆栈开的伙食，在这里住家的人，都在这里搭饭，既省钱，又省事。本来组织饭团，是一件最困难的事，有人要吃咸的，有人又要吃淡的，有人要吃好些，有人又要吃差些，有个相当的时候，就要拆伙。可是我们这个饭团呢，无论大家怎样不愿意，都要维持下去。那为什么呢？就是为了我们这里没有许多地方可以供给住户做厨房。你若是退出这个伙食团，就没有地方做饭，非到外面上饭馆子去不可。人生大事，莫如吃饭，在城里这样塞下身子去住，也无非是为了吃饭。可是吃饭就不能由你自己做主。"说着，他又摇了两摇头。

正在这样发牢骚的时候，却听到有人在门外面插嘴道："老梁呀，不要埋怨了，明天我们又要打大牙祭了。"随着这话，走进来一个人，倒是穿了一身花呢西装，头发梳得溜光，胸面前竟垂着一根大红领带。在他那黑得放釉的脸上，配上这套西服和那颜色，是十分地不调和。而且他进来了，看到两位女宾，也并不带一分礼貌来招呼，熟视无睹的，走到梁先生面前，他竟是摸了他两下头发，然后又拍了他两下肩膀，笑道："下午那二十万块钱，不要忘记了收账啊。他妈的，我还要到南岸去一趟，有事没有？没有事，我就要走了。"可是梁先生也没有说有事没事，他扭着身子就走了。

华傲霜望了这人，心里很是诧异，看这人样子，自不是有学识的人，梁先生为人师多年，像这样大年纪的学生，那有的是，也不见谁敢这样和他动手动脚。但梁先生对于这类行为，丝毫没有什么惊异，倒是继续地谈话，因道："华先生，我有一事相托，你回去的时间，请你对唐子安先生说，他要借我什么书，他到我家书架子上去翻着看就是了。我已写信通知我太太了，干脆他就把我所有的书都搬了去吧。"华傲霜笑道："这样说，你是要与书本绝缘了？"梁先生道："我当然也不愿和书本绝缘，不过我现在做生意就是如入鲍鱼之肆，昼夜谈的是钱与货，涨与跌，这个生活圈子里不要书本。谁要在这个生活圈子里再谈书本，那是会被人讥笑的。"华小姐笑道："果然地，我也有点儿这个感觉。这个环境里的趣味与我们书呆子是不大相投的。"梁先生打了个哈哈，昂着头道："什么趣味？这个圈子里没有趣味，有趣味只是行市的报告草纸单，说货又涨价了。这里只有一种令人难以形容的臭味，你二位闻到了没有？"他说着还把鼻子耸了两耸。

陆太太这就忍不住说话了，笑道："照这样看来，梁先生对这个环境并不是满意的，那倒不如教书了。"梁先生道："我要没有室家之累，怎么样子穷也不会饿死，我当然不会跳出那个圈子了。趣味究竟也换不到柴米油盐，反过来说，没有了柴米油盐，趣味也就会慢慢地减少。所以好的生活可以发生趣味，而趣味好，却不一定是生活好。譬如现在我和家里人都可以吃得饱，趣味在哪里呢？"华小姐听了这段话，心里发生了老大的感触，觉得自己正也是打算抛弃趣味来另外找生活的人，若据他的说法，恐怕将来是趣味毫无。于是脸上也就发生了一点儿沉吟的样子。

就在这时，进来一个穿阴丹大褂的人，头上端端正正戴了一顶呢帽，在那四平八稳的边沿上，可知道这帽子每日上了头，非到睡觉不能摘下。他手拿了一支长可三尺多的旱烟袋，头子上插了大半截雪茄，那烟袋嘴子含在嘴里，慢慢地走进屋子来。脸上似乎有点儿笑容，但沉默着并不先说话，那烟嘴子塞在嘴角里，兀自不曾拿出来，进这门不大方便。但他也不把旱烟袋抽出来，只是将身子横着一点儿，然后侧了身子站定，衔着烟袋向梁先生道："昨天晚上那个约会，你怎么不到？"梁先生倒是向他很客气，站起来让座，他笑道："昨天晚上一场牌，输得我可以，去了二十四万多。你若去了，替我接手打几卷，换换手气也好。"梁先生笑道："我根本不会打牌。"他道："打牌不会，喝酒会不会呢？等一下到冷酒馆里来坐坐，我有话说。"交代毕，他把那拖出嘴角里相距脸边三寸的烟嘴子又塞到嘴角里去。左手扶了烟袋中间，右手垂了大袖子，摇摆着出门去了。看他那份目中无人的样子，却是处在十分了不得的地位。可是梁先生呢，深怕得罪了他似的，还随在他身后送到房门口。华傲霜也就想着，这个生活圈子里的臭味，是教书先生所不能忍受的了。

## 第三十五章

# 此道中人

　　那位原名梁又栋、现在名发昌的梁先生，虽然刘蕡下第、名字都非，但那点书卷气也还不能完全消灭干净。他看见华女士满脸透露出不以为然的样子，便笑道："华先生，你觉得我这环境如何？"华傲霜见他是站着的，也就站起来。陆太太和梁先生初见，自也站了起来。梁先生笑道："我实在是欢迎华先生到我这里来畅谈一番的。可是坐了下来，什么招待也没有，我又不便挽留了。说你不肯信，我现在最大的趣味就是找往日教书的朋友，痛痛快快地谈上一阵。华先生，你不见我改行以后见着了你就觉得比往常要亲切得多吗？"她笑道："那是什么理由？"他叹口气道："我们在这个生活圈子里，实在乏味得很。坐在一处不是谈物价，就是谈吃喝嫖赌，那也罢了，我不爱谈，我不谈就是了。最讨厌的就是他们也要谈天下大事，也要谈学问。牛头不对马嘴地说上一阵，甚至彼此之间还要起点争论。我们坐在一边插嘴是对牛弹琴，不插嘴又忍不住，真是弄得啼笑皆非。人长了一张嘴，除了吃也就是说话，而且要说我愿意说的话。可是到了这种场合，是不能那样痛快的。自然，并没有谁统制你不说。可是你说的那份难受的反应，实在还是不说，以免受了那反应的为妙。所以见着了同人，我就很想拉到一处再过那座茶馆喝沱茶、剥大花生快谈上下古今的瘾。到现在，我才晓得找几个志同道合的朋友在一处谈心，那也是人生幸福之一了。"华傲霜笑道："这件事我总可以奉陪的。下次进城我来约你吧。"梁先生笑着点头道："好极好极。见了我那些朋友，请为致意，就说我还没有忘记他们呢。"

　　华傲霜听了他的话，倒为之十分同情，郑重地握手告别。和陆太太同去看了一场电影，依然住在章公馆里。陆太太却是言而有信，次日一同和她下乡。陆太太在她寄宿舍里住了一昼夜，将这学校附近的环境都观察了一遍。她私下对华小姐说："这个地方，只有一个不像样的合作社，那太不够这里住户的需要了。我们若是办得好一点儿，人家需要什么，我们多少供给一点儿，那就有莫大的利益。"华傲霜对她这份乐观，虽没有加以疑虑，可是她一度和梁发昌谈话之后，心里又有点儿动摇。自己只是个老处女，在追求苏伴云失败之后，那一度被燃着的心，应该冷淡下去。大概这一辈子都和男人无缘的了。但是一个人生活苦下去那没有关系，另找点精神的安慰吧。而根据梁先生的说法，一个人若是只以找钱为目的，那行为是很卑陋的，在读书的人看来，那是找不着趣味的。这么一想，心里对于办合作社的事就淡漠得多，这就随了陆太太的意思去进行。

陆太太在看得环境中意的时候，哪里理会到发起人有打退堂鼓的意思。在这日下午，她竟在这里遇到一位志同道合的金满斗先生。而这位金先生，也就极力赞助她们这一举动。就于当日下午两点钟，请华先生陆太太在乡镇上小馆子里便饭叙谈。华傲霜自不能违拂了陆太太的意思，在小馆子里一见面，心里就这样解释了一下，不正是梁发昌所说，面目可憎、语言无味的那路人物吗？其实这位金满斗先生，在普通的人看起来，倒是一表人物。他穿了一套墨绿色花点呢的西服，三四十岁的样子，头发梳得溜光。长尖的脸儿，也并不黄黑，是个营养充分的样子。伸出手来，露出无名指上一枚嵌着小粒的钻石戒指。只是两腮肉薄一点儿，额头上有两三道浅纹，表示了他善用心思。西服的两肩略略突出，也可想这是拍卖行里买来的旧货。他说一口盐商的话而又勉强夹一两句国语。他穿了西装倒不忘旧习，见了客两手抱着拳头，拱了一拱，也许他这个动作，是故意要露出那芝麻大的钻石吧？

陆太太站在一边，含笑介绍着。金先生就在西服口袋里掏出个皮夹子，由里面抽出一张名片送到华先生手上来。她对于他的姓名已是知道的，因为这姓名太容易记了。现在只去看那名片旁边的头衔，这就让人感到金先生是真的名副其实的合作人员。上写：南京全国合作事业专修学校第一期毕业，前第二事业专卖局科长，和平合作社总社协理兼第一分社经理、合作事业研究会常务理事。华傲霜看过了这四行，见后面还有两行头衔，也就懒得看了，随便和他点了个头。他倒是很客气，将她引到座位前，一定要她上座。华傲霜笑道："金先生到这里来是客，有点儿反客为主。"他笑道："我虽住在城里，倒是常来此地。因为这里有好几位权威教授，是我老师。尤其是马博士，那是我最说得来的一位老师。"

陆太太在说话之间，也就横头坐下来了，笑道："金先生从前就和我们先生合作过，办事精明得很。"金先生笑道："精明两个字，那可不敢当。不过兄弟研究合作事业有年，对于这里面的奥妙多少懂得一点儿。"说着在下位坐了，取过桌上的茶壶茶杯，各人面前斟上一杯。陆太太道："我今天遇到了金先生，把要在这里办合作社的事对他说了，他极力地赞成，并愿和我们合作。"华傲霜笑道："那我们十分欢迎了。"她口里这样说，心里就想着，这家伙周身都是市侩气息，和他一度谈话也就够了，还要和他合作经营事业吗？

金满斗哪里知道她的意思，觉得自己这一身穿着，就是一位活龙活现的经理人才，没有不引起人家崇敬之理。便笑道："正有几个朋友约我在这附近经营一家豆业公司，反正是要常来的，我是很愿意和二位效劳。"说着在身上拿出一只漆皮烟盒子，一只打火机，一只小玳瑁烟嘴子。他从容地打开烟盒，弯腰起身向二位敬着烟。两位都谢绝了。他在烟嘴子里插上一支烟，衔在口里，左手托了右手拐。右手举着打火机，对准了鼻尖，将机子一捻，冒出火焰来。对于这个动作他似乎很带劲，好像表示在这个日子用打火机吸烟，已是难能可贵的事了。于是他将烟嘴子衔在嘴角，衔得向上微昂着，喷出一口烟来，从容地把那套法宝再收到衣袋里。左腿架在右腿上，摇撼了身子，笑道："古人说得好，人生以服务为目的，办合作社就是这意思。孔夫子又说过，人人为我，我为人人。"

陆太太念的书虽和华傲霜不能做百分比，但合作事业上术语的来历，多少也明白一点儿，她还不曾听到人家说过孔夫子也是合作事业同志。觉得金满斗先生和人家谈谈合作事业里面的经验，也就很够抬出自己的身份和本领了，何必引经据典，谈上一篇理论？因之在他说得很高兴的时候，就立刻看了金先生和华先生一眼。金先生还是做那个得意的姿势，口角上衔着那支小玳瑁烟嘴子，缓缓地吞吐着烟丝。华先生呢，倒没有什么，只是淡淡地一笑。陆太太笑道："华先生，金先生在合作的技术上那是十分内行的。我们先生在日，许多事都请教于他。金先生，你看这里的情形怎么样？"她怕这位专家还要继续地卖弄文学，所以把话题引了开去。金先生道："我已经说了，这地方很好，也许有人会这样想，这里全是些清苦人家，合作社的生意不会怎样好的。其实，那是错了的。我们只要有法子进货，就不愁没法子推销。而且我们把平价货买进来，也并不在乎推销。"华傲霜听过他引着孔夫子的话"人人为我"之后，也就疑心到这位先生有点儿神智欠清。现在再听他这两句话，完全在可解与不可解之间，更想到陆太太说她丈夫在日,是常常请教于他的,难道比他还糊涂一层不成?这就随着嘻嘻地一笑。

金满斗先生却没有理解到人家为什么有这一笑,还是继续地谈着他的学问经验。笑道:"真的,我都是经验之谈。"说着就把声音低了一低,而且还掉过头来左顾右盼一番,然后将颈脖子伸了一伸,才道:"这个理由是很明白的。譬如说,市面上的毛绒洗脸手巾,卖六百元一条,我们合作社可以按着社员的单位,在统制机关,申请买进平价的二三十打。这种平价的价目,比如是合到三百五十元一条,那就是比市价便宜一半。会员要买去的,照理我们就算三百五十元。清苦的教书先生们,他要把这项消费省了那就更好,我们卖给别人四五百元还不是闭着眼睛卖出去吗?这种收得的利益,无论是公算私算,都是办合作社的绝大利益。所以这合作生意不同,有了货倒不希望人人来买我们的。"华傲霜究竟是忍不住了,这就笑道:"这就是人人为我了。不知道我为人人,金先生可也能举一个例?"他笑道:"这是人家常讥笑办合作事业人的话。'人人为我,我为人人'这八个字,原是一句重复的话,应当横写。于是从右看来,是人人为我。从左看来,也是人人为我。"陆太太倒怕这类的话,让旁人听了去不大方便,这就拦着道:"我们是谈得太有趣,都忘记了来干什么的了。华先生你不必客气,这个地方是你熟悉的,你看,我们应当要些什么菜?"

这句话算是提醒了金满斗先生,他才叫着茶房拿菜牌子来点菜。可是华小姐又已把她的老处女脾气兜翻,她十分不愿意和金先生这种人周旋,只是随便和金满斗谦逊几句,并没有多说什么。这金先生却是难于终止他的卖弄,陪着两位女宾吃饭,还继续地谈着合作问题。陆太太也看出了华傲霜的态度,好像对于金先生不感到兴趣,便向他道:"我们对这些原则大概也都明白,不敢说是我为人人,可也不至于完全成了人人为我。我们希望金先生和我们在实际上帮我们一点儿忙,例如到分配机关去申请配货,也多得些便利。"金满斗正拿了杯筷开始吃喝呢,这就一同放在桌子上,两手按住桌沿,将身子微晃了两下,笑道:"那不成问题,洪司长是我老师,我不出面则已,我若出面,这个不争气的学生,他总要帮忙的。他下面的陈科长是我同学,大师哥这个礼拜日还敲了我一顿,在我家点吃红烧大鲫鱼、红烧狮子头,晚上还陪他去看了一场话剧。大概我要请求他什么事,那他是要不折不扣地答应我。毫无问题,毫无问题,这一类的事归我负责就是了。"他说话时,两道眉毛不住地向上扬动,表示他那番得意。华傲霜看着，心里却喊叫了一百句市侩。

金先生自己看了这一身穿着已是有些顾影自怜，加上谈起学问来，教授中有老师，也有朋友，这就很不弱。到了现在这个现实主义的社会，教授是最不足重视的一路人，因为他们解决不了生活问题之外，还要唱些高调。可是一到论起身份来，这些人还是可以尊重的。所以金先生在这物质与精神两方面表现之下，他觉得自己便不是一个平凡之辈。他由政治上有办法，又转到了商业上的有办法。他笑道："在重庆的江浙帮上，我熟人很多。百货这条路，我就是不愿意干，要干的话，我随便都插得进去。现在有一班湖北帮，他们也办法很多，像棉纱行业之类，这还少不了他们。这些行帮，总都会给我一点儿面子。"他说到这里，将身子摇撼了两下，脸上露出那得意的笑容。他扶起筷子来，将盘子里的鸡丁夹着尝了两块。笑着摇摇头道："乡下馆子口味，是谈不到的。下次华先生进城通知我一声，我再来奉请，吃顿江苏小菜。有两家江苏馆子里的经理，都是熟人，可以把菜做得特别好一点儿。而且凭我这点小面子，还可以打个九折。"华小姐听着真是有些不入耳。但是人家说奉请总是好意，还能给人家恶意的答复吗？因之金先生大卖弄其身份的时候，只是含了微笑听着，并不置一词。

后来饭吃完了，金先生叫茶房算账，华小姐一想，究竟也不过两千块钱，何必扰这位市侩一顿，便站起来跟着茶房到柜上去会账。陆太太也站起来向她招招手道："华先生，我看这事你倒无须客气。金先生既是特意请我们，倒是却之不恭。"华傲霜还没有接近柜台，金满斗已是抢着走过去了。只看他那姿态就够叫人予以白眼。他将烟嘴子衔在嘴角里，两手捏了两把钞票高高举起，口里为了有那烟嘴子，含糊着笑道："小意思，小意思，不要不赏面子。"说着他就把右手那叠钞票向柜台上一丢。华小姐自视腰包里所有，绝不足与金先生比拟，在衣袋里掏出钱来，徒然是现出了寒酸，也就只索罢了。那位金先生会过了账，走回座位来，笑道："华先生太客气。其实我们这样常在外面跑的人，吃小馆子会一次小东，实在不足挂齿。"说着取下他的烟嘴子，在桌子沿上轻轻地敲着烟灰，脸上沉静着，带了几分庄严而又得意的微笑。

华傲霜趁他这无话可说，正要起身相辞，忽然有二三个穿西装的人走了进来，大家不约而同地咦了一声。金满斗已是走向前去，和一位穿花呢西装的人握着手。那人笑道："你怎么会到这里来的？好极了，够搭子了。"说着回过头去，对另一个人笑道："老万，下午用不着走了，明天一路进城吧，现成的局面了。"金满斗笑道："明天是比期，今天晚上我非赶回去不可。"那人道："你是比期（川俗，银行来往半月一交割，谓之比期），别人不是比期吗？而且我明天还打算进货，也不会比你闲。但是今天究竟无事，真是十年难碰金满斗，今天遇到你，这个局面十分整齐，若是你要溜走，那就太煞风景了。哈哈哈！"他一面说，一面拉了金先生到另一张桌面上去。华傲霜看了，心想这些家伙在酒饭馆子里大谈其赌博，大有旁若无人之概。难道向来就是这么放纵的吗？她想时，看了陆太太一眼，陆太太也就点了头微微笑着。不过扰了这陌生的朋友一顿，若不向人家告辞就走，情理自是说不过去，只好等金先生周旋完了再说，因之还在原地方坐着。

约莫有五分钟，金先生过来了，但不是他一个人，还有个穿西装的，黑脸子，左腮上长了一大黑痣，痣上长了七八根长毛，透着和身上这套绿呢西服、大红领带子有点儿不称。他抓住金先生的手，在隔壁一副座头抱了桌子角坐下，笑道："你那两箱货，不打算抛出去吗？是时候了，只要你一句话，我路上有人要。"金满斗笑道："我还打算看两天。"他说完了这句话，脸上的笑容收得干干净净，接着道："你是知道的，上次那张期票，我花大一分贴现给人家。不想茂记开了我一个大玩笑，竟是空头支票。我贴现的损失那倒不足挂齿，我在外面混，真没有这样丧失过信用。"那人笑道："这事我也听到说过的，但是你必能相信我，在我这几个要好的朋友当中，做不出来这样的事。这次你若肯把货抛一部分出来，我负责让我那个朋友付现。"金满斗的脸上依然没有笑容，他翻了眼睛望着那人道："老曹，你倒来套我的货，想占我的便宜呀！"老曹也把颜色正了一正，因道："那你放心！我们无时无地不赚钱，也不会赚到你老哥头上来。我实在告诉你吧，我那朋友，在上星期大不该卖了一批空头货给人家，遇到对方是一位板板六十四的家伙，他不愿我那朋友拿钱来交割，他硬要我们交货给他。当然，不交货给他，多贴补他几个钱也无所谓。可是有钱买了货给他，要少说许多废话，而且吃亏也许好一点儿。我知道，你有一批货，见着你就想和你要出来，以便了结这场困难。其实并不想在上面转什么念头。"

金满斗倒不怎么介意，在身上掏出纸烟盒子来，敬他一支烟，又自己吸了一支烟。在这彼此吸烟的当儿，约莫犹豫了五分钟，他然后微笑道：

"既然是那么说，我让两箱货给你们就是，但不能照市面上那种空头行市出卖。你和朋友斟酌了再出价钱吧！亲兄弟，明算账，你看怎么不让我吃亏。"说着将身子和头连连地摇撼了一阵。华傲霜在一旁看到这样子，心里直觉得难受。若是一味地看下去，不知道要看到什么时候为止。若不看下去，那还只有不告而别，于是站着一会儿，坐了下去，坐下去之后，又站了起来。但是这位金先生依然在出着神吸烟，他心里还不是计算着几十万元几万元。

陆太太看那样子，华小姐实在是坐不下去了，便也站起身来做个要向外走的样子，这算让金先生看见了，他才回转身来看了看，便迎着笑道："怎么着？二位要走吗？"陆太太道："华先生还有事，我们要先走一步。"华傲霜也就说着多谢多谢，人向店铺外面走。金满斗先生跟着后面送了出来，笑道："本来还要和二位谈谈，你看来了这一群生意上的人，他们都认为我是有点儿办法的，极力地和我拉拢。我若是不敷衍敷衍，那是显着过于自负了。"华傲霜觉得他这几句话，已经就够自负。便笑着点头道："这已领教良多了。"他笑道："不必客气，在生意经上，大概我是知道一点儿的。反正二位又不是我同行，我不怕二位抢我的生意，我自然落得奉告。譬如这店里三位朋友，就一位是经理，两位大老板，其中那个和我说话的，你不要看他那样不在乎的样子，他手上就有好几百万。"

华傲霜实在不愿听下去了，含笑点了头，径自告别走了开去。走了一大截路，陆太太才赶了上来，扯着她的衣服，低声笑道："华小姐，你怎么啦？不愿和这个金满斗说话吗？"她皱了眉道："我们一个教书的，和这类三句话不脱离钱的角色说话，总有点儿不对劲。"陆太太笑道："人生在世，哪里离得了钱？我们不也是为了缺钱而奔走吗？"华小姐笑道："虽然为缺钱而奔走，可是我们对这全身上下连眉毛眼睛都带了一副弄钱姿态的人，总有点儿肉麻。"陆太太笑道："我的小姐，若是要照你这个态度，在现时的社会里，那简直会混不下去。我们要钱过日子，又不愿和生财有道的人见面……"华小姐拦着道："那倒不然。且不谈我们要到钱行里去取款，我们就不免一个星期和会计处的人碰一次头，哪里就能够和经营银钱的人不见面？只是像这位金先生，简直是一个活龙活现的市侩，实在那气焰熏人。"陆太太对金满斗是相当有好感的，大家都是此道中人，听了华小姐这样深恶痛绝的话，无法加以解释，只有默然地在前面走了。

第三十六章

# 相 对 论

　　交朋友的途径各有各的方向，但是无论怎样地结合，总有一个趣味相投的成分在内。那位金先生虽是陆先生的朋友，但经陆太太的推荐，可想到陆太太对于这个人认为可以的。华小姐再三地说着这个人是市侩，心里大不喟然。因为她想，凡是经营买卖的人，谁能不谈谈钱？谁能不谈谈生意经？若是做生意的人都以不谈钱为高尚，还做什么生意？华小姐既是穷怕了，要找个弄钱的法子，却不愿意和会弄钱的人来往，而且还不愿意谈钱，怎样下手去找钱，这也会同谈恋爱一样，心里想男子，却又不屑于追求男子。于今她做了老处女，处处受男子的白眼，凄惨万分，连女人都可怜她。她若是这样性情高傲，这还不算穷，将来一定会穷得连穷人都可怜她的。

　　她心里这样想着，所有原来对于华小姐的同情心，虽未完全消失，可是她已想到和这种人同办合作事业是不可能的事了。她默然地和华傲霜走着，心里不住想着心事。但她还是警告着自己，交一个小姐朋友也不容易，无论如何，她孤独的生活是可予以同情的，合作不合作应当还要和她做一度最后的谈判。华傲霜同她走着，也感到她有些不大高兴，还没有想到什么话来挽回这个僵势。

　　迎面来了个人，叫着华小姐。看时，便是唐子安先生。他穿了件八成旧的灰呢袍子，右手拿了手杖，左手夹了一叠书在胁下，迎面走了来。华傲霜站着笑问道："你由哪里来，还有心情上图书馆吗？"唐子安笑道："我倒也无所谓，跑跑图书馆，也许就把想吃大鱼大肉的念头给忘记了。上午接到苏伴云来的一封信，有几件历史上的问题托我和他查一查书，我就和他跑了一次图书馆。这几本参考书，我再带回去和他翻翻，以便详细地和他举出例子来。"

　　不知怎么样提到了姓苏的，华小姐的心就安定不了。脸上带了两三分怨色，又带了一二分喜色，更带了四五分的讥讽意味，脸上的颜色变了好几次。她冷笑道："什么？他还有工夫研究历史吗？研究历史能换到法币去挥霍吗？"唐子安将手上的一叠书举了一举，笑道："有些时候，还是离不开它，才能拿到法币的，若是它完全成了废物的话，我们还能混吗？"华傲霜道："他现在干的是等因奉此的生活，历史上哪里去找这个呢？唐先生对于此道，也是外行呀。"唐子安笑道："当然是外行。我想，他大概是替他们主官作一篇论文，为了主官的面子，不得不引经据典地把这篇文章作好。他倒没有让朋友白帮忙，信里附有一张五千元的汇票。这五千元对于我当然不无小补。可是我得加以考量，这个钱是受下来呢，还是退了回去呢？"华傲霜将脸色向下一沉，把颈脖子微微一偏道："客气什么？一礼全收。反正他也是慷他人之慨。他人呢，也是慷他人之慨，老老实实地说，这是老百姓的钱。"

　　唐子安对于她这番话，却有点儿莫名其妙。除了自己自见，还听到朋友谈论，她是爱上了苏先生的。还有人报告，她近来常常进城，就是去追求苏伴云，为什么说出这样的话？心里想着，很快地偷看了华小姐的颜色，便故意挑她一句道："你很富于正义感呀！"华小姐道："这话怎样讲？"唐先生道："苏先生是我们的朋友，朋友做了官，是有钱可花的人了。你赞成做朋友的不必和他白帮忙。"华小姐的脸上泛起一阵红晕，眉毛向上扬着，大有怒意，冷笑道："苏先生是唐先生的朋友，并不是我的朋友呀。"唐先生知道，一位小姐不便随意承认一个男子是她的朋友，不过华小姐的表示，是在怒气之下，而不在难为情之下，莫非苏先生对她进攻过于热烈，引起了她的不满？可是华小姐那番热情的表示，也到了干柴烈火的程度了。难道苏先生的表示比干柴烈火的程度还要深上一层吗？

　　唐先生这样沉吟着的时候，华小姐道："唐先生对我这篇话不以为然吗？"唐子安笑道："我是有这点感想，因为我觉得伴云对于华小姐，倒是相对地崇敬的。"华傲霜听了这话，脸上似乎带了三分尴尬。微笑道："何所见而云然啊？这是相对论。"唐子安笑道："就算是相对论，那也并非毫无根据的。推测他在给我的信上，还附带了一句见华先生请代为问候。"唐先生说着话时，他的眼角上现出了许多道的辐射线鱼尾纹，他张开嘴来笑着，露出他嘴里新落智慧牙的所在，右角漏一个小洞，现出滑稽样儿。华傲霜看这样子，虽过敏地感到他是开玩笑，可是唐教授向来为一群教授的老大哥，倒不是随便和人开玩笑的。而且想到他对于这个老妹妹，也无开玩笑之必要。于是向他笑道："他在给你的信上提到了我？相对地奇怪了。"唐子安道："做朋友的人，自然是替一切朋友说话，不过也不能超现实。你若是不相信，可以到我家里去看看那封信。"

那位陆太太站在华小姐身后，原是让他们说两句见面的应酬话，没有注意。后来听到他们谈及苏伴云——这是个趣味问题，那就让他们去说吧，默然不作声。及至唐先生要请华先生去到家里看信，这表示有点儿露骨，虽是不便笑出来，却也不免在脸上现出一种要笑出来的动作，因之立刻掉转身去咳嗽了两三声。华小姐这才觉悟到身后有人，因道："我还要陪一位朋友回家去，改日再谈吧。"唐先生笑着，点头走了。陆太太迎上来笑道："这位老先生，也认识苏伴云先生？"她脸上压不住一股笑痕，微点着头道："他们原是好朋友。"陆太太笑道："若是这位老先生说的话并不虚伪，那么，华小姐对于苏先生的态度，或有点儿误会。我想这唐先生接到信，总是昨天或今天的事。那么，就是你说他到南温泉那天写来的信了。"

华傲霜的确也为了这句话，把心事摇动了，沉吟着道："谁知道他是真话是假话？不过这位老先生倒相对地不开玩笑。"陆太太道："那就可见这话有因了。华小姐，我们虽是新交，你的为人我是略微知道一点儿的。肚子里墨水过少的人，你是和他说不来的。"华傲霜一面和她向家里走，一面笑道："那倒也不尽然。肚子里缺少墨水的人，有时一样有正义感。不过像那位金先生，搬出孔夫子来谈合作事业，倒是有些让人啼笑皆非。这一类人，最是让我见了害怕。"陆太太随在她身后，又默然了一会儿，因道："我的意思，我们若经营合作社，少不了他这样一个人在外面张罗，如进货卖货之类。若是华小姐根本不赞成这一类人，这话就不能向下说了。"华傲霜也没有说什么，只轻轻地在前面走着发笑。陆太太不知她这是什么意思，也不便再说什么。

到了华小姐寄宿舍里，华小姐打开房门的锁，让了陆太太进去，为了她个性的关系，屋子里的床铺书架都处理得十分整齐清洁。但也唯其如此，屋子里有一种孤零的意味。那两扇朝外的窗户打了开来，迎面吹进来一阵清风，把靠窗竹桌子上一叠书翻得像转车轮子一般，转动了一部分书页。华小姐立刻将桌上两枚光滑的鹅卵石，在书堆上压住。在桌上，除了掩盖半截桌面笔砚和那堆书。另有个小烧料瓶子，口上还缺了一小角，插供了一束草本花，花是白色的，正如主人一般清冷。桌子旁边有个竹几，上面放了一只热水瓶和两只玻璃杯子。可是这热水瓶只有望着时给人一点儿温暖。主人因为客来了，将瓶子里水倒了一杯敬客，不用说，手触着杯子可以知道水的冷热。看去，那水瓶口和杯口上不冒出一丝热气。

陆太太接了那杯水，看看这屋子，对于主人的同情心又不觉地油然而生了。她望了主人道："你们这个环境，清静诚然是清静，不过像我这种身世凄凉的人，就住不下去。"华小姐笑道："那为什么呢？"陆太太坐在屋里唯一的那张旧藤椅子上，端了杯子，举目四望，笑道："这还用得着说吗？一切都增加了人的凄凉之感。"华小姐用一条旧的干毛巾，拂着白床单上的浮尘，又把叠着的淡青川绸被面的被子也整理了一下。陆太太道："我佩服你，你这样孤单地度着你的青春。你觉得这很安逸吗？"华小姐坐在床上，笑道："相对地安逸。"

陆太太是不大知道科学的人，原不知道什么是相对论。今天这一会子工夫，就听到她说了几次相对地，而这相对地一名词，还是唐老先生提起了苏伴云说的。看看这位华小姐，对于苏先生依然感到莫大的兴趣。大概她办合作社不会真有那意思。恋爱失败了，就在事业上去找寄托，恋爱有点儿希望了，事业又不会放在心上。她心里想着，手里端了那杯凉开水，只是出神。华小姐笑道："陆太太，你对我这种清淡的生活有什么感触吗？"陆太太笑道："是的，我想着你对于办合作社的事，恐怕不能十分积极的，因为那是件烦剧的事，更谈不到什么清高。其实钱财这种东西，很难和清高两个字混在一处。"华傲霜倒不否认她这个看法，两手垂在怀里，微微地叹了口气道："我的确有些踌躇。我们许多同事，还在吃不饱穿不暖的情况下，继续守着岗位没有走上第二条路，就是为了出了教育界大门，就慢慢地和清高疏远了。并不是教育以外就无清高的事业，正如你所说，钱财这东西和清高两个字混不到一处的。若是跳进第二个清高圈子里，当然还是没钱，又何必改行？你看到那位唐先生吗？头发半白了，吃着红苕稀饭，照样地兴致很好。他还有个八口之家的家累呢。他向来反对人改行，而且根本也不埋怨谁一声。我一见到了他，我就增加对了教育事业的信仰。"

陆太太将这玻璃杯放在桌上，搭讪着看看那几枝野花。笑道："他有别的什么提议？你也是信仰的吗？"华傲霜笑道："相对的信仰。"说时，她还点了点头，表示着这话的肯定性。陆太太笑道："那么，你对于他提到苏先生的话，你是不会疑惑着那全是撒谎的了？"她脸上虽还是带了那份笑容，可是她又轻轻地叹了口气道："我一切不能瞒你。像他这种表示，也不过敷衍人情罢了。也许就是他为了到南温泉去，感到太对不住朋友，所以，写信给唐先生的时候，顺便提上了我一笔，其实是没有什么意思的。"陆太太笑道："华小姐，不是我说你不对，我只觉得人生在世，对于每一件事情过分认真，那是自己吃亏的。吃亏的方面，第一还要算自己容易生气。"她对于这个说法，倒是认为对的，但是沉默着在想，还没有答复出什么话来。窗户外面有个人影子一闪，便问道："那是杨小姐吗？"杨小姐伸过头来，向里面笑道："华先生，来了客？"她道："请进来坐坐吧。我们是在这里闲谈。"

杨小姐含着笑真个走了进来。华小姐介绍一番，因道："这位陆太太，见多识广，和她谈两个钟头的话，那比上两个月的课还好呢。"杨小姐知道华先生有洁癖的，不敢坐在她床上，在门角边一张小竹凳上坐了，斜望了她道："二位在谈什么呢？"华傲霜微笑了一笑。杨小姐再回过了脸望着陆太太。她就笑了答道："我们在谈相对论。"杨小姐愕然地望了主人道："谈这样高深的问题，陆太太是研究物理学的？"华傲霜笑道："陆太太开玩笑的，无非说说人情世故，要持一个相对的态度。"杨小姐道："怪不得我听到说一句认真是吃亏的，那也的确不错。我就为了对人做事都太认真，反弄了一身的累赘。"华傲霜听她这话，就知道她是提到那位姐姐死了以后的姐夫，不免对她身上注意了一下。她穿了一件浅灰色呢布夹袍，周身滚了红边，罩着一件窄小的大红毛绳小背心，身腰紧束着，胸前又微突着两个乳峰，头发垂着脑后，烫了半圈云钩，看她的侧面，皮肤白白的，鼻子高高的，看不到她脸上那些麻子，觉得她那苗条的身材，也极是摩登的。这就联想到若不是她脸上有那些缺点，这种人才，还怕没有人跟着后面追求吗？因问道："昨天你又整天不在家，还是到令亲那里去了？"

杨小姐虽觉得话里有话，但对于自己追求姐夫的事，向来也不瞒人，这也毋庸避讳这个生客了。于是脸色正了一正，叹口气道："我看这一份职业，要在几个外甥身上牺牲了。昨天可不是又请了一天假？我就是对于姐姐托孤的一件事太认真了。我姐夫进城去要耽误两三天，临行之前，寄了一封信给我，让我去看看孩子。你看，我真是心软，接了他那封信，我的心就飞走了。"华傲霜道："令亲在城里有职务吗？"杨小姐听了这一问，把脸上的痘疤每个都涨红了，摇摇头笑道："有什么职务？他叫不自量。

他有个远亲，是个唱老戏的女孩子，他妙想天开，对人家转念头。人家是钱上爬过来的人，会把你这么一个穷公务员看在眼里？可是他凭了这点亲戚关系以为总可以拉拢，那就随他去碰钉子吧。"

她听说是个唱老戏的女孩子，立刻神经冲动了一下，身子起了起，注视着杨小姐道："是个红女伶吗？"杨小姐道："若在下江，那也是个很平常的人才。不过到了重庆，物以稀为贵，可不就是个红女伶吗？"华小姐道："那是王玉莲了。"杨小姐望了她有点儿透着奇怪，问道："华先生怎么知道是她？"她脸上也有点儿红晕，笑道："我是知道有这么一个红女伶。你说是红女伶，我猜就是她了。"杨小姐笑道："你猜得相对地准确。但不是她，是她的配角，程小秋。这就叫他癞蛤蟆够不着了，还有那资格追求王玉莲吗？"华傲霜说过之后，心里也是好笑，提到唱戏的，我怎么就想起了姓王的？可是杨小姐把她倒看得更高高在上，因一撇嘴道："又有什么了不起呢？可是你也把令亲太看小了呀。"

杨小姐微微叹了口气道："男人就是这样。凡是在他面前搭架子的女子都认为是天神。无论那个程小秋不把这个穷公务员看在眼里，就算人家答应和他结婚，人家在戏台上唱戏，有人伺候，回家来更有人伺候。她若到了我姐夫家里，没有人伺候也罢了，还要伺候三个孩子。人家肯干吗？她就对我说过，那三个孩子应该想个办法安顿，不应该拖累我这个做小姐而且又有职业的姨。"华傲霜听了这话，倒像很吃惊似的，望了她道："你和那个唱戏的女孩子见过面的吗？"杨小姐道："我们都是亲戚自然相识。她对于我那个糊涂姐夫，倒是相对的认识。"

陆太太坐在一边，望了她们微笑。华傲霜问道："陆太太有什么批评？"她笑道："我听着这相对的这个名词，还不大十分明白。比如说这相对的认识和相当的认识，有什么分别呢？这种事情，似乎谈不上物理学。"华傲霜笑道："相对和相当，那自然有分别。相当认识，那是说大概是准确的。相对的那就这个认识，或者对了，或者不对。相对论除了数理上的看法而外，还有哲学上的、伦理学上的、美术学上的，大概都以为是非属于各人主观的判断，这个是或非的事物，自然是存在的。但究竟是或非，各人有各人不同的看法。"陆太太对于这个说法还不十分明白，偏着头仔细想了想，笑道："我有点儿明白了。比如说杨小姐令亲，这个人究竟是糊涂是聪明呢？在杨小姐看来是糊涂。可能程小秋看来是聪明。"

华傲霜听到这个说法，正待驳倒，但只身子起了一起，还不曾开口，陆太太又接着说了，她笑道："若是反过来说，那程小秋看到令亲家里三个孩子是讨厌的累赘，而杨小姐看来，是可爱的小天使。"华傲霜连连地拍了两下掌道："这个转笔，下得十分地好。"杨小姐那一片麻子上，又个个透露着红晕，垂了眼皮，微微一笑。在她这一笑中，露出两排雪白的牙齿，猛然看来，仍不失为妩媚。华傲霜也就对她注视了一下。杨小姐摇摇头，脸色正了一正，因道："我的行为，那是很可能叫人家误解的。其实和我比较熟一点儿的人也都知道，我是为了死去的姐姐，不得不常去看那几个孩子。这件事也许程小秋都有些误会。哪天我也去见见她，把这话和她说明。"

这句很平淡的话，却引起了华小姐很大的注意。突然将身子一挺道："你有这个兴趣吗？我们哪一天同路去看她，好吗？"杨小姐笑道："华先生，也是崇拜这种舞台人物的。其实和她说起来，你就会发觉她的教育程度要和我们谈话，还差得相当地远。"华傲霜笑道："我的用意，无非要观察这唱老戏的女孩子，研究是一种什么思想、程度高低，和我们有什么关系？"杨小姐这就连续地想着，那些女孩子究竟有什么思想，那和你姓华的又有什么关系呢？但她口里可答应着道："好，我们哪天一路到戏园子里去找她，顺便还可以听她一次白戏。"华傲霜道："那当然是可以看到王玉莲的了。"

这句话说出，杨小姐与陆太太都恍然大悟，她是兜了个圈子，要去和王小姐谈谈的。可是这能和王小姐谈出什么道理来呢？当下两位客人，沉了面色，有点儿现出了思索的样子。华傲霜道："我想她不应该太平凡吧？"杨小姐笑道："这位王老板，我倒是见过的，不像其他的老戏子，她很有点儿知识。不过就我的眼光而论，我的智识不也是很有限吗？若让华先生这种人去和她谈话，那就会觉得她幼稚了。"华傲霜摇摇头道："我又有什么了不得？"杨小姐笑道："在我们看来，总是妇女界的先知先觉。"她鼻子耸着，哼了一声，连连地摇摇头道："这话大可考虑，有人可就瞧不起我呢！"陆太太站起来摇了头笑道："谈了一天，总归还是一句话。"她二人有点儿不解，都呆望了她。陆太太笑道："这还是相对论呀。"她二人想了一想，也都笑了。

# 第三十七章

## 一座谈会

在这场谈话之后，陆太太对华傲霜又增加了一层认识，觉得她在普通女子里面看起来，的确是有着丰富的常识的。不过在男女恋爱场上却是处于反比例，她的知识却是十分幼稚的。她也不想想她和苏伴云有什么关系？和王玉莲又是什么关系？怎好在这两个人上面去吃飞醋？她想是这样地想了，但随着两位小姐笑下去，并没有说什么。

杨小姐道："华先生，哪天进城呢？请你规定个日子，我好请假。"华傲霜道："你一说到了请假，我就有点儿考虑，你是不是请假请多了一点儿？"她道："当然是请假多一点儿了。老实说，这一个职员的位置，我已经不愿干了，但我又没有这种勇气，总是想苟延残喘地拖下去。假使学校把我免职了，那我就不得不去另找出路，那倒是逼我上梁山的一着好棋。"华小姐不免向她脸上望着道："逼上梁山？你已有了个目的地了吗？"杨小姐笑着摇摇头道："没有没有！我不过是这样虚空的指望罢了。万一失了业，我报名到工厂里去当一名女工，或者摆一个小香烟摊子，那总还可以混一碗饭吃。但我现在还是个女职员，人家又喊着小姐的时候，我就还不肯这样去卖苦力。"华傲霜听到这里，突然地插进一句话道："我以为你说的是……还不肯这样丢身份，原来是不肯卖苦力。"杨小姐笑道："身份那个想法，也未免太封建了吧。这年头儿，还有这种思想在脑筋里，那还有什么前途？"华小姐将手一拍面前桌沿道："咳！你这个说法正相反，于今是讲什么臭身份，最能搭臭架子的人，他才有前途。当教授的人上菜场买菜，上供应站扛米，这可算是平民化，可就穷死了。有办法的人，出门一步路不坐血换来的汽车，就是用出血汗的人来抬轿，自己用的皮包也不肯失了身份去拿，得另用一个人跟在前面提着。你看，这才是大有前途的人呢。我觉得我的话并不过火。"

她一串地把话说着，脸是红红的，最后她还解释了一句。陆太太笑着点头道："过火是不过火的。不过身份这句话，也可以做两种解释，一种是人格，一种是架子。"华小姐偏着头想了一想，笑道："你这话是对的，不过讲人格的人不一定搭架子，而搭架子的，大概就很少人格。"华小姐说到这里，透着特别的兴奋，声音也就越说越大起来。

随着这说话的声音，同居的黄小姐葛太太，不约而同地进来了。这间小屋子对原来三个人，已经是感到容纳得够了，再来两个人就没有了坐的地位。葛太太和黄小姐就挨了门站住，一个站在门里，一个站在门外。主人起来让座时，葛太太笑道："不用得客气了，我和黄小姐听到你们说得热闹，特意来听听。"杨小姐笑道："反正无事，加入这个座谈会吧。"主人也就笑着给她两人和陆太太介绍着。

这葛太太是三十多岁的人，脑后将发辫挽了个双爱斯髻，额顶上蓬起两只丫角，身上穿件翠蓝标准布罩衫，一点儿皱纹都没有，脚下蹬着一双杏黄色皮鞋。她脸上虽没有擦胭脂粉，圆圆的脸，大大的眼睛，还不失一个中等之姿。她何不为丈夫所喜，要离开家庭谋生？这是不可解的一事。华小姐就在看她一眼之下，有了这个感想。因为华小姐就在这时有了男女问题的感叹，同时将面前几个人一比，陆太太老了，杨小姐是麻子，黄小姐是柿子脸，而新病初愈脸色更不好看。所以这倒觉得葛太太的少妇美，是相对地可取的。

葛太太见她打量着，有一点儿笑容，问道："华先生要对我说什么？"她是站着的，又偏了头向葛太太看看，笑道："我觉得你收拾得干净利落，颇为可爱。"她笑答道："别开玩笑了，爱字是不属于我的。"她说时，颜色带点惨然，脚向后退着，退出了房门和黄小姐并排站着。华傲霜笑道："不要走，大家坐在一处谈谈。"葛太太笑道："谈谈可以，不要拿我这半老徐娘开心呀。"陆太太道："葛太太贵庚是？"葛太太伸了右手中指无名指小指三个指头，再又握了拳头，伸着大拇指和小指。陆太太望了她摇摇头道："三十六岁？一点儿也不像。"葛太太道："像四十六岁？"华傲霜笑道："你是故意装傻，照我看，你像十六岁。"葛太太笑着将鼻子耸了一耸道："哼，我要是十六岁……"于是指了黄杨两位小姐两下道："那我像她们二位一样，让男子们拜倒石榴裙下，成天地在后面当听差。"黄小姐道："别开玩笑了，我们是落伍的孩子。"葛太太拍了她的肩膀道："你不要太客气呀。好像前两天，还有个特别看护来伺候你的贵恙吧。你看，我们是有家庭有主儿的了，假如生病，谁来看我？"她说到这里，真的有点儿伤感，又把头摇了几摇。

别人看了她这情形，也还罢了，华傲霜便觉得这最是给自己以刺激，因道："的确，各有各的环境，各有各的遇合。造化不仁，以万物为刍狗。"陆太太道："我倒是在人海里翻个大筋斗的，我却一点儿也不消极，一点儿也不发生感慨，我自有我的办法。"她这几句话引起了所有在场人的注意，大家都把眼光注射到她脸上，好像都问着，那还有什么好办法呢？陆太太道："这办法也很简单，无非是把这一腔心事寄托在事业上。事业有发展，也会给人生一种莫大的兴奋。这话非在这种环境过来的人不会明白。我当年自己主办一个小组织的时候，在一次盘账之后，证明了获利超过资本百分之二百。我竟高兴得忘了吃饭，晚上睡觉也睡不着。假使这种事业的发展继续不断，我就根本不要……"

说到这里她一看面前有三位小姐，而且又多是生人，觉得不可说得太放肆了，便将话突然顿住。葛太太明白她的意思，笑了一笑，三位小姐也微笑着，却没作声。陆太太自不能突然停住，反使一座默然，因又继续着笑道："当然，这和年龄也有点儿关系。像我这个老太婆，对于男女的看法，那是有点儿落伍的。"华傲霜向黄葛两位点着头道："你看，我这位朋友不是很健谈的吗？坐下来，坐下来，我们开个座谈会。"她两人所站的原是这所房子的一间小餐厅，也可说是公用的书房与客厅，这里倒是有着很多的竹凳子。于是黄葛两人都搬了一张方竹凳子，在门前坐下。

葛太太笑道："我们这座谈会，用一个什么名字呢？"陆太太看到大家感到兴趣，也就随着起劲，便笑道："那是有现成名字的，就叫恋爱座谈会。"黄杨两小姐同时伸出了四只手，向她乱摇着笑道："这个我们不来，这个我们不来。"葛太太笑道："那有什么要紧？这幢房子，根本就没有个男子，还怕什么听去了不成？我们做太太的也愿意听听小姐们有什么新鲜见解。"黄小姐笑道："我们谈别的问题吧。"她说着，在她黄柿子脸上似乎透出层红晕，病后的嘴唇包不了牙齿，露出那雪白的两排。华小姐笑道："管她呢，大家爱谈什么就谈什么，哪里真的开什么座谈会？"黄小姐道："那么，这是华先生的屋子，华先生是主人，请华先生发言。"她这样说着，在座的人就同鼓起掌来。她笑道："说了随便谈，还要这座谈会的仪式干什么？"陆太太道："随便谈，也要有个方向。"华傲霜笑道："我究竟大几岁，不像黄杨两位小姐那样拘谨，就谈恋爱问题也好，反正我们外行来谈谈，有不对的地方可以请教老前辈。"她说时站了起来的，说完之后也就坐下去，手一挥道："主席已经发过言了。"

杨小姐望了她道："华先生不必客气，你也是我们的老前辈呀。"黄小姐将手对她挥了两下，道："站起来说，站起来说。"她笑道："我是随便插上一句话，并非发言。"华傲霜笑道："随便坐下谈吧，就请杨小姐跟了下去说，怎见得我是个老前辈？"杨小姐笑道："现在华先生是为人师的了，看起态度来，一本正经，但我们想起华先生没有做先生的时候，应该懂得许多的这玩意儿，不也是有经验的吗？所以我们想着，华先生是我们的老前辈。"华傲霜倒不否认这番话似的，将头重重地由左向右摆了两下，然后很感慨地笑道："假如你的观感是这样的，你就错误了。我是毫无建树、毫无成就的人。果然是个老前辈的话，那也就惨了。陆太太坐在那竹椅子上将背靠了椅子背，把椅子前面两只脚昂了起来，将椅子颠了两颠，笑道："我倒是另有个感想，觉得杨小姐所说这玩意儿三个字很有趣味，用这玩意儿三个字代替恋爱这个名词，那是很恰当，我们就根据这玩意儿三个字说下去吧。葛太太，你是过来人，你觉得怎么样？"

葛太太架了腿坐着，左手掌放在腿上，右手掌轻轻在左手心上拍着，表示了踌躇的样子，然后笑道："过来人，提起这个名称，那是让我很感慨的。这玩意儿真是难说。我们家乡有句俗话，也许你们没有听过，他说是男人的心，海样深，看得清，摸不真。根据我们的经验，男人是这样的。在你当面海誓山盟，什么话都说得出来，可是背了你的脸就什么欺骗你侮辱你的事都做得出来。你假如不发觉，他就继续地欺骗你下去。你如发现了呢，他除了一味狡赖之外，又来一套山盟海誓。女人的心总是慈悲的，经过男人这样的一套玩意儿，那就心软了。我也曾想过明知道男子们是到处弄手腕，到处不讲信用的，为什么就不能下个决心和他们讲理，还要合作下去呢？我就是这一类的过来人了，但我解答不了这个问题。"她始终是从从容容地说着，像老僧讲道一样，那只右手也仿佛是在那里拍板，慢慢地拍下去。她说着那彻底的批评，可又用极从容的态度处之，那是说她很理智地叙述，而并没有什么感情作用存乎其间的。所以大家听了之后也就深深地受到了感动。陆太太是个丧失了丈夫的人，为了想念亡夫，对于男子不无原谅之处。她一时还想不出来怎样解答这个问题，其余三位小姐各有一种感想，可不好意思先说出来。葛太太说后倒反是默然了。

华小姐年纪大些，也就脸皮厚些，向大家望了一望，笑道："怎么样？

哪位先发言?"杨、黄两小姐对望着笑了一笑。葛太太笑道:"说呀,别泄了气呀。难道三位小姐对这事一点儿感想都没有吗?"华傲霜含着笑站起来,将那热水瓶里的冷开水倒了一杯,站在桌子边缓缓地喝。葛太太望了杨小姐微笑着,杨小姐笑道:"你老望了我做什么?"葛太太道:"大家都持着这个保守态度,那就不大好。我想杨小姐应该有点儿感慨,就以令亲对你的态度而论,你也有话说的。"杨小姐红了脸,摇着头道:"我们不过是亲戚关系罢了。"华傲霜放下茶杯,依然在原位坐着,笑道:"我们原不一定说哪一类的男子就是亲戚,我们也可以拿来讨论讨论啦。假如在谈话里谈出什么办法来,也许是对杨小姐不为无益的。"她对大家看着,又微笑了一笑,继续说道:"不是说笑话,于今为了抗战,人心大有变动,亲戚的关系也不像往常那样好处。我在重庆不是没有亲戚,然而就很少和亲戚往来。因为有钱的亲戚他们怕我借钱,平等亲戚我不愿去打搅人家。要知道人家买一斤肉招待客人都有点儿负担不起呀。至于穷亲戚,倒不是我不愿见他们,是我不好意思见他们,银钱,我帮不了人家的忙;找工作,我也帮不了人家的忙。"

杨小姐听到这里,就情不自禁地兴奋起来,因两手一拍道:"可不就是这样说。我们对于人类这点同情心,总还是丧失不了的。我看了我姐姐扔下的那几个孩子,我就不忍心不管。若以我姐夫而论,我自己就不上他家门了。"陆太太道:"万一你那令亲续弦了,那几个孩子是不是得继母的欢心,那还是另一问题。人家自己生了儿女,对于这些孩子就怕不如你做亲戚的人这样上心。"黄小姐头一偏,插了嘴道:"要做继母的人疼爱前娘的孩子,那根本是不可能的事。我若不是为了一个继母当家,我也不出来做事,纵不继续升学,也会在家里做大小姐。继母的事,真是一言难尽。密斯杨,你那几个外甥,我和他们算算命,他们的境遇不会比我好。你姐姐既是向你托孤过,你就得救他们。"杨小姐听到这里,脸上自加了一层忧郁的样子,微皱了眉,叹口气道:"那也尽我力之所能为吧。"

陆太太是坐在杨小姐斜后一点儿的,当她和黄小姐说话发着感叹的时候,陆太太就向葛太太丢了一个眼色,她已会意,便笑道:"这法子是极容易想的。假如我是那几个孩子的父亲,单刀直入,干脆我就请他们的小姨来当他们的继母。为了孩子,料着他们的小姨也不忍拒绝。"她说到单刀直入的时候,将右手举起做个大劈柴的姿势,直了巴掌在空中一砍。杨小姐看了,不觉扭了身子一笑。陆太太道:"这谈到一个问题的核心了,继续地谈吧。杨小姐有什么意见?"她笑道:"你们拿我开玩笑,那我不来了。"黄小姐笑道:"倒不一定是开玩笑,就算是开玩笑,在这里面也可以研究一点儿道理出来。"杨小姐笑道:"你既然同意这样的谈法,那就来谈吧。"说着走了过来拉扯着她的手,并且一面跨门向外走。华小姐唉了一声,扬着头道:"这里全是女人,你害什么臊?若要逃席那就没有意思了。"杨小姐道:"找黄小姐说,也是一样呀。"她便道:"问题并没有落到我身上,我插什么嘴,别拉拉扯扯,这是单夹壁屋子,真会把屋都扯倒了,坐下来谈吧。"大家随了这话都一致要求杨小姐归座。她依然在方竹凳子上坐了,却没有作声,只是笑。

陆太太道:"这里面情形,我不大了解,我要问一句了。在杨小姐眼里,令亲对于你去世的姐姐,感情怎样?"杨小姐道:"大致还可以,他们本是自由恋爱结合的。"陆太太道:"你姐姐去世以后,他对你的感情怎么样呢?"杨小姐笑道:"根本谈不上。"华傲霜笑道:"可是他一来信你就得去,似乎你对他的观感也不算坏。"杨小姐道:"这件事是惹起很多人的误会的,可是我也再三对人说过了,是可怜那几个没娘的孩子。"葛太太笑道:"既然如此,那就正好了,孩子需要一个好继母,你又是疼爱他们的。"杨小姐笑着将两手乱摇道:"再也不要提我……不用提了,不用提了。"大家在杨小姐这欲言又止的情态中,是没有什么不明白的,于是又在眼光相射中各笑了一笑。陆太太道:"这情形我倒相当明了,只要有个很得力的人给杨小姐令亲提上一声,让他明白明白就好办了。有人认识他令亲吗?"葛太太笑道:"他到这里来看过杨小姐的,我们都见着,人倒是不坏。他很钦佩华先生的。"她立刻笑问道:"何以见得?"杨小姐点点头道:"那倒是真的,他说华先生是个能独立奋斗的女子。"华傲霜将胸脯微微一挺道:"好的,哪天我若见着他,我一定来替你们牵上这根红绳,反正我这老小姐,脸皮厚,也无所谓。"说着哈哈一笑。杨小姐倒是默然地坐着。

华傲霜笑道:"这问题说到这里可告一段落,我们来谈黄小姐的问题,希望也能产生一个结论。"一提到别人的事,杨小姐也有劲头子了,笑道:"那还有什么问题呢?那位毕先生,在这里伺候她的病好几天。"葛太太看了黄小姐的脸,摇摇头道:"不然,还有点儿小问题。"说着伸手拍了她的肩膀道:"对不对?"黄小姐笑着身子一扭道:"我不晓得。"华小姐道:"葛太太是此中老手,一定看出什么问题来了,可以说出来听听吗?"葛太

269

太道："那位毕先生，似乎欠缺了一点儿坚定的意志，在黄小姐当面就一切服从黄小姐的了。可是他服务的机关，一般的有女职员，而有两位女职员，就在同一间屋子里办公。黄小姐对于这一点，怎能够完全放心？毕先生也曾向黄小姐表示过，说那些女同事眼光都是朝上看的，他拿的薪水不比人多，地位也高不到一级，根本人家不看在眼里。说是这样说，可是黄小姐只要他有一个星期不来信，就得写信去追问。追问得太紧了，回信反而来得迟缓，是不是？毕先生是否故意这样，不得而知，可是黄小姐就格外不放心了。"黄小姐笑道："你知道得这样清楚？"葛太太道："这不都是你病在床上和我说的真心话吗？"

陆太太道："这事容易解决得很，赶快结婚。"华傲霜笑道："还没有订婚呢。"陆太太道："那没关系，简化公文程序，两道手续一道办就是了。"葛太太道："黄小姐何尝不愿意速战速决，可是对手就说个经济力量赶不上。"陆太太道："果然愿意采取速战速决的政策，这经济没有多大限制，两个人做一回短程旅行，在报上登一条广告就行了。有道是国难期间，一切从简。"黄小姐半侧了身子鼓了腮帮子听着，这就笑道："我不说，看你们谈到什么程度？"葛太太又拍了她的肩膀，笑道："你听着，记下了，这些办法都不错，这算又得了个结论。这问题该谈到主席身上去。"这一说，黄、杨两小姐同时鼓掌。

华傲霜笑道："我有什么可供谈论的呢？——老小姐一个，而且也不应该老谈我们小姐，当转变一个方向，说到太太们身上去了。"葛太太是深知华小姐的性情，不大敢说她的罗曼史。不过今日她十分感到兴趣，略略试探，似乎不妨。因笑道："有道是不鸣则已，一鸣惊人，我相信华先生若有什么举动的话，一定是一件佳话。"华傲霜微微摆了两下头，叹了口气道："佳话？就怕是笑话了。"杨小姐笑道："怎么会是笑话呢？"华小姐低着头沉思了一会儿，微笑道："我不愿谈，不过我愿拿行动来答复，大家将来可以知道的。大家知道了，就会同情我了。"杨小姐道："那就不是笑话了。"华小姐又沉默了两三分钟，有个要说的样子，但最后她摇了两摇头作为罢论。

第三十八章

# 再试验一次

这一个座谈会，虽没有把华傲霜的心事谈出来，但是在她的表示中，也就把她的意思暴露了许多。简单的一句话，她也是个失恋的女人，恰好这几个女人谁也不是在情场上得意的，因之在对她的表示同情之下，个个表示一番惋惜的意思，并没有再要求她向下说。

大家正是默然着，华傲霜一抬头，见刘嫂在外面屋子里现出一副欲进又退的样子，便向她点点头笑道："我们是不分阶级的，你想加入，你就也来谈一个吧。"刘嫂红着脸笑道："我没得啥子说，消不消夜？饭早就做好了。"葛太太笑道："我们这是发愤忘食了，吃饭自然是大事。"说着，大家一哄而散。原来她们这个寄宿舍里，虽只有四位女性，但组织一个伙食团却比组织国际会议还难，竟不能像男子们可以吃同锅的菜。事实上又只有能力请一个女工，因之得了个折中办法，饭是做一锅煮，各人却吃各人的菜。为了这样，饭厅也成了废物，各人在各人的屋子里吃饭。

华小姐为了有客，备了一碟酱肉、一碟卤蛋，还有一碗油渣煮豆腐和陆太太在屋子里共餐。杨小姐对于这个座谈会特别感到兴趣。虽然会已散了，她的余兴犹在，捧了一碗饭站在华小姐房门口来谈话。华小姐夹了几块酱肉送到她碗里，笑道："这是回了锅的，你可以放心吃。"杨小姐笑道："我不是来讨肉吃的，我有话来问华先生。你说过两天和我一路进城，那是真话的吗？"华小姐看了看她的脸色却是很郑重的，便道："我每个星期都是要进城去教书的，这是很平常的事。"杨小姐看到她，故意把这事说得平常，脸上也是很不介意的样子，这就忽然省悟过来。这时因为有陆太太在座，她不肯做那露骨的表示，便吃着饭随便地答道："好的，过一天我们再来约定吧。"华小姐似乎不愿她把这话跟下去谈，笑道："来吃点儿豆腐。"说着就拿了瓷勺子舀了一勺豆腐送到她碗里。杨小姐笑道："华先生把我当小孩子了。"大家笑着把先前那个话题牵扯了过去。

饭后，大家又说了一阵闲话，在菜油灯下的夜生活，大家不会有什么兴趣，便各自安歇了。陆太太在城市里的人，便是在这里安歇过两夜就感到无聊，而且察看华傲霜办合作社的事情也不是那样热心，次日一早在并没有任何结果之下，就回城去了。

上午，华傲霜没有课，坐在屋子里说不出什么缘故，只是心绪不宁。书架下层有一册红布壳精装黄金烫字的《圣经》，向来不曾理会，布壳上的灰尘堆积了几分厚。她拿到屋外去掸掸灰，便摊在桌上来看。只看了两页创世纪便觉得眼皮子枯涩，昏昏欲睡，便和衣横躺在床上。刚一合眼，房门有了响声，接上有人轻轻地道："睡了？"看时，是杨小姐，她轻手轻脚的颇含有一点儿神秘的意味。她便坐起来笑道："哪里睡了，闷得慌，在床上躺着休息一会儿。"杨小姐看着桌上摆了一本《圣经》，将手翻了翻，笑道："华先生是教徒吗？"她笑道："不是教徒，就不看《圣经》吗？假如你不追究它是不是迷信，在烦恼的时候那是可得到一种安慰的。其实也不必基督教的《圣经》，任何宗教的经典，都可以在人家苦闷的时候，给人一种安慰的。"她坐在床沿上说话，将手理着披在脸腮上的乱发，把它理到耳朵后面去。

杨小姐闲闲地坐在椅子上，向她脸上看了一看，笑问道："华先生有苦闷吗？"华傲霜先叹了口气，想答复她的话，随后却微微地一笑道："我倒要问问你，你现在是不是苦闷着呢？孩子，别发傻了，看看《圣经》吧。"杨小姐默然着掉过身子去，将桌上的《圣经》真个翻动了几页。华小姐也走过来，伏在桌子上，低声笑问道："你是不是想做一次最后的试验？"她没有作声，依然翻弄着《圣经》。华小姐笑道："真的。我觉得你对于你那令亲，认为是个终身伴侣的人选，假使不是一个唱戏的女孩子横梗在中间，你们的结合是没有什么问题的。既然如此，你应当有个最后的试验。假如他了解你的诚意，又知道你是最疼爱他孩子的，他为了他终身的幸福起见，他会转向着你的。万一不然，我站在女子的立场，应该替你打抱不平，你不必那样太好说话，让人家招之便来，挥之便去，以后他写信来叫你去照应小孩，你不必理他。一个人把真心去待人，换不到人家一点儿好感，那还有什么交情可言？"

杨小姐倒是继续地在翻弄《圣经》，可是流出眼泪来了。华小姐拍了她的肩膀道："别伤心，听了我的话去办。女人总是这样，一到受了委屈的时候就哭，哭又有什么用？我们有委屈就应当把这委屈伸张开来。"杨小姐摸出手绢来，在眼角上揉了几下，因道："我知道我有个短处，脸上不该有了几颗麻子，就为了这麻子，干什么事也干不好。"她这样一说，

272

倒叫华傲霜没有适当的言语来安慰她了。沉默了一会子，笑道："这没关系，只要意气相投，白种人也肯和黑种人结婚。一个男子专门在漂亮上面去选择对象，那个人根本是近视眼。"

杨小姐生平就抱定了华小姐所说的这个主张，这一说真是每个字印合到了她的心坎下去，禁不住站立起来答道："你真是一针见血的话。可是现在的男子，有近视眼毛病的就太多。"华傲霜自也同意她这种看法，不免连连点了几下头，笑道："那么，令亲究竟是不是近视眼，你现在可能下一个断语。我是你最关切的一个朋友，你不要瞒我。"杨小姐半低着头，微微地一笑。华傲霜道："我不是和你开玩笑，我是和你说真话，你把心事告诉了我，我多少可以和你出点儿主意。"说时，还把脸色正了一正。杨小姐才含了笑道："他这个人是难说的，有时候却还好，有时候又让人啼笑皆非。"华傲霜道："那就是了。你在这种情形下，就应当去做最后一次的试探，看看到底是不是个近视眼？"杨小姐又开始翻弄着《圣经》了，笑道："怎样试探呢？他这个人真是难说的。"说着微微地叹了一口气。华傲霜道："你不是说约我进城，一路到那个女戏子程小秋家里去吗？"杨小姐道："原来华先生对这事感到兴趣，所以我就问上一声。"

华傲霜心想，这孩子自己何尝不想去，把责任推在我头上，便笑了一笑道："我事外之人，感到兴趣就感到兴趣吧。"杨小姐笑道："可是要问王玉莲什么事情，程小秋倒也是一脉清知的。"华傲霜顿了一顿，始而是想否认这句话，立刻转念一想，若要自己的事做出一点儿道理来，那就不能不拉她一处，共同秘密，反正她也晓得，何必否认？便笑道："那我也不否认，不过我不想办出什么成绩来。"杨小姐笑道："自然，那也不过尽尽人事罢了，谁又能说做出什么成绩来？"华傲霜不觉伸手拍她的肩膀道："你终于说出你的心事来了。"杨小姐微笑着，本也想俏皮她两句，可是念到她总还在半师半友之间，不可太少了尊敬，也就默然。

但经了一度谈话，两个人的友谊可就突然地增加。当天晚上，杨小姐在这屋子里谈了两三小时，第二日工作之余，两个人又在一处会谈了三次。到了第三日，是华傲霜进城教书的日期，杨小姐在这个月内，又向学校做了第三度的请假。她也明知不会邀准的，只是托人给主任带去一封信，自认请假太多，但出于无法，若再请假，愿受停职处分。安置了一个旅行袋子，于是就和华傲霜一路进城去。到了城里，还不过中午，二人在小馆子里叫了一顿面，就由杨小姐引着到程小秋家来。这虽然是一件不关乎时间的事，可是她们有了几个试探一次的念头，那争取时间的心却是非

273

常的旺盛。杨小姐在路上走着的时候，还怕程小秋今天有日戏会不在家，所以在路上走着，心里头兀自着急，总怕赶不上。

到了程小秋家大门口，华傲霜先松了一口气，原来并不是理想中那样的名伶公馆。大门虽像王玉莲家一般的面临着一片轰炸过的瓦砾场，可是并非洋房，乃是土墙下的一字门楼。远远看到大门里一间不到两丈见方的小天井，旧式的房屋，向外的屋檐，一排雕花屏门。想当年初有这屏门的时候，大概也是朱漆描金，于今呢，是什么颜色漆的已分不出来。大木板上的漆像害秃疮人的头一样，一块块的剥落着。雕花格扇，百孔千疮地露着透明窟窿。格子上的灰尘积得有几分厚。地面也极能和这种雕花门配合，湿黏黏的阶上的脏水，和天井里的脏水连成了一片，进了大门，先有阴森森的潮气扑上人脸来。天井两旁的厢房，木板壁东倒西歪，也都是灰黑色的。那堂屋里也像天井里一样，不知是石头或砖面的地，地上面是一层溜滑乌亮的浮泥。因为如此，所以堂屋里也只有一张八尺见方的旧木桌，右旁边是空的，左边三张旧得脱壳而又发黑的太师椅，夹了两张露缝同色的茶几，这都起码是五十年前的旧东西。

华小姐立刻就想着，这位程老板必定没有王老板那样摩登，要不然，怎会住到这种房屋里面来？杨小姐倒没有理会她发生什么感觉，由这堂屋后壁旁门穿过去，里面便是重庆式的屋基，由坡子走上一片高地，大概房子是被炸毁了，地面空剩了屋基。台阶柱础都在，却是个空院落。靠后墙有三间薄瓦夹壁屋子，倒是洋式的。杨小姐站在院坝里喊道："程小秋小姐在家吗？"夹壁上的白木架窗户里，有个梳着两条短辫的女孩子，伸头望了一望，笑道："啊！杨小姐。稀客！快请进来坐。"说着由旁边门里迎了出来。华傲霜看她穿件半新蓝布罩衫，上面再套着一件咖啡色毛绳短衣，倒也朴实无华，脸上大概是早上抹的脂粉，现在已经脱了一半了，尚有点儿浅薄的胭脂红晕。长圆的脸，两只柳叶形的眼睛，不见得美，可也不怎么讨厌，然比杨小姐好看得多了。

杨小姐道："程小姐，我来介绍你一位好朋友，这是华傲霜小姐，大学教授，我们最景仰的一位老师。"华小姐没有料到她这样地郑重介绍，只得伸出手来和程小秋握着。她将客人引进了屋子，先就笑道："对不住，我这屋子挤窄得很，竟没有一个让贵客落座的地方。"她倒不是假话，这屋子也很小了，上面安了一张小木床，横头两个旧竹凳子，架起两三口箱子。临窗一张小小的三屉桌，上面除了几件化妆品，也有几本书和一只花瓶。原来屋子里只有一把椅子，来了两位客，只好让一位在床上坐了。华傲霜坐在椅子上，单把这屋子观察了一遍，觉得她和王玉莲同是唱老戏的小姐，这两者之间的排场就相差得很远。当然，她就不会是一个公务员所不能追求的小姐，而杨小姐的姐夫也和她是亲戚，更有一点儿可能性了。于是立刻替杨小姐增加了一种危险性。

主人翁很是客气，除了亲自招待茶烟之外，还有个玻璃碟子，盛了一碟糖果放在桌上，自端一张方凳子在桌子横头坐了。她开始又向华先生谦逊了一句："屋子实在窄小，谈不上招待。"华傲霜笑道："你若到我们穷教书匠那里去看过，程小姐你就不会这样谦逊了。"程小秋笑道："是的，现在公教人员太清苦了。"杨小姐笑道："可惜我年岁大了，要不然我也跟你学戏。"程小姐立刻将头梳了两下，撇了嘴道："唱戏的人也苦呀。我们这还算是二三等的，你没有看到那些去零碎的人，走来像叫花子一样，这不但是抗战以后如此，梨园行向来就是这样的。你别以为当了名角的人，就坐汽车住洋房，那实在是有数的人。所以梨园行有句话，唱得好吃戏饭，唱得不好吃气饭。有人唱一辈子戏，受一辈子的气。"华傲霜道："这是我第一次听到的话了，怎么会受一辈子气呢？"程小秋叹一口气道："这是我们唱老戏的一大把眼泪，外面人是很少知道的。我们是受师傅的气，受前台经理的气，受后台管事的气，受名角儿的气，受捧角家的气，甚至还要受场面上的气，总而言之一句话，处处得将就人家。"华小姐笑道："原来是这样的环境，外人哪会知道，怎么也会受名角儿的气呢？像王玉莲小姐是个名角儿了，这人也是个女学生出身，她会给人气受吗？"程小秋道："平常我们倒也相处得来，不过一到派了戏码子的时候，我就得让着她一点儿。自然，我们是永远当配角儿的，和她一路出台，反正我总是唱在前面。可是到了她请假的时候，我就得想法子避免唱她的戏，我还得唱我原来的戏码。"

华傲霜望了她做个注意的样子，好像不大了解。程小秋笑道："华先生大概不知道这些规矩，我得加以解释。比如我是唱倒第二这个戏码的。她请假，我还是倒第二。她是唱青衣花衫的，我也是。有时候还要反串小生，和她配戏。她要不来，后台管事常是让我去唱她一路的戏。唱那最后一出，这个我们叫压轴戏，她就不愿意了。"华傲霜还是不大了解的样子只是望了她。她又笑道："我再举一个例子，《武家坡》这戏，是华先生知道的吧？这戏很简单，一个须生唱薛平贵，一个青衣唱王宝钏。玉莲要唱《武家坡》，那须生是她的配角，她不来呢，须生成了正角，我唱王宝钏，成了须生的配角。这情形，为了戏子的身份完全不同。若唱倒第二，那没关系，若唱压轴呢，玉莲就疑心我要抢她台柱的位置了。"经这样一个浅明的解释，华傲霜懂了，而且知道她和王玉莲有着相当的摩擦存在着的。便笑道："那就有点儿不讲理了。她自己不来，那空缺为什么不许人家去填补？"杨小姐插了一句道："他们唱老戏的人，最讲究的是戏码。"小秋笑道："杨小姐倒知道我们这梨园行的风气。"杨小姐道："百城比我知道得多了，他全是在程小姐这里学去的。"

华小姐知道，百城就是杨小姐姐夫的名字。觉得这已到题目上了，便默然着看她二人怎样把话说下去？小秋道："他也不见得能懂多少，他来了，我每次请他去听戏，他并不感到兴趣。"杨小姐笑道："他当然不是为了听戏来的。"程小秋听了这话，脸上涌出一阵突发的笑容，微昂着头，打算狂笑一下，但是她立刻想到面前有一位上客，而且是很有学问的，又立刻把那含有讥讽性质的笑意完全忍耐着，收了下去，便点头道："他的确不是为了听戏来的。但是我们站在亲戚的立场，我和家母都曾破口劝过他，请他不要把几个孩子丢在家里，常常向城里跑。做一个穷公务员，虽然不容易维持生活，但安分守己，还可以减少一点儿穷的压迫。现在又开了一爿小店，走开了生意就停着。若是常常地向城里跑，一跑到城里，那里就不免多用几个钱，两头不合算。"

杨小姐道："他进城不总是在你这儿打搅吗？"程小秋听了这话，眉毛微微皱起，好像感到一种烦恼的样子。便道："打搅两个字却谈不上，我们大家都在难中，而且又是亲戚呢！只是我这里只住有两间房，挤窄得不得了。夏天里呢，抬一张凉板，让他在院坝里睡场露天觉，那无所谓。到了秋天里可没有办法，把我母亲和一个女用人都挤到我屋子里来，把隔壁屋子让给他，实在是不大方便。他也未尝不感到委屈，我知道，在南京他住着有卫生设备的小洋房，他是很舒服的。"杨小姐笑道："谁能算过去的一笔旧账呢？他进城来有这样一个地方给他落脚，那就很对得起他了。"程小姐道："据百城说，每次进城都委托杨小姐给他看家的。你老是请了假去和他看家，这不妨碍你的工作吗？"杨小姐道："我也不能常去和他看家，除非孩子们实在需要去缝缝补补的时候。"说着她淡淡一笑。程小秋也是淡淡一笑，在这两种淡笑中，自有好多彼此心照的话没有说出来。

华傲霜看到这类动作，自是有动于衷，但是人家斗着机锋，却不好从中说些什么，也只有先付之一笑，然后接了一句道："我们一见程小姐，就知道是一个刻苦工作的人，就没有一般戏剧界那种奢华的习气。听程小姐所说，果然朴实无华忠于艺术的人。"她笑道："我不是说过了吗？梨园

276

行是阶级森严，最不平等的一个场合。有钱的人，自是尽情享受，没有钱的人，刻苦工作也是不能把肚子吃饱。"华傲霜道："那个王玉莲小姐的生活，恐怕就不能像程小姐这样淡泊了吧？"程小秋绝不会想到她是有心问这些话的，便笑道："她根本用不着刻苦，梨园行永远是名角制度，她已经是名角，挣来的钱她根本花费不了。"华傲霜道："我知道，梨园行的薪水之差，可以相隔到由一元到一万。"程小秋笑道："玉莲虽说是名角，还达不到那个地步，不过她也不完全靠薪水。经理和大老板，发国难财的人，她就认识得很多，哪里都可以想点办法。"

她说到这里时，见华小姐是很注意的，听着便觉得对于一个新认识的朋友，不要把自己同行攻击得太厉害了，便转了话锋道："现在什么人都要经营一点儿商业，多认识些商界的人，那也是一点儿本领。可是我们就不行。"华傲霜笑道："程小姐自然是忠于艺术的人。"她将嘴撇了两下，连连地将头摇着，笑道："艺术？那不要让人听着笑掉了大牙，我们不过是把脸一抹，在台上转几圈子，混一碗饭吃。"华傲霜道："不要客气，有机会，我一定要去瞻仰瞻仰程小姐的表演。"杨小姐点着头道："实在是好，在舞台上的程小秋，不是我们现在眼面前的程小秋，伶俐活泼。程小姐若是这样继续唱下去的话，前途真未可限量。"程小姐："唱是当然要唱下去。一个母亲，两个兄弟，全靠着我唱戏，不唱，怎么办？要说前途未可限量，那是自骗自的话。二位今天晚上得闲吗？我请二位听戏。今晚上是《御碑亭》，玉莲去嫂子，我去小姑子，请二位指教指教。"

华傲霜立刻觉得这次没有白来，一切的线索都很好。因道："去是一定要去的，不过指教两个字，我们担负不起。程小姐什么时候到园子里？我还想到后台参观参观呢。"程小秋道："好的，我十分欢迎，我八点钟以前准到后台来等候，可以径直地到后台来找我，我会事先给二位留下座位。"华傲霜道："那王小姐什么时候到？"程小秋道："八点多钟也就到了。"她口里这样说道，心里也就这样想着，这位华教授为什么老提到玉莲呢？她也是个名角迷吗？

## 第三十九章

# 戏中人与戏外人

这一次谈话，华傲霜是有意的，杨小姐是更有意的。程小秋只知道杨小姐和自己闹醋意，而且是无谓的醋意，可不知道华先生这个当人家先生的人也有什么用意。不过她再三地提到王玉莲，这却不是偶然的，或者她是有意要知道这个人的行为。自己尽管以配角的身份和台柱有着不可避免的摩擦，但到外人要来打听这事的时候，也许会引起意外的纠纷。她成了这个念头，便感到对于王玉莲为人还是少批评点为妙，遂从这时起，把话引到别的话上去。华傲霜抱了个再试验一次的意思而来，自然一切她都有更深一层的观察。在程小秋不说什么了，她也就不再提王玉莲。杨小姐是不肯牺牲这一趟辛劳的，说来说去总是提到她的姐夫。程小秋自明白她的意思，每次的回答总说是杨小姐的姐夫有意来纠缠，她本人根本不在意。但她有意让杨小姐不能完全放心，她并没有说拒绝这个男亲戚来纠缠。大家谈了约莫一小时半，只有一个结果属于华小姐的，今天晚上到戏馆子里会面。

华小姐想到还没有找好落脚的地方，不便多坐，向主人告辞出来。在路上杨小姐先忍不住了，笑问道："华先生，你看程小秋这小东西，是不是个老奸巨猾？"华傲霜笑道："这话从何说起？既是小东西，怎么又成了老奸巨猾？"杨小姐笑道："你看她年纪不过二十来岁，可是她的话和行为，简直是个老奸巨猾！"华傲霜笑道："你既然知道得这样清楚，又何必问我？"杨小姐道："我是不知道华先生的感观是否同我一样？"华傲霜道："不要在大街上说这个问题了。我们今天在哪里落脚？"杨小姐道："不是可以到陆太太那里去吗？只要不在她们公馆里吃饭，我想也不算打搅她。"华傲霜踌躇了道："只是章公馆那些男女用人，那份瞧不起人的态度，让人有点儿不能忍受。"杨小姐道："那么到我一个同学家里去也可以，不过他们家一共只有两间楼房，住着嫌挤窄一点儿。"华傲霜道："我若不是今天要到戏馆子里去，我可以到南岸去，住在学校里"。杨小姐道："既是这样，我们就住到章公馆去吧。好在我们就只住这一夜，受他们用人的冷眼也只是这一次。反正陆太太对我们不坏。"华傲霜对于重庆旅馆的印象实在不算佳妙。杨小姐这样说了，也就增加了她一点儿勇气，于是向章公馆的路上走去。不过走路的步伐越来越慢，将近章公馆的一条巷口，她站住了脚，有个极短时间的考虑。杨小姐深知她的个性，自不便强迫着她向章公馆走去。

就在这时听到有两句尖锐的声音叫着华老师，回头看时是章瑞兰小姐坐在一辆漂亮的包车上。华小姐笑着点了个头时，她立刻停着车子走到面前来了，笑道："杨小姐也进城来了，到我家里去玩玩好吗？"杨小姐道："我们正要去找旅馆呢。"章小姐立刻向前把两人手上的旅行袋接了过来，放在包车上，笑道："那不是笑话吗？华老师不是不到我那里去的，杨小姐又是初次在城里遇到的，怎么着我也应当略微招待，怎好过门不入？我的家就在这里，请请。"杨小姐当然是求仁得仁，跟着她向章公馆走去。到了章公馆门口，陆太太先得着包车夫的报告，迎到大门口来笑道："我猜着华先生会同杨小姐进城来玩一趟的，不想来得这样快，欢迎欢迎！"杨小姐看到陆太太满脸的笑容，心里自有点儿诧异，仅是在寄宿舍里作过一度会谈的朋友也不至于这样地欢迎。可是纵然出于虚伪，好在人家表面上是欢迎的，落得找这么一个歇脚的地方。大家先在内客厅里坐着，后来章小姐又招待到她小书房里坐着，不但茶烟果碟招待陆续不断，而且章公馆的用人也十分殷勤地招待。华傲霜想着，这一定是由于章小姐亲自招待的缘故，不怎么去介意。

坐谈了一会儿，章小姐提议请两位去看电影。杨小姐笑道："改下次吧，今天有人请看老戏。"她说了这个消息，好像陆太太和章小姐都了解所以然，想不再提了。章小姐这天是特别客气，除了吩咐厨房给两位来宾预备了一顿很好的晚餐而外，并腾出了一间上房，安顿两张床铺，为二位小姐下榻。这样，就让华傲霜安心去见王玉莲了。杨小姐对于王玉莲，可说丝毫不感到兴趣，不过听戏去找点娱乐，又和程小秋盘桓一次，倒是愿意的。

在这晚上的八点半钟，两人到了戏馆子后台。程小秋已开始在扮戏，坐在一张小三屉桌前，对了一面线索捆缚铜架的镜子，有个中年的男子站在她身后挽假髻。那男子瘦削着脸，黄中带黑，口里斜衔了一支纸烟，身上又穿了件不整齐的青布袍子，像是个鸦片鬼，至少也是个早年吸过大烟的人。程小秋的面孔，恰和这个男子对照，通亮的电灯光下，照见她的脸好像自粉墙上涂着朱漆，水粉胭脂，竟把人的脸子改了相，尤其是鼻子两边，搽得像个红花脸，而两道眉毛，又把黑墨描得漆黑，深入了鬓角。华小姐是第一次在后台看到戏子化妆，猛可地看到，未免怔了一怔。程小秋早是身子起了一起，依然坐着，笑道："对不起，我动不得。"杨小姐倒是来过后台，笑道："不必客气，这是你的工作。"华傲霜也叮嘱她不必客气。她这时已脱了便衣，身上套着一件半旧的毛巾布睡衣，里面单薄得很，只有一件小卫生衣。华小姐才明白，原来化妆是这样的。

看那小桌上大盒子装了水粉，大块的胭脂膏放在瓷盒子里，此外倒也有平常妇女用的口红小盒胭脂之类。但这里没有梳头油，一只破瓷茶缸，浸了大半茶缸刨花水，一只长柄刷子插在里面。那个梳头的男子挑起刨花水，像刷糨糊似的在她头上刷着，她两边脸腮上有两子儿薄薄的头发水淋淋地贴着。在桌子角上，另有两子儿头发似乎在刨花水里拿出来的，头发梢上兀自向下滴着水，便指了问道："这是做什么用的？浸的这样湿。"程小秋指了脸上的贴发道："就是这个，这叫贴片。这两片旧的我还有用，今天换了新的了。你看台上的那些古装美人，在后台都是母夜叉。"

说着头已梳好，她站起身来，在桌子角一只旧搪瓷脸盆里，就着那白浆似的肥皂水洗了一把手，依然坐下。那梳头的男子捧了两个木盒子过来，揭开盖来，是珠花、绒花、螺钿首饰之类。那男子一样样地拿起向程小秋头上插去，这好像是初夏时候，农夫在水田里栽秧，不论多少，挨着层次把面积插满了完事。不到几分钟，把所有盒子里的配件都向她头上插完。小秋这才站起身来，先向华小姐点个头，然后握住杨小姐的手道："你看，我们这工作不也是很苦的吗？"

华傲霜心里却真有这一个见解，社会上的旧观念，不但是不给予优伶丝毫地位，把他们的辛苦也完全忽略。因此她对于这后台也更是亲切地观察着。程小秋的化妆桌子，就在后台半中间，靠了一根短柱子，另一方是一块旧布景挡住桌子一角。要说这是给女角一种遮掩，那简直是笑话，后台的男女伶人工人，不断来往经过。靠里面墙，一排列了许多大戏箱，墙上大小木桩子铁钉子，挂着帽子胡子，以及一切唱戏的工具。在戏箱角落里，斜摆了一张桌子，上面六七只破碗，盛着颜料，每只碗里放着一支扫帚似的笔，有个人下身穿了红布裤子，上身穿件打了好几个补丁的白褂子，罩一件像棉背心的衣服。他左手举着一面用麻线捆住的破镜子，右手拿了一支笔在那里勾花脸。他脚底下摆了一盆水，不但那水像在阴沟里的脏水，就是那只搪瓷盆剥落了十分之四五的瓷片，露出了黑铁，而且补上好几块锡。另一个唱完了戏的小丑，蹲在地上用那脏水洗脸。那小丑已脱下了戏装，身上穿件青布短袄子，好几处露出破棉絮来。另有几个跑龙套站在一堆。华小姐是在许多文艺作品上领略过这一类人的地位，这时，看到他们在戏箱前脱下戏衣里面黄肌瘦，衣服破烂，简直是一群叫花子。她看了面前这几件事情，心里有了很大的感动，脸色自也有些变动。

程小秋虽还不知道她是什么观感，可看出来了她在后台并不怎么舒服。便道："华先生，玉莲早已来了，我引你去见她。"说着就先起身。华傲霜道："不用得先容一下吗？"小秋一面走着一面笑道："我们还用得着这一套吗？"她一转身就叫道："玉莲，我介绍你两位朋友。"华傲霜、杨小姐随了她这话转过一堆直立的布景，却见一个穿着紫色绣花艳装古美人，端坐在电灯光下。虽然在后台看戏子是反嫌着丑恶的，可是这位女戏子，却化妆得脸上红白调匀，十分好看。加上她珠翠满头，绮罗遍体，在电灯下真是容光照人，不由得人不望着一怔。可是她倒是毫无所谓，已慢慢地站立起来，笑盈盈地相迎。程小秋向前介绍一阵，将华、杨两位小姐的身份都说得明白了。王玉莲笑道："我们这后台乱七八糟，怎好招待贵宾？那真是不敢当。"华傲霜笑道："今天程小姐招待我们看戏，我想这是个难得的机会，所以特来拜访。"玉莲道："我们年轻失学，为家庭所累，不得已走进了这个老戏圈子，我是无一日不想读书，也无一日不想接近知识分子，还望华先生多多指教。"她说话时，跟包早搬了两只方凳子过来招待客人。程小秋道："大概快上场了，我去扮戏，三位请谈吧。"说着她走开了。

华傲霜看这地方，像是隔开成了间小屋子，桌上的化妆品也陈设得整齐些，在这点上，可想到她在这戏馆子里的身份还是特殊的高。一个后台，只有她一个人是这样离群独处的。由她的年轻美丽，和她身份的高人一等，而她却是很和蔼地接待陌生来宾，这和华先生原来想法，却是大不相同。便问道："王小姐，我在这里不耽误你工作吗？"她低头看了看身上，笑道："你看我一齐都收拾好了，就差出台。难得华先生光顾，请宽坐一会儿吧。杨小姐呢，我倒是在街上遇到过一次，小秋已经和我介绍过了。"杨小姐点头道："是有这事的，已经半年了，王小姐好记性。"但华傲霜心里可了解了这个原因，必是为了她脸上有那一片麻子。因笑向杨小姐道："做一个名角，那会是偶然吗？我理想中的王小姐，觉得是美而已，现在一见，就知道让人倾倒的条件太多了。可惜我上次到府上去没有遇到，要不然可以相识早许多时候。"

这句话把王玉莲提醒，曾有一个女教授到我家里去过一次，不知她是何用意，过后也就把她的姓名忘记了，原来就是她。因道："那我实在是失迎了。一个唱老戏的女孩子，华先生不要夸奖得太多了，改日请到我家里去谈谈吧。在这后台，我们是倒开水的杯子都没有的。"华傲霜笑道："我们不是为了喝开水来的，我们是为了饱餐秀色来的呀。"玉莲笑着连说："不敢当。"她这样谦逊，倒不是虚伪，她有吃、有穿、有钱花，也有许多男子追求她。所感到缺憾的，不过是个高中未毕业的学生，在学识一方面，那太不足以和别人比较了。华傲霜的面貌，看去也不过三十四五岁，人家也是个女子，却做了大学教授，也就料着人家书念得不少，见解也许比自己中学里老师还要高明一些，她惠然肯来到后台来拜访，实在是看得起。她是个女子，并不像男子到后台来是什么目的，她完全是为了崇拜名女伶，或欣赏艺术而已。这些想法，在玉莲没有知道华教授此来是另有用意时，自然是正确的。在华傲霜却是个奇遇，没想到她一见之下，就请着到家里去，这倒是个进行试探的好机会，便笑道："好的，我一定去拜访。"

玉莲还要说什么时，有个穿青布棉袍的胖男子，突然在布景片子角上转出来，叫道："王小姐，打上啦，王有道上场了。"玉莲立刻起身，一面走着一面向客人道："对不起，我上场了，请二位前面看戏吧。"她走到上场的门帘下，程小秋也穿好了戏装站在那里。华杨两人走过来，小秋指着一个穿短衣的汉子道："袁老四，请你招待一下，第三排我留了两个座，请我这两位客人去坐。"她二人也不敢再打搅人家，就随着袁老四到前面戏座上来。华傲霜看到第三排上，果然有两个座位空着，便从容地坐下。

这时程小秋、王玉莲和一个须生正在台上唱戏，在台下看去，不但是玉莲好看，就是程小秋穿了短衣长裙的花衫装，苗条的身段也楚楚可人。杨小姐坐在她右手，回转头来低声笑道："在前台看她，比在后台看她简直是两个人。"华小姐笑道："在台下说话，她的国语很是不行，你听她在台上道的京白，多么清脆入耳。"两人一面说话，一面看戏。到了玉莲唱《御碑亭》避雨那一场，她在台上转了圈子跑着，接连有三个滑跌的姿势，满院子就是一片好声。有两三个叫好的就在身后，声音特别地叫得猛烈。华傲霜就回转头看了去，这一看，不由得她不猛可地吃一惊。后排最末一个座位，笑嘻嘻地坐着一个西装男子，正是念念不忘的苏伴云。

苏先生全副精神都注射在台上，对于面前这位朋友竟没有看见。华小姐不便叫他，又不便做什么手势，只好瞪了他一眼，依然掉转头去看戏。但她眼里虽看着戏，心里却不住地在大打算盘，还是知会苏伴云让他知道呢，还是不理他，看他在这戏台下有些什么动作？心里如此想着，一刻儿工夫却拿不出主意，不到五分钟就回头向后面一排注意一下。被注意的苏伴云并不知道，而并坐的杨小姐倒有点儿感觉了。因低声问道："华先生，你看什么人？"华傲霜实在是忍耐不住了，因道："你看那个穿西服的，就是苏伴云，他看戏都看呆了。"杨小姐回头看时，果然有位穿西服的男子，看去也不过三十刚出头的年纪，头发梳得溜光，倒显着面皮雪白。若和华小姐比较起来，显着年轻得多。她这样想着，就只管向后座看去。苏伴云偶然把眼光离开了台上，便看到了前座一位面麻的小姐只管向自己看着，自也有点儿奇怪，正考虑着这个问题，恰好是华傲霜也回过头来看，这一下让苏伴云看到了，便微笑着起了身子点上了两下头。

华小姐对于他已往的不理会，虽不知是故意的，或者是真个没有看见，而心里总有点儿不以为然。以为一个人看戏，何致弄得这样目不斜视。现在他向这里笑了过来，便觉得他的态度还是那样蔼然可亲，也就连连地点了两下头。在那眼色里，好像就告诉他，我知道你为什么来的，我们再谈吧。她是究竟忘不了那矜持的态度的，她绝不能在这大庭广众之中，只管隔了座位眉目传情。因此只看了一下，便不再回头去看。好在他已知道华先生在这里看戏了，散戏之后，他总要过来打招呼的。倒是杨小姐动了好奇心，站在客观的场合，不住地回头去看苏先生。苏先生因此也就有了一点儿感觉，料着她们今天来看戏，不光为的是台上的戏中人，也是为了戏台的戏外人，便很镇定地看着戏，只当是不知道。

台上这出《御碑亭》是带了大团圆的，相当地长，当那团圆一场须生向着青衣赔罪的时候，台下许多无聊的观客，跟着起哄。华小姐身后也有这种起哄的声音，她回过头去时，见苏先生也是脸上笑嘻嘻地望着人。她便向着他点了几点头，那意思说你也在跟着起哄。苏伴云在眼角上闪出几条鱼尾纹，现出了一种滑稽的欣慰情形。华小姐看他这样子，分明是陶醉在舞台上的夫妻调情情绪下，这在女朋友倒不好有什么表示，回过头继续地看戏。

这最后一出戏唱完了，看戏的人纷纷起身，苏伴云便隔了座位打着招呼道："华先生，今天也有兴致来看戏？"她已和杨小姐都站起身来了。便笑道："难道就只许苏先生有这个兴致吗？我们今天还有受着后台小姐的招待呢。"苏伴云很吃惊的样子，望了她道："华先生也认得王玉莲小姐吗？"她笑笑道："总算是认得吧，今天我们初次见面，谈得很好！不过不见得所有来听白戏的人，都由王小姐招待，我们是程小秋小姐招待的。程小姐是这位杨小姐的亲戚。"说着她扶着杨小姐的肩膀，轻轻地拍了两下，趁了这个机会，她也就介绍杨小姐和苏伴云相见。苏伴云道："程小姐的戏，也是唱得很好的，可惜我不认识。"

说到这里时，戏座里的看客，已经走了一半，座位间现着很疏落了。杨小姐笑道："这是很容易的事，假如苏先生愿意见她，我马上可以到后台去介绍。"华傲霜道："是的，我们受了人家的招待，不能看完了戏就走，也应当到后台去给人家打个招呼。"苏伴云道："后台我倒是相当地熟，我来引路吧。"杨小姐听了这话，都觉替华小姐不舒服，偷眼看看她时，她淡笑了一笑。在这淡淡的笑容里，她的嘴角向下撇着，显然这是有一种不屑的意思。可是苏先生他坦然处之，丝毫未曾介意，将手指了旁边的太平门，笑道："到后台由这里走过去，快走吧，去晚了她们就回家了。她们不愿意后台，正如我们不愿意办公室。"说着就向太平门走去。华傲霜看了他这样称老内行的样子，本不想和他去，可是这样和他走去，才可以看出他和玉莲的交谊态度，究是怎样一个情形，于是也就不烦他叮嘱，一齐同走到后台来。

苏伴云所说的正是不错，程小秋已经换上了便装，弯下腰在小桌子上洗脸。看到华傲霜立刻点了头笑道："请指教，请指教。"华傲霜笑道："我真没想到，程小姐的戏演得这样好。台上和台下，你简直是两个人。"小秋倒不大介意她这番称赞。看到苏伴云西装挺括、头发乌亮随在后面却感到惊奇。早听到人说过了，前四排戏座里有一个固定的座客，是捧王玉莲的，也曾由台上向下看去，认识了这个人，后来也看到他到后台来过，只是没有交过谈，不想他竟和华小姐是朋友。杨小姐见她注意望着，便含笑向前替双方介绍，他们一阵说笑，把那特别化妆室里的王玉莲惊动了。她扣着身上长袍子的纽扣走了出来，向华杨两位点了头笑道："华先生，请您多多指教。苏先生和华先生也认识吗？"苏伴云笑道："我们原是同行。"

　　华傲霜想不到玉莲有这样一问。这一问，倒是自己的试金石，看看苏伴云是怎样的答复。不想他没有说朋友，也没有说是熟人，轻描淡写的只说了个同行。这同行是多么关系浅薄的一个称谓，而玉莲也就只问了这样一句，并不接着向下问，却掉转脸来向杨小姐笑道："感不感到兴趣呢？今天是程小姐招待的不算，改日由我再请一次。"杨小姐笑道："不必客气了。"华傲霜道："假如我们要看戏的话，我们自己买票，不烦费心，我倒是愿意交你这个朋友，常常和你领教一点儿艺术的指示。"她笑道："有工夫就请到舍下去谈谈，我欢迎之至。"正要向下说时，那边有人叫道："王小姐洗脸来吧，水很凉了。"她伸着两只通红的巴掌，在左右胭脂脸腮上轻轻拍了两下，点个头洗脸去了。杨小姐笑着低声道："瞧她多么活泼。"苏伴云对于这话，首先深深地一笑。华傲霜本待在其间表示一点儿意见，可是她回顾在后台没有走的戏子，远远近近都向来宾望着，觉得这也是一台戏，就忍下去没有说话了。

第四十章

# 一个对比

后台这一台戏虽没有锣鼓助兴，其实有一个男主角，四个女主角，倒是一幕内心的精彩表演。不过女主角王玉莲本人根本没有想到华小姐和苏先生有过较好的友谊，她被卷入旋涡却还是蒙在鼓里。她洗完了脸，走过来因向华傲霜笑道："这后台实在没有可以招待嘉宾的地方，也许街上的三六九之类的面馆，还没有打烊，我来做个小东吧。"华傲霜当着苏伴云在这里，根本不愿受王小姐的招待，便笑道："夜深了，不必吧。我明天一大早要过江去上课，改日再来叨扰。"玉莲向她看看，又向苏伴云看看，笑问道："是不是客气？"苏伴云道："华先生明天起早过江上课那是事实。"玉莲将戴的手表看了看，笑道："那我也就不敢勉强，上完了课回城，请华先生常赐教。"华傲霜见主人随着一拦，就不请了，心里就有三分不痛快，便道："一定去拜访的。"于是轻轻地向杨小姐说了声走吧，然后向程小秋道谢着，缓缓走出后台。

可是一到大街上，又遇到了一个做东的，乃是章瑞兰小姐，由电影院里出来，碰个正着。章小姐抓住华先生的手道："老师，我们去吃点消夜吧，我们一路回去。"华傲霜看那样子，她不愿一人步行回家，要人陪着，便也就依允了她的约会。当大家吃过点心出来的时候，华先生又有了一个奇遇，乃是苏先生陪伴了王小姐，紧紧挨着走进对面一家消夜馆子去了。这不但是自己看见，杨小姐也看见，她扯了一下华先生的衣服，又向前指了一指。华先生怎好说什么，只微微一笑。当晚大家到了章公馆各自安歇。

次日一早起来，华傲霜要过江去教书，杨小姐觉得一个人留在重庆没有意思，而且勉强请的假也不敢再向下拖延。大家都知道她的苦衷，就不挽留她。华傲霜走出章公馆，杨小姐也跟了出来，问道："华先生，有什么事要顺便带回去办的吗?"华小姐低头想了一想,因道:"也没有什么事,不过我这次在城里,也许要多住两天。后天我若不回去,请你对唐先生说一声,和我请两点钟假。"杨小姐说了声这无问题,自走了。

华傲霜在一种怅惘的心情下,一面走路,一面沉思,她心里想着,这样地奔波着教书,虽说是可以增加一点儿收入,可是把这增加的数目算算,奔波一趟也不够向章瑞兰回请一次。自己住在人家公馆里,受着人家的招待,应当是向人家表示一点儿敬意。可是小小的请一次客,也该看一场电影和吃一顿消夜,这个数目,就不是两天的钟点费所能负担。这样子苦挣有什么意义。算了,我反正是一个人,少花两个也省得受此奔波之苦。她手提了个旅行袋,不知不觉地在马路人行道上走。走到一个陡长的坡子上,向下一看,是一片滔滔的江水,再望江那边,便是重重叠叠的山,这就想着自己的目的地还在那边山上。假使学校里的滑竿迎接不上的话,自己就还要爬一大段山坡,站着望了一望,心里说了句不干了,回去吧,让王玉莲知道是这样地吃苦,弄几个小钱花,徒惹下人家笑话。今天不走,上午就可以去找玉莲谈谈。想时,便转了身要向原路上走回去。

可是她还没有移开步子,便看到两个年轻的学生迎面而来,走到面前一同站定,深深地鞠着躬。华先生吃了许多教育饭,她是知道的。小学生路上见了先生,深深地鞠躬,初中学生也鞠躬,但角度要减少。高中学生,多数是站定了点一个头,也有人老远地躲了开去。大学生见了先生,洋洋而不睬。这两个青年已是高中学生,在制服上认出他们是自己教书的那个中学的学生。他们这样执礼甚恭,算是最看得起先生了,便笑着向他们点了头。一个学生道:"华先生,是过江到学校里去吗?我们是昨天下午进城的。为了赶回去上先生的英文课,特地把事情办完了。"华傲霜听到学生这样对她表示好感,实在出乎意料,无论如何,她不好意思说不去教书了。一个大些的学生立刻接过她手上的旅行袋,笑道:"我和先生拿着吧。"她没有了第二句话,和学生同过了江。到了那等滑竿的小茶馆门口,接先生的滑竿也候在那里,她自是把那满腔不愿意都收拾起来了。那另一位女教员教美术的李先生,今天却没有来,她到了寄宿舍里放了东西,一人坐着也相当无聊。看看钟点,去上课还有半小时,便带上了房门在院落里散步。

却听到前面办公室里有一阵吆喊争吵的声音。有一个人道:"你凭什么开口就骂人没有知识？你在大学读了一年半，我也读过半年，论学历和你差不多。你虽然当的是教员，你那门功课不是什么物理化学，也不是什么国文英文，用不着费三年五载的工夫去研究。你要我教，我也能教，什么稀奇？"又有一个人喝道："你说这话，你知道应当负什么责任？我不和你讲，我和你去见校长。"说时有两个人由办公室走出来。一个穿中山服，一个穿蹩脚西服。穿中山服的是这里出纳员，自和他很熟。那个穿西服的，在初中教有一班史地，另外教了一门主要课。可是这门功课，他并不是在专门学校研究出来的，无非挑柴卖，买柴烧，临时找几本书看看，上得课堂去，念念讲义，说说闲话，学生根本不爱听，和他起了一个外号，叫卖膏药的。学生这样说，教职员当然也不会十分看得起他。可是他有点儿来头，除了董事长硬保荐他而外，在政治路线上他有点儿办法。校长就根本不敢不聘请他。学校里的出纳和会计，向来是和教职员有冲突的。这位出纳员，他也和旁人一样，瞧不起这"卖膏药"的，当然更有纠葛了。

华傲霜看到，缓缓地迎上前去。那位教员首先向她道："华先生，你要和我表示同情才好。这个家伙，他对我们教员公然侮辱。"出纳抢着道："华先生，并没有这事。他今天向我支借本月份薪水，我因为没有接到会计主任的传票，不便付款。他开口就说我没有知识，是校长的走狗。我也受过大学教育，不过家贫失学罢了。我说他教的功课我也能担任，这不是吹，我实在有这个自信。就算是吹，一个当职员的说也能担任一个教员的功课，这就算侮辱了全体教员先生吗？他要拉我去见校长，我就去见校长，是非自有公论，难道他骂我是校长的走狗，那就不算侮辱吗？"华傲霜笑道："两位算了吧。我们教育界闹穷，闹得就够难受了，哪里还有工夫去生这些闲气？"她虽这样地说了，可是这两个犯着争执毛病的人，谁也不肯休手。

上课的号已经响了，华傲霜也不再劝，自拿了书本子上课。因为她对于刚才排解的事未能忘怀，脸上还带了一点儿笑容。她前面坐着两个女学生，是和她感情较好的，便问道："华老师，你今天很高兴吗？"她叹了一口气道："我很高兴？我若不是在街上遇到两位同学，表示你们对我欢迎，让我受到很大的感动，那我自今天起，我就不来了。我来教两天书，除了来去的川资，我还能剩几个钟点费？老实说，不够你们当小姐的看电影和上小馆子一个礼拜六半下午的消遣。你们一定会问我，华老师没有来多

288

久，为什么就消极？若嫌不合算，先就不该来。你们这个问法，是对的。可是我原来过江来教书，就不为的是钱，我是……"她说到这里，摇了两摇头，笑道："我不必和你们说，说了你们也不懂，翻开书来，现在讲书。"华先生说讲书，真也打起各位学生的精神来，大家都凝神听讲。这两年来，大后方青年人对于英文的爱好，自是受了盟军东来的鼓励。这个学校的中学生也不会例外。此外，以华先生大学教授的资格来教书，而且又是教会学校出身的，她教这些中学生实在绰有余裕。她并且把报上新出的名词，如轰炸机、闪电战、大西洋宪章，这些英文字也都一一介绍出来，尤其得着学生的爱好。有时她还能抄两个英文歌给学生课外去唱。这些学生自从念英文以来，没有遇到这样容易领教而又有趣味的老师。

这时听到华老师有点儿倦勤的意思，大家都怕成为了事实，上过两堂课已是吃午饭的时候，一大群学生不约而同地跟在后面，也走到她的宿舍门外来。她不能让这些学生都拥进房去，就在门口站定，挡了他们的去路。笑问道："你们什么事，把我包围了？"那些拥挤在前面的学生也是敢说话的，便道："我们听说先生不教书了，心里非常难受。不知道先生是真的要不来呢，还是随便说的一句话呢？"华傲霜望了这些学生极天真的样子，倒不忍让他们失望。便笑道："我自然不会和你们随便开玩笑，可是这也不比在路上拉黄包车，拉了一站算一站，我就是不干了，我当然也会有个交代。"这句话说完，学生随着哄然地喊着："华先生不能走，不能走！"随了这话，有几个女学生直走到她面前来，有一个道："华老师，希望你肯定地答应我们，不走。"

华傲霜看看他们，心里已经深深地受着感动了。但她连日在重庆城里受到的冷淡，她没有完全忘却。她知道教书教得好，除了受学生欢迎，多叫两句老师，没有其他安慰可言。那么，肯定了答应学生把书教下去，那是自己害自己了。因之含着微笑道："你们这种诚意，我是深深地感谢的。不过我说句笑话，你们这行为有点儿自私，你们只为了你们的功课打算，你们也和你华老师打算了没有呢？"也不知人丛中是哪一个青年，插了嘴。他道："我们学生愿意和老师效劳。老师吃不饱我们和老师买米。老师要衣服穿，我们和老师扯布。老师……"华傲霜笑道："不要向下数了，我还成了个先生啦？我简直敲你们的竹杠了。"说着她不住地摇了手。可是她心里在暗笑着，我缺乏的东西，你们这些男女小孩子有什么法子可以和我找来？但这些天真的学生，没有得着她的话是不肯走开的，你一句我一句只管包围着把话说下去。华傲霜正感到没有办法摆脱，恰好是前面一阵铃声，笑道："吃饭这个问题，最现实，现在摇铃吃饭，你们应当让我去吃饭，你们也可以去吃饭。今天我还在这里的，有话我们慢慢地说。"这样地交代过了，学生算是无词可措，方才散去。

可是到了这日下午散课以后，学生又成群地包围起来。有两三个女学生挤着走到她面前，将手牵了她的衣裳道："好老师，谢谢你，可怜可怜我们小孩子，不要丢开我们了。"说时眼睛里都汪汪地含了眼泪水，若再给她们一点儿刺激，那眼泪就要流出来了。人人是知道女人的，华傲霜不敢撩拨她们了，这其中有一二十个女孩子，若都哭了起来，那是十分难于处理的一个问题。便笑道："不要来磨咕了。我答应着你们了，至少我也教完这个学期。"围着的一大群学生，就哄然地笑起来。华傲霜笑道："你们别再包围我，让我在敞地里轻松地散散步。由今天上午到这时，我听到过你们叫了一千句华老师。我是个观音菩萨，也让你们这阿弥陀佛叫得烦死了。"学生们又哄然地笑着。有人还想和华傲霜说话，就被别个拦住了，说是有什么话明天再谈吧。

于是华老师摆脱了群众，一个人在一片草地上走着。心里不住暗想，这当然也是值得向人骄傲的事。可惜这件事不能让苏伴云看到，我这份受欢迎比王玉莲在台上受到叫好，那该是不大相同吧？她这样地想着心事走路，恰好遇到那位上午吵嘴的教员。他似乎知道了学生挽留华老师的举动，笑着向她点了个头，脸上有一种欣慕的笑容。华傲霜也就和他点了个头，眼望着他，遇到学生时，学生都冷冷地散开到一边去。有几个女学生却对了他的后影瞪上一眼，还向地面吐了两三片口水。华傲霜在这样的对照之下，就更知道学生欢迎自己是十分可引为荣的一件事了。

次日早上第二堂课，是属于华傲霜的。在第一堂课的时候，就有七八个女学生拥到屋子里来，她笑道："小姐们怎又来包围了，我不是答应了你们，把书教下去吗？"一个女生噘了嘴道："可是华老师只答应教这个学期。"华傲霜道："何必说得太远呢？下学期也许我不在重庆，也许我死了。"于是好几个女学生连说着："不会的，不会的。"华傲霜道："早就吹了上课号了，你们还在这里磨咕。"一个女生道："这一堂是卖膏药的，在那里胡扯，哪个要到堂上去打瞌睡！"华傲霜笑道："赶快不要在我面前说这种话，知道的，说是你们不愿意上他的课，不知道的，还以为我这个新来的教员挑拨你们师生的感情。出去吧。"那些女生哪里肯走，依然包围了华先生，要她答应。

华傲霜对面前站着的一个女生，用手拍了两下肩膀，笑道："你们年轻，实在也太忠实了。在这个社会里，对人太忠实了，那是会上当的。"女生们听了这话，都有些莫名其妙，睁眼望了她。她道："你们不懂得吗？你逼着我一定要我答应继续在这里教书，你以为我的话是打了手纹脚印的卖身合同吗？我为了省掉麻烦起见，我尽可以答应你们把书教下去。你们听了以为是胜利了，可是我到了那应当上课的日子，我并不来，你们有什么法子？难道还能根据我这句口头的话，到法院里去告一状吗？"一个女生笑道："那我们何至于此？"华傲霜笑道："这不结了，我若是口不应心地向你们点上一点头，说是我就这样答应了，可是我并不顾虑到你们将来的抱怨，那你们岂不大上其当吗？"女生道："不，华先生不是这样的人。你不来，你就先告诉我们不来。你若是答应我们来，你就绝对会来。"华先生道："你们竟是这样地相信我，我知道你们的脑筋还是一张白纸，没有涂上任何一种颜料。可是你们再长上两岁，恐怕就不会这样相信我，而要加以考虑了。"说着，她昂起头来长长地叹了一口气。这些女生对于她这些话，当然都是不解意思何在。这样地纠缠了一点钟，直到第二堂又吹上堂号了。她笑道："好好好！我答应你们就是，不但此也，希望你们将来毕业升学，考取了大学，我还在我教书的大学里，我还是你们的老师。走走走，我要上课去了。"凭了这一番话才把这个问题结束。

这日下午，华傲霜又到章瑞兰公馆里来了。这回倒不是她有意来揩油，因为章小姐曾再三地说着，教完了书务必再来住一宿，还有很要紧的事需要商量。华先生知道她一个当小姐的人，绝没有什么要紧的话说。不过在城里落脚，是没有任何一个地方比她家还安适的，不必考虑就在章公馆下榻。晚饭以后，章小姐早已买好了电影票子约着去看，电影院门口竟有一个意外的遇合，那位程小秋老板，这时也是极端的盛装，穿件花绸袍子外罩花呢大衣，挽了一个西装少年的手臂，双双地走出来。杨小姐的姐夫，华小姐是认得的，已是四十上下年纪，只穿套半旧的中山装。这个少年凭相貌和衣服，都不是小秋的那亲戚。站在杨小姐的立场，自很愿意她有这么一个朋友。不过小姐们交男朋友没有到十分成熟，那是不会要人家知道的。因此虽对面对地遇到了她，并不对她打招呼，将头偏到一边去。可是程老板却毫不在乎，高声地叫了一句华先生。她只好点着头道："程小姐怎么有工夫来看电影？"小秋笑道："我这叫忙里偷闲。"说着话她笑嘻嘻地随了那西装少年走了。

华傲霜走进影院落了座。章瑞兰笑问道："那个女的不是唱老戏的程小秋吗？"华傲霜道："是她。那个杨小姐正怕她的姐夫便会爱上了程小姐。可惜她没有来，她若是来了，倒是服下了一剂清凉散。"章小姐道："可是她们这种人讲求交际和应酬，和一个资本家的儿子出来看场电影，那也是极平常的事。"华傲霜道："那个西装少年是资本家的儿子吗？你怎么认得？"章小姐笑道："他还不是我们学校开除的学生吗？连着两个学期功课都不及格。"华先生笑道："不及格要什么紧？你看他外表，还不是丰致翩翩的少年吗？唱戏的女伶，有这样漂亮而又有钱的少年捧她，她为什么不高兴？"章瑞兰笑道："程小姐不过是个二等角儿罢了，还有那头等角儿像王玉莲这样的人，那怎么办呢？岂不是让这里轻薄少年包围了吗？"华傲霜淡笑了一笑，就不曾接着向下说。

在这场电影之下，华先生触类旁通地就发生了许多感触。觉得这些油头粉面的少年，他们实在甘心去做这类女子的奴仆，那是天性使然。就算他的父母、他的妻，也不能干涉。次一等的人，无论如何那也是不能挽回的。苏伴云和玉莲的情形怎样，在程小秋和这个西装少年的亲热状态下也就看得出来了。由于中学里那些学生对于自己热忱的挽留，可想在学问方面、职业方面发展，还可以得着精神上的安慰。好的，由明日起就打起精神教书，可以把苏伴云、王玉莲都丢到一边去了。

当晚回到章公馆，就告诉章瑞兰，明天一大早要回学校去。而章小姐却说要商量的事在这日中午，无论如何下午再走。华先生看她那诚恳的样子，似乎真有要紧的事也就答应了。清晨她依然起来很早的，章府大大小小都没有起来，闲着无事，不觉由正屋走到后屋。他们这里有一个小小的花园，堆着一些石头，栽了些树木。虽然这还是初春，晚开的梅花，残枝没有落尽，而早开的杏花，却完全铺满了树枝了。自己走到了一棵杏花树下，斜靠了一块大石站定，正有点儿欣赏着的佳兴，未免看了花出神。却听到有个苍老的妇人声音道："这年月，当教员教书还不如码头上的挑脚夫呢。一个人有天大的本领，混不到一碗白米饭吃，我就看不起他。有道

292

是吃饭本领，吃饭本领，苍蝇叮在木瓢上，还可以混一饱白米饭呢，念一肚子书还少不得吃那一半谷子一半稗子的平价糙米，真是作孽，还臭美些什么?"她听了这话，不由得一惊。向那说话的地方看去，却是一幢楼房，有扇百叶窗面对了这个小花园。有个五六十岁的老太，穿着旧式的干净衣服，一面关窗子，一面唠叨着说话。说完了，窗子就关起来了。华傲霜不用猜就知道这是章公馆的所谓老姨太，她最不喜欢有知识的新妇女。这些话不见得是指斥着姓华的，但无疑的是骂一个教书先生。真的，教书先生还不如那木瓢上的苍蝇，可以混到白米饭。自己曾以学生挽留教书而感到骄傲，仔细想想这老姨太的言语，果有一丝骄傲的可能吗? 想着想着，她站在花下有些怅惘了。

第四十一章

# 印象颇佳

在十分钟之内，她回忆到一切，想起了第二次来到章公馆的时候，遇到极冷淡的招待，后来查问，就是这位老姨太的主使。由这点线索去检讨，就可以想到她这篇话，依然会是指着姓华的。为了不受这些无知妇女的藐视，也应该在钱上找点办法。虽是一位女教授找钱有她的困难之处，其实一个人抱定了找钱的决心，也不见得就找不到钱。她望了那棵杏花，还在呆呆地沉思，好像这棵杏花上面就有着找钱的办法。忽然身后有人笑道："华先生有了什么好的诗兴？"看时，章瑞兰笑嘻嘻地站在身后，也不知道她是几时来的，华傲霜笑道："你以为我还有这心情到处找诗料吗？而且我根本也不会作诗。"章瑞兰道："我知道华先生是爱欣赏文艺的，我不信你对于诗没有兴趣。"华傲霜笑道："论起诗，我倒是外国诗、中国诗，我都喜欢，只是我在无聊的时候捧着书本子念念而已。你是怎么知道我喜欢诗歌？"章瑞兰笑道："那也是想当然耳罢了，因为华先生是喜欢交结文艺朋友的。"华傲霜笑道："提起这一层，真是罢了，所有的文艺朋友，都让人对他们啼笑皆非。"章瑞兰笑道："文艺家都是浪漫的，和华先生的性格不大相合。"她笑道："那倒也无关紧要。和我性格不相合的，是那一份骄傲，那一份不负责任，那一份不守信约。"

章瑞兰已很知道她与苏伴云那份友谊，觉得她这话，完全是指着苏伴云。因笑道："文艺家也不一样，今天中午，我介绍一位诗翁和华先生谈谈。但名称是诗翁，其实并不是可厌的老头子。"她笑道："你这孩子说话，就欠着考量。老头子上面，怎么加上可厌两个字。我们的祖父、我们的父亲，不都是老头子吗？"章瑞兰笑道："这是我的话说得太混统了，我说的可厌，是专门指着一类人，倒不是说所有的老头子都可厌。华先生还没有吃早点吧？我们去吃一点儿东西。"说着拉住她一只手就走。

到了前面餐厅，桌上已摆好了几碟荤素小菜。女仆们立刻向桌上端送着热汤面。陆太太也就在桌边恭候多时了。今天大概是小姐亲自招待的关系，便是这么一顿早点，也是小菜相当精致。除了肉松香肠之外，而且还有拌海蜇。这种东西战前十分平凡，抗战多年后的重庆，这已是稀有珍品了。她被让着在上首上坐了。笑道："这汤面根本就有作料在内，何必还预备许多菜？"章小姐道："还有稀饭呢。华先生若吃稀饭的话，就应该要一点儿小菜下饭了。"华傲霜明知道他们家是以浪费为阔绰有面子的，也就安之若素了。把那碗汤面吃完，主人就问要不要再吃一点儿，又问要不要吃点稀饭？客人完全婉谢了，女仆们就送一只小朱漆茶盘来，里面是一只白瓷糖罐、几只玻璃杯子、两只白茶壶。章小姐道："有咖啡，也有牛乳，老师还是……"她笑道："喝点茶就行了。你是这样地客气，以后我进城就不到你这来打搅了。"女仆听了这话，就浓浓地给她斟了一杯咖啡。章小姐竟是亲自起身代她加上了几块糖。华傲霜在主人这样殷勤招待之下，把老姨太那样窗下骂人的狠毒话也都忘了。

早点以后，章小姐怕她枯坐不耐，还陪着她走上一条街，逛了两家拍卖行，也就买了一件旧衣服和一只小皮包送她。回公馆之后，又泡着好茶，在那书房里用了果碟子款待。这样，让她不能不有点儿疑心了。彼此师生之间，感情虽还不恶，其实不能比一般相熟的女生超越到哪里去。就算比旁的人感情好些，但今天这份招待觉得出乎意外。虽可以说主人是知道了老姨太出语伤人，有意赔小心，然而看章小姐和陆太太的态度，好像极力让别人心里过不去，不忍言走。那么，她为什么要留着吃午饭，介绍哪一个来宾商谈呢？这人也曾由陆太太口里介绍过两次，是一位合作事业的专家，自己对于上次那位专家金满斗先生，就十分头痛。而早晨，章小姐又说要介绍一位诗翁谈谈，倒不知道她们究竟要介绍一个什么人，有什么企图？照着陆太太办合作社心切的形迹看来，恐怕还是个谈生意经的角色。唯其她知道我华小姐是不喜欢这类市侩人物的，所以极力地安慰着客人，免得走了。这样，也许暗示着合作社马上有办成功的可能。果然办成了，究竟也是自己的第二条路。

在她这般的猜想下，又忍耐着了一小时。门房送进一张名片来，章瑞兰接着名片看了看，脸上现出一种不可抑压的笑容，便向门房道："请到客厅里坐，我马上就来。"陆太太也是坐在一处的，便问道："他来了？"章小姐点点头。华傲霜料着所谓他来了的他，就是她们所要介绍的那个人了，也就装着麻糊，并不作声。章瑞兰道："华先生，我们一路到前面客厅里去坐坐吧。这位夏先生就是我要向华先生介绍的，是一个老成人物。"华傲霜觉得她最后这句声明，那是多余的。不过她已是这样说了，可以原谅，她是介绍心切，怕自己不屑于会晤。其实，自己根本不会考虑到有什么人当见不当见，便点点头和章小姐一路到客厅里来。

一进门时，就看到一个穿青呢中山装的人，早是迎面站起。他虽然有些白头发，可是梳着分发的头，清清楚楚的，一根不乱。尖长的脸子，略微看到额头上有些皱纹。可是胡子和毫毛都剃得精光，面孔红红的，看去约莫有四五十岁年纪。不过在他衣服上找不到一丝皱纹，皮鞋擦得乌亮。上下观察，并无那种令人讨厌的衰老气象。这绝不是上次所见金满斗那种人，却用不着章小姐那样解释的。章小姐先点着头，叫了声夏先生，然后介绍道："华先生，这是夏山青先生，也是我们的老师。"那华傲霜听说，便伸出手来和他握了一握。他接着她的手，同时就弯腰一鞠躬，随着又递过一张名片来。那名片上除了夏山青，倒并没有其他的官衔，这又是华先生所欢喜的，便向夏先生点了一个头。心里正疑惑着，章小姐只做片面的介绍，那夏先生依然站着未曾坐下，做出很谦恭的样子。因道："华先生，我是久仰的了。不但是教育界有名人物，而且也是妇女界的权威。今天会到很是荣幸。"章小姐又说了声请坐，他方才坐下。

章瑞兰道："夏先生一直是脚踏实地的筹办事业，自抗战入川以来，夏先生办工厂、办农场不算，又参加了各种文化事业。你不要看他忙，他对于文学有浓厚的兴趣。办完了事，读书作诗，就是夏先生唯一的娱乐。"夏山青笑道："章小姐只管把好听的话给我介绍，不要渲染得太过分了吧！"章小姐笑道："我的话并没有过火呀，难道夏先生不是农场的经理，不是工厂的协理，你没有出一本诗集？"夏山青笑道："那本小册子，还值得一提？我是闹着好玩的。"说到这里，陆太太走到客厅门口，却又回转身去了。华傲霜是坐在对面沙发上的，便笑道："夏先生从事生产事业的人，还有这种雅兴？"夏山青笑道："雅字不敢说，这个时代，也不许我们弄风雅事情。不过农场里跑出，工厂里跑进，终日忙得像个唯利是图的市侩，只看表格上数目字是否增加，那也很少趣味。因之在不妨碍工作之下，偶然也看看书。为了看书，也诚是见猎心喜，不觉技痒吧？也就动笔写些东西。华先生须听明白是东西，不是文艺。"说着打了个哈哈。

华傲霜对于他这番说话，已觉得相当地满意。而陆太太手上拿了一本线装书却很快地又到了客厅里。她和华先生打了个招呼之后，便举着手上那本书道："这就是夏先生的大作。"说着便把书交给了华傲霜。她看时，是一本黄色虎皮纸的书面，另外用白纸圈边做了书笺，写着《夏山青诗集》五个字。字是柳体楷书，下面除署着忧天氏自题，还有两方明阳文的篆字图章。华傲霜笑道："这个书笺是夏先生自己写的了？不用看内容，只看这笔俊秀的书法，就知道这诗集不同等闲。"章瑞兰插嘴笑道："不但这书笺是夏先生自题的，而且上面那两方图章，也是夏先生自己刻的。"华傲霜哦了一声道："也是夏先生自己刻的，那真是多才多艺了。"说着，将书页展开翻了一翻，见里面全是连史纸仿宋字精印的诗句，空行还用精细的红丝栏格着。

念了两首七绝，觉得虽没有惊人之笔，但也很少风花雪月的滥调，诗题多半是感怀一类，对时局略是有点儿牢骚。大概他自署忧天氏，就是这个缘故吧？章瑞兰曾说他是一位诗翁，这或者高抬了一点儿，不过一个企业家还能弄这手，这个人也就不俗。这样在心里估量着，夏先生就含着笑赔话道："见笑得很，请华先生指正。"他坐在对面椅子上，怕谦恭得不够，还微升起了身子点上两点头。华小姐笑道："我斗胆地批评两句吧，不但是写作俱佳，而且是难能可贵。"陆太太听到这样的批评，先向着章小姐做了个会心的微笑，犹之对她的诗句做了好的批评一样。夏山青又点了两点头道："华先生是有名的教育家，我是有心求教的，倒希望华先生不必太客气。"华傲霜道："我倒不是客气，你想以夏先生日夜从事企业的人，还有这份雅情逸致，这就难能可贵。"

章小姐听了华老师的言语，再看看她的态度，觉得完全出于好感。若再在一边多说好话介绍，不但是多余的，而且也嫌露痕迹。便道："夏先生，我们还有别的事请教，可以在这里多宽坐一会儿吗？"他点着头道："我没有什么事，章小姐有什么赐教？"她笑道："对我们青年人，夏先生不必这样客气吧。我预备了几样小菜，请夏先生吃了便饭去。"夏先生笑道："若是这样赐教，我欢迎之至。"陆太太斜坐在一边，因道："事情是有点儿小事情，那不关于瑞兰，是属于我私人的。自从外子去世以后，自己的生活和孩子们的教育费，就不能说没有问题。我总不算老，我还应当为生活而奋斗。不过现在拿薪水过日子，谁也不能糊口。我还是想干我本行，举办一个合作社。这样，自己可以得些平价的东西，维持了自己，而且也可以说是替社会上服务了。我们并没有那个资格，敢说对社会怎样地尽力，不过借着为社会服务减少一点儿自己的罪过罢了。"夏山青笑道：

"那是好事，那是好事，我极端地赞成。若有用着我帮忙的地方，我是毫无考虑的，愿出点儿力量。"陆太太就指着华傲霜道："本来我邀合了华先生，打算在她的学校附近办一所合作社的，只因手续上的种种困难，还没有成为事实。"夏山青不等她说完，便笑道："那不成问题，办合作社所须经过的手续，我完全有点儿经验，而且我也能在人事上取得联系。陆太太、华先生把这事交给我好了。"

华傲霜还拿着一本书在手上翻弄，听到人家叫了华先生，不能不抬头向人家看一下，笑道："这说起来好像是个笑话，我们教书的人，随了这功利主义的社会，也是在钱上打主意。"夏山青笑道："所谓功利主义，有几种看法。若是为国家民族，若是为整个人类的福利，那是无可非议的。就是以个人而言，若不伤害人的立场，也就取之无愧。血汗换来的钱，又不是暴利，我觉得是无妨。否则我夏某终年唯利是图，那就向华先生愧对了。"这样一说，倒教华傲霜立刻找不到转圜的说法，便又搭讪着手翻了几页书。因笑道："那又不能和夏先生打比了，夏先生是为了国家谋建设的。"

章瑞兰一听她的口吻，对于这位夏先生，既没有坏的批评，而且还相当地推崇，料着是可以谈下去的。于是也就从旁插言，有意无意之间的介绍一些夏先生的事业与学问。偶然之间，也由中国谈到了外国。章小姐道："夏先生在美国住了多久？"他笑道："在美国住的时间很短，一切都是走马看花。我倒是在拉丁美洲，跑了几个小国，可惜我不懂西班牙语，对此没有更深的认识。不过我在欧洲，倒是大小国家都跑着看了一看。"华傲霜道："夏先生在哪一国住得最多呢？"他笑道："在德国念书的，倒是住了三年。自后英国和法国都住了些时候。可是在人家那里可没有学习到什么。"于是在这谈话里，华先生知道了夏先生是个德国留学生而且是遍游国外的了。因笑道："夏先生是学农业的吗？"他笑道："是学电气工业的。不过我对农业很感到兴趣，我觉得学农业接近大自然，比较地有生趣。学工业的人，总是与机械为伍。若是从事农业，可以将那些自然界的美丽和生趣来调剂这机械生活。"华傲霜笑道："这就无怪夏先生爱好文学，那就为着是调剂生活了。这样，像我们学文艺史地的，又该学点儿机械学问了。"夏山青笑道："不过像我这样的治学方法，那是不可为训的，结果会是身通百艺，一无专长。俗语浑身带刀，是个修脚的。"于是全座都笑了。

不多一会儿，用人来请到餐厅里吃饭，宾主们进餐时，依然继续地谈话。陆太太就问夏先生公馆里也雇有厨子吗？夏山青在吃饭的时候，好像对这几句问话有很深的感触，立刻停住了筷子，叹口气道："这是最伤脑筋的事情，自从内人去世以后，这两年来，家庭里成个无政府状态。去年还有一位孩子们老姑母在家里住了个时期，今年她走了，我就把家事交给了一个女用人。其余两三个佣工，不听她的指挥，家里是常常地换人。因此稍微有点儿手艺的厨子，在我家里就住不下去。"陆太太道："是的，家里少个主持的人，一点儿都不容易上轨道的。"谈到人家的家事，华小姐是个无家的人，也就不插话下去。于是陆太太同章小姐就继续地和夏先生谈家常。在这些谈话里，证明了夏先生的原配的确是去世了，留下两个女孩，一个男孩。男孩已进高中三，两个女孩，一个在初中，一个在小学。因为两个中学生都在学校里寄宿，夏先生回家也就很寂寞。这短短的时间里，华小姐所知道的夏山青，也就不算少了。

饭后，又在客厅里继续谈了一阵话。不过话题转了个方向，陆太太又谈到了合作社一件事，关于现在和将来，都请夏先生帮忙。夏先生道："关于妇女职业，我向来是愿竭尽微末的。若有什么事，赐我一个电话，或者写一封信给我，我立刻就来。"陆太太笑道："那太客气，若有什么事，我同华先生愿到……还是到工厂里去会夏先生呢，还是到公馆里去会夏先生呢？"他道："还是舍下好。"他说着这话，已站起身来。章小姐道："大概是事忙得很，我也不敢多留。下次有工夫，欢迎夏先生再来吃顿便饭，再畅谈一次。今天可惜没有听到夏先生对于文艺的批评。"夏山青手抱了一抱点头笑道："下次我应当听华先生的高论的，华先生下次什么时候进城呢？"华傲霜笑道："我是每星期都要进城一次的。不过夏先生不肯赐教，反要说听我的高论，那我就不敢参加这个座谈会了。"陆太太笑道："不管两位先生哪位发高论，我都欢迎。我不懂文艺，我还落一顿吃呢。"说着大家笑嘻嘻地分散。

华傲霜未曾送客，依然回到上书房。陆太太和章小姐进来，向着她笑道："不想谈了这样久的话，耽误华先生赶车了。"华傲霜道："还来得及，不要紧。这位老先生却也健谈得很。"陆太太道："老也不能算老，他才五十岁吧？"华傲霜道："那在欧美确是不算老，但我们中国应当称老先生了。"她说着话，已把收拾的旅行袋提了出来预备要走。章瑞兰笑道："华老师，这个漂亮人物，拿着这样的蓝布旅行袋，不大相称。下次来，我送

**299**

老师一只手提包，印度货，包你合用。"华傲霜笑道："我打搅惯了吗？下次还来呢。"章小姐道："老师忘了吗？还有个约会呢。老师对这位夏先生的印象怎么样？"她笑道："实不相瞒，始而我疑心你引个谈合作市侩人物和我相会。见到之后，倒出于意料，这倒是个有学问有修养的人。"章小姐向陆太太笑道："那是印象很好了。"陆太太立刻庄重了颜色道："华先生是教育家，当然对于念书出身的人，都有个好印象。华先生下次进城，你干脆就到这里来吧。无论瑞兰是否上学去了，我代表招待。我得借重你和夏先生把合作社的事办好。"华傲霜以为这是实话，未加考量就慨然地答应了。

## 第四十二章

# 冷 和 热

华傲霜小姐在交际场中，近十年来一向是失败的。自然为了她的个性很难叫一个同等年龄的男子亲近她。有时，也为了她看人家不起，她也拒绝着一部分人亲近。今天所遇到的这位夏山青老先生，倒是人和学问都无可非议的一个人。他不像别的留学生，一开口就是当我在欧洲的时候。若不是经旁人提起来，就不会知道他到过欧美两洲。她心里有了这样一个看法，也就陆续地想念着，不知道章瑞兰是什么意思。要介绍彼此见面，可能是陆太太借重了自己这个教授身份，以便让人看得起她所办的合作社。其实就这位夏先生为人而论，他不是那种论身份帮助人的，但无论怎样，章陆是绝对有意介绍彼此相见的。为什么有此一举？这次不说，下次见面一定会说出来的。虽然自己是未曾考虑，就答应了章小姐准赴下次那个约会。可是要把这个哑谜打破，下次也是要去的了。她心里有了这么一个有趣味的问题，一路思索着，在单身行路的旅程上，也就不感到什么寂寞。

可是到了家里，立刻遇到一个意外的打击，她还不曾进去，在大门外就遇到了杨小姐。她斜靠了大门框站着，微抬起了头，望着天上。只看她脸色呆呆的，脸上没有一点儿笑意，就知道她有心事。只叫了声杨小姐，她就回答了个极不自然的笑意。点着头道："果然出了乱子了！"华傲霜站住了脚，问她道："哪个出了乱子？"她将手指了鼻子尖道："我出了乱子，还有谁呢？"华傲霜道："为你请假的事，主任先生怪下来了吗？"杨小姐又淡笑着道："仅仅是怪下来了，那还有什么话说，把我停职了。那也好，把这腊肉骨头的职务丢了，腾出我这条身子，我就可以去走第二条路了。人不到黄河心不死，有这个职务我始终不会走开的。"华傲霜道："话自然是如此，我们慢慢再说吧。"说着提了旅行袋走进屋子。

刚刚休息了一会儿，杨小姐也悄悄地走进屋来了。笑道："凭良心说，

301

人家就把我停职，那也是应该的，我请假请得太多了。"说着，她挨了桌子在那张旧竹椅子上坐下，看到桌上的书，随手翻了一翻。看那情形，却是相当地无聊。华傲霜笑道："认真地说起来，这件事我是应当负责任的。假如不是我邀约了你进城，这次你也就不会先斩后奏的请假。"杨小姐道："那是事有凑巧罢了。往常我也这样请过假的，写一封信给主任，自己尽管走去，并不要征得主任的同意。往常都行了，怎么这次就不行呢？不行，就不行吧，这倒解除了我畏首畏尾的念头，以后我可以拼命地去找条出路。"华傲霜笑道："你究是一种聊以自慰的话。事已至此，不自慰又怎么样？大家来想办法吧。"杨小姐道："我既然停职了，当然不能在这寄宿舍里住下去，就是可以住下去，我也不好意思住。我打算在这两三天之内，到江津去一趟，那里有我一个姑母。若是姑母家里可以停留的话，我就在那里停留下来，慢慢儿的也许托我姑父可以找一条出路。"华傲霜道："你姑父也是个公务员吗？杨小姐道："若是公务员，我就不到他家去了，这种日子谁的家里可以随便添一个人吃饭。我的姑父是个商人。他老早就写信给我不必在外面做事了，可是住到他家里去，只是我嫌他思想腐旧，在一处，对他的言语听不惯，对他的行为也看不惯。不过他一个月倒有二十天在外面跑，要忍也忍耐得下去的。"

华傲霜道："我知道你是位个性坚强的小姐，你怎肯在人家家里吃闲饭？而且果然如此，你就和你姐夫相隔得太远了。"杨小姐听了这话，就不由得低了头微微地一笑，瞅了她一眼道："人家正正经经地谈心，你倒和我开玩笑！"华傲霜道："我并非开玩笑，你想，若不是为了他的缘故，你会受到停职的处分吗？最低的限度，你应该让他知道，就是为着请假太多了受了这种处分。"杨小姐手里翻着桌上的书，低头默然了一会儿。华傲霜道："你若不让他知道，你就未免受了莫大冤枉了。"杨小姐这才轻轻地答道："我写信告诉了他，我要到江津去。"华傲霜跌着脚道："小姐，你真是个老实人。你光是告诉他到江津去，那有什么用？他也许反发生了一点儿误会，以为你是和他闹别扭一怒而走呢。"杨小姐笑道："我也不那样傻，为了他孩子们受罪，我怎能不让他知道？"华傲霜笑道："这我就明白了，你所以还没有到江津去，大概就为着等他的回信，就人情言，他似乎不能不安慰你几句。你等着他的信，那是对的。"杨小姐道："我也不能完全为了等他的信，你是我老师，这样重要的事，我不能不等你回来指

302

教。"华傲霜笑道："要说多念两句书，我当你的老师，我也当仁不让。若说你指的这种重要的事，应该你当我的老师，怎么说我当你的老师呢？"杨小姐突然站起身来，将手一摆道："你和我开玩笑，我不和你说了。"说毕，人就向外走了去了。

华傲霜也觉得自己话也有一个很大的漏洞，便随着她走去，没有叫回她来。这日下午，是有一堂英文课的，自己就把要教的课预备了一下。在看书的时候，杨小姐又来了一趟。她见人家在预备功课，一句话没说就走了。华傲霜也没有去理会她，吃过午饭，她匆匆地就去上课。可是就在这要走的一刹那间，天气竟是突然地变了，西北风里夹着雨丝，向地面做个席卷的姿态，风吹到地面，又向上升起。那雨脚也就斜伸过来，是斜刺而不是直落。她撑着一把雨伞出门，像古战士拿着盾牌一般，两手横握着伞柄，将伞面挡住侧面。走到学校教授休息室里来，长袍下面已打湿了小半截，那雨虽不大，风可来得紧，刮得木格窗户上的破纸片，像小孩儿玩的风车，呼呼作响。风由破窗户里钻进来，人身上也是凉飕飕的。这休息室里，空列着几把藤椅，却没有一个同志，这里是空洞而寂寞。最奇怪的，是在这里工作的工友也不见了。放下伞坐了一会儿，颇感到无聊。拿起那茶桌上大茶壶，摇撼了几下，虽然觉得里面空空的，还有一点儿啷啷的响声，便在桌子下面横格上掏出一只陶器杯子来，斟了半杯开水。不想这是开水底子，里面倒沉淀了不少的黑灰屑子，而且将那杯子捧到手上，一点儿暖气也没有。她喝也没有喝。就在这个时候，外面已是吹起了上课号，她放下了杯子，缓缓地走到课堂上去。

这时，风雨还是很大，教室里的窗户纸比那休息室里的纸吹得还要响些。而窗户上的玻璃根本就是点缀品。糊纸一齐被吹成了大小窟窿，或者是整个木格子空框。教室里不但有风，而且也有许多雨箭，直射到课堂旁边的桌子上来。七个学生都拥挤到教室中间来坐着。华先生走到讲台上，把讲义放在桌上，望了学生七个人当中，倒有四个女生，似乎因女老师来了，前来捧场的。其余三个男生都也是向来有名的用功学生。便笑道："大风大雨，上课的人都少了。我本来想不来上课的，可是我真不来的话，岂不把你们七个人的功课耽误了？假如这一堂课换个名目，请一位名人来演讲，我想大风大雨就拦阻不住。"说着微微地一笑。她说到这里，自己拦住自己的话把子，接着道："话说到此为止，你们不是冒风雨来聊天的，谈书吧。"于是把讲义讲述起来。说着说着，那大风来得更猛，这个木架子教室吹得摇摇欲动。华傲霜停了一停，向大家望了道："还有一堂课呢，你们大概不会再来上课了?"一个女生笑道："先生来，我们也就来。"华傲霜道："你这话倒是给了我莫大的一个安慰。我告诉你们，还有一件自慰的事。南岸中学学生，挽留我把书教下去，曾对着我流泪呢!"另一个女生问道："那么，先生也打算改行了吗?"华傲霜想了一想，笑道："说下去，就把话拖长了，讲书吧。"她又继续地讲书。

一点钟讲完了，听到外面的下课号，华傲霜道："还有一点钟，我当然教下去。假如各位不愿听，可以自便下堂。不走的，外面风雨大，就在课堂里休息十分钟，干脆，十分钟也不必休息，我继续地向下讲。"三个男学生彼此看了一眼，有一个道："华先生这样热心，我们就是偷懒，也不好意思下堂。华先生请下来坐一会子，休息一会儿再讲。"华傲霜倒也不拘执，走下讲台来，也坐在学生席上，笑道："也许是我身体差了。于今大不比一年前，站着连讲两点钟书，我竟是有点儿吃不消。相传有这样一个故事。当年谭鑫培唱戏，最红的日子，有一天下大雨，起大风，戏馆子里只有二三十个人。他没有唱戏之前，跑到台上来对台下人拱拱手，说:'今天来听戏的诸位，那才是真真捧我小叫天的。我今天要特别卖力，唱两出戏答谢各位的盛意。'我虽然教书没有教到小叫天那个位分，可是我也不能算是饭桶。今天七位到这里来，总算是捧场。我今天也应当卖卖力气，讲一点儿拿手的戏才好吧。"学生们听着，都笑了。有一个男生，正是个戏迷，笑道："华先生也是爱好京戏的?"她笑道："正相反，我是百分之百的外行。不过我最近看过两次京戏，觉得这种象征派的艺术，很有点儿趣味。话归本题，这一点钟我当学生，你们七位当先生，尽管发问，若有什么英文上的难题还没有解决的，可以提出来大家讨论。我们相处两三年了，我于英文擅长哪一门，大家也知道。望你们挑我擅长的问我。"说着她又走上了讲台，并没有等着风送来上课号。

大家听了这话，觉得华先生的话今天是非常地诚恳，以往大多数的同学，都说这个老处女的学问倒是打一个及格分数六十分的，只是她的性情十分孤僻，却有点儿让人讨厌。现在看起来，她倒不是传说中那样冥顽不灵的人物。大家立刻起了良好的反应，真的也就顺着华先生所擅长的随便地问。华先生真是卖力，把她所得的学问，倾筐倒箧完全说了出来，每一个小问题，都引出一大篇的议论。因之直到吹下课号，她还在滔滔的讲。她讲完了一个段落，笑着点了两点头道："今天这两堂，我很满意，是我意外的收获。这样，我得着一个证明，就是当今的大学生，也有和中学生那一样天真的。"说着带了笑容走出教室。

四川是很少一小时以上的大风的。当她走出教室门时，风住了，雨也住了，而且当顶还露出一块蔚蓝色的晴天。她觉得比来时的那份郁塞的心胸，开阔了许多。在休息室里拿着伞，很高兴地踏着泥滑的路走回寄宿舍。杨小姐又是那老姿势，斜靠了门框站定，眼望了天空。这就老远地叫道："杨小姐，又……"她把又字喊出来之后，已觉得这句话不可说出来，但说出来之后也不能忍了回去，便改口道："又是你一个人在家里吗？"她笑着迎上前道："倒是有点儿无聊。这样大风大雨，你还去上课，哪个学生那样用功？"华傲霜道："天下事倒说不定，用功的还是有。我今天相当高兴，证明了我自己还不是念讲义混钟点的饭桶。进来吧，发什么呆？"说着挽住了她一只手，二人一同走进屋子里来。华傲霜轻轻地问道："你姐夫来了信吗？"她道："他来信了。"说着叹了一口气。华傲霜道："来了信，你为什么还叹气。"杨小姐并没有多言，却在衣袋里掏出一封信交给了华傲霜。她接过信来，抽出信笺看时，上写着：

曼青：

你的信收到了。这虽然是你一种打击，可也未尝不是你另谋出路一个机会。你不常说现在做的事，是猴子搬姜，吃不得，又不忍丢下吗？于今把这块姜丢了，实在也没有什么可惜。你说到江津小住些时的话，我也赞成。我们大家来慢慢地想办法吧。即况近好。

姻兄潘百城上

一张格子信笺，字又写得小，上面还有许多空白。华傲霜道："呀！这口气好冷淡啊。没有提到让你到他那里去住，好像往常就没有请你去带过孩子的。那还罢了，你这事是分明为他而起，他竟是装麻糊不知道。"杨小姐一字不能答复，两行眼泪由脸腮上直流下来。她也觉得这份眼泪未免表示了自己的怯懦，立刻在衣袋里掏出手绢来揉擦着自己的眼睛。但是眼睛并不听手指挥，尽管手绢在不住地擦，而眼泪还在不住地流。华傲霜看她这个样子，知道她是委屈到了万分，一时倒想不出一句什么话来安慰她，也只有呆呆地望了她，说不出一个什么字。

　　杨小姐坐在椅子上流泪一会儿，静默了五分钟，到底是把眼泪止住了。然后将手绢抹干了眼泪，向华傲霜强笑道："我这人真是无用，这有什么可哭的呢？人家欺骗了我们，我们应当对他予以报复。他姓潘的不必太高兴，我总有一天会看出他的结果的。华先生这事请你不必对人说，我明天就到江津去，好在这几个川资，我还可以拿出来。"华傲霜道："你说他有报复，那是诚然，我在电影院，就看到程小秋和一个西装少年同坐。你姐夫实在对不起你。不过你这颗诚心很可以对得住你已死去的姐姐，精神上是得着安慰的。"杨小姐道："那很好，我得往下看。"说着，挺了一挺胸。华小姐沉吟了一会儿因道："你还可以多住几天吗？"杨小姐道："我多住几天干什么呢？我们同住在屋子里的几个人，自然是相处得很好。纵然不会依依不舍，我住在这里也毫不讨厌。可是让别的同事知道了，倒嫌着我无路投奔。"华傲霜道："也许别人有这种看法。可是我留你住着，也只有几天。"说到这里，她微微地一笑，又道："我倒不是什么依依不舍，我想那南岸中学里，由校长到学生，对我的印象都不坏。假使他们还需要职员的话，我一介绍，绝无问题。我下个星期上课，和你顺便打听。假使有办法，那岂不是好。"杨小姐道："当然是好。"说着她低头想了一想，接着又微微地笑了。华傲霜道："你笑什么？怕我骗你吗？"杨小姐笑道："华先生骗我做什么呢？我想我们实在也是没有办法。离开了一个学校，还是另想到一个学校里去，简直找不出第二条路。"

　　华傲霜倒是没有想到这个问题，被她一反问，一时找不出一句话来答复，低头沉吟了一会子，想找句适当的话来说。杨小姐站起来向她走近一步，用很和缓的语气道："华先生，你可别误会。我是有这点感想，觉得念书的人完全没有办法。可是认真地说起来，我们除了在学校里兜圈子，还有什么路可走？就是摆个香烟摊子，我们也拿不出本钱来呀。就是这样说吧，我在这里再住几天，不过要等一个星期之久，在这里未免闷得很。"华傲霜看她站在面前，很亲热的样子，因道："这倒没有什么问题。我大概大后天进城，你可以和我一路去。你明天可以去看看章瑞兰到学校来了没有？她若是见着你，不用你说，她也会留你在她家住些时候的。"杨小姐对于她这个说法，虽不能同意，可是表面上也不便反对，只好点着头答应了个是。当天同住的小姐全回来了，也没有继续讨论这个问题。

次日上午，章小姐却到这寄宿舍来了。这时，华先生又已去上课，她和杨小姐见着面，知道她被停职的事，果然如华傲霜所料，表示着十分同情，并且约她到城里公馆里去住几天。说时握住了她的手，那态度是相当恳切的。临走她在手皮包里摸出一个精致的请客帖子，交给杨小姐道："我这趟邮差，跑的可远，请你代交给华先生，我这点诚意是要请她赏光的。"杨小姐以为是章小姐要请客，也就顺手接了过来，连连点头说一定转到。章小姐走了，她才将请柬拿来看，见上面恭楷写着："敬请代交华先生台启，夏恭托。"

她想着这人倒是很客气，不过这请柬是封了口，不知是什么人这大面子，可以让这位华贵的章小姐当邮差。华傲霜下课回来了，便告诉她章瑞兰来了，顺便将请柬递过去，却不谈论到这件事。华傲霜倒不怎么介意，当面就把封套撕开了，抽出里面的帖子来，上面写着："星期五正午洁樽恭候，席设章公馆，夏山青谨订。"另有两行小字："未约外客，勿却是幸。"便向杨小姐道："这位夏先生，我只和他在章公馆见过一次，他就请起客来。还没有约外客呢，我和他共同认识的，只有陆太太和章小姐，这里有什么内客与外客？"杨小姐道："那样说是人家请客出于诚意，怕华先生不到。要不然，他也不会请章小姐专程来下帖子了。"华傲霜对于这个说法，自以为然，也就没有再加研究。

可是在这日下午，却又接到了夏山青一封快信。她原来接信在手的时候，以为是南岸中学有什么问题催促。除此之外，不想到有什么人来快信。及至看到信封下款写明了大华公司夏山青缄，这倒不得不引为稀奇，他有什么必要的事写快信给我，拆开信来是两张宣纸，精拓钟鼎文的信笺，漆黑的墨写着飞舞的行书，上写：

傲霜先生雅鉴：

泰斗令仰，展谒未由，心向往之，非一日矣。昨接清芬，俗念顿除。愉快回来，羹墙尚见。此可见古称如入芝兰之室，良有以也。窃不自量，拟常请教，以求匡正，庶几市侩胸襟，得所洗伐。兹定星期五日借章府名厨，谨备小酌，恭候光临。除陆太太章小姐外，未约他人，敬肃短柬，已请章小姐代呈。恐未鉴微意，因再达此函，借以速驾。仆虽不才，固未敢以平常应酬相扰

307

也。即颂文祺！

夏山青拜启

　　她看了两遍，自言自语地笑道："这样文绉绉地写这么一封信，大概是卖弄他还有这一手。不过倒也没有什么不通，好像有意学《秋水轩尺牍》那路笔墨，多少有点儿酸气。"这样说着，把那封信扔到书桌抽屉去，坐在桌边椅子上，静静地想了一想。觉得朋友之间，冰热真是大有不同。那姓潘的和杨曼青关系那样深，信上的措辞说得那样淡漠。这位夏先生，一面之交，信上说得这样客气，连什么见尧于墙、见尧予羹的腐典都用上了。可是回想那苏伴云又如何呢？想到了这里，不觉把那封信又取出来看上了一遍。

第四十三章

# 改正航线

一个留学生变成的企业家，很可能是洋派十足而忘记了一切中国文化的。华傲霜把这信更看了一遍之后，觉得文笔相当通顺，字也写得端正，那语气的谦逊却是更不必说。心里也就随了想着，漫说自己还是有所求于人的，就是并无所求人家，这样客客气气地请吃餐饭，似乎也不好意思辞谢。捧了那信笺，踌躇了一会子，依然送到抽屉里去。正好这个时候，杨曼青小姐在房门口一趔，她立刻把放信的手抽回来，将抽屉关起来。但也只有几秒钟，立刻发觉了自己是个下意识作用。这种信件不过是一封普通的交际信札，并没有什么不可告人之处，为什么怕人看到。于是回转头来叫了一声杨小姐。她果然没有走远，就回身走进屋来。笑道："到现在，我才知道一个人没有工作，比没有饭吃，没有衣穿，还要着急。你看我这两天就是这样坐立不安。"华傲霜在看过这封信之后，那是更有把握了，因道："你不用着急，星期日我们一路进城就是，学校找不到工作，那位新认识的夏先生倒是肯扶植女权的，我或者可以和他谈话之间介绍一番，他既办工厂又办了农场，安插个把职员应该是没有问题。"

杨小姐道："若有这样一个机构可以找到职业，那的确是第二条路了。不过夏先生是你新认识的，似乎……"她站在屋子里背靠了桌子，抬起了一只脚来，将皮鞋尖在地面上点拍着，拖长了说话的声音，脸上微带着笑。华傲霜笑道："那要什么紧？只要那个人是可说得进话的，便是初见面也可以介绍。反过来说，若是那个人意见相反，就是天天在一处见面，也是无法可以介绍。因为他根本对于你的话就不大相信。"杨小姐笑道："我想华老师为人，对于任何一个人、任何一件事，都有一个更深的观察。华老师认为可以介绍的，那总是可以介绍的，一切我都仰仗你了。"说着她竟是学了男人，两手抱了拳头，连连作了两个揖。华傲霜笑道："你没有拜托我，我已经内定这个主意了。你这个揖简直是多余的。"杨小姐笑道："礼多人不怪，也许你受了这个揖，不好意思不和我帮忙。我也是这样想着，那位夏先生对于华先生十分敬仰的，华先生肯说一声，那是毫无问题的。"华傲霜笑道："你怎么会知道呢？"她说着这话时，脸上颇带了一份尴尬的情形，但又将胸脯微挺了一挺，脸上现出了三分得意，接着道："无论什么人，假如知道我读过多少书，又是怎样为人，他不能不佩服我。只怪我脾气不好，无论什么人，我都不看在眼里，因之敬仰我的人都成了畏敬我的人。其实只要是和我做朋友的人，人品学问有相当可取，我也未尝不看得起人家。"杨小姐笑道："这样说……"她这三个字刚出口，立刻觉得下文是不怎么的妥当，于是把笑意更装点得浓厚，在桌上随手掏起了一本杂志，随便地翻了几页。华傲霜也不去追究她那话，因道："我向来是不随便答应人的。你放心，和我一路进城去就是了。"

　　杨小姐道了一声谢，自回屋子里去。她横卧在那张竹架子床上，随手在自己枕头下面，把姐夫潘百城的那封信又掏了出来，从头到尾把信纸上的语句看了一遍。觉得字句之间，实在找不出什么情感，不过若是真没有情感的话，他不回信，又有什么要紧呢？既是有信，也就不能说他是完全不理。要说自己这点品貌，并不怎么比人家差些，就是老天不作美，在脸上加了许多密圈，弄得无论是什么人，首先就给人家一个不好的印象。潘百城并不是一个超人，他怎么不像别人一样，有那审美观念。加之还有个程小秋在那里比着，她虽不见得怎美，然而她脸上并没有一颗麻子。假如一个女人在一个麻子与不麻子之间选择一位丈夫，在人情上说，她不会选择那位麻子的。那么，男人的意思可知了。尽管姓潘的态度冷淡，可是离了他，找这么一个同样的男友，还是没有。假如自己抛弃了他的话，那就只有做个老处女了。由这里就可以想到华傲霜，她是那样地有学问，还为了做老处女十分地烦恼，自己有一点儿希望，就不应当把他来抛弃了，自走上烦恼之路。男子们的心是不容易摸得着的，也许潘百城知道我现在进退失据，故意地试我一下，若是他的用意果然如此，那就应当更诚心地对待他，叫他对自己更有进一层的认识。就算他这份冷淡是真的，自己也不妨对他更热烈一点儿，在旁人都觉我对他太痴心的时候，也许他会受到我一点儿感动的。纵然他不受感动，而在自己并没有丝毫的损失。

　　她有了这么一段推想，又走起来把床头边的小提箱子打开，把收着的往日潘百城的来信取了几封在手，随便地抽着看。其中有一封正是一个小外甥有病，恳求去照应小孩子的话，信上有几句话这样说："我绝不是临时抱佛脚的人，在这时苦说好听的话，远在令姊生前，我就常为你的事挂心。你有什么事要我们去做的话，我并没有推辞过，只是我过于忠厚、无用，口里说不出来。现在我还是这样，你不看我的情面，也不念你亡姊过去的手足之情？你就看着这几个可怜的小孩子，你也不忍对我这封信置之淡然……"

杨小姐把信上的话翻来覆去地看了几遍，再想想姓潘的为人，觉得他这个家伙是这个样子的。有什么事都放在心里，嘴上说不出来。这样的人怎能希望他甜言蜜语的写情书？那就饶恕他这封信的冷淡吧。既是如此，不如再写一封信给他，看他还有什么表示。这个意念一动，立刻坐到书桌边扶起笔来就待要写信。她摸起来的是一支毛笔，想到自己毛笔的字写得不好，就把毛笔放下，回着头向外大叫一声道："黄小姐回来了没有？"黄小姐在她自己屋子里答道："我早就回来了。杨，你有工夫谈天吗？谈谈吧，怪闷的。"说着她已走了进来。

她今天身上穿了一件翠蓝标准布的罩衫，一点儿皱纹没有，领口上拴上了一枚飞凤式的银制镂花别针。杨小姐便笑道："这都是新制项下呀？"黄小姐道："靠我们这几个死薪水，能制穿制戴吗？这都是人家送的。"杨小姐道："人家是谁？"黄小姐笑道："人家吗，亲戚朋友，都可以代表，你觉得这两个字不雅吗？"杨小姐笑道："怎么会是不雅？简直是雅得很。你说你心里所指的那个人家，是平常的亲戚朋友吗？"黄小姐伸着小拳头在她肩膀上轻轻地捶了一下，笑道："是吧。我的小姐，谁也知道谁的心事的，你不觉得你有点儿心事吗？"杨小姐被她说破了，倒没什么难为情，却是微昂起头来长长地叹了一口气。接着又微笑道："我是有点儿心事，我也不能否认。但是我只有闷在心里，女子总是在吃亏的一方面的。"

黄小姐和她说着话，本想慢慢地挨到床上来坐，一回头却看到枕头旁边放了许多封信，这就明白了。女孩子全都有这样一个嗜好，喜欢在无聊的时候，把情书拿出来温习一遍，大概她一人悄悄地在屋子里，就是做这件事。便道："那位潘先生知道你这边的工作停止了吗？"杨小姐道："唉！知道了又怎么样？世界上只有雪中送炭，却没有锦上添花的。"黄小姐微笑了一笑，向门外窗子外都看了一下，接着又微笑了一笑。杨小姐坐在一旁椅子上，望了她笑道："黄，你有什么话要说吗？"黄小姐低着头又笑了一笑，然后瞥了她一眼道："我们总算是好朋友，我对你说两句知心话，你可别笑我。"杨小姐一听她这口音，就知道是有好听的！便道："你把我当朋友，和我说着知心话，我还要笑你，那我也太不懂事了。”

黄小姐昂着头想了一想，笑道：“是前一个月呢，还是前一个半月呢？有位爱情专家的小姐和我谈了两三小时的话，可是这日子我记不清了。”说着做了一番沉吟的样子。杨小姐笑道：“大概这日期是没有什么关系的，你不必去记它了，你就说她说了一些什么吧？”黄小姐又前后地张望了一番，然后低声笑道：“她说我们青年姑娘，好像是初学会驾驶的人，驾着一架飞机，觉得我今天也会飞了，心里十分高兴。可是心里也有三分害怕，总怕一个不小心会出了事。不过这三分害怕是不肯告诉人的，怕丢了面子。她说这是最不好的事，应当勇敢一点儿，把这三分害怕向人请教。也譬如你把飞机驾在天空，四面八方找不着方向，只管乱闯，那一定是会出乱子的。倘若有个老驾驶员在场，你应当立刻请教人家，让人家给你改正航线。”杨小姐噘了嘴笑道：“你在哪里听来这一套？我觉得不大确切，我们这些女孩子没有什么经验，那或者是真的，要说我们像驾飞机一样海阔天空地到处乱闯，似乎没有这回事。一个女孩子到处乱闯，那还成话吗？”黄小姐笑道：“那还用你说吗？不过和我谈话的小姐，她说海阔天空，一时抓不住一个准确方向，我倒是承认这句话。我就想到我们改正航线一句口号，倒不是一句空话。杨，你说句实话，你觉得你的航线并没有错误吗？”杨小姐笑道：“你这句话我不大懂，你所请的那位老师，对航线两个字怎样解释的？”她说时，连连地摇着头，表示了她实在是不懂。

黄小姐笑着昂起头来微闭了眼睛想上一想，然后点了头道：“也许是我说得不大清楚，我就来解释一下吧。一人驾驶着飞机进行，当然有个目的地，第一层，我们所要问的就是这目的地选择得对不对？也许根本就没有一片平坦的地方可以降落飞机，那么，我们就当放弃这个目的地了。第二层，目的选择得是很对的，然而我们所走的航线却不是正对了目的地的航线，那就越飞得快，越是跑过了目的地。”杨小姐插了嘴点着头道：“哦！就是这样，要改正航线，那我倒并不反对。”黄小姐低声问道：“那么，你的航线现在是对的吗？”她只微笑了一笑，又向黄小姐斜瞅了一眼，却没有说什么。黄小姐笑道：“这样说，你觉得你的航线那是没有错误的了？”杨小姐笑道：“什么航线不航线，我根本没有目的地。”她虽是这样地否认着，可是在她脸上放出了一种不可遏止的笑容。她看到小桌上有木梳和镜子，便一手握镜，一手拿梳，从从容容地梳着头发。这样，她脸朝着镜子，就没有对着人了。

黄小姐坐在床沿上，两只脚悬起来，前后晃荡不定。因为她晃荡得很有劲，连身子也跟着前仰后合起来。杨小姐笑道："什么事，你怎么这样地高兴？"她笑道："我有什么高兴，不过我总觉不算是个呆子，我猜想你的心事，总算猜得八九不离十。我听说，你要到江津去，恐怕你这个行动有点儿错误。且不说你这个表示是故意和潘先生疏远，而且到那小城市去，也找不着什么职业。我们的知识和普通人比起来，自然算是高明得多，可是和靠学识来维持生活的人一比，那就幼稚得很。我们既不能学出力的人，拿一根扁担和人挑东西，也不会拿八万十万元在手上跑黑市做买进卖出的小生意，凭我们这点中学毕业的程度，不过是在机关或私人团体里当一名小职员。而且我们又不肯太丢了小姐的身份，有些地方还不能去；有些地方，又不用女职员，有些地方人家又不用我们正正经经的女子。请问，我们这样的人，除了在文化机构里找一碗淡饭吃，还有什么路子可走？你到江津去，那里的文化事业怎样比得上重庆，你若到江津去住，在姑母家里吃闲饭，无论你是忍耐不下去的。就是忍耐得下去，那个难于确定的期限，会断送了你的前途。"杨小姐是沉沉地坐着，听她说话。等她说完了，杨小姐还沉沉地想了两三分钟。黄小姐也不知道自己这段话是不是言之成理，只有睁了眼望着。

杨小姐却是突然地跳了起来，走向前两步抓住黄小姐的手，笑道："小鬼，你说的这些话，就和七老八十岁的议论一样，句句都打在我心坎里。这些话，我也想到的，但是没有想得像你这样说得透彻。我决定了改正航线，不到江津去了。不过学校已停了我的职，就算不驱逐我，我留在这里也是无聊。现在我第一步就是要找个落脚的地方。找职业究竟不是坐车坐船，可以由自己预计一个时期的。"黄小姐被她这样地夸赞着，便也反握了她的手，笑道："凡事旁观者清，我不过旁观的论调罢了。你让我自己来处理自己的事，照样地一场糊涂。"杨小姐道："不管怎样，你这些话我是衷心接受的。从今天起，我改正航线了，再过两三天我就搬到城里去住。"黄小姐笑问道："是亲戚家里吗？"杨小姐道："我们女孩子虽然无用，也不至于那样没有出息。"黄小姐又将手轻轻地拍了她的肩膀，笑道："可见你心里头还是念念在那位潘先生身上。我说是亲戚，也不见得就是姓潘的。"杨小姐笑道："我也不必十分否认你这句话。你想，这个社会上除了潘百城，就很少关心我的男子了。我并不要打肿脸装胖子，我是一场天花害了我，没有什么人肯关切到一个麻子小姐身上来的。我也应该有一点儿自知之明吧?"她这样坦白地承认了,倒叫黄小姐不大好说什么。因道:"一个人哪能够丝毫都没有缺憾呢?这个倒不必去介意了。姿色是不耐久的,诚心是永远的,用诚心去待人,比用姿色讨人喜欢好得多。你把我的话仔细想想吧,我还要去写信呢。"说着又轻轻地拍了她两下肩膀,就起身走了。杨小姐笑道:"你写的信是否关于航线上的事?"她已经走出了房门了,手扶了门框,回转头来向她笑道:"那就由你猜猜看吧。不过我总劝你不要大意地走错了航线。"说着,她就走了。

杨曼青把黄柿子的话仔细想了一想,觉得实在有道理。她虽不麻,那个柿子的徽号,她实在相符。可是那位姓毕的男子,经她日久的追求,不也是很好吗?我们真能用诚心去对待人,似乎也不下于姿色。这样想了,那就决定了第一步不离开重庆,不离开重庆,那就以借住章公馆为最合理想了。由此,那就想到应当去看看章小姐了。

当天是晚了,次日起了个大早,就预备到女生宿舍去。出门不多久,恰好就遇到教务主任刘先生,这是自己的顶头上司,向来是对他表示着几分敬意的。那刘主任看到了她,立刻想起自己将她停职的事,料着她会气愤透顶,给一个难看的脸子的。这里所走的路,并没分岔之处,正是冤家路窄。所幸自己带了两个小孩同走,就低着头搭讪着和他们说话,躲开她的视线。可是杨小姐却老早地放下了笑脸,垂手站立在路一边,等着他到了面前,却深深地点了个头道:"刘先生早哇!"刘主任真没有想到这位小姐是这样宽宏大量的,也就只好向她笑着,点了个头道:"杨小姐早。"她笑道:"我本想今天去见刘先生,向刘先生表示歉意的。在这里遇着了刘先生那就很好。我因为还有一点儿小事没有了结,所以还要在女职员宿舍住个一两天。"刘主任一想,这是总务处的事,和我教务处的人说些什么呢?但也不便说了,因道:"这还有什么问题?我见总务处的人和他提上一声就是了。其实就是不提,又有什么关系?杨小姐这回的事情,我想一定可以谅解,我的同人方面闲话很多,万一这事让校长知道了,我应当负责任吧!"杨小姐听他说时,满脸全是笑意,接着道:"刘先生公事公办,这个处分完全是对的。我实在请假请得太多了。若是教务处的人都像我这样子请假,那就没有人办事了。不过我实在不是存心拆烂污,我有不得已的苦衷。刘主任若愿意调查这件事,总会水落石出的。话又说回来,我并没有丝毫的不服,我私人纵然有不得已的苦衷,我能为了私人的苦衷耽误学校公事吗?刘主任的处分我是认为十分恰当的。"她说着,又点了个头。

这样一来，真弄得那位刘先生大受感动。便向她点了两下头道："杨小姐既对公私看得这样分明，那我就无须再说什么了。你有什么地方需要我帮忙吗?"杨小姐倒未加思索，就答应了没有两个字。但在这没有一句话之后，立刻觉得太决断了，现在正是四处要人帮忙的时候，何必一句话得罪一个人。因之又接着道："因为我现在想到外县亲戚家里去休息些时。但青年人是不应该长此休息的，将来我再出来找工作的时候，一定是要向老上司请教的。刘先生再会。"说着向他鞠了一个躬，然后走去。这位刘先生站在路上，真的呆了一呆，他实在没想到一个女孩子有这样的胸襟，倒是让他站在路上注意着她的后影很久。

那杨曼青小姐并没有能给予刘主任若何深刻的影响，她依旧坦然地向女生宿舍走去。又是在半路上就遇到了章小姐，她胁下夹了一个美丽的讲义夹子，右手拿了一支朱红铅笔，打着讲义夹纸壳，卜卜作响，她低着头在路边树荫下走，似乎在想什么心事。杨小姐便叫了她一声，她抬头看到了，便笑道："这样早就出来了，还是忙。"她站住了脚，对杨小姐身上打量了一番。杨小姐笑道："我是照例早的，你怎么也这样早?"她笑道："我自己也有点儿莫名其妙，我回到城里去起来得就晚，回到了学校里，每日都可以听到起身号，随了这号声起床。"杨小姐道："漫说是你，就是我在贵公馆里做客的时候，我也是不能一早起床，那实在是太舒服了。"她心里就随了这话，想着一谈话就提到了章公馆，看她是怎样地因话答话，这就可随了这个趋势，把自己的企图说了出来。章瑞兰笑道："其实我们家里也是很普通的。不过在战时，好像是比那重庆的捆绑房子高明得多。"杨小姐笑道："虽然这样说，我就十分佩服你，我假如有这样一个完美的家庭，恐怕就不肯到大学来读书了。"章瑞兰最怕人家说她是个大小姐不能吃苦读书，杨小姐这种反言以明之，正中下怀，便笑道："我读书又怎么样? 一点儿也没有进步，我真同情你们年轻轻的，就能独立生活。"杨小姐道："还说这个话呢，现在学校里停了职，还厚起两块面皮住在寄宿舍里，弄得见了学校里的人都不免低头三尺。"章瑞兰道："这有什么困难，你愿意进城，就到我家里住些时吧。只要你不嫌招待不周就行。"杨小姐真没有想到，三言两语就把这个要求得着了。这绝不是上次她因话答话的敷衍语了，心里一阵奇痒，就嘻嘻地笑了出来。

# 第四十四章

## 见所见而来

  章瑞兰对于杨曼青，虽不是极熟的朋友，可是对于她的身世却是相当熟识的。自从她被学校里教务处停了职，就十分地同情她，知道她是为了和姐夫看家受下的累。看她还没有离开女职员寄宿舍，也就料着她丝毫没有出路。今天见她只管笑嘻嘻的，好像没有什么痛苦，心里倒有点儿奇怪。因笑道："你的事我也略微知道一点儿，现在大体解决了吗？"杨小姐明知道她是说的婚姻问题，却是装着不解，故意地叹了口气道："女子找职业，本来也就不大容易，加上我们的本领又是极平凡的，哪里就大体解决了？我和章小姐交谊太浅，不便请托你。这几天，我是到处求神拜佛呢。刚才章小姐容许我在府上寄住几天，真是感激不尽。我借了这个绝好的机会，也好在城里四处去找出路。"章瑞兰道："若是为了找工作，你尽管在我那里住下去。"杨小姐笑道："这话好像里面另有文章，我若不是找工作呢？"章瑞兰道："不是找工作，你又在城里住下去干什么呢？你自己说吧。"杨小姐笑着点点头道："总而言之，我是多承你的美意，等到我走的那一天，我会来找你写一封介绍信的，该上课了，你请便吧。"说着她深深地点了个头走去。她这个起早的目的，已经达到了，也就径自回寄宿舍。

  这时，华傲霜已经起来了，端了水盆拿了牙刷站在门外敞地上漱口。远远地看到了她，便把手上的牙刷子向她招了两招，将她引到面前，笑道："你这样地早就出去了一趟。"接着把声音低了一低，笑道，"必是去找章瑞兰去了吧，应该有点儿结果吧？"她点了头笑道："阔小姐有阔小姐的脾气，假如她不愿意，这个人她会昂头天外，把你看成脚底下的泥，假如她愿意你，她就什么也不在乎。总算她看得起我，一口答应我可以在她公馆里借住一些时候。不过她附带的一句话，我有点儿不大明白。她说我若是找工作，尽管在她公馆里住下去。我曾带笑地问着，若不是找工作，

316

就不容许尽管住下去吗？"华傲霜立刻拦着道："你趁早别误会人家的意思。她的意思是说，找工作并非是一天两天就可以找到的。你若是需要慢慢地找工作，尽可以从容地住下去，不要以为住在她那里不便过久，就牺牲了找工作的机会。你这算明白了吧？"

杨小姐心想，人家主人自己并没有这样清楚的解释，华先生倒好像是章小姐的代言人。然而由这里可以推想到她和章小姐相处得很好，便点了头道："华先生说的是对的，我很知道她对我们这整个寄宿舍的人都是同情的。"华傲霜道："原来我也没有这番理解，我总存着一个太固执的见解，凡是有钱的人，都是坏人。于今倒发觉了自己是有着相当的错误。难道有钱的都是一个性情，一副刻板相同的理智吗？如其不然，就可以因着先天的性情忠厚和受教育的高深，会和一般有钱人不同。譬如她们所介绍的那位夏山青先生，不能不算是一个富翁，可是和他见面谈起来，就完全是个学者。"杨曼青道："这回进城有了机会我一定要看看这位夏先生。"她笑道："这个机会是有的呀，这次我们可以一路进城，他为人是很客气的，我就借了这个机会，把你失业的事说上一说，那么，也许不必我介绍，他就会给你找一份工作。"

这样说着，杨小姐听了固然由心中欢喜，把笑容送上了脸，就是说话的华先生也发现了满脸的笑容。她一手端了半杯冷开水，一手拿看一支湿牙刷，只管站在黄色的太阳光下说话。那刘嫂却由屋子里叫了出来道："华先生，洗过了脸再摆（川人谓闲谈为摆龙门阵，简称摆）吧，洗脸水都冷掉了。"华傲霜向杨小姐道："近来也不知道为什么这样地话多？一说起来了就没有完。"说着很愉快地走进屋子去了。在杨曼青本人心里算落下了一块石头，也未尝不愉快。

这日中午，黄小姐和葛太太一路说笑着走了回来。她也正是无聊地站在门前闲望，看到了二人的笑容，便道："什么事这样地高兴？"黄小姐道："我们刚才在学校门口参观壁报，见其中有一栏《教育圈外》，列举了许多教授改行，大得其法。这些教授虽没有写出真名实姓，但或者写出他的绰号，或者写出他的形状，或者用英文拼写出他的名字，这倒叫人一望而知说的是谁。例如那位梁先生，壁报上写他拉散车专家，这我们就很明了了。"杨小姐道："这也没有什么可笑的呀。"葛太太道："我们笑那壁报上的小标题很好，说是一登本栏，身价十倍。在那价字上还用了个引号，非常地幽默。小黄她说她情愿让这壁报幽默一下，但是不可能。"杨小姐道："若是跳出了教育圈子都有办法，那么所有的中国学校都要关门了，谁还来教书呢？"大家说笑着走进了屋子。

华傲霜也听到了这话，迎出房门来，笑道："你们少高兴吧，那些写壁报的小伙子们是毫无顾忌的，仔细他们的'流弹'有一天会射到你们身上来。"杨小姐道："那不会吧？我们这类的女职员，真是一批可怜虫。难道还能打趣我们？"葛太太笑道："假如我们有新闻材料供给他们，人家也不会客气。"在她这说话之间，不知不觉地看了华先生一眼，她很敏感的心房跳动了一下。当时也没有跟着说什么，可是她心里却已下了戒心。想着假如华傲霜这位老密斯有了什么变动，那新闻是比散车专家发财还有趣味的，自己小心一点儿吧。恰是这天下午，那位夏先生又来一封快信，信是由学校收发处转来的，信上并没有什么要紧的话，只是说："前曾托章小姐带来一封请柬，又直接写了一封快信来促驾，不知收到了没有？务请赐教。"她心想，自己有多少信札往来，收发是知道得很清楚。平常一个星期难碰到有一封平信，这两天倒是接连来了两封快信，而且发信的还是一个地点，不要真引起人家注意，和《教育圈外》供给黄色新闻。干脆，回夏山青一封信，让他不必来信。

这样地想了，自己立刻掩上房门，在小桌子上写起信来。她写了一张半八行，还都是些客气话，后来一转笔，应该写请夏先生不必来信了。她将毛笔反拿过来用笔头轻轻地在桌上连连敲着，自己心里推敲着应当怎样把这话婉转地说出来呢？这样把笔敲了四五分钟之久，终于是把笔放了下来，自言自语地道："若是这样地写信给人家，未免太没有礼貌了。人家无论是在当面，或是在书面上，一切都是有礼貌，自己可以对人家这样地横加非礼吗？"踌躇的结果，先是把笔放下，然后顺手把信纸一把抓住揉成了个纸团，摔到桌子边小字纸篓里去。当这样做的时候，对窗子外的亮光摇了几摇头，她心里也就随了这姿势转着念头，正大光明的朋友书信来往，那有什么关系？正是自己以往性情太孤独了，很少和朋友们书信来往，所以有一个朋友接连来两封信，那就很引起人家注意。其实也并没有什么可引起人家注意，只是自己觉得有人注意罢了。唯有自己以往的错误该予以纠正，也应当和别个女性一样，大大方方地把社交公开出来。再说，纵然不改变自己的作风，这位夏先生客客气气的来信，除了自己以小人之心度君子之腹，没有理由拒绝人家来信。她几个转念，把关门写信的企图，自己算是根本取消。

既不写信，也就不必关门了。随意地将门打开，却见对房门的葛太太坐在窗户前结毛绳褂子，低了头工作，自己是怕太寂寞了，口里轻轻地唱着流行的"何日君再来"。便笑道："老葛，你是个乐天派，终日里脸上都带了笑容。"她两手操住了活计按在腿上，却抬起头来微微地叹了口气道："我的小姐，我不乐天派一点儿，怎么办呢？一个月才拿几个钱，这样不好的毛绳，一个月薪水不够买一件褂子的材料。"华傲霜笑道："你不会不穿吗？"她道："若是我自己穿，我还有什么话说？这是和我那位冤家做的。他说现在穿短衣服，里面没有一件毛绳衣，实在支持不住。"华傲霜笑道："恭喜你呀，你两人言归于好了，是几时孟光接了梁鸿案？"葛太太又叹了口气道："我就是这样没出息，他的朋友告诉我，他的旧棉绒卫生衣简直不能穿了，毛绳衣又制不成，我就答应了给他打一件毛绳褂子。可是又怕他不肯要，我说白费气力不要紧，我买一磅多毛绳，若是白扔了，我舍不得。朋友就说，他也不能那样不识好歹。话说过去，也就算了。是前日下午，他朋友来了一封快信，说是他问我他的褂子结起来了没有，他等着要穿呢。我既是答应了朋友，我不能连累朋友都失信，所以我就咬着牙买了一磅多毛线，和冤家赶制这件衣服。管他呢，各凭各良心。"华傲霜笑道："这叫兵法攻心为上，实在不算你是不得已。"

葛太太对这个说法，倒没有怎样加以否认，微笑了一笑，接着反过来问道："华先生刚才关起门来不是睡觉吗？"她笑道："我原想写一点儿东西，可是关起门来意志还是不能集中，于是乎我又懒得写了。"葛太太道："唉！女人是人类中不幸的人吧？成双成对，有时候感觉得是受着压迫，可是真正一个人的话，也有许多不便。假使一个女人孤独地过活着，并不觉得怎样不便的话，我想没有什么女人愿意结婚。就是结了婚也不难离婚。寂寞是人生最大的惩罚。我有这样一个想法，华先生你看怎么样？"华傲霜脸上略微的红了一红，笑道："在你的立场，也许应该有这样一个看法，那么，我只有说是对的了。我对别人的事，倒是能客观的。"葛太太点头笑了一笑。

华先生也是笑着，不过她想到葛太太所说寂寞是人生最大的惩罚，这话是不是有意讽刺。可是照自己推想，也许她们在这两个月以来，是感到华傲霜有点儿不耐孤寂吧？她坐在屋子里，把同居三位女性的姿态想想，倒没有哪一个是能寂寞下去的。反正大家都是这样，谁又能笑人？也许葛太太说的是真话，寂寞是人生最大的惩罚。她想了两小时，原要给夏山青的信是不写了，却另外写了一封信给陆太太，说是星期四一准入城。次日早上，又写了一张便条叫女佣工送女生寄宿舍交章瑞兰小姐，希望她星期四一路入城。

那章小姐的回信却是更出乎意料，就是星期五上午请在家里等候，城里一准有小车子来接，免得挤着去买公共汽车的票。她心想，免得去挤公共汽车，这还用得着说吗？可是谁能够得着这一免？章小姐父母都不在重庆，家里纵有小车子放着，也不见得有司机。大概这部小车子又是由夏山青供应的了。由这几天的情形看来，专人送请帖，连发两封快信促驾，预约派小车子来接，可以用殷勤备至四个字来形容。是什么原因值得这位初次相识的夏先生这样殷勤备至呢？这或者是有所求于我。可是一个当教授的老密斯，对于这时髦的企业家，有什么可贡献的呢？他求我在人力上帮忙呢，在物力上帮忙呢？假如有，除非要我去和他当一个家庭教师，或者当一名秘书，可是他也会现成的有人，不必来求教于我。她把这个问题闷在心里，并没有作声。

倒是杨小姐悄悄地来问道："华先生，星期五的约会你要到星期五这天上午你才走吗？"华傲霜笑道："当然星期五早上去。南岸中学的课我已改为星期六了，去早了，没有事。"杨小姐道："公共汽车挤得很，假如挤不上早班车……"华傲霜立刻拦着道："没有问题，章小姐会派小车子来接我们去。"说着低声笑着道，"你可别对人说，我们这穷措大，忽然坐起汽车来，人家会特别注意的，我们悄悄地走着就算了。"杨小姐道："她为什么这样客气呢？我是沾华先生的光，那无所谓，她对华先生这样恭敬，恐怕是有所求于你吧？"华傲霜笑道："反正我不是大官，也不是富翁，她有求于我，也求不到我什么。我们把好心眼待人，只当她是尊师重道吧。问题是值不值人家一尊？"杨曼青道："就拿华先生自己说的消息来证明，也可以知道华先生是应当受尊重的一位老师。你不是说南岸中学的学生留着你教书，都留得哭出来了吗？名副其实的人不必避免人家尊敬。我觉得这样地做，一来是接受自己的光荣，二来也是替别人做个榜样。"华傲霜哈哈笑道："我的小姐，你说得是太好了，我恨不得今天就进城好去接受这一份光荣呢？"

杨小姐向来少看到她这样大笑，她笑着把头昂起来，露出满口雪白的牙齿。她暗想着，华先生的态度是大变了，前两个月，人家就喊着老处女转变，那还看不出来？若照于今的情形看，和以前简直是两个人。星期五有小车子，倒要看看是什么人用小车子来接？章瑞兰就很少到这草棚子里来看过华先生，若是并没有特别原因，不会这样对她恭敬。那天是夏山青请客，也许就是他派汽车来接吧？这是值得注意的事。她带我一路坐车，那就很好，纵然不带我坐车，我也要赶到城里去看个究竟。她心里憋着这个问题，且不说破。

到了星期五早上，被请的华傲霜本人倒有点儿心中不安。她想借小车子那究竟不是一件容易事，假如章瑞兰不派车子来，就无法赶上夏山青请的这顿午饭。人家那样诚心诚意请着，按时不到，似乎不妥，人家也就会疑心华傲霜的古怪脾气还是改不了。她这样地想着，倒后悔不该接受章瑞兰派车迎接之约，应该星期四下午就先进城，从从容容地今天赴约。悔既无用，早晨索性在床上多睡一会儿。正在枕上睁着眼睛，望了屋顶出神，却听到章瑞兰在屋子外叫道："华老师，车子都到了，你还没有起来吗？"她真没料到车子来得这样早，一个翻身坐了起来，隔了窗子道："还早得很呢，怎么这样早车子就来了？"章瑞兰笑道："自然是车子等人，不能让人等车子。老师只管从容起来，我在这里等着。"华傲霜一面穿着衣，一面开门迎进章小姐到屋子里去。她脸上虽只微微带着笑容，但很可以猜着她是心中高兴的。章小姐绝不扫她的兴致，让她从容地洗脸换衣服，还怕坐在屋子里会露着催装的痕迹，自己又避到杨曼青小姐屋子里去说笑。

足有一小时，华傲霜头发梳得光滑，一丝不乱，脸上光彩焕发，笑嘻嘻地在屋子里叫道："密斯章，我们可以走了吗？"章瑞兰过来，见了老师的头面，足足年轻了五岁，虽然身上还穿的是件蓝布衫，然而这件布衫，除了洗刷得干净以外，却是烫得一丝皱纹没有，仿佛是一件缎子袍子。华先生似乎已感到章小姐的眼光，已在她周身横扫了一遍，因笑道："我怎么办呢？在你们公馆里宴会我，是不宜穿得太寒酸了，以致扫了你的面子。可是我并没有一件不寒酸的衣服。"章瑞兰道："请你不要为这事介意，只有书生本色是可贵的。假如我家里今天是个盛大的宴会的话，那也只有华先生在宾客中最为高贵的。"华傲霜道："那是什么缘故？"章小姐正要说这个缘故时，杨小姐已经提着旅行袋站在外面屋子里，因道："我们走吧，不要让人家车夫久等啦。"章瑞兰笑道："不要紧，等一天都不要紧。我请你二位先生去吃一点儿早点，不要空了肚子去。"华傲霜见杨曼青提了旅行袋，只管晃动着，似乎心里焦急着要走，因向她道："你还有两件随身行李吧？"她道："我早叫人送到车子上去了。"华傲霜笑道："你倒是比我还急。"可是她把这句话说出，便很急促地把话收住来。心想这在逻辑上讲那是很不通的，自己根本就用不上什么急，怎么可以把人家来作比较？好在章杨两位小姐，都没有注意她的言语，说过本就算了。华先生也借了收拾屋子，归纳旅行袋，把这事扯过去。

在一小时后，小汽车已把用过早点的三位小姐送到了城里。章公馆有主人亲自陪到，两位客人自是毫不踌躇地进去。那位陆太太好像是候驾多时似的，听到汽车的喇叭声，笑嘻嘻地迎到大门口。华傲霜笑道："你看，我又来了。这位客人不有点儿讨厌吗？"陆太太笑道："你大概忘了我们是派小车子去接你的吧？"说着向前拉了她的手，迎到上房里来。这不但是陆太太，所有章公馆的人今天透着都加上了一番亲热，男女用人望到华先生都是深深地一个鞠躬。就是对于杨小姐，也加倍客气。她的一只小箱子和一只小铺盖卷，都有人奋勇地扛着首先地送到上房。还有那不大见过的男女用人，也都在窗户外面慢慢地走过，伸着头向里面张望了一下，好像是有意来探望一下的。华傲霜心里原有点儿不十分自然，看到这样子，就更觉着不安，这也就猜着章瑞兰用小汽车接自己进城必有所谓。若章小姐是平常一种女友，自己不妨直率地问她，无如她是自己的学生，向来又保持着一份尊严于其间，那只有含糊着了。

大家所坐的还是内客室，华小姐坐在紫皮的沙发上，旁边茶几紧紧贴着，上面已放着两玻璃碟子西式点心，是乳油蛋糕和可可饼干。她在乡镇上已喝过豆浆，吃惯油条烧饼向来胃口弱的人，对于这高贵的点心，虽有心想尝一块，可是还怕不能消化。她正犹豫着，那系着白布围襟的女佣，将朱漆描金托盆送着三碗面来。不用说面怎样，这碗就是细瓷蓝花御窑货。面碗放在茶几上，看那里面放着白条子宽面，面上的浇头是鸡丝、猪肝、香蕈、笋片、虾米、干贝。心里这就想着，这一份讲求料着今天的酒菜更会是上等的了。正如此想着，女佣又将一双白纸包卷的筷子送到茶几上。章瑞兰和杨曼青坐在对面椅子上，已是各人手上捧了一碗面。章小姐道："老师，你再吃一点儿吧，刚才在乡下吃的那些东西，恐怕没有吃饱吧？"华傲霜心想，平常在寄宿舍里，不过是喝碗锅巴稀饭，或者是吃两三块煮红苕，哪里有油条豆浆吃？今天坐了小汽车，这身份就立刻不同了。便笑道："我已是吃得很饱。"

不过这么说了，看杨小姐时，她已将筷子头挑着面条缓缓地向嘴里送去，这就觉得太拘束了，是给杨小姐一份不便的。于是接着道："我再喝

322

一点儿汤吧。"她说着这话，真个就端起面碗来吃了。她先是呷两口汤，后来夹点浇头到嘴里去咀嚼，最后就挑着面条吃起来。原来是觉得肚子里很饱，不必再加食料，但是在吃了喝了之后，非常地够味，那就这样继续吃下去了。还是看到主人只吃了两三挑面，已放下了碗，才跟着放下碗。见陆太太在旁边坐着，独不吃，便笑道："你在这里，也总算是主人，为什么不陪客？"她笑道："我起来得很早，还能饿到这时候吗？我告诉你，今天一切都是夏先生办的。他反正是请客，我何不叨扰呢？"华傲霜这才晓得，夏先生今天是全副招待不用提，那小车子也是夏先生派去的了。这倒不好完全装麻糊，便笑道："这样盛情招待，倒叫人难以克当！"

　　正说到这里，却见章瑞兰向窗子外一努嘴，低声向陆太太道："老姨太太来了，请她进来坐吧。"陆太太笑道："她是何所闻而来，今天出了她的绣楼了？"说着，就走出去了。华傲霜对于这位老姨太的印象十分不好，加之刚才陆太太说句何所闻而来，也颇令人注意，好像这个场合有什么消息她也是知道了的。在这里尽管有意无意地和章小姐谈话，却是留心地向外听下去，听听老姨太说什么。果然，听到她答复了陆太太一句话，我是见所见而来啊。在这句话里，倒可知道她不是个绝对缺乏知识的妇女。她说见所见而来，那当然是要见华傲霜，而不是要见杨曼青小姐。我是她早已看见过的人，她今天还特地地要见我干什么？这倒是可研究的了。她正这样地想着，那位陆太太可就把这位给人印象欠佳的主人引了进来了。

第四十五章

# 隆情盛意

　　华傲霜到章公馆来过多次，对于他们的家事是略微知道一二的。这位老太太是主人翁的庶母，也就是章瑞兰的庶祖母了。虽然她是个没有权的人，可是主人翁是个封建思想出身的人，后来多少受点新思想的洗礼，他为了纪念他的亡父，觉得这总是一个长辈，不能不对她取一点儿尊敬的态度。而这位老太太又没有儿女，于主人翁去世以后，她并没有再嫁的意思，而且那时还只有三十岁呢。主人为了人道起见，也就容留她住下来吃一碗闲饭。她或者对家庭有所建议，也就相当地接受，只是名义上绝不让步，始终称呼她为老姨太。她到了五十岁，对于生平安之若素的这个"姨"字，感到不快。而自己并无儿孙，又无法争取一个正大名号，因之一腔愤懑，常是找些鸡零狗碎的事件与用人捣乱。主人翁常在成都，少爷小姐又不问家事，老姨太的话不敢不听，否则她可以要求主人开除家中雇用的人的。她只有对孙儿辈取着不闻不问的态度，不睬她，她也不说什么。因之章公馆来的客人，若不睬她，她就有一股怨恨。相反地，若是哪位客人对她表示尊敬，尤其是对她多叫几声老太太，她把所有的东西拿出来招待客人都深所愿意。

　　华傲霜初到章公馆来的时候，怎么知道这一点儿？后来摸清楚了，又不好意思去故意拜访。这时老姨太亲自来拜访了，这倒不能不敷衍她一下，无论如何，她总是这里的主人之一。于是站起来相迎道："老太太，我常常来打搅，并没有到后面楼上去奉看，对不起得很。我也是因为老太太是个吃斋念佛的人，不敢去弄脏老太太的佛堂。"这几句话共有三声老太太。她立刻高兴了，在瘦削的脸上放出了十分的笑容。点头道："华先生，请坐吧，我自己想着，落伍的女人不好意思见人啦。"那杨小姐见华先生都这样地客气，自也跟着叫老太太，她这就十分高兴了。笑道："你们在教育界的人，那是十分清苦的，将来打胜了仗，国家一定要重重地报答各位先生一下才是。请坐请坐，不要客气。"她不但是口里这样说着，而且伸出两手来遥遥地做了个推扶之状。

华傲霜看她穿一件青哗叽棉袍，也穿的是一双青呢鞋子，而且都是半旧的，十分朴素。虽然是五十多岁的人，头发却是一把漆黑，一抹向后，唯一富贵的象征，就是两耳戴着一双翡翠的耳环。华傲霜在上次寄住的时候，暗中很受到她的精神虐待，心里头老是拴着一个疙瘩。这时看到她这样和气，倒是出乎意料。人家究竟是老前辈，也就周旋了几句。老姨太约莫坐谈了十分钟，笑道："我今天还有一段经没有念，暂且失陪，回头请到我楼上去坐坐吧。"说毕，她就走了。华傲霜自不解这位老妇人为何而来，因笑道："这位老太太，平常不下楼，原来倒是很和气的。"章瑞兰是很了解这里面的理由的，可是她怎好说出来，只有对陆太太微微一笑。

大家随便地谈话，约莫有一小时，接连地有两起用人进来报告，夏先生来了。本来这种报告也就很平常的了，可是章小姐和陆太太听了这话，彼此先看了一眼，内心似乎有一种要突发出来的欢喜。可是在表面上她们又极力地忍住了，仅仅眉目上略微透出一点儿笑意。陆太太首先站起来笑道："我们到外面客厅里去坐吧。"随了这话，大家就一阵风似的拥到客厅里来，那位在客厅里候驾的夏先生，听到窗户外面的脚步响声，已经站了起来相迎。

华傲霜一踏进客厅门，就觉得夏山青今天又年轻了五岁。他穿了浅夹哗叽西服，里面雪白的衬衫，领子外面系着紫色鱼鳞纹的领带，裤脚管熨烫着平展笔直，一条皱纹垂下，脚上蹬着紫黄色皮鞋也是光亮着没有一粒灰尘。大概脸上经刮胡子的距离还不到两小时吧？因为头发上涂的生发香水还是油淋淋的呢。夏先生是知礼节的，女人不伸手给他，他是不会伸手来握的。所以他平垂了两手，立直了两脚，弯腰行了个鞠躬礼，华傲霜还是抢向前两步和他伸手握着，然后将杨曼青小姐介绍着。杨小姐笑着还没有致礼，夏先生又是一个鞠躬。大家坐下之后，用人敬上茶烟，夏先生都是向他们说声谢谢。陆太太道："夏先生你不用谢，除了桌子椅子一切都是你的。"夏山青坐在沙发上面对了众女宾，一听这话，就起坐欠了一欠身子，笑道："这话那不尽然吧？至少这房子不是我搬来的吧？"章瑞兰笑道："假如能够再把房子搬来招待上宾的话，夏先生也没有什么不能搬。"夏山青抬起头来向屋子上下周围看了一看，又摇头笑道："这样好的屋子，我在重庆还没有法子搬得出来呢。"于是大家都哈哈大笑。

宾主在这十分欢愉的情形中进行着茶点，随着又是午餐。酒席另设在客厅外的餐厅里，圆桌上铺设的不是白桌布，而铺的是崭新的花桌毯。所有一切的器具都是十分精致的彩花细瓷，杯子是银的，筷子是乌木包银的，碟子里放着一排新鲜的水仙花球，在花球中间嵌上两粒胭脂梅。华傲霜看到，首先表示了惊异。这是南京的名堂，凡是招待最尊敬的上客，用最上等的酒席款待，就是这种酒席，这有个名称叫作花席。这倒有点儿愕然，夏山青为什么执着这样客气的态度？情不自禁地就向他连连地点着头道："这招待太客气了，不敢当！不敢当！"夏山青已是亲自提着一把赛银酒壶，向首席上的酒杯子里斟下酒去。斟完了，然后向她点了头道："华先生请在这里坐。"华傲霜虽明知这是固定的局面，可是还笑着谦逊了道："随便坐吧，不必客气了。"夏先生笑道："初次奉邀，礼不可缺，下次兄弟做个小东，那就一定随便。"说着他又提壶在第二席上来斟着酒，向杨曼青道："杨小姐，在这里坐。"她哟着笑了一声道："那怎么敢当呢？我还是和夏先生初次相见，怎好坐这个位子？"他连连地点着头道："也就因为是初见，我就不能不恭敬一点儿。你看我们在场的人，还应当请哪个上座？"这句话倒把华傲霜提醒了。看今天这个场面，他确是花费的钱不少。假如杨小姐不来，共总只有四个人，他竟是为这少数的人设下这样的盛席。便笑道："杨小姐，这里的确没有外人，我们就恭敬不如从命吧。"于是大家含笑入席。

夏先生坐在主席上，笑道："我有一句话先要声明，我猜着华先生是一位脱尽俗气的书生，不敢用普通应酬的方法相请，所以并没有敢约外人。今天得有杨小姐和华先生同来，兄弟欢迎之至。兄弟虽原来少识杨小姐，可是华先生的朋友，那一定是可佩服的。所谓'尹公之他端人也，其取友必端矣。'"说着微微地打了个哈哈。杨小姐自觉是个来揩油的，而且还想夏先生代为找工作呢，原来颇有点儿尴尬。听过夏先生这一番话，觉得主人的态度，非常地好，料着有华先生吹嘘两句，找一项工作是不成问题。而且看他举止豪华，一定是个有手段的企业家，安插一个小职员也绝没有困难，立刻心里的块垒全消，脸上透出了喜色。华傲霜呢，对主人这番盛意，却始终在可解与不可解之间。自己并不是那样名震社会的英雌，何以受他这样的优待？同时也就想着，一席共只有五个人，他办上了一桌丰盛的筵席，怎么吃得了？

可是主人老早地顾到了这点，在第一碗红烧鱼翅上席之时，陆太太看到先呀了一声道："这实在是名贵的菜，抗战六年多，我至少就有六年没有吃过这东西。在重庆还可以吃到鱼翅，这是一件新闻了。"夏先生笑道："我今天采取的是精兵主义，叫厨子把一点儿储藏的东西都拿出来了。这样，免得把那些敷衍门面的菜占据了桌面。"华傲霜笑道："夏先生是离开教育界太久了，现在拿粉笔的人，只要有东西填满肚子，说什么精兵主义、滥兵主义？"夏山青笑道："的确这是我们应当认为惭愧的，以后我当于拜访华先生之便，对教育区的情形多多地观察观察。"杨小姐听到，心里就想着，听他这语气，以后还要常常地去拜访华傲霜呢！和这位老处女也相处有日了，哪里有什么男人专诚去拜访？说到常常拜访，那更是没有的事了。以后他坐着小汽车常常去看这位老处女，那不是学校壁报上很好的桃色新闻吗？在她这样估计的时候，华小姐已很快地答复了，她道："那不敢当呀！我们不但是没有红烧鱼翅，就是鱼骨头、鱼鳞也拿不出来。"陆太太便在旁边插嘴道："夏先生他去拜访，是向华小姐去讨教学问，不是去吃鱼翅！"夏山青带着微笑道："像我们没有什么知识的人交换，那也就只好走此下策，酒肉招待了。"华杨两位，这就同时惊讶地笑了起来。一个说着太客气，一个说着不敢当。

　　就在这说话的当儿，厨子是相当地凑趣，就把一只一尺二的大长盘子送了一条清蒸全鱼上来。章瑞兰也笑道："这样一来，我们就是有鱼骨头，将来也是不好意思拿出来招待夏先生的了。"陆太太说道："许多下江朋友，都是这样。说到了四川吃鱼，越是不容易，就越想吃鱼，鱼也就越贵。"夏先生笑道："买鱼，我那厨子有办法。各位若有意思吃鱼的话，可随时打电话通知我，我可以随时做一个小东。"杨小姐笑道："这一顿招待方才享受着，又约着下一顿了。"夏先生笑道："那绝没关系，像我们这种小资本家，多发了一点儿国难财，你们教育界的人实在太清苦了，应该吃我的。"他说时满脸是笑容，可见他这话并不勉强，于是全座的人都听了他这话笑起来了。

　　这顿盛筵吃过，再引到客厅里坐，又是一遍咖啡水果。华傲霜端着咖啡杯子，先闻到一阵浓厚的香气，笑道："这又是一样难得的东西，这绝非代用品。"夏先生道："这东西我还有点儿囤积品，若是二位需要的话，我可以奉送。"说着望了杨华二位。华先生听了这话，倒无所谓，只说声谢谢。可是杨小姐想着，这还是个很长的一段交情，以后还可来往呢。心里计算了一下，便觉这是一个透露消息的机会，因笑道："我根本就是在

327

打搅章公馆。"章小姐向她看着,眼珠一转就全明白了她的意思了。笑道:"夏先生,杨小姐原来在学校里教务处,现在辞职了,想另找一份工作……"夏山青竟不等章小姐把话说完,立刻接住着道:"杨小姐有意改行加入我们实业界的话,那事情是好办的,待遇方面当然会比学校好一点儿。不过读书空气公司里是没有的,银行里更是没有的。所有的最高学问,是怎样把握时机做一批生意。杨小姐不嫌市侩气吗?"

她真没想到夏先生一口答应就许了比学校还高的待遇。因笑道:"这样说,我们当青年的人就太不知进退了。我愿意在夏先生领导之下随便找一份工作,实在的,也可以多学习一点儿。"章瑞兰道:"既是那么说,希望夏先生把她介绍到银行里去,弄一份工作。我就常常这样想,为什么银行里面就没有一个女经理?我就主张女子多多地去学银行,将来人多了,总可以出一位女经理。"夏山青笑道:"好!那我负责一定把杨小姐介绍到银行里去。"杨小姐听了这话,心里不觉得暗暗叫了一声天呀,这是一世的指望。心里一阵奇痒,早是一阵欢喜簇拥上眉毛、眼睛和嘴角上来,禁不住盈盈地一笑。华傲霜立刻想到,原是要和她做介绍人的,现在并不曾开口,夏山青就把事情完全允许下来了,现成的一个人情将要落空。便向夏先生笑道:"有夏先生这样提携,那是不成问题,一定可以得着一个工作。不过我有一句外行的问话,可否不必经过练习生这个阶段呢?"夏山青笑道:"那当然,无须。难道还要杨小姐去当练习生吗?假如杨小姐有意进银行的话,我一定找个行员的位置。若嫌工作繁重,到公司里去也可以。杨小姐,你放心,三天之内我给你回信。"说着他举起手上的咖啡杯子来笑道:"欢迎欢迎!"

杨小姐竟是教育圈子里的人,外面这些人事应酬工作完全漆黑,人家表示欢迎了,自己倒不知道说些什么是好,只管红着脸说不敢当。夏先生倒很体谅的,向杨小姐道:"若有什么困难之处,可以和章小姐说,我当尽量和你解决。"杨小姐道:"有了职业,我就什么困难都没有了。"华傲霜觉得她的话,颇有点儿语病,好像找不到职业,就有很多的困难似的。因向夏山青笑道:"每个青年人,都是不愿停留在社会上的,得有一个进取的机会,比得着什么都愉快。夏先生给予她这个机会太好了,我都要替她道谢。"他笑道:"章小姐知道我的,我生平以接受朋友的付托为荣。因为人家看得起你,才有事相托呀。"

说到这里,在一旁的陆太太和章小姐觉得言语有些扯淡,可是又感觉得这个场合并没有其他的话可说，彼此望望。章小姐就提议下午去看电影，夏山青也就感到打搅过久，便道："我要先行告辞。我知道老太太是吃素的，没有敢相请，但应当向她老人家表示敬意。"说着在身上掏出一张名片来，用自来水笔在上面批了一行字，向老太太请安，并在名字上加注了一个晚字，然后交给章小姐，请为转交。回头向在座的人再三表示歉意，方才告辞。华傲霜随着房主人送到客厅屋檐下，伸着手和夏先生握了一握，连连地笑着说多谢多谢。这自然是开明妇女的普通礼节，不过在一旁的杨曼青看到就有点儿新奇。她和华先生相处很久，从没有看到过华先生和男子握过手，这并不是她顽固，由于她自视很高，并没有哪个男子配和她握手。这样看来，至少这位夏先生是配和她握手的了。她把这看法放在心里，自也有了一种推敲。因之客去多时，华傲霜脸上还有喜容。

大家回到了上房，继续谈笑着。华傲霜却在主人的大意中，特地提醒了她一句话因道："章小姐，我想到后面楼上去拜访老太太，这是时候吗？"章瑞兰哦了一声道："我还忘记了一件事，夏先生留下的那张名片，应该和老姨太送去。什么时候拜会她，她都是欢迎的，我来陪二位去吧。"她这样说着，正好有老姨太一个亲信的用人由窗户外经过，立刻回转楼上做了个特快报告。老姨太听说，在她的寂寞环境里，跳出了一颗热烈的心，脸上堆下了全副笑容，走到楼廊栏杆边来等候。果然章瑞兰带了华杨二人径直地上楼来。老姨太迎到楼梯口上，笑道："哎哟！不敢当！不敢当！请到里面坐。"华傲霜一走进正面屋子，就有一个被冷落着之妇人的景况袭击了心房一下。正面墙上挂了一轴彩画的大身佛像，下面长桌套了方桌，一层并列三个玻璃佛龛，一层列着白锡五供，一只彩花瓷瓶供了一束鲜花，一只铜炉摆在五供当中，正轻微微地缭绕着一缕檀烟。长桌角上，白天也点上一盏白锡台菜油灯。左边一列书架，整齐地叠着许多佛经。右边两张乌木太师椅子上面，铺着黄布的棉椅垫，桌子下两个青布套蒲团。除此以外，这里并没有一点儿陈设。楼板和墙壁都扫拂得没有一点儿灰尘，唯其是十分干净，却显着十分冷落。

大家正站着觉得主客的座位不够，那墙角的一扇门却呀的一声开了，一个女佣伸出头来笑道："请到这边来坐吧。"于是老姨太引着大家向隔壁屋子里走去。华傲霜进来一看，也是一间精致华丽的客厅，不过女用人临时才来开窗户，可见这里平常不但不开门，连窗户也是关着的。再看桌上茶几上的花瓶里面，并没有插着一枝鲜花，于此也可见空有这个客厅，简直是没有客人来拜访的。她虽不大参加妇女运动，可是对于时代所遗弃的妇女向来是同情的。上得楼来，在这两间屋子上，可以看出这位老人家何以被称为老姨太了。

她这样想着，立刻把老姨太往日的骄妄态度完全忘记了，而且在同情之下，对老姨太更表示一番尊敬。因道："老太太，你的功课完毕了吗？我们上楼来，不打搅你老人家念佛？"她笑道："经已经念过了，我从前学佛也无非是跟着那些乡下老婆子弄些妈妈经，后来经过几位名师的指点，我也懂得一点儿道理了：心即是佛，只要是心把握得住，形式上是没有多大问题的。请坐，请坐，我已叫他们泡好茶去了。可不会是贾宝玉品茗栊翠庵，你们放心，我没有妙玉那些恶习气。第一我是老太太，不是小姐。"大家听了这话，哈哈大笑。为了这老人家有了风趣，也就随便坐下。章瑞兰把夏山青那张名片递上，她接着看了看，笑道："啊呀！太客气，可是他当年出洋，老太爷是帮过他的忙的。他现在是时势造英雄，成了大后方的大企业家了。难得他还记得我这老太婆，总是可感谢的。下次来了，我下楼去见见他。其实，我这楼上并不是栊翠庵，倒不怕人来的。"说着她自笑了。华傲霜道："老太太，您学的是密宗吧？"她笑道："还不是像刘姥姥一样，一句话一声佛，根本没有什么宗派。"杨小姐笑道："老太太爱看小说吧？"她叹了口气道："杨小姐，我像你们这大年纪时，《红楼梦》《牡丹亭》还不是滚瓜烂熟吗？于今是两世人了。现在你们年轻人赶上了革命时代，好得多了。"她这句话连杨小姐也懂得，对她就有更进一步的认识了。

第四十六章

# 由同调到合伙

这位老太太得着人家的温暖，她也就立刻给予别人温暖。她自己私用的女佣用细瓷茶碗泡着真正的杭州龙井，向各人面前敬上了一碗。随后是八个高脚细瓷碟子，盛着各式助茶的清品，有松子仁、白瓜子、椒盐核桃仁、蜜饯之类，两位嘉宾本坐在紫皮沙发上，老太太还嫌着不够舒服，到里面屋子里去，拿出两个品蓝缎子描金的靠垫，在两人背后各塞下一个，笑道："我这里是很少客到，这些东西都备而不用。"华傲霜道："大家都是这样想，老太太是吃斋念佛的人，别上楼来打搅你老人家养静的场合。"老姨太坐在椅子上，将手轻轻一拍大腿道："那才是个莫大的错误呢！佛是普度众生的，就是要和人接近，如来佛生怕不能接近众生，要和什么人说法就用什么化身，要和妇女说法就化身为观世音。观世音就是如来佛的化身，并非另外有这个人。"杨小姐道："这么说，观世音并不是单独的有这么一种佛？"老姨太笑道："可不就是！中国的妇女敬佛，一百个就有一百个敬观音菩萨。观音是怎么一个人，谁也不知道。鼓儿词上是有的，说什么西天有一个国王，有三个公主，都要招驸马，只有三公主不肯，逃出宫廷出了家。又说她来不及裹脚就得了道，所以赤脚。俗语说观音修到十全，还是赤脚坐莲花墩，真叫胡闹。他们以为世界上的女人全是中国千把年来的女人一样，个个是受那肉刑裹着脚的。佛出在印度，印度女人打赤脚，有什么稀奇？现在四川乡下女孩子打赤脚的多着呢。他们真是以小人之心，度君子之腹。以为赤脚得道，很替观音大士遗憾。"说毕咯咯地一笑。

杨曼青听了这话，还仅仅知道老姨太学佛与人不同，很有根底。华傲霜听说，却惊异的了不得。这老人不但是读书很多，而且有着新思想，便笑道："老太太真是渊博得很。中国妇女若都像老太太这样，学佛也就是一种宗教的信仰，不是讨厌的迷信了。我倒要问，怎么这尊佛叫观世音菩萨呢，又叫大士呢？"老姨太笑道："这两件事是一件事，梵文对求佛果的人叫菩提萨埵，简称菩萨。又说菩提有情的叫菩萨。总而言之，是有佛道的人。大士呢，这是中国货，在古来我们的文人也把菩萨这个意义释称大士。至于观世音三个字，这不是学佛念经的人不会理解。佛家讲个无声、色、嗅、味、触、法。那就是耳目鼻舌手脚脑筋，全不受到引诱，也就是说周身百体，全是化而为一，大彻大悟。反过来说，听的可以看，看的可以听，其余类推。你想，世界上的声音，都是可以观看的，这佛的佛性，可以想到。而观世音也就是要在观看世音里挽救世人。世人简称观音，又以为大士这个名字是专指着观世音的，这都是错误。可是这个错误恐怕在明朝就很普遍了。"

华傲霜听了这话，突然站起来，向她鞠了个躬道："老太太，我有眼不识泰山，我真没想到你老人家在哲学方面有这样深的研究，这绝不是平常念佛的信徒所能梦想到的话。"章瑞兰和杨曼青看到，都暗下称奇，以她那种恃才傲物的人，会有这样的态度。老姨太也是知道华先生为人高傲的，见她突然地行起礼来，立刻地笑着站起，握住她的手道："不敢当！不敢当！"华傲霜回头向瑞兰笑道："真是十步之内，必有芳草。"

老姨太看到她这番恭维，她就不能无声色嗅味触法了，笑道："华先生，请坐下来谈吧，大概我们是佛家的话，有缘。大家若是没事的话，可以坐一会子，把我这段秘史告诉大家。我向来没有让人家这样垂青过，我高兴极了。我应当借这个机会，宣布出来。不然，你们真会奇怪，我这个姨太太出身的老婆子，怎么会懂得许多呢？"大家听她要宣布秘史，脸上又都是一番惊奇。华傲霜坐下来道："我们愿洗耳恭听。"

老姨太笑道："用不着恭听，根本没有什么可歌可泣的事。我简单地说吧，我是这里老太太的丫头。老太太待我，前半截没有话说，就像自己的女儿一样，也就因为太喜欢我了，让我陪着瑞兰的大姑母二姑母读书。瑞兰的父亲，那时已经进大学读书了，为什么瑞兰的姑母不进学校呢？四十多年前，在前清末年，风气还很闭塞的。老太爷和老太太都不愿女孩子过分地解放，只是在家里读旧书而已。我比两位姑小姐大几岁，我也肯用功，读了四五年旧书，我的国文居然有个半通，尤其是一笔小字，先生特别夸奖。那时已经是辛亥革命了，我已十八岁。两位姑小姐也是十四岁和十六岁。教书先生已是七十岁将近的人，不肯教了，两位姑小姐也就受着潮流的鼓励，进了女子师范。依着老太太的意思，是要把我当女儿嫁出去。而老太爷说是给了人可惜，要收为姨太太。

"为了这事，和老太太闹了半年的别扭。可是老太太是个旧式妇女，又以为我是她一手造就出来的，还有点儿情感，终于成为事实。老太爷对我当然是不坏，而且还继续地教我读书写字。老太太为了维持她的尊严，也晓得其罪不在我，只是在家规上重一点儿，倒没有虐待我一点儿。我也处处谨慎，甚至比当丫头的时候还要小心些。在老太太面前，我原来可以随便说笑，甚至于还撒个娇，要这样要那样。自从做了姨太太，老太太面前我简直不敢坐下，也不敢说笑。倒是老太太过意不去。过了三年，准许我在一桌吃饭。不久，老太太就谢世了。我这时有点儿疑心，以为我可以出头。其实从两位姑小姐那里起，就反对我有一寸地位的增加。我要说句良心话，瑞兰的父母待我都不错，把我当个长辈。只是我一个做丫头的人，少爷小姐对我叫名字叫惯了，一旦我跳上台做他们的小母亲，这也实在让他们难受。在这个僵持的局面下，老太爷要想把我扶正的那番好意始终不曾实现。不过到了最后十来年，老太爷衰老多病，时刻不能离开我，吃喝和睡都要我伺候。前十几年，老太爷去世了，我已是四十开外的人，自谈不上改嫁。章家是体面人家，也不愿我无故改嫁。总算大家念我最后十年的勤劳，分给了我一部分产业。我像那皇帝家里的官妃一样，在姨太上晋封了一个老字。"

说到这里，她指着瑞兰笑道："因为她爸爸和叔叔也纳了妃了，姨太这名词，是后一代不幸的女子承受了。我这话并无任何怨尤之意，老太爷把我收作姨太太，可说是善意的。我除了人生所应享的少年夫妻闺房之乐的那一段没有领略而外，其余什么享受我都有了。学佛也是老太爷生前的遗嘱。他知道我无意再嫁，劝我晚年信仰宗教，精神好有所寄托。所以借着那个人客少到的楼上，家里有的是书，念了经就看书，不看书就念佛，混了这多时候的岁月。不过环境太寂寞，让我的性情也走进了孤僻的一条路，这是学佛的人所不应该的。我实在有意改善，可是瑞兰的爸爸、叔叔是有事业的，很少在重庆。再晚一辈，他们是天真的，随着人叫老姨太罢了，不能理解我。我出身是太卑贱了，也不想做他们的祖母，可以说是这社会遗弃了我。为了学佛，我才仅仅地有点儿孤僻，养成一切都看不入眼。其实社会需要我的话，起码做慈善事业我还有这个力量。可是老姨太这个名词拿不出来的呀！社会上那些孤僻的人，我想是冷眼逼成的，有人给他温暖，他的孤僻立刻会消失的。华先生，因为你太看得起我，我就倾匣倒箧把我的话说出来，我有点儿交浅言深吧？"说着她微微地一笑。

华傲霜听她不卑不亢、从从容容地把话说完，颇觉句句可予以同情，尤其是解释人性孤僻这个说法，完全和自己同调。因道："老太太，你说的这些话，这实在是坦白动人的言词。像你老人家这样看得透彻，居心恬淡，那是什么环境都可以安居下去的。不过我看府上的晚辈对你都很好的。"老姨太道："很好的，不然我也无法在这楼上学佛念经了。瑞兰是个有新思想的女孩子，她也很同情我，所以在她面前说话，也用不着什么忌讳。"章小姐听说，也就微微笑着。当然，她对于老姨太的事情是知道得很多的，不过她在人家面前公然地承认是个丫头出身，这还是第一次。她为什么突然地把这番身世告诉人？却还找不到她这个心理变态的缘故。也就只有微笑，不表示意见。

华傲霜却了解她的意思，正是那饥者易为食的同样道理。在被社会遗弃了的人，谁给她以温暖，她都可以认为是知己的。因笑道："老太太，我高攀点，我们情形大致相同。"老姨太听了这话，倒觉得有些出于意料，不觉两手合起掌来，举平于胸，连连地摇撼着道："阿弥陀佛！那怎比得？你还是一位白玉无瑕的小姐，而且你又是身份极高贵的教授先生。我算得什么呢？"华傲霜笑道："你老人家学佛，应该认为人类是平等的吧？身份这两个字，根本不是有前进思想的人所应说的话。我说高攀着的，就是老太太是个过渡时代的不幸者，我也是。不过老太太过的是前一段河面，我过的是后一段河面。"她这言语，相当地有点儿含糊，可是老姨太一觉得这个人"合口味"了，就感到什么话都"合口味"。因点点头道："这话自然，也不是无缘无故说的。华先生，我们很说得来，以后你若到城里来，不问瑞兰在不在家，你直接就到我楼上来。你一定了解我，我是怎样地欢迎你。我这个地方，招待也许简单一点儿，可是吃的用的我保证十分洁净。"华傲霜笑道："这样说，我就不敢当了，不过我一定来。还有这位杨小姐，这几天要借住在公馆里，正好让她多陪着你老人家谈谈。"

老姨太望了杨曼青道："真的吗？杨小姐。"她笑道："我要在这里打搅几天的。不瞒你老人家说，我是个失学又失业的青年，难得章小姐给予我充分的同情，让我在公馆里借住两天，好在城里谋一个找工作的机会。"老姨太点点头道："瑞兰虽是年轻，赋性十分厚道的。我们只要可以帮朋友的忙，为什么不帮忙呢？杨小姐，你若得闲，尽管上楼来。不要紧的，除了每天上午九点钟和晚上九点钟，是我念经的时候而外，其余的时间全可以谈天。我学佛本来也就不愿拘什么形式，可是我要不规定这么一点儿形式，我又怕我会懒惰下去。我念经的时候，你也只管来，你就随便坐着，或者到我后面屋子翻翻书看，都可以。我并不要你看什么《大乘起信论》和《妙法莲华经》。我除了是个佛教徒，此外就是个小说迷，什么新的旧的翻译的小说，我都有。人生的寿命，诚然是短促，可是不做什么事的话，也就很觉得这日子太遥远。若不找一点儿消磨时间的事情来做，那是不大好过下去的。瑞兰，你不反对我的话吗？大姑太太是个职业妇女也一定赞成。"说着她望了章小姐和陆太太。瑞兰笑道："我当然是赞成的，不过让杨小姐跟着你老人家学佛，我觉得杨小姐自己会考虑的。"她因为华杨都对老姨太很客气，她也不便再称呼老姨太，所以改叫作老人家。老姨太一听她也改了口，立刻高兴了，笑道："不呀！我没有让她和我学佛呀，我让她到我那内书房看小说哩！旧的《红楼梦》新的《少年维特之烦恼》，我那书架上全有。"华傲霜笑道："我插着问一句话吧，老太太你一定都看过了，你对那书感想如何？"老姨太笑道："你问得好，可是说也不相信，我一个学佛的老婆子，倒是同情茶花女的，可是我没那勇气。"

在座的人都是读过《茶花女》这本书的，听了她从从容容谈笑出这句话，都不免心里一动。但看她的面色时，还是很自然的，而且在华傲霜眼里看来，不仅是自然，简直十分地慈祥。便道："老太太，我听你的话，越听越觉同情。这莫非真是佛说有缘。"老姨太还没有开口呢，陆太太在旁插嘴道："果然地，我看二位颇是有情缘，我再来做个现成的介绍人，华先生就拜这位佛爷做干妈吧。"老姨太不由得站起身来，合了掌道："阿弥陀佛！口过口过！"华傲霜笑道："老太太也太谦逊了，难道你还生我不出来？"老姨太坐下来道："不是那话，华先生是品学兼优，身为人师的人。我怎好为了多长几岁，随了这俗套充你的长辈。只要说得来，我们做一个朋友吧。"陆太太在一旁提议，她原有三分冒险性，不过她憋了一个主意在心里，就想到冒险一下也无妨。这时见二人都不反对，便笑道："那有什么不可以？我们这位老人家，正需要一位年轻人亲热她，而华先生呢，也需要有一位年纪大的人疼她，这么一来，便是两好成一好。俗不俗，那是看人把事怎样办罢了。"杨小姐站起来拍了手笑道："要得要得！就是这样办吧。"

华傲霜虽觉这事违反了个人的本性，可是看到老姨太脸上充分地表现着希望与感动的样子，若是不答应，对这个被社会遗弃的老妇，是一个很大的打击，实在不忍那样做。便笑道："索性杨小姐也加入这个盛会，好不好？看你多么高兴。"杨曼青道："那我不敢当，因为我比章小姐还要小一两岁，这样做了，有些蹭等。"陆太太笑道："那我还有个办法，华先生认干娘，杨小姐认干奶奶。"老姨太听了，笑着只是念佛。章瑞兰见陆太太这样地卖力，也就明了她用意所在，认华傲霜这样一份干亲，也没有什么玷辱之处。便顺手拉着杨曼青的手，笑道："那我要做老姐姐了。"杨小姐心里，对在座的人比谁也要高兴几分。可是过分的得着这个粘靠富室的机会，心里不知道要说什么才好，口里说了十几句不敢当。陆太太指了老姨太道："她老人说，不敢当。"又向华杨二人笑道："你二位也是说不敢当。不敢当减不敢当，那就是大家敢当了。"老姨太一看华杨二人脸上笑嘻嘻的，便带了笑道："难道说为了我痴长了几岁年纪，就占这么大的便宜吗？我想还是随便吧。我觉着我也不会做长辈吧？"杨曼青听了这些话，虽是心里有些陶醉，可是她已想到了这个机会，那是稍纵即逝的，便笑道："老太太，你若是不嫌弃我这可怜的孩子，我就挑个好日子，给您磕头吧。"老太太又念了一声佛，看了她笑道："那就真有点儿俗套了，就算有这么回事得了，各人放在心里就是。"

她说这话，望了杨小姐，也就望了老小姐华傲霜。华小姐一看，这样子业已势成骑虎，不承认的话，就不能再踏章家的门了。便笑道："磕头不必，鞠躬一定是要的，不知你老人家愿意在哪天受我们的尊称？"老姨太笑道："真的那样办，我也得预备一点儿东西吧？等我想想哪个日子为宜呢？"她踌躇满志地搔了几下头发，又昂着头想了一想。陆太太笑道："拣日不如撞日，撞日不如今日，今日今时，黄道吉日，宜拜干娘，拜干奶奶，收义女，收义孙女。"大家随了这话，都哈哈大笑起来。老姨太笑道："我今天实在高兴，想不到有这样意外的收获。在我个人，今日今时，真是吉日良辰。不过若就是这样，我们就算合作了，究嫌太草率一点儿吧？"陆太太笑道："合作这个名词，用得最好。谁说学佛的人不会说话呢。既是合作，就是报上所登的团结问题，越快越好。"说着陆太太站起来一手扯着华傲霜，一手扯着杨曼青，笑道："来吧，我们到佛堂里去举行典礼吧。"老太太笑嘻嘻地站着，不知怎样是好。把纽扣挂着一串佛珠，取在手上，十个指头只是来回地掐着。华杨两人到了这里，不拜干亲已不可能。华先生又不愿太小家子气，便向老姨太鞠着躬道："母亲，我这儿行礼了，恭祝您健康。"老姨太除了鞠躬回礼，口里不知说什么是对的，一迭连声叫着好好好。

## 第四十七章

# 尽在不言中

这一幕喜剧，是无论什么人都出乎意料的，连老姨太、华傲霜在内。华先生行过了礼，陆太太轻轻地拍了杨小姐的肩膀道："现在该你了。"杨小姐脸上虽然一红，但知道这个机会是不可失的。她已深深地向老姨太三鞠躬。陆太太笑道："光行礼不成，口里还得称呼呀。"杨小姐长了这么大，还没有叫过祖父祖母，猛然之间，颇难于出口，偏是陆太太已说明了，却叫自己含糊不得，这就向老姨太笑嘻嘻地叫了声奶奶。老姨太因为她究竟年轻些，还可以把她当小孩子看待，这就向前握着她一只手道："孩子，这么一来，你给我的温暖不少，我一定也得好好安慰你们。照着大姑太的话，撞日不如今日，就是今日晚上，我预备一桌菜，请大家吃杯欢喜酒。"章瑞兰笑道："是素席，还是荤席呢？"老姨太道："当然是荤席，我可以坐在一旁相陪。"她笑道："那不好，我们吃，你老人家一个人在旁边瞧着，还是素席吧。"老姨太道："那也好，我就招呼他们去办。"说着向华杨二人道："你二位等等，我得送点东西给你们做个纪念。"说毕转身走了。陆太太笑道："这位干妈干奶奶，要给见面礼了，可是别把她那些老古董的衣服拿出来做见面礼才好。那些衣服，不穿是不恭敬，穿起来可又怎样地出外见人呢？"华傲霜笑道："老太和我们的装束，究竟相去不远，赐给我们，我们就该穿上。"大家说笑了等着。

约莫十来二十分钟，老姨太将一只绣花红锦小包袱拿了出来，放在桌上。打了开来，全是些珍贵小件，她就取了一只金镯、一只翡翠镯、一枚珍珠戒指、一只手表，递给了华傲霜。又捡了一只金镯、一副押鬓珠花、两枚金戒指、一只手表，交给了杨曼青。笑道："我和干女儿干孙女儿，应该没有什么厚薄。可是要我找出完全一样的东西，那是不可能。譬如这两只手表，一只样子老些，一只时髦些。样子老些的，就给当老师的人了。"说着又在身上拿出两张支票来，笑道："我本想在箱子里找出两件衣

337

服来送你们作为纪念的。可是这种衣服，除了做纪念，只有送到古物陈列馆去展览，这如何使得？我想傲霜爱穿傲霜所愿意的衣服料子，曼青也爱曼青所愿意的衣服料子，我替你买来了，也未必合意，还是你们自己去买吧。"说着，一人给了一张支票。

傲霜看时，乃是五万元，这够当日学校里的薪水两个月的。这位干妈出手之大，实在出于意料。便笑道："我们只鞠了个躬，什么也没有孝敬，怎么可以得着许多东西？"老姨太道："干小姐，你是个读书人，你应当知道什么叫长者赐，少者不敢辞。反正我也不会是毫无所谓地送给你们东西。"华小姐笑道："我当然不敢辞，可是你老人家赏赐太厚了。"老姨太笑道："实不相瞒，我手边还有点儿东西。可是我一个吃斋念佛的人，要这些东西何用？自然，我也不应当拿来白糟蹋了。我拿来送给你们，这是一件最理想的事情，别客气了，收下吧。"说时，还深深地点了点头。杨小姐站在一边，是老姨太递一样，她接过去一样。抗战以前，对于这种东西根本就深深地爱在心里。年纪小呢，无从得这些，也不能存这个希望。到了战时，金子一天比一天稀罕，一个小女职员想弄个金戒指戴，还不是一件易事。现在天上掉下馅儿饼来，有了金子，又有了珍珠，而且还有四五个月的薪水一把拿到，辞谢当然不可有这意思；领受，自己也不知道要说一句什么话是好，她只有呆站着发笑。可是太笑狠了，又会露出乡下人的穷相，所以也不能说什么。

倒是华傲霜怕她露怯，会连累大家不好看。便回转头来向她笑道："长者赐，少者不敢辞，我们都愧领了，你还有什么话说。你就当着奶奶的面，把戴的戴上，插的插上，再给她老人家道谢。"杨小姐笑着把镯子戒指手表一齐戴上，这两只珠花却无从安顿，拿在手上踌躇了一会儿。陆太太笑道："瞧我吧。"说着把珠花接过来，先把杨小姐压鬓发突紧了一紧，然后再在自己头上取下一只发夹，在她鬓上添着，把两支珠花都在她左鬓发夹里插上，于是几十粒珍珠簇拥在她脸的半边。陆太太退后了两步，对她脸上端详了一下，拍了手道："漂亮漂亮。"杨小姐生平并没有受过这种金珠的装饰，这时突然装饰了这样多的金珠，人家说是漂亮，果然也就觉得自己漂亮了许多。于是笑嘻嘻地向老姨太鞠了个躬，道："谢谢您啦，奶奶。"

老姨太一阵高兴，由心里发了痒出来，眉飞色舞地携了她的手道："你这句话，说得非常像北平话，好极了。"曼青笑道："奶奶的国语说得很好，将来我跟奶奶学吧。"接连两句奶奶，叫得老姨太心花怒放，便笑道："说起来，我又感慨系之了。我自小到中年，足足在北平住了十七八年。就是我的黄金时代，也是在北平过着的。别的学不到，女孩子的舌头最是灵活的。几句北平话我还学不会吗？将来抗战结束了，我一定带你到北平去玩。"陆太太摇摇头笑道："你老人家想带她到北平去吗？那不可能吧，不出本年，恐怕就要请你去做主婚人了。"杨小姐笑着跳起来道："没有的话，没有的话！"老姨太笑道："出了阁，也不要紧呀。难道让我这老太婆带到北平去，还有什么不放心的吗？"华傲霜笑道："上北平，我也要去的呀，可别忘了我。"老姨太笑道："不过我也要求你一件事，若是你请主婚人的话，也别忘了我。"华傲霜把脸飞红了，笑道："没有的话，我这辈子也不用找主婚人的。"老姨太望了她脸上，微微地笑着，摇了两摇头道："这话难说，你不是我的干姑娘，我不说这话。既是我的干姑娘，我就多少要出一点儿意见，唯有女人知道女人，我倒不是随便瞎说的。"陆太太恐怕老姨太高兴了，什么话都说出来，坐在旁边不住地向她丢眼色。正好女用人带了厨子进来，老姨太告诉她预备一桌很好的素席，才把这问题扯开。当天晚上，大家说笑，很是快乐。老姨太把这干女儿干孙女儿留在楼上谈话，夜深方散。

　　次日早晨，华傲霜还是过江去教书。不过她身上藏着那五万元的支票，也就自然地观感一变，觉得这样奔走劳碌去教书，一次所得共起来不过是几千元，身上这张支票就够自己跑十次南岸，约莫是三个月的，真是会找钱，多的容易，少的困难。也没想到三十多岁了拜人家一位老姨太做干娘，这话传到士林去了，是不是有人笑话呢？不过现在教书的人，做投机生意的也有，去当小官僚的也有，甚至养猪种菜和小贩为伍的人也有，根本也就谈不到什么斯文扫地不扫地了。再说拜干娘这个举动也是民间极普通的事。假如我拜的这位干娘是一位穷婆子也就坦然地认下去，不必顾虑有什么人笑话了。她由重庆到南岸，一路孤单地走着，就不住地想这些问题。

　　今天那位美术教员李女士也在学校里，二人同住一间寄宿舍，下课之后谈天解闷。华傲霜道："有几个礼拜没有见着你了，总是你去我来，今天怎么又会在这里的呢？"李女士未说话，先叹了一口气道："家用入不敷出，少不得又来一套开源节流的老办法。流是无可节了，我家现在是每餐一样小菜，三个月了，没有添过一寸布，连补袜底的布都是向朋友们讨的。想来想去，还是开源。我们丁先生是外勤记者，终日在外面跑，不能兼差，只有我在学校里多兼几个钟点，倒还挤得出工夫来。我兼的是代数，根本就是怕看的数目字。为了吃饭，有什么法子呢？一星期我要看上百本卷子数目字，简直要看得头昏眼花。我的家，离学校太远，要过两道江把卷子带回家去看，没人送来，等我亲自带来，学生又来不及做练习题。所以我到学校里来，老老实实的教书和改卷子，就一次解决，免不了要在学校里连住三晚。物价每三个月一跳，我们的收入，可不会三个月一跳呀。华老师，我是非常地羡慕你的生活，闲云野鹤，自来自去，不用负担丝毫本身以外的消耗。"华傲霜微笑道："你还羡慕我的生活吗？这也许是仁者见仁，智者见智。"李先生见她坐在窗户边一把竹椅子上，偏了头微微向外发笑，好像她说这话，完全没有懂得她的意思。因就向她望了笑道："华先生的意思，以为我不能了解你那孤独的苦闷。其实，我也很知道的。可是我这份不孤独，也不是做小姐的人所能了解。记得唐诗上有这么一句话，贫贱夫妻百事哀，我们这个贫贱家庭，那真有让人啼笑皆非的感想。假使华老师和我们能住两个月邻居的话，那就会给你添上许多文章材料。"说时，她微笑着又叹了一口气。

华傲霜听她这话，料着他们夫妻之间，也许有什么难言之隐，也就不多问了。不过在自己心里，倒是添了一种愉快。把这天的英文教完了，赶快收拾着旅行袋就要过江去。那个时候，已是下午五点钟。李先生问道："华老师星期一早上，不还有两堂课吗？"她笑道："我不能在这里闷度星期，后日再来吧，明天我有点儿事情要在城里处理。也许星期一我要请两点钟假。"李先生道："还是不要请假吧，一来是这里的学生舍不得这两堂课，二来是今天晚上这里有个谈话会，希望参加一下。"华傲霜笑道："我知道的，是先生们讨论福利问题。我想，我也不必参加吧。我们是兼课的人，无所谓。"李先生听了这话，倒有点诧异，兼课的教员，为什么就不必参加这个座谈会呢？兼课的教员，就不需要福利吗？李先生心里这样想着，就不免对了她出神。华先生忽然有点觉悟了，笑道："我觉得在这学校里历史很浅，似乎不必多什么事，恐怕也没有发言权。不过要我凑凑热闹，我倒也无所谓。"两个人正这样谈着，有两个专任男教员就来相访，悄悄地说着今天晚上的座谈会，务必请参加，我们觉得人越多越好。华傲霜拘于面子，只好答应了。

到了晚上，教员们在教室里点起汽油灯并拢了桌子，摆上花生米和饼干，用大瓦壶盛着浓茶，用饭碗斟了茶喝。大家就这样地围了桌子，轮流地说着各人的痛苦。有的说是三年来没有做一件衣服，有的说孩子的学费缴不出，有的说太太生了病没有钱买药吃。在这种痛苦陈述之下，有的说教书所入，不如一个拉人力车的；有的说不如码头上一个脚夫；有的说不如人家银行里一个起码茶房。大家越说越悲恸，越说越气愤，结后一句话，就是学校若不和同人设法，这书教不下去。华傲霜默然地坐在椅子上，只是吃花生米，一个字没有提。她心里就是那样想着，这里的兼课，这不是最后一次，也不会来多少次了。校长和教务主任都十分地客气，又何必向他提出什么要求？有人也曾向华傲霜要求，请她发言。她只笑说，她和各人的意见相同，没有什么话说。所以先生们因为她是新来的先生，觉得她不发言也有道理。可是李女士对华先生是有相当认识的人，遇到这种场合，她是要发言的，看她这时的态度，漠不关心，好像是有所恃而不恐似的，便望了她微微地笑着。华傲霜知道她里面有文章，不过她是为什么发笑，却还猜不出。反正自己是无意拉这个学校的散车的，得罪了教员先生，也无所谓，也就回了李先生一个微笑。李先生虽也不明白她这一个微笑是什么用意，但可以知道她对自己一笑，不会怎样满意的，自也不说什么了。

　　散会之后同回宿舍，华傲霜首先感到了一点儿疲倦，就脱衣就寝。她这张床是和李先生的床对面对的摆着的，李先生在菜油灯下，校阅着未看完的几本代数的卷子，倒也未加理会。看完之后，伸了一个懒腰，自言自语地道："这个礼拜的罪算是受够了，明天一大早，我可以同华先生过江了。"说时，回转头来，却见华先生一只手臂搭在被子外面，她今天挽了短袖子汗衫，在左手臂上套着一只金镯子和一只翡翠镯子，这倒不由得吃了一惊。她怎么会有这样宝贵的东西？可是她的为人，在暂时的友谊中也可想见，她也绝不会借了人家的珍贵物件戴在手上。心里想着，又看了一眼，华傲霜已经是睡着了，听她鼻息呼呼，睡得很熟。往日和她同睡在这间屋子里，看到她总是翻来覆去睡不安稳。今天却是心地泰然地睡下去，恐怕就是手上这两只镯子缘故吧？那么，她今日对座谈会态度的冷淡，那就自在意中了。心想有了这么一个打算，对华傲霜也就有个更深的看法。

　　次晨醒过来，华先生已是起床了，便在枕上笑道："早啊？急于有什么事要过江去吗？"她笑道："我想到银行里去一趟，是替朋友取一笔款子。"李女士笑道："你忘了日子了，今天是星期呀。"华傲霜只管惦记兑那五万元的支票，这时才醒过来，笑道："我是为朋友一句话老记在心，急得把日子忘了。"于是从容地坐了一会儿，等了李先生一路过江。在渡轮上，还向她笑道："大概丁先生会在江边来迎接你的吧？"她笑道："那也看他高兴罢了，他凭什么每次都要迎接我呢？我也不能每次要他迎接我吧？"华傲霜觉得她这番话是对的，自也不能再去问她。

由渡轮过江到了重庆码头，二人还是并排地走着，却有一个穿西服的人手举了盆式呢帽，远远地招了两招，笑嘻嘻地叫了声华先生。华傲霜哎呀了一声道："夏先生过江去吗？"他笑道："不，我还有点儿事情到江边上来。"华傲霜就把李先生向他介绍着，又告诉她这是夏山青先生。李女士笑道："啊！夏先生，久闻大名的，你那工厂就在我舍下不远。"夏山青道："二位到什么地方去？我的车子在码头上面停着，我可以送二位去。"华傲霜心想，他把汽车停在马路上，自己走下坡来，可又不过江去，这是什么意思，可不言而喻了。便笑道："这倒是巧遇，我想到章公馆去。假使夏先生有工夫的话，把我带到章公馆，那就很好了。"夏先生笑道："那没有问题，我正也要到章公馆去，一路走，李女士到哪里呢？"她笑道："夏先生不必客气了，我就……"一言未了，码头坡子上下来一个人，正是李女士丈夫丁了一。华傲霜笑道："迎接李先生的人来了。"丁了一走向前，和夏山青握着手。华傲霜道："二位原来是认识的。"丁了一笑道："我们一个当外勤记者的，终日在社会奔忙，难道像夏先生这样的人都不认得，这样也就愧为新闻记者了！"华傲霜笑道："刚才我在渡轮上还和你太太谈论到的，说是丁先生一定会来接，她还不能肯定的答复。"李女士笑道："其实我不带什么东西的话，倒用不着他来接，反正我是凭了两只腿走路。"夏山青坐了汽车来接人的，倒觉得这话有点儿刺耳，便笑道："丁先生你到哪里去？我有车子在上面，可以送两位一程。"丁了一笑道："好的，若是顺便的话，请把我们带到报馆吧。"

于是四人同上马路，走上路边一辆流线型的汽车去。夏先生是相当地客气，却坐在前面司机座上。华小姐上了车子，立刻有个新感觉，这辆车子不就是那次迎接自己入城的车子吗？那么，与今日之事相映辉，就知道他用意何在。她正这样想着，夏先生就在前座回头看了两次，华小姐也不好和他说什么，又不能不打招呼，却是向他微笑着，点了几点头。那夏先生似乎特别感着高兴，眉飞色舞的，也就点了两点头。

车子是先到报馆，丁先生和他夫人告别下车。丁了一向她道："无意中，我访得了一条新闻了。"他太太道："你说的是这位老密斯?"丁了一道："你看，可不是有点儿线索吗? 这位夏先生，中年丧偶，还没有找到对象。华先生又正好是一位老处女，这种人交起朋友来根本就是一个机会。若像夏先生这样开着自用汽车到江边去迎接，你想若是泛泛之交，可会做到这个境地? 而且我也很知道，华傲霜这个女子是不肯随便接受男子们的招待的……"丁太太笑道："不用说了，我全明白。人家华傲霜小姐和我还有点儿私交，根据她的脾气是不能宣布太早的。你们报馆里同事耳听八方，把这消息听去了，随便在报上开个玩笑，那我们的友谊会发生裂痕的。"丁了一笑着点了点头，走进报社就没有作声，他将太太安顿在客厅里，自去起草他的新闻稿子。

把新闻稿子写了一半，就接着夏先生的电话。他在话机里笑道："丁先生，你哪天有工夫，我想约你叙叙，并请代约你夫人一下。"丁了一道："那不必客气吧，我是哪一天也没有工夫，也可以说哪天也有工夫。新闻记者就是这么回事。"夏山青在电话机里打了个哈哈，然后谦逊着道："这个我明白的，不过我也有点儿小事要向丁先生请教。礼拜二好吗? 请到我公司里吃回家常便饭。"丁了一道："若是夏先生有什么事要兄弟效劳的话，兄弟一定可以办到。花好月圆人长寿，反正新闻记者是吃十一方，我就到贵公司来叨扰一番。"夏先生听说，在电话里又是个哈哈。可是立刻变了央告的语气，带笑音道："兄弟是个小人物，自信不够什么新闻材料。不过社会花絮里面，什么小人物都用得着。丁先生可不可以不要把我的名字写进去?"丁了一笑道："夏先生，你放心，我完全明白。"夏先生说着，也打了个哈哈。夏山青笑道："好的好的，我明天奉上帖子来，就送到报馆。好吗?"丁了一笑道："除非夏先生有什么事要兄弟效劳，不然的话，可以不必了。"夏山青道："我想约丁先生谈谈，好在也没有什么客。"丁了一道："约有华傲霜小姐吗?"对方电话顿了一顿，笑道："那也可以的。"他又随了微微地笑着一声。丁了一道："好的，好的，兄弟一定约了内人来奉陪。再会再会。"

挂上电话，回头一看，却见自己太太笑嘻嘻地站在身后。便道："夏山青和我们是孙庞斗智，他来了电话，请我们两口子星期二在他公司里吃饭。"丁太太道："这也不见得孙庞斗智呀。我在隔壁屋子里听你在电话里又说又笑，倒是奇怪，原来就是和他打电话。"丁了一道："这不见得是孙庞斗智吗? 我没有说明要喝他的喜酒，他也没有说明请我不要泄露春光，

343

但是彼此的意思，彼此全知道。我以前曾说过，她和苏伴云的来往是新闻圈外的新闻，不想为日无多，有这么一个变化。老密斯的罗曼史更是奇妙，不知道苏先生对此作何感想?"丁太太笑道："你可别多管闲事，把这事去告诉苏先生。"丁了一道："你以为他还像从前天天去听王玉莲的戏吗? 他没有工夫看戏了。只有我们永远是穷下去。"丁太太道："有了什么重要职务吗?"丁了一正坐到椅子边，扶起笔来，本要写稿子，听了这话，长长地叹了口气，却把笔向桌上啪的一声丢下去。

# 第四十八章

# 各有千秋

掷笔兴叹，这原是文人一种常态。但是这几年来，文人的掷笔兴叹，却包含有无数的问题在内，不是以前文人那种满肚皮不合时宜一语可以概括的。丁太太看了先生那神气，便笑道："你又发什么牢骚？各人有各人的志趣，各人有各人的路径，你何必羡慕别人的生活？"丁了一笑道："我哪是羡慕别人的生活，我只觉得……"说着他连连地摇了几下头，笑道："不说了，不说了。"丁太太道："你最近看到过苏先生吗？"丁了一道："我看到他的，他知道我要下乡，还托我带些东西给他的朋友呢。话又说回来了，到底文人出身的官吏不同，他对于穷措大的老朋友还是不同。说起来这话，我有点儿小意思，要让你欢喜欢喜，你稍微等一会儿。"说着，他很快地把新闻稿子写完，就在别个房间里提出一只蓝布包袱来。他将包袱打开，里面有许多包火柴和许多纸盒白糖。丁太太道："你哪里来的这些东西？"丁了一道："苏伴云托我带给他的朋友的。"丁太太道："带给他的朋友的，怎么会让我欢喜欢喜呢？"丁了一笑道："我不是苏处长的朋友吗？这里面你可以拿两包火柴，一大盒白糖，怎么样？这不是我们所需要的吗？"丁太太笑道："真话吗？火柴罢了，我们有两年没有吃过上等洁白糖了，这倒可以开开荤了。"丁了一微微地笑了笑，也没有说什么。丁太太想到在学校合作社里登记了两个月，只得着四两带灰黑色的糖，这次却平白地得着一斤上等洁白糖，总算可安慰的一件事。于是满腔欢喜，带了东西回家。

次日丁了一本就要下乡的，因有点儿小病，直过了一星期才提了那包火柴白糖搭公共汽车奔向文化区。他受苏伴云所托，首先所要拜访的一个人就是唐子安先生。自唐先生到了冬季以来，就有点咳嗽的毛病，咳嗽久了，气管发炎，坐着不舒服，睡着也不舒服。请校医看看病是看得对的，医务所可缺乏着名贵的药，自己也没有钱去买名贵的药，只是买点橘红冰

345

糖熬点水喝。除了上课，书是不看了，闲着无事，拿了根手杖在田野上散步。这日吃过午饭，拖了手杖在门口水田上慢慢地走着，迎面就遇到了丁了一。丁先生看他穿件灰布夹袍子，苍白的头发一抹向后，脸瘦削着露出了两片胡楂子，一个黑漆全剥落了的手杖，他微扶着走一步，顿一下。他那清寒洒脱的样子，就是一位教授。于是取下帽子向他点个头道："请问，有位唐子安先生，住在什么地方？"唐子安道："我就是唐子安，你先生贵姓是？"丁了一递出苏伴云一张介绍名片。唐子安笑道："欢迎欢迎！我们这种被社会所遗弃了的人，贵记者先生还肯到我们这里来看看，我实在感激不尽，请到家里坐坐吧。"说着拱了两拱手，在前面引路。

丁了一到了唐先生家里，见那个竹夹壁稻草盖顶的屋子，倒有一间四围堆了书架的房间，横窗一张三屉桌，也是堆了书籍不少，不过这就把屋子占去了三分之一了。丁了一把包袱提到屋子里来，取出两包火柴、一盒白糖放到桌上，告诉他这是苏先生送的。唐先生让着客人在自己专用的那把旧竹椅子上坐了，然后端了一把椅子坐在椅子横头。笑道："对不起，太太不在家，茶都不能奉敬一杯，冷开水可以吗？"丁了一道："不用客气，我在街上已经坐了半小时的茶馆了。"唐子安叹着气笑道："我想丁先生是新闻记者，和我们的生活圈不会相隔太远，一定能谅解的。"丁了一笑着点头道："极能谅解的，而且这也是我们的新闻材料。"唐子安笑道："这不算新闻呀！我们一年三百六十日，全是这样的。苏先生听说做了官了，大概情形还好吧？"丁了一道："自然比教书卖文总好得多，不然，他也不会将这一包袱东西来送老朋友，叫我们就送不起了。"唐子安笑道："但愿朋友都能这样。我想只要老朋友们都离开了这破书摊子，那总会想出一点儿办法来的。"

说着，他在桌头书堆里清理出一封精致的请帖来，那是八十磅白道林纸印的信封，他抽出里面的请帖，是百磅硬纸仿宋大字，红色精印的。上写："谨择本月十五日，为敝公司举行开幕典礼，敬备茶点，恭迎驾临指导。振华进出口百货公司经理梁发昌谨订。"他交给客人，说声请看。丁了一看过了，笑问道："这是唐先生好友吗？"唐子安笑道："岂但是好友，原来就是这个圈子的同道。在几个月前改了行，其初也不过是做捎客租房子囤货，到了现在，就变成了公司的经理了。改行实在是好，很快地就有了办法。我们这一季红苕稀饭还没有吃完，人家可就大大地变了个样了。"丁了一笑道："唐先生这话，绝不是羡慕，而是慨乎言之。唐先生有没有改行的意思呢？"他很快地摇着头答道："没有。"接着又重了一句道："我倒没有这意思。这话怎么说呢？我有我的想法，我以为一个人不完全是看钱说话，靠物质享受找路径的。我们住着草屋，吃着红苕稀饭，表面上的确苦不堪言。可是清夜扪心，觉得我的灵魂上没有蒙上丝毫的龌龊。说到圣贤书为何事，也许太腐化一点儿。不过我们忝为知识分子，应该严守着自己的岗位。我也并不是说改行的人就错了，各有各的看法。"他说着苦笑了一笑。丁了一看看他这屋子，听过他这番话，实在表示了无限的崇敬，便和他做了一小时以上的长谈。临别之时，唐子安送到门口，和他握着手告别。因笑道："此语不足为外人道也，今天这些话，请不必登报。"

丁了一走了，恰好是唐太太回来了。她看到桌上放了一大盒糖，便惊异着问道："我们家里哪来的白糖？"唐先生走进屋来，首先摸了两摸胡子，然后笑道："老朋友发财升官，这是我们沾的光，苏先生做了处长了。"唐太太把糖和火柴一一地检点过了，立刻送到后面屋子里去收着。隔了屋子问道："他做了官，为什么要送我们白糖和火柴呢？"唐子安道："什么也不为，这是一点儿同情心的表示而已。他那个位分，自然可以分到一些东西，可是他既无家眷，又没有亲戚，有了这些东西只是白糟蹋，不要这些东西也是白不要了，所以他就要来分给我们穷朋友尝尝。"唐太太忽然抢步出来笑道："子安，我告诉你一个消息，你的得意女弟子要出阁了。"唐子安正架上老花镜要捧起书来看，这就放下书，摘下眼镜，望了她道："你说的是王玉莲。她的对手方是谁？"唐太太笑道："就是送糖给你吃的朋友啊。"唐先生道："不会吧？玉莲的母亲是一双看升官发财人的眼睛，她会……"唐太太道："你不是说苏先生升官发财了吗？那就正对了王老太的眼光了。"

唐先生将手摸着下巴，沉吟了一会儿，点着头道："那也可能，你是由哪里得来的消息？"唐太太道："前两三天，我就听到一个由城里回来的教授太太说，玉莲要嫁一个处长做太太了。我回来想对你说，因拿到平价米条子，急于要去领米，把这事就忘记了。你提起苏伴云做了处长，我想应该她是嫁苏先生了。玉莲是个向上的人，她绝不会看了钱嫁一个国难商人的。可是要嫁个知识分子，又十有九穷，难逃母亲这一关。于今苏伴云做了处长，可能就是她去做处长太太了。"唐子安笑道："你这话倒因为果，我以为是苏先生追求玉莲，有了几分把握，可能为了她才去做处长。唉！一个人要能立定脚跟，也不是一件很简单的事。外在的条件处处可以

347

打击你的意志，变更你的方针。像我唐子安，是个十足的书呆，只晓得死守着自己的岗位，穷定了，苦也苦定了。这话也难说。你让我去做官，我第一看不来上司那副面孔，第二我又怕看等因奉此那些文章。再说做生意吧，这是当今人人愿意走的一条大路，可是我连家里的柴米油盐账目，谈起来就要头痛，我怎能去和人家讲什么个十百千万？所以我没有改行是不能也，非不为也。"他说得高兴，只管说下去，太太走了，他也不知道。因许久没有回声，他方才停止了不说，随手在桌上掏起一本书来看。

也不知道是经过了多少时候，唐太太两手捧了一只碗放到书桌上，笑道："唐老师，喝点水吧？"他向碗里看看，里面并没有一片茶叶。因道："这水怎么有点儿浑？"说时他鼻子嗅到了一种糖味，因笑道："太太，你怎么立刻就把糖冲了开水，慢一点儿也不要紧啊。"唐太太道："好久不吃糖了，或者你身体更需要一点吧？趁着孩子还没有回来，先给你冲上一碗糖水喝，等到孩子回来，我相信两小时以内就要肃清，还是秘密一点好。"唐子安且不喝糖水，先唉着叹了一口气，因道："女人是母爱最重的，你移了母爱来爱惜丈夫，也许我是太可怜了吧？"唐太太笑道："我真不知道说你什么是好，你竟是遇事都发生感慨。"说着顺手把书架上的一本英文诗集，抽了出来放在他面前，笑道，"还是把这个解解闷吧！它永远是你的好朋友，不会离开你去做官或经商的。"唐先生也就笑了。喝过了那碗糖水，他觉得苏伴云这位老朋友究竟还是可爱的，他不会忘了还有些欠糖吃的朋友，千里寄鹅毛，这不可不谢。于是立刻写了一封信向苏先生道谢。过了两天，苏伴云来了一封信，信上这样地写着：


子安吾兄：

　　来书拜悉。聊以告一行做吏尚未忘故人耳。戋戋之物，专函道谢，岂不令人惭愧至无地自容！弟现因职务所关，在嘉陵江畔，背山面水，得有小楼一角，略置琴书，颇堪托足，并特备一室。为各老友入城下榻之所。本月十五日，又届贱辰，高足王女士为弟特备酒肴，在寓小祝，虽未能免俗，而盛意可感。因共约二三老友，剪烛西窗，度此良夜。人世几逢开口笑，况有人敬为先生馔乎，扫榻以待，勿却是幸。

　　　　　　　　　　　　　　　　　　弟伴云拜手

信的末尾，还是两行细小的字："弟子玉莲附笔请安。"唐子安将信看完，拍了桌子道："苏伴云此福难以消受！"唐太太由屋子里跑了出来，正想问他什么事发了脾气，见他拿着信，满脸是笑容。因道："苏先生又给你送什么来了？"唐先生笑道："你真是吃糖吃出甜头来了吧，怎么又想人家送东西？你看这封信。"说着把信交给太太。唐太太看完了，笑道："原来如此，苏先生是要来个红袖添香了，果然此福难受。你去不去西窗夜话一番？"唐子安道："人家红袖添香，我跑去西窗夜话，那也太不识相了。不过十五这天，我是要去赴梁先生约会的，当然我要去顺便看看他的房子。"唐太太笑道："若是为了看房子的话，我倒劝你不去，你看他这信上轻描淡写的几句话，就可以想到他这屋子不错。你看了之后，回来又是一番牢骚。"唐子安点点头道："你这话是对的，不过若做这样的想法，那就梁先生的茶会也不必去了。他那公司，是个什么样子虽不得而知，你只看他这封请帖，也就是一副很热闹的场面。回来了也不是一番牢骚吗？"唐太太道："反正还有几天，你慢慢地考量吧。"唐先生听说，默然地坐着，把梁先生的请帖看看，又把苏先生的信看看，他仔细地想想，太太的话是对的，也就不再提了。过了两天，他已决定不赴城里这两个约会。

可是在这日的下午，却看到华傲霜来了。她身上换了一件细呢大衣，脚下蹬了一双玫瑰紫的新皮鞋，胁下也是夹着一只很大的皮包。唐子安刚是要出门散步，看到了她倒有点儿吃惊。因为她脸上有红有白，年纪轻了许多。虽然还不曾现着胭脂的痕迹，但可断言是经过一番化妆的了。他呆住了，便道："华先生，一向忙？好久不见。"她笑道："有点儿小事奉请，望你不要推却，也许……"说着露出白牙齿微微地一笑，同时有些感到难为情的样子，脸上泛起了一层红晕。唐子安这就更感到奇怪了，便笑道："有什么我可以帮助的？我愿意效劳。"华傲霜道："唐太太在家吗？"唐子安道："请到家里坐坐，她上街买东西去了。"华傲霜未曾开口，又嘻嘻地笑了，因道："我的生活环境，恐怕有点儿变更了。"唐子安点点头道："那是对的，这书是越教越没有趣味。"华傲霜笑道："书我还是要教的，我恐怕有了家庭。"唐子安一时还没有领悟到她的意思，因问道："是家乡的人逃难到四川来了？没有家庭负担，自然是一件极痛快的事，可是家里人真的逃难来了，那我们也就只好忍痛的负担着吧。我就是个极好的证明……"华傲霜不等他说完，又嘻嘻地笑着发出声来，一面地摇着头。唐子安道："还是说得不对吗？"她才笑着点头道："这事情有些突然，唐先生也许是猜不到。我猜你不在家，原想丢下一封信的，还是你看这封信吧。"她并不走进唐家，就站在路头上，把皮包打开来，取出一封信交给他。他这就明白了，她是有什么难于启齿之处的。于是当面把信拆开来，抽出信笺来看，上写着：

子安先生：

　　我们有一件事，将因您许可而感到光荣。是什么事呢？我们因志趣相投，由于友谊的进步，择定于本月十五日在重庆订婚，希望您这德高望重的人，和我们做一个介绍人。您是乐于成人之美的，这一个要求，我们想你总不会拒绝吧？

　　　　　　　　　　　　华傲霜、夏山青同启

　　唐子安两手拿了信，捧住作了几个揖，笑道："恭喜恭喜！朋友们要大大地喝你一场喜酒。"华傲霜点着头笑道："那是当然，我们所请求的，唐先生可以答应吗？"唐子安笑道："那还有什么话说，现成的媒人绝无推谢之理，介绍人应该是两个人吧？还有一个是谁？"华傲霜笑道："是金融界的人，说起来唐先生大概晓得，是章静秋先生。"唐子安笑道："知道知道！报上不就常登着他的名字吗？夏先生是个有名的企业家，自然找得出这样一个名人出来做介绍人。"华傲霜笑道："不，章先生也是我的熟人，他的继母是我的义母。我义母对于这回事极力主张着，所以章先生做了介绍人。我想我们还是应当书生本色一点儿，所以我亲自来请唐先生。既然蒙唐先生俯允了，我会通知山青，让他来登门拜访。"唐先生啊了一声道："我们这破草屋子能容这样的贵客吗？"华傲霜道："唐先生，我们究竟还是同道中人啦！怎么能说这种见外的话呢？来来，到府上去看看唐师母。"唐先生本是一句谦逊的话，这么一言明，倒好像是嫌她过门不入的样子。因笑道："我是真话，华小姐可别认为我是指你说的。"华傲霜笑道："我当然知道，我住在这些茅屋子里，不是一样地怕来客吗？"她口里说着，就和主人一路进屋。随后唐太太买东西回来了，听说她要结婚，倒十分地赞成。谈到天色发黑，华傲霜方才告辞而去。唐太太笑道："猜不到华傲霜突然会嫁人，更猜不到会嫁一个有钱的老头子。"唐子安笑道："这有什么不懂的，这就叫作老大嫁作商人妇了。"唐太太道："你这话可比得不对，你把华傲霜比一个弹琵琶卖唱的。"唐子安也就一笑而罢。

过了两天，夏山青果然坐了汽车来专诚拜谒，而且说了许多同情教书先生的话。唐子安觉得这个有钱的人并不算俗，华傲霜能嫁这样一个人，也没有委屈之处，就完全接受了这个介绍人的请求。这一下子，可急坏了唐太太。穿一件灰布棉袍子，只可以在大学圈子里跑，到城里和这种体面婚姻做介绍人，未免辱没了男女二家。于是在朋友圈中四处活动，在总务主任家借到了一套青呢中山服，料子有八成新，身腰也和唐先生相合。唐先生原是不肯穿借来的衣服，经唐太太再三地劝告，方才答应了。而第二个问题又随着而来，唐先生原来的一双皮鞋，补了两块皮子，尽管洗刷了擦油，那个补丁实不雅观。再忙一日，算在合作社的小职员手上，借到一双新皮鞋。这些事办妥，已是十四日。

夏先生约好的前一天就派车子请唐先生进城，所以半下午车子就到了。他换上了中山服，穿上皮鞋，正要登车。曹晦庵老先生扶着手杖，却来相访，因道："晦老我不能留你坐坐，怎么办呢？"曹晦庵摇着半头白发道："我知道你要进城，特意来会你说几句话。谈伯平的病，这两天加重了，我看非进医院不可。我听说你和夏山青成了朋友，他和女先生订婚，一定是同情我们的，可不可和他借几个钱帮伯平一下。我想只要你肯开口，他绝不会拒绝的。"唐子安抬起手来搔了两搔头发。曹晦庵道："我知道你有困难，好在谈伯平的事，傲霜也是知道的，你或者向她提一提也可以。"唐子安道："我老早听到说伯平病加重了，又听说他拒绝朋友去看他的病，所以没有去探问他。"曹晦庵道："你若可以缓一刻进城的话，我们马上就去看他。"唐子安道："一切的应酬都在明天，这时当然可以去看看他。"

曹晦庵没有第二句话，引了他就走到了谈先生那个寄宿舍里来。他果然是闭户而居，所幸他的夹壁窗户格子上，还有两块玻璃。唐子安就贴着玻璃，对了里面望着，见谈伯平穿了件蓝灰布烂棉袍子躺在一张藤睡椅上。睡椅上垫了一床棉被，他脸色惨白的，微闭了眼仰面而睡。于是连叫了两声伯老。他缓缓地坐起来，拖着声音道："子安兄吗？"答道："是的，我和晦老来看你。"他摇摇手道："老朋友，我不行了，很感谢你。你不必进来，我是很重的肺病。"唐子安道："没关系，你又不满地吐痰。"他拱拱手，又摇头。晦庵道："好吧，我们不违背你的好意，不进来了。你好好地将息着，心里想宽些，子安兄进城去和你想办法。"谈伯平睡着点点头。唐子安皱着眉，对曹晦庵互看了一眼，只好隔窗告辞。晦庵送了几步，握着他的手道："子安！你必须和老朋友帮点忙呀！"说着流下泪来。

唐子安心酸一阵，点了头道："我一定竭力而为。"他带了满腔的哀怨，坐汽车进城。夏山青将他安顿在公司里，将上等精致房间款待，晚上就备了一桌上等的酒席，约了许多朋友相陪，吃到晚上十点钟方才兴尽而散。他们订婚的时间，是下午一时，上午颇有余闲。唐子安就首先到梁发昌公司里去参加开幕典礼。

这公司也是四层大楼，门口交叉着新的党国旗，一列停了好几辆小座车。一进大门，在门廊下横列了一张写字台，上面放了宣纸裱的签名簿，三位穿漂亮西服的青年，笑容满面，站在那里招待来宾。唐子安被引到二层楼一座大客厅里：Y字形的几张长桌拼列着，上面摆花瓶和许多西点碟子。来宾在四面的沙发椅子上坐下，四五名茶役，将瓷托盘托了咖啡杯子、糖果碟子、纸烟听子，轮流敬客。梁发昌穿了新制青呢西装，站在客厅门口，一一和来人握手，连说劳步。他和唐子安握了握手，笑道："现在怎么样？还好？"唐子安只说了一句还好。第二个客人又来了。唐子安看这样子，主人是不能和客人谈话的，只坐了十分钟就告辞而去。

夏华二人订婚的所在，是重庆最有名的皇后大厦。他走到皇后大厦，那钢骨水泥的五层大楼外面，已是停了十几辆流线型汽车，直摆到门口翠叶牌坊下。华傲霜正坐了一辆汽车，由远处而来，笑容满面地下了车。她穿了件大红织金缎子的旗袍，烫着乌云卷的头发，颈脖子上挂了一串珠圈。刚上台阶，看到唐子安，便笑道："劳驾劳驾！"等他向前，伸了雪白的手和他握着。就在这时，一阵浓烈的香气，袭进了人的鼻子。他辨白着这是脂粉香气，不免抬头看去，这就看到她脸上有红有白，画着眉毛，一笑红嘴唇露出白牙。便笑道："真是人逢喜事精神爽，华小姐至少年轻了十岁了。"她笑道："你还和我开玩笑呢，老朋友。"就在这时，猛可地噼噼啪啪一阵响声，原来是这里欢迎华小姐的爆竹响了。接着，又是好几位穿漂亮衣服的小姐迎了出来。大家像众星拱月一般地，把她拥进了皇后大厦。

唐子安站在台阶上，倒有点儿发呆。心想一个人要变，变得也就真快。生活环境变了，就连相貌也变了。就在这时，有人叫了一句子安兄。回头看时，是洪安东老友，穿了一套笔挺的毛呢西服，拿了一根精致手杖站在面前。唐子安和他握着手道："今天遇到老朋友多了，你也是来道贺

352

的?"他点点头，但脸上没有笑容，带了一份郑重心情的样子。他见唐子安注意着，便道："我告诉你一件不幸的消息，早上我去看谈伯平兄的病的，唉！他在早上九点钟过去了，也可以说为抗战而牺牲了吧！"唐子安道："哎呀！那怎么办？我要回去和他料理身后哇。"洪安东道："我正为此事而来，我们得想法子和他抓一笔钱。"唐子安又呆住了，说不出话来。可是男主人夏山青先生满脸是笑容走了出来，笑道："唐先生，请，请！"他把要流出来的眼泪忍住了，和这位新朋友握着手。

**图书在版编目(CIP)数据**

傲霜花 / 张恨水著. —北京：中国文史出版社,2018.6
(民国通俗小说典藏文库·张恨水卷)
ISBN 978 - 7 - 5205 - 0021 - 0

Ⅰ．①傲… Ⅱ．①张… Ⅲ．①长篇小说 - 中国 - 现代
Ⅳ．①I246.5

中国版本图书馆 CIP 数据核字(2018)第 011167 号

整　　理：萧　霖
责任编辑：卢祥秋

出版发行：**中国文史出版社**
社　　址：北京市西城区太平桥大街 23 号　邮编：100811
电　　话：010 - 66173572　66168268　66192736（发行部）
传　　真：010 - 66192703
印　　装：廊坊市海涛印刷有限公司
经　　销：全国新华书店
开　　本：720 × 1020　1/16
印　　张：23.25　　字数：393 千字
版　　次：2018 年 6 月第 1 版
印　　次：2018 年 6 月第 1 次印刷
定　　价：68.00 元